ZAPATOS DE CARAMELO

Joanne
HARRIS

ZAPATOS DE CARAMELO

Traducción de Margarita Cavándoli

Grijalbo

Título original: *Lollipop Shoes*

Primera edición: octubre, 2007

Printed in Spain – Impreso en España

ISBN: 978-84-253-4157-1

Depósito legal: B. 35.816-2007

Fotocomposición: Lozano Faisano, S. L. (L'Hospitalet)

Impreso en Litografía SIAGSA

Encuadernado en Artesanía Gráfica

GR 4 1 5 7 1

Para A. F. H.

Agradecimientos

Nuevamente, mi más sentido agradecimiento a cuantos contribuyeron a guiar esta novela desde los patucos hasta los pasos con tacones. A Serafina Clarke, Jennifer Luithlen, Brie Burkeman y Peter Robinson; a Francesca Liversidge, mi fabulosa editora; a Claire Ward por el fantástico diseño de cubierta; a Louise Page-Lund, mi extraordinaria publicista, y a todos los amigos de Transworld en Londres. También quiero dar las gracias a Laura Grandi, de Milán, así como a Jennifer Brehl, Lisa Gallagher y a los que trabajan en HarperCollins de Nueva York. Asimismo, vaya mi gratitud a Anne Riley, mi representante; a Mark Richards por ocuparse del sitio web; a Kevin por encargarse de todo; a Anouchka por las enchiladas y por *Kill Bill*; a Joolz, la malvada tía de Anouchka, y a Christopher, nuestro hombre en Londres. Deseo manifestar mi especial agradecimiento a Martin Myers, el superrepresentante que estas navidades salvó mi cordura, y a los leales representantes, libreros, bibliotecarios y lectores que garantizan que mis libros continúen en las estanterías.

PRIMERA PARTE

La Muerte

1

Miércoles, 31 de octubre.
Víspera del día de Todos los Santos (fiesta de los Muertos)

Es un hecho relativamente poco conocido que, en el transcurso de un año, se envían cerca de veinte millones de cartas a los muertos. Las viudas afligidas y los futuros herederos se olvidan de interrumpir el reparto de la correspondencia, de modo que las suscripciones a revistas no se cancelan, no avisan a los amigos lejanos y las multas por retraso en los préstamos bibliotecarios continúan sin pagar. Eso significa veinte millones de circulares, extractos de cuentas bancarias, tarjetas de crédito, misivas amorosas, correo basura, tarjetas de felicitación, cotilleos y facturas que cada día caen sobre los felpudos o los suelos de parquet, se lanzan descuidadamente a través de las verjas, se meten por la fuerza en los buzones, se acumulan en las escaleras y se abandonan en porches y umbrales, por lo que jamás llegan a sus destinatarios. A los muertos no les importa y, lo que es más significativo si cabe, a los vivos tampoco. Los vivos siguen con sus míseros problemas sin saber que a muy poca distancia tiene lugar un milagro: los difuntos recobran la vida.

No hace falta gran cosa para resucitar a los muertos: un par de facturas, un nombre, un código postal; lo que se puede encontrar en cualquier bolsa de basura doméstica, destrozada (tal vez por los zorros) y depositada en el umbral como si fuese un regalo. Aprendes mucho de la correspondencia abandonada: nombres, resúmenes bancarios, contraseñas, direcciones electrónicas y códigos de seguridad. Mediante la combinación adecuada de detalles personales puedes abrir una cuenta bancaria, alquilar un coche e incluso solicitar un nuevo pasaporte. Los muertos ya no necesitan esas cosas. Como he dicho, se trata de un regalo a la espera de que alguien lo recoja.

A veces el destino lo entrega en mano y merece la pena estar alerta. *Carpe diem* y que el diablo pille al último. De ahí que siempre leo las necrológicas y, en ocasiones, me las apaño para adquirir la identidad incluso antes de que se celebre el funeral. Por ese motivo al ver el letrero y el buzón con un fajo de cartas acepté el regalo con una ufana sonrisa.

Obviamente, no se trataba de mi buzón. El servicio postal de esta ciudad es uno de los mejores y las cartas casi nunca se pierden. Es otra de las razones por las que prefiero París: lo dicho, la comida, el vino, los teatros, las tiendas y las oportunidades casi ilimitadas. Pero París es cara, ya que los gastos generales son extraordinarios y, por añadidura, hacía tiempo que tenía muchas ganas de reinventarme. No había corrido riesgos durante cerca de dos meses y daba clases en un liceo del distrito XI, pero tras los problemas recientes había decidido hacer borrón y cuenta nueva (llevándome veinticinco mil euros de los fondos departamentales, que ingresaría en una cuenta abierta a nombre de una ex colega y retiraría discretamente a lo largo de un par de semanas) y echar un vistazo a los apartamentos de alquiler.

En primer lugar investigué la Rive Gauche. Las propiedades estaban fuera de mi alcance, pero la chica de la agencia no lo sabía. Con mi acento inglés, el nombre de Emma Windsor, el bolso Mulberry colgado al desgaire a la altura del codo y el delicioso susurro de Prada en mis pantorrillas cubiertas por las sedosas medias pasé una agradable mañana mirando escaparates.

Había dicho que solo quería visitar propiedades sin muebles.

Había varias en la Rive Gauche: apartamentos de generosas habitaciones que daban al río, pisos que más bien eran mansiones con jardín en la azotea y áticos con suelo de parquet.

Los rechacé con cierto pesar, aunque no pude resistirme a coger un puñado de cosas útiles: una revista, todavía envuelta, con el número de cliente del destinatario; varias circulares y, en una vivienda, una mina de oro: una tarjeta bancaria a nombre de Amélie Deauxville que, para activarla, solo hay que hacer una llamada telefónica.

Di mi número de móvil a la chica de la inmobiliaria. La cuenta pertenece a Noëlle Marcelin, cuya identidad adquirí hace varios meses. Los pagos están al día y la pobre murió el año pasado, a los noventa y cuatro, lo que significa que quienquiera que rastree las llamadas tendrá dificultades para encontrarme. Mi conexión a internet también está a su nombre y estoy al día de pago. Noëlle es demasiado preciosa como para perderla. De todas maneras, nunca se convertirá en mi identidad principal. Para empezar, no quiero tener noventa y cuatro años y, por si eso fuera poco, estoy harta de recibir publicidad de sillas elevadoras para escaleras.

Mi último personaje público fue Françoise Lavery, profesora de inglés en el liceo Rousseau del distrito XI: viuda de treinta y dos años, nacida en Nantes y casada con Raoul Lavery, fallecido en un accidente de tráfico la víspera de nuestro aniversario; en mi opinión, un toque bastante romántico que explica su ligero aire de melancolía. Vegetariana estricta, bastante tímida, diligente aunque sin el talento necesario para representar una amenaza; en conjunto, una tía simpática…, lo que demuestra que las apariencias engañan.

Hoy soy otra. Veinticinco mil euros es una cifra considerable y siempre existe el riesgo de que alguien intuya la verdad. La mayoría de las personas ni se enteran, ni siquiera se enterarían si alguien cometiera un crimen delante de sus narices, pero no he llegado hasta aquí corriendo riesgos y sé muy bien que lo más seguro consiste en ir de aquí para allá.

Por eso viajo ligera de equipaje: una destartalada maleta de piel y un ordenador portátil Sony que alberga los elementos necesarios para preparar un centenar de identidades; además, puedo liar el petate, borrar mis huellas y desaparecer en una tarde.

Así se esfumó Françoise. Quemé sus documentos, la correspondencia, los resúmenes bancarios y las notas. Cerré las cuentas a su nombre. Regalé libros, ropa, muebles y todo lo demás a la Cruz Roja. No es aconsejable apoltronarse.

A partir de ese momento necesitaba encontrarme de nuevo. Me alojé en un hotel barato, pagué con la tarjeta de Amélie, me quité la ropa de Emma y salí de compras.

Françoise era desaliñada, calzaba zapatos con poco tacón y se recogía el cabello con un moño. Por su parte, mi nuevo personaje posee otro estilo. Se llama Zozie de l'Alba y, aunque lejanamente extranjera, cuesta averiguar su país de origen. Es tan extravagante como discreta Françoise; luce joyas de fantasía en los cabellos, adora los colores intensos y las formas caprichosas, se chifla por las ventas benéficas y las tiendas *vintage* y ni muerta la verán con zapatos planos.

El cambio se produjo con gran presteza. Entré en una tienda como Françoise Lavery, con un conjunto de jersey y chaqueta de punto de color gris y una vuelta de perlas cultivadas, y diez minutos después salí convertida en otra persona.

El problema de fondo sigue en pie: ¿adónde voy? Aunque tentadora, la Rive Gauche me está vedada, pese a que estoy convencida de que Amélie Deauxville podría proporcionarme unos cuantos miles más antes de deshacerme de ella. Resulta evidente que dispongo de otras fuentes, entre las que no se incluye la más reciente: madame Beauchamp, la secretaria encargada de los fondos departamentales de mi antiguo lugar de trabajo.

Es tan sencillo abrir una cuenta de crédito... Basta con un par de facturas de servicios que ya se han abonado e incluso con un permiso de conducir caducado. Gracias al auge de las compras por internet, las posibilidades se amplían día tras día.

Mis necesidades abarcan más, mucho más que una mera fuente de ingresos. El hastío me espanta. Necesito más, hace falta espacio para mis aptitudes, aventuras, un reto, un cambio.

Necesito una vida.

Es lo que el destino me deparó cuando, como por casualidad, esa ventosa mañana de finales de octubre miré el escaparate de un local de Montmartre y vi el pequeño letrero pegado con celo en la puerta:

FERMÉ POUR CAUSE DE DÉCÈS

Ha transcurrido bastante tiempo desde la última vez que estuve aquí. Había olvidado lo mucho que me gusta. Dicen que Montmartre es el último pueblo de París y este sector de la colina semeja casi una parodia de la Francia rural en virtud de las cafeterías y las pequeñas creperías, las casas pintadas de rosa o de verde pistacho, las ventanas con postigos falsos y los geranios en los alféizares; todo resulta conscientemente pintoresco, una miniatura cinematográfica de encanto simulado que apenas encubre su corazón de piedra.

Tal vez ese es el motivo por el que me gusta tanto. Se trata del decorado perfecto para Zozie de l'Alba. Terminé allí casi por casualidad; me detuve en una plaza que hay detrás del Sacré-Coeur, pedí un café y un cruasán en el bar Le P'tit Pinson y me instalé en una mesa de la terraza.

La placa de metal azul colocada en la esquina indicaba que se trataba de la place des Faux-Monnayeurs. Es pequeña, como una cama bien hecha. Albergaba una cafetería, una crepería, un par de tiendas y nada más, ni siquiera un árbol que suavizase las aristas. Por algún motivo, un negocio llamó mi atención; era una especie de confitería cursi, si bien el letrero colocado sobre la puerta estaba en blanco. La persiana estaba casi bajada, pero desde donde estaba vi lo que exponían en el escaparate y una puerta de color azul brillante, como si fuera un trozo de cielo. Un sonido suave y repetitivo atravesaba la plaza: el conjunto de campanillas que colgaba sobre la puerta emitía tenues notas azarosas, como si fueran señales.

Soy incapaz de decir por qué me llamó la atención. Existen infinidad de tiendas pequeñas como esa en el laberinto de calles que suben por la colina de Montmartre y que, cual penitentes fatigados, se agazapan en las esquinas adoquinadas. De fachada estrecha y con la espalda encorvada, a menudo son húmedas a la altura de la calle, el alquiler asciende a una fortuna y prácticamente basan su continuidad en la estupidez de los turistas.

Las habitaciones de la parte alta no suelen ser mejores: pequeñas, con escasos muebles e incómodas; ruidosas por la noche, cuando la ciudad cobra vida a sus pies; frías en invierno y probablemente insoportables en verano, cuando el sol abrasa las gruesas tejas de piedra y la única ventana, un tragaluz que no supera los veinte centímetros de lado, solo permite el paso del calor asfixiante.

Hubo algo que despertó mi interés. Tal vez fue la correspondencia que, como una lengua furtiva, asomaba a través de las fauces metálicas del buzón. Quizá se debió al esquivo olor a nuez moscada y a vainilla (¿o simplemente a humedad?) que se filtró por debajo de la puerta de color azul cielo. Acaso fue el viento que coqueteó con el dobladillo de mi falda e hizo cosquillas a las campanillas colgadas sobre la puerta. Tal vez fue el letrero, correctamente escrito a mano, con su potencial tácito y seductor:

CERRADO POR DEFUNCIÓN

Para entonces ya había terminado el café y el cruasán. Pagué, abandoné la mesa y me acerqué a mirar el local. Era una chocolatería y el diminuto escaparate estaba abarrotado de cajas y latas; tras ellas, en la penumbra, vislumbré bandejas y pirámides de bombones, cada una de las cuales se encontraba bajo una campana de cristal, como los ramos de novia de hace un siglo.

A mis espaldas, en la barra de Le P'tit Pinson, dos viejos comían huevos duros y grandes rebanadas de pan con mantequilla mientras el dueño, que llevaba puesto el delantal, despotricaba contra alguien que se llamaba Paupaul y que le debía dinero.

Más allá la plaza estaba casi vacía si exceptuamos la mujer que barría la acera y el par de artistas que, con los caballetes bajo el brazo, se dirigían a la place du Tertre.

Uno de los jóvenes pintores llamó mi atención:

—¡Vaya, hola! ¡Pero si eres tú!

Es el grito de caza de los retratistas. Lo conozco perfectamente porque he estado en la misma situación, como también conozco la mirada de satisfecho reconocimiento que da a entender que por fin han encontrado a su musa, que la búsqueda ha llevado muchos años y que, por muy exorbitante que sea la cifra que cobre, el precio en modo alguno hace justicia a la perfección de la obra.

—No, no lo soy —repliqué secamente—. Búscate otra a la que inmortalizar.

El retratista se encogió de hombros, puso cara de contrariedad y, arrastrando los pies, se reunió con su compañero. La chocolatería era toda mía.

Eché un vistazo a las cartas que todavía asomaban descaradamente a través del buzón. No tenía motivos para correr riesgos, pero la realidad indicaba que la tiendita me atraía como algo que brilla entre los adoquines y que puede ser una moneda, un anillo o un trozo de papel de aluminio que refleja la luz. El aire anunciaba promesas y, por si eso fuera poco, era la víspera de Todos los Santos, que para mí siempre ha sido una fecha propicia, un día de finales y principios, de vientos malignos, discretos favores y fuegos que arden de noche. Era una fecha de secretos, de prodigios… y, obviamente, de muertos.

Paseé rápidamente la mirada a mi alrededor. Nadie me veía. Estoy convencida de que nadie me vio cuando, con presteza, me guardé las cartas en el bolsillo.

El viento otoñal era racheado y hacía bailar el polvo de la plaza. Olía a humo, no precisamente al humo de París, sino al de mi niñez, que no suelo evocar a menudo, esa fragancia a incienso, pastel de almendras y hojas secas. En la *butte* o colina de Montmartre no hay árboles; se trata de una roca y el glaseado de esa tarta nupcial apenas disimula su falta de sabor. El cielo había adquirido el tono de la frágil cáscara de huevo y estaba atravesado por un complicado laberinto de caminitos de vapor que parecían símbolos místicos surgidos de la nada.

Entre esos símbolos divisé la Mazorca de Maíz, la señal del Desollado…, una ofrenda, un regalo.

Sonreí. ¿Se trataba acaso de una coincidencia?

La muerte… y un regalo…, ¿todo en el mismo día?

En la más tierna infancia, mi madre me llevó a México a visitar las ruinas aztecas y a celebrar el Día de los Muertos. Me encantó el carácter dramático de la celebración: las flores, el pan de muerto, los cantos y las calaveras de azúcar. Mi elemento preferido fue la piñata: una figura animal de cartón piedra, pintada, colgada y llena de petardos, golosinas, monedas y regalitos envueltos.

El objetivo del juego consiste en colgar la piñata del marco de una puerta y lanzarle palos y piedras hasta que se rompe y libera los regalos que contiene.

La muerte y un regalo…, todo a la vez.

No podía tratarse de una coincidencia. La fecha, la chocolatería, la señal en el cielo… tuve la impresión de que la propia Mictecacihuatl las había interpuesto en mi camino. Era mi propia piñata…

Me volví con una sonrisa en los labios y noté que alguien me observaba. A tres metros había una niña que permanecía inmóvil; una chiquilla de once o doce años, con abrigo rojo fuerte, zapatos marrones bastante estropeados y pelo negro y brillante, como el de los iconos bizantinos. Con la cabeza ligeramente ladeada, me miró impertérrita.

Durante unos segundos me pregunté si me había visto coger la correspondencia. Era imposible saber con certeza cuánto tiempo llevaba ahí, por lo que le dediqué mi sonrisa más atractiva y apreté el fajo de cartas que ocultaba en el bolsillo.

—Hola —la saludé—. ¿Cómo te llamas?

—Annie —repuso la niña sin sonreír.

Sus ojos eran de un peculiar tono entre gris, verde y azul y tenía los labios tan rojos que parecían pintados. Esos colores llamaban la atención en la fresca luz matinal; cuando la miré, sus ojos parecieron iluminarse un poco más y adquirir los matices del cielo otoñal.

—Annie, ¿verdad que no eres de aquí?

La cría parpadeó, tal vez desconcertada porque me había dado cuenta. Los niños parisinos jamás hablan con desconocidos porque la desconfianza está incorporada a sus circuitos cerebrales. Esa chiquilla era distinta, cautelosa quizá, pero no mal dispuesta ni insensible a los encantos.

—¿Cómo lo sabe? —preguntó por último.

Sonreí porque había conseguido un punto a mi favor.

—Lo noté en tu modo de hablar. ¿De dónde eres? ¿Del sur?

—No exactamente —replicó y esbozó una sonrisa.

Se aprende mucho al hablar con los niños: nombres, profesiones y esos pequeños detalles que proporcionan un toque auténtico a las personificaciones. En casi todas las contraseñas interviene el nombre de un niño, un cónyuge e incluso una mascota.

—Annie, ¿no deberías estar en la escuela?

—Hoy no. Es festivo. Además... —Miró el letrero escrito a mano y pegado en la puerta.

—Además, está cerrado por defunción —añadí y la niña asintió—. ¿Quién ha muerto?

El abrigo de color rojo brillante no tenía nada de fúnebre y su expresión no transmitía pesar.

Aunque de momento Annie no dijo nada, percibí cierto brillo

en sus ojos entre azules y grises y de expresión ligeramente altiva, como si sopesase si mi pregunta era impertinente o comprensiva.

Dejé que me mirase a gusto. Estoy acostumbrada a que me observen. A veces ocurre hasta en París, donde abundan las mujeres hermosas. Digo hermosas pero, en realidad, se trata de una ilusión, del encanto más sencillo que de mágico no tiene nada: cierta inclinación de la cabeza, los andares, la vestimenta adecuada para cada ocasión, prácticamente cualquiera puede hacer lo mismo.

Bueno, casi cualquiera puede hacer lo mismo, aunque no todos.

Dirigí mi mejor sonrisa a la chiquilla; fue tierna, descarada y un tanto pesarosa; durante unos instantes me convertí en la hermana mayor y desgreñada que nunca ha tenido, en la rebelde glamurosa con un Gauloise entre los dedos, la que viste faldas ceñidas y colores fosforitos y cuyos tacones imposibles de llevar ansía ponerse.

—¿No quieres decírmelo? —inquirí.

Annie siguió estudiándome. Por extraño que parezca, es una niña mayor, harta, hartísima de ser buena y peligrosamente cercana a la edad de la rebelión. Sus colores eran de una nitidez extraordinaria y en ellos detecté cierta obstinación, un poco de tristeza, un toque de cólera y el hilo brillante de algo que no fui capaz de identificar con claridad.

—Vamos, Annie, dime quién ha muerto.

—Mi madre —respondió—. Vianne Rocher.

2

Miércoles, 31 de octubre

Vianne Rocher... Ha pasado tanto tiempo desde que usé ese nombre. Como un abrigo muy querido pero desechado hace años, casi había olvidado lo bien que me sienta, lo calentito y cómodo que resulta. He cambiado mi nombre tantas veces, mejor dicho, nuestros nombres, mientras íbamos de pueblo en pueblo en pos del viento, que a estas alturas ya tendría que haberlo superado. Vianne Rocher murió hace mucho tiempo pero, por otro lado...

Por otro lado, me gustaba ser Vianne Rocher. Me gustaba la forma que el nombre Vianne adquiría en sus bocas, parecía una sonrisa, una palabra de bienvenida.

Como es obvio, ahora tengo otro nombre, no muy distinto del anterior. También tengo una vida, algunos hasta dirían que una vida mejor, pero no es lo mismo a causa de Rosette, a causa de Anouk y a causa de todo lo que dejamos en Lansquenet-sous-Tannes aquella Semana Santa en la que el viento cambió de dirección.

Aquel viento..., ahora mismo veo cómo sopla. Furtivo y autoritario, ha dictado cada uno de nuestros pasos. Mi madre lo notó y yo también, incluso aquí y ahora, cuando nos arrastra como a hojas en la esquina de este callejón, nos hace bailar y nos aplasta contra las piedras.

Creí que lo habíamos silenciado para siempre, pero hasta lo más nimio puede despertarlo: una palabra, una señal, incluso una muerte. Las trivialidades no existen. Todo tiene un precio; todo se suma hasta que, al final, la balanza se descompensa y volvemos a la carretera mientras nos decimos que quizá la próxima vez...

Pues ahora no habrá próxima vez. Esta vez no pienso huir. Me niego a tener que empezar de nuevo, como hemos hecho tantas veces, antes y después de Lansquenet. Esta vez nos quedamos. Pase lo que pase y cueste lo que cueste, nos quedamos.

Nos detuvimos en el primer pueblo sin iglesia. Estuvimos seis semanas y seguimos nuestro camino. Tres meses, una semana, un mes y otra semana; cambiamos de nombre a lo largo del recorrido hasta que el embarazo comenzó a notarse.

Entonces Anouk tenía casi siete años. Le entusiasmaba la idea de una hermana pequeña, pero yo estaba agotada, harta de los interminables pueblos a la vera del río, las casitas con geranios en las jardineras y la manera en la que los habitantes nos miraban, sobre todo a ella, y hacían preguntas, siempre las mismas.

«¿Vienen de lejos? ¿Se quedarán por aquí, en casa de unos parientes? ¿Monsieur Rocher se reunirá con ustedes?»

Cuando respondíamos, ponían esa cara peculiar, esa mirada calculadora que evaluaba nuestra ropa gastada, la solitaria maleta y la actitud fugitiva que evoca demasiadas estaciones de tren, lugares de paso y habitaciones de hotel que acaban ordenadas y vacías.

Por otro lado, cuánto ansiaba ser finalmente libre. Quería que fuéramos libres como nunca lo habíamos sido, libres de instalarnos en un lugar, de sentir el viento y no hacer caso de su llamada.

Pese a que lo intentamos con todas nuestras fuerzas, los rumores nos acompañaron. Los cuchicheos aludían a algún tipo de escándalo. Alguien había oído que había participado un sacerdote. ¿Y la mujer? Era una gitana que estaba conchabada con los del río; se preciaba de ser sanadora y se dedicaba a las hierbas. Según los cotilleos, alguien había muerto..., tal vez envenenado o, simplemente, no había tenido suerte.

Fuera como fuese, carecía de importancia. Los rumores se extendieron como plantas rastreras en pleno verano y nos tendieron zancadillas, nos atormentaron y nos pisaron los talones; paulatinamente comencé a comprenderlo.

A lo largo del camino ocurrió algo, algo que nos cambió. Tal vez nos quedamos un día o una semana de más en alguno de esos pueblos. Algo era distinto. Las sombras se habían alargado y huimos.

¿De qué huimos? Entonces no lo supe, pero lo vi en mi imagen reflejada en los espejos de las habitaciones de los hoteles y en los escaparates relucientes. Yo siempre había llevado calzado rojo, faldas indias con campanillas en el bajo, abrigos de segunda mano con margaritas en los bolsillos y tejanos con flores y hojas bordadas. A partir de ese momento intenté fundirme con la masa: abrigos negros, calzado negro y boina negra sobre mi pelo negro.

Anouk no lo entendió y preguntó por qué no podíamos quedarnos.

Fue el estribillo constante de los primeros tiempos. Incluso comencé a temer el nombre de aquel lugar y los recuerdos que se adherían como lapas a nuestra ropa de viaje. Cada día mudábamos con el viento. De noche nos tumbábamos una al lado de la otra en el cuarto que había arriba de una cafetería, preparábamos chocolate caliente en el hornillo portátil o encendíamos velas, hacíamos sombras chinescas de conejos en la pared y narrábamos fabulosas historias de magia, brujas, casas de pan de jengibre y hombres morenos que se trocaban en lobos y en ocasiones se quedaban así para siempre.

Para entonces los cuentos eran lo único que teníamos. La magia de verdad, aquella con la que habíamos vivido todas nuestras vidas, la magia de hechizos y ensalmos de mi madre, la de la sal junto a la puerta y la bolsita de seda roja para aplacar a los dioses menores, se abrió aquel verano como una araña que pasa de la buena a la mala suerte al dar la medianoche, mientras teje la red con la que atrapar nuestros sueños. Por cada modesto hechizo o encantamiento, por cada carta barajada, runa lanzada y señal trazada en una puerta para desviar la trayectoria de la desventura, el viento arreció un poquitín, tironeó de nuestras ropas, nos olisqueó como un perro famélico y nos desplazó de aquí para allá.

Todavía llevábamos la delantera; hicimos la recolección de cerezas y de manzanas y el resto del tiempo trabajamos en cafeterías y restaurantes; ahorramos lo que ganamos y en cada lugar cambiamos de nombre. Nos volvimos cuidadosas. No quedaba otra solución. Nos ocultamos como los urogallos en los campos. No levantamos el vuelo ni cantamos.

Poco a poco desechamos las cartas del tarot, dejamos de utilizar las hierbas, no respetamos los días de guardar, permitimos que las lunas crecientes llegasen y pasaran y las señales de la suerte, trazadas con tinta en las palmas de nuestras manos, se desdibujaron y desaparecieron.

Fue una época de relativa paz. Permanecimos en la ciudad; encontré un lugar donde estar y visité escuelas y hospitales. Compré en el rastro una alianza matrimonial y me di a conocer como madame Rocher.

Rosette nació en diciembre en un hospital de las afueras de Rennes. Habíamos encontrado un pueblo en el que quedarnos: Les Laveuses, a orillas del Loira. Alquilamos un apartamento en lo alto de una crepería. Nos gustaba. Podríamos habernos quedado…

… si el viento de diciembre no hubiese tenido otros planes.

V'là l'bon vent, v'là l'joli vent
V'là l'bon vent, ma mie m'appelle…

Mi madre me enseñó esa nana. Se trata de una vieja canción, una canción de amor, un hechizo que entonces entoné para tranquilizar al viento, para convencerlo de que esta vez nos dejase en paz, para calmar a esa cosa chillona con la que había salido del hospital, esa cosa diminuta que no comía ni dormía y que, noche tras noche, maullaba como un gato mientras a nuestro alrededor el viento gemía y se agitaba como una mujer colérica; lo canté cada noche para conciliar el sueño, en la letra de mi canto lo llamé «buen viento, viento bonito», del mismo modo que, con la esperanza de librarse de su venganza, antaño, la gente sencilla se dirigía a las Furias o Erinias como las «Bondadosas» o las «Benévolas».

¿Acaso son Bondadosas quienes persiguen a los muertos?

Volvieron a encontrarnos a orillas del Loira y, una vez más, tuvimos que huir. En esa ocasión nos trasladamos a París…, a la ciudad de mi madre y mi lugar de nacimiento, el único sitio al que había jurado que jamás regresaría. Por otro lado, las ciudades confieren cierto grado de invisibilidad. Como hemos dejado de ser periquitos entre gorriones, ahora vestimos los colores de los pájaros autóctonos, que son demasiado corrientes y vulgares como para echarles un segundo vistazo… e incluso el primero. Mi madre huyó a Nueva York para morir y yo a París para renacer. ¿Enfermos o sanos? ¿Felices o tristes? ¿Ricos o pobres? A la ciudad no le importa. La ciudad tiene otros asuntos de los que ocuparse. Sigue su curso sin plantear preguntas, recorre su camino sin siquiera encogerse de hombros.

De todas maneras, aquel año fue muy duro. Hacía frío, la pequeña lloraba, nos instalamos en un cuartucho escaleras arriba de una vivienda situada cerca del boulevard de la Chapelle y por la noche los letreros de neón parpadeaban en rojo y verde hasta que tenías la sensación de que te volvías loca. Podría haberlo solucionado, pues conozco un ensalmo con el que lo habría conseguido con la misma facilidad con la que se acciona el interruptor para apagar la luz, pero había prometido que no volvería a apelar a la magia, por lo que dormimos en los resquicios entre el rojo y el verde; Rosette no dejó de llorar hasta Epifanía (o eso nos pareció) y por primera vez el roscón de Reyes no fue casero sino comprado, aunque lo cierto es que nadie tuvo demasiadas ganas de celebrar.

Aquel año odié París profundamente. Detesté el frío, la suciedad, los olores, la descortesía de los parisinos, el ruido del tren, la violencia y la hostilidad. Descubrí enseguida que París no es una ciudad, sino un montón de muñecas rusas guardadas una dentro de la otra, cada una de las cuales tiene sus costumbres y prejuicios, su iglesia, mezquita o sinagoga, todas llenas de fanáticos, cotilleos, enteradillos, chivos expiatorios, perdedores, amantes, líderes y objetos de burla.

También hubo personas amables, como la familia india que cuidaba de Rosette mientras Anouk y yo íbamos al mercado o el verdulero que nos guardaba las frutas y las verduras machucadas. Con otras no sucedió lo mismo: me refiero a los barbudos que desviaron la mirada cuando pasé con Anouk junto a la mezquita de la rue Myrrha o las mujeres que se congregaban a las puertas de la iglesia de Saint-Bernard y que me miraban como si fuese una mierda.

Desde entonces las cosas han cambiado mucho. Por fin hemos encontrado nuestro lugar. A menos de media hora andando desde el boulevard de la Chapelle, la place des Faux-Monnayeurs es otro mundo.

Mi madre solía decir que Montmartre es un pueblo, una isla que asoma en medio de la bruma parisina. Está claro que no es como Lansquenet, pero así y todo sigue siendo un buen lugar, con un pisito arriba de la chocolatería, obrador en el fondo y sendas habitaciones para Rosette y Anouk bajo los aleros, donde anidan los pájaros.

En el pasado nuestra chocolatería fue una cafetería diminuta, dirigida por Marie-Louise Poussin, que vivía en el primer piso. Madame llevaba veinte años en el pequeño apartamento, había visto morir a su marido y a su hijo y, pese a que pasaba de los sesenta y su salud dejaba mucho que desear, se negaba tercamente a jubilarse. Madame Poussin necesitaba ayuda y yo un trabajo. Accedí a dirigir el negocio a cambio de un modesto salario y el usufructo de los cuartos de la segunda planta y, a medida que la mujer se vio cada vez más limitada, convertimos la cafetería en chocolatería.

Me ocupé de los pedidos, llevé las cuentas, organicé los repartos y me ocupé de las ventas. También me encargué de las reparaciones y las refacciones. Nuestro acuerdo ha durado más de tres años y ya nos hemos acostumbrado. No contamos con jardín ni con mucho espacio, pero desde la ventana vemos el Sacré-Coeur, que se eleva como un dirigible por encima de las calles. Anouk ha comenzado la secundaria en el liceo Jules Renard, muy cerca del boulevard des Batignolles, y es lista y estudia mucho, por lo que estoy orgullosa de ella.

Rosette tiene casi cuatro años aunque, como es obvio, no va a la escuela. Se queda conmigo en el local, traza diseños en el suelo con botones y grajeas que pone en fila según los colores y las formas o llena las páginas de los cuadernos de dibujo con pequeñas representaciones de animales. Está aprendiendo el lenguaje de signos y rápidamente adquiere vocabulario, incluidas palabras como «bien», «más», «otra vez», «mono», «patos» y, en los últimos tiempos y para deleite de Anouk, «¡mierda!».

A mediodía cerramos y vamos al parc de la Turlure, donde Rosette da de comer a los pájaros, o llegamos hasta el cementerio de Montmartre, que Anouk adora por su magnificencia y la infinidad de gatos; también me dedico a hablar con los tenderos del barrio: con Laurent Pinson, que regenta la pequeña y sucia cafetería situada al otro lado de la plaza; con sus clientes, en su mayor parte habituales que acuden a desayunar y se quedan hasta el mediodía; con madame Pinot, que vende postales y recuerdos religiosos en la tienda de la esquina, y con los artistas que se instalan en la place du Tertre con la esperanza de atraer a los turistas.

Existe una diferencia clara entre los habitantes de la colina y los del resto de Montmartre. La colina es superior en todos los sentidos, al menos para mis vecinos de la place des Faux-Monnayeurs, la última frontera de autenticidad parisina en una ciudad salpicada de extranjeros.

Esas personas nunca compran bombones. Por mucho que no estén escritas, las reglas son estrictas. Algunos negocios son exclusivamente para forasteros, como la panadería-pastelería de la place de la Galette, con los espejos art déco, las vidrieras y las pilas barrocas de macarrones. Los lugareños van a la rue des Trois Frères, a la panadería más barata y modesta en la que el pan es mejor y cada día hornean cruasanes. Por la misma regla de tres, los lugareños comen en Le P'tit Pinson, donde sirven el plato del día en las mesas con encimera de vinilo, mientras que los de fuera, como nosotras, en el fondo preferimos La Bohème o, peor aún, La Maison Rose, que un vástago auténtico de la *butte* no se atrevería a frecuentar, como tampoco posaría para un artista en la terraza de una cafetería de la place du Tertre o acudiría a misa al Sacré-Coeur.

Pues no, nuestros clientes proceden mayoritariamente de fuera. Tenemos algunos habituales: madame Luzeron, que pasa cada jueves de camino al cementerio y siempre compra lo mismo, tres trufas al ron, ni una más ni una menos, en una caja de regalo rodeada por una cinta; la delgada muchacha rubia que se muerde las uñas y que viene para someter a prueba su autodominio, así como Nico, del restaurante italiano de la rue de Caulaincourt, que nos visita casi cada día y cuya pasión desmedida por los bombones, mejor dicho, por todo, me recuerda a alguien a quien traté en el pasado.

También están los ocasionales, personas que entran a echar un vistazo, a comprar un regalo o a darse un caprichito: un borracho, una caja de violetas, una tableta de mazapán o un pan de alajú, cremitas de rosa o de piña escarchada, remojada en ron y rodeada de clavos.

Conozco las preferencias de cada uno. Sé lo que quieren, aunque jamás lo diré, pues sería demasiado peligroso. Anouk ya ha cumplido los once y algunos días casi percibo ese terrible conocimiento que tiembla en su interior como un animal enjaulado. Anouk es mi hija de estío, a la que en el pasado le habría costado tanto mentirme como olvidarse de sonreír. Anouk solía lamerme la cara y pregonaba en público el afecto que sentía por mí. Anouk, mi pequeña desconocida, ahora más extraña si cabe debido a sus cambios de humor, sus peculiares silencios, las explicaciones extravagantes y la forma en la que a veces me mira, con los ojos entornados, como si intentase ver algo semiolvidado que pende del aire a mis espaldas.

Como es obvio, también he tenido que cambiarle el nombre. Hoy me llamo Yanne Charbonneau y ella es Annie, aunque para mí siempre será Anouk. No son los nombres lo que me perturba. Los hemos cambiado muchas veces; se trata de otra cosa, que se me escapa; no sé exactamente qué es, pero la echo en falta.

Me digo que Anouk está creciendo, retrocede y se reduce de tamaño como una niña vislumbrada en la casa de los espejos de un parque de atracciones: Anouk a los nueve, todavía más sol que sombra; Anouk a los siete; Anouk a los seis, caminando como un pato con las botas de agua amarillas; Anouk con Pantoufle, que salta difusamente a sus espaldas; Anouk con un penacho de algodón de azúcar en la manita rosa; como es lógico, todo ha desaparecido, se ha escapado y forma fila tras las hileras de las futuras Anouk. Anouk a los trece, cuando descubra a los chicos; Anouk a los catorce; por imposible que parezca, Anouk a los veinte, marchando cada vez más rápido hacia un nuevo horizonte...

Me gustaría saber qué es lo que recuerda. Para un niño de su edad, cuatro años es mucho tiempo y ya no menciona Lansquenet, la magia ni, por doloroso que sea, Les Laveuses, aunque esporádicamente deja escapar algo, un nombre o un recuerdo, que demuestra que sabe más de lo que cree.

Entre los siete y los once años la distancia es sideral. Espero haber hecho bien mi trabajo. Espero haberlo hecho tan bien como para mantener enjaulado al animal, encalmado el viento y el pueblo a orillas del Loira convertido en nada más que una postal desteñida de una isla de sueños.

Por eso permanezco atenta a la verdad, mientras el mundo discurre como siempre, con sus cosas buenas y malas, y reservo nuestros encantos para nosotras, sin interceder jamás, ni siquiera por los amigos, ni siquiera una runa esbozada en la tapa de una caja únicamente para dar suerte.

Admito que es un precio muy bajo por casi cuatro años de paz, aunque a veces me pregunto cuánto hemos pagado ya y cuánto queda por saldar.

Mi madre solía contar un viejo relato acerca de un muchacho que le vendió su sombra a un vendedor ambulante a cambio del don de la vida eterna. Se salió con la suya y se alejó, encantado con el trato que había sellado porque..., como cavíló el muchacho, ¿para qué sirve la sombra y por qué no deshacerse de ella?

A medida que transcurrieron los meses y los años, el muchacho comenzó a entender. Deambuló por los caminos sin arrojar sombra; no hubo espejo que reflejara su rostro ni masa de agua, por muy quieta que estuviese, que le devolviera la imagen. Se preguntó si era invisible; los días de sol se quedaba en casa, evitaba las noches de luna llena, rompió hasta el último espejo de su vivienda y encargó que colocasen postigos interiores en todas las ventanas; continuó insatisfecho. La novia lo abandonó y sus amigos envejecieron y murieron. Siguió viviendo en el crepúsculo eterno hasta el día en el que, desesperado, fue a ver a un sacerdote y confesó lo que había hecho.

El cura, que era joven cuando el muchacho selló el trato y que en ese momento estaba amarillento y frágil como los huesos de los viejos, meneó la cabeza y respondió: «En el camino no te cruzaste con un vendedor ambulante. Hijo mío, llegaste a un acuerdo con el diablo y los tratos con el demonio terminan cuando alguien pierde el alma».

«¡Pero si solo era mi sombra!», se quejó el muchacho.

El anciano sacerdote volvió a menear la cabeza.

«Un hombre sin sombra no es, realmente, un hombre», declaró, le volvió la espalda y no quiso decir nada más.

Finalmente el muchacho regresó a su casa. Al día siguiente lo encontraron colgado de un árbol, con el sol matinal de lleno en su rostro y su sombra larga y delgada en la hierba, a sus pies.

Sé que no es más que un relato, pero no dejo de evocarlo, a última hora de la noche, cuando me resulta imposible conciliar el sueño, las campanillas dan la voz de alarma, me siento en la cama y levanto los brazos para comprobar que mi sombra continúa contra la pared.

Últimamente también voy a comprobar la de Anouk.

3

Miércoles, 31 de octubre

¡Ay, tío! Vianne Rocher, no se me podía ocurrir una estupidez mayor. ¿Por qué digo tantas tonterías? A veces realmente no sé por qué lo hago. Supongo que porque ella me escuchaba y porque estaba muy enfadada. Últimamente estoy cabreada casi todo el tiempo.

Es posible que también tuviese que ver con los zapatos… unos fabulosos y luminosos taconazos de color rojo carmín o piruleta, zapatos de caramelo que resplandecieron como un tesoro en la calle adoquinada. En París no se ven zapatos así, al menos en la gente corriente. Por lo que dice mamá, nosotras somos gente corriente, aunque cuesta reconocerlo por la forma en la que a veces machaca.

Esos zapatos…

Clac, clac, clac, repiquetearon los zapatos de caramelo y se detuvieron delante de la chocolatería mientras la que los calzaba miraba hacia el interior.

Aunque estaba de espaldas, al principio creí reconocerla: abrigo de color rojo intenso, a juego con los tacones, y pelo color crema de café, recogido con un pañuelo. ¿Su vestido estampado tenía cascabeles y llevaba una pulsera de dijes tintineantes en la muñeca? ¿Qué fue lo que vi…, un sutil brillo a sus espaldas, como un espejismo?

El local estaba cerrado por el funeral. La de los tacones rojos no tardaría en irse. Como deseaba que se quedase, hice algo que no debía, algo que mamá cree que he olvidado y que no realizo desde hace mucho tiempo. Hice cuernos con los dedos a su espalda y una leve señal en el aire.

La brisa con aroma a vainilla, leche a la nuez moscada y granos de cacao muy tostados a fuego lento.

No es magia, de verdad que no. Solo es un truco, un juego que practico. La magia propiamente dicha no existe... y, sin embargo, da resultado, a veces da resultado.

Te pregunté si me oías, pero no con mi voz, sino con la voz espectral, una voz muy suave, como las hojas moteadas.

Ella lo notó. Sé que se dio cuenta. Se volvió y se puso rígida; me encargué de que la puerta brillase ligeramente con el color del cielo. Jugué con ese brillo bonito como un espejo al sol, que iluminó intermitentemente su rostro.

Aroma de humo de leña en la taza; un chorrito de nata y un pellizco de azúcar. De naranja amarga, tu preferido, un setenta por ciento de chocolate puro sobre naranjas amargas cortadas en rodajas gruesas. Pruébame, saboréame, examíname.

La mujer se volvió. Yo sabía que lo haría. Pareció sorprenderse al verme pero, de todos modos, sonrió. Vi su cara de ojos azules, gran sonrisa y un montón de pecas en la nariz y en el acto me cayó fenomenal, tanto como me gustó Roux cuando nos conocimos...

En ese momento me preguntó quién había muerto.

No pude evitarlo. Tal vez fue por los zapatos o porque yo sabía que mamá estaba detrás de la puerta. Sea como fuere, se me escapó, como la luz en la puerta y el aroma a humo.

Respondí «Vianne Rocher» con voz demasiado fuerte y, mientras lo pronunciaba, mamá salió. Se cubría con el abrigo negro, llevaba a Rosette en brazos y había puesto esa cara, la misma expresión que adopta cuando me porto mal o cuando Rosette sufre uno de sus Accidentes.

—¡Annie!

La señora de los zapatos rojos paseó la mirada de mamá a mí y volvió a observar a mi progenitora.

—¿Madame Rocher?

Mamá se recuperó en un abrir y cerrar de ojos.

—Es mi…, es mi apellido de soltera —replicó—. Ahora soy madame Charbonneau, Yanne Charbonneau. —Volvió a mirarme con expresión peculiar—. Lamentablemente mi hija es bastante bromista —explicó a la señora—. Espero que no la haya molestado.

La mujer rió y tembló hasta la suela de los zapatos rojos.

—En absoluto. Simplemente admiraba su maravilloso local.

—No es mío —puntualizó mamá—, solo trabajo aquí.

La señora rió nuevamente.

—¡Ojalá fuese mi caso! Debería estar buscando trabajo, pero me dedico a mirar bombones.

Mamá se relajó con esas palabras, dejó a Rosette en el suelo y cerró la puerta con llave. Rosette estudió con solemnidad a la señora de los tacones rojos. La mujer sonrió, pero Rosette no hizo lo propio. Casi nunca sonríe a los desconocidos. En cierto sentido, yo estaba satisfecha. Pensaba que la había encontrado, que me ocuparía de que se quedase y que, al menos durante un tiempo, me pertenecía.

—¿Busca trabajo? —preguntó mamá.

La señora asintió.

—Mi compañera de piso se marchó el mes pasado y no puedo correr con todos los gastos únicamente con mi salario de camarera. Me llamo Zozie… Zozie de l'Alba y, dicho sea de paso, adoro el chocolate.

Pensé que era imposible que esa mujer cayese mal. Sus ojos eran de un azul intenso y su sonrisa parecía una rodaja de melón en su punto. Entreabrió ligeramente los labios al tiempo que miraba la puerta y comentó:

—Lo siento, no es el momento oportuno. Espero que no se trate de alguien de la familia.

Mamá volvió a coger en brazos a Rosette.

—Es el funeral de madame Poussin.Vivía aquí. Supongo que también habría dicho que regentaba el establecimiento aunque, francamente, no creo que trabajase demasiado.

Pensé en madame Poussin, con su cara de melcocha y los delantales de cuadros azules. Sus bombones preferidos eran las cremitas de rosa y, aunque mamá nunca dijo nada, comía muchos más de los que debía.

Según mamá, madame Poussin sufrió un golpe, lo que suena bastante bien, como un golpe de suerte o un movimiento para estirar las mantas sobre un crío dormido. Entonces me percaté de que nunca más volveríamos a ver a madame Poussin y noté una especie de vértigo, como bajar la cabeza y repentinamente ver a tus pies un enorme agujero abierto de repente.

—Pues sí, así es —dije, y me eché a llorar.

En un abrir y cerrar de ojos la desconocida me abrazó. Olía a lavanda y a deliciosa seda y su voz musitó en mi oído; sorprendida, pensé que era un ensalmo, un ensalmo como en la época de Lansquenet. Cuando levanté la cabeza, no era mamá la que me abrazaba, sino Zozie, cuya larga melena acariciaba mis mejillas y su abrigo rojo brillaba al sol.

Mamá se encontraba tras ella con el abrigo negro y los ojos oscuros como la medianoche, tan oscuros que nunca llegas a saber lo que piensa. Avanzó un paso con Rosette en brazos y supe que si me quedaba quieta mamá nos abrazaría a las dos y yo no podría dejar de llorar, aunque era imposible explicarle por qué, ni ahora ni nunca y, menos todavía, en presencia de la señora de los zapatos de caramelo.

Por eso di media vuelta y correteé por el callejón blanco y vacío; durante unos segundos me convertí en uno de ellos y fui libre como el cielo. Correr es bueno: das pasos de gigante, con los brazos extendidos te conviertes en una cometa, saboreas el viento, notas el sol que corretea delante de ti y a veces llegas a ser más veloz que ellos, más veloz que el viento, el sol y la sombra que te pisa los talones.

Por si no lo sabes, mi sombra tiene nombre. Se llama Pantoufle. Mamá dice que tuve un conejo llamado Pantoufle, aunque lo cierto es que no recuerdo si era real o un juguete. En ocasiones mamá lo denomina «tu amigo imaginario», pero estoy casi segura de que estaba realmente presente, como una sombra gris y peluda a mis pies o hecho un ovillo en mi cama por la noche. Todavía me gusta pensar que me vigila mientras duermo y que corre a mi lado para vencer al viento. A veces lo siento. En ocasiones incluso lo veo, aunque mamá dice que solo es producto de mi imaginación y no le gusta que lo mencione, ni siquiera en broma.

Últimamente mamá apenas bromea o ríe. Tal vez sigue preocupada por Rosette. Sé que se inquieta por mí. En su opinión, no me tomo la vida en serio ni adopto la actitud adecuada.

¿Zozie se toma la vida en serio? ¡Ay, tío! Apuesto lo que quieras a que no. Con unos zapatos así nadie se toma la vida en serio. Estoy segura de que fue por los zapatos por lo que me cayó bien en el acto. Fue por los tacones rojos, por la forma en la que se detuvo frente al escaparate y miró y por la certeza que tuve de que vio a Pantoufle, no solo una sombra, a mis pies.

4

Miércoles, 31 de octubre

Bueno, me gusta pensar que tengo buena mano para los niños… y para los padres; forma parte de mi encanto. Está claro que no puedes dedicarte a los negocios sin cierto encanto y en mi especialidad, en la que el premio es más personal que las vulgares posesiones, se vuelve imprescindible tocar la existencia que adoptas.

Tampoco puedo decir que la vida de esa mujer me interesase especialmente. Al menos no me preocupaba en ese momento, aunque debo reconocer que me había intrigado. No podía decir lo mismo de la difunta ni del local propiamente dicho: muy bonito, pero demasiado pequeño y limitado para alguien con mis ambiciones. Por su parte, la mujer me intrigaba y la niña…

¿Creéis en el amor a primera vista?

Me lo sospechaba. Yo tampoco, aunque…

La llamarada de colores a través de la puerta entreabierta… La insinuación atormentadora de cosas entrevistas y experimentadas a medias… El tintineo de las campanillas colgadas en la puerta… Todo eso despertó, en primer lugar, mi curiosidad y, en segundo, mi espíritu codicioso.

Entendedme bien, no soy ladrona. Ante todo soy coleccionista. Es algo que practico desde los ocho años. Antes coleccionaba dijes para mi pulsera y ahora me dedico a los individuos: sus nombres, secretos, historias y vidas. Reconozco que en parte lo hago para obtener beneficios, pero de lo que más disfruto es de la emoción de la caza, de la seducción, de la refriega y del momento en el que la piñata se rompe...

Eso es lo que más me gusta.

—Niños... —musité y sonreí.

Yanne suspiró.

—Crecen demasiado rápido y se van casi sin que te des cuenta. —La niña siguió corriendo callejón abajo. Yanne gritó—: ¡No te alejes demasiado!

—No se alejará.

La madre parece la versión domada de la hija: pelo negro corto, cejas rectas y los ojos como el chocolate amargo; la misma boca carmesí, terca, generosa y con las comisuras ligeramente elevadas; el mismo aspecto extranjero y exótico pese a que, más allá de la primera vislumbre de colores a través de la puerta entreabierta, nada atisbé que justificase esa impresión. No tiene acento definido y viste ropa gastada de La Redoute, así como boina marrón ligeramente inclinada y zapatos cómodos.

Basta mirar el calzado para saber mucho de una persona. Los zapatos de la mujer eran corrientes, negros, de puntera redonda y totalmente uniformes, como los que su hija usa para ir a la escuela. Su vestimenta resultaba ligeramente desaliñada y aburrida; no llevaba más joyas que una sencilla alianza de oro y el maquillaje imprescindible como para no llamar la atención.

La niña que sostiene en brazos tiene, como máximo, tres años. Posee la misma mirada vigilante de su madre, tiene el pelo de color calabaza y su rostro minúsculo, del tamaño de un huevo de ganso, está salpicado de pecas de tono albaricoque. Forman una familia corriente y moliente, al menos en apariencia; me resultó imposible descartar la idea de que había algo más que no llegué a ver, una iluminación sutil, semejante a la mía...

Llegué a la conclusión de que eso sí sería algo digno de coleccionar.

La mujer consultó el reloj y gritó:

—¡Annie!

Al final de la calle, Annie agitó los brazos con una actitud que podría haber sido de exuberancia o de rebelión. La estela azul mariposa que deja a su paso confirma mi impresión de que ocultan algo. La pequeña también presenta más que un atisbo de iluminación y, en lo que a la madre se refiere…

—¿Está casada? —pregunté.

—Soy viuda —repuso—. Perdí a mi marido hace tres años, antes de venir aquí.

—Lo lamento.

No me creo nada. Hace falta algo más que un abrigo negro y una alianza matrimonial para ser viuda y, en mi opinión, Yanne Charbonneau, si es que ese es su nombre, no tiene pinta de viuda. Puede que otros la tomen como tal, pero yo veo más lejos.

¿Por qué miente? Por favor, estamos en París, aquí no se condena a nadie por la falta de una alianza matrimonial. ¿Qué secretillo oculta? ¿Merece la pena que yo lo averigüe?

—Tiene que ser difícil regentar un negocio precisamente aquí —comenté al pensar en Montmartre, ese extraño islote pétreo con sus turistas, artistas, desagües al descubierto, mendigos, locales de striptease bajo los tilos y apuñalamientos nocturnos en sus bonitas calles.

La mujer sonrió.

—No es tan malo.

—¿De verdad? —inquirí—. Claro que ahora que madame Poussin ya no está…

—El casero es amigo y no nos pondrá de patitas en la calle.

Tuve la sensación de que la mujer se ruborizaba ligeramente.

—¿Hay mucha actividad comercial?

—Podría ser peor —replicó y me acordé de los turistas, que siempre buscan cosas exageradamente caras—. Está claro que ricas no nos haremos…

Tal como sospechaba, apenas merece la pena. Pone buena cara

al mal tiempo, pero he visto su falda barata, el bajo deshilachado del abrigo de calidad de la niña y el letrero de madera, deslustrado e ilegible, que cuelga sobre la puerta de la chocolatería.

Por otro lado, hay algo peculiarmente atractivo en el escaparate atiborrado, con esas pilas de cajas y latas, las brujas de la víspera de Todos los Santos realizadas con chocolate negro y paja teñida de colores, las regordetas calabazas de mazapán y las calaveras de azúcar de arce que apenas se atisban bajo la persiana a medio cerrar.

Para no hablar del olor…, el aroma ahumado a manzanas con azúcar quemada, vainilla, ron, cardamomo y chocolate. En realidad, el chocolate ni siquiera me gusta, pero noté cómo se me hacía la boca agua.

Pruébame, saboréame…

Hice con los dedos la señal del Espejo Humeante, conocido como el Ojo de Tezcatlipoca Negro, y el escaparate pareció iluminarse fugazmente.

Tuve la sensación de que la mujer percibía el resplandor y se sentía incómoda; la cría que había cogido en brazos dejó escapar una suerte de maullido sordo y risueño y extendió la mano…

Pensé que era muy curioso.

—¿Hace personalmente los bombones? —pregunté.

—Antes los preparaba, pero ahora, no.

—Supongo que no es fácil.

—Me las apaño.

Hummm… Qué interesante.

¿Se apaña realmente? ¿Se arreglará tras la muerte de la vieja? Tengo mis dudas. Vaya, gracias a su boca firme y a su mirada directa parece capaz de hacerlo, pese a que en su seno anida una debilidad. He dicho una debilidad…, pero también podría ser una fortaleza.

Hay que ser fuerte para vivir como ella, para criar dos hijas en París estando sola, para trabajar tantas horas en un negocio que, con un poco de suerte, solo da lo justo para pagar el alquiler.

Y la debilidad…, eso es otro asunto. Comencemos por la niña. Teme por ella. Mejor dicho, teme por ambas y las agarra como si el viento pudiese arrebatárselas.

Ya sé lo que pensáis: ¿para qué me preocupo?

Llamadme curiosa si os place. Al fin y al cabo, comercio con secretos. Trafico con secretos, pequeñas traiciones, adquisiciones, inquisiciones, robos míseros y grandiosos, mentiras, bulos condenables, prevaricaciones, profundidades recónditas, aguas calmas, capas y espadas, puertas secretas, encuentros clandestinos, agujeros y rincones, operaciones encubiertas, abusos de propiedad, información y más, mucho más.

¿Es tan malo?

Supongo que sí.

Por otro lado, Yanne Charbonneau, o Vianne Rocher, oculta algo al mundo. Percibo el olor de sus secretos como el de los petardos de la piñata. Una piedra bien arrojada los dejará en libertad y entonces veremos si alguien como yo puede aprovecharlos.

Tengo curiosidad, eso es todo; se trata de una característica bastante corriente entre los afortunados que han nacido bajo el signo del Uno Jaguar.

Además, está mintiendo, ¿no? Solo hay una cosa que los jaguares odiamos más que la debilidad: la mentira.

5

Jueves, 1 de noviembre.
Festividad de Todos los Santos

Hoy Anouk volvía a estar inquieta. Tal vez fue consecuencia del funeral de ayer o, simplemente, del viento. A veces la ataca así, la dispara como a un poni salvaje y la vuelve obstinada, irreflexiva, lacrimosa y extraña. ¡Mi pequeña extraña!

Solía llamarla así cuando era pequeña y solo estábamos las dos. Le decía «pequeña extraña», como si la tuviese en préstamo y cualquier día pudieran pasar a recogerla. Siempre ha tenido ese aspecto, ese aire de «otreidad», de ojos que ven cosas situadas demasiado lejos y de pensamientos que se alejan del borde del mundo.

Su nueva profesora dice que es una niña dotada, con una extraordinaria capacidad imaginativa y un excelente vocabulario para su edad; por otro lado, sus ojos revelan una mirada calculadora, como si semejante imaginación fuese sospechosa por sí misma o, si acaso, la señal de una verdad más siniestra.

Es por mi culpa. Ahora sé que es así. En su momento, criarla de acuerdo con las convicciones de mi madre parecía lo más natural. Nos proporcionó un proyecto, una tradición propia, un círculo mágico en el cual el mundo no podía entrar. Claro que si el mundo no entra, nosotras no podemos salir. Encerradas en un capullo creado por nosotras mismas, vivimos apartadas de los demás cual seres eternamente extraños.

Al menos así vivíamos hasta hace cuatro años.

Desde entonces hemos vivido una mentira reconfortante.

Os ruego que no pongáis esa cara de sorpresa. Mostradme una madre y os enseñaré a una mentirosa. Les decimos cómo debe ser el mundo: que los monstruos y los fantasmas no existen; que si eres buena la gente se portará bien contigo y que mamá siempre estará a tu lado para protegerte. Como es evidente, nunca las denominamos mentiras pues tenemos las mejores intenciones y lo hacemos por su bien, pero no dejan de ser engaños.

Después de Les Laveuses no me quedó otra opción. Cualquier madre habría hecho lo mismo.

«¿Qué pasó?», preguntó una y otra vez. «Mamá, ¿nosotras lo provocamos?»

«No, fue un accidente.»

«Pero el viento..., dijiste que...»

«Duérmete.»

«¿No podemos mejorarlo con magia?»

«No, no podemos. Solo es un juego. Nanou, la magia no existe.»

Me miró con expresión solemne.

«Claro que existe. Pantoufle dice que sí, que existe.»

«Cariño, Pantoufle tampoco es real.»

No es fácil ser hija de una bruja... y ser su madre resulta todavía más duro. Después de lo sucedido en Les Laveuses me vi obligada a tomar una decisión: decir la verdad y condenar a mis hijas a llevar la clase de vida que siempre he tenido, a desplazarnos constantemente de un sitio a otro, a no tener jamás estabilidad ni seguridad, a vivir con la maleta a punto y a correr siempre para vencer al viento... o mentir y ser como los demás.

Por eso mentí. Mentí a Anouk. Le dije que nada de eso era real, que la magia no existía más que en los relatos; que no había poderes que aprovechar y poner a prueba ni dioses lares, brujas, runas, cánticos, tótems y círculos en la arena. Todo lo inexplicable se convirtió en un Accidente con mayúscula: repentinas rachas de suerte, salvaciones por los pelos, regalos de los dioses. Pantoufle fue degradado a la categoría de «amigo imaginario» y ahora no le hago el menor caso, si bien es cierto que ocasionalmente lo veo con el rabillo del ojo.

Ahora doy media vuelta y cierro los ojos hasta que los colores desaparecen.

Después de Les Laveuses, descarté todo eso pese a que sabía que tal vez se resentiría y a que era posible que durante una temporada me odiase un poco, aunque con la esperanza de que algún día lo comprendería.

«Anouk, tendrás que crecer y aprender a distinguir entre lo real y lo irreal.»

«¿Por qué?»

«Porque así es mejor», repliqué. «Anouk, todo eso..., todo eso nos separa de los demás, nos vuelve diferentes. ¿Te gusta ser distinta? ¿No te gustaría que, para variar, estuvieras incluida y tuvieras amigos, pudieses...?»

«Yo tenía amigos. Paul y Framboise...»

«No podíamos quedarnos, después de lo ocurrido era imposible.»

«Y también Zézette y Blanche...»

«Viajeros, Nanou, gente del río. No puedes vivir permanentemente en una embarcación, sobre todo si quieres estudiar...»

«Y Pantoufle...»

«Nanou, los amigos imaginarios no cuentan.»

«¿Y Roux, mamá? Roux era nuestro amigo.» El silencio se volvió interminable. «Mamá, ¿por qué no nos quedamos con Roux? ¿Por qué no le dijiste dónde estábamos?»

Dejé escapar un suspiro.

«Es complicado.»

«Lo echo de menos.»

«Ya lo sé.»

Evidentemente, para Roux todo es sencillo: haz lo que te apetece, coge lo que quieras, viaja donde el viento te lleve. A Roux le funciona, lo hace feliz. Sé que no podemos tenerlo todo, ya he recorrido ese camino, sé adónde conduce. Aseguré a Nanou que se vuelve cuesta arriba, muy cuesta arriba.

Roux habría dicho que me preocupo demasiado. Roux, el de la melena pelirroja y desafiante, la sonrisa reticente y la adorada barca a la deriva bajo las estrellas. *Te preocupas demasiado.* Quizá es cierto; a pesar de todo, me preocupo demasiado. Me preocupa que Anouk no haya hecho amigos en el nuevo liceo. Me preocupa que Rosette tenga casi cuatro años, que sea tan espabilada y que no hable, como si fuese víctima de un maleficio, una princesa acallada por temor a lo que podría revelar.

¿Cómo explicárselo a Roux, que no tiene miedo a nada ni se preocupa por nadie? Ser madre significa vivir presa del miedo: el miedo a la muerte, a la enfermedad, a la pérdida, a los accidentes, a los desconocidos, al Hombre Negro o, simplemente, a las pequeñas cosas cotidianas que logran convertirse en las que más daño nos hacen, a cosas como una mirada de impaciencia, una palabra colérica, el cuento que no has contado a la hora de acostarse, el beso olvidado, el terrible momento en el que dejas de ser el centro del universo de tu hija y te conviertes en otro satélite que traza su órbita alrededor de un sol menos significativo.

No ha ocurrido…, al menos todavía, pero lo veo en otros niños: en las adolescentes de boca fruncida, móvil y actitud desdeñosa hacia el mundo en general. Sé que la he decepcionado. No soy la madre que le gustaría tener. Aunque inteligente, con once años aún es demasiado pequeña para entender qué he sacrificado y por qué.

Te preocupas demasiado…

Si todo fuera tan sencillo.

Lo es, responde su voz en mi corazón.

Roux, es posible que en el pasado lo fuera, pero ahora, no.

Me pregunto si Roux ha cambiado en algo. En lo que a mí respecta…, creo que ahora no me reconocería. Obtuvo mi dirección de Blanche y Zézette y envía cuatro líneas en Navidad y para el cumpleaños de Anouk. Le remito las cartas a la oficina de correos de Lansquenet porque sé que a veces pasa por allí. Nunca ha mencionado a Rosette. Tampoco le he hablado de Thierry, mi casero, que ha sido infinitamente amable y generoso y cuya paciencia admiro más de lo que soy capaz de expresar con palabras.

Thierry le Tresset es un divorciado de cincuenta y un años, tiene un hijo, va a misa y es sólido como una piedra.

No te rías. Me gusta mucho.

Me pregunto qué ha visto en mí.

En estos tiempos me miro en el espejo y no hay reflejo, sino el retrato plano de una treintona. No se trata de alguien especial, sino de una mujer que carece de belleza excepcional o carácter. Semeja una mujer del montón, que es precisamente lo que pretendo ser, aunque hoy esa idea me deprime. Tal vez tiene que ver con el funeral: la sala mortuoria penosa, oscura y con las flores del servicio anterior; la falta de asistentes, la corona desmesurada de Thierry, el sacerdote indiferente que moqueaba y la música enlatada de *Nimrod*, de Elgar, que chisporroteó a través de los altavoces.

La muerte es trivial, como dijo mi madre semanas antes de su defunción en una calle atestada del corazón de Nueva York. La vida es extraordinaria, nosotros somos extraordinarios y abarcar lo extraordinario significa celebrar la vida.

Vaya, mamá, cómo cambian las cosas. En el pasado, supongo que no tan remoto, anoche habríamos estado de celebración. Era la víspera de Todos los Santos, una fecha mágica, momento de secretos y misterios, de coser bolsitas de seda roja y colgarlas por toda la casa para espantar el mal; de sal esparcida, vino con especias y pastelillos de miel dejados en el alféizar; de calabazas, manzanas, petardos, olor a pino y a humo de leña a medida que el otoño se acerca a su fin y el viejo invierno ocupa el escenario. Habríamos cantado y bailado alrededor de la fogata; Anouk se habría puesto maquillaje y plumas negras para corretear de puerta en puerta con Pantoufle en sus talones mientras Rosette, provista de farolillo y de su propio tótem, con piel naranja a juego con su pelo, saltaba y se pavoneaba tras ella.

Se acabó... Duele pensar en aquellos tiempos. No estás a salvo. Mi madre lo sabía; durante veinte años huyó del Hombre Negro y, aunque durante una temporada pensé que yo lo había vencido, luchado por conquistar mi lugar y ganado, no tardé en comprender que mi triunfo solo era una ilusión. El Hombre Negro posee muchos rostros, muchos seguidores y no siempre viste alzacuello.

Antes pensaba que yo le temía al Dios de esa gente, aunque años después admito que es su benevolencia lo que temo, tanto como su interés bienintencionado y su compasión. A lo largo de los últimos cuatro años los he percibido en nuestra senda, ya que olisquean y siguen furtivamente nuestros pasos. Desde Les Laveuses están mucho más cerca. Las Benévolas tienen tan buenas intenciones que solo quieren lo mejor para mis bellas niñas y no cejarán hasta que consigan separarnos y hacernos añicos.

Tal vez es ese el motivo por el que nunca he confiado en Thierry. Thierry, el amable, fiable y sólido Thierry, mi buen amigo de la sonrisa parsimoniosa, voz animada y conmovedora fe en las propiedades curalotodo del dinero. Desea ayudar, de hecho, ya nos ha ayudado muchísimo a lo largo de este año. Basta con que yo diga una palabra para que vuelva a hacerlo. Nuestros problemas quedarían resueltos. Me pregunto por qué dudo. Me pregunto por qué me cuesta tanto confiar en alguien, reconocer por fin que necesito ayuda.

Próxima a la medianoche de esta tranquila víspera de Todos los Santos, como suele ocurrir tan a menudo, mis pensamientos se desvían hacia mi madre, las cartas y las Benévolas. Anouk y Rosette duermen. El viento ha amainado bruscamente. A nuestros pies, París destella en medio de la niebla y, por encima de las calles, la colina de Montmartre parece flotar como una ciudad mágica de humo y luz estelar. Anouk cree que he quemado la baraja. Hace más de tres años que no consulto las cartas, pero las conservo, son las de mi madre, tienen olor a chocolate y de tanto barajarlas han adquirido brillo.

La caja está escondida debajo de mi cama. Huele a tiempo perdido y a la temporada de las brumas. La abro y veo las cartas, las imágenes antiguas grabadas en madera hace siglos en Marsella: la Muerte, los Enamorados, la Torre, el Loco, el Mago, el Colgado, la Rueda de la Fortuna...

Intento convencerme de que no se trata de una consulta rigurosa. Cojo las cartas al azar, sin tener la menor idea de las consecuencias, pero soy incapaz de rechazar la idea de que algo intenta revelarse, de que la baraja contiene un mensaje.

La guardo. Fue un error. En el pasado habría desterrado mis fantasmas nocturnos con un cántico como «¡Fuera, fuera, lárgate!», una infusión curativa, un poco de incienso y una espolvoreada de sal en el umbral. Actualmente me he vuelto civilizada, por lo que lo más fuerte que preparo es manzanilla. Me ayuda a dormir... al final.

Durante la noche y por primera vez en meses sueño con las Benévolas, que resuellan, se escabullen y serpentean por las callejuelas del viejo Montmartre; en el sueño me arrepiento de no haber dejado una pizca de sal en el umbral o un saquito medicinal sobre la puerta ya que, en su ausencia y atraída por el aroma del chocolate, la noche puede entrar sin dificultad.

SEGUNDA PARTE

El Uno Jaguar

1

Lunes, 5 de noviembre

Como de costumbre, fui a la escuela en autobús. De no ser por la placa que señala la entrada, nadie sabría que allí hay un liceo. El resto queda oculto tras los altos muros que podrían formar parte de un edificio de oficinas, de un parque privado o de algo totalmente distinto. El liceo Jules Renard no es demasiado grande según los criterios parisinos, pero a mí me parece una ciudad.

En mi escuela de Lansquenet había cuarenta alumnos. Aquí somos ochocientos chicos y chicas más mochilas, iPods, móviles, frascos de desodorante, libros de texto, barras de hidratante labial, juegos de ordenador, secretos, cotilleos y mentiras. Solo tengo una amiga, mejor dicho, casi una amiga, que se llama Suzanne Proudhomme, vive en la rue Ganneron del lado del cementerio y a veces visita la chocolatería.

Suzanne prefiere que le digan «Suze», como la bebida; es pelirroja, característica que odia; tiene la cara sonrosada y redonda y siempre está a punto de iniciar una dieta. Su pelo me gusta porque me recuerda a mi amigo Roux y no creo que esté gorda, pero no deja de quejarse de esas cuestiones. Antes éramos buenas amigas, pero últimamente suele cambiar de humor, dice cosas desagradables sin motivo o declara que no volverá a dirigirme la palabra si no hago exactamente lo que pretende.

Hoy volvió a dejar de hablarme. Se debe a que anoche no quise ir al cine. La entrada ya es bastante cara y también hay que comprar palomitas y Coca-Cola; si no pido nada, Suzanne se da cuenta y en la escuela se burla de que no tengo dinero; además, sabía que también iría Chantal y Suzanne adopta una actitud distinta cuando Chantal está presente.

Chantal es la nueva mejor amiga de Suzanne. Nunca tiene problemas de dinero para ir al cine y siempre lleva el pelo perfecto. Luce una cruz de diamantes de Tiffany, y la vez en la que un profesor le dijo que se la quitara, el padre de Chantal envió una carta a los periódicos en la que declaraba que era una desgracia que se persiguiese a su hija por llevar el símbolo del catolicismo al tiempo que permitían que las musulmanas se pusiesen el velo. Se montó un buen escándalo y al final la escuela prohibió tanto las cruces como los velos. De todos modos, Chantal sigue usándola. Lo sé porque se la he visto en el gimnasio. La profesora no se da por enterada. El padre de Chantal ejerce ese efecto en los demás.

Mamá recomienda que no les haga caso y que busque otras amistades.

Lo he intentado por todos los medios posibles pero, al parecer, cada vez que conozco a alguien nuevo, Suze se las apaña para apoderarse de esa persona. Ya ha ocurrido. No se trata de algo que pueda precisar, pero está presente, como el perfume en el aire. De repente aquellos que considerabas tus amigos empiezan a evitarte y se van con ella; sin que te des cuenta, se convierten en sus amigos, dejan de ser los tuyos y te quedas más sola que la una.

Hoy Suze no me dirigió la palabra, se sentó con Chantal en todas las clases y depositó su mochila en la silla contigua para que yo no pudiese sentarme; cada vez que las miré tuve la sensación de que se reían de mí.

No me importa. ¿A quién le gusta ser como esas dos?

De pronto las veo con las cabezas unidas y, aunque no me miran, por la actitud sé que vuelven a reírse de mí. ¿Por qué? ¿Qué tengo que les cause tanta gracia? En el pasado al menos sabía qué me volvía distinta, pero ahora...

¿Tiene que ver con mi pelo? ¿Con mi ropa? ¿Se debe a que nunca vamos a comprar a Galeries Lafayette? ¿A qué jamás vamos a esquiar a Val d'Isère o a veranear a Cannes? ¿Acaso luzco alguna etiqueta, como la de las zapatillas baratas, que les hace saber que soy de segunda?

Mamá ha hecho lo imposible por ayudarme. En mí no hay nada excepcional o que indique que no tenemos dinero. Visto igual que los demás. Mi mochila es igual a las de ellos. Veo las películas que hay que ver, leo los libros que corresponde y escucho la música adecuada. Debería encajar pero, por alguna razón, no es así.

El problema soy yo. Lisa y llanamente, no hay manera de coincidir. Tal vez tengo la forma o el color equivocados. Me gustan los libros inadecuados. Veo en secreto las películas que no corresponden. Les guste o no, soy diferente y no entiendo por qué debo fingir lo contrario.

Se vuelve duro cuando todos los demás tienen amigos. Y también es duro cuando solo caes bien a la gente cuando te comportas como si fueses otra.

Esta mañana, cuando entré, jugaban en el aula con una pelota de tenis. Suze se la lanzaba a Chantal, que se la arrojaba a Lucie, luego cruzaba el aula hasta Sandrine y la rodeaba para acabar en manos de Sophie. Cuando llegué nadie dijo nada. Siguieron jugando, pero reparé en que nadie me lanzaba la bola y cuando grité que yo estaba ahí no parecieron entender. Fue como si las reglas del juego hubiesen cambiado; sin que nadie lo dijese, se ocuparon de impedir que me llegase la pelota, gritaron «Annie es un bicho raro», me hicieron saltar y lanzaron voleas.

Ya sé que es una tontería y solo se trata de un juego, pero en la escuela cada día ocurre lo mismo. Soy la impar de una clase de veintitrés, la que tiene que sentarse sola, la que comparte los ordenadores con dos más (generalmente con Chantal y con Suze) en lugar de con un compañero; la que pasa el recreo en solitario, en la biblioteca o sentada en un banco mientras el resto forma corrillos, ríe, charla y juega. No me molestaría que a veces otro hiciera de bicho raro, pero nunca es así, siempre me toca a mí.

No se trata de que sea tímida. La gente me gusta y me llevo bien con ella. Me gusta charlar o jugar al pillapilla en el patio; no me parezco a Claude, que es demasiado tímido para intercambiar una palabra con alguien y que tartamudea cada vez que un profesor le pregunta algo. Tampoco soy quisquillosa como Suze o esnob como Chantal. Siempre estoy dispuesta a escuchar si alguien tiene un problema; por ejemplo, si Suze discute con Lucie o Danielle, no acude a Chantal, sino a mí, pero justo cuando creo que todo empieza a ir mejor, cambia de rumbo y se le ocurre otra tontería, como hacerme fotos con el móvil en el vestuario y mostrárselas a todos. Cuando le pido que no lo haga, Suze pone cara de que solo es una broma y no me queda más remedio que reír, por muy pocas ganas que tenga, porque no quiero ser la que carece de sentido del humor. En realidad, a mí no me causa la menor gracia. Es como el juego con la pelota de tenis, solo resulta divertido si no eres el bicho raro.

Sea como fuere, en eso pensaba cuando volvía a casa en autobús, mientras Suze y Chantal reían tontamente en el asiento del fondo, a mis espaldas. En lugar de volverme, fingí que leía pese a que el autobús se zarandeó a causa de los baches y las letras se desdibujaron ante mis ojos. A decir verdad, los ojos se me llenaron de lágrimas, por lo que me limité a mirar por la ventanilla a pesar de que llovía y era casi de noche. Todo adquirió el típico tono gris parisino cuando nos acercamos a mi parada, justo después de la estación de metro de la rue Caulaincourt.

Es posible que a partir de ahora viaje en metro. No me deja tan cerca de la escuela, pero lo prefiero por el olor a bizcocho de las escaleras mecánicas, la bocanada de aire que provoca la llegada de los trenes, las multitudes, el gentío. Ves toda clase de seres extraños en el metro: personas de todas las razas, turistas, musulmanas con velo y vendedores ambulantes africanos con los bolsillos llenos de relojes falsificados, tallas de ébano y collares y pulseras de nácar. Hay hombres vestidos de mujer, mujeres vestidas de estrellas cinematográficas, personas que comen alimentos extraños que sacan de bolsas de papel de estraza y otras con el pelo punk, tatuajes y piercings en las cejas, así como mendigos, músicos, rateros y borrachos.

Mamá prefiere que vaya en autobús.

Desde luego, no podía ser de otra manera.

Suzanne rió como una tonta y supe que había vuelto a hablar de mí. Abandoné el asiento, pasé olímpicamente de ella y me dirigí a la parte delantera del autobús.

Fue entonces cuando vi a Zozie de pie en el pasillo. Hoy no llevaba zapatos de caramelo, sino botas granate, con plataforma y hebillas hasta las rodillas. Lucía vestido negro corto sobre un jersey de cuello cisne de color verde lima; su melena incluía una mecha de tono rosa intenso y estaba fabulosa.

No pude contenerme y se lo dije.

Estaba convencida de que ya se había olvidado de mí, pero me equivocaba.

—¡Annie! ¡Eres tú! —Me besó—. Bajo aquí. ¿Tú también?

Volví la vista atrás y descubrí que Suzanne y Chantal le habían clavado la mirada y estaban tan sorprendidas que se olvidaron de reírse. A nadie se le habría ocurrido reírse de Zozie y, en el caso de que alguien se atreviera, le habría importado un bledo. Vi que Suzanne se quedaba boquiabierta, lo que no le sentaba nada bien, mientras que a su lado Chantal se ponía casi del mismo color que el jersey de Zozie.

—¿Son amigas tuyas? —preguntó Zozie cuando nos apeamos.

—Más o menos —repliqué y puse los ojos en blanco.

Zozie rió. Ríe mucho y ruidosamente y le da igual que la

gente la mire. Estaba muy alta con las botas con plataforma. Me habría gustado tener un calzado así.

—Bueno, ¿por qué no te empeñas en conseguirlo? —inquirió Zozie. Me encogí de hombros—. Debo reconocer que tu aspecto es..., que tu aspecto es muy convencional. —Adoro la forma en la que pronuncia la palabra «convencional», con un brillo en los ojos que no tiene nada que ver con la burla—. Te tenía por una persona más original. Supongo que entiendes lo que quiero decir.

—A mamá no le gusta que seamos distintas.

Zozie enarcó las cejas.

—¿En serio? —Volví a encogerme de hombros—. Está bien, cada uno a lo suyo. Escucha, calle abajo hay un local pequeño pero espectacular en el que preparan el pastel con nata más delicioso que existe a este lado del paraíso. ¿Por qué no vamos a celebrarlo?

—A celebrar, ¿qué?

—¡Que seremos vecinas!

Por supuesto que sé que no debo ir con desconocidos. Mamá lo repite sin cesar y es imposible vivir en París si no tomas algunas precauciones. Pero esa situación era distinta, se trataba de Zozie y, además, estaría con ella en un local público, en un salón de té inglés que yo nunca había visitado y que, según había anunciado a bombo y platillo, ofrecía los pasteles más ricos que quepa imaginar.

Yo sola no habría ido. Esa clase de locales me ponen nerviosa: mesas de cristal, señoras con abrigo de piel que beben tés raros en tazas de porcelana translúcida y camareras con vestiditos negros que me miraron por el uniforme escolar y el pelo desgreñado y observaron a Zozie, con las botas granate con plataforma, como si les costase creer que estuviésemos allí.

—Adoro este sitio —comentó Zozie con tono bajo—. A pesar de que se toma muy en serio a sí mismo, es tan ridículo que...

También se tomaba en serio los precios. Estaban totalmente fuera de mi alcance: diez euros por un té y doce por una taza de chocolate caliente.

—No te preocupes, invita la casa —dijo Zozie, y ocupamos una mesa del rincón, mientras una camarera antipática y parecida a Jeanne Moreau nos entregaba la carta como si le resultase doloroso—. ¿Conoces a Jeanne Moreau?

Me limité a asentir porque todavía estaba nerviosa.

—El papel que interpretó en *Jules et Jim* es maravilloso.

—No con ese atizador en el culo —acotó Zozie y señaló a la camarera, que se deshacía en sonrisas con dos señoras de aspecto ricachón y el mismo pelo rubio.

Dejé escapar una risotada. Las señoras me miraron y luego contemplaron las botas granate de Zozie. Juntaron las cabezas; repentinamente me acordé de Suze y Chantal y noté que se me secaba la boca.

Zozie debió de reparar en algo porque se puso seria y se mostró preocupada cuando preguntó:

—¿Qué ocurre?

—No lo sé. Me pareció que esas mujeres se burlaban de nosotras.

Intenté explicarle que era el tipo de local al que va la madre de Chantal, un sitio en el que señoras muy delgadas, con ropa de cachemira de tonos pastel, beben té con limón y rechazan los pasteles.

Zozie se cruzó de piernas.

—Se debe a que no eres un clon. Los clones encajan y los bichos raros destacan. Pregúntame qué prefiero.

Me encogí de hombros.

—Me lo imagino.

—No estás convencida. —Me dedicó su sonrisa más traviesa—. Mírame.

Chasqueó los dedos ante la camarera que se parecía a Jeanne Moreau y exactamente en el mismo momento la camarera tropezó a causa de los tacones, por lo que la tetera llena cayó sobre la mesa que tenía delante, empapó el mantel y el líquido chorreó por los bolsos y los carísimos zapatos de las señoras.

Miré a Zozie.

La mujer me devolvió la mirada y una sonrisa.

—¿Te ha gustado?

Entonces sí que reí, porque por supuesto que fue un accidente y nadie podía prever que ocurriría, aunque a mí me pareció que Zozie había provocado la caída de la tetera, así que la camarera tuvo que ocuparse de la que había liado con las señoras vestidas de colores pastel y los zapatos chorreantes, de modo que nadie nos miró ni se rió de las estrafalarias botas de Zozie.

Pedimos pasteles y algo de beber. Zozie tomó pastel de nata, ya que la dieta no iba con ella, y yo de almendras; bebimos batido de vainilla. Hablamos más tiempo del que pensé sobre Suze, la escuela, los libros, mamá, Thierry y la chocolatería.

—Tiene que ser fabuloso vivir en una chocolatería —opinó Zozie y atacó su ración de pastel de nata.

—No es tan bonito como Lansquenet.

Zozie se mostró interesada.

—¿Qué es Lansquenet?

—Un lugar donde vivimos. Está en el sur. Era de fábula.

—¿Más que París? —preguntó sorprendida.

Le hablé de Lansquenet y de Les Marauds, donde Jeannot y yo solíamos jugar a orillas del río; luego mencioné a Armande, a la gente del río, el barco de Roux con el techo de cristal y la cocinilla con las cacerolas con el esmalte desportillado y el modo en el que mamá y yo preparábamos bombones a última hora de la noche y a primera de la mañana, por lo que todo, incluso el polvo, olía a chocolate.

Después me asombré de lo mucho que había hablado. No debería mencionar esos temas ni los lugares en los que hemos estado, aunque con Zozie es distinto, con ella me siento segura.

—Dado que madame Poussin ya no está, ¿quién ayudará a tu

madre? —preguntó Zozie mientras llenaba la cucharilla con espuma del vaso.

—Nos apañaremos —repliqué.

—¿Rosette va a la escuela?

—Todavía no. —Por algún motivo no quise hablarle de Rosette—. De todos modos, es bastante espabilada. Dibuja muy bien. Habla con signos e incluso sigue con el dedo las palabras de los libros de cuentos.

—No se parece mucho a ti. —Me encogí de hombros. Zozie me miró con ese brillo peculiar de los ojos, como si se dispusiese a decir algo más, pero continuó en silencio. Terminó el batido y añadió—: No tener padre debe de ser duro.

Volví a encogerme de hombros. Está claro que tengo padre... Simplemente no sabemos quién es, pero no estaba dispuesta a decírselo.

—Tu madre y tú debéis de ser muy amigas.

—Hummm... —mascullé y asentí.

—Os parecéis... —Zozie calló y sonrió con el ceño fruncido, como si intentase desentrañar algo que la desconcertaba—. Annie, en ti hay algo, algo que no consigo precisar... —Como es obvio, no hice el menor comentario. Mamá insiste en que el silencio es más seguro porque lo que callas no puede ser utilizado en tu contra—. Está claro que no eres un clon. Estoy segura de que conoces unos cuantos trucos...

—¿Trucos? —pregunté, y me acordé de la camarera y del té derramado.

De pronto volví a sentirme incómoda, así que miré para otro lado con el deseo de que alguien nos trajera la cuenta para despedirme y volver corriendo a casa.

La camarera nos evitaba, charlaba con el hombre que se encontraba tras la barra y reía y se acomodaba el pelo, como a veces hace Suze cuando Jean-Loup Rimbault, un chico que le gusta, se encuentra cerca. Además, ya he notado esa actitud entre los camareros: aunque te sirvan a tiempo, nunca quieren traerte la cuenta.

En ese momento Zozie hizo cuernos con los dedos, una señal tan discreta que se me podría haber escapado. Levantó el índice y el meñique como quien acciona un interruptor y la camarera parecida a Jeanne Moureau se volvió como si la hubiesen pellizcado y de inmediato nos trajo la cuenta en una bandeja.

Zozie sonrió y abrió el billetero. Aburrida y malhumorada, Jeanne Moureau aguardó y estuve a punto de esperar que Zozie le dijera algo; al fin y al cabo, alguien capaz de pronunciar la palabra «culo» en un salón de té seguramente no tiene reparos a la hora de manifestar lo que piensa.

No hizo el menor comentario.

—Aquí tiene cincuenta. Quédese el cambio —declaró y entregó a la camarera un billete de cinco euros.

Hasta yo me di cuenta de que era de cinco. Lo vi perfectamente cuando Zozie lo dejó en la bandeja y sonrió. Por alguna razón la camarera no se enteró.

Jeanne Moureau se limitó a dar las gracias y las buenas tardes mientras Zozie volvía a hacer la señal con la mano y guardaba el billetero como si no hubiese pasado nada...

¡Y entonces se volvió y me hizo un guiño!

En un primer momento pensé que me había equivocado. Podría haber sido un accidente normal; al fin y al cabo, el salón estaba lleno, la camarera tenía mucho trabajo y a veces la gente comete errores.

Claro que después de lo ocurrido con la tetera...

Me sonrió como un gato capaz de arañar incluso mientras está tumbado en tu regazo y ronronea.

Se había referido a «trucos».

Yo pensaba que había sido un accidente.

De pronto lamenté haber ido y haberla llamado el día que se detuvo frente a la chocolatería. Solo se trata de un juego, ni siquiera es real, pero resulta peligroso, como algo dormido que solo puedes aguijonear cierto número de veces antes de que abra los ojos para siempre.

Consulté el reloj.

—Tengo que irme.

—Annie, tómatelo con calma. Solo son las cuatro y media…

—Mamá se preocupa si llego tarde.

—Por cinco minutos no pasará nada…

—Tengo que irme.

Supongo que esperaba que, de alguna manera, me lo impidiese; esperaba que me obligase a darme la vuelta, como había hecho la camarera, pero Zozie se limitó a sonreír y me sentí ridícula por haber experimentado tanto pánico. Algunas personas son sugestionables. Probablemente la camarera pertenecía a esa categoría o tal vez ambas habían cometido un error… o quizá era yo la equivocada.

Yo sabía que no estaba equivocada y ella sabía que lo había visto. Estaba en sus colores y en su forma de mirarme, con una sonrisa a medias, como si hubiésemos compartido algo más que pastel…

Sé que no es seguro, pero me cae bien, me cae realmente bien. Quería decirle algo para que entendiese…

Me volví impulsivamente y vi que todavía sonreía.

—Oye, Zozie, ¿ese es tu verdadero nombre?

—Oye, Annie, ¿este es el tuyo? —repitió burlonamente.

—Verás, yo… —Me dejó tan desconcertada que estuve en un tris de decírselo—. Los amigos de verdad me llaman Nanou.

—¿Tienes muchos? —inquirió sin dejar de sonreír.

Reí y levanté un dedo.

2

Martes, 6 de noviembre

Es una niña muy interesante. En algunos aspectos es más pequeña que sus coetáneos y en otros mucho mayor; no tiene dificultades para hablar con los adultos, pero con otros niños se muestra torpe, como si pusiese a prueba su nivel de competencia. Conmigo se mostró comunicativa, divertida, locuaz, soñadora y voluntariosa, aunque con una cautela instintiva en cuanto abordé, muy por encima, el tema de su excepcionalidad.

Es evidente que nadie quiere que lo consideren diferente. Por su parte, la reserva de Annie va más lejos. Da la sensación de que oculta algo al mundo, una cualidad extraña que, si se conociera, podría resultar peligrosa.

Es posible que otros no la vean, pero yo no soy otros y me siento atraída por ella de una forma irresistible. Me pregunto si sabe lo que es, si lo comprende, si tiene la más remota idea del potencial que contiene esa cabecita arisca.

Hoy volví a verla cuando regresaba del liceo. No se mostró..., no se mostró fría sino, ciertamente, menos confiada que ayer, como si fuese consciente de que ha superado un límite. Como ya he dicho, se trata de una niña interesante, más si cabe por el desafío que plantea. Presiento que no es insensible a la seducción, pero va con cuidado, con mucho cuidado y tendré que trabajar despacio para no atemorizarla.

Así fue como nos limitamos a hablar un rato, durante el cual no mencioné su otreidad, el lugar que llama Lansquenet ni la chocolatería. Luego cada una siguió su camino, aunque antes de separarnos le conté dónde vivo y dónde trabajo actualmente.

¿He dicho trabajo? Todo el mundo necesita trabajo. A mí me sirve de excusa para jugar, para estar con las personas, para observarlas y descubrir sus secretos recónditos. Es evidente que no necesito dinero, lo que me permite aceptar el primer trabajo conveniente que me ofrecen, el único que cualquier mujer puede conseguir sin problemas en un sitio como Montmartre.

No, no me refería a ese trabajo, sino al de camarera.

Hacía muchísimo que no trabajaba en una cafetería. En realidad, no lo necesito, ya que el salario es miserable y el horario todavía peor, pero tengo la sensación de que ser camarera se adecúa a Zozie de l'Alba y, por añadidura, me proporciona una buena posición desde la que observar las idas y venidas del barrio.

Encajada en la esquina de la rue des Faux-Monnayeurs, Le P'tit Pinson es una cafetería a la vieja usanza, de la época sórdida de Montmartre; un antro oscuro, cargado de humo y revestido con paneles de grasa y nicotina. El dueño se llama Laurent Pinson y es un parisino autóctono, de sesenta y cinco años, con bigote agresivo y deficiente higiene personal. Al igual que el propio Laurent, el atractivo del café suele reservarse para la generación más entrada en años, que agradece sus precios modestos y el plato del día, y para personas caprichosas como yo, que disfrutan de la impresionante descortesía del propietario y del extremismo político de los parroquianos más viejos.

Los turistas prefieren la place du Tertre, con sus bonitas y pequeñas cafeterías y las mesas con manteles de guinga. También se decantan por la pastelería art déco de la parte baja de la colina, con la enjoyada exposición de tartas y confitados, o por el salón de té de la rue Ramey. Los turistas no me interesan. Lo que sí me atrae es la chocolatería, que veo claramente al otro lado de la plaza. Desde aquí diviso quién entra y sale, cuento los clientes, superviso los repartos y, en un sentido amplio, conozco el ritmo de su modesta existencia.

En términos prácticos, las cartas que robé el primer día no han resultado útiles. Birlé una factura matasellada el veinte de octubre, que decía «Pagada en efectivo», y enviada por Sogar Fils, proveedor de dulces. ¿Quién paga en efectivo en esta época? Se trata de una forma de pago poco práctica y sin sentido, parece impensable que la mujer no tuviese una cuenta bancaria, y continúo tan desinformada como antes.

El segundo sobre contenía una tarjeta de pésame por la muerte de madame Poussin y estaba firmada por Thierry, que enviaba un beso. El matasellos era de Londres y, como quien no quiere la cosa, había añadido: «Nos veremos pronto. Haz el favor de no preocuparte».

La guardé para usarla más adelante.

El tercer correo era una descolorida postal del Ródano que resultó incluso menos informativa: «Voy hacia el norte. Pasaré si puedo». La firmaba «R» y solo iba dirigida a «Y y A», aunque la letra era tan torpe que la i griega parecía una uve.

El cuarto correspondía a correo basura que ofrecía servicios financieros.

Sigo diciéndome que todavía hay tiempo.

—¡Hola, pero si eres tú!

Otra vez el artista. Ya lo conozco; se llama Jean-Louis y su amigo de la boina es Paupaul. Los veo a menudo en Le P'tit Pinson; beben cerveza y ligan con las señoras. Cobran cincuenta euros por un dibujo a lápiz; digamos que diez por el retrato y cuarenta por los halagos. Han convertido su montaje en un bello arte. Jean-Louis es una persona encantadora, las mujeres sencillas son particularmente sensibles a sus atenciones y, más que su talento, es su insistencia la clave de su éxito.

—No pierdas el tiempo, no te lo compraré —puntualicé cuando abrió el bloc de dibujo.

—En ese caso se lo venderé a Laurent —replicó y guiñó el ojo—. Aunque también es posible que me lo quede.

Paupaul simula indiferencia. Es mayor que su amigo y posee un estilo menos exuberante. A decir verdad, casi nunca habla; suele permanecer de pie ante el caballete en la esquina de la plaza, mira el papel con el ceño fruncido y de vez en cuando lo araña con aterradora intensidad. Posee un bigote intimidador y hace que los clientes pasen largos ratos sentados mientras pone cara de contrariedad, rasca el papel y masculla enérgicamente para sus adentros hasta obtener una obra de proporciones tan disparatadas que los retratados quedan anonadados y sueltan la pasta.

Jean-Louis no había terminado de dibujarme cuando me abrí paso entre las mesas.

—Te advierto que cobro —anuncié.

—Piensa en los lirios —replicó Jean-Louis alegremente—. Ni trabajan ni reclaman honorarios como modelos.

—Los lirios no tienen que pagar facturas a fin de mes.

Esa misma mañana me presenté en el banco. Esta semana he ido cada día. Retirar veinticinco mil euros en efectivo llamaría excesivamente la atención, mientras que sacar varias veces cantidades modestas, mil por aquí y dos mil por allá, apenas se recuerdan de un día para otro.

Siempre digo que de nada sirve creerte la sal de la tierra.

No me presenté en el banco como Zozie, sino como la compañera de trabajo a cuyo nombre abrí la cuenta: Barbara Beauchamp, secretaria con un historial de fiabilidad hasta entonces impoluto. Vestí con discreción; aunque la verdadera invisibilidad es imposible, además de llamar demasiado la atención, la discreción está al alcance de todos y una mujer anodina, con gorro y guantes de lana, pasa desapercibida casi en cualquier parte.

Por eso lo percibí en el acto. Cuando me detuve en el mostrador experimenté una peculiar sensación de escrutinio, una alerta sin precedentes en sus colores, la petición de que esperase mientras preparaban el dinero que había solicitado, el aroma y el sonido de que algo no estaba del todo bien.

No me quedé para confirmarlo. Abandoné el banco en cuanto el cajero desapareció de mi vista, metí el talonario de cheques y la tarjeta en un sobre y lo introduje en el buzón más próximo. La dirección era falsa; los objetos incriminatorios se pasean tres meses de una oficina de correos a otra, terminan en el depósito de envíos sin destinatario conocido y nunca más se sabe. Si alguna vez tengo que deshacerme de un cadáver haré lo mismo: enviaré paquetes con manos, pies y fragmentos de torso a confusas direcciones de toda Europa mientras la policía busca inútilmente una tumba recién cavada.

El asesinato nunca me ha gustado, pero tampoco puedes descartar por completo las posibilidades. Busqué una tienda de ropa adecuada para desprenderme de madame Beauchamp y convertirme nuevamente en Zozie de l'Alba y, atenta a cualquier movimiento fuera de lo corriente, regresé dando rodeos a mi hostal del bajo Montmartre y reflexioné sobre mi futuro.

¡Maldita sea!

En la cuenta de la falsa madame Beauchamp quedaron veintidós mil euros: ese dinero representaba seis meses de planificación, investigación, actuación y perfeccionamiento de mi nueva identidad. Ya no tenía la menor posibilidad de recuperarlo; aunque no era probable que me reconociesen en las difusas grabaciones del circuito cerrado del banco, era más que posible que hubiesen bloqueado la cuenta para someterla a investigación policial. Afrontémoslo: había perdido el dinero para siempre, por lo que me quedaba poco más que otro dije en la pulsera; concretamente, un ratón, algo muy pertinente en el caso de la pobre Françoise.

Me digo que la triste verdad consiste en que ya no hay futuro para la artesanía. Seis meses desperdiciados y vuelvo a estar en el mismo punto en el que empecé: sin dinero no hay vida.

Claro que eso puede cambiar. Solo necesito una ligera inspiración. Comenzaremos por la chocolatería, ¿de acuerdo? Empezaremos por Vianne Rocher, de Lansquenet que, por razones desconocidas, se ha rebautizado como Yanne Charbonneau, madre de dos niñas y respetable viuda de la colina de Montmartre.

¿Acaso presiento un espíritu afín? No, pero reconozco que me encuentro ante un desafío. Aunque de momento es poco lo que puedo obtener de la chocolatería, lo cierto es que la vida de Yanne no carece totalmente de atractivo. Y, por añadidura, tiene a esa niña, a esa niña tan interesante.

Me alojo a la vuelta del boulevard de Clichy, a diez minutos andando desde la place de Faux-Monnayeurs. Mi vivienda consta de dos habitaciones del tamaño de un sello de correos, situadas al final de cuatro pisos de escalera estrecha, pero es lo bastante barata como para adecuarse a mis necesidades y tan discreta que me permite conservar el anonimato. Desde esa atalaya observo las calles, planifico entradas y salidas y me convierto en un elemento más del paisaje.

No es la *butte*, que supera con creces mis posibilidades. A decir verdad, se trata de un descenso bastante brusco desde la bonita vivienda de Françoise en el distrito XI. Pero esa no es la zona de Zozie de l'Alba y, además, a ella le gusta vivir en el límite del nivel de pobreza. En este barrio habitan personas de las clases más variadas: estudiantes, tenderos, inmigrantes y masajistas diplomados y sin diplomar. En un espacio tan reducido hay seis iglesias, lo que me recuerda que el libertinaje y la religión son siameses; la calle produce más basura que hojas secas y el olor a desagües y a mierda de perro es constante. A este lado de la colina las bonitas cafeterías dan paso a locales baratos de comida para llevar y tascas en las que, por la noche, se congregan las fulanas a beber vino tinto de botellas con tapón de plástico antes de montárselo junto a las puertas con postigos metálicos.

Probablemente no tardaré en hartarme, pero necesito un sitio en el que ocultarme hasta que desaparezca el interés por madame Beauchamp… y por Françoise Lavery. Sé que nunca está de más mostrarse cautelosa y, como solía afirmar mi madre, debes tomarte tu tiempo a la hora de recolectar las cerezas.

3

Jueves, 8 de noviembre

A la espera de que maduren las cerezas, he logrado reunir cierta información sobre los habitantes de la place de Faux-Monnayeurs. Madame Pinot, esa mujer como una perdiz que regenta la tienda de periódicos y de baratijas, tiene debilidad por el cotilleo y me ha permitido conocer el barrio a través de su mirada.

Por su intermedio me entero de que Laurent Pinson frecuenta los bares de solteros; de que, a pesar de que supera los ciento treinta kilos, el joven del restaurante italiano acude a la chocolatería como mínimo dos veces por semana, y de que la mujer que pasa cada jueves a la diez con el perro es madame Luzeron, cuyo marido sufrió un ataque el año pasado y cuyo hijo murió a los catorce años. Según madame Pinot, cada jueves visita el cementerio con ese perrillo ridículo a la rastra. La pobre nunca falta.

—¿Qué me dice de la chocolatería? —pregunté, y del pequeño estante cogí *Paris-Match*, revista que odio.

Por encima y por debajo de las revistas hay pintorescas muestras de tonterías religiosas: vírgenes de yeso y cerámica barata; bolas de cristal del Sacré-Coeur, medallones, crucifijos, rosarios e incienso para todas las ocasiones imaginables. Sospecho que madame es mojigata, ya que miró la tapa de la revista (en la que la princesa Estefanía de Mónaco aparece en biquini y retozando difusamente en una playa) y puso cara de culo de pavo.

—En realidad, no hay mucho que decir. El marido murió en el sur, pero ella ha caído con buen pie. —La tendera volvió a fruncir los labios—. Calculo que pronto habrá boda.

—¿En serio?

Madame Pinot movió afirmativamente la cabeza.

—Con Thierry le Tresset. Es el dueño del local. Se lo alquiló barato a madame Poussin porque era amiga de la familia. Fue allí donde conoció a madame Charbonneau. Si alguna vez he visto a un hombre perseguir a una... —Marcó el precio de la revista en la caja—. No dejo de preguntarme si ese hombre sabe en qué se mete. Calculo que ella tiene veinte años menos..., él está siempre de viaje y esa mujer tiene dos hijas, una de las cuales es especial...

—¿Especial? —repetí.

—Vaya, ¿no se ha fijado? ¡Pobre desgraciada! Es una carga para cualquiera... y, por si con eso no bastase, tampoco puede decirse que la chocolatería dé grandes beneficios, ya que si sumamos los gastos generales, la calefacción y el alquiler...

Dejé que divagara un rato. Para las personas como madame Pinot, el chismorreo es moneda de uso corriente y tengo la sensación de que ya le he dado mucho en lo que pensar. Supongo que, con la mecha rosa y los zapatos rojo rabioso, debo de haberme convertido en una prometedora fuente de habladurías. Salí de la tienda con una alegre despedida y la sensación de que he empezado bien y regresé a mi puesto de trabajo.

Es la mejor atalaya que podía desear. Desde aquí veo a los clientes de Yanne, superviso entradas y salidas, sigo el rastro de los repartos y no quito ojo de encima a las niñas.

La pequeña es un bicho malo; traviesa más que alborotadora y, pese a su pequeñez, bastante mayor de lo que supuse. Madame Pinot me ha dicho que tiene casi cuatro años y todavía no ha pronunciado una sola palabra, si bien parece conocer el lenguaje de signos. Madame insiste en que es una niña especial y esboza esa ligera mueca burlona que reserva para negros, judíos, viajeros y las personas políticamente correctas.

¿Una niña especial? No cabe la menor duda, aunque todavía está por verse hasta qué punto lo es.

Es obvio que también está Annie. Desde Le P'tit Pinson la veo cada mañana, poco antes de las ocho, y por la tarde, después de las cuatro y media; habla conmigo de la escuela, los amigos, los profesores y la gente que ve en el autobús. Al menos se trata de un punto de partida; de todas maneras, presiento que se refrena. Hasta cierto punto, me agrada. Yo podría aprovechar esa fortaleza; estoy segura de que, con la educación adecuada, Annie llegaría muy lejos... Además, ya sabéis que la mayor parte de la seducción se basa en la persecución.

Ya estoy harta de Le P'tit Pinson. El salario de la primera semana apenas cubre mis gastos y no es fácil dejar satisfecho a Laurent. Por si eso fuera poco, ha comenzado a fijarse en mí; lo veo en sus colores, en la forma en la que se repeina y en los cuidados que ahora dedica a su aspecto.

Sé que siempre es un riesgo. Laurent no se habría fijado en Françoise Lavery. Claro que Zozie de l'Alba tiene otro encanto. Laurent no lo entiende; los extranjeros le desagradan y esa mujer tiene determinado aspecto, cierto aire agitanado que le provoca desconfianza...

A pesar de todo, por primera vez en años escoge lo que se pone: rechaza una corbata por demasiado llamativa o ancha, sopesa los méritos de sus trajes y evalúa la conveniencia de ese viejo frasco de agua de colonia, que usó por última vez para una boda, que con el paso del tiempo se ha avinagrado y deja manchas marrones en su camisa blanca...

En condiciones normales alentaría esa situación, adularía al viejo con la esperanza de obtener ganancias fáciles como una tarjeta de crédito, un fajo de billetes o, tal vez, una caja de caudales oculta en un rincón, cuyo robo Laurent jamás denunciaría.

He dicho que lo haría en condiciones normales, pero los hombres como Laurent son fáciles de encontrar, mientras que las mujeres como Yanne…

Años atrás, cuando era otra, fui al cine a ver una película de la antigua Roma. En muchos aspectos fue una cinta decepcionante: demasiado repipi y llena de sangre falsa y redención hollywoodiense. Fueron las escenas de los gladiadores las que me resultaron extraordinariamente irreales: esas masas de personas generadas por ordenador y situadas en el fondo, seres que gritaban, reían y agitaban los brazos de forma ordenada, como papel de empapelar animado. En su momento me pregunté si los creadores de la película sabían lo que es una multitud de carne y hueso. Yo la he visto y debo reconocer que, en general, la multitud me parece más interesante que el espectáculo propiamente dicho; aunque como animación esos seres resultan convincentes, lo cierto es que carecían de colores y no había nada real en su comportamiento.

Pues bien, Yanne Charbonneau me recuerda a esos seres. Es una creación imaginaria situada en el fondo, lo suficientemente real para el observador casual pese a que actúa según una sucesión de órdenes previsibles. Carece de colores o, si los tiene, se ha vuelto muy hábil para ocultarlos tras esa pantalla de incoherencias.

Por otro lado, sus hijas están vivamente iluminadas. Aunque la mayoría de los niños presentan colores más intensos que los adultos, incluso así Annie destaca y su rastro azul mariposa irrumpe desafiante contra el cielo.

Creo que también hay algo más, una especie de sombra a su paso. Volví a verla mientras jugaba con Rosette en el callejón de la chocolatería: Annie con su nube de cabello bizantino, teñida de dorado por el sol de la tarde, aferrando la mano de su hermana pequeña mientras Rosette chapoteaba y pateaba los adoquines moteados con sus botas de agua de color amarillo claro.

Una especie de sombra…, ¿un perro, un gato?

Bien, ya lo averiguaré. Acabaré por saberlo. Dame tiempo, Nanou, solo te pido que me des tiempo.

4

Jueves, 8 de noviembre

Hoy Thierry regresó de Londres lleno de regalos para Anouk y Rosette y con una docena de rosas amarillas para mí.

Eran las doce y cuarto y faltaban diez minutos para cerrar y comer. Envolvía para regalo una caja de macarrones que me había pedido una clienta y me preparaba para pasar un rato tranquilo con las niñas, ya que el jueves por la tarde Anouk no tiene clase. Rodeé la caja con cinta rosa, acción que he realizado miles de veces, hice el lazo y tensé la cinta sobre una de las hojas de la tijera a fin de rizarla.

—¡Yanne!

La tijera resbaló de mis manos y el rizo se fue al garete.

—¡Thierry! ¡Te has adelantado un día!

Es un hombre corpulento, alto y fornido. Envuelto en el abrigo de cachemira, prácticamente ocupaba toda la puerta del pequeño local. Su cara parece un libro abierto, tiene los ojos azules y el pelo grueso, en su mayor parte todavía castaño. Sus manos de rico están acostumbradas a trabajar, ya que tiene las palmas agrietadas y las uñas limadas. Huele a polvo de yeso, cuero, sudor, *jambon-frites* y a algún que otro cigarro gordo que consume con culpa.

—Te echaba de menos —explicó, y me besó en la mejilla—.

Lamento no haber regresado a tiempo para el funeral. ¿Fue terrible?

—No, simplemente triste. No acudió nadie.

—Yanne, eres una estrella. No sé cómo te las apañas. ¿Qué tal la chocolatería?

—Bien.

En realidad, no es cierto. La clienta era la segunda del día, sin contar los que solo se acercan a mirar. Cuando Thierry llegó me alegré de la presencia de la clienta, una china de abrigo amarillo que sin duda disfrutaría con los macarrones, aunque habría estado mucho más contenta con una caja de fresas bañadas con chocolate. Tampoco es que tenga importancia. No es asunto mío; mejor dicho, ya no lo es.

—¿Dónde están las niñas?

—Arriba —respondí—. Están viendo la televisión. ¿Qué tal Londres?

—Fantástico, deberías ir.

En realidad, conozco bien Londres, ya que mi madre y yo vivimos casi un año en esa ciudad. No sé muy bien por qué no se lo he contado y he permitido que crea que nací y me crié en Francia. Tal vez tiene que ver con el anhelo de ser como el resto o quizá se vincula con el temor de que me mire con otros ojos si menciono a mi madre.

Thierry es un buen ciudadano. Hijo de un constructor que ha prosperado gracias a las propiedades, casi no ha estado expuesto a lo insólito y a lo incierto. Sus gustos son convencionales: aprecia un buen filete, bebe vino tinto y le encantan los niños, los chistes malos y los versos absurdos; prefiere que las mujeres usen falda, asiste a misa por la fuerza de la costumbre y no tiene prejuicios hacia los extranjeros, aunque preferiría no ver tantos a su alrededor. Me cae bien y, sin embargo, la idea de confiar en él..., en alguien...

Tampoco es que lo necesite. Jamás me hicieron falta confidentes. Tengo a Anouk y a Rosette. ¿Cuándo he necesitado a alguien más?

—Pareces triste —comentó Thierry cuando la china se fue—. ¿Qué te parece si salimos a comer?

Sonreí. En el universo de Thierry, la comida cura la tristeza. No tenía hambre pero, si no aceptaba esa invitación, se quedaría toda la tarde en el local. Llamé a Anouk, engatusé a Rosette hasta ponerle el abrigo y cruzamos la calle en dirección a Le P'tit Pinson, que a Thierry le gusta por su encanto destartalado y la comida grasienta y que yo detesto por los mismos motivos.

Anouk estaba inquieta y era la hora de la siesta de Rosette, pero Thierry necesitaba hablar de su estancia en Londres: la muchedumbre, los edificios, los teatros, las tiendas. Su empresa reforma varios edificios de oficinas cerca de King's Cross y le gusta supervisar personalmente el trabajo, de modo que se va el lunes en tren y regresa a París a pasar el fin de semana. Sarah, su ex esposa, todavía vive en Londres con el hijo de ambos aunque, como si fuera necesario, Thierry se esfuerza por demostrarme que hace años que están distanciados.

No lo dudo: en Thierry no hay subterfugios ni dobleces. Sus favoritos son los sencillos cuadrados de chocolate con leche, envueltos, que puedes comprar en cualquier supermercado del país. Soporta hasta un treinta por ciento de sólidos de cacao y, si le das algo más intenso, saca la lengua como los críos. Por otro lado, adoro su entusiasmo... y envidio su sencillez y su falta de astucia. Cabe la posibilidad de que mi envidia supere mi adoración, pero... ¿es tan importante?

Lo conocimos el año pasado, cuando apareció una gotera en el tejado. Con un poco de suerte, la mayoría de los caseros habrían enviado al fontanero, pero hacía años que Thierry conocía a madame Poussin, ya que ella y su madre eran amigas de toda la vida, por lo que reparó personalmente el techo y se quedó a tomar chocolate caliente y a jugar con Rosette.

Después de doce meses de amistad parecemos una pareja de las de toda la vida, con nuestros rincones favoritos y nuestras cómodas rutinas, aunque lo cierto es que Thierry jamás ha pasado una noche en casa. Cree que soy viuda y desea «darme tiempo», lo que resulta conmovedor. Pero su deseo está presente, implícito y sin confirmar... Me pregunto si realmente sería tan malo.

Thierry ha mencionado el tema únicamente una vez. Ha aludido de forma indirecta a su piso como una mansión en la rue de la Croix, al que hemos sido invitadas muchísimas veces y que, según dice, necesita un toque femenino.

«Un toque femenino...» ¡Vaya frase anticuada! También hay que reconocer que Thierry está chapado a la antigua. Pese a su interés por los chismes, el móvil y el equipo *surround*, se mantiene fiel a los ideales de siempre y a una época más simple.

Eso es: simple. La vida con Thierry sería muy simple. Siempre habría dinero para lo necesario. El alquiler de la chocolatería siempre estaría pagado. Anouk y Rosette estarían atendidas y seguras. ¿No es suficiente con que nos quiera a mis hijas y a mí?

«Vianne, ¿es suficiente?» Es lo que dice la voz de mi madre, que últimamente se parece mucho a la de Roux. «Recuerdo una época en la que querías más.»

«¿Cómo tú, madre?», replico en silencio. Arrastraste a tu hija de un sitio a otro, siempre a la fuga, viviendo..., viviendo eternamente al día, robando, mintiendo y conjurando; seis semanas, tres semanas, cuatro días en un sitio y a seguir el camino sin hogar ni escuela, a pregonar sueños, a echar las cartas para trazar el mapa de nuestros viajes, a vestir ropa de quinta mano con las costuras dadas, como sastres demasiado atareados para reparar nuestras prendas.

«Vianne, al menos sabíamos lo que éramos.»

Fue una réplica fácil, la que cabía esperar de mi madre. Además, yo sé lo que soy. ¿O no?

Pedimos espaguetis para Rosette y el plato del día para los demás. Había pocos clientes, incluso tratándose de un laborable, y el ambiente estaba impregnado de olor a cerveza y a Gitanes. Laurent Pinson es el mejor cliente de su propio local; francamente, de no ser así, supongo que hace años que habría cerrado. Con papada, sin afeitar y malhumorado, considera a los clientes intrusos de su tiempo libre y no disimula el desdén que siente hacia todo el mundo, salvo el puñado de parroquianos que, además, son sus amigos.

Soporta a Thierry, que en esta ocasión interpreta a un parisino insolente, ya que hace acto de presencia en la cafetería con un «*Hé, Laurent, ça va, mon pote!*» y golpea la barra con un billete de alto valor. Laurent sabe que entiende de propiedades, incluso le ha preguntado cuánto podrían pagarle por la cafetería una vez restaurada, por lo que ahora lo llama «monsieur Thierry» y lo trata con una deferencia que podría ser respeto o tal vez la expectativa de un futuro acuerdo.

Reparé en que hoy estaba más presentable: traje impecable, aroma a colonia, el cuello de la camisa abotonado y una corbata que había visto por primera vez la luz del día a finales de los años setenta. Supuse que se trataba de la influencia de Thierry, pero posteriormente cambié de parecer.

Los dejé y me senté; pedí café para mí y Coca-Cola para Anouk. Antes habríamos tomado chocolate caliente con nata y nubes de algodón que habríamos pescado con la cucharilla, pero ahora Anouk solo bebe Coca-Cola. Actualmente no bebe chocolate; al principio pensé que tenía que ver con la dieta y sé que es absurdo sentirse dolida por eso, como que te afecte la primera vez que se negó a que le contase un cuento antes de dormirse. Es una cría muy risueña... en la que cada vez más percibo esas sombras, esos rincones a los que no estoy invitada. Los conozco bien porque yo fui igual y... ¿no forma parte de mi temor la certeza de que, a su edad, yo también ansiaba largarme, escapar de mi madre de todas las maneras posibles?

Había una camarera nueva que me resultó lejanamente conocida: piernas largas, falda de tubo y el pelo recogido con una coleta. Al final la reconocí por el calzado.

—Es Zoë, ¿no? —pregunté.

—Zozie —me corrigió y sonrió—. Vaya establecimiento, ¿eh? —Hizo un ademán cómico, como si nos invitara a pasar. Bajó la voz para añadir con tono susurrante—: Por si eso fuera poco, creo que le gusto al dueño.

Thierry se desternilló de risa y Anouk esbozó una ligera sonrisa.

—Solo es un trabajo transitorio, hasta que encuentre algo mejor —apostilló Zozie.

El plato del día consistía en *choucroute garnie*, alimento que relaciono con la época que pasamos en Berlín. Estaba sorprendentemente bien elaborado para Le P'tit Pinson, hecho que atribuí a Zozie más que al renovado interés culinario de Laurent.

—Dado que se acercan las navidades, ¿no necesita ayuda en la chocolatería? —preguntó Zozie mientras retiraba las salchichas de la parrilla—. En caso afirmativo, me ofrezco como voluntaria. —Miró por encima del hombro a Laurent, que desde su rincón simuló desinterés—. Está claro que no me gustaría nada tener que dejar todo esto... —Laurent emitió un sonido de percusión, a medio camino entre un estornudo y una llamada de atención, una especie de «miu», y Zozie enarcó las cejas con expresión cómica—. Piénselo —acotó sonriente, se volvió, cogió cuatro cervezas con una habilidad surgida de años de trabajar en bares y las llevó a una mesa sin perder la sonrisa.

Después apenas habló con nosotros. El bar se llenó y, como de costumbre, tuve que ocuparme de Rosette. No se trata de que sea una niña tan difícil, ya que ahora come mucho mejor, aunque se babea más que los niños normales y todavía prefiere usar las manos, sino de que, en ocasiones, se comporta de forma extraña, clava la mirada en cosas que no están, se sobresalta a causa de sonidos imaginarios o de repente ríe sin motivo. Espero que no tarde en superarlo; han pasado varias semanas desde su último Accidente y, pese a que todavía se despierta tres o cuatro veces por la noche, me apaño con unas pocas horas de reposo. Espero que supere el insomnio.

Thierry cree que la mimo demasiado y últimamente ha hablado de llevarla al médico.

—No es necesario, ya hablará cuando madure —repliqué y miré a Rosette mientras comía.

Coge el tenedor con la mano izquierda, aunque no hay más indicios de que sea zurda. A decir verdad, es muy hábil con las manos y lo que más le gusta es dibujar: pequeños hombres y mujeres como palotes; monos, que son sus animales favoritos; casas, caballos y mariposas..., un tanto torpes, pero reconocibles y de todos los colores imaginables...

Thierry le pidió que comiera bien y usase la cuchara.

Rosette continuó como si no lo hubiera oído. Hubo una temporada en la que temí que fuese sorda; ahora sé que, lisa y llanamente, no hace caso de lo que considera baladí. Es una pena que no preste más atención a Thierry, casi nunca ríe o sonríe en su presencia, no suele mostrar su faceta más encantadora y solo expresa lo imprescindible mediante signos.

En casa, con Anouk, Rosette ríe, juega, pasa horas con su libro, escucha la radio y baila como un derviche por todo el apartamento. Si exceptuamos los Accidentes, en casa se porta bien y a la hora de la siesta nos tumbamos juntas, como antes hice con Anouk. Le canto y le leo cuentos; su mirada es despierta y alerta y tiene los ojos más claros que Anouk, tan verdes y atentos como los de un gato. A su manera, Rosette tararea la nana que cantaba mi madre. Es capaz de repetir la melodía, pero depende de mí para la letra:

V'là l'bon vent, v'là l'joli vent,
v'là l'bon vent, ma mie m'appelle.
V'là l'bon vent, v'là l'joli vent,
v'là l'bon vent, ma mie m'attend.

Thierry dice que es «un poco lenta» o «de desarrollo tardío» y me aconseja que «la someta a una revisión». Todavía no ha mencionado el autismo, pero todo se andará; como tantos hombres de su edad, lee *Le Point* y está convencido de que es experto en casi todo. Opina que, además de ser madre, solo soy una mujer, lo que ha fastidiado mi objetividad.

—Rosette, di «cuchara». —La niña coge el cubierto y lo observa con curiosidad—. Vamos, Rosette, di «cuchara».

Rosette ulula como una lechuza y logra que la cuchara interprete un baile impertinente sobre el mantel. Cualquiera pensaría que se burla de Thierry. Me apresuro a quitarle la cuchara y Anouk aprieta los labios para mantener la seriedad.

Rosette la mira y sonríe.

Déjalo estar, dice Anouk con los dedos.

¡Mierda!, replica Rosette.

Sonrío a Thierry y comento:

—Solo tiene tres años…

—Casi cuatro. Ya es bastante grande.

El rostro de Thierry adopta esa expresión fofa que suele mostrar cuando considera que no coopero lo suficiente. Hace que parezca mayor y menos familiar; experimento un súbito aguijonazo de irritación y, aunque sé que es injusto, no puedo evitarlo. Las interferencias no me gustan.

Me sorprendo por estar a punto de expresarlo de viva voz y en ese momento reparo en que Zozie, la camarera, me observa con expresión divertida, por lo que me muerdo la lengua y guardo silencio.

Me repito que tengo mucho que agradecerle a Thierry. No se trata tan solo de la chocolatería ni de la ayuda que nos ha prestado el año pasado, ni siquiera de los regalos para las niñas y para mí. Se vincula con que es grandioso, ya que su sombra nos cubre a las tres y bajo ella nos volvemos realmente invisibles.

Hoy estaba extraordinariamente inquieto y no dejaba de tocar algo que llevaba en el bolsillo. Me miró extrañado por encima del vaso de cerveza rubia.

—¿Tienes algún problema?

—Simplemente estoy cansada.

—Necesitas fiesta o vacaciones.

—¿Fiesta o vacaciones? —Estuve a punto de partirme de risa—. La fiesta y las vacaciones sirven para vender bombones.

—¿Continuarás con el negocio?

—Desde luego. Sería absurdo dejarlo. Faltan menos de dos meses para Navidad y…

—Yanne —me interrumpió—, si de alguna manera puedo ayudarte…, ya sea económicamente o de otra forma… —Thierry extendió la mano y acarició la mía.

—Saldré adelante —aseguré.

—Por supuesto, por supuesto —replicó Thierry y se llevó la mano al bolsillo.

Me dije que tiene buenas intenciones pero, por mucho que sea así, hay algo en mí que se rebela ante la posibilidad de que se entrometa. Durante tanto tiempo me he apañado sola que necesitar ayuda, de la clase que sea, parece una flaqueza peligrosa.

—Sola no podrás regentar la chocolatería. ¿Qué pasará con las niñas? —preguntó.

—Saldré adelante —repetí—. Estoy…

—No puedes hacerlo todo sola.

Thierry estaba ligeramente contrariado, con los hombros hundidos y las manos en el fondo de los bolsillos del abrigo.

—Ya lo sé. Contrataré a alguien.

Miré nuevamente a Zozie, que trasladaba dos platos de comida en cada mano y bromeaba con los que jugaban a las cartas en el fondo del restaurante. Se la ve tan cómoda, tan independiente, tan en su sitio mientras reparte los platos, recoge los vasos y, con un comentario risueño y una falsa palmada, aparta las manos que pretenden tocarla.

Pues vaya, yo también era así, me digo. *Hace diez años yo era igual.*

Pensé que, en realidad, no hacía tanto tiempo, ya que Zozie es poco más joven que yo, aunque está mucho más cómoda en su piel y es más profundamente Zozie de lo que yo llegué a ser Vianne.

Me pregunto quién es Zozie. Sus ojos ven mucho más allá de los platos sucios o del billete colocado bajo el borde del plato. Tiene los ojos azules, por lo que su mirada es más fácil de interpretar; por algún motivo, el gaje del oficio que tan a menudo me ha servido, aunque no con demasiado éxito, fracasa con ella. Me convenzo de que algunas personas son así. Oscuro o con leche, con el centro blando o frágil, de la naranja más amarga que quepa imaginar, cremitas de rosa, de chocolate blanco y almendras o de trufa a la vainilla, ni siquiera sé si el chocolate le gusta y, menos aún, cuál es su preferido.

¿Por qué pienso que ella conoce mi favorito?

Miré nuevamente a Thierry y descubrí que también la observaba.

—No puedes darte el lujo de contratar a una dependienta. Tal como están las cosas, ya te cuesta bastante llegar a fin de mes.

Por enésima vez experimenté una llamarada de contrariedad. *¿Quién se ha creído que es?*, pensé. Como si nunca me hubiese arreglado sola, como si fuera una niña que juega con las amigas a que tiene una tienda. Hay que reconocer que en los últimos meses el negocio no ha ido muy bien. Por otro lado, el alquiler está pagado hasta Año Nuevo y estoy segura de que daremos la vuelta a la situación. Se acercan las navidades y, con un poco de suerte…

—Yanne, me parece que tenemos que hablar. —Su sonrisa se había esfumado y detecté su expresión de empresario: el hombre que a los catorce años había comenzado con su padre a renovar un único apartamento abandonado cerca de la Gare du Nord y se había convertido en uno de los constructores con más éxito de todo París—. Sé que es difícil pero, en realidad, no tiene por qué serlo. Hay una solución para todo. Sé que apreciabas a madame Poussin…, la ayudaste muchísimo y te lo agradezco…

Thierry cree que lo que acaba de decir es verdad. Tal vez lo fue, pero también soy consciente de que la utilicé, del mismo modo que apelé a mi presunta viudedad como excusa para postergar lo inevitable, el terrible punto de no retorno…

—Pero es posible que a partir de ese punto exista un camino hacia delante.

—¿Un camino hacia delante? —repetí.

Thierry sonrió.

—Yo lo veo como una oportunidad para ti. Es evidente que todos lamentamos el fallecimiento de madame Poussin pero, hasta cierto punto, te libera. Yanne, podrías hacer lo que quisieras... y creo que he encontrado un lugar que te gustará...

—¿Estás diciendo que deje la chocolatería?

Fugazmente las palabras de Thierry parecieron una lengua extraña.

—Vamos, Yanne. He visto tus cuentas y sé cuánto son dos más dos. No tienes la culpa, has trabajado muchísimo, pero la actividad comercial está fatal y...

—Thierry, por favor, ahora no quiero hablar de ese tema.

—Entonces, ¿qué es lo que quieres? —inquirió exasperado—. Bien sabe Dios que te he seguido el juego. ¿Por qué te niegas a ver que intento ayudarte? ¿Por qué no me permites hacer lo que puedo?

—Disculpa, Thierry, sé que tienes buenas intenciones, pero...

En ese instante vi algo con la imaginación. Me ocurre a veces en momentos de descuido: un reflejo en la taza de café, la vislumbre en un espejo, una imagen que flota nubosa por la superficie brillante de un trozo de chocolate recién templado.

Una caja, una cajita de color azul cielo...

¿Qué contenía? No lo supe, pero el pánico se apoderó de mí, se me secó la garganta, oí el viento en el callejón y entonces lo único que quise fue coger a mis niñas y echar a correr y correr...

Vianne, tranquilízate.

Adopté el tono de voz más sereno que pude y pregunté:

—¿Ese asunto no puede esperar hasta que haya aclarado mi situación?

Thierry es como un perro de caza, un ser alegre, decidido e

insensible a los argumentos. Todavía tenía la mano en el bolsillo del abrigo y jugueteaba con lo que contenía.

—Intento ayudarte a aclarar la situación. ¿No te has dado cuenta? No quiero que te mates a trabajar. No merece la pena a cambio de unas pocas y penosas cajas de bombones. Puede que fuese adecuado para madame Poussin, pero tú eres joven, lista y te queda mucha vida por delante…

En ese momento supe qué había visto. Lo vi claramente con la imaginación: la cajita azul de una joyería de Bond Street, una piedra preciosa cuidadosamente escogida con la ayuda de la dependienta, no muy grande y de transparencia perfecta, arropada por el forro de terciopelo…

Por favor, Thierry, aquí y ahora, no.

—De momento no necesito ayuda. —Le dediqué mi sonrisa más brillante—. Cómete el *choucroute*, está delicioso…

—Tú apenas lo has probado —puntualizó Thierry.

Me llevé el tenedor lleno a la boca.

—¿Lo ves?

Thierry sonrió.

—Cierra los ojos.

—¿Cómo dices? ¿Aquí?

—Cierra los ojos y extiende la mano.

—Thierry, ya está bien… —Intenté reír, pero fue un sonido ronco, como una pepita que lucha por escapar de una calabaza.

—Cierra los ojos y cuenta hasta diez. Te aseguro que te encantará. Es una sorpresa.

¿Qué más podía hacer? Obedecí. Estiré la mano como una niña y noté en la palma algo pequeño, del tamaño de un praliné envuelto.

Cuando abrí los ojos Thierry había desaparecido y la caja de Bond Street estaba en mi mano, tal como la había imaginado hacía unos segundos, con el anillo, un gélido solitario, emitiendo destellos desde el forro de color azul oscuro.

5

Viernes, 9 de noviembre

Ya lo decía yo. Fue como pensaba. Los observé durante la tensa comida que compartieron: Annie con su destello azul mariposa; la otra, dorado rojizo, todavía demasiado pequeña para mis propósitos, pero no por ello menos fascinante; el hombre, ruidoso y de poca monta y, por último, la madre, quieta, vigilante y con los colores tan apagados que casi no parecen colores, sino el reflejo de las calles y del cielo en aguas tan revueltas que impiden que se vean.

Sin lugar a dudas existe alguna flaqueza, algo que podría proporcionarme ventajas. Es el instinto cazador que he desarrollado a lo largo de los años, la capacidad de reparar en la gacela coja casi sin abrir los ojos. La mujer recela, pero algunas personas están tan deseosas de creer en la magia, en el amor o en las propuestas que seguro triplicarán sus inversiones que se vuelven vulnerables a los que son como yo. Esas personas siempre se lo tragan y yo no puedo evitarlo.

Empecé a ver los colores cuando tenía once años: al principio solo un destello, un chispazo dorado con el rabillo del ojo, un revestimiento plateado pese a que no había nubes, una mancha de algo complejo y coloreado en medio del gentío. A medida que mi interés fue en aumento creció mi capacidad de distinguir los colores. Aprendí que cada uno posee una firma, la expresión de su ser interior que solo es visible para unos pocos elegidos y con la ayuda de uno o dos toques.

En la mayoría de los casos no hay mucho que ver, ya que casi todas las personas son tan opacas como sus zapatos, si bien ocasionalmente atisbas algo que merece la pena: un estallido de cólera en un rostro inexpresivo, un estandarte rosado que sobrevuela una pareja de enamorados o el velo gris verdoso de los secretos. Evidentemente, te sirve de ayuda cuando tratas con personas y en los juegos de cartas cuando escasea el dinero.

Existe un antiguo signo que se hace con los dedos y que algunos denominan el Ojo de Tezcatlipoca Negro y otros Espejo Humeante; ese signo que me ayuda a concentrarme en los colores. Aprendí a aplicarlo en México y, con la práctica y el conocimiento de determinados toques, sabía quién mentía, quién tenía miedo, quién engañaba a su esposa y quién estaba angustiado por temas económicos.

Paulatinamente aprendí a manipular los colores que veía, a dotarme de ese tono sonrosado, ese brillo un tanto especial o, si la discreción lo exigía, todo lo contrario, el reconfortante manto de la insignificancia que me permite pasar desapercibida y que nadie me recuerde.

Tardé un poco más en reconocer que esas prácticas son mágicas. Como todos los niños criados en base a los cuentos, esperaba fuegos artificiales, varitas mágicas y vuelos en escoba. Con sus conjuros ridículos y sus viejos pomposos, los libros de verdadera magia de mi madre parecían tan aburridos y ranciamente académicos que apenas los consideré mágicos.

También hay que decir que mi madre no tenía magia. Pese a sus estudios, sortilegios, velas, cristales y barajas, jamás la vi realizar ni siquiera un ensalmo. Algunas personas son así; lo vi en sus colores mucho antes de decírselo. Algunas personas no poseen lo que hace falta para convertirse en brujas.

Aunque careciese de aptitudes, mi madre poseía conocimientos. Montó una librería de ocultismo en los suburbios de Londres, local que frecuentaron toda clase de personas: sumos magos, odinistas, wiccanos a montones y algún que otro satanista, invariablemente acribillado por el acné, como si no hubiera superado la adolescencia.

A la larga, de mi madre y de ellos aprendí lo que necesitaba. Mi madre estaba convencida de que, si me permitía el acceso a todas las vertientes del ocultismo, finalmente escogería mi propio camino. Era seguidora de una oscura secta que creía que los delfines eran la especie iluminada y practicaba una suerte de «magia terrenal» tan inofensiva como ineficaz.

Con el paso de los años y con atroz lentitud aprendí que hay un uso para todo, y de lo inservible, lo absurdo y lo directamente falso aprendí a distinguir las migajas de las prácticas mágicas. Descubrí que, en los casos en los que está presente, casi toda la magia queda oculta por un montón asfixiante de rituales, dramatismo, ayuno y disciplinas que requieren tiempo, montón destinado a rodear de misterio lo que básicamente consiste en averiguar qué da resultado. Mi madre adoraba los rituales… y yo solo quería el recetario.

Por eso me metí con las runas, las cartas, los cristales, los péndulos y el estudio de las hierbas. Me empapé del *I Ching o libro de las mutaciones*; seleccioné lo que me interesaba de la aurora dorada; rechacé a Crowley, con excepción de su baraja de tarot, que es hermosa; reflexioné sobre mi diosa interior y me desternillé de risa con el *Liber Null* y con el *Necronomicón*.

Estudié con gran fervor las creencias mesoamericanas: las de los mayas, los incas y, sobre todo, los aztecas. Por alguna razón siempre me han atraído y así fue como conocí el sacrificio, la dualidad de las divinidades, la malicia del universo, el lenguaje de los colores, el horror a la muerte y el hecho de que la única forma de sobrevivir consiste en rechazar los ataques lo más firme y arteramente que puedas…

El resultado fue mi propio sistema, cuidadosamente compilado a lo largo de años de prueba y error; se compone de una parte de bien fundada medicina con plantas, que incluye varios venenos y alucinógenos útiles; otra de toques y nombres mágicos; varios ejercicios de respiración y de precalentamiento; unas cuantas pociones y tinturas que mejoran el estado de ánimo; algo de proyección astral y autohipnosis; un puñado de ensalmos, pese a que no soy partidaria de los sortilegios hablados, aunque algunos funcionan, y una mayor comprensión de los colores, incluida la capacidad de manipularlos para convertirme, si quiero, en lo que otros esperan, para proporcionar encanto a mí misma y a los demás y para cambiar el mundo según mi voluntad.

A lo largo del proceso y pese a la preocupación de mi madre no me afilié a un grupo concreto. Protestó porque le pareció inmoral que yo seleccionara lo que me gustaba de tantas creencias menores e imperfectas; habría preferido que me uniese a un aquelarre simpático, amistoso y para ambos géneros, en el que habría desarrollado una vida social y conocido muchachos para nada amenazadores, o que abrazara su acuática escuela de pensamiento y siguiese a los delfines.

«¿En qué crees realmente?», solía preguntar y con un dedo largo y nervioso tironeaba de sus collares de cuentas. «Me gustaría saber dónde está el alma, dónde se encuentra el avatar de tus convicciones.»

Yo me encogía de hombros y replicaba: «¿Por qué tiene que haber alma? Me interesa lo que funciona, no cuántos ángeles pueden bailar en la punta de un alfiler o una vela de qué color hay que encender para realizar un hechizo amoroso». A decir verdad, ya había descubierto que en el terreno de la seducción las velas de colores están descaradamente sobrevaloradas si se las compara con el sexo oral.

Mi madre suspiraba dulcemente y murmuraba algo acerca de que debía seguir mi propio camino. Lo busqué y desde entonces lo he seguido. Me ha conducido a lugares interesantes, como este, si bien nunca he encontrado pruebas que apunten a que no soy única.

Quizá no las he encontrado hasta ahora.

Yanne Charbonneau... Suena demasiado bien para ser totalmente plausible. Hay algo en sus colores, algo que apunta al engaño, aunque sospecho que ha encontrado modos de ocultarse, por lo que solo consigo entrever la verdad cuando baja la guardia.

A mamá no le gusta que seamos distintas.

¡Qué interesante!

¿Cómo se llamaba el pueblo? ¿Lansquenet? Me digo que tengo que buscarlo. Tal vez allí encuentre una clave, un antiguo escándalo, la huella de una madre y una hija que podría arrojar luz sobre esta misteriosa pareja.

Busqué sitios de internet con el portátil y solo encontré dos referencias a esa localidad: webs dedicadas al folclore y las fiestas del sudoeste, en las que el nombre de Lansquenet-sous-Tannes se relaciona con un popular festival de Pascua que se celebró por primera vez hace poco más de cuatro años.

Un festival del chocolate..., lo cual no resulta sorprendente.

Ahí quería llegar yo. ¿Se hartó de la vida pueblerina? ¿Se ganó enemigos? ¿Por qué se fue?

Esta mañana la chocolatería estaba desierta. La observé desde Le P'tit Pinson y hasta las doce y media no entró nadie. Pese a ser viernes no fue nadie: ni el obeso que jamás se calla, ni un vecino, ni un turista de paso.

¿Qué falla en el establecimiento? Debería estar rebosante de clientes, pero resulta casi invisible escondido como está en la esquina de la plaza encalada. Seguramente eso no es bueno. No hace falta demasiado para alegrarlo un poco, para mejorarlo y hacerlo brillar como el otro día. Sin embargo, esa mujer no hace nada. Me pregunto por qué. Mi madre dedicó toda su vida, inútilmente, a tratar de ser especial... ¿Por qué Yanne hace tanto esfuerzo por fingir lo contrario?

6

Viernes, 9 de noviembre

Thierry se presentó alrededor de las doce. Lo esperaba tras pasar la noche insomne y preocupada por cómo abordaría nuestro próximo encuentro. Ojalá nunca hubiese echado las cartas, pues salieron la Muerte, los Enamorados, la Torre y la Rueda de la Fortuna; ahora se parecen al destino, como si este fuera inevitable y los días y los meses de mi vida estuvieran en fila, cual una sucesión de fichas de dominó a punto de caer.

Claro que es absurdo. No creo en el destino. Estoy convencida de que podemos elegir, aplacar al viento, engañar al Hombre Negro e incluso apaciguar a las Benévolas.

Me pregunto a qué precio… Es lo que me mantiene despierta por la noche y lo que me llevó a tensarme interiormente cuando las campanillas emitieron su advertencia y Thierry entró con esa expresión terca que a veces adopta y que alude a cuestiones sin resolver.

Intenté ganar tiempo. Le ofrecí chocolate caliente, que aceptó sin demasiado entusiasmo porque prefiere el café, aunque a mí me permitió estar ocupada. Rosette jugaba en el suelo y Thierry la observó: la niña formó filas de botones que sacó del costurero y trazó dibujos concéntricos en el suelo de terracota.

Cualquier otro día, Thierry habría hecho un comentario, quizá una observación sobre la higiene, o le habría preocupado que Rosette se atragantase con los botones. Hoy no dijo nada, señal de peligro que intenté pasar por alto mientras me disponía a preparar el chocolate.

Vertí la leche del cazo sobre el chocolate cobertura, el azúcar, la nuez moscada y la guindilla. Deposité a un lado un macarrón de coco. Fue reconfortante, como todos los rituales; detalles transmitidos de mi madre a mí, a Anouk y puede que también a su hija algún día de un futuro demasiado lejano como para imaginarlo.

—Está delicioso —declaró Thierry, deseoso de complacerme, y cogió la taza pequeña con manos más adecuadas para levantar paredes.

Bebí mi chocolate; me supo a otoño, a humo dulzón, a hogueras, templos, duelos y sufrimiento. Llegué a la conclusión de que tendría que haber añadido una pizca de vainilla. De vainilla, como el helado…, como en la infancia.

—Está un poco amargo —añadió Thierry, y se sirvió un terrón de azúcar—. ¿Qué te parece…, que te parece si te tomas la tarde libre? Daremos un paseo por Champs-Elysées, tomaremos café, comeremos, iremos de compras…

—Thierry, te lo agradezco infinitamente, pero no puedo cerrar toda la tarde.

—¿Por qué? No hay actividad.

Logré contener a tiempo la réplica brusca.

—No has terminado el chocolate.

—Y tú, Yanne, no has respondido mi pregunta. —Desvió la mirada hacia mi mano—. Veo que no llevas puesto el anillo. ¿Eso significa que la respuesta es no?

Reí sin proponérmelo. Aunque Thierry no sabe a qué se debe, a menudo su franqueza me causa gracia.

—Me has sorprendido, eso es todo.

Me contempló por encima de la taza de chocolate. Estaba ojeroso, como si no hubiera dormido, y a los lados de la boca presentaba arrugas en las que hasta entonces yo no había reparado. Fue una muestra de vulnerabilidad que me perturbó y sobresaltó; había dedicado tanto tiempo a convencerme de que no lo necesitaba que no se me pasó por la cabeza la posibilidad de que él me necesitase a mí.

—Está bien. ¿Puedes dedicarme una hora?

—Solo tardaré un minuto en cambiarme.

A Thierry se le iluminó la mirada en el acto.

—¡Esa es mi chica! Sabía que dirías que sí.

Thierry volvía a estar en forma y el fugaz momento de incertidumbre quedó superado. Se incorporó y se metió el macarrón en la boca. Reparé en que no había terminado el chocolate. Thierry sonrió a Rosette, que seguía jugando en el suelo, y acotó:

—Bueno, bueno, *jeune fille,* ¿qué te parece? También podemos ir al Luxembourg a jugar con los barcos en el lago...

Rosette levantó la cabeza con la mirada encendida. Adora esos barcos y al hombre que los alquila; si pudiera, pasaría allí todo el verano...

A ver barcos, expresó por signos con gran entusiasmo.

—¿Qué ha dicho? —preguntó Thierry frunciendo el ceño.

Lo miré y sonreí.

—Dice que el plan es muy bueno.

Sentí un repentino afecto por Thierry, por su entusiasmo y su buena voluntad. Sé que le cuesta asimilar a Rosette, la de los extraños silencios y la negativa a sonreír, y agradecí sus esfuerzos.

Subí, me quité el delantal manchado con chocolate y me puse el vestido de franela roja. Se trata de un color que hace años que no uso, pero necesitaba algo para contrarrestar el frío viento de noviembre y, además, pensé que llevaría el abrigo. Puse a Rosette el anorak y los guantes, pese a que los detesta, y cogimos el metro hasta el Luxembourg.

Es muy curioso seguir siendo turista en la ciudad que me vio nacer. Thierry cree que soy forastera y le da tanta alegría mostrarme su mundo que no quiero decepcionarlo. Los jardines están preciosos, animados y salpicados de luz solar bajo el caleidoscopio de las hojas otoñales. Rosette adora las hojas secas, las patea y forma grandes y exuberantes arcos de color. También le encanta el pequeño lago y contempla con solemne alegría los botes de juguete.

—Rosette, di «bote».

—Bam —responde la niña y clava en Thierry su mirada felina.

—No, Rosette, se dice «bote». Venga ya, estoy seguro de que puedes decir «bote».

—Bam —repite Rosette y con los dedos hace el signo que representa al mono.

—Ya está bien —intervengo y sonrío a la cría, aunque interiormente mi corazón late demasiado rápido.

Hoy Rosette se ha portado muy bien; con el anorak de color verde lima y el gorro rojo ha corrido como un adorno navideño desaforadamente animado, de vez en cuando ha gritado «¡Bam, Bam, Bam!» como si abatiese enemigos invisibles, no ha reído porque casi nunca lo hace y se ha concentrado con impetuosa atención, el labio inferior hacia fuera y las cejas fruncidas, como si incluso correr fuese un desafío que no hay que tomarse a la ligera.

El peligro ha cargado la atmósfera. El viento ha cambiado, con el rabillo del ojo percibo un destello dorado y pienso que ha llegado el momento de...

—Nada más que un helado —propone Thierry.

El bote da un salto en el agua, gira noventa grados a estribor y se dirige hacia el centro del lago. Rosette me mira con expresión traviesa.

—Rosette, no. —El bote vuelve a dar un salto y apunta hacia el quiosco de helados—. Está bien, pero solo uno.

Nos besamos mientras Rosette toma el helado a orillas del lago. Thierry me resultó cálido, olía ligeramente a tabaco, como los padres, y sus brazos cubiertos por el abrigo de cachemira rodearon como un oso mi vestido rojo demasiado fino y el abrigo otoñal.

Fue un buen beso, que comenzó por mis dedos ateridos, con gran habilidad ascendió hacia mi cuello y por fin llegó a mi boca; poco a poco descongeló lo que el viento había helado, lo derritió cual un fuego cálido, sin dejar de repetir «te quiero, te quiero», algo que dice a menudo, pero en voz baja, como los Ave María que reza deprisa un niño demasiado impaciente como para alcanzar la redención.

Thierry debió de detectar algo en mi expresión porque se puso serio y preguntó:

—¿Cuál es el problema?

¿Cómo se lo cuento? ¿Cómo se lo explico? Me observó con súbito ardor y con los ojos azules llenos de lágrimas a causa del frío. Me pareció tan cándido, tan corriente…, tan incapaz, pese a su habilidad para los negocios, de entender nuestro tipo de engaño.

¿Qué ve en Yanne Charbonneau? He hecho mil esfuerzos por desentrañarlo. ¿Qué vería en Vianne Rocher? ¿Recelaría de sus costumbres poco convencionales? ¿Se burlaría de sus convicciones? ¿Condenaría sus opciones? ¿Tal vez se horrorizaría por la forma en la que ha mentido?

Besó lentamente las yemas de mis dedos, que introdujo de uno en uno en su boca. Sonrió y comentó:

—Sabes a chocolate.

El viento aún soplaba en mis oídos y el sonido de los árboles que nos rodeaban lo volvió inmenso, como un océano, como un monzón; barrió el cielo con confeti de hojas secas y el aroma de aquel río, aquel invierno, aquel viento.

De repente una extraña idea pasó por mi cabeza…

¿Y si le contara la verdad? ¿Y si le explicase todo?

Ser conocida, amada y comprendida. Se me cortó la respiración…

Ay, si me atreviese…

El viento influye de forma curiosa en las personas: les da la vuelta y las lleva a bailar. En ese instante convirtió nuevamente a Thierry en un chiquillo con el pelo revuelto, los ojos brillantes y sueños desaforados. En todo momento fui consciente de la advertencia y creo que incluso entonces supe que, pese a su calidez y su afecto, Thierry le Tresset no estaría a la altura del viento.

—No me gustaría perder la chocolatería —expliqué, aunque tal vez se lo dije al viento—. Necesito conservarla. Quiero que sea mía.

Thierry rió.

—¿Eso es todo? Yanne, cásate conmigo. —Sonrió de oreja a oreja—. Así tendrás todas las chocolaterías y los bombones que quieras. Siempre sabrás a chocolate e incluso olerás a chocolate... y yo también...

Me resultó imposible no reír. Thierry me cogió de las manos y me hizo girar sobre la grava, por lo que a Rosette le entró hipo a causa de la risa.

Tal vez por eso dije lo que dije; fue un instante de temerosa impulsividad, con el viento en los oídos, el pelo sobre la cara y Thierry que me abrazó con todas sus fuerzas y susurró «Yanne, te quiero» con un tono de voz que parecía asustado.

Súbitamente pensé que a Thierry le daba miedo perderme y fue entonces cuando lo dije, sabedora que a partir de ese punto no había vuelta atrás, con los ojos llenos de lágrimas y la nariz sonrosada y moqueante por el frío invernal.

—De acuerdo —repliqué—. Pero lo haremos discretamente...

Thierry abrió desmesuradamente los ojos porque mi respuesta lo cogió por sorpresa.

—¿Estás segura? —preguntó casi sin aliento—. Pensaba que querías..., ya me entiendes. —Volvió a esbozar una sonrisa—. Pensaba que querías el vestido, la iglesia, el coro, las damas de honor, las campanas..., toda la pesca.

Negué con la cabeza y precisé:

—Sin aspavientos.

Thierry me besó nuevamente.

—Como quieras, siempre y cuando digas que sí.

Durante unos segundos todo fue magnífico y tuve el pequeño y dulce sueño en mis manos. Me dije que Thierry es un buen hombre, un hombre con raíces y principios.

Y con dinero, Vianne, no lo olvides, declaró una vocecilla malévola en mi cabeza, pero su tono sonó débil y se desvaneció cuando me entregué al pequeño y dulce sueño. Maldije esa voz y también el viento. Esta vez no nos arrastraría.

7

Viernes, 9 de noviembre

Hoy volví a pelearme con Suze. No sé por qué ocurre tan a menudo; me gustaría que fuéramos amigas pero, cuanto más lo intento, más difícil resulta. Esta vez fue por mi pelo. ¡Ay, tío! Suze cree que debería alisármelo.

Le pregunté por qué.

Suzanne se encogió de hombros. Durante el recreo nos quedamos solas en la biblioteca; las demás habían ido a comprar golosinas y yo intentaba copiar unos apuntes de geografía, pero Suze quería hablar y, cuando se lo propone, no hay quien la detenga.

—Porque así queda raro —replicó—. Parece pelo afro.

A mí me da igual y se lo dije.

Suze puso expresión de boca de pez, la que siempre adopta cuando alguien la contradice.

—Dime..., ¿tu padre era negro?

Negué con la cabeza y me sentí como una mentirosa. Suzanne cree que mi padre está muerto pero, por lo que yo sé, podría haber sido negro; bueno, por lo que sé, también podría haber sido pirata, asesino en serie o rey.

—Ya sabes que la gente podría pensar...

—Supongo que al decir gente te refieres a Chantal...

—No —me interrumpió contrariada, pero su cara sonrosada adquirió un tinte más intenso y no me miró a los ojos mientras hablaba. Me rodeó los hombros con el brazo y acotó—: Escucha, eres nueva en el liceo, eres nueva para nosotras. Las demás fuimos juntas a la escuela primaria y aprendimos a acoplarnos.

Aprendimos a acoplarnos… En la época de Lansquenet tuve una profesora, madame Drou, que decía exactamente lo mismo.

—Lo que ocurre es que eres distinta —añadió Suze—. He intentado ayudarte…

—¿A qué? —espeté y pensé en los apuntes de geografía.

Me di cuenta de que nunca, jamás logro hacer lo que me apetece cuando Suzanne está cerca. Siempre se trata de sus juegos, sus problemas y la frase «Annie, haz el favor de dejar de seguirme» cuando aparece alguien que le interesa más. Aunque sabía que no pretendía ser brusca, Suze se mostró dolida, se apartó de la cara el pelo alisado con una actitud que considera muy adulta y declaró:

—Bueno, si ni siquiera estás dispuesta a oírme…

—Está bien —accedí—. ¿Cuál es mi problema?

Suze me estudió unos segundos. En ese momento sonó el timbre, por lo que me dirigió una sonrisa repentina y estupenda y me entregó un papel.

—He hecho una lista.

Leí la lista en la clase de geografía. Monsieur Gestin habló de Budapest, donde vivimos una temporada, aunque la verdad no me acuerdo muy bien. Solo recuerdo el río, la nieve y el casco antiguo, para mí tan parecido a Montmartre por las calles serpenteantes, las escalinatas empinadas y el castillo en lo alto de la colina. Con su letra regular y redondeada, Suze había escrito la lista en la mitad de la hoja de un libro de ejercicios. Había consejos sobre cómo arreglarse (el pelo liso, las uñas limadas, las piernas afeitadas y usar siempre desodorante), vestirse (nada de calcetines con faldas; rosa sí, pero naranja nunca), sobre la cultura (la literatura romántica moderna estaba bien y los libros de chicos, mal), cine y música (única y exclusivamente los últimos éxitos), sobre programas de televisión, sitios web (en el caso de que tuviese ordenador), sobre cómo pasar el tiempo libre y la clase de móvil que debía tener.

Al principio supuse que era otra de sus bromas pero, al terminar las clases, cuando nos encontramos en la cola del autobús, me di cuenta de que Suzanne hablaba en serio.

—Tienes que hacer un esfuerzo —insistió—. De lo contrario, la gente dirá que eres rara…

—Yo no soy rara sino, simplemente…

—Simplemente diferente.

—¿Qué tiene de malo?

—Verás, Annie, si quieres tener amigos…

—Los amigos de verdad no se preocupan de esas cosas.

Suze se sonrojó. Suele ocurrirle cuando se siente contrariada y entonces su melena y su cara se dan de patadas.

—Pues a mí sí que me preocupan —puntualizó y dirigió la mirada hacia el principio de la cola.

Hay que decir que existe un código en la cola del autobús, del mismo modo que lo hay cuando entras en clase o eliges a los compañeros de un equipo. Suze y yo estamos más o menos en la mitad. Delante se colocan los de primera categoría: las chicas que pertenecen al equipo de baloncesto y las mayores, que se pintan los labios, se enrollan la falda a la altura de la cintura y fuman Gitanes en cuanto franquean la puerta del liceo. A continuación se sitúan los chicos: los más guapos, los integrantes de los equipos deportivos, los que llevan los cuellos levantados y el pelo engominado.

También está Jean-Loup Rimbault, el nuevo. Suzanne bebe los vientos por él. A Chantal también le gusta, aunque Jean-Loup no les hace mucho caso y nunca participa en sus juegos. De pronto me di cuenta de lo que Suze tramaba.

Bichos raros y perdedores son los últimos de la cola. En primer lugar, los chicos negros del otro lado de la colina, que forman su propio grupo y no hablan con los demás. A continuación Claude Meunier, que tartamudea; Mathilde Chagrin, la gorda, y las musulmanas, aproximadamente doce, que se apiñan y que a principio de curso la montaron por llevar velo. Cuando miré hacia el final de la cola vi que lo llevaban puesto; se lo colocan en cuanto salen, ya que no están autorizadas a ponérselo en el recinto del liceo. Suze opina que el velo es una estupidez y que, si viven en nuestro país, deben ser como nosotras, pero se limita a repetir lo que dice Chantal. No veo la diferencia entre el velo, la camiseta y el tejano. Estoy convencida de que lo que se ponen es asunto suyo.

Suze seguía observando a Jean-Loup. Es bastante alto y, en mi opinión, apuesto; tiene el pelo negro y el flequillo le tapa casi toda la cara. Tiene doce años, uno más que los demás. Debería estar en el curso superior. Según Suze, el año pasado repitió, pero es realmente espabilado y el primero de la clase. Un montón de chicas se pirran por él; apoyado en la marquesina de la parada del autobús, hoy solo intentaba mostrarse indiferente y miraba por el visor de la pequeña cámara digital de la que jamás prescinde.

—¡Ay, Dios mío! —susurró Suze.

—Oye, ¿por qué, para variar, no le hablas?

Furiosa, Suze me hizo callar. Jean-Loup nos miró fugazmente y volvió a concentrarse en la cámara. El rubor de Suze subió de tono.

—¡Me ha mirado! —chilló, se escondió bajo la capucha del anorak, se volvió hacia mí y puso los ojos en blanco—. Me haré reflejos en la misma peluquería a la que va Chantal. —Me apretó el brazo con tanta fuerza que me hizo daño—. ¡Ya lo tengo! ¡Podemos ir juntas! Mientras me hacen los reflejos te alisas el pelo…

—Deja de meterte con mi pelo —advertí.

—¡Venga ya, Annie! Será genial y, además…

—¡He dicho que lo dejes estar! —Empecé a cabrearme—. ¿Por qué sigues metiéndote conmigo?

—Contigo no hay nada que hacer —declaró Suze y se le acabó la paciencia—. ¿Pareces un bicho raro y ni siquiera te importa?

Esa es otra de las características de Suzanne: se las apaña para que una frase parezca una pregunta cuando, en realidad, no lo es.

—¿Por qué tendría que importarme?

Mi rabia se había convertido en algo parecido a un estornudo y noté que crecía, iba en aumento y se disponía a estallar me gustase o no. Entonces recordé lo que Zozie había dicho en el salón de té y pensé que me habría gustado hacer algo para borrar esa expresión presuntuosa de la cara de Suzanne. No me refiero a algo malo, jamás se me ocurriría, sino a algo con lo que darle una lección.

Hice cuernos a mi espalda y le hablé con mi voz espectral...

Veamos si, cuando te toca, te gusta.

Durante un instante creí ver algo, un chispazo que recorrió su rostro, algo que desapareció antes de que yo lo viera realmente.

—Prefiero ser bicho raro en lugar de clon —declaré.

Di media vuelta y caminé hasta el final de la cola, mientras todos me miraban y Suze permanecía con los ojos desmesuradamente abiertos y fea, muy fea con el pelo y la cara rojos y la boca abierta de incredulidad durante el rato que permanecí en el fondo y esperé la llegada del autobús.

No estoy segura de si esperaba que Suze me siguiera o no. Pensé que lo haría, pero no fue así. Cuando por fin llegó el autobús, se sentó junto a Sandrine y no me miró ni una sola vez.

Al llegar a casa intenté contárselo a mamá, que simultáneamente intentaba hablar con Nico, envolver una caja de trufas al ron y preparar la merienda a Rosette, por lo que no di con las palabras para explicarle cómo me sentía.

—No les hagas caso —aconsejó finalmente mamá y vertió leche en un cazo de cobre—. Nanou, haz el favor de vigilar la leche y remuévela lentamente mientras termino de envolver la caja…

Guarda los ingredientes del chocolate caliente en un armario del fondo del obrador. En la parte delantera tiene varios cazos de cobre, moldes brillantes para preparar figuras de chocolate y la plancha de granito para templarlo. La verdad es que ya no los usa; la mayoría de sus cosas están abajo, en el sótano, e incluso antes de la muerte de madame Poussin apenas disponía de tiempo de preparar nuestras especialidades.

Claro que siempre hay tiempo para preparar chocolate caliente con leche, ralladura de nuez moscada, vainilla, guindilla, azúcar morena, cardamomo y chocolate cobertura al setenta por ciento. Mamá dice que es el único que vale la pena comprar y tiene un sabor denso y ligeramente amargo en el fondo de la boca, como el del caramelo cuando empieza a endurecerse. El chile le da un deje de picor, no mucho, solo una pizca, y las especias producen ese olor a iglesia que, por alguna razón, me recuerda a Lansquenet, a las noches encima de la chocolatería, en las que mamá y yo estábamos solas, con Pantoufle sentado a un lado y las velas encendidas sobre la mesa fabricada con una caja de naranjas.

Es evidente que aquí no usamos cajas de naranjas. El año pasado Thierry instaló una cocina totalmente nueva. Bueno, no podía ser de otra manera, ¿verdad? Al fin y al cabo, es el casero, tiene mucho dinero y, por añadidura, está a cargo de mantener la casa en condiciones. Mamá se tomó muchas molestias y preparó una cena especial en la nueva cocina. ¡Ay, tío! Como si hasta entonces nunca hubiésemos tenido cocina. Ahora hasta los tazones son nuevos y llevan escrita la palabra «chocolate» con una letra curiosa. Thierry compró uno para cada una y otro para madame Poussin, pese a que el chocolate caliente no le gusta… Lo sé porque le pone demasiado azúcar.

Solía tener mi propia taza, una gorda y roja que me regaló

Roux, ligeramente desportillada y con una a pintada, por Anouk. Ya no la tengo, ni siquiera recuerdo qué fue de ella. Quizá se rompió o la abandonamos. No tiene la menor importancia. He dejado de beber chocolate.

—Suzanne dice que soy rara —comenté cuando mamá regresó.

—Pues no es verdad —replicó y rascó el interior de una vaina de vainilla. El chocolate estaba casi a punto y hervía a fuego lento—. ¿Quieres? Está riquísimo.

—No, gracias.

—Bueno.

Sirvió chocolate para Rosette y añadió virutas y un poco de nata. Tenía buen aspecto y olía incluso mejor, pero no quise dar el brazo a torcer. Busqué algo de comer en el armario y encontré medio cruasán que había sobrado del desayuno y mermelada.

—No hagas caso de lo que dice Suzanne —recomendó mamá y se sirvió chocolate en una tacita de café. Reparé en que Rosette y ella no utilizaban los tazones con la palabra chocolate—. Conozco a las de su calaña. Búscate otros amigos.

Pensé que era más fácil decirlo que hacerlo. Además, ¿qué sentido tenía? Si yo no era yo no serían amigos míos: pelo falso, ropa falsa, yo falso...

—¿A quién te refieres?

—¡Y yo qué sé! —Su tono sonó impaciente cuando guardó las especias en el armario—. Seguramente hay alguien con quien te llevas bien.

Me habría gustado decirle que no era culpa mía. ¿Por qué piensa que la difícil soy yo? El problema radica en que mamá nunca fue a la escuela, según dice aprendió todo a través de la práctica, de modo que lo único que sabe es lo que leyó en los libros sobre niños o lo que vio desde el otro lado de la verja del patio de la escuela. Puedo asegurar que desde el otro lado no todo es coser y cantar.

—¿Qué quieres? —Continuaba impaciente, con ese tono que

significa que debería estarle agradecida, que se había deslomado para traerme hasta donde estaba, para enviarme a una buena escuela, para salvarme de la vida que ella había llevado...

—¿Puedo preguntarte algo?

—Por supuesto, Nanou. ¿Tienes algún problema?

—¿Mi padre era negro? —Mamá se sobresaltó, aunque con tanta delicadeza que no me habría percatado de no haberlo visto en sus colores—. Eso dice Chantal, una de mis compañeras.

—¿En serio? —preguntó mamá mientras cortaba pan para Rosette.

Pan, cuchillo y chocolate de untar. Con sus dedos de mono, Rosette giró incesantemente la rebanada. La expresión de mamá fue de intensa concentración. No supe qué pensaba y sus ojos se tornaron tan oscuros como África, por lo que su mirada se volvió ilegible.

—¿Tiene importancia? —preguntó finalmente.

—No lo sé —repuse y me encogí de hombros.

Giró hacia mí y durante un segundo casi pareció la mamá de antes, aquella a la que le importaba un bledo la opinión de los demás.

—Anouk, te explicaré una cosa —precisó con lentitud—. Durante mucho tiempo pensé que ni siquiera necesitabas padre. Pensé que nos teníamos la una a la otra, tal como ocurrió con mi madre y conmigo. Entonces llegó Rosette y me dije que tal vez... —Calló, sonrió y cambió de tema tan rápido que en principio no me di cuenta de que las cosas habían cambiado, como en el número de los trileros con tres cubiletes y una bola—. Thierry te gusta, ¿no?

Me encogí nuevamente de hombros.

—Está bien.

—Lo suponía. Te aprecia... —Mordí un cuerno de cruasán. Rosette estaba sentada en su sillita y fabricaba un avión con la rebanada de pan—. Lo que quiero decir es que si a vosotras no os gustase...

En realidad, no me gusta tanto. Grita demasiado y huele a cigarro. Además, interrumpe a mamá cuando habla, me llama *jeune fille* como si fuera un chiste, no entiende a Rosette ni se entera cuando le habla por signos y siempre explica las palabras largas y su significado, como si yo nunca las hubiera oído.

—Está bien —repetí.

—Verás... Thierry quiere casarse conmigo.

—¿Desde cuándo? —pregunté.

—Lo propuso por primera vez el año pasado. Respondí que no estaba en condiciones de comprometerme, ya que tenía que pensar en Rosette y en madame Poussin, y añadió que estaba dispuesto a esperar, pero ahora que nos hemos quedado solas...

—No le habrás dicho que sí, ¿eh? —pregunté con tono demasiado alto para Rosette, que se tapó las orejas con las manos.

—Es complicado...

Mamá parecía cansada.

—Siempre dices lo mismo.

—Porque siempre es complicado.

Yo no entiendo por qué es complicado, ya que a mí me parece simple. Hasta ahora jamás se ha casado, ¿no? ¿Por qué querría contraer matrimonio justamente ahora?

—Nanou, las cosas han cambiado.

—¿Qué cosas?

—Para empezar, la chocolatería. El alquiler está pagado hasta final de año y después... —Mamá dejó escapar un suspiro—. No será fácil lograr que funcione y me niego a aceptar dinero de Thierry. Constantemente me ofrece ayuda económica, pero no me parece justo. Pensé que tal vez...

Yo ya sabía que algo no iba bien, pero supuse que mamá estaba triste por la desaparición de madame. En ese momento comprendí que tenía que ver con Thierry y que la preocupaba que yo no encajase en sus planes.

¡Vaya plan! Puedo imaginarlo: mamá, papá y las dos niñitas, como seres salidos de un relato de la condesa de Ségur. Iríamos a la iglesia, cada día comeríamos *steack-frites* y luciríamos vestidos de Galeries Lafayette. Thierry tendría nuestra foto sobre el escritorio, un retrato profesional en el que Rosette y yo estaríamos vestidas igual.

No me entendáis mal. He dicho que Thierry está bien, pero...

—Vaya, vaya —dijo mamá—. ¿Se te ha comido la lengua el gato?

Di otro mordisco al cruasán.

—No lo necesitamos —repuse finalmente.

—Lo que está claro es que necesitamos a alguien. Suponía que lo comprenderías. Anouk, tienes que ir a la escuela, necesitas un hogar... y un padre...

¡No me hagas reír! ¿Un padre? Como si hiciera falta. Siempre dice que elegimos a la familia pero, en este caso, no me da la más mínima opción.

—Anouk, lo hago por ti...

—Haz lo que quieras.

Me encogí de hombros, cogí el cruasán y me largué a la calle.

8

Sábado, 10 de noviembre

Esta mañana pasé por la chocolatería y compré cerezas al licor. Yanne estaba en el local, con la pequeña a remolque. Aunque reinaba la tranquilidad, Yanne parecía agobiada, casi incómoda de verme, y cuando probé los bombones me di cuenta de que no eran nada del otro mundo.

—Antes los hacía personalmente —explicó, y me entregó los bombones en un cucurucho de papel—. Los de licor son tan complicados que ya no tengo tiempo. Espero que le gusten.

Me lo llevé a la boca con falsa glotonería.

—Exquisito —declaré, pese a que la pasta que rodeaba la cereza al licor sabía agria. En el suelo, detrás del mostrador y rodeada de pinturas y papeles de colores, Rosette tarareaba suavemente—. ¿No va al parvulario?

Yanne negó con la cabeza.

—Prefiero vigilarla personalmente.

Es obvio, hasta yo lo he visto. Como ahora me dedico a buscar, también veo otras cosas. Por ejemplo, la puerta de color azul cielo oculta diversas peculiaridades que los clientes corrientes pasan por alto. En primer lugar, el local es viejo y está bastante destartalado. El escaparate resulta bastante atractivo gracias a la exposición de latas y cajas pequeñas y bonitas y las paredes están pintadas de un alegre amarillo, pero aun así la humedad acecha en los rincones y bajo el suelo, lo que apunta a muy poco dinero y falta de tiempo. Han tomado algunas medidas para disimularlo: una suerte de telaraña dorada sobre un nido de grietas, un brillo acogedor en el umbral, una atmósfera exquisita que promete algo más que esos bombones de segunda.

Pruébame, saboréame…

Con la mano izquierda conjuré discretamente el Ojo de Tezcatlipoca Negro. Los colores llamearon a mi alrededor, lo que confirmó las sospechas del primer día. Alguien ha hecho de las suyas y no creo que sea Yanne Charbonneau. Ese encanto presenta un aspecto juvenil, ingenuo y exuberante que alude a una mente todavía informe.

¿Annie? ¿Quién más? ¿Y la madre? Vaya, vaya… Hay algo en Yanne que me aguijonea, algo que solo he visto una vez… el primer día, cuando abrió la puerta al oír su nombre. Entonces sus colores eran más intensos, ya lo creo; algo me dice que todavía es así, pero prefiere ocultarlos.

Rosette dibujaba en el suelo y seguía entonando su cancioncilla sin letra:

—Bam, Bam, Bammm… Bam, bada, Bammm…

—Vamos, Rosette, es la hora de la siesta.

Rosette no apartó la mirada del dibujo. El canturreo subió de volumen, acompañado por el golpeteo rítmico del calzado en el suelo.

—Bam, Bam, Bammm…

—Ya está bien, Rosette —afirmó Yanne con delicadeza—. Guarda los lápices.

Rosette siguió sin reaccionar.

—Bam, Bam, Bammm… Bam, bada, Bammm… —Simultáneamente sus colores pasaron del dorado crisantemo al naranja brillante, rió y se estiró como si intentara atrapar pétalos que caían—. Bam, Bam, Bammm… Bam, bada, Bammm…

—¡Rosette, calla!

Percibí cierta tensión en Yanne. No fue la incomodidad de una madre cuyo hijo no se porta bien, sino la sensación de peligro inminente. Cogió a Rosette en brazos, que siguió farfullando sin inmutarse, y me dirigió una expresión como de disculpas.

—Lo siento, a veces, cuando está agotada, se comporta así.

—No se preocupe, es una delicia de niña —repliqué.

Del mostrador cayó un portalápices y los lápices rodaron por el suelo.

—Bam —dijo Rosette y señaló los lápices caídos.

—Tengo que acostarla —insistió Yanne—. Si no duerme la siesta se altera demasiado.

Volví a mirar a Rosette y pensé que no tenía aspecto de cansada. Era la madre la que parecía rendida: pálida y agotada, con el corte de pelo demasiado rígido y el jersey negro barato que hacía que su cutis pareciese todavía más pálido.

—¿Se encuentra bien? —pregunté.

Yanne asintió.

Por encima de su cabeza la bombilla parpadeó. Dije para mis adentros que la instalación eléctrica de las casas viejas siempre está anticuada.

—¿Está segura? La noto un poco pálida.

—Solo me duele la cabeza. Me apañaré.

Conozco esa respuesta. Dudo de que se apañe. Se aferra a la niña como si yo pudiera arrebatársela.

¿Me creéis capaz? Estuve casada dos veces, aunque nunca con mi verdadero nombre, y ni una sola vez pensé en tener hijos. Por lo que me han contado las complicaciones no acaban nunca y, debido a mi oficio, no puedo permitirme exceso de equipaje.

Sin embargo…

Dibujé en el aire el signo del cacto de Xochipilli, aunque mantuve la mano fuera de la vista; Xochipilli el de la lengua plateada, el dios de las profecías y los sueños. No es que las profecías me interesen demasiado, pero he comprobado que la charla relajada proporciona recompensas y la información es oro para los que nos dedicamos a este oficio.

El símbolo brilló y flotó durante uno o dos segundos antes de dispersarse como un anillo de humo plateado.

Durante unos segundos no pasó nada.

A fuerza de ser sincera, debo reconocer que no esperaba resultados, pero sentía curiosidad. Además, ¿no me debía una mínima satisfacción después de todos los esfuerzos que he hecho en su nombre?

Volví a trazar el signo de Xochipilli el susurrador, el revelador de secretos, el productor de confidencias. En esta ocasión el resultado superó con creces mis expectativas.

Ante todo vislumbré el destello de sus colores. Duró poco pero fue muy intenso, como el de la llama que encuentra una bolsa de gas en la chimenea. Al mismo tiempo la alegre actitud de Rosette cambió radicalmente. Se arqueó en brazos de su madre, se echó hacia atrás y lanzó un quejido. La bombilla parpadeante estalló con estrépito y, simultáneamente, del escaparate cayó una pirámide de latas de galletas y produjo un ruido capaz de resucitar a los muertos.

Yanne Charbonneau fue pillada por sorpresa, dio un paso a un lado y se golpeó la cadera contra el mostrador.

Encima del mostrador había una pequeña vitrina sin puertas que albergaba una colección de bonitos platillos de cristal llenos de peladillas rosadas, doradas, plateadas y blancas. La vitrina se tambaleó. Instintivamente Yanne estiró la mano para sujetarla y uno de los platillos cayó al suelo.

—¡Rosette! —gritó Yanne, casi al borde de las lágrimas.

Oí el choque del platillo contra el suelo y las peladillas se desparramaron por las baldosas de terracota.

Escuché cómo se rompía, pero no miré hacia el suelo; me ocupé de observar a Rosette y a Yanne: la niña estaba envuelta en las llamas de sus colores y la madre tan quieta que parecía petrificada.

—Le echaré una mano —propuse, y me incliné para recoger los fragmentos.

—No, por favor…

—Ya lo tengo —insistí.

Percibí la tensión nerviosa de Yanne, acumulada y a punto de estallar. Ciertamente, no se debió a la rotura del platillo; de acuerdo con mi experiencia, las mujeres como Yanne Charbonneau no se derrumban ante unos fragmentos de cristal. Por otro lado, las cosas más extrañas pueden desencadenar un estallido: un mal día, el dolor de cabeza, la amabilidad de los desconocidos.

Fue en ese momento cuando, con el rabillo del ojo, lo vi agazapado debajo del mostrador.

Era de un dorado naranja intenso y estaba torpemente dibujado, pero por la cola larga y curva y los ojillos encendidos quedaba claro que se trataba de un mono. Giré de sopetón para verlo cara a cara y me mostró los dientes puntiagudos antes de esfumarse.

—Bam —dijo Rosette.

Se produjo un silencio largo, interminable.

Recogí el platillo, de cristal de Murano y con los bordes delicadamente estriados. Lo había oído romperse con el mismo ruido que te asalta cuando estallan petardos; había visto la metralla dispersa por el suelo de terracota y, sin embargo, lo sostenía intacto en la mano. No había habido accidente.

Bam, pensé.

Bajo mis pies todavía notaba que las peladillas castañeteaban. Yanne Charbonneau me contemplaba en medio de un temeroso silencio que giró y giró como un capullo de seda.

Podría haber dicho que se trataba de un golpe de suerte o dejado el platillo en su sitio sin pronunciar palabra, pero estaba segura de que era ahora o nunca. *Golpea ahora, mientras la resistencia es mínima, ya que tal vez no se presente otra oportunidad.*

Me incorporé, miré a Yanne a los ojos y le dirigí todo el encanto que fui capaz de manifestar:

—No se preocupe, ya sé lo que necesita.

Durante unos segundos se tensó y sostuvo mi mirada con expresión de desafío y de altanera incomprensión.

La cogí del brazo y sonreí.

—Necesita chocolate caliente —acoté con amabilidad—. Preparado de acuerdo con mi receta especial, es decir, con guindilla, nuez moscada, Armagnac y una pizca de pimienta negra. Vamos, no quiero discusiones. Traiga a la mocosa.

Me siguió al obrador sin pronunciar palabra.

Por fin había logrado entrar.

TERCERA PARTE

El Dos Conejo

1

Miércoles, 14 de noviembre

Nunca he querido ser bruja. Jamás soñé con serlo, aunque mi madre juraba que oyó mis llamadas desde meses antes de mi nacimiento. Obviamente, no lo recuerdo; mi más tierna infancia es una mezcolanza de lugares, olores y personas que pasaron veloces como trenes; de cruzar fronteras sin papeles, de viajar con nombres distintos, de abandonar de noche los hoteles baratos, de ver cada día el amanecer en un sitio nuevo y de huidas, siempre corriendo, incluso entonces, como si la única manera de sobrevivir fuera recorrer cada arteria, vena y capilar del mapa, sin dejar nada detrás, ni siquiera nuestras sombras.

«Tú eliges a tu familia», decía mamá. Evidentemente, mi padre no había sido elegido.

«Vianne, ¿para qué lo necesitamos? Los padres no cuentan. Solo estamos tú y yo…»

A decir verdad, no lo eché de menos. ¿Cómo iba a añorarlo? No tenía nada con lo que comparar su ausencia. Lo imaginé oscuro, levemente siniestro y, quizá, pariente del Hombre Negro del que huíamos. Yo quería a mi madre y el mundo que habíamos creado para nosotras, un universo que acarreábamos dondequiera que fuéramos, un mundo inalcanzable para la gente corriente.

«Porque somos especiales», solía decir mi madre. Veíamos cosas, poseíamos ese don. Tú eliges a tu familia... Fue lo que hicimos allá donde fuimos: una hermana aquí, una abuela allá, rostros conocidos de una tribu dispersa. En la medida en la que lo recuerdo, no hubo hombres en la vida de mi madre.

Salvo el Hombre Negro, por descontado.

«¿Mi padre era negro?» Me sobresaltó pensar que Anouk había estado tan cerca. Había evaluado esa posibilidad mientras huíamos con los faldones levantados, con colores llamativos y azotadas por el viento. Indudablemente, el Hombre Negro no era real. Llegué a pensar que mi padre era igual.

De todas maneras, no perdí la curiosidad y de vez en cuando escrutaba la muchedumbre en Nueva York, Berlín, Venecia o Praga con la ilusión de verlo, de vislumbrar un hombre solo, con mis ojos oscuros...

Entretanto mi madre y yo huimos. Al principio pareció que por el mero gozo de correr; luego, como todo lo demás, se convirtió en hábito y, por último, en tarea pesada. Al final pensé que huir y correr fue lo único que la mantuvo viva cuando el cáncer invadió su sangre, su cerebro y sus huesos.

Fue entonces cuando mencionó por primera vez a la niña. En su momento pensé que se trataba de delirios debidos a los calmantes que tomaba. Vaya si divagó a medida que se acercaba el final: contó cosas que no tenían el menor sentido, se refirió al Hombre Negro y habló seriamente con personas que no estaban presentes.

La chiquilla, con un nombre tan parecido al mío, podría haber sido otra invención de aquel período incierto: un arquetipo, un ánima, un recorte de periódico, otra alma perdida de cabellos y ojos oscuros, robada junto a un estanco un día de lluvia en París.

Sylviane Caillou... Se esfumó como tantos; desapareció de la sillita del coche, aparcado delante de una farmacia cercana a La Villette, cuando contaba dieciocho meses. Se la llevaron con el bolso de los pañales, el cambiador y los juguetes; la última vez que la vieron lucía una pulsera infantil de plata con un dije de la suerte, un gato pequeño, colgado del cierre.

Esa no era yo. No pude haberlo sido. Y en el caso de haberlo sido, después de tanto tiempo...

Mi madre decía que eliges a tu familia, tal como te elegí a ti y tú a mí. Esa niña..., esa niña no te habría atendido. No habría sabido cuidar de ti, cortar la manzana de tal manera que se vea la estrella interior, anudar una bolsita medicinal, desterrar los demonios golpeando un cazo metálico o arrullar al viento hasta dormirlo. No te habría enseñado nada de eso...

Vianne, ¿acaso no nos fue bien? ¿No te prometí que todo saldría bien?

Todavía tengo el pequeño dije del gato. No recuerdo la pulsera de bebé, que probablemente mi madre vendió o regaló, aunque tengo una ligera remembranza de los juguetes: dos peluches, un elefante rojo y un osito marrón, muy querido y con un solo ojo. El dije sigue en la caja de mi madre, es una baratija, como la que compraría un crío, y cuelga de un trozo de cinta roja. Está en la caja, junto a la baraja de mi madre y otro puñado de cosas: una foto que nos tomaron cuando yo tenía seis años, un trocito de sándalo, varios recortes de periódico, un anillo y un dibujo que hice en la escuela, la única a la que fui, en los tiempos en los que aún existía la expectativa de que un día arraigaríamos.

Está claro que jamás me lo pongo. Ni siquiera me gusta tocarlo; contiene demasiados secretos, como el perfume, que solo necesita calor humano para liberar su aroma. Por regla general, no toco nada de lo que contiene esa caja aunque, por otro lado, no me atrevo a tirarla. Un exceso de lastre me frena..., pero si tuviese demasiado poco volaría como las semillas de diente de león y me perdería para siempre con el viento.

Zozie lleva cuatro días conmigo y su personalidad comienza a influir en todo lo que toca. No sé cómo ocurrió, tal vez se debió a un momento transitorio de debilidad. De lo que estoy segura es de que no pretendía ofrecerle trabajo. Para empezar, no puedo darme el lujo de pagar mucho, aunque está dispuesta a esperar hasta que las cosas cambien; resulta tan natural que Zozie esté aquí, como si me hubiera acompañado toda la vida…

Comenzó el día del Accidente, el día en el que preparó el chocolate y lo bebimos en el obrador, aquel chocolate caliente, dulce y aderezado con chiles frescos y virutas de chocolate. Rosette también bebió en su pequeño tazón y jugó en el suelo mientras yo permanecía en silencio; Zozie no dejó de observarme con esa sonrisa peculiar y los ojos entornados como los de un gato.

Las circunstancias eran extraordinarias. Cualquier otro día, en cualquier otro momento, habría estado preparada, pero aquel, con el anillo de Thierry en el bolsillo, Rosette en su peor momento, Anouk muda desde que se enteró y el día largo y vacío que nos aguardaba…

En cualquier otro momento me habría mantenido firme, pero aquel día…

No se preocupe, ya sé lo que necesita.

¿A qué se refiere exactamente? ¿Qué sabe? ¿Que un plato que se rompió volvió a quedar entero? Es absurdo, nadie le creería y, menos aún, que el truco es obra de una niña de cuatro años, de una cría que ni siquiera sabe hablar.

—Yanne, pareces cansada —afirmó Zozie—. Tiene que ser muy duro cuidar de todo esto.

Asentí en silencio.

El recuerdo del Accidente de Rosette se interpuso entre nosotras como el último trozo de pastel durante una fiesta.

No digas nada, supliqué en silencio, tal como había intentado pedirle a Thierry. *Por favor, no lo digas, no lo expreses con palabras.*

Me pareció percibir su fugaz respuesta: un suspiro, una sonrisa, la vislumbre de algo entrevisto en sombras, la delicada mezcla de la baraja perfumada con sándalo…, el silencio.

—No quiero hablar del tema —puntualicé.

Zozie se encogió de hombros.

—En ese caso, bebe el chocolate.

—Estoy segura de que lo has visto.

—Yo veo toda clase de cosas.

—Por ejemplo, ¿cuáles?

—Veo que estás cansada.

—No duermo bien.

Durante un rato Zozie me observó en silencio. Sus ojos eran puro verano con manchitas doradas. *Debería conocer tus preferencias*, pensé casi oníricamente. *Tal vez lo único que ocurre es que he perdido la capacidad de…*

—Te propongo una cosa —añadió por último—. Atenderé la chocolatería en tu lugar. Nací en una tienda, así que sé lo que hay que hacer. Llévate a Rosette y dormid un rato. Si te necesito te avisaré. Vete. Te aseguro que saldrá todo bien.

Eso ocurrió hace cuatro días. Desde entonces nadie ha aludido a lo sucedido. Está claro que, de momento, Rosette no entiende que, en el mundo real y por mucho que deseemos lo contrario, un plato roto debe seguir roto. Zozie no ha intentado abordar nuevamente el tema y se lo agradezco. Sabe que algo ha ocurrido, pero se da por satisfecha con dejarlo estar.

—Zozie, ¿en qué clase de tienda naciste?

—En una librería. Supongo que ya sabes cómo son, nací en una librería de la New Age.

—¿En serio? —pregunté.

—Mi madre se dedicaba a la magia que se compra en tiendas, a la baraja del tarot y a vender incienso y velas a hippies felices, sin dinero y con los pelos enredados. —Sonreí, pese a que me sentí ligeramente incómoda—. Claro que fue hace mucho tiempo y prácticamente no lo recuerdo.

—¿Sigues…, sigues creyendo?

Zozie sonrió.

—Creo que nosotros podemos marcar la diferencia. —Se impuso el silencio—. ¿Y tú?

—Antes creía, pero ahora no.

—¿Puedo preguntar a qué se debe?

Meneé la cabeza.

—Tal vez te lo cuente más adelante.

—De acuerdo.

Lo sé, ya sé que es peligroso. Cada acción, incluso la más nimia, tiene consecuencias. La magia se cobra un alto precio. Tardé mucho en comprenderlo, lo entendí después de Lansquenet y de Les Laveuses, pero ahora está clarísimo, del mismo modo que las consecuencias de nuestro recorrido se despliegan a nuestro alrededor como las olas en un lago.

Valga como ejemplo mi madre, tan generosa con sus dones, dedicada a repartir buena suerte y buena voluntad mientras en su interior el cáncer, que no llegó a saber que padecía, creció como los intereses de una cuenta de depósito a plazo. El universo cuadra el debe y el haber. Hay que pagarlo todo, incluso algo tan pequeño como un hechizo, un ensalmo o un círculo trazado en la arena. Debemos pagar en su totalidad y con sangre.

En este aspecto existe la simetría. Por cada golpe de suerte, un hachazo; por cada persona que ayudamos, un pesar. Una bolsita de seda roja sobre la puerta… y en otra parte cae una sombra. Una vela encendida para desterrar la mala suerte… y la casa de un vecino de enfrente se incendia y arde hasta los cimientos. Una fiesta del chocolate y la muerte de un amigo…

Una desventura…

Un Accidente…

Por eso no puedo confiar en Zozie. Me cae demasiado bien como para perder su confianza. Me parece que a las niñas también les gusta. Tiene algo juvenil, algo más acorde con la edad de Anouk que con la mía, algo que la vuelve más accesible.

Tal vez tiene que ver con su melena larga, suelta y con el mechón rosa en la parte delantera, o con su ropa de colores exuberantes, comprada en una tienda benéfica y combinada como el contenido de una caja de maquillaje infantil aunque, por extraño que parezca, le sienta bien. Hoy lleva un vestido de cintura de avispa de los años cincuenta, de tono azul cielo y estampado con veleros, y zapatillas de ballet amarillas, calzado que no es precisamente adecuado para el mes de noviembre…, aunque está claro que le importa un bledo. Esas cuestiones jamás la preocuparán.

Recuerdo que antaño yo era así. Recuerdo la actitud desafiante. Claro que la maternidad lo cambia todo, nos vuelve cobardes, nos convierte en cobardes, en mentirosas… y hasta en cosas peores.

Les Laveuses, Anouk y… ¡oh, aquel viento!

Han transcurrido cuatro días y todavía estoy sorprendida porque no solo confío en Zozie para que vigile a Rosette, como solía hacer madame Poussin, sino para toda clase de cuestiones del local, como envolver, embalar, limpiar y hacer los pedidos. Dice que le gusta, insiste en que siempre soñó con trabajar en una chocolatería y, por otro lado, jamás se atiborra como solía hacer madame Poussin ni se aprovecha de su posición para pedir muestras.

Todavía no he hablado con Thierry sobre ella. No sé a qué se debe, aunque lo cierto es que tengo la sensación de que no estará de acuerdo. Quizá porque no lo consulté o tal vez por la mismísima Zozie, que se diferencia tanto como es posible de la formal madame Poussin.

Con los clientes suele ser alegre y, en ocasiones, inquietantemente informal. Habla sin parar mientras envuelve cajas, pesa bombones y menciona las novedades. Tiene una capacidad extraordinaria para lograr que los demás hablen de sí mismos: pregunta por el dolor de espalda de madame Pinot y parlotea con el cartero durante el reparto. Conoce las preferencias de Nico el Gordo; coquetea descaradamente con Jean-Louis y Paupaul, los aspirantes a artistas que importunan a los clientes de Le P'tit Pinson, y charla con Richard y Mathurin, los ancianos a los que denomina «los patriotas», que a veces llegan a la cafetería a las ocho de la mañana y casi nunca se marchan hasta después de comer.

Conoce por su nombre a los amigos que Anouk tiene en el liceo, pregunta por sus profesores y habla de su modo de vestir. Por otro lado, jamás me hace sentir incómoda; nunca plantea las preguntas que, en su lugar, cualquiera haría.

Sentí lo mismo con relación a Armande Voizin..., allá en los tiempos de Lansquenet. La revoltosa, traviesa y pícara Armande, cuyas enaguas rojas aún veo a veces con el rabillo del ojo, cuya voz imaginada en medio del gentío y tan parecida a la de mi madre, en ocasiones me obliga a darme la vuelta y clavar la mirada.

Cae de maduro que Zozie no tiene nada que ver con ella. Cuando la conocí, Armande tenía ochenta años y era una mujer reseca, irritable y cascada. Por otro lado, veo en Zozie su estilo desbordante y su interés por todo. Y si Armande tenía una chispa de lo que mi madre denominaba magia...

Ahora no hablamos de esas cuestiones. Aunque tácito, nuestro pacto es estricto. La más mínima indiscreción, aunque solo sea encender una chispa, y nuevamente arderá el castillo de naipes. Ya ha ocurrido en Lansquenet, en Les Laveuses y, con anterioridad, en un centenar de localidades, pero se acabó, no puede ser. Esta vez nos quedamos.

Hoy se presentó temprano, justo en el momento en que Anouk se iba a la escuela. La dejé sola menos de una hora, el tiempo suficiente para dar un paseo con Rosette, y cuando regresé el local parecía más alegre, espacioso y atractivo. Había cambiado el escaparate: extendió un retal de terciopelo azul marino sobre la pirámide de latas y encima colocó unos tacones de aguja de color rojo brillante, llenos a reventar de bombones envueltos con papel metálico rojo y dorado.

Aunque excéntrico, el efecto resulta muy llamativo. Los tacones, los mismos que llevaba el primer día, parecen brillar en el escaparate oscuro y, como un tesoro escondido, los bombones se desparraman por el terciopelo cual cubos y fragmentos de luces de colores.

—Espero que no te moleste —dijo Zozie cuando entré—. Pensé que un toque alegre vendría bien.

—Me gusta —afirmé—. Zapatos y bombones…

Zozie sonrió de oreja a oreja.

—Son dos de mis pasiones.

—Dime, ¿cuál es tu preferido?

En realidad no me interesa saberlo, pero la curiosidad profesional me llevó a plantearlo. Han pasado cuatro días y sigo sin saber cuál es su favorito.

Zozie se encogió de hombros.

—Me gustan todos, aunque los comprados no saben como los artesanales. En algún momento comentaste que los preparabas…

—Los preparaba cuando tenía tiempo…

Me miró a los ojos.

—Pero si tienes tiempo de sobra. Me ocuparé de la chocolatería mientras obras la magia en la trastienda.

—¿Qué magia?

Zozie comenzó a trazar planes, por lo visto sin reparar en el impacto que la palabra «magia» había causado en mí. Hizo planes para un lote de trufas artesanales, los bombones más fáciles de preparar y, a continuación, se lanzó a por los bizcochitos de harina de almendras, mis preferidos, con arándanos y pasas de Esmirna gordas y amarillas.

Soy capaz de hacerlos con los ojos cerrados. Hasta un niño sabe preparar bizcochitos de harina de almendras y Anouk me había ayudado a menudo en los tiempos de Lansquenet; seleccionaba las pasas más tentadoras y los arándanos más dulces, de los que siempre se reservaba una ración generosa, y los disponía sobre los discos de chocolate fundido, ya fuese negro o con leche, trazando primorosos dibujos.

Desde entonces no he hecho bizcochitos de harina de almendras. Me recuerdan demasiado aquella época, la pequeña pastelería con la gavilla de trigo sobre la puerta, a Armande, a Joséphine, a Roux…

—Puedes pedir lo que quieras por los bombones artesanales —prosiguió Zozie, sin enterarse de nada—. Si aquí colocas un par de sillas y haces un poco de espacio —acotó y señaló el lugar—, la gente podrá sentarse, tomar algo y tal vez pedir una ración de pastel. ¿No te gustaría? Me parece que sería una muestra de cordialidad, un modo de atraer a los clientes.

—Hummm… —Yo no estaba del todo segura. Se parecía demasiado a Lansquenet. La chocolatería debía seguir siendo un negocio y los parroquianos, clientes en lugar de amigos. De lo contrario, cualquier día ocurre lo inevitable y, una vez abierta la caja, cerrarla se vuelve imposible. Además, ya sabía qué opinaría Thierry…—. Me parece que no.

Zozie guardó silencio, pero me miró significativamente. Tengo la sospecha de que la he decepcionado y sé que se trata de una sensación absurda pero…

Me pregunto cuándo me he vuelto tan pusilánime y por qué me preocupo tanto por la opinión de los demás. Mi voz suena quisquillosa y seca, como la de una remilgada. Me gustaría saber si Anouk también lo nota.

—No pasa nada, solo era una propuesta.

Me digo que no haremos daño a nadie. Al fin y al cabo, solo se trata de chocolate, de aproximadamente una docena de lotes de trufas que me servirán para no perder la práctica. Thierry considerará que pierdo el tiempo, pero su parecer no debe detenerme y, además, ¿qué me importa?

—Supongo que podría preparar unas cajas para Navidad.

Conservo los cazos, tanto los de cobre como los esmaltados, cuidadosamente envueltos y guardados en cajas en el sótano. Todavía tengo la plancha de granito en la que templo el chocolate derretido, así como los termómetros para el azúcar, los moldes de plástico y de cerámica, los cucharones, los raspadores y las cucharas acanaladas. En el sótano está todo limpio, guardado y listo para usar. Pensé que a Rosette le gustaría… y también a Anouk…

—¡Fantástico! —exclamó Zozie—. De paso me enseñarás. ¿Por qué no? No haré daño a nadie.

—Está bien —accedí—. Lo intentaremos.

Eso fue todo. Vuelvo a estar en el negocio sin demasiado jaleo. En el caso de que me quede algún remordimiento de conciencia…

Unas cuantas trufas, una bandeja de bizcochitos de harina de almendras o uno o dos pasteles no hacen daño a nadie y las Benévolas no se ocupan de necedades como los bombones.

Al menos eso espero…, a medida que, cada día que pasa, Vianne Rocher, Sylviane Caillou e incluso Yanne Charbonneau se pierden cada vez más en el pasado y se convierten en humo, en historia, en nota a pie de página, en nombres de una lista descolorida.

El anillo que luzco en la mano derecha resulta extraño en los dedos acostumbrados desde hace mucho tiempo a estar desnudos. El apellido Le Tresset me resulta todavía más extraño. A medio camino entre la sonrisa y la seriedad, me lo pruebo, como si quisiera saber si es de mi talla.

Yanne le Tresset.

Solo es un nombre.

¡Y una mierda!, exclama Roux, el veterano cambiador de nombres y formas, el gitano puntualizador de verdades de fondo. *No solo es un nombre, sino una condena.*

2

Jueves, 15 de noviembre

Ya está. Lleva su anillo, precisamente la sortija de Thierry…, al que no le gusta el chocolate caliente que prepara ni sabe nada de ella, ni siquiera su verdadero nombre. Ella dice que no ha hecho planes, que todavía se está acostumbrando, y se pone el anillo como los zapatos que es necesario ablandar para que resulten cómodos.

Mamá prefiere una boda sencilla, en el registro civil, nada de curas ni iglesias. Claro que ya sabemos que no es así, que Thierry se saldrá con la suya, con todo el montaje y Rosette y yo vestidas como dos gotas de agua. Será espantoso.

Se lo comenté a Zozie, que puso cara rara y respondió que cada uno ha de hacer lo que más le guste, lo cual es para mondarse porque nadie en su sano juicio diría que esos dos están enamorados.

Bueno, puede que él lo esté. Al fin y al cabo, ¿qué sabe? Anoche volvió a aparecer y nos llevó a cenar; esta vez no fuimos a Le P'tit Pinson, sino a un restaurante caro, a orillas del río, desde el que se veían las embarcaciones. Me puse un vestido y Thierry comentó que estaba muy guapa, aunque tendría que haberme peinado; Zozie se quedó en el negocio y cuidó de Rosette, ya que Thierry consideró que el restaurante no era adecuado para una niña pequeña…, aunque todas sabemos que ese no es el verdadero motivo.

Mamá se puso el anillo que le había regalado: un diamante grande, gordo y odioso que reposa en su mano como un insecto brillante. En la chocolatería no se lo pone porque estorba; anoche se dedicó a jugar con la sortija, la hizo girar alrededor del dedo como si le resultara incómoda.

Thierry pregunta si todavía se está acostumbrando. Como si alguna vez pudiéramos acostumbrarnos a eso, a él o a su modo de tratarnos, como a niñas malcriadas a las que hay que comprar y sobornar. Le regaló un móvil a mamá, según dijo «para estar en contacto»; no podía creer que nunca hubiese tenido móvil, y después tomamos champán (que detesto), ostras (que también detesto) y un helado con soufflé de chocolate, que me gustó, pero no tanto como los que mamá hacía antes y que, además, era pequeñísimo.

Thierry rió mucho, al menos al principio; me llamó *jeune fille* y habló de la chocolatería. Resulta que tiene que volver a Londres y quería que, en esta ocasión, mamá lo acompañara, pero le explicó que estaba muy ocupada y que tal vez vaya con él después del frenesí navideño.

—¿De verdad? —inquirió Thierry—. Me pareció que habías dicho que tenías poco trabajo.

—Estoy a punto de probar algo nuevo —añadió mamá, y mencionó el proyecto de las trufas, apostilló que Zozie le ayudaría una temporada y comentó que pensaba sacar sus cacharros del sótano. Habló largo rato y le subieron los colores a la cara, como ocurre cuando algo le interesa realmente; cuanto más se expresó, más se calló Thierry y menos rió, por lo que al final mamá dejó de hablar y se mostró un pelín incómoda—. Perdona, supongo que esto no te interesa.

—No, sigue —repuso Thierry—. ¿Has dicho que fue idea de Zozie? —Esa perspectiva no le gustó nada.

Mamá sonrió.

—Nos cae muy bien, ¿no, Annie?

Respondí que así era.

—¿Crees que es material administrativo? Reconozco que puede estar bien, pero afrontemos que, a la larga, necesitarás algo más que una camarera robada a Laurent Pinson.

—¿Material administrativo? —preguntó mamá.

—Verás, supuse que, una vez casados, probablemente querrías que alguien regentase la chocolatería.

Una vez casados… ¡Ay, tío!

Mamá levantó la cabeza y vi que había fruncido ligeramente el ceño.

—Ya sé que quieres ocuparte personalmente de la chocolatería, pero no es necesario que estés todo el tiempo. También haremos otras cosas. Tendremos libertad para viajar, para ver mundo…

—Ya lo he visto —dijo mamá demasiado rápido y Thierry la miró con extrañeza.

—Supongo que no querrás que me mude a vivir encima de la chocolatería —acotó y sonrió para demostrar que se trataba de una broma. Por su tono de voz supe que no estaba bromeando. Mamá guardó silencio y miró para otro lado—. Annie, ¿tú qué opinas? Estoy segura de que te gustaría recorrer mundo. ¿Qué te parece si vamos a Estados Unidos? ¿No sería genial?

Detesto que Thierry diga que algo es «genial». Es viejo, como mínimo tiene cincuenta años y ya sé que intenta ser amable, pero resulta embarazoso.

Cada vez que Zozie dice «genial» da la impresión de que habla en serio. Parece la inventora de la palabra. Sería genial ir a Estados Unidos con Zozie. La chocolatería también ha mejorado gracias al espejo dorado situado delante de la vieja vitrina de cristal y a los tacones de caramelo con los cuales ha adornado el escaparate, ya que parecen zapatillas mágicas repletas de tesoros.

Si Zozie estuviera aquí le ajustaría las cuentas, pensé y me acordé de la camarera del salón de té, la que se parecía tanto a Jeanne

Moreau. Enseguida me sentí mal, como si hubiera hecho una trastada, como si pensar en este asunto pudiese provocar un Accidente.

Zozie no se preocuparía por eso, declaró la voz espectral en mi cabeza. Zozie haría lo que le diera la gana. Me pregunté si sería tan malo. Desde luego que lo sería pero, de todas maneras...

Esta mañana, mientras me preparaba para ir al liceo, vi que, con la nariz aplastada contra el cristal, Suze examinaba el nuevo escaparate. Echó a correr en cuanto me vio, ya que todavía no nos dirigimos la palabra, pero durante un minuto me sentí tan mal que tuve que sentarme en una de las viejas butacas que ha traído Zozie e imaginar que Pantoufle estaba a mi lado, escuchando, con los ojos negros brillantes en su cara bigotuda.

Lo cierto es que Suze ni siquiera me cae tan bien, pero se mostró simpática conmigo cuando llegué; le daba por venir a la chocolatería y charlábamos o veíamos la tele; también íbamos a la place du Tertre y observábamos a los retratistas y una vez me compró en uno de los tenderetes un colgante de esmalte rosa, un perrillo de dibujos animados que llevaba escrita la frase *Mejor amigo.*

No era más que una baratija y el rosa nunca me ha gustado, pero jamás había tenido un mejor amigo o, como mínimo, un amigo de verdad. Fue un buen gesto y el hecho de tenerlo me hizo sentir bien, aunque hace siglos que no me lo pongo.

Entonces apareció Chantal.

La perfecta y popular Chantal, con su cabellera rubia perfecta, su ropa perfecta y la costumbre de mofarse de todo. Ahora Suze quiere ser igual a ella y a mí me toca entrar en escena cuando Chantal tiene otra cosa que hacer, aunque la mayor parte del tiempo solo soy una comparsa de quita y pon.

No es justo. ¿Quién decide esas cosas? ¿Quién ha decidido que Chantal merece ser la popular, a pesar de que nunca ha sacado la cara por nadie ni se ha preocupado más que de su pequeño ego? ¿Por qué Jean-Loup Rimbault es más popular que Claude Meunier? ¿Qué podemos decir de los demás? ¿Qué pasa con Mathilde Chagrin o con las chicas de velo negro? ¿Qué tienen que las vuelve monstruosas? ¿Qué pasa conmigo?

Hablaba con mi voz espectral y no reparé en la aparición de Zozie. A veces es muy sigilosa, incluso más que yo, lo cual me pareció extraño porque se había puesto esos ruidosos zuecos con suela de madera con los que es imposible pasar desapercibida. Claro que eran de color fucsia, lo que los volvía espectaculares.

—¿Con quién hablabas?

No me di cuenta de que me había expresado en voz alta.

—Con nadie. Estoy sola.

—Bueno, no pasa nada.

—Me lo figuro.

Me sentí incómoda y muy consciente de que Pantoufle me miraba; hoy resultó muy real mientras subía y bajaba su nariz de rayas, que se movía como la de un conejo de verdad. Cuando estoy contrariada lo veo con más claridad..., motivo por el cual no debería hablar sola. Además, mamá siempre dice que es importante distinguir entre lo real y lo que no lo es. Los Accidentes se producen cuando no notas la diferencia.

Zozie sonrió y trazó una señal, parecida a la que significa «de acuerdo», con el pulgar y el índice unidos y formando un círculo. Me miró a través del círculo y bajó la mano.

—Te contaré algo. De pequeña hablaba mucho conmigo misma o, mejor dicho, con mi amiga invisible. Charlaba constantemente con ella.

No sé por qué me sorprendí tanto.

—¿Tú?

—Se llamaba Mindy —añadió Zozie—. Según mi madre, era una guía espiritual. Claro que mi madre creía en esas cosas. De hecho, creía prácticamente en todo: los cristales, la magia de los delfines, la abducción por parte de los extraterrestres, el yeti... Ponle el nombre que quieras, mi madre era toda una creyente. —Esbozó una sonrisa—. Claro que algo funciona..., ¿no es así, Nanou?

No supe qué responder. *Claro que algo funciona...*, ¿qué quiso decir? Me sentí incómoda y, al mismo tiempo, entusiasmada. No se trataba de una coincidencia ni de un Accidente, como lo ocurrido en el salón de té. Zozie hablaba de la magia real, la mencionaba sin tapujos, como si fuera realmente verdadera en vez de un juego infantil que yo tenía que superar.

¡Zozie creía!

—Tengo que irme —concluí, cogí la mochila y me dirigí a la puerta.

—Dices siempre lo mismo. ¿De qué se trata? ¿Es un gato?

Zozie cerró un ojo y volvió a mirarme a través del círculo formado por el pulgar y el índice.

—No sé a qué te refieres.

—A un ser pequeño con las orejas grandes.

La miré y comprobé que aún sonreía.

Sé que no debía hablar del tema, ya que hablar empeora las cosas, pero tampoco quería mentir a Zozie, sobre todo porque nunca me miente.

Suspiré.

—Es un conejo y se llama Pantoufle.

—Genial —declaró Zozie.

Eso fue todo.

3

Viernes, 16 de noviembre

Segundo golpe de suerte y vuelvo a estar dentro. Basta un golpe bien dado para que la piñata se debilite y se rompa. La madre es el vínculo débil y, con Yanne de mi parte, Annie se desliza tan dulcemente como la primavera sigue al verano.

Esa niña maravillosa, tan joven y despierta; con ella podría hacer grandes cosas..., siempre y cuando su madre se quite del medio. Claro que hay que hacer una cosa por vez, ¿no? Cometería un error si ahora intentase aprovecharme de la ventaja de la que dispongo. La niña todavía se muestra cautelosa y es posible que, si la presiono en exceso, se repliegue. Por eso espero y me ocupo de Yanne; a decir verdad, estoy disfrutando. La madre soltera que tiene que regentar un local y ocuparse de una cría que siempre está en el medio... Como confía en mí, me volveré indispensable y me convertiré en su confidente y amiga. Me necesita; dada su curiosidad insaciable y su habilidad para meterse donde no corresponde, Rosette me proporcionará la excusa que necesito.

Rosette me intriga cada vez más. Demasiado menuda para su edad, con la cara afilada y los ojos muy separados, semeja una especie de felino que se escabulle a gatas por el suelo, técnica que prefiere a la de caminar, mete los dedos en los agujeros del zócalo, abre y cierra sin cesar la puerta del obrador y organiza en el suelo largos y complicados dibujos con objetos pequeños. Hay que vigilarla en todo momento porque, aunque es muy buena, no parece percatarse del peligro y, cuando se enfada o se siente contrariada, suele experimentar berrinches violentos, casi siempre sin emitir sonido alguno, se balancea desaforadamente de un lado a otro y en ocasiones llega al extremo de dar cabezazos contra el suelo.

—¿Qué le pasa? —pregunté a Annie.

Me miró con cautela, como si calculase si era seguro contármelo.

—En realidad, nadie lo sabe. Cuando era muy pequeña la visitó un doctor. Dijo que tal vez tenía algo que llaman «grito del gato», pero no estaba seguro y ya no volvimos al médico.

—¿Has dicho «grito del gato»? Suena a enfermedad medieval, a algo provocado por un maullido.

—Emitía un sonido como el de un gato. Yo la llamaba el bebé gato. —Rió y se apresuró a desviar la mirada, casi con culpa, como si hablar del tema entrañara riesgos.

—En realidad, es una buena niña —intervino Annie—. Simplemente es diferente.

Diferente..., de nuevo esa palabra. Al igual que *Accidente,* posee una resonancia especial para Annie, abarca más que el significado corriente. Sin lugar a dudas, es propensa a los accidentes, pero presiento que significa algo más que verter el agua de las acuarelas en sus botas, introducir tostadas en el reproductor de vídeo o clavar los dedos en el queso y hacer agujeros para ratones invisibles.

Cuando está cerca se producen Accidentes, como el del platillo de cristal de Murano que yo juraría que se había roto, aunque ahora no estoy segura. Por no hablar de las luces que a veces se encienden y se apagan a pesar de que no hay nadie. Claro que podría deberse a la disparatada instalación eléctrica de una casa muy vieja. Es posible que haya imaginado lo demás. Como solía decir mi madre, *pudo enderezar un entuerto, aunque tal vez jamás lo hizo,* pero lo cierto es que no tengo la costumbre de imaginar cosas.

Los últimos días hemos estado muy ocupadas. Ha sido un ir y venir de limpieza, reestructuración y pedido de provisiones. Hemos sacado del sótano los cazos de cobre, los moldes y la cerámica de Yanne; pese a que estaban cuidadosamente embalados, muchos cazos acabaron manchados y llenos de cardenillo y, mientras yo me ocupaba de la chocolatería, Yanne pasó horas en el obrador, limpiando y frotando para dejar a punto hasta la última pieza.

Insiste en que solo lo hace por divertirse, como si se avergonzara de disfrutar, como si se tratase de una costumbre infantil que tendría que haber superado. Repite que, en realidad, no se trata de algo serio.

Desde mi perspectiva es bastante serio. No conozco otro juego planificado con tanta meticulosidad.

Solo compra el mejor chocolate cobertura a un proveedor de comercio justo que está cerca de Marsella y paga con dinero contante y sonante. Dice que, para empezar, ha encargado doce bloques de cada clase, aunque gracias a su impaciencia sé que no le alcanzarán. Me ha contado que en el pasado confeccionaba todo lo que vendía y, aunque reconozco que al principio no le creí, la forma en la que se ha lanzado al trabajo me demuestra que no exageraba.

El proceso requiere gran habilidad y su observación resulta altamente terapéutica. En primer lugar, se trata de fundir y templar el chocolate cobertura, proceso que lo vuelve cristalino y le permite adquirir esa forma brillante y maleable que sirve para preparar las trufas de chocolate. Se vale de una plancha de granito, extiende el chocolate fundido como si de seda se tratase y lo recoge hacia ella con una espátula. Luego lo introduce en el cacharro de cobre calentado y repite el proceso hasta que considera que está listo.

Casi nunca emplea el termómetro del azúcar. Dice que hace tanto que fabrica bombones que, simplemente, sabe cuándo alcanza la temperatura adecuada. Le creo; durante los últimos tres días la he observado y todos los lotes que ha producido son impecables. En ese período he aprendido a mirar con ojo crítico y a buscar grietas en el producto acabado, ese tono pálido y poco atractivo que demuestra que el chocolate ha sido incorrectamente templado, el brillo intenso y el chasquido tajante que revelan un trabajo bien hecho.

Según Yanne, las trufas son los bombones más fáciles de preparar. Annie ya los confeccionaba a los cuatro años y ha llegado el momento de que Rosette lo intente. La pequeña desliza solemnemente las bolas de trufa por la asadera con cacao en polvo, se mancha el rostro y, en medio del chocolate fundido, semeja un mapache de ojillos encendidos...

Por primera vez oigo que Yanne ríe a carcajadas.

¡Ay, Yanne, esa debilidad...!

Entretanto practico algunos trucos propios. Me interesa que la chocolatería prospere y me he esforzado por mejorar su aspecto. En virtud de la sensibilidad de Yanne, he tenido que ser discreta, si bien los símbolos de Cinteótl, la Mazorca de Maíz y el grano de cacao de la señora de la Luna de Sangre, trazados bajo el dintel de la puerta y empotrados en el umbral, garantizarán que nuestro modesto negocio progrese.

Vianne, conozco las preferencias de los clientes, las descubro en sus colores. Sé que la chica de la floristería tiene miedo, que la mujer del perro pequeño se culpa a sí misma y que el joven gordo que nunca cierra el pico morirá antes de los treinta y cinco si no hace algún esfuerzo por perder unos cuantos kilos.

Ya lo sabéis, se trata de un don. Sé lo que necesitan, sé lo que temen, puedo hacerlos bailar.

Si hubiera hecho lo mismo, mi madre no hubiera tenido que luchar tanto, pero desconfió de mi magia práctica por considerarla «intervencionista» y dio a entender que semejante abuso de mis aptitudes era, en el mejor de los casos, egoísta y, en el peor, estaba destinado a descargar sobre nosotras un castigo terrible.

«Recuerda el credo del delfín», solía decir. *«Deja de entrometerte, no sea que olvidemos el camino.»* Como es obvio, el credo del delfín estaba inundado de esa clase de sentimientos… y para entonces mi propio sistema se encontraba en plena construcción y hacía mucho que había llegado a la conclusión de que no solo había abandonado el camino del delfín, sino de que había nacido para entrometerme.

Lo que me pregunto es por dónde empiezo. ¿Por Yanne o por Annie? ¿Por Laurent Pinson o por madame Pinot? Aquí hay muchas vidas entrelazadas, cada una con sus secretos, sueños, ambiciones, dudas encubiertas, pensamientos sombríos, pasiones olvidadas y deseos sin expresar. Hay muchas vidas para tomarlas y saborearlas, para alguien como yo.

Esta mañana se presentó la chica de la floristería.

—He visto el escaparate —susurró—. Ha quedado tan bonito… No pude dejar de mirar hacia dentro.

—Eres Alice, ¿no?

Movió afirmativamente la cabeza y paseó la mirada a su alrededor con la cautela de los animales pequeños ante lo novedoso.

Sabemos que Alice es terriblemente tímida. Su voz no es más que un vestigio y su melena, una mortaja. Sus ojos delineados con *kohl* son muy bonitos y asoman por debajo de la maraña del flequillo decolorado casi hasta el blanco; sus brazos y sus piernas escapan torpemente de un vestido azul que parece adecuado para una niña de diez años.

Calza enormes botas con plataforma, que parecen demasiado pesadas para sus piernas como palillos. Su bombón favorito es el de chocolate con leche, aunque siempre compra los cuadrados de chocolate oscuro porque solo tienen la mitad de las calorías. Sus colores están teñidos de ansiedad.

—Hay algo que huele muy bien —comentó olisqueando el aire.

—Yanne está preparando bombones —repliqué.

—¿Has dicho que los está preparando? ¿Sabe hacerlos?

La hice sentar en la vieja butaca que encontré en un contenedor de la rue de Clichy. Está raído, pero resulta muy cómodo y, al igual que con la chocolatería, me propongo acondicionarlo los próximos días.

—Prueba uno. Invita la casa.

Se le iluminó la mirada.

—Ya sabes que no debo.

—Lo cortaré por la mitad y lo compartiremos —propuse, y me senté en el brazo de la butaca.

Fue muy fácil trazar con la uña la seductora señal del grano de cacao y observarla a través del Espejo Humeante mientras Alice picoteaba la trufa como un polluelo.

La conozco bien. La he visto con anterioridad. Es una niña ansiosa, siempre consciente de no ser lo bastante buena, de no ser calcada a los demás. Sus padres son buenos, pero ambiciosos, exigentes y dejan claro que el fracaso no es una alternativa, que para ellos y para su niña no existe nada lo bastante bueno. Un día se salta la comida y se siente bien... Hasta cierto punto, tiene la sensación de que se ha librado de los temores que la agobian. Se salta el desayuno y experimenta el vértigo de la nueva y tonificante sensación de control. Se prueba a sí misma y descubre que le falta algo. Se recompensa por ser tan buena. Y así está ahora... *Era una cría tan buena y se esforzaba tanto*... Tiene veintitrés años, sigue aparentando trece y todavía no se considera lo bastante buena, aún no ha llegado...

Alice terminó la trufa y murmuró:

—Hummm... —Me ocupé de que viera cómo saboreaba mi mitad—. Trabajar aquí tiene que ser muy difícil.

—¿Difícil? —repetí.

—Bueno, quiero decir peligroso. —Se ruborizó ligeramente—. Sé que parece una estupidez, pero yo me sentiría en peligro si tuviera que ver bombones todo el día..., si tuviera que tocarlos..., siempre rodeada de olor a chocolate... —Alice perdió parte de su timidez—. ¿Cómo lo consigues? ¿Qué haces para no comer bombones todo el día?

Sonreí.

—¿Qué te lleva a pensar que no los como?

—Estás delgada —repuso Alice, y pensé que podría regalarle veinte kilos y quedarme tan ancha.

Reí.

—Es fruta prohibida, mucho más tentadora que la corriente. Toma, aquí tienes otro. —Alice meneó la cabeza—. Chocolate, *Teobroma cacao,* el alimento de los dioses. Se prepara con granos molidos de cacao puro, guindillas, canela y el azúcar imprescindible para cortar el amargor. Así lo confeccionaban los mayas hace más de dos mil años. Lo consumían en las ceremonias para armarse de valor. Se lo proporcionaban a las víctimas de los sacrificios antes de arrancarles el corazón. Lo usaban en orgías que duraban varias horas. —Alice me miró con los ojos desmesuradamente abiertos—. Como puedes ver, es peligroso. —Sonreí—. Es mejor no tomar demasiado.

Yo todavía sonreía cuando Alice se marchó con una caja de una docena de trufas en la mano.

Simultáneamente, desde otra vida...

Françoise Lavery apareció en la prensa. Por lo visto, me equivoqué con respecto a la filmación de las cámaras del banco, ya que la policía obtuvo varias fotos bastante buenas de mis últimas visitas y algún colega reconoció a Françoise. La investigación posterior demostró que Françoise no existe y que su historia es falsa del principio al fin. Los resultados son bastantes previsibles. El periódico de la tarde publicó una foto de la sospechosa con el resto del claustro, una instantánea con mucho grano, seguida de varios artículos que apuntaban a que tal vez su impostura encubría motivos más siniestros que el económico. El *Paris-Soir* se refociló afirmando que cabía la posibilidad de que Françoise fuese una depredadora sexual en busca de menores.

Annie diría: «Como si eso...». Es un titular interesante y supongo que veré varias veces la misma foto hasta que deje de ser una novedad. No me preocupa lo más mínimo. Es imposible que alguien reconozca a Zozie de l'Alba en esa foto amarronada. A decir verdad, a la mayoría de mis colegas les habría costado identificar a la mismísima Françoise..., ya que los encantos no se traspasan fielmente al celuloide, motivo por el cual nunca intenté hacer carrera en el cine, y en esa foto no se parece tanto a Françoise como a una niña que conocí, la misma que siempre fue un bicho raro en Saint Michael's-on-the-Green.

Ya no pienso mucho en esa chica. Pobre, con su piel fatal y su estrafalaria madre con flores en el pelo. ¿Qué posibilidades tenía?

Vamos, tenía las mismas posibilidades que cualquiera, la que te toca el día que naces, la única que existe... Hay quienes dedican la vida a dar excusas, a culpar a las cartas o a desear que les hubiera tocado una mano mejor, mientras que algunos jugamos con lo que reparten, subimos las apuestas, apelamos a todos los trucos imaginables y engañamos si podemos...

Y ganamos..., y seguimos ganando, que es lo único que importa. Me gusta ganar. Soy una jugadora excelente.

Lo que me pregunto es por dónde empiezo. Desde luego, a Annie no le vendría mal un poco de ayuda, algo que acreciente su confianza y la encarrile por el camino adecuado.

Los nombres y los símbolos del Uno Jaguar y de la Luna del Conejo, escritos con rotulador en la base de la mochila, fomentarán sus habilidades sociales, pero creo que necesita algo más. Por eso le doy Huracán, el vengativo, se lo atribuyo para que compense todas las veces que fue bicho raro.

Obviamente, no se trata de que Annie piense así. La niña presenta una lamentable falta de malicia y, en realidad, lo único que quiere es ser amiga de todos. Estoy segura de que lograré curarla. La venganza es una droga adictiva y, una vez probada, casi nunca se olvida. Al fin y al cabo, soy la más indicada para saberlo.

No me dedico al oficio de conceder deseos. En mi partida, cada bruja ha de apañarse por su cuenta. Annie es una rareza auténtica, una planta que, regada, podría dar flores espectaculares. Sea como fuere, en mi oficio las probabilidades de ser creativa son escasísimas. La mayoría de mis casos se resuelven con facilidad y no hace falta artesanía cuando basta con un ensalmo.

Además, aunque solo sea por una vez, me solidarizo con Annie. Recuerdo lo que significaba ser cada día el bicho raro. Recuerdo el gozo de ajustar las cuentas.

Será todo un placer.

4

Sábado, 17 de noviembre

El gordo que jamás calla se llama Nico. Me lo dijo esta tarde, cuando entró a investigar. Yanne acababa de preparar un lote de trufas de coco y el local entero olía; despedía ese aroma especiado y terrenal que atraganta. Creo que ya he dicho que el chocolate no me gusta, pero ese aroma, tan parecido al del incienso de la tienda de mi madre, tan dulce, suntuoso y perturbador, me afecta como una droga y me vuelve temeraria e impulsiva, genera en mí ganas de intervenir.

—¡Hola! Me gustan tus zapatos, son fantásticos, los encuentro fabulosos.

Así habla Nico el Gordo; a ojo de buen cubero le daría veintitantos, pese a que ronda los ciento veinte kilos, lleva el pelo rizado hasta los hombros y su cara abotargada y demudada es como la de un bebé gigantesco y eternamente al borde de la risa o el llanto.

—Pues muchas gracias... —respondí.

En realidad, figuran entre mi calzado preferido; son manoletinas con tacón, de los años cincuenta, de terciopelo verde pálido, con lazos y hebillas de cristal en la puntera...

A menudo sabes cómo es una persona por sus zapatos. Los de Nico eran blancos y negros; de calidad, pero con los talones pisoteados como si fuesen zapatillas de andar por casa, como si no se tomara la molestia de ponérselos bien. Diría que sigue viviendo en casa de sus padres; es un niño de mamá que se rebela discretamente a través del calzado.

—¿A qué huele? —¡Por fin se enteró! Giró la cara en dirección al origen del aroma. En el obrador, a mis espaldas, Yanne canturreaba. Un sonido rítmico, tal vez el de una cuchara de madera que golpeaba un cazo, apuntaba a que Rosette participaba—. Huele como si estuvieran cocinando. ¡Dama de los zapatos, dímelo, por favor! ¿Qué hay para comer?

—Trufas de coco —respondí y sonreí de oreja a oreja.

En menos de un minuto Nico compró todo el lote.

Reconozco que en esta ocasión no me hago la más mínima ilusión de que fuera obra mía. Nico es la clase de persona más fácil de seducir. Hasta un niño lo habría logrado. Pagó con Carte Bleue, lo que me permitió averiguar su número secreto, aunque todavía no pienso utilizarlo. De todas maneras, no debo perder la práctica. Un recorrido tan directo podría conducir a la chocolatería y lo estoy pasando demasiado bien como para arriesgar mi posición en esta etapa. Tal vez lo aproveche más adelante, cuando sepa por qué estoy aquí.

Nico no es el único que ha percibido cambios en el ambiente. Por sorprendente que parezca, esta mañana vendí ocho cajas de las trufas artesanales de Yanne, no solo a clientes, sino a desconocidos atraídos desde la calle por ese aroma terrenal y seductor.

Por la tarde le tocó el turno a Thierry le Tresset. Vestía abrigo de cachemira, traje oscuro, corbata de seda rosa y zapatos cosidos a mano. Hummm... Adoro los zapatos artesanales, brillantes como las ancas de un caballo bien cepillado y rezumando dinero desde cada puntada perfecta. Quizá me equivoqué al pasar por alto a Thierry; es posible que desde la perspectiva intelectual no tenga nada especial, pero un hombre adinerado siempre merece una segunda mirada.

Thierry encontró a Yanne en el obrador, en compañía de Rosette, y ambas reían hasta reventar. Se mostró ligeramente contrariado al enterarse de que Yanne tenía que trabajar, dado que acababa de regresar de Londres para verla, pero accedió a volver después de las cinco.

—Dime, ¿por qué demonios no miraste tu móvil? —le oí preguntar desde la puerta del obrador.

—Lo siento —respondió Yanne. Me pareció que reía a medias—. Francamente, no entiendo estos chismes. Seguramente me olvidé de conectarlo. Además, Thierry…

—Dios nos libre y nos guarde —espetó el constructor—. Voy a casarme con una cavernícola.

Yanne rió nuevamente.

—Querrás decir con una tecnófoba.

—¿Cómo quieres que te llame tecnófoba si ni siquiera respondes a las llamadas?

Dejó a Yanne y a Rosette en el obrador y vino a la chocolatería a hablar conmigo. Sé que no le caigo bien. No soy su tipo. Hasta es posible que me considere una mala influencia y, como la mayoría de los hombres, solo ve lo evidente: el mechón rosa, el calzado excéntrico, el aspecto vagamente bohemio que me he esforzado por cultivar.

—Me alegro de que estés ayudando a Yanne —declaró y sonrió. Ciertamente, puede ser encantador, pero percibí cautela en sus colores—. ¿Qué ha pasado con Le P'tit Pinson?

—Todavía trabajo por las noches —repuse—. Laurent no me necesita todo el día… y, por si eso fuera poco, no es el más llevadero de los jefes.

—¿Lo es Yanne?

Sonreí.

—Digamos que Yanne no tiene manos tan…, manos tan ambulantes.

Como cabía esperar, Thierry se sobresaltó.

—Perdona, pensé que…

—Ya sé lo que pensaste. Aunque no lo parezca, te aseguro que lo único que pretendo es ayudar a Yanne. Se merece un respiro… ¿No estás de acuerdo? —El constructor asintió—. Venga, Thierry, ya sé lo que necesitas. Te hacen falta un café cremoso y un cuadrado de chocolate con leche.

El constructor sonrió y comentó:

—Conoces mis preferencias.

—Por descontado. Tengo dones.

Después apareció Laurent Pinson. Según Yanne, se presentó por primera vez en tres años, rígido como un palo, beato y haciendo esfuerzos hasta lo indecible con los zapatos marrones baratos pero lustrados. Lanzó toda clase de exclamaciones durante un rato interminable, de vez en cuando me dirigió una mirada envidiosa por encima del mostrador acristalado, escogió los bombones más baratos que encontró y me pidió que los envolviese para regalo.

Me tomé mi tiempo con la tijera y el celo, alisé con las yemas de los dedos el papel de seda de color azul claro, envolví la caja e hice un lazo doble de cinta plateada y rosa viejo.

—¿Alguien cumple años? —inquirí.

Laurent lanzó su habitual gruñido, que más bien era un maullido, y sacó el cambio exacto del bolsillo. Aunque sé que está molesto, todavía no ha mencionado mi deserción y me da las gracias con exagerada amabilidad cuando le entrego la caja.

No me cabe la menor duda acerca del significado del repentino interés de Laurent por los bombones envueltos para regalo. Pretende que sea un gesto de desafío que demuestre que Laurent Pinson es más de lo que parece y la advertencia de que, si soy tan tonta como para no hacer caso de sus atenciones, alguien habrá que se beneficiará.

Pues bien, que se beneficie. Me lo quité de encima con una alegre sonrisa y el signo espiralado del Huracán trazado con la punta afilada de una uña en la tapa de la caja de bombones. No tengo malicia contra Laurent, aunque reconozco que no lloraría si un rayo partiese la cafetería o si algún cliente sufriera una intoxicación alimentaria y lo demandase. Lo único que ocurre es que, en esta ocasión, no tengo tiempo de tratarlo delicadamente y, por añadidura, no me interesa que un sexagenario encaprichado me siga a todas partes y me estorbe.

En cuanto se fue di media vuelta y vi que Yanne me observaba.

—¿Laurent Pinson ha venido a comprar bombones?

Sonreí de oreja a oreja.

—Ya te dije que siente debilidad por mí.

Yanne rió y enseguida se mostró avergonzada. Rosette asomó por detrás de su rodilla, con la cuchara de madera en la mano y algo derretido en la otra. Dibujó una señal con los dedos impregnados de chocolate.

Yanne le pasó un macarrón.

—Los bombones artesanales se han agotado —informé.

—Lo sé —afirmó Yanne y sonrió—. Supongo que tendré que preparar más.

—Si quieres te ayudo. Así podrás tomarte un descanso. —Permaneció callada y pareció evaluarlo, como si se tratara de algo mucho más serio que preparar bombones—. Te aseguro que aprendo rápido.

Por supuesto que aprendo rápido. No me quedó otra opción. Si te toca una madre como la mía, aprendes rápido o no sobrevives en una escuela del corazón de Londres, recién superados los estragos del cambio de sistema educativo y repleta de gamberros, inmigrantes y desgraciados. Fue mi campo de entrenamiento… y vaya si aprendí rápido.

Mi madre había intentado educarme en casa. A los diez años, yo sabía leer, escribir y hacer el loto doble. Fue entonces cuando se implicaron los servicios sociales, que mencionaron la falta de titulación de mi madre y me enviaron a Saint Michael's-on-the-Green, un agujero de aproximadamente dos mil almas que me devoró en un abrir y cerrar de ojos.

Por aquel entonces mi sistema todavía estaba en pañales. Carecía de defensas, vestía mono de terciopelo verde con parches de delfines en los bolsillos y una diadema turquesa para alinear mis chakras. Mi madre iba a buscarme a la puerta de la escuela y el primer día se congregó un corro para vernos. Al segundo alguien lanzó una piedra.

Ahora cuesta imaginar esa clase de actitudes, pero existen... y por mucho menos. En la escuela de Annie también se han manifestado..., ni más ni menos que por un par de velos. Las aves salvajes matan a las exóticas; periquitos y canarios que escapan de sus jaulas con la esperanza de volar por el cielo suelen acabar en tierra firme, desplumados por sus primos más conformistas. Es inevitable. Los primeros seis meses lloré hasta caer rendida. Supliqué que me llevasen a otro centro. Me escapé y me llevaron de regreso; recé fervorosamente a Jesucristo, Osiris y Quetzalcóatl para que me rescatasen de los demonios de Saint Michael's-on-the-Green.

No es sorprendente que nada diera resultado. Intenté adaptarme, abandoné el mono a cambio de tejano y camiseta, empecé a fumar y me reuní con la pandilla, pero ya era demasiado tarde. La discriminación ya se había puesto en marcha. Cada escuela necesita su monstruo y durante los cinco años siguientes me convertí en el bicho raro de Saint Michael's-on-the-Green.

Entonces me habría venido de perlas alguien como Zozie de l'Alba. ¿De qué servía mi madre, esa aspirante a bruja de segunda categoría con olor a pachulí, cristales, atrapasueños y las paparruchadas sobre el karma? La venganza kármica me importaba un bledo. Yo quería que fuese real y que mis atormentadores no fuesen aplastados más tarde, en una vida futura, sino ahora, quería devolverles ojo por ojo, con sangre y en el presente.

Por eso estudié mucho y me esforcé. Elaboré mi propio plan de estudios a partir de los libros y los folletos de la tienda de mi madre. El resultado fue mi propio sistema, cada uno de cuyos elementos fue limado, refinado, guardado y practicado con un único objetivo en mente: la venganza.

Supongo que no recordáis el caso. En su momento apareció en las noticias, como era de esperar, si bien ahora existen demasiados episodios parecidos, historias de perdedores eternos armados con pistolas y ballestas, perdedores que se convierten en la leyenda del instituto debido a un sangriento y glorioso episodio suicida.

Yo no fui, por supuesto. Butch y Sundance nunca fueron mis héroes. Me convertí en superviviente, en veterana surcada de cicatrices tras cinco largos años de intimidación, insultos, golpes, pisotones, puyas, pellizcos, vandalismo, robos de poca monta, tema de muchas y viperinas pintadas en el vestuario y blanco eterno de todos.

En síntesis, me convertí en el bicho raro.

Por otro lado, aguardé el momento oportuno. Estudié y aprendí. Mi plan de estudios fue heterodoxo y algunos lo considerarían profano, pero siempre fui la primera de la clase. Mi madre no supo casi nada de mi investigación. De haberse enterado se habría espantado. La magia intervencionista, como solía llamarla, era la antítesis misma de sus convicciones, que sustentaban diversas hipótesis pintorescas que prometían la venganza cósmica para aquellos que osaban obrar por sí mismos.

Pues bien, yo me atreví. Cuando por fin estuve preparada, pasé por Saint Michael's-on-the-Green como el viento de diciembre. Mi madre no sospechó prácticamente nada, lo que fue bueno porque estoy segura de que habría estado en desacuerdo. Pero fui yo quien lo hizo. Solo tenía dieciséis años y aprobé el único examen que cuenta.

Desde luego, a Annie le queda un largo trecho por recorrer, pero confío en que, con el tiempo, la convertiré en alguien bastante especial.

Por lo tanto, Annie, ocupémonos de esa venganza.

5

Lunes, 19 de noviembre

Hoy Suze vino a la escuela con la cabeza tapada con un pañuelo. Por lo visto, en lugar de hacerle reflejos la peluquera ha logrado que la cabellera se le caiga a mechones. En opinión de la experta, ha sufrido una reacción al contacto con el agua oxigenada... Suze reconoció que no era la primera vez que le ocurría, por lo que la peluquera dice que ella no tiene la culpa, que Suzanne ya tenía el pelo dañado por tanto planchado y alisamiento y que, si le hubiese dicho la verdad, habría empleado otro producto para que no sufriese efectos secundarios.

Suzanne dice que su madre demandará a la peluquería por estrés y trauma emocional.

A mí me resulta divertidísimo.

Sé que no debería ser así..., ya que Suzanne es amiga, aunque tal vez no lo es, al menos del todo. Una amiga saca la cara por ti cuando tienes problemas y nunca le sigue la corriente a quien se burla de ti. *Los amigos te aceptan como eres,* al menos es lo que dice Zozie. Con los amigos de verdad nunca eres un bicho raro.

Últimamente hablo mucho con Zozie. Sabe lo que significa tener mi edad y ser distinta. Según contó, su madre tenía una tienda que a algunos no les gustaba, por lo que, en cierta ocasión, incluso intentaron incendiarla.

—Más o menos como nos pasó a nosotras —comenté, y tuve que contarle la historia completa.

Le dije que a comienzos de la Cuaresma el viento nos condujo al pueblo de Lansquenet-sous-Tannes y que montamos la chocolatería frente a la iglesia; le hablé del cura que nos detestaba, de nuestros amigos, de la gente del río, de Roux y de Armande, que murió tal como había vivido, sin remordimientos ni despedidas y con sabor a chocolate en la boca.

Supongo que no tendría que habérselo contado, pero con Zozie resulta muy difícil mantener la boca cerrada. Además, trabaja para nosotras, está de nuestra parte y comprende.

Ayer me contó que odiaba la escuela.

—Detestaba a los compañeros y a los profesores. Todos me tenían por un monstruo y no querían sentarse conmigo por las hierbas y las cosas que mi madre me ponía en los bolsillos. Metía asafétida, que bien sabe Dios que huele fatal; pachulí porque se supone que es espiritual, y dracaena, que se introduce en todas partes y deja manchas rojas… Por eso los chicos se burlaban de mí y decían que tenía piojos y que olía. Hasta los profesores intervinieron y una mujer, la señora Fuller, me dio una charla sobre la higiene personal…

—¡Qué desagradable!

Zozie sonrió.

—Les pagué con la misma moneda.

—¿Cómo?

—Tal vez otro día te lo cuente. Nanou, la cuestión radica en que durante mucho tiempo pensé que la culpa era mía, que realmente era un monstruo y que nunca llegaría a nada.

—Pero si tú eres muy inteligente… y, además, guapísima…

—En aquellos tiempos no me sentía inteligente ni guapa. Siempre tuve la sensación de que para ellos no era lo bastante buena, limpia ni agradable. No me molesté en hacer las tareas. Lisa y llanamente, di por sentado que todos eran mejor que yo y hablé todo el tiempo con Mindy…

—Tu amiga invisible…

—Como era de esperar, se rieron, aunque para entonces apenas importaba lo que yo hiciese. De todas maneras, se habrían reído de mí. —Dejó de hablar, por lo que la miré e intenté imaginar cómo había sido en aquella época. Me esforcé por imaginarla sin seguridad en sí misma, belleza ni estilo…—. La esencia de la belleza —prosiguió Zozie— radica en que, en realidad, no tiene mucho que ver con el aspecto físico. No se refiere al color del pelo, a tu talla ni a tu figura. Está todo aquí… —Se palmeó la cabeza—. Tiene que ver con tu modo de caminar, hablar y pensar… Por ejemplo, si caminas así…

De repente hizo algo que me sobresaltó: *cambió su rostro.* No es que pusiese otra cara ni nada que se le parezca, sino que hundió los hombros, desvió la mirada, dejó caer el labio inferior, convirtió su cabellera en una especie de cortina desvaída y de repente se trocó en otra persona, en alguien que llevaba la ropa de Zozie y que, aunque no era del todo fea, no te girarías a mirar dos veces, alguien de quien te olvidarías en cuanto se alejase.

—O así —añadió, sacudió la melena, se irguió y volvió a ser la Zozie de siempre, la genial Zozie con las pulseras tintineantes, la falda campesina amarilla y negra, el pelo con la mecha rosa y los zapatos de charol amarillo brillante con plataforma, que a cualquier otra persona le habrían sentado fatal, pero que a ella le quedaban estupendos simplemente porque es Zozie y todo le sienta bien.

—¡Caramba! —exclamé—. ¿Me enseñarás cómo se hace?

—Acabo de hacerlo —repuso sin dejar de reír.

—Parece…, parece magia —declaré y me ruboricé.

—Verás, casi toda la magia es así de sencilla —afirmó Zozie con gran naturalidad. Si lo hubiese dicho otra persona habría pensado que se burlaba de mí, pero no es el caso de Zozie, ella no se mofa.

—La magia no existe —añadí.

—En ese caso, llámalo como quieras. —Se encogió de hombros—. Si lo prefieres, considéralo una actitud. Llámalo carisma, arrojo, encanto o hechizo. Básicamente consiste en permanecer erguida, mirar a la gente a los ojos, dirigirle una sonrisa demoledora y decir «que te zurzan, soy fabulosa».

Reí, no precisamente porque Zozie hubiese soltado un taco.

—¡Cuánto me gustaría ser capaz de hacerlo! —reconocí.

—Inténtalo —propuso Zozie—. Es posible que te lleves una sorpresa.

Está claro que tuve suerte. Hoy ha sido excepcional. Ni siquiera Zozie podía saberlo. Lo cierto es que me sentí distinta, más viva, como si el viento hubiese cambiado.

En primer lugar, está eso de la actitud que mencionó Zozie. Me comprometí a intentarlo y lo probé; esta mañana me sentí un pelín cohibida, con el pelo recién lavado y unas gotas de colonia de rosas de Zozie, mientras me miraba en el espejo del baño y practicaba la sonrisa demoledora.

Debo reconocer que tan mal no estaba. No fue perfecto, pero la diferencia es enorme si te pones derecha y pronuncias las palabras, aunque solo sea mentalmente.

Además, también estaba distinta; me parecía más a Zozie, a la clase de persona capaz de soltar tacos en un salón de té sin que le importe lo más mínimo.

No es magia, me dije con mi voz espectral. Con el rabillo del ojo avisté a Pantoufle, con expresión ligeramente desaprobadora, mientras subía y bajaba la nariz.

—Pantoufle, no te preocupes —musité—. No se trata de magia. Está permitido.

Después aparecieron Suze y el pañuelo. Me he enterado de que tendrá que llevarlo hasta que le crezca el pelo y lo cierto es que está horrible. Parece un bolo cabreado. Además, la gente dice

«*Allahu akbar*» cada vez que se cruza con ella; Chantal se rió, Suze se enfadó y han reñido de verdad.

Chantal pasó toda la hora de la comida con otras amigas y Suze vino a quejarse y a llorar en mi hombro, pero supongo que en ese momento no me sentía demasiado comprensiva y, además, estaba acompañada.

Todo lo cual me conduce a la tercera cuestión.

Sucedió esta mañana, durante el recreo. Con excepción de Jean-Loup Rimbault, que leía como siempre, y de unas pocas solitarias, en su mayor parte musulmanas que casi nunca participan en nada, el resto de la clase jugaba con una pelota de tenis.

Chantal lanzó la pelota a Lucie y cuando entré gritó: «¡Annie es un bicho raro!». Después todos rieron, se lanzaron la pelota por el aula y gritaron: «¡Salta! ¡Salta!».

Otro día habría participado. Al fin y al cabo, se trata de un juego y es mejor ser bicho raro que quedar excluida, pero hoy había puesto en práctica la dichosa actitud de Zozie.

Me pregunté cómo habría reaccionado y en el acto supe que Zozie preferiría morir antes que ser bicho raro.

Chantal seguía gritando que saltase, como si fuera un perro, y durante unos segundos me limité a mirarla como si hasta entonces jamás la hubiese visto de verdad.

Antes pensaba que era bonita. Debería serlo, ya que dedica mucho tiempo a su aspecto. Hoy también vi sus colores y los de Suzanne; había pasado tanto tiempo desde que los miré por última vez que me resultó imposible dejar de contemplar lo horribles, lo realmente feas que son mis compañeras.

Los demás también debieron de reparar en algo porque Suze soltó la pelota y nadie la recogió. Percibí que formaban un círculo, como si estuviera a punto de estallar una pelea o algo superespecial.

A Chantal no le gustó que la mirase fijamente y espetó:

—¿Qué diablos te pasa? ¿Ya no recuerdas que mirar así es de mala educación?

Me limité a sonreír y seguí mirándola.

Tras ella detecté que Jean-Loup Rimbault apartaba la vista del libro. Mathilde también miraba, con la boca ligeramente entreabierta; Faridah y Sabine dejaron de hablar en un rincón y Claude esbozó una sonrisa como la que adoptas cuando llueve e inesperadamente el sol asoma durante unos segundos.

Chantal me dirigió una de sus miradas socarronas.

—Algunos podemos darnos el lujo de tener una vida. Supongo que tendrás que buscarte otra diversión.

Bueno, sabía qué habría respondido Zozie, pero yo no soy Zozie, detesto las escenas y una parte de mi persona solo aspiraba a sentarse en el pupitre y perderse entre las páginas de un libro. Por otro lado, me había comprometido a intentarlo, por lo que cuadré los hombros, miré a Chantal a los ojos y dirigí a todos mi sonrisa demoledora.

—Que te zurzan, soy fabulosa. —Cogí la pelota de tenis, que se había detenido entre mis pies, y la lancé a la cabeza de Chantal—. Ahora tú eres el bicho raro.

Me dirigí hacia el fondo del aula y me detuve frente al pupitre de Jean-Loup, que ya ni siquiera simulaba reír, sino que me observaba con la boca entreabierta por la sorpresa.

—¿Quieres jugar? —pregunté.

Tomé la delantera.

Hablamos mucho rato. Resulta que nos gustan las mismas cosas: las viejas películas en blanco y negro, la fotografía, Julio Verne, Chagall, Jeanne Moreau, el cementerio…

Siempre lo había considerado engreído; nunca juega con los demás, tal vez porque es un año mayor, y constantemente toma fotos raras con su pequeña cámara. Solo le había hablado una vez porque sabía que así fastidiaría a Chantal y a Suze.

En realidad, no está mal; se rió con mi historia de Suze y la lista y, cuando le conté dónde vivía, preguntó:

—¿Has dicho que vives en una chocolatería? ¿No es fantástico?

Me encogí de hombros.

—Supongo que sí.

—Puedes comer bombones.

—Siempre que quiero.

Puso los ojos en blanco, lo que me llevó a soltar una carcajada. A continuación…

—Espera un momento —pidió, cogió su cámara plateada apenas más grande que una caja de cerillas, me apuntó y declaró—: Te he pillado.

—¡Eh, para! —exclamé y me puse de espaldas.

No me gusta que me hagan fotos. Jean-Loup contemplaba la diminuta pantalla de la cámara y sonreía.

—Mira —propuso y me mostró la foto.

No suelo ver fotos mías. Las pocas que tengo son formales, para el pasaporte, con fondo blanco y sin sonreír. En esta me reía y Jean-Loup había hecho la foto en un ángulo disparatado, conmigo girada hacia la cámara, con el pelo alborotado y el rostro encendido…

Jean-Loup sonrió de oreja a oreja.

—Vamos, reconócelo, no está tan mal.

Volví a encogerme de hombros.

—He quedado bien. ¿Hace mucho que te dedicas a la fotografía?

—Desde la primera vez que me ingresaron en el hospital. Tengo tres cámaras. Mi preferida es una vieja Yashica manual que utilizo únicamente para blanco y negro. La digital es buena y puedo llevarla a todas partes.

—¿Por qué estuviste en el hospital?

—Tengo un problema cardíaco —respondió—. Por eso perdí un curso. Tuvieron que someterme a dos operaciones y falté cuatro meses a la escuela. Fue totalmente imperfecto.

No hace falta que diga que «imperfecto» es la palabra preferida de Jean-Loup.

—¿Es grave? —quise saber.

Jean-Loup le restó importancia con un encogimiento de hombros.

—En realidad, morí en la mesa de operaciones. Me declararon oficialmente muerto durante cincuenta y nueve segundos.

—¡Caramba! —exclamé—. ¿Te han quedado cicatrices?

—A montones —replicó Jean-Loup—. Si te descuidas soy un monstruo.

Sin que me diera cuenta nos contamos nuestras vidas. Le hablé de mamá y Thierry y Jean-Loup me contó que sus padres se habían divorciado cuando tenía nueve años, que el año anterior su padre había vuelto a casarse y que daba igual lo agradable que ella fuese porque…

—Porque, cuanto más agradables, más los odias —concluí sonriente.

Jean-Loup rió y así, de pronto, nos hicimos amigos. Lo hicimos tranquilamente, sin montar un escándalo; de repente ya no tuvo importancia que Suze prefiriese a Chantal o que siempre me tocara hacer de bicho raro cuando jugábamos con la pelota de tenis.

Mientras esperábamos el autobús escolar, permanecí con Jean-Loup al principio de la cola y Chantal y Suze me miraron contrariadas desde su lugar en el medio, pero no dijeron ni pío.

6

Lunes, 19 de noviembre

Anouk regresó de la escuela con paso inesperadamente animado. Se cambió de ropa, por primera vez en semanas me cubrió de besos y anunció que salía un rato con alguien del liceo.

No pedí más explicaciones; últimamente Anouk ha estado tan descorazonada que no quise fastidiarla aunque, de todos modos, me mantuve atenta. No se ha referido a los amigos desde su pelea con Suzanne Prudhomme y, pese a que no debo intervenir en lo que podría ser nada más que una disputa infantil, me apena pensar que la excluyan.

Me he esforzado por que se adaptase. He invitado infinidad de veces a Suzanne, preparado pasteles y organizado salidas al cine, pero no hay manera; existe un límite que separa a Anouk de los demás, una frontera que con el paso de los días se vuelve cada vez más pronunciada.

Hoy todo fue distinto y cuando se marchó, a la carrera como siempre, me pareció ver a la Anouk de antaño en el momento en el que corrió por la plaza con el abrigo rojo, el pelo al viento como la bandera pirata y su sombra saltando junto a los pies.

Me pregunto con quién se ha ido. Está claro que no se trata de Suzanne. Hoy en la atmósfera hay algo, un optimismo renovado que aligera mi angustia. Quizá tiene que ver con el sol, que asoma nuevamente tras una semana de cielos nublados. Tal vez se debe a que, por primera vez en tres años, hemos agotado las cajas para regalo. Puede que tenga que ver con el olor del chocolate y con lo bueno que resulta trabajar de nuevo, manipular cazos y recipientes de cerámica, notar cómo se calienta la plancha de granito al contacto con mis manos, hacer cosas sencillas que dan placer a los demás...

¿Por qué tuve tantas dudas? ¿Se debe acaso a que me recuerdan demasiado a Lansquenet..., a Lansquenet, a Roux, a Armande y a Joséphine..., incluso al cura Francis Reynaud, a esas personas cuyas vidas tomaron otro rumbo simplemente porque yo pasé por allí?

Todo retorna, solía decir mi madre: cada palabra pronunciada, cada sombra, cada pisada en la arena. Es ineludible, forma parte de lo que nos hace ser como somos. ¿Por qué habría de temerlo ahora? ¿Por qué tendría que tener miedo?

Los últimos tres años hemos trabajado muchísimo. Hemos perseverado. Merecemos que nos vaya bien. Creo que por fin percibo un cambio en el viento y es obra nuestra; no hay trucos ni encantos, solo se trata de trabajo puro y duro.

Esta semana Thierry está en Londres y supervisa el proyecto de King's Cross. Esta misma mañana volvió a enviar flores: un ramo doble de rosas variadas, con un lazo de rafia y una tarjeta que dice: «Para mi tecnófoba favorita. Con amor, Thierry».

Es un gesto encantador, anticuado y un pelín pueril, como los cuadrados de chocolate que tanto le gustan. Me siento ligeramente culpable al pensar que, a causa de las prisas de los dos últimos días, casi no he pensado en él y que el anillo, tan incómodo de llevar cuando manipulo chocolate, está guardado en un cajón desde el sábado por la noche.

Se pondrá contento cuando vea la tienda y lo que hemos conseguido. No entiende mucho de chocolate y lo considera algo de mujeres y de niños, por lo que no ha reparado en la creciente popularidad del chocolate de calidad a lo largo de los últimos años, motivo por el cual le cuesta imaginar la chocolatería como un negocio serio.

Claro que, de momento, todo está en pañales. Thierry, te garantizo que, cuando vuelvas a vernos, te llevarás una sorpresa mayúscula.

Ayer nos dedicamos a redecorar el local. No fue idea mía, sino de Zozie, y al principio me preocupé por el desorden y el caos, pero con su ayuda, la de Anouk y la de Rosette, lo que podría haber sido una tarea pesada se convirtió en un juego. Con el pelo cubierto por un pañuelo verde y pintura amarilla a un lado de la cara, Zozie se subió a la escalera para pintar las paredes; Rosette atacó los muebles con el pincel de juguete, Anouk dibujó en la pared flores azules, espirales y formas de animales y sacamos las sillas a la calle, las tapamos con protectores para que no se llenasen de polvo y aun así acabaron salpicadas de pintura.

Cuando vio las huellas de las manos menudas de Rosette en una vieja silla blanca de cocina, Zozie aseguró que no tenía la menor importancia y que la pintaríamos. Rosette y Anouk convirtieron la tarea en un juego, se armaron de pintura para carteles y cuando terminaron la silla quedó tan alegre con las huellas multicolores de manos que hicimos lo mismo con las restantes y con la pequeña mesa de segunda mano que Zozie trajo a la chocolatería.

—¿Qué pasa? ¿Vais a cerrar?

La que habló fue Alice, la rubia que aparece casi todas las semanas y que casi nunca compra. Prácticamente tampoco abre la boca, pero los muebles apilados, los protectores y las sillas multicolores que se secaban en la calle bastaron para sorprenderla y llevarla a tomar la palabra.

Cuando me reí, Alice estuvo a punto de alarmarse y finalmente se detuvo a admirar el trabajo manual de Rosette... y, como parte de la celebración, aceptó la trufa artesanal a la que la casa la invitó. Parece llevarse bien con Zozie, con la que en una o dos ocasiones ha hablado en la tienda, y siente debilidad por Rosette, por lo que se arrodilló en el suelo, a su lado, para comparar el tamaño de sus manos y las de Rosette, más menudas y manchadas de pintura.

Luego se presentaron Jean-Louis y Paupaul, que quisieron saber a qué se debía tanto trasteo. Al cabo de un rato aparecieron Richard y Mathurin, parroquianos de Le P'tit Pinson. Después llegó madame Pinot, la de la tienda de la esquina, que fingió que tenía que hacer un recado aunque, en realidad, lanzó una impaciente mirada por encima del hombro al caos que reinaba a las puertas de la chocolatería.

Pasó Nico el Gordo que, con su exuberancia de costumbre, hizo un comentario sobre el nuevo aspecto del local:

—¡Vaya, vaya, azul y amarillo! ¡Son mis colores preferidos! Dama de los zapatos, ¿ha sido idea tuya?

Zozie sonrió.

—Todas colaboramos.

Ahora que lo pienso, iba descalza y sus pies largos y bien formados se aferraban a la desvencijada escalera. Algunos mechones de pelo se habían escapado del pañuelo y sus brazos estaban exóticamente cubiertos de pintura.

—Parece muy divertido —declaró Nico con sana envidia—. Está lleno de manos de bebé. —Flexionó los dedos de sus manazas pálidas y regordetas y se le iluminó la mirada—. Me encantaría contribuir, pero tengo la impresión de que ya habéis terminado, ¿no?

—Adelante —dije, y señalé las bandejas de pintura.

Estiró la mano hacia la bandeja de pintura roja, que a esa altura estaba más bien amarronada. Titubeó unos segundos y, con ademán veloz, introdujo las yemas de los dedos.

Sonrió ampliamente y afirmó:

—Es muy agradable. Se parece a mezclar la salsa de los macarrones sin cuchara.

Nico volvió a estirar la mano y en esta ocasión la pintura humedeció su palma.

—Por aquí —propuso Anouk y señaló un sitio vacío en una de las sillas—. Rosette se saltó este trozo.

Resultó que Rosette se había saltado muchos trozos y después Nico estuvo un rato ayudando a Anouk a calcar dibujos; hasta Alice se quedó mirando. Yo preparé chocolate caliente para todos, que bebimos como gitanos, sentados en el bordillo, y nos desternillamos de risa cuando un grupo de japoneses pasó y nos hizo fotos.

Tal como dijo Nico, fue muy agradable.

Ordenábamos todo lo pintado a fin de abrir por la mañana cuando Zozie tomó la palabra:

—¿Sabéis una cosa? Este local necesita un nombre. Allí hay un letrero —añadió y señaló una tira de madera desgastada por el sol que colgaba sobre la puerta—, pero parece que hace años que no hay nada escrito. Yanne, ¿qué opinas?

Me encogí de hombros.

—¿Quieres decir por si la gente no sabe a qué se dedica el local?

Debo reconocer que sabía exactamente a qué se refería, pero un nombre nunca es simplemente un nombre. Nombrar algo significa dotarlo de poder y darle una significación emocional que, hasta entonces, mi modesto local no había tenido.

Zozie ni siquiera me escuchó.

—Creo que podría hacerlo bien. ¿Me permites intentarlo?

Volví a encogerme de hombros y me inquieté. Cedí porque Zozie ha sido muy buena y sus ojos brillaron de impaciencia.

—De acuerdo, pero no quiero nada rebuscado ni cursi. Basta con que diga «chocolatería».

Obviamente, a lo que me refería es a que no quería *nada parecido a Lansquenet*. No quería nombres ni lemas. De alguna manera bastaba con que mis discretos planes de renovación se hubieran convertido en una psicodélica guerra de pintura.

—No padezcas —me tranquilizó Zozie.

Así fue como bajamos el letrero desteñido por el sol. El análisis reveló que la inscripción decía «Frères Payen», por lo que pudo ser el nombre de una cafetería o de un negocio totalmente distinto. Zozie declaró que la madera estaba desteñida pero sana y que, con un buen lijado y pintura nueva, lograría crear un letrero relativamente duradero.

A partir de ese momento cada uno se fue a lo suyo: Nico a su vivienda en la rue Caulaincourt y Zozie a su diminuto estudio del otro lado de la colina.

Me dije que solo podía esperar que no fuese demasiado llamativo; las combinaciones de colores de Zozie tienden a ser extravagantes e imaginé un letrero en tonos verde lima, rojo y púrpura brillantes, puede que adornado con flores o con un unicornio. Me vería obligada a colgarlo porque, de lo contrario, heriría sus sentimientos.

Con un atisbo de inquietud, por la mañana la seguí hasta la puerta de la tienda, con los ojos tapados según su petición, para ver los resultados.

—Vamos, ¿qué opinas? —quiso saber Zozie.

Durante unos instantes me quedé sin habla. Allí estaba, colgado sobre la puerta como si fuese su lugar de toda la vida: un letrero rectangular, pintado de amarillo, con el nombre primorosamente escrito en azul.

—¿Lo encuentras demasiado cursi? —La voz de Zozie denotaba cierta ansiedad—. Ya sé que me pediste que fuera sencillo, pero se me ocurrió esto y.... y..., ¿qué te parece?

Transcurrieron varios segundos. Me costó apartar la mirada del letrero con las precisas letras azules y mi apellido: Rocher, el peñasco. Desde luego que fue una coincidencia, no podía ser de otra manera. Le dirigí mi sonrisa más esplendorosa y respondí:

—Es hermoso.

Zozie suspiró.

—¡Qué alivio! Empezaba a preocuparme.

Sonrió y tropezó en el umbral que, debido a un juego con la luz del sol o a la nueva combinación de colores, pareció iluminarse, por lo que estiré el cuello para contemplar el letrero que en el que se leía con la puntillosa letra cursiva de Zozie:

Le Rocher de Montmartre
Chocolatería

CUARTA PARTE

La Rueda de la Fortuna

1

Martes, 20 de noviembre

Ahora soy, oficialmente, la mejor amiga de Jean-Loup. Hoy Suzanne no vino, por lo que me libré de verle la cara, pero Chantal compensó su ausencia; estuvo realmente desagradable todo el día y fingió que no me miraba mientras sus amigas me clavaban la vista y cuchicheaban.

—¿Sales con él? —preguntó Sandrine durante la clase de química. Sandrine me caía bien, al menos en parte, antes de que se sumase a Chantal y su pandilla. Los ojos se le pusieron como canicas y percibí la impaciencia de sus colores porque no cesó de preguntarme—: ¿Ya lo has besado?

Supongo que habría respondido afirmativamente si de verdad quisiese ser popular, pero no lo necesito. Prefiero ser un monstruo a un clon. Pese a su popularidad con las chicas, Jean-Loup es casi tan monstruoso como yo por culpa de las películas, los libros y las cámaras de fotos.

—No, solo somos amigos —respondí a Sandrine.

Me miró significativamente.

—Si no quieres contármelo, no me lo digas.

Se alejó contrariada, se reunió con Chantal y todo el día se dedicó a hablar con voz baja, reír como una tonta y vigilarnos mientras Jean-Loup y yo comentábamos todos los temas imaginables y tomábamos fotos mientras nos observaban.

Sandrine, yo diría que la palabra que te define es «pueril». Como ya expliqué, solo somos amigos y a Chantal, Sandrine, Suze y los demás pueden zurcirlos…, somos fabulosos.

Cuando acabaron las clases fuimos al cementerio. Es uno de mis lugares preferidos en París y Jean-Loup dice que también lo es para él. Me refiero al cementerio de Montmartre, con las casitas, los monumentos, las capillas de techo puntiagudo, los obeliscos delgados, las calles, las plazas, los callejones y los nichos para los difuntos.

Existe una palabra específica: necrópolis, que significa ciudad de los muertos. De hecho, se trata de una urbe; me parece que los sepulcros podrían ser casas, alineados como están con las pequeñas verjas cerradas, la grava rastrillada y las jardineras en las ventanas con parteluces. No dejan de ser casitas impecables, como si se tratase de un minisuburbio destinado a los muertos. La idea me produjo, simultáneamente, escalofríos y risa, y Jean-Loup apartó la mirada del visor de la cámara y me preguntó qué me pasaba.

—Aquí se podría vivir —repuse—. Bastan un saco de dormir, una almohada, una hoguera y algunos alimentos. En cualquiera de estos monumentos puedes esconderte y nadie se enterará. Las puertas están cerradas y hace menos frío que debajo de un puente.

Jean-Loup sonrió de oreja a oreja.

—¿Alguna vez has dormido bajo un puente?

Por supuesto que sí, una o dos veces, pero no estaba dispuesta a reconocerlo.

—No, pero tengo mucha imaginación.

—¿No te daría miedo?

—¿Por qué habría de asustarme?

—Por los fantasmas…

Me encogí de hombros.

—No son más que fantasmas.

Un gato salvaje asomó parsimoniosamente por uno de los estrechos senderos de piedra. Jean-Loup lo inmortalizó con la cámara. El gato bufó y se deslizó entre las tumbas. Supuse que probablemente había visto a Pantoufle; a veces los gatos y los perros se asustan al verlo, como si supieran que no debe estar presente.

—Algún día veré un fantasma. Por eso traigo la cámara —acotó Jean-Loup. Lo miré a los ojos. Tenía la mirada encendida. Cree realmente… y se preocupa, razón por la cual me cae tan bien. Detesto la gente a la que nada le importa y que discurre por la vida sin interesarse ni creer—. Realmente no te asustan los espíritus.

Bueno, cuando los has visto tan a menudo como yo, no sueles preocuparte por esas cuestiones…, aunque tampoco estaba dispuesta a confesárselo. Su madre es católica ferviente. Cree en el Espíritu Santo, en los exorcismos y en que el vino de la comunión se convierte en sangre… Venga ya, ¿acaso no es una barbaridad? Los viernes comen pescado. ¡Ay, tío! A veces pienso que soy un fantasma, un espíritu ambulante, parlante y respirador.

—Los muertos no hacen nada, por eso están aquí y por eso las portezuelas de las capillas no tienen picaporte por dentro.

—¿Y la muerte? —quiso saber—. ¿Te asusta la muerte?

Volví a encogerme de hombros.

—Supongo que sí, como a todos.

Jean-Loup pateó una piedra y apostilló:

—No todos saben cómo es.

Despertó mi curiosidad.

—Dime, ¿cómo es?

—¿La agonía? —Jean-Loup también se encogió de hombros—. Verás, hay un pasillo de luz y tus amigos y parientes muertos te están esperando. Todos sonríen. Al final del pasillo se ve una luz intensa, realmente intensa y… y supongo que sagrada; una luz que te habla y dice que tienes que volver a la vida, pero que no debes preocuparte, porque un día regresarás y te internarás en la luz con todos tus amigos y… —De repente dejó de hablar—. Bueno, eso es lo que opina mi madre. Es lo que le dije que vi.

Le clavé la mirada.

—¿Qué viste?

—Nada, absolutamente nada.

Se impuso el silencio mientras Jean-Loup observaba a través del visor las avenidas del cementerio, repletas de muertos. Cuando accionó el obturador la cámara emitió un chasquido.

—¿Acaso no sería una broma pesada que no sirviese de nada? —preguntó y apretó el obturador—. ¿Y si, después de todo, el cielo no existe? —Sonó un nuevo chasquido—. ¿Y si los muertos simplemente se están pudriendo?

Subió tanto el tono de voz que varios pájaros posados en uno de los sepulcros aletearon súbitamente y emprendieron el vuelo.

—Te dicen que lo saben todo, pero no es verdad —añadió—. Mienten, siempre mienten.

—No siempre —precisé—. Mamá no miente.

Me miró de forma peculiar, como si fuera mucho, mucho mayor que yo, y poseyese una sabiduría nacida de años de sufrimiento y decepción.

—Ya te mentirá —insistió—. Siempre mienten.

2

Martes, 20 de noviembre

Hoy Anouk trajo a su nuevo amigo. Se trata de Jean-Loup Rimbault, un chico de aspecto agradable, algo mayor que ella y con una amabilidad chapada a la antigua que lo distingue de los demás. Jean-Loup, que vive al otro lado de la colina, vino directamente del liceo y, en lugar de irse en el acto, estuvo media hora en la tienda, charlando con Anouk mientras compartían café moca y galletas.

Me alegra ver a Anouk con un amigo, pese a que el tormento que me provoca no deja de ser menos intenso por su condición de irracional. Páginas de un libro perdido... *Anouk a los trece,* susurra una voz silente; *Anouk a los dieciséis, cual una cometa al viento... Anouk a los veinte, a los treinta e incluso más...*

—Jean-Loup, ¿te apetece un bombón? Invita la casa.

Jean-Loup no es un nombre precisamente corriente. Tampoco es un muchacho corriente, ya que posee una mirada sombría y calculadora con la que se presenta ante el mundo. Por lo que sé, sus padres están divorciados, vive con su madre y ve a su padre tres veces por año. Su bombón preferido es el de chocolate amargo con almendras crujientes; en mi opinión, se trata de un gusto bastante adulto; por otro lado, es un joven curiosamente adulto y dueño de sí mismo. La costumbre de mirarlo todo a través del visor de la cámara fotográfica resulta ligeramente desconcertante; da la impresión de que intenta distanciarse del mundo exterior y buscar una realidad más sencilla y dulce en la diminuta pantalla digital.

—¿De qué va la foto que acabas de tomar?

Me la mostró con actitud obediente. Al principio parecía un cuadro abstracto, una maraña de colores y de formas geométricas, hasta que vi de qué se trataba: los zapatos de Zozie tomados a la altura de los ojos y deliberadamente desenfocados en medio del caleidoscopio de bombones envueltos en papel metálico.

—Me gusta —afirmé—. ¿Qué hay en ese rincón?

Daba la sensación de que algo situado fuera del encuadre había hecho sombra en la foto.

Jean-Loup se encogió de hombros.

—Tal vez alguien estaba demasiado cerca. —Apuntó con la cámara a Zozie, que se encontraba detrás del mostrador con una montaña de cintas de colores en las manos—. Me gusta.

—Prefiero que no me hagan fotos. —Aunque no levantó la cabeza, la voz de Zozie sonó tajante.

Jean-Loup se amilanó.

—Solo pretendía...

—Ya lo sé. —Zozie sonrió y el chico se tranquilizó—. No me gusta que me fotografíen. Casi nunca me veo reflejada.

Me dije que podía comprenderlo. El súbito atisbo de inseguridad, precisamente en Zozie, cuya actitud animada ante todo logra que cualquier tarea parezca sencilla, me incomodó y me pregunté si no me apoyaba demasiado en mi amiga que, al igual que el resto de los mortales, debía de tener sus propios problemas y angustias.

Si los tiene, los oculta a la perfección; aprende muy rápido y con una facilidad sorprendente. Se presenta cada mañana a las ocho, justo a la misma hora en la que Anouk sale para el liceo, y dedica la hora que transcurre antes de abrir el local a ver cómo realizo las diversas técnicas para preparar chocolate.

Sabe templar el chocolate cobertura, calibrar las diversas mezclas, medir las temperaturas y mantenerlas constantes, conseguir el mejor brillo, decorar una figura fabricada con molde o hacer virutas de chocolate con un pelador.

Mi madre habría dicho que tiene dones, si bien su verdadera habilidad atañe a los clientes. Obviamente, ya había notado su facilidad para tratar con diversas personas, la capacidad de recordar nombres, su sonrisa contagiosa y la forma en la que consigue que, por muy llena que esté la chocolatería, cada cliente se sienta especial.

He intentado agradecérselo, pero ríe como si trabajar aquí fuese un juego, una tarea que realiza para divertirse más que para ganar dinero. Me he ofrecido a pagarle un salario justo pero, de momento, lo ha rechazado, a pesar de que con el cierre de Le P'tit Pinson ha vuelto a quedarse sin trabajo.

Hoy mencioné nuevamente el tema:

—Zozie, mereces un salario adecuado, ya que ahora haces mucho más que echar una mano de vez en cuando.

Se encogió de hombros.

—En este momento no puedes darte el lujo de pagar un salario completo.

—Francamente...

—Francamente... —Zozie enarcó una ceja—. Madame Charbonneau, para variar debería dejar de preocuparse de los demás y cuidar de la número uno.

Reí al oír esas palabras.

—Zozie, eres un ángel.

—Sí, ni más ni menos. —Esbozó una sonrisa—. ¿Podemos volver a ocuparnos de los bombones?

3

Miércoles, 21 de noviembre

Es sorprendente la diferencia que marca una señal. Está claro que la mía fue, más bien, una especie de faro que iluminó las calles parisinas.

Pruébame, saboréame, examíname…

Da resultado; hoy se presentaron desconocidos y habituales y nadie se marchó con las manos vacías, sino con una caja de regalo adornada con una cinta o un bocado exquisito: un ratón de azúcar, una ciruela al coñac, un puñado de bizcochitos de harina de almendras o un kilo de trufas del chocolate más amargo que tenemos y recubiertas de cacao en polvo, cual bombas de chocolate a punto de estallar.

Todavía es pronto para cantar victoria. Necesitamos más tiempo para seducir a los lugareños, pero ya he percibido el cambio de rumbo y en Navidad los tendremos en el bolsillo.

Y pensar que al principio supuse que aquí no había nada para mí… Este local es un premio. Los atrae y si pienso en lo que podríamos cosechar, no solo en dinero, sino en anécdotas, personas, vidas…

¿He dicho «podríamos»? Por descontado, estoy dispuesta a compartir. Me refiero a nosotras tres…, cuatro si incluimos a Rosette, cada una con sus habilidades específicas. Podríamos ser extraordinarias. Ella ya lo ha hecho en Lansquenet. Tapó sus huellas, pero no fue suficiente. El nombre de Vianne Rocher y los detalles que he averiguado a través de Annie bastaron para rastrear su trayectoria. El resto fue coser y cantar: varias llamadas telefónicas y algunos ejemplares atrasados de un periódico local, fechados hace cuatro años, en uno de los cuales aparecía una foto amarilleada y con mucho grano de Vianne, que sonreía temerariamente desde la puerta de una chocolatería, mientras una pequeña con el pelo revuelto, que solo podía ser Annie, observa por debajo del brazo extendido de su madre.

La Céleste Praline... El nombre resulta muy curioso. Por mucho que ahora parezca imposible, Vianne Rocher disfrutó con algunas extravagancias. En aquellos tiempos no temía a nada, se ponía zapatos rojos y pulseras tintineantes y llevaba el pelo largo y revuelto, como las gitanas de los tebeos. No era exactamente una belleza, ya que tiene la boca demasiado grande y sus ojos no están lo bastante separados, pero cualquier bruja digna de su manual de sortilegios habría dicho que estaba pletórica de encantos..., encantos con los que modificar la trayectoria de algunas vidas, encantos con los que hechizar, curar y ocultar.

¿Qué pasó?

Vianne, las brujas no se jubilan, habilidades como las nuestras piden a gritos que las utilicemos.

La observo mientras trabaja en la trastienda y prepara trufas y bombones de licor. Desde que nos conocimos sus colores se han intensificado y, como ahora sé dónde mirar, veo magia en todo lo que hace. No parece consciente de ello, como si pudiese cegarse mediante el simple expediente de no hacer caso de lo que sucede, de la misma manera que tampoco presta atención a los tótems de sus hijas. Vianne no es tonta..., así que, ¿por qué se comporta como tal? ¿Qué hace falta para que abra los ojos?

Pasó la mañana en la trastienda y el olor de lo que horneaba llegó al local, en el que hemos instalado una chocolatera. En menos de una semana, el local ha cambiado tanto que resulta casi irreconocible. Con las huellas de las manos de las niñas, la mesa y las sillas generan un ambiente festivo. Hay algo de patio de escuela en esos colores primarios y, por mucho que acomodemos los muebles, siempre existe una leve sensación de desorden. De las paredes cuelgan cuadros: cuadrados de saris en tonos rosa vivo y amarillo limón, bordados y enmarcados. Hay dos butacones viejos y rescatados de un contenedor, con los muelles vencidos y las patas torcidas. Los he arreglado con un par de metros de felpa fucsia con estampado de leopardo y un retal de tela dorada comprado en una tienda de beneficencia.

Annie está encantada y yo también. De no ser por el tamaño del local, podría parecer una pequeña cafetería de uno de los barrios más elegantes de París…; por si eso fuera poco, hemos escogido el mejor momento posible.

Tras una desafortunada intoxicación alimentaria (no totalmente inesperada) y la visita de un inspector de Sanidad, hace dos días han clausurado Le P'tit Pinson. Por lo que he oído, Laurent tendrá que dedicar como mínimo un mes a limpiar y restaurar la cafetería antes de que autoricen la reapertura, lo que significa que su clientela navideña se resentirá.

Después de todo, el pobre Laurent se comió los bombones. Huracán funciona por vías misteriosas. De la misma manera que los pararrayos atraen las descargas eléctricas, hay quienes se las apañan para sufrir esta clase de peripecias.

Como digo yo, más para nosotras. No estamos autorizadas a servir alcohol, sino chocolate caliente, pasteles, galletas, macarrones y, por añadidura, el canto de sirena de las trufas de chocolate amargo, los bombones de licor y moca, las fresas recubiertas de chocolate, los bocaditos de nuez, los de albaricoque y frutos secos…

Hasta ahora los tenderos de la plaza han mantenido las distancias porque muestran cierta desconfianza ante nuestros cambios. Están tan habituados a pensar que la chocolatería es una trampa para turistas, un local en el que los lugareños no tienen nada que hacer, que tendré que apelar a toda mi capacidad de persuasión para que se acerquen.

Ayuda que Laurent nos haya visitado; precisamente Laurent, que detesta hasta el más mínimo cambio y que vive en un París que es producto de su imaginación, ya que solo tienen entrada los parisinos autóctonos. Al igual que el resto de los alcohólicos, es goloso. Además, ¿adónde puede ir ahora que han clausurado la cafetería? ¿Dónde tendrá público al que enumerar su interminable catálogo de quejas?

Huraño y visiblemente curioso, se presentó ayer a la hora del almuerzo. Era la primera vez que venía desde que reformamos el local, y estudió las mejoras con expresión de contrariedad. Quiso la suerte que hubiera clientes: Richard y Mathurin, que pasaron de camino a su habitual partida de petanca en el parque. Al ver a Laurent se mostraron ligeramente incómodos, y ya les vale, pues son parroquianos de toda la vida de Le P'tit Pinson.

Laurent les dirigió una mirada desdeñosa y comentó:

—Por lo visto, a alguien le va bien. ¿Qué es esto…, una puñetera cafetería o algo parecido?

Sonreí.

—¿Te gusta?

—¡Miu! —Laurent emitió su ruido preferido—. Cualquiera cree que puede montar una maldita cafetería. Todo el mundo se considera capaz de hacerlo.

—Jamás se me ocurriría —aseguré—. En nuestros días es difícil crear una atmósfera auténtica.

Laurent dejó escapar un bufido.

—No me vengas con esas. Calle abajo está el Café des Artistes y el encargado, te lo creas o no, es turco; para no hablar de la cafetería italiana que hay al lado, del salón de té y de los diversos Costa y Starbuck… Los jodidos yanquis creen que han inventado el café. —Me miró furibundo, como si yo tuviese antepasados en el Nuevo Mundo—. ¿Qué se ha hecho de la lealtad? —protestó—. ¿Qué ha pasado con el patriotismo francés de toda la vida?

Mathurin está bastante sordo y es posible que no lo oyese, pero estoy convencida de que Richard se hizo el tonto.

—Yanne, has sido muy amable. Será mejor que nos vayamos.

Dejaron el dinero sobre la mesa y huyeron sin volver la vista atrás, mientras Laurent se ruborizaba y abría desmesuradamente los ojos.

—Ese par de maricas viejos… —despotricó—. La cantidad de veces que entraron en mi cafetería a tomar una cerveza y a jugar a las cartas… y ahora, en cuanto las cosas se tuercen…

Le dediqué mi sonrisa más solidaria.

—Lo sé, Laurent, pero debes tener en cuenta que las chocolaterías son locales tradicionales. De hecho, me parece que históricamente preceden a las cafeterías, lo que las vuelve muy auténticas y parisinas… —Pese a que siguió farfullando, lo conduje hasta la mesa que sus parroquianos acababan de desocupar—. ¿Por qué no te sientas y bebes una taza de chocolate? Laurent, invita la casa, por descontado.

Aquello solo fue el comienzo. Laurent Pinson está de nuestra parte a cambio de una taza de chocolate y un bombón de praliné. Obviamente, no se trata de que lo necesitemos como cliente, ya que es un parásito que se llena los bolsillos con azucarillos y se queda horas con una taza de café, sino de que es el eslabón débil de nuestra reducida comunidad y, donde va Laurent, van los demás.

Esta mañana se presentó madame Pinot. En realidad, no compró nada, pero echó un buen vistazo al local y se marchó tras saborear un bombón invitación de la casa. Jean-Louis y Paupaul hicieron lo mismo; por casualidad sé que la chica que esta mañana compró trufas trabaja en la panadería de la rue des Trois Frères y hablará de la chocolatería a sus clientes.

Intentará explicar que no solo tiene que ver con el gusto: la sabrosa trufa de chocolate negro, emborrachada con ron; el lejano sabor de la guindilla, la generosa suavidad del centro del bombón y el amargor del acabado con cacao en polvo... Esas características no bastan para entender el extraño atractivo de las trufas de chocolate de Yanne Charbonneau.

Tal vez se vincula con que te hacen sentir más fuerte, tal vez más poderoso, más atento a los sabores y a los sonidos del mundo, más consciente de los colores y las texturas, más volcado en ti mismo, en lo que hay bajo la piel, en la boca, en el cuello, en la lengua sensible.

Solo uno, suelo decir.

Prueban y compran.

Compran tantos que Vianne estuvo ocupada todo el día, por lo que me tocó regentar el local y servir chocolate caliente a los que entran. Con un mínimo de buena voluntad, hay asientos para seis y es un lugar peculiarmente atractivo, tranquilo, reparador y animado a la vez, donde la gente acude a olvidar sus problemas, se sienta a beber chocolate y charla.

¿Charla? ¡Vaya si hablan! Vianne es la excepción que confirma la regla. De todas maneras, tiempo al tiempo. Digo que hay que empezar con modestia... o a lo grande, al menos en el caso de Nico el Gordo.

—¡Hola, dama de los zapatos! ¿Qué hay para comer?

—¿Qué prefieres? —pregunté—. Hay cremitas de rosa, cuadrados picantes, macarrones de cocoooooooooo... —alargué provocativamente la última palabra porque conozco su debilidad por el coco.

—¡Caray! No debería.

Obviamente, es pura representación. A Nico le gusta plantear una resistencia simbólica, pero sonríe cohibido porque sabe que no ha colado.

—Prueba uno —insisto.

—Solo tomaré medio.

Está claro que los bombones rotos no cuentan, como tampoco tiene importancia una tacita de chocolate con cuatro macarrones más, el pastel de café que Vianne le ofrece o el glaseado que retira del cuenco con la espátula y devora.

—Mi madre siempre hacía de más —comentó Nico— y, cuando terminaba, yo me zampaba lo que quedaba en el cuenco. Algunas veces preparaba tanto glaseado que ni siquiera yo era capaz de acabarlo. —Repentinamente dejó de hablar.

—¿Has dicho tu madre?

—Está muerta —replicó, y su cara de bebé se demudó.

—¿La echas de menos?

Nico asintió.

—Supongo que sí.

—¿Cuándo murió?

—Hace tres años. Se cayó por la escalera. Creo que tenía unos kilos de más.

—Tuvo que ser duro —comenté, esforzándome por guardar la compostura.

En el caso de Nico, unos kilos de más puede significar alrededor de ciento veinte. Su rostro adopta una expresión impávida y sus colores corresponden al espectro de verdes mates y grises plateados que relaciono con las emociones negativas. Es evidente que se considera responsable. Lo sé. Tal vez la moqueta de la escalera estaba despegada o se retrasó al volver del trabajo, se quedó diez fatales minutos más en la panadería o se sentó en un banco para ver pasar a las chicas…

—No eres el único —acoté—. Más te vale saber que a todos nos pasa lo mismo. A la muerte de mi madre me sentí culpable… —Le cogí la mano. Por debajo de la grasa sus huesos me parecieron pequeños como los de un niño—. Yo tenía dieciséis años. Siempre he pensado que fue culpa mía.

Le dediqué mi sonrisa más franca y, con tal de no reír, hice a mis espaldas la señal de los cuernos. Claro que fue lo que creí… y con sobrados motivos.

Nico se animó en el acto y preguntó:

—¿Estás diciendo la verdad?

Moví afirmativamente la cabeza y lo oí resollar como si fuese un globo aerostático.

Me volví para disimular la sonrisa y me ocupé de los bombones que se enfriaban sobre el mostrador. Olían a inocencia, a vainilla y a niñez. Las personas como Nico casi nunca tienen amigos. Son siempre los gordos que viven con su mamá, más obesa si cabe, y que acumulan los sustitutos sobre el reposabrazos del sofá mientras su progenitora los mira comer y aprueba con ansiedad.

Nico, no estás gordo, simplemente eres de huesos grandes. Ten, Nico, por ser tan bueno…

—Creo que no debería —admitió finalmente Nico—. El médico dice que debo reducir lo que ingiero.

Enarqué una ceja.

—¿Qué sabe ese médico? —pregunté. Nico se encogió de hombros y las ondas de grasa recorrieron sus brazos—. Te sientes bien, ¿no?

De nuevo esbozó una sonrisa tímida.

—Diría que sí. La cuestión es que…

—¿Cuál es la cuestión?

—Bueno, verás…, las chicas. —Se ruborizó—. ¿Qué ven? Un tío grandote y entrado en carnes. Pienso que si perdiera unos cuantos kilos y me pusiese mínimamente en forma, tal vez…, ya me entiendes.

—Nico, no estás tan gordo. No es necesario que cambies. Encontrarás a una chica, ya lo verás. —Nico volvió a suspirar—. Dime, ¿qué quieres?

—Una caja de macarrones.

Anudaba el lazo cuando entró Alice. No sé para qué quiere Nico un lazo, ya que ambos somos conscientes de que abrirá la caja mucho antes de llegar a su casa pero, por algún motivo, le gusta así: con un lazo de cinta amarilla que, entre sus manazas, resulta incongruente.

—Hola, Alice —la saludé—. Siéntate, enseguida te atiendo.

Eran las cinco y Alice necesita tiempo. Mira a Nico temerosamente. A su lado parece un gigante, un gigante hambriento, pero de repente Nico ha quedado enmudecido. Contiene sus ciento veinte kilos y el rubor cubre su cara ancha.

—Nico, te presento a Alice.

—Hola —susurra la muchacha.

Lo más fácil del mundo es trazar un signo con la uña en el raso de la caja de bombones. Podría ser cualquier cosa, un accidente, y también el comienzo de algo, un recodo en el camino, la senda hacia otra existencia…

Todo cambia…

Alice vuelve a musitar algo, se mira las botas… y repara en la caja de macarrones.

—Me chiflan —reconoce Nico—. ¿Quieres?

Alice comienza a menear la cabeza y se dice que Nico parece simpático. Pese a su humanidad, hay algo en él, algo tranquilizadoramente pueril y hasta vulnerable. Cree detectar algo en su mirada, algo que la lleva a sentir que tal vez…, que quizá… la comprenda.

—Solo uno —insiste Nico.

El símbolo trazado en la tapa de la caja brilla con luz pálida; se trata de la Luna del Conejo, la del amor y la fertilidad; en lugar del habitual cuadrado de chocolate, Alice acepta tímidamente una taza de café moca cremoso, que acompaña con un macarrón. Salen al mismo tiempo, aunque no juntos, Alice con su cajita y Nico con su cajaza, y la lluvia de noviembre los moja.

Mientras los observo, Nico abre un paraguas rojo de proporciones descomunales, en el que se lee MERDE, IL PLEUT!, y resguarda a Alice. El sonido de la risa de la muchacha suena lejano e intenso, como algo recordado más que oído. Los veo caminar por la calle adoquinada: Alice salva los charcos con sus botas de siete leguas mientras Nico sostiene solemnemente ese ridículo paraguas; parecen el oso y el patito feo de un dibujo animado, animales de un cuento de hadas resquebrajado, a punto de emprender una gran aventura.

4

Jueves, 22 de noviembre

Tres llamadas perdidas de Thierry y una foto del museo de Historia Natural con un mensaje que dice: «¡Cavernícola! ¡Conecta el móvil!». Me causó gracia, pero no tanta; no comparto la pasión de Thierry por los chismes tecnológicos y, después de intentar sin éxito responder con un mensaje, guardé el móvil en el cajón del obrador.

Telefoneó más tarde. Al parecer, no podrá volver este fin de semana, aunque me asegura que vendrá el que viene. Hasta cierto punto, me siento aliviada. Así tendré tiempo de organizarme, de preparar existencias y de acostumbrarme a mi nuevo negocio, a sus ritmos y a sus clientes.

Hoy volvieron Nico y Alice. La muchacha compró una caja pequeña de *fudges*, una caja minúscula, de la que se comió todos, mientras que Nico adquirió un kilo de macarrones.

—Siempre me saben a poco —reconoció Nico—. Yanne, no dejes de hacerlos, ¿de acuerdo?

Me resultó imposible evitar la sonrisa ante su exuberancia. Ocuparon una mesa de la parte delantera del local; Alice pidió café moca y él, chocolate caliente con nata y nubes de caramelo; Zozie y yo permanecimos discretamente en el obrador de la trastienda, por si entraba un cliente, y Rosette cogió el cuaderno de dibujo y se dedicó a trazar monos sonrientes y de cola larga con todos los colores de la caja de lápices.

—¡Vaya, está muy bien! —exclamó Nico cuando Rosette le entregó el dibujo de un mono gordo, de color granate, que comía un coco—. Creo que los monos te gustan, ¿no?

Nico puso cara de mono para Rosette, que cacareó de risa y suspiró. *¡Por fin!* He reparado en que ríe más a menudo con Nico, conmigo, con Anouk, con Zozie... Es posible que, la próxima vez que venga Thierry, conecte con él un poco más.

Alice también rió. Rosette tiene debilidad por ella, tal vez porque es muy menuda, casi una niña con su vestido corto y estampado y el abrigo azul claro o quizá porque casi nunca habla, ni siquiera con Nico, que se expresa por los dos.

—Este mono se parece a Nico —concluyó Alice.

Con los adultos su voz suena fina y reticente, mientras que con Rosette adopta otro tono. Su timbre se vuelve intenso y cómico y Rosette reacciona con una sonrisa radiante.

Pues bien, Rosette dibujó monos para todos. El de Zozie luce mitones de color rojo en las cuatro extremidades. El de Alice es azul eléctrico, con el cuerpo minúsculo y la cola disparatadamente larga y enroscada. El mío se siente incómodo y oculta su cara peluda entre las manos. Tiene dotes, de eso no hay duda; sus dibujos son toscos, pero están peculiarmente vivos y basta con un par de trazos para transmitir expresiones faciales.

Todavía reíamos cuando madame Luzeron se presentó con su perrillo cubierto de pelusa color melocotón. Madame Luzeron viste bien, conjunto de jersey y rebeca grises, que disimulan su cintura cada vez más ancha, y abrigos bien cortados, en diversos matices de negro. Vive en una de las casonas con fachada de estuco que se alzan detrás del parque, va a misa cada día y a la peluquería día por medio, salvo los jueves, que acude al cementerio después de pasar por nuestro local. Es posible que solo tenga sesenta y cinco años, pero sus manos están deformadas por la artritis y su rostro delgado parece gredoso por culpa del cubreojeras.

—Una caja con tres trufas al ron.

Madame Luzeron jamás pide las cosas por favor. Tal vez sería demasiado burgués. Se limitó a mirar a Nico el Gordo, a Alice, las tazas vacías y los monos y levantó una ceja exageradamente depilada.

—Por lo que parece habéis..., habéis redecorado el local. —Una mínima pausa antes de que las últimas palabras sembrasen dudas sobre lo acertado de la decisión.

—¿No le parece fabuloso? —preguntó Zozie. No está acostumbrada a las actitudes de madame, que la traspasó con una mirada que repasó la falda excesivamente larga, el pelo recogido con una rosa de plástico, las pulseras tintineantes y los zapatos de cuñas, con estampado de cerezas, que hoy combinaba con medias de rayas rosas y negras...—. Las sillas las pintamos nosotras —añadió y se dirigió a la vitrina para coger los bombones—. Nos pareció bueno adecentar la chocolatería.

Madame le dirigió la clase de sonrisa que puedes ver en el rostro de una bailarina de ballet a la que las zapatillas le aprietan.

—Ahora mismo le sirvo las trufas de ron. —Zozie siguió hablando como si no se enterase de nada—. Ya está. ¿De qué color quiere la cinta? A mí me gusta la rosa, aunque roja también quedaría bien. ¿Qué le parece?

Madame permaneció en silencio y dio la sensación de que Zozie no esperaba respuesta. Envolvió la cajita con los bombones, la adornó con la cinta y una flor de papel y dejó el paquete sobre el mostrador.

—Estas trufas parecen distintas —opinó madame y, recelosa, las estudió a través del celofán.

—Tiene razón —confirmó Zozie—. Las ha hecho Yanne con sus propias manos.

—Qué lastima —se lamentó madame—. Las de antes me gustaban.

—Estas le gustarán más —afirmó Zozie—. Pruebe una, invita la casa.

Tendría que haberle dicho que perdía el tiempo. A menudo los urbanitas desconfían de esa clase de invitaciones. Hay quienes rechazan automáticamente esos regalos, como si no quisiesen que alguien los viera, ni siquiera aunque se trate de un bombón. Madame bufó levemente, cual una versión bien educada del «miu» de Laurent, dejó el dinero sobre el mostrador y...

Fue entonces cuando me pareció verlo: un roce casi invisible de los dedos en el momento en el que la mano de madame Luzeron rozó la de Zozie, el fugaz brillo de algo en la atmósfera grisácea de noviembre. Tal vez fue el parpadeo de un letrero de neón al otro lado de la plaza, por mucho que tengamos en cuenta que Le P'tit Pinson está clausurado y que faltan como mínimo dos horas para que enciendan las farolas. Además, yo debería conocer ese brillo, esa chispa que, como la electricidad, salta de una persona a otra...

—Adelante —la apremió Zozie—. Ha pasado demasiado tiempo desde la última vez que se dio un gusto.

Madame lo notó tanto como yo. En un abrir y cerrar de ojos vi que su expresión se demudaba. Bajo el refinamiento del maquillaje y los polvos afloró la confusión, el anhelo, la soledad, la pérdida..., sentimientos que se deslizaron como nubes por sus facciones pálidas y tensas...

Aparté velozmente la mirada. *No quiero saber tus secretos, no quiero conocer tus pensamientos,* pensé. *Coge tu ridículo perrillo y los bombones y vete a casa antes de que sea...*

Ya era demasiado tarde. Lo había visto.

Vi el cementerio, una lápida ancha, de mármol gris pálido, con la forma de la curva de una ola. Vi la foto pegada en el mármol: un muchacho de más o menos trece años, que sonreía dentuda y descaradamente a la cámara. Tal vez se trataba de una foto escolar, la última que le tomaron antes de que muriera, en blanco y negro, aunque en este caso teñida de tonos pastel. Debajo están los bombones: hileras de cajitas arruinadas por la lluvia. Lleva una cada jueves; permanecen intactas, con los lazos de color amarillo, rosa, verde...

Levanto la cabeza. Madame tiene la mirada fija, pero no en mí. Sus ojos de color azul claro, de mirada asustadiza y agotada, están abiertos de par en par y extrañamente esperanzados.

—Llegaré tarde —dice con tono apenas audible.

—Tiene tiempo —asegura Zozie con gran delicadeza—. Siéntese un rato y descanse. Nico y Alice ya se van. Vamos —insiste, porque parece que madame está a punto de protestar—. Póngase cómoda y tome una taza de chocolate. Llueve y su niño puede esperar.

Me quedo sorprendida porque madame obedece.

—Gracias —responde madame Luzeron, se sienta en la butaca, queda ridículamente fuera de lugar en contraste con el estampado de leopardo de la tela color rosa brillante y come el bombón con los ojos cerrados y la cabeza apoyada en la piel artificial y peluda.

Se la vez tan en paz y… y, todo hay que decirlo, tan feliz…

En la calle el viento sacude el letrero recién pintado, la lluvia sisea sobre las calles adoquinadas, diciembre está solo a un paso y todo me parece tan seguro y sólido que casi olvido que nuestras paredes son de papel y nuestras vidas, de cristal; casi olvido que una ráfaga de viento puede destruirnos y que una tormenta invernal nos haría volar por los aires.

5

Viernes, 23 de noviembre

Tendría que haber sabido que los había ayudado. Es lo que yo misma habría hecho en el pasado, en los tiempos de Lansquenet. En primer lugar, a Alice y a Nico, tan afines; da la casualidad de que sé que Nico ya había reparado en ella y que una vez por semana visita la floristería para comprar narcisos, sus flores favoritas, pero hasta ahora no se había armado de valor para hablarle o invitarla a salir.

De repente, mientras compartían una taza de chocolate…

Coincidencias, me repito al infinito.

Antes tan frágil y reservada, ahora madame Luzeron libera sus secretos como el perfume que todos pensaron que se había evaporado hace mucho tiempo.

El brillo soleado que rodea la puerta incluso cuando llueve me lleva a temer que alguien allana el camino, que la sucesión de clientes que hemos tenido en los últimos días no se debe exclusivamente a nuestros dulces.

Ya sé qué diría mi madre.

¿Qué daño hacemos? Nadie sufre. Vianne, ¿no se lo merecen?

¿No nos lo merecemos?

Ayer intenté advertir a Zozie y explicarle los motivos por los que no debe interferir, pero me resultó imposible. Una vez abierta, tal vez es imposible volver a cerrar la caja de los secretos. Además, percibo que me considera exagerada. Puede ser tan desagradable como generosa, al igual que el panadero mezquino del viejo cuento, el que cobraba por oler a pan recién cocido.

¿Qué daño hacemos? ¿Qué perdemos si los ayudamos? Sé perfectamente qué es lo que ella diría.

Ay, estuve en un tris de comentárselo, pero al llegar el momento me contuve. Por otro lado, podría ser una coincidencia.

Hoy ha sucedido algo que confirmó mis temores. Por imposible que parezca, el catalizador fue Laurent Pinson. Esta semana ha aparecido varias veces por Le Rocher de Montmartre. No tiene nada de novedoso y, a menos que esté muy equivocada, no es el chocolate lo que lo trae por aquí.

Esta mañana se presentó, estudió los bombones de las vitrinas de cristal, husmeó las etiquetas con los precios y analizó cada detalle de nuestras mejoras con cara de pocos amigos y algún que otro gruñido de desaprobación mal disimulada.

—Miu.

Era uno de esos días soleados de noviembre, más precioso si cabe por su carácter excepcional. Sin viento, como en pleno verano, con el cielo despejado y los hilillos de vapor como arañazos en el azul.

—Hace muy buen día —comenté.

—Miu —masculló Laurent.

—¿Solo está mirando o quiere que le sirva algo de beber?

—¿A estos precios?

—Invita la casa.

Hay personas incapaces de rechazar una invitación. Laurent se sentó a regañadientes, aceptó un café y un praliné y comenzó a recitar su letanía habitual:

—Clausuran mi cafetería precisamente en estas fechas... Es una maldita victimización, no se puede describir de otra manera. Alguien se ha propuesto arruinarme.

—¿Qué ha pasado? —inquirí.

Laurent reveló sus penas. Alguien se había quejado porque calentaba las sobras en el microondas, un imbécil había enfermado, le habían enviado un inspector de Sanidad que apenas hablaba francés y, a pesar de que había sido impecablemente amable con el individuo, este se había ofendido por algo que dijo y…

—¡Patapaf! ¡Cerró el local! ¡Así de simple! Me pregunto adónde irá a parar este país cuando una cafetería totalmente decente, una cafetería que lleva décadas en servicio, puede ser clausurada por un puñetero *pied-noir…*

Simulé que escuchaba mientras calculaba mentalmente los bombones que más se habían vendido y aquellos cuyas existencias mermaban. También fingí que no me daba cuenta cuando Laurent se sirvió otro praliné sin que yo lo invitase. Podía permitírmelo y él necesitaba hablar…

Al cabo de un rato Zozie salió del obrador, donde me había ayudado a preparar los pasteles de chocolate. Laurent terminó bruscamente su andanada y se ruborizó hasta las orejas.

—Buenos días, Zozie —saludó con exagerada dignidad.

Zozie sonrió. No es un secreto que Laurent la admira, como todos, y hoy estaba muy guapa con un vestido de terciopelo que llegaba hasta el suelo y botines del mismo tono azul claro.

No pude dejar de compadecerlo. Zozie es una mujer atractiva y Laurent ha llegado a esa edad en la que a los hombres menos les cuesta volver la cabeza para mirarte. De repente me percaté de que nos estorbaría cada día entre esta fecha y Navidad, gorronearía bebidas, molestaría a los clientes, robaría azucarillos, se lamentaría de que el barrio se estaba echando a perder y…

Estuvo a punto de escapárseme cuando me volví y Zozie hizo la señal de los cuernos a sus espaldas. ¡Era el signo de mi madre para desterrar la desventura!

¡Fuera, fuera, lárgate!

Vi que Laurent se palmeaba el cuello como si lo hubiera picado un mosquito. Contuve el aliento, pero era demasiado tarde. Zozie había realizado la señal con toda la naturalidad del mundo, como yo misma habría hecho en Lansquenet si los últimos cuatro años no hubiesen existido.

—Laurent... —lo llamé.

—Tengo que irme. Entiéndame, hay mucho que hacer... No puedo perder más tiempo.

Sin dejar de frotarse la nuca, Laurent abandonó la butaca que había ocupado la última media hora y salió casi a la carrera.

—¡Por fin! —declaró Zozie y sonrió. Me desplomé sobre la butaca—. ¿Te encuentras bien?

La miré. Siempre comienza de la misma forma: con nimiedades, con cosas que no tienen importancia. Claro que una tontería lleva a otra... y a una tercera y, sin que te des cuenta, ha vuelto a empezar, el viento cambia de dirección, las Benévolas detectan el olor y...

Durante un segundo responsabilicé a Zozie. Al fin y al cabo, es ella la que ha transformado mi modesta chocolatería en una cueva de piratas. Antes de su llegada me daba por satisfecha con ser Yanne Charbonneau, regentar el local como los demás, ponerme la sortija que Thierry me regaló, dejar que el mundo siguiese su curso sin interferencias...

Las cosas han cambiado. Con algo tan sencillo como un chasquido de los dedos, cuatro años se han ido al garete y una mujer que hace mucho que debería estar muerta abre los ojos y parece respirar...

—Vianne... —musitó.

—No me llamo así.

—Pero era tu nombre, ¿no? Te llamabas Vianne Rocher.

Asentí.

—En una vida pasada.

—No tiene por qué pertenecer al pasado.

¿Seguro que no? La idea de volver a ser Vianne, comerciar con prodigios y mostrarle a las personas la magia que llevan en su seno me resulta peligrosamente atractiva...

Tenía que decírselo. Esto tiene que acabar. No tiene la culpa, pero no puedo permitir que continúe. Ciegas pero espantosamente persistentes, las Benévolas todavía nos pisan los talones. Noto cómo se acercan a través de las brumas y, atentas al destello y al encanto más diminutos, peinan el aire con sus largos dedos.

—Sé que intentas ayudarnos, pero nos arreglaremos solas... —añadí y Zozie arqueó las cejas—. Ya sabes a qué me refiero.

Fui incapaz de decirlo, así que acaricié una caja de bombones y tracé una espiral mística en la tapa.

—Ya lo veo. Te refieres a ese tipo de ayuda. —Me observó con curiosidad—. ¿Por qué? ¿Qué tiene de malo?

—No lo comprenderías.

—¿Por qué? —preguntó Zozie—. Al fin y al cabo, tú y yo somos iguales.

—¡No somos iguales! —Hablé en tono demasiado alto y me puse a temblar—. Ya no practico. Soy normal. Soy aburrida. Pregúntale a quien quieras.

—Como prefieras.

En este momento, esa es la expresión preferida de Anouk, que recalca con ese encogimiento de todo el cuerpo que las adolescentes emplean para manifestar su desacuerdo. Fue realmente cómico, pero no tuve ganas de reír.

—Lo siento —me disculpé—. Sé que tienes buenas intenciones, pero los niños..., ya sabes, captan estas cosas. Empiezan como un juego y enseguida se desmandan...

—¿Es lo que ocurrió? ¿Se desmandó?

—Zozie, no quiero hablar del tema.

Zozie tomó asiento a mi lado.

—Venga ya, Vianne, no puede ser tan grave. Conmigo puedes hablar.

En ese momento vi a las Benévolas, contemplé sus rostros y sus manos codiciosas. Las vi tras el rostro de Zozie, oí sus voces persuasivas, sensatas y tan bondadosas...

—Me apañaré, siempre me apaño.

¡Eres una mentirosa!

De nuevo la voz de Roux, tan clara que casi lo busqué con la mirada. Pensé que en ese sitio había demasiados fantasmas, demasiados rumores de otros cuándo, otros dónde y, lo peor de todo, de qué más podría haber sido.

Lárgate, rogué en silencio. *Ahora soy otra. Déjame en paz.*

—Me apañaré —repetí y esbocé una sonrisa espectral.

—De acuerdo, pero si alguna vez necesitas ayuda…

Moví afirmativamente la cabeza.

—Te la pediré.

6

Lunes, 26 de noviembre

Suzanne volvió a faltar al liceo. Supuestamente tiene gripe, pero Chantal dice que es por el pelo. No es que Chantal hable mucho conmigo y, desde que me he hecho amiga de Jean-Loup, se ha mostrado más antipática que nunca, en el supuesto de que eso fuera posible.

Habla constantemente de mí: de mi pelo, mi ropa y mis costumbres. Hoy me puse los zapatos nuevos (simples y muy bonitos, pero no como los de Zozie) y machacó todo el día con el tema, me preguntó dónde los había comprado, cuánto me habían costado, rió disimuladamente (los suyos son de una zapatería de Champs-Elysées, aunque no creo que su madre haya pagado la cifra astronómica que mencionó), quiso saber dónde me había cortado el pelo, qué me cobraron y volvió a reír como una tonta…

Me gustaría saber qué sentido tiene tanta pregunta. Se lo pregunté a Jean-Loup, que me contestó que probablemente Chantal es muy insegura. Puede que tenga razón. Desde la semana pasada no he tenido más que problemas: de mi pupitre desaparecen libros, mi mochila se ha caído del perchero y mis pertenencias terminaron «accidentalmente» desparramadas por el suelo. De pronto los compañeros con los que siempre me he llevado bien ya no quieren sentarse a mi lado. Ayer vi que Sophie y Lucie practicaban un juego absurdo con mi silla: fingían que estaba llena de bichos e intentaban sentarse lo más lejos posible del lugar que yo había ocupado, como si allí hubiese algo repugnante.

Después jugamos al baloncesto y, como de costumbre, guardé mi ropa en el vestuario; cuando volví, después del partido, alguien se había llevado mis zapatos nuevos y los busqué por todas partes hasta que, al final, Faridah me mostró que estaban pisoteados y llenos de polvo detrás del radiador. Aunque no podía demostrarlo, supe que había sido Chantal.

Simplemente, lo supe.

Después Chantal se dedicó a fastidiarme con la chocolatería:

—Me han dicho que es muy bonita. —Se burló por enésima vez, como si la palabra «bonita» fuera un código secreto que solo ella y sus amigas sabían descifrar—. ¿Cómo se llama?

No me apetecía responder, pero tuve que hacerlo.

—¡Vaya, qué bonito! —exclamó Chantal, y todas volvieron a reír como tontas.

Me refiero a su grupito de amigas: Lucie, Danielle y otras parásitas como Sandrine, que antes eran bondadosas conmigo y que ahora solo me hablan si Chantal no está presente.

Todas se parecen a Chantal, como si fuera algo contagioso, una especie de sarampión glamuroso. Todas llevan el pelo estirado de la misma forma, cortado en capas y con las puntas ligeramente levantadas. Todas se ponen el mismo perfume (esta semana toca el que se llama Angel) y usan el mismo tono de barra de labios rosa nacarado. Estoy segura de que moriré si se presentan en el local. Me moriré de verdad. Tener que soportar que miren fijamente y se rían…, de mí, de Rosette, de mamá con los brazos cubiertos de chocolate hasta el codo y con esa mirada esperanzadora… *¿Son tus amigas?*

Ayer se lo conté a Zozie.

—Ya sabes lo que tienes que hacer. Nanou, existe una única solución: debes plantarles cara. Tienes que luchar.

Sabía que lo diría. Zozie es luchadora. Claro que hay cosas para las que con la actitud no basta. Es evidente que, desde que hablamos, mi aspecto ha mejorado mucho. Ha consistido, sobre todo, en ponerme derecha y practicar la sonrisa demoledora, pero también en que ahora llevo la ropa que más me gusta en vez de que lo que mamá piensa que debería usar y, pese a que destaco incluso más que antes, me siento mucho mejor, más yo.

—Vas por buen camino pero, Nanou, a veces con eso no basta. Lo aprendí en la escuela. Tienes que demostrarlo clara y radicalmente. Si juegan sucio, lo siento mucho pero..., bueno, tendrás que hacer lo mismo.

Ojalá me atreviese...

—¿Te refieres a que esconda sus zapatos?

Zozie me lanzó una mirada significativa.

—¡No, no me refiero a esconderles los zapatos!

—¿De qué hablas?

—Annie, lo sabes perfectamente. No será la primera vez.

Me acordé del episodio en la cola del autobús, de Suze, su pelo y mis palabras...

Esa no fui yo. No fui yo quien lo hizo.

Entonces evoqué Lansquenet y los juegos que solíamos jugar, los Accidentes de Rosette, Pantoufle, lo que Zozie hizo en el salón de té, los colores y el pueblo a orillas del Loira, con la pequeña escuela y el monumento a los soldados caídos; los bancos de arena junto al río, los pescadores, la cafetería con la simpática pareja entrada en años y..., ¿cómo se llamaba?

Les Laveuses, susurró la voz espectral en mi mente.

—Les Laveuses —dije.

—Nanou, ¿qué te pasa?

De sopetón me sentí mareada. Me desplomé en una silla decorada con las manitas de Rosette y las manazas de Nico.

Zozie me escrutó con atención, con los ojos azules muy brillantes y entornados.

—La magia no existe —declaré.

—Nanou, por supuesto que existe. —Negué con la cabeza—. Sabes perfectamente que existe.

Durante unos instantes supe que existía. Fue emocionante y también aterrador, como caminar por una saliente del acantilado, estrecha y azotada por los vientos, con el agua revuelta a tus pies y nada salvo el vacío entre nosotras.

Miré a Zozie y musité:

—No puedo.

—¿Por qué te resulta imposible?

—¡Fue un accidente! —chillé. Tuve la sensación de que tenía los ojos llenos de arena, se me disparó el pulso y mientras tanto ese viento, ese viento…

—Está bien, Nanou, no pasa nada. —Zozie me abrazó y apoyé mi cara ardiente en su hombro—. No estás obligada a hacer lo que no quieres. Todo saldrá genial.

Fue tan fantástico apoyarme en su hombro con los ojos cerrados y rodeada de olor a chocolate que, durante un rato, creí realmente que todo saldría genial, que Chantal y compañía dejarían de fastidiarme y que, si Zozie estaba cerca, no sucedería nada malo.

Supongo que ya sabía que algún día se presentarían. Tal vez Suze les dijo dónde encontrarme… o puede que lo hiciera yo misma en los tiempos en los que pensaba en que así seríamos amigas. Fuera como fuese, me llevé una sorpresa mayúscula al verlas en el local… Seguramente habían viajado en metro, corrido colina arriba para llegar antes que yo y…

—¡Hola, Annie! —saludó Nico, que acababa de franquear la puerta con Alice al lado—. Hay una buena juerga… Me parece que han venido varias compañeras del liceo…

Me percaté de que Nico estaba bastante rojo. Ya sabemos que es corpulento y que mucho ejercicio lo deja sin aliento, pero fue precisamente por eso por lo que me inquieté; la rojez de sus colores y la de su rostro me indicaron que estaba a punto de ocurrir algo aciago.

Poco me faltó para dar media vuelta y largarme. Había tenido un día espantoso. Jean-Loup había regresado a su casa a la hora de comer porque, por lo que entendí, tenía visita con el médico y, por si con eso no bastase, Chantal no había dejado de meterse conmigo, de burlarse, de preguntar dónde estaba mi novio y de hablar de dinero y de todo lo que le regalarían en Navidad.

Tal vez fue de ella la idea de presentarse en la chocolatería. De todos modos, allí estaba, esperando el momento de que yo llegase a casa. Mejor dicho, allí estaban Lucie, Danielle, Chantal y Sandrine, cada una con su Coca-Cola y riendo como locas.

No me quedó más remedio que entrar. No tenía dónde esconderme y, por añadidura, ¿qué clase de persona huye? Dije «Soy fabulosa» para mis adentros pero, si he de ser sincera, no es lo que sentía, ya que estaba cansada, sedienta y un poco asqueada. Necesitaba repantigarme delante de la tele, ver con Rosette cualquier tontería infantil o quizá leer un libro…

Cuando entré Chantal tomó la palabra:

—¿Habéis visto su corpulencia? —preguntó a gritos—. Parece un camión… —Simuló sorpresa cuando me vio. Como si colara…—. Vaya, Annie, ¿el que salió es tu novio? —Rieron estúpidamente—. Ay, que guay.

Me encogí de hombros.

—Es un amigo.

Zozie estaba sentada detrás de la barra e hizo como que no oía. Observó a Chantal y me dirigió una mirada inquisitiva, con la que me preguntó si esa era la que me fastidiaba.

Asentí y suspiré aliviada. No sé qué esperaba de Zozie: quizá que las mandase a tomar viento, tal vez que volcase sus bebidas como había hecho con la camarera del salón de té o, simplemente, que les pidiera que se fuesen…

Por eso me quedé de piedra cuando, en lugar de quedarse y ayudarme, se puso en pie y comentó:

—Ponte cómoda y charla con tus amigas. Si me necesitas estaré en la trastienda. Espero que lo paséis muy bien, ¿de acuerdo?

Pronunciadas esas palabras me abandonó… con una sonrisa y un guiño, por lo que tuve la sensación de que pensaba que arrojarme a los leones era mi idea de una buena diversión.

7

Martes, 27 de noviembre

Es extraña tanta reticencia a la hora de reconocer sus dotes. Cabría suponer que una hija suya daría lo que fuera con tal de ser como ella. Por añadidura, el empleo de la palabra «accidente», en fin…

Vianne también la emplea para referirse a cosas no buscadas o que no tienen explicación. Como si en nuestro mundo existiese semejante cosa; en nuestro universo cada cosa está vinculada con las demás, todo se conecta por pequeñas vías místicas, como los ovillos de seda de un tapiz. Nada es un accidente, nada se pierde. Los especiales, los que *vemos,* nos movemos por la vida recogiendo los cabos, reuniéndolos, tejiendo nuestros modestos pero decididos dibujos en los márgenes de la gran imagen…

Nanou, ¿no te parece fabuloso? ¿No lo consideras fabuloso, subversivo, bello y grandioso? ¿No quieres formar parte de esto? ¿No ansías encontrar tu propio destino en esa maraña de cabos sueltos y modelarlos…, aunque no por accidente, sino por designio?

Cinco minutos después vino a buscarme al obrador. Había palidecido de ira contenida. Sé lo que se siente; conozco esa estremecedora sensación de impotencia que emponzoña las entrañas y el alma.

—Tienes que hacer que se vayan —me apremió—. No quiero que estén aquí cuando vuelva mamá.

En realidad, lo que no quería era proporcionarles más munición.

Me mostré comprensiva.

—Son clientes. ¿Qué puedo hacer? —Annie me miró—. Hablo en serio —insistí—. Son tus amigas...

—¡No lo son!

—Bueno, en ese caso... —Fingí que titubeaba—. En ese caso, no sería un Accidente si tú y yo..., si tú y yo interfiriésemos un poco.

Sus colores se encendieron ante esa posibilidad.

—Mamá dice que es peligroso.

—Quizá mamá tiene motivos para decirlo.

—¿Cuáles?

Me encogí de hombros.

—Verás, Nanou, a veces los adultos intentan proteger a sus hijos y retienen información. En ocasiones no se trata tanto de proteger a los hijos como de las consecuencias que esa información entraña...

Se mostró desconcertada y preguntó:

—¿Crees que me ha mentido?

Ya sabía que corría riesgos. De todos modos, me he arriesgado muchas veces y, por si eso fuera poco, Nanou está dispuesta a ser seducida. Tiene que ver con la rebelión que anida en el alma de los niños buenos: el deseo de burlarse de la autoridad y de derrocar a esas pequeñas divinidades que se autodefinen como nuestros padres.

Annie suspiró.

—No lo entiendes.

—Por supuesto que lo entiendo. Estás asustada. Te da miedo ser distinta. Crees que es lo que te lleva a destacar.

Reflexionó sobre mis palabras y finalmente respondió:

—No es eso.

—En ese caso, ¿de qué se trata?

Anouk me miró. Del otro lado de la puerta llegaron las voces agudas y chirriantes de las adolescentes que no tramaban nada bueno.

Dirigí a Annie mi sonrisa más solidaria y acoté:

—Te diré una cosa: nunca te dejarán en paz. Ahora saben dónde vives. Pueden volver en cualquier momento. Ya han repasado a Nico… —Noté cómo reculaba. Sé que Nico le cae estupendamente—. ¿Quieres que regresen cada tarde y se queden a burlarse de ti…?

—Mamá se ocupará de que se vayan —afirmó, aunque no se mostró demasiado convencida.

—Y después, ¿qué? Ya sé lo que ocurre. Nos pasó a mi madre y a mí. Primero sucede con cosas pequeñas, aquellas que pensamos que podemos afrontar: las bromas pesadas, los hurtos, las pintadas que por las noches dejan en los postigos. Te aseguro que, si no hay otra solución, se puede vivir con eso, pero nunca acaba allí. Jamás cejan en su empeño. Después aparece mierda de perro en la entrada, recibes extrañas llamadas telefónicas a las tantas de la noche, arrojan piedras por las ventanas y un día echan gasolina a través del buzón y todo se convierte en humo…

¡Como si yo no lo supiera! Había estado a punto de ocurrir. Una librería de ciencias ocultas llama la atención, sobre todo si se instala fuera del centro urbano. Hubo cartas a la prensa local, octavillas en las que condenaron las celebraciones de la víspera de Todos los Santos y hasta una reducida manifestación a las puertas de la librería, con carteles hechos a mano y media docena de feligreses de derechas gritando como locos para que clausurasen el local.

—¿No ocurrió en Lansquenet?

—Lo de Lansquenet fue distinto.

Annie desvió la mirada hacia la puerta. Noté que arribaba mentalmente a una conclusión. Lo sentí cerca, como el aire cargado de estática…

—Hazlo —afirmé. Nanou me miró—. Hazlo. Te aseguro que no hay nada que temer.

Anouk tenía la mirada encendida.

—Mamá dice…

—Los padres no lo saben todo. Tarde o temprano tendrás que aprender a cuidar de ti misma. Vamos, Nanou, no permitas que te conviertan en víctima. No permitas que te obliguen a huir.

La niña se lo pensó y me di cuenta de que mis palabras todavía no habían dado en el blanco.

—Hay cosas peores que huir.

—¿Eso dice tu madre? ¿Por eso se cambió el nombre? ¿Es por ese motivo que ha logrado atemorizarte tanto? ¿Por qué no quieres contarme qué sucedió en Les Laveuses?

Me acerqué cada vez más, pero no lo suficiente. Adoptó esa expresión terca y reservada que es tan típica de las adolescentes, la que te indica que, por mucho que hables…

De modo que le di un empujoncito. En realidad, fue muy pequeño. Irisé mis colores y busqué el secreto, fuera cual fuese…

Entonces lo vi, aunque fugazmente: una sucesión de imágenes como de humo sobre el agua.

Agua. Eso es, un río, pensé. *Y un gato de plata, un pequeño dije con forma de gato…*, todo iluminado por las luces de la víspera de Todos los Santos. Volví a estirarme y casi lo toqué…, pero entonces…

¡Paf!

Fue como apoyarse en una verja electrificada. Me recorrió una descarga que me echó hacia atrás. El humo se dispersó, la imagen se difuminó y hasta el último nervio de mi cuerpo pareció cargarse de electricidad. Percibí que fue del todo imprevisto: consistió en una liberación de energía contenida, como la de un niño que da pataditas en el suelo. Si yo hubiese dispuesto de la mitad de ese poder cuando tenía su edad…

Con los puños apretados, Annie me miraba.

Sonreí y comenté:

—Eres buena. —La niña ladeó la cabeza—. Sí que lo eres. Eres muy buena, tal vez mejor que yo. Posees un don…

—Sí, eso es. —Habló con tono bajo y tenso—. ¡Vaya con el don! Preferiría tener dotes para bailar o para pintar a la acuarela. —Una idea pasó por su cabeza y dio un brinco—. ¿Se lo dirás a mamá?

—¿Debo decírselo? ¿Por quién me tomas? ¿Crees que eres la única capaz de guardar un secreto?

Escrutó mi rostro durante largo rato.

Oí que tintineaban las campanillas colgadas sobre la puerta.

—Se han ido —afirmó Annie.

Tenía razón; me asomé a la chocolatería y vi que las niñas se habían ido. Solo quedaban las sillas dispersas, los botes de Coca-Cola por la mitad, el tenue aroma a chicle y laca y el olor dulzón del sudor adolescente.

—Volverán —aseguré con tono bajo.

—Puede que no.

—Bueno, si necesitas ayuda…

—Te la pediré —replicó Annie.

Te la pediré, te la pediré… ¿Acaso soy un hada madrina?

Como era de esperar, busqué Les Laveuses. Comencé por internet, pero no encontré nada, ni una web de información turística ni la más mínima referencia a un festival o a una chocolatería. Seguí indagando y me topé con una única mención a una crepería local, citada por una revista culinaria. Era propiedad de la viuda Françoise Simon.

¿Es posible que hubiese sido Vianne con otro nombre? Es probable, si bien el artículo no la mencionaba. Llamé por teléfono y me topé con un callejón sin salida. Es la propia Françoise la que responde. Su voz suena cortante y recelosa y es la de una mujer que pasa de los setenta. Le digo que soy periodista. A mis preguntas responde que jamás ha oído hablar de Vianne Rocher.

¿Y de Yanne Charbonneau? Otro tanto de lo mismo y adiós.

Por lo que tengo entendido, Les Laveuses es muy pequeño, poco más que una aldea. Tiene iglesia, un par de tiendas, la crepería, el bar y el monumento a los soldados caídos. Las tierras circundantes son agrícolas y cultivan girasol, maíz y frutales. El río discurre junto a la población, como un largo perro marrón. Parece un lugar inexistente…, aunque posee algo que tiene resonancias…, un brillo de la memoria, un detonador en las noticias…

Fui a la biblioteca a consultar los archivos. Tienen la colección completa de *Ouest-France* guardados en disquetes y microfilmes. Empecé ayer a las seis. Busqué durante dos horas y me fui a trabajar. Mañana haré lo mismo e insistiré hasta averiguar qué es lo que resuena. Ese lugar es la clave: Les Laveuses, a orillas del Loira. En cuanto lo tenga, ¿quién sabe qué secretos podría revelar?

No ceso de pensar en Annie. Anoche prometió que si necesitaba ayuda me la pediría. Claro que para pedir ayuda tiene que existir una necesidad, una verdadera necesidad que supere con creces las modestas contrariedades del liceo Jules Renard; una necesidad que mande al garete la cautela y logre que ambas corran a los brazos de su buena amiga Zozie.

Sé a qué le temen.

Pero… ¿qué necesitan?

Esta tarde me quedé a solas en la tienda mientras Vianne daba un paseo con Rosette y aproveché para subir y examinar sus cosas. Entendedme, lo hice discretamente; mi objetivo no es un burdo robo, sino algo infinitamente más trascendental. Resulta que no posee muchas cosas: un armario más elemental que el mío; un cuadro colgado de la pared, probablemente comprado en el *marché aux puces*; una colcha de *patchwork*, supongo que hecha en casa; tres pares de zapatos, todos negros, lo que me parece aburridísimo y, por último, bajo la cama, oro en paño, es decir, una caja de madera del tamaño de una caja de zapatos llena de basura variada.

No es que Vianne Rocher la considere chatarra. Estoy acostumbrada a vivir con mis cosas en bolsas y cajas y sé que los que somos así no enmohecemos. El contenido de la caja de madera representa las piezas del rompecabezas de su vida, todo aquello que jamás dejará atrás: su pasado, su vida, su alma secreta.

Abrí la caja con todo el cuidado del mundo. Vianne es reservada, lo que la vuelve recelosa. Seguro que conoce el emplazamiento exacto de cada papel, cada objeto, cada hilo, cada recorte, cada partícula de polvo. Se dará cuenta si algo ha cambiado de sitio; de todos modos, tengo una excelente memoria fotográfica y no pretendo trastocar nada.

Las cosas salen una tras otra: el resumen de Vianne Rocher. En primer lugar, una baraja de tarot; nada del otro mundo, los naipes de Marsella, muy usados y amarilleados.

Debajo están los documentos: pasaportes a nombre de Vianne Rocher y la partida de nacimiento de Anouk, con el mismo apellido. De modo que Anouk se ha convertido en Annie, de la misma forma que Vianne ahora es Yanne. No hay documentos de Rosette, lo que resulta extraño, pero también encuentro un pasaporte caducado a nombre de Jeanne Rocher y deduzco que perteneció a su madre. Por la foto me doy cuenta de que no se parece mucho a Vianne, aunque también es cierto que Anouk y Rosette tampoco son calcadas. Veo un trozo de cinta desteñida de la que cuelga un dije de la suerte con forma de gato. A continuación aparecen varias fotografías, seis en total. En ellas reconozco a una Anouk más pequeña, a una Vianne más joven y a una Jeanne más lozana, en blanco y negro. Están cuidadosamente colocadas y atadas con una cinta, junto a un puñado de cartas bastante viejas y un fajo delgado de recortes de periódico. Con gran delicadeza les echo un vistazo, atenta a los bordes amarillentos y a los pliegues frágiles, y reconozco el artículo de un periódico local sobre el festival del chocolate celebrado en Lansquenet-sous-Tannes. Es casi lo mismo que lo que ya he visto, pero la foto es de mayor tamaño y Vianne aparece con dos personas: un hombre y una mujer, ella de pelo largo y con un abrigo de cuadros y él sonriendo incómodo ante la cámara. ¿Amigos tal vez? El artículo no da nombres.

A continuación me topo con un recorte de un diario parisino, tan acartonado y desteñido como una hoja seca. Abrirlo me da miedo, pero ya he visto que se refiere a la desaparición de una niña pequeña, de una tal Sylviane Caillou, arrebatada de su sillita hace más de treinta años. Luego veo un recorte más reciente, el relato de un tornado impresionante en Les Laveuses, un pequeño pueblo a orillas del Loira. Cabría pensar que se trata de objetos extrañamente triviales, aunque lo bastante importantes como para que Vianne Rocher los haya acarreado hasta aquí, a lo largo de tantos años, y ocultado en la caja de tamaño reducido... A juzgar por la capa de polvo, yo diría que hace tiempo que no la toca...

Vianne Rocher, está claro que estos son tus fantasmas. Es extraño lo recatados que resultan. Los míos son más impresionantes, pero debo reconocer que considero el recato como una virtud de segunda. Vianne, te podría haber ido mucho mejor. Es posible que, con mi ayuda, todavía te vaya bien.

Anoche estuve horas sentada ante el ordenador portátil; bebí café, contemplé las luces de neón que se encendían y apagaban en la calle y me planteé la pregunta una y otra vez. No encontré nada más sobre Les Laveuses ni sobre Lansquenet. Estaba a punto de pensar que Vianne Rocher es un ser tan esquivo como yo, una paria en el peñasco de Montmartre, alguien sin pasado, inexpugnable.

Es absurdo, por supuesto. No existe nada inexpugnable. Agotadas todas las vías directas de investigación, solo quedaba un camino, que fue lo que me mantuvo despierta hasta bien entrada la noche.

No se trata de que me asustase, pero estas cuestiones pueden ser poco fiables y plantear más preguntas de las que esclarecen. Si Vianne llegaba a sospechar que lo había hecho, se esfumaría hasta la última posibilidad de acercarme a ella.

Por otro lado, correr riesgos forma parte del juego. Ha pasado mucho tiempo desde la última vez que me dediqué a la adivinación; mi sistema se basa en métodos más pragmáticos que la bola, el libro y la vela, y nueve de cada diez veces obtienes resultados más rápidos en internet. Me dije que estaba en fase creativa.

Una dosis de raíz de una planta secada, molida y preparada en infusión contribuye a alcanzar el estado de ánimo necesario. Se trata del pulque, la bebida divina de los aztecas, ligeramente reinventada para cumplir con mis propósitos. Luego trazo la señal del Espejo Humeante en el suelo polvoriento, a mis pies. Me siento con las piernas cruzadas, con el portátil delante, pongo un salvapantallas adecuadamente abstracto y espero la iluminación.

Estoy convencida de que mi madre no habría estado de acuerdo. Para la adivinación siempre prefirió la tradicional bola de cristal aunque, en casos de necesidad, aceptó alternativas más modestas como espejos mágicos o barajas de tarot. Claro que no podía ser de otra manera; al fin y al cabo, tenía existencias de esos artículos. Si a través de ellos alguna vez experimentó una revelación verdadera, debo reconocer que no me enteré.

Existen diversos mitos populares sobre la adivinación. Hay uno que sostiene que se necesitan aparatos especiales. No es cierto. A veces basta con cerrar los ojos, aunque prefiero las imágenes que se obtienen de mirar la televisión sin sintonizar los canales o los fractales del salvapantallas de mi portátil. Es un sistema tan válido como cualquier otro, un modo de mantener ocupado con tonterías el analítico hemisferio cerebral izquierdo mientras el creativo hemisferio derecho busca pistas.

A continuación…

Basta con dejarse ir.

Se trata de una sensación bastante agradable, que se agudiza cuando la droga comienza a surtir efecto. Empieza por una ligera sensación de dislocación; el aire bosteza a mi alrededor y, pese a que no aparto la mirada de la pantalla, soy consciente de que la habitación parece mucho más grande, las paredes retroceden hacia una distancia media y resuenan, se inflan...

Respiro a fondo y pienso en Vianne.

Su rostro está en la pantalla, delante de mí, y en sepia, como en los periódicos. Con el rabillo del ojo vislumbro un círculo de luces a mi alrededor, que me atraen como si fuesen luciérnagas.

Vianne, ¿cuál es tu secreto?

Anouk, ¿cuál es el tuyo?

¿Qué necesitáis?

Tengo la sensación de que el Espejo Humeante riela. Quizá se debe a la droga: una metáfora visual hecha realidad. En la pantalla aparece una cara: Anouk, tan definida como si fuera una foto; luego veo a Rosette, con un pincel en la mano; una sobada postal del Ródano y una pulsera de plata, demasiado pequeña para ser de un adulto, de la que cuelga un dije con forma de gato.

En ese momento se produce una bocanada de aire, el sonido arrollador de los aplausos, el encumbramiento de alas invisibles. Me siento muy próxima a algo importante. Ahora puedo verlo... Veo el casco de una embarcación. Se trata de una embarcación larga, de poca altura y lenta. Diviso algo escrito, descuidadamente garabateado...

¿Quién?, pregunto. *Maldita sea, ¿quién?*

No obtengo respuesta de la pantalla luminosa, salvo el sonido del agua, el siseo y el zumbido de los motores bajo la línea de flotación, que poco a poco se convierten en el tenue quejido del portátil, en los movimientos del salvapantallas, en el incipiente dolor de cabeza.

Algarabía, esfuerzo y...

Creo que ya he dicho que, como método, suele ser poco fiable.

De todas maneras, me parece que algo he aprendido. Alguien

vendrá. Alguien se acerca. Me refiero a alguien del pasado, a alguien que causará problemas.

Vianne, bastará con otro golpe. Solo me queda identificar otra debilidad. Después la piñata liberará su contenido y finalmente me pertenecerán sus tesoros y sus secretos, es decir, la vida de Vianne Rocher, por no hablar de esa niña con tanto talento.

8

Miércoles, 28 de noviembre

La primera vida que robé pertenecía a mi madre. Puedo asegurar que, por muy poco elegante que sea, el primer robo siempre se recuerda. No es que en su momento lo considerase un robo, sino necesidad de escapar, y el pasaporte de mi madre se apolillaba, sus ahorros se morían de risa en el banco y, por añadidura, para mí era como si estuviese muerta…

Solo tenía diecisiete años. Podía parecer mayor, algo que hacía a menudo y, en caso necesario, más joven. La gente casi nunca ve lo que cree ver. Solo se entera de lo que nosotros queremos que vea: belleza, ancianidad, juventud, ingenio e incluso olvido cuando no queda otra opción. Yo había ejercitado ese arte prácticamente hasta la perfección.

Viajé en aerodeslizador a Francia. En la aduana apenas se fijaron en mi pasaporte robado. Lo había planificado para que ocurriese así. Un toque de maquillaje, cambio de peinado y un abrigo perteneciente a mi madre redondearon la ilusión. Como suele decirse, el resto corresponde a la imaginación.

Claro que en aquellos tiempos no había demasiadas medidas de seguridad. Crucé el canal de la Mancha con nada, salvo un ataúd y un par de zapatos: los dos primeros dijes de mi pulsera. Desembarqué casi sin saber francés y sin dinero, a excepción de las seis mil libras que logré sacar de la cuenta de mi madre.

Lo abordé como un desafío. Encontré trabajo en una pequeña fábrica textil de las afueras de París. Compartí habitación con una compañera de trabajo: Martine Matthieu, de Ghana, de veinticuatro años y a la espera del permiso de trabajo por seis meses. Le dije que yo tenía veintidós y era portuguesa. Me creyó… o, al menos, eso pensé. Se mostró amistosa y yo me sentía sola. Confié en ella y bajé la guardia. Fue el único error que cometí. Martine era curiosa, registró mis cosas y encontró los documentos de mi madre escondidos en el último cajón de la cómoda. No sé por qué los guardé. Quizá por descuido, tal vez por pereza o por nostalgia mal entendida. Ciertamente, no estaba dispuesta a volver a usar esa identidad. Se vinculaba demasiado con Saint Michael-on-the-Green y quiso la mala suerte que Martine recordase que había leído algo sobre el tema en un periódico y vinculara la foto conmigo.

Entendedme, era joven. La mera amenaza de llamar a la policía bastó para provocarme un ataque de pánico. Martine lo sabía y lo aprovechó a cambio de la mitad de mi semanada. Fue una extorsión pura y dura. Me aguanté…, ¿qué otra cosa podía hacer?

Supongo que podría haber huido, pero ya entonces era terca y, sobre todo, quería vengarme. Pagué a Martine el vencimiento semanal, me mostré dócil y acobardada, aguanté sus berrinches, hice su cama, cociné su cena y, en un sentido amplio, esperé mi ocasión. Cuando por fin Martine recibió los papeles, llamé al trabajo para decir que estaba enferma y, en su ausencia, saqué del piso todo lo que podía resultarme útil (incluidos dinero, pasaporte y documento de identidad). A continuación denuncié a mi compañera de habitación, a los explotadores de la fábrica y al resto de mis colegas a las autoridades de inmigración.

Martine me proporcionó el tercer dije: un colgante de plata con forma de disco solar, que rápidamente incorporé a mi pulsera. Para entonces ya tenía los rudimentos de una colección y, desde entonces, he añadido uno por cada vida coleccionada. Se trata de una pequeña vanidad que me permito, como un recordatorio del largo camino recorrido.

Está claro que quemé el pasaporte de mi madre. Al margen de los recuerdos desagradables que evocaba, era demasiado incriminatorio como para conservarlo. Aquel fue mi primer triunfo digno de recordar y si algo me enseñó es lo siguiente: si hay vidas en juego, no hay lugar para la nostalgia.

Desde entonces sus fantasmas me han perseguido vanamente. Los espíritus solo se desplazan en línea recta, o eso creen los chinos, y la colina de Montmartre es un refugio ideal por sus escalones, escalinatas y calles serpenteantes, en los cuales un fantasma no encontraría nada.

Al menos es lo que espero. El vespertino de ayer volvió a incluir una foto de Françoise Lavery. Tal vez la ampliaron, ya que mostraba menos grano, si bien sigue pareciéndose muy poco a Zozie de l'Alba.

Las investigaciones han sacado a la luz que la «verdadera» Françoise murió el año pasado, en circunstancias que ahora resultan sospechosas. Diagnosticada su depresión tras la muerte del marido, falleció de una sobredosis que consideraron accidental, pero sospechan que podría haber sido intencionada. La vecina, una muchacha llamada Paulette Yatoff, se esfumó poco después de la defunción de Françoise y hacía mucho que ya no estaba cuando se enteraron de que habían sido amigas.

Ya se sabe, a algunas personas es imposible ayudarlas. Francamente, tenía mejor opinión de ella. Las mosquitas muertas a veces muestran una sorprendente fuerza interior..., aunque este no es el caso. ¡Pobre Françoise!

Debo admitir que no la echo de menos. Me gusta ser Zozie. Zozie cae bien a todos, es tan auténtica... Le da igual lo que piensen los demás. Es tan distinta a la señorita Lavery que en el metro puedes sentarte a su lado y no detectar el más mínimo parecido.

Para no correr riesgos innecesarios me he teñido el pelo. El cabello negro me queda bien. Parezco francesa o tal vez italiana, dota mi piel de matices nacarados y resalta el color de mis ojos. Es un aspecto adecuado para lo que ahora soy… y no viene mal que también guste a los hombres.

Al pasar junto a los artistas amparados bajo los paraguas en la place du Tertre, saludé a Jean-Louis con un ademán, al que respondió como de costumbre:

—¡Vaya, pero si eres tú!

—¿Nunca tiras la toalla? —pregunté.

Jean-Louis sonrió.

—¿Tú la tirarías? Hoy estás divina. ¿Qué tal si te hago un rápido retrato de perfil? Quedaría bonito colgado en la pared de tu chocolatería.

Me reí.

—En primer lugar, no es mi chocolatería y, en segundo, es posible que me plantee posar para ti, pero solo si pruebas mi chocolate caliente.

Como diría Anouk, eso fue todo. Una nueva victoria para la chocolatería. Jean-Louis y Paupaul se presentaron, tomaron chocolate caliente y se quedaron una hora, durante la cual Jean-Louis no solo hizo mi retrato, sino dos más: el de una joven que entró a comprar trufas y que no tardó en sucumbir a sus zalamerías y el de Alice, encargado impulsivamente por Nico, que se presentó para tomar lo de siempre.

—¿Hay lugar para un artista local? —preguntó Jean-Louis al tiempo que se ponía de pie y se preparaba para marcharse—. Este local es sorprendente. Ha cambiado tanto…

Sonreí.

—Jean-Louis, me alegro de que te guste. Espero que todos opinen como tú.

Obviamente, no he olvidado que Thierry regresa el sábado. Intuyo que encontrará todo muy cambiado; el pobre y romántico Thierry, con su dinero y sus singulares concepciones acerca de las mujeres.

Lo que más lo atrajo de Vianne es su aire de huerfanita, ya me entendéis; la joven y valiente viuda que lucha sola. Lucha pero no triunfa; es fogosa y, en última instancia, vulnerable, una Cenicienta que aguarda la llegada de su príncipe.

Está claro que eso es lo que Thierry adora de ella. Fantasea con la idea de rescatarla..., ¿de qué? ¿Acaso lo sabe? No es que lo haya dicho o lo reconozca, ni siquiera para sus adentros, pero está presente en sus colores: la absoluta seguridad en sí mismo y la afable pero inquebrantable fe en la combinación de dinero y encanto, que Vianne confunde con humildad.

Me pregunto qué hará Thierry ahora que la chocolatería se ha convertido en un lugar de éxito.

Espero que no se lleve un chasco.

9

Sábado, 1 de diciembre

Anoche recibí un mensaje de texto de Thierry: «He visto 100 chimeneas pero ni 1 ha calentado mi corazón. ¿Será xq te añoro? Nos vemos mañana, te quiero, besos, T».

Está lloviendo; la lluvia fina y espectral se convierte en bruma en las faldas de la colina, pero Le Rocher de Montmartre parece salida de un cuento de hadas y brilla en las calles tranquilas y mojadas. Las ventas de hoy han superado todas las expectativas, ya que en una sola mañana han entrado doce clientes, en su mayor parte ocasionales, aunque también algunos habituales.

Todo ha sucedido muy rápido, pues apenas han pasado dos semanas, pero el cambio resulta sorprendente. Tal vez lo que llama la atención es la nueva decoración de la tienda, el aroma a chocolate fundido o el escaparate.

Por la razón que sea, nuestra clientela se ha multiplicado, ahora compran tanto lugareños como turistas y, lo que comenzó como un ejercicio para no perder la práctica, empieza a ser una ocupación seria a medida que Zozie y yo intentamos satisfacer la creciente demanda de mis bombones artesanales.

Hoy casi llegamos a las cuarenta cajas: quince de trufas (que aún se venden bien) y, además, un lote de cuadrados de coco, varios de caramelos de cereza agria, algunos de naranja escarchada recubierta de chocolate amargo, cremitas de violeta y un centenar de «lunas de miel», los pequeños discos de chocolate con aspecto de luna creciente y con el perfil del satélite trazado en blanco sobre el fondo oscuro.

Es una delicia comprar una caja de bombones, seleccionarlos con cuidado, verlos encajados entre los pliegues del crujiente papel de color morado, pararse a pensar en la forma de la caja (¿acorazonada, redonda o cuadrada?), aspirar los aromas mezclados de la crema, el caramelo, la vainilla y el ron negro; elegir una cinta y un papel de envolver, añadir flores o corazones de papel, oír el sedoso frufrú del papel de arroz al rozar la tapa…

Lo he echado muchísimo de menos desde que nació Rosette: el calor del cazo de cobre sobre el fogón, el olor del chocolate cobertura al fundirse, los moldes de cerámica, con las formas tan conocidas y queridas como los adornos navideños que se transmiten de generación en generación: esa estrella, este cuadrado, ese círculo. Cada objeto tiene importancia y cada acción, repetida al infinito, alberga un mundo de evocaciones.

No tengo fotos, álbumes ni recuerdos materiales, salvo los pocos objetos que contiene la caja de mi madre: la baraja, algunos documentos y el pequeño dije del gato. Guardo mis recuerdos en otra parte. Tengo memoria de cada cicatriz y de cada arañazo en la cuchara de madera o en el cazo de cobre. Esta cuchara de bordes planos es mi preferida; Roux la talló a partir de un trozo de madera macizo y se adapta perfectamente a mi mano. La espátula roja me la regaló un verdulero de Praga y ya sé que es de plástico, pero me acompaña desde que era niña; el pequeño cazo esmaltado con el borde desportillado es el que utilicé para calentar el chocolate de Anouk en los tiempos en que nos habría resultado tan imposible olvidar el ritual que se repetía dos veces al día como al cura Reynaud saltarse la comunión…

La plancha para templar el chocolate está surcada de minúsculas imperfecciones. Aunque no lo hago, sería capaz de leerlas incluso mejor que las líneas de mi mano. Prefiero no ver el futuro en el granito. Con el presente ya tengo más que suficiente.

—¿Está en casa la *chocolatière*?

La voz de Thierry es inconfundible: sonora, fanfarrona y amistosa. Lo oí desde el obrador, donde preparaba bombones de licor, los más complicados. Percibí el tintineo de las campanillas, los pasos firmes… y el silencio cuando giró para mirar a su alrededor.

Salí con el delantal manchado de chocolate fundido.

—¡Thierry! —exclamé y lo abracé, aunque con las manos extendidas para no manchar el traje.

Thierry sonrió.

—¡Dios mío, cuántos cambios has hecho!

—¿Te gusta?

—Es…, es distinto. —Tal vez imaginé los indicios de consternación en su tono de voz cuando contempló las paredes de colores vivos, las figuras trazadas con plantillas, los muebles pintados con las manos, los viejos butacones, el cazo de calentar chocolate y las tazas en la mesa de tres patas y el escaparate con los zapatos rojos de Zozie en medio de las montañas de tesoros dulces—. Parece… —Dejó de hablar y capté la parábola de su mirada y el pequeño arco en dirección a mi mano. Me pareció que apretaba los labios, como suele hacer cuando algo no le gusta. De todas maneras, añadió con tono cálido—: Está espectacular. Has obrado maravillas.

—¿Chocolate? —preguntó Zozie, y le ofreció una taza.

—Yo… no… bueno… de acuerdo, está bien, solo un poco.

Zozie le entregó una taza de las de café con una de mis trufas en el plato y explicó sonriente:

—Es una de nuestras especialidades.

Con expresión de ligero desconcierto e incomprensión, Thierry volvió a mirar las cajas apiladas, los platos de cristal, los *fondants*, las cintas, los florones, las galletas, las cremitas de violeta, los bombones de chocolate blanco y café, las trufas de ron negro, los cuadrados de guindilla, el *parfait* de limón y el pastel de café que reposaban sobre el mostrador.

—¿Has preparado todo eso? —preguntó finalmente Thierry.

—No sé qué tiene de sorprendente.

—Supongo que lo haces porque se acerca Navidad... —Frunció ligeramente el ceño al mirar la etiqueta con el precio de una caja de cuadrados de chocolate con guindilla—. ¿La gente los compra?

—Sin cesar —repuse con una sonrisa.

—Tanta pintura y decoración debió de costarte una fortuna.

—Lo hicimos nosotras, todas nosotras.

—Es fantástico. Se ve que habéis trabajado mucho.

Thierry probó el chocolate caliente y una vez más apretó los labios.

—Quiero decirte algo: si no te gusta, no estás obligado a beberlo —añadí e hice un esfuerzo por no mostrarme impaciente—. Si prefieres te preparo un café.

—No, así está bien. —Volvió a beber un sorbo. Mentir se le da fatal. Sé que su franqueza debería halagarme, pero lo cierto es que me produce un escalofrío de incomodidad. Por debajo de esa seguridad en sí mismo es muy vulnerable y no tiene ni la más remota idea de los caminos del viento—. Estoy sorprendido, nada más. Tengo la sensación de que, de la noche a la mañana, prácticamente todo ha cambiado.

—Todo no —puntualicé sonriendo. Reparé en que Thierry no respondió a mi sonrisa—. ¿Qué tal Londres? ¿Qué hiciste?

—Fui a ver a Sarah y le hablé de nuestra boda. No puedes ni imaginar lo mucho que te he echado de menos.

Sonreí al oír esas palabras.

—¿Y Alan, tu hijo?

Ante esa pregunta, a Thierry le tocó sonreír. Aunque casi nunca habla de su hijo, suele sonreír siempre que lo menciono. Me he preguntado muchas veces cómo se llevan, ya que es posible que la sonrisa sea un poco forzada; si Alan se parece a su padre, lo más probable es que sus personalidades sean demasiado afines como para entenderse.

Noté que no había probado la trufa.

Se mostró ligeramente incómodo cuando lo comenté.

—Yanne, me conoces perfectamente. El dulce no es lo mío.

Volvió a dedicarme esa sonrisa amplia y descarada, la misma que traza cuando habla de su hijo. Si lo piensas, resulta muy divertido: aunque es bastante goloso, Thierry se avergüenza, como si reconocer su debilidad por el chocolate con leche pusiese en duda su virilidad. Claro que mis trufas son excesivamente oscuras y ricas y el amargor le resulta extraño...

Le acerqué un cuadrado de chocolate con leche.

—Vamos, te he adivinado el pensamiento —lo incité.

En ese momento Anouk abandonó la calle lluviosa y entró con el pelo revuelto, impregnada de olor a hojas húmedas y con un cucurucho de castañas asadas en la mano. Los últimos días se ha instalado un vendedor delante del Sacré-Coeur y a Anouk le ha dado por comprar una ración cada vez que pasa por allí. Hoy está de excelente humor y, con el pelo rizado encrespado por la lluvia, el abrigo rojo y el pantalón verde, parece un adorno navideño fuera de sitio.

—¡Ven aquí, *jeune fille*! —saludó Thierry—. ¿Dónde te has metido? ¡Estás chorreando!

Anouk le dirigió una de sus miradas de adulta antes de responder:

—He ido al cementerio con Jean-Loup. No estoy chorreando. Llevo puesto un anorak que impide que me moje.

Thierry rió.

—A la necrópolis... Annie, ¿sabes qué significa la palabra necrópolis?

—Por supuesto. Quiere decir ciudad de los muertos.

El vocabulario de Anouk, que siempre fue amplio, ha mejorado gracias a su trato con Jean-Loup Rimbault.

Thierry adoptó expresión burlona.

—¿No es un lugar muy sombrío para reunirse con los amigos?

—Jean-Loup hizo fotos de los gatos del cementerio.

—¿De verdad? En ese caso, si eres capaz de alejarte de la necrópolis, has de saber que he reservado mesa para comer en La Maison Rose…

—¿Para comer? Pero entonces la chocolatería…

—Yo defenderé el fuerte —se ofreció Zozie—. Espero que disfrutéis durante toda la tarde.

—Annie, ¿estás lista? —quiso saber Thierry.

Vi que Anouk le dirigía una mirada que no fue exactamente de desdén… sino, quizá, de resentimiento. No me sorprende demasiado. Aunque bienintencionado, Thierry muestra una actitud anticuada con los niños y sin duda Anouk percibe que algunos de sus hábitos, ya sea correr con Jean-Loup bajo la lluvia, pasar horas en el viejo cementerio (donde se reúnen prostitutas e indeseables) o jugar ruidosamente con Rosette, no cuentan con su aprobación.

—Creo que deberías ponerte un vestido —opinó Thierry.

La expresión de resentimiento se agudizó.

—Me gusta lo que llevo puesto.

Si he de ser sincera, a mí también. En una ciudad en la que la conformidad elegante es la primera norma, Anouk se atreve a ser imaginativa. Tal vez tiene que ver con la influencia de Zozie; de todas maneras, los colores contrastados por los que se decanta y la costumbre recién adquirida de personalizar su vestuario con una cinta, una chapa o un trozo de galón concede a cuanto usa una exuberancia que no he visto desde los tiempos de Lansquenet.

Tal vez es eso lo que intenta recuperar: una época en la que todo era más simple. En Lansquenet, Anouk campaba a sus anchas, jugaba todo el día a orillas del río, hablaba incesantemente con Pantoufle, organizaba juegos de piratas y cocodrilos y en la escuela siempre estaba castigada.

Lo cierto es que aquel era un mundo muy distinto. Con excepción de los gitanos del río, que tal vez tenían mala fama e incluso a veces eran tramposos, pero nunca peligrosos, en Lansquenet no había forasteros. Nadie se tomaba la molestia de cerrar la puerta con llave y hasta los perros eran conocidos.

—No me gusta ponerme vestidos —declaró Annie.

Noté, a mi lado, la muda desaprobación de Thierry. En su mundo, las niñas llevan vestidos. A decir verdad, durante el último medio año ha comprado varios, tanto para Anouk como para Rosette, con la esperanza de que me dé por aludida.

Thierry me observó con los labios apretados.

—¿Sabes una cosa? —pregunté—. En realidad, no tengo hambre. ¿Por qué no vamos a dar un paseo y, de camino, compramos algo de comer en una cafetería? Podemos ir al parc de la Turlure o a...

—Pero si he reservado mesa —puntualizó Thierry.

Me eché a reír al ver su expresión. En el mundo de Thierry todo debe llevarse a cabo según los planes. Hay reglas para cada cosa, horarios que cumplir y directrices que seguir. Es imposible anular una reserva y, a pesar de que ambos sabemos que sería más feliz en un bar como Le P'tit Pinson, hoy ha escogido La Maison Rose, razón por la cual Anouk debe ponerse un vestido. Thierry es así: firme como una roca, previsible y controlado, aunque a veces me gustaría que no fuera tan inflexible, que dejase espacio para una mínima espontaneidad...

—No llevas el anillo —precisó.

Me miré instintivamente las manos.

—Es por el chocolate —dije—. Se pega a todo lo que toco.

—Tú y tu chocolate... —replicó Thierry.

No fue uno de nuestros paseos más afortunados. Tal vez se debió al día gris, al gentío, a la falta de apetito de Anouk o a la persistente negativa de Rosette a usar la cuchara. Thierry apretó los labios al ver que Rosette toqueteaba los guisantes y formaba una espiral en el plato.

—Los modales, Rosette —puntualizó cuando ya no pudo más. Rosette no le hizo el más mínimo caso, ya que concentró toda su atención en el dibujo—. Rosette —repitió Thierry con tono imperativo.

Aunque la niña no se dio por enterada, la mujer que ocupaba la mesa contigua se volvió al oír el tono de voz del constructor.

—Cálmate, Thierry. Ya sabes cómo es. Déjala en paz y así...

Thierry emitió una nota de exasperación:

—¡Dios mío! ¿Cuántos años tiene? ¿No está a punto de cumplir cuatro? —Se volvió hacia mí con la mirada encendida—. Yanne, no es normal. Tienes que afrontarlo. Necesita ayuda. Quiero que la mires y... —Contempló furioso a Rosette, que comía los guisantes con los dedos, de uno en uno, con expresión de profunda concentración. Thierry se estiró por encima de la mesa y aferró la mano de Rosette. Sobresaltada, la niña lo miró—. Ten, coge la cuchara. Rosette, sujétala... —Por la fuerza le puso la cuchara en la mano. Rosette la soltó y Thierry la recuperó.

—Thierry...

—No, Yanne, tiene que aprender.

Por enésima vez intentó darle la cuchara a Rosette. La pequeña apretó los dedos y cerró el puño para demostrar que se negaba a cogerla.

—Thierry, escúchame. —Comencé a cabrearme—. Yo decidiré lo que Rosette...

—¡Ay! —Thierry calló bruscamente y apartó la mano—. ¡Me ha mordido! ¡Esta mocosa me ha mordido!

Desde el borde de mi campo de visión me pareció vislumbrar un brillo dorado, un ojo pequeño, redondo y brillante y una cola en espiral...

Rosette hizo el signo de «ven aquí».

—Rosette, te ruego que no...

—Bam —dijo Rosette.

Ay, no, ahora no...

Me levanté dispuesta a irme.

—Anouk, Rosette... —Miré a Thierry. Vi pequeñas dentelladas en su muñeca. El pánico se abrió en mí como un capullo de rosa. Una cosa era un Accidente en la chocolatería, pero en público y en presencia de tantas personas...—. Lo siento. Tenemos que irnos.

—Pero si no habéis terminado —se lamentó Thierry.

Lo vi debatirse entre la cólera, el ultraje y la abrumadora necesidad de retenernos para demostrarse a sí mismo que todo iba bien, que esa situación podía evitarse, que todo sería según el plan original.

—No puedo quedarme —insistí y cogí en brazos a Rosette—. Lo siento... Tengo que salir de aquí...

—Yanne... —musitó Thierry, me sujetó del brazo y la ira que experimenté por haberse atrevido a interferir en la vida de mi hija y en la mía se disolvió en cuanto vi su expresión—. Quería que fuese perfecto —acotó.

—Está todo bien —aseguré—. No es culpa tuya.

Thierry pagó y volvimos andando a casa. A las cuatro ya había anochecido y la luz de las farolas se reflejaba en los adoquines mojados. Caminamos prácticamente en silencio; Anouk aferró la mano de Rosette y ambas pusieron mucho empeño en no pisar las grietas de la acera. Thierry guardó silencio, apretó las facciones y avanzó con las manos hundidas en los bolsillos.

—Por favor, Thierry, no seas así. Rosette se saltó la siesta y ya sabes que se altera. —Ahora que lo pienso, me pregunto si lo sabe. Su hijo debe de tener veintipico y tal vez ha olvidado lo que significa lidiar con un crío; me refiero a los berrinches, el llanto, el ruido y el alboroto. También es posible que Sarah se ocupase de todo mientras Thierry se encargaba de interpretar el papel de generoso: los partidos de fútbol, los paseos por el parque, las guerras de almohadas, los juegos—. Te has olvidado de cómo son las cosas —apostillé—. A veces me cuesta salir adelante y, si intervienes, la situación empeora...

Pálido y tenso, Thierry se volvió hacia mí.

—No he olvidado tanto como supones. Cuando Alan nació... —Calló bruscamente y me di cuenta de que hacía un esfuerzo sobrehumano por controlarse.

Le apoyé la mano en el brazo.

—¿Qué pasa?

Thierry meneó la cabeza y respondió con voz quebrada:

—Más tarde, te lo contaré más tarde.

Por fin llegamos a la place de Faux-Monnayeurs y me detuve en el umbral de Le Rocher de Montmartre. El letrero recién pintado crujió levemente y aspiré una profunda bocanada de aire gélido.

—Thierry, lo lamento —repetí. Se encogió de hombros. Parecía un oso a causa del abrigo de cachemira, pero su expresión se suavizó—. Te lo compensaré. Te prepararé la cena, acostaremos a Rosette y luego hablaremos de todo esto.

Thierry suspiró.

—Está bien.

Abrí la puerta.

En el interior vi a un hombre, un individuo vestido de negro, que permaneció inmóvil, cuyo rostro me era más conocido que el mío y cuya sonrisa, poco corriente y brillante como los relámpagos en verano, comenzó a esfumarse...

—Vianne —dijo.

Era Roux.

QUINTA PARTE

Adviento

1

Sábado, 1 de diciembre

Desde el momento en el que entró en el local supe que se convertiría en mi problema particular. Por si no lo sabéis, algunas personas portan carga..., se ve en sus colores y en el caso de ese hombre correspondían a la llama azul amarillenta de un mechero de gas al mínimo, por lo que podía estallar en cualquier momento.

No es que se notase al mirarlo. Al verlo ni se te ocurría pensar que se trataba de alguien especial. Cada año París se traga a un millón de seres como él: hombres de tejano y botas de trabajo, hombres que se sienten incómodos en la ciudad, hombres que cobran el salario en efectivo. Había estado en París lo suficiente como para reconocer su calaña. Me dije que, si había venido a comprar bombones, yo era la virgen de Lourdes.

Estaba subida en una silla para colgar un cuadro. Mejor dicho, mi retrato, hecho por Jean-Louis. Lo oí entrar, percibí el tintineo de las campanillas y el sonido de las botas en el parquet.

Pronunció el nombre «Vianne»... y su tono de voz reveló algo que me obligó a girarme. Lo miré. Vi a un hombre de tejano, camiseta negra y melena pelirroja recogida con una coleta. Como ya he dicho, nada del otro mundo.

Sin embargo, había algo en él, algo que me resultó conocido. Su sonrisa fue tan brillante como los Champs-Elysées en Nochebuena, lo que lo volvió extraordinario…, aunque solo durante un instante, ya que esa expresión deslumbradora se trocó en confusión al percatarse de que había cometido un error.

—Disculpa —dijo—. Te tomé por… —De pronto calló—. ¿Eres la dueña?

Su tono era apacible y se caracterizaba por las erres guturales y las vocales marcadas del Midi.

—No, solamente trabajo aquí —repuse sonriente—. La dueña es madame Charbonneau. ¿La conoces? —Durante unos segundos se mostró indeciso—. Me refiero a Yanne Charbonneau.

—Sí, claro que la conozco.

—Verás, en este preciso momento ha salido, pero estoy segura de que no tardará en volver.

—De acuerdo. La esperaré.

El hombre tomó asiento ante una mesa y echó un vistazo a su alrededor para contemplar el local, los cuadros, los bombones…, supongo que con placer y con cierta inquietud, como si no estuviera seguro de cómo sería recibido.

—¿Y tú eres…?

—Bueno, simplemente un amigo.

Sonreí.

—Preguntaba cómo te llamas.

—Ah. —Tuve la certeza de que se sintió incómodo. Se metió las manos en los bolsillos para disimular el desasosiego, como si mi presencia hubiese desbaratado un plan tan complejo que resultaba imposible modificar—. Me llamo Roux.

Me acordé de la postal firmada «R». ¿Era nombre o apodo? Probablemente se trataba de un mote. «Voy hacia el norte. Pasaré si puedo…»

En ese momento supe por qué lo había reconocido. Lo había visto junto a Vianne Rocher en una foto de Lansquenet-sous-Tannes publicada en el periódico.

—¿Roux? —pregunté—. ¿Roux de Lansquenet? —El hombre afirmó con la cabeza—. Annie habla constantemente de ti.

Al oír ese comentario sus colores se encendieron como las bombillas de un árbol de Navidad y empecé a entender lo que Vianne había visto en un individuo como Roux. Thierry únicamente enciende los cigarros, aunque hay que reconocer que tiene dinero, lo que compensa casi todo lo demás.

—¿Por qué no te relajas mientras preparo chocolate caliente?

Roux sonrió de oreja a oreja.

—Es mi preferido.

Preparé un chocolate fuerte, con azúcar morena y ron. Lo bebió, volvió a inquietarse, caminó del local al obrador y miró los cazos, los botes, los platos y las cucharas que componen el equipo con el que Yanne fabrica chocolate.

—Te pareces a ella —comentó finalmente.

—¿En serio?

En realidad, no me parezco en nada, pero ya he notado que los hombres casi nunca ven exactamente lo que tienen delante. Una gota de perfume, el pelo largo y suelto, falda roja y zapatos de tacón: encantos tan sencillos que hasta un niño podría desentrañarlos, mientras que un hombre siempre se confunde.

—Dime... ¿Cuándo viste por última vez a Yanne?

Roux se encogió de hombros.

—Hace demasiado.

—Ya sé cómo son las cosas. Ten, prueba este bombón.

Lo coloqué junto a la taza; se trataba de una trufa recubierta de cacao en polvo, preparada según mi receta especial y marcada con el signo del cacto de Xochipilli, el dios extático, que siempre contribuye a soltar la lengua.

En lugar de comer el bombón lo hizo rodar por el plato. Fue un ademán que reconocí, pese a que me resultó imposible identificarlo. Esperaba que empezase a hablar, que es lo que la gente suele hacer conmigo, pero Roux se dio por satisfecho con guardar silencio, juguetear con la trufa y mirar la calle cada vez más oscura.

—¿Te quedarás en París? —inquirí.

Roux se encogió nuevamente de hombros.

—Depende…

Lo miré con actitud inquisitiva, pero no se dio por aludido.

—¿De qué depende? —pregunté por último.

Volvió a enarcar los hombros.

—Llega un momento en el que me harto de estar en el mismo lugar.

Le serví otro chocolate en taza de café. Comenzaba a fastidiarme su reserva que, más que reserva, parecía hosquedad. Hacía casi media hora que había entrado en la chocolatería. Pensé que, a menos que hubiese perdido mis dotes, para entonces ya tendría que haberlo sabido todo de él, pero ahí estaba, convertido en la encarnación de los problemas e insensible a mis insinuaciones.

Sentí que estaba a punto de perder la paciencia. Había algo relacionado con ese hombre, algo que necesitaba averiguar. Lo notaba tan cercano que me erizó el vello de la nuca pero, por otro lado…

Maldita sea, piensa.

Un río, una pulsera, un dije de plata con forma de gato… Pensé que no era eso, que no era lo correcto. Un río, una embarcación, Anouk, Rosette…

—No has probado el bombón —puntualicé—. Deberías catarlo. Por si no lo sabes, es una de nuestras especialidades.

—Ay, lo siento.

Cogió el bombón y la señal del cacto de Xochipilli brilló tentadoramente entre sus dedos. Se llevó la trufa a la boca, hizo una pausa, tal vez frunció el ceño por el olor acre del chocolate, el perfume oscuro y amaderado de la seducción…

Pruébame.

Saboréame.

Examíname…

En ese preciso instante, justo cuando estaba a punto de ser mío, en la puerta resonaron voces.

Roux soltó el bombón y se puso de pie.

Las campanillas tintinearon y se abrió la puerta.

—Vianne —dijo Roux.

En ese momento fue ella la que se quedó de piedra y lo miró; el color abandonó su cara y extendió las manos como si intentase evitar un choque letal.

A sus espaldas, Thierry permaneció desconcertado y tal vez percibió que algo iba mal, pero estaba demasiado ensimismado como para reparar en lo evidente. Junto a Yanne, Rosette y Anouk se encontraban de la mano; Rosette miraba fascinada y el rostro de Anouk se iluminó súbitamente…

Mientras tanto, Roux…

Roux lo observó todo: el hombre, la niña, la expresión consternada, el anillo que Vianne lucía en el anular… Vi que sus colores se difuminaban, mermaban y recuperaban ese tono azul de mechero de gas al mínimo.

—Lo lamento —se disculpó—. Tú ya me entiendes, pasaba por aquí con mi barco…

Me di cuenta de que no está acostumbrado a mentir. Su presunta ligereza sonó forzada y vi que apretaba los puños en los bolsillos del tejano.

Yanne se limitó a mirarlo con expresión impávida. No se movió ni sonrió; solo fue una máscara tras la cual vislumbré la turbulencia de sus colores.

Anouk salvó la situación al gritar:

—¡Roux!

La tensión se hizo añicos. Yanne avanzó varios pasos con una sonrisa formada parcialmente por el miedo, la simulación y algo más que no logré reconocer.

—Thierry, se trata de un viejo amigo… —Se ruborizó seductoramente y, pese a que sus colores me indicaron lo contrario, el tono agudo de su voz pudo corresponder al entusiasmo de encontrarse con un viejo conocido. Su mirada se volvió brillante y ansiosa—. Roux, de Marsella, y… y Thierry, mi… hummm…

La palabra no pronunciada pendió entre ellos como una bomba.

—Roux…, encantado de conocerte.

¡Vaya con el otro mentiroso! La antipatía que Thierry experimenta ante ese hombre, ese intruso, es instantánea, irracional y totalmente instintiva. El intento de compensación adquiere la forma de una espantosa cordialidad bastante parecida a la que muestra con Laurent Pinson. Su voz resuena como la de Papá Noel, cuando le estrecha la mano los huesos crujen y dentro de un segundo no se le ocurrirá mejor idea que llamar *mon pote* al desconocido.

—¿Así que eres amigo de Yanne? ¿Os dedicáis al mismo negocio? —Roux niega con la cabeza—. Me lo sospechaba, claro que no. —Thierry sonríe, se hace cargo de la juventud del otro y la compara con todo lo que él puede ofrecer. El ataque de celos amaina; lo noto en sus colores: el hilo gris azulado de la envidia se convierte en el tono cobrizo bruñido de la autosuficiencia—. *Mon pote*, ¿tomaremos una copa? —Ya está, no podía ser de otra manera—. ¿Qué tal un par de cervezas? Calle abajo hay una cafetería…

Roux menea la cabeza.

—Te lo agradezco, pero solo bebo chocolate.

Thierry se encoge de hombros para quitar importancia a ese alegre desdén. Cual un elegante anfitrión, sirve chocolate al intruso sin apartar la mirada de su rostro.

—¿A qué te dedicas?

—A nada —responde Roux.

—¿No trabajas?

—Claro que trabajo.

—¿En qué? —insiste Thierry y esboza una sonrisa.

Roux también se encoge de hombros.

—Hago de todo un poco.

El regocijo de Thierry no conoce límites.

—¿Has dicho que vives en un barco?

En realidad, lo ha dicho Anouk, pero Roux se limita a asentir y sonríe. Anouk es la única que parece alegrarse sinceramente de verlo, mientras Rosette lo estudia con total fascinación.

En ese momento veo lo que antes se me escapó. Las facciones de Rosette todavía no están definidas, pero posee los tonos de su padre, el cabello pelirrojo y los ojos entre grises y verdes, así como su inquietante temperamento.

Como es obvio nadie más se da por enterado, menos aún el propio Roux. Si he de hacer una suposición, diría que la falta de desarrollo físico y mental de Rosette lo ha llevado a suponer que es mucho más pequeña.

—¿Te quedarás mucho tiempo en París? —pregunta Thierry—. Lo digo porque algunos podrían pensar que en la ciudad ya tenemos bastante gente que vive en botes. —Vuelve a reír, aunque de forma excesivamente estentórea. Roux se limita a mirarlo con expresión impasible—. De todos modos, si buscas trabajo no me vendría mal ayuda para reformar mi piso de la rue de la Croix, que está por allí… —Ladea la cabeza para mostrar la dirección—. Es un apartamento grande y muy bonito, pero hay que remodelarlo, enyesar las paredes, poner los suelos, decorarlo… Me gustaría tenerlo terminado dentro de tres semanas a fin de que Yanne y las niñas no se vean obligadas a pasar otras navidades aquí… —Con actitud protectora abraza a Yanne, que se aparta mudamente consternada—. Supongo que ya te has dado cuenta de que vamos a casarnos.

—Felicitaciones —responde Roux.

—¿Estás casado?

Roux niega con la cabeza. Su rostro no transmite la más mínima emoción. Tal vez se produce un ligero chispazo en sus ojos, al tiempo que sus colores se iluminan con violencia incontenible.

—Bueno, si decides intentarlo, ven a verme —apostilla Thierry—. Te buscaré una casa. Es posible comprar una vivienda sorprendentemente adecuada más o menos por medio millón...

—Escucha, tengo que irme —lo interrumpe Roux.

Anouk protesta:

—¡Pero si acabas de llegar!

La niña lanza una colérica mirada a Thierry, que no se da por enterado. Más que racional, su antipatía hacia Roux es visceral. Por su cabeza todavía no ha discurrido ni el menor atisbo de la verdad, pero lo cierto es que ya sospecha del forastero, no por algo que haya dicho o hecho sino, lisa y llanamente, por su pinta.

¿Qué pinta? Claro que sí, ya sabéis a qué me refiero. No tiene nada que ver con la ropa barata, el pelo demasiado largo o su torpeza social. Hay algo en él, algo ambiguo, algo semejante a lo que muestran los que han nacido sumidos en la pobreza. Parece un hombre capaz de todo: de falsificar una tarjeta de crédito, abrir una cuenta bancaria con un carnet de conducir robado como única documentación, conseguir una partida de nacimiento y hasta un pasaporte a nombre de alguien que ha muerto hace años o robar el hijo de una mujer y esfumarse como el flautista de Hamelín, sin dejar nada a su paso, salvo un montón de preguntas.

Como ya he dicho, parece la encarnación de mis problemas.

2

Sábado, 1 de diciembre

¡Ay, tío! Mejor dicho, hola, desconocido. Estaba allí, en medio de la chocolatería, como si hubiese pasado fuera una tarde en lugar de cuatro años; cuatro años con sus aniversarios y sus navidades prácticamente sin decir ni pío, jamás una visita y de repente…

—¡Roux!

Quería estar enfadada con él. Me apetecía de verdad, pero el tono de voz no me lo permitió.

Grité su nombre más alto de lo que me proponía.

—Nanou, ya eres toda una mujer.

Su modo de decirlo contuvo cierta tristeza, como si lamentara que yo hubiese cambiado. Él era el mismo Roux de siempre: el pelo más largo, las botas más limpias y ropa distinta, pero el de siempre, con los hombros caídos y las manos en los bolsillos, postura que adopta cuando no quiere estar en un sitio; de todos modos, sonrió para demostrar que yo no tenía la culpa y estoy segura de que, si Thierry no hubiese estado presente, me habría cogido en brazos y hecho girar, como en los viejos tiempos en Lansquenet.

—No lo soy —puntualicé—. Tengo once años y medio.

—Para mí alguien de once años y medio es bastante grande. ¿Quién es la pequeña desconocida?

—Rosette.

—Rosette —repitió Roux.

Roux la saludó con la mano, pero Rosette no respondió de la misma manera ni se expresó con signos. Casi nunca se comunica con quienes no conoce; se limitó a observarlo con sus ojos felinos hasta que Roux desvió la vista.

Thierry le ofreció chocolate. A Roux siempre le ha gustado, incluso en los viejos tiempos. Lo bebió puro, con azúcar y ron, mientras Thierry le hablaba de negocios, de Londres, de la chocolatería y del apartamento…

¡Ah, sí, el apartamento…! Resulta que Thierry quiere arreglarlo y ponerlo guapo para cuando nos mudemos. Lo comentó en presencia de Roux: incluirá un dormitorio nuevo para Rosette y para mí, así como adornos nuevos, y quiere que esté a punto para Navidad porque así sus chicas estarán cómodas…

De todas maneras, hubo algo ruin en el modo de expresarlo. Ya se sabe; sonrió, pero no con los ojos; sonrió como hace Chantal cuando habla de su nueva iPod, de un vestido nuevo, de sus zapatos nuevos, o de su pulsera de Tiffany y yo estoy ahí y la escucho…

Roux estaba ahí, con cara de haber recibido una bofetada.

—Lo siento, pero tengo que irme —comunicó en cuanto Thierry cerró el pico—. Solo quería saber cómo estabais, pasaba por aquí de camino a otra parte…

Mentiroso, te has limpiado las botas, pensé.

—¿Dónde te alojas?

—En un barco.

Esa respuesta tiene sentido. Las embarcaciones siempre le han gustado. Recordé la de Lansquenet, la que se quemó. También recuerdo la expresión que Roux puso cuando sucedió, la misma cara que se te queda cuando te has esforzado por conseguir algo que te importa realmente y alguien ruin te lo quita.

—¿Dónde? —insistí.

—En el río —repuso Roux.

—Bien, chico —acoté, comentario que tendría que haberle hecho sonreír.

En ese momento me di cuenta de que no le había dado un beso ni un abrazo y me sentí mal porque, si lo hacía ahora, parecería que acababa de acordarme y sonaría a falso.

Por eso lo cogí de la mano, que estaba áspera y callosa por el trabajo.

Me pareció que se sorprendía y enseguida sonrió.

—Me gustaría ver tu embarcación.

—Puede que la veas —replicó Roux.

—¿Es tan bonita como la última?

—Eso tendrás que decidirlo tú.

—¿Cuándo?

Roux se encogió de hombros.

Mamá me miró con esa expresión que adopta cuando está molesta, pero no dice nada porque hay público. Respondió a Roux:

—Lo lamento, Roux. Si hubieras llamado para avisar que venías…, no te esperaba…

—Te escribí, envié una postal.

—Nunca llegó.

—Bueno. —Me di cuenta de que Roux no le creyó y también supe que mamá no consideró válida su respuesta. Roux es el peor escritor de cartas del mundo. Se propone escribir, pero nunca lo hace y, por si eso fuera poco, no le gusta hablar por teléfono. Por otro lado, envía cosas pequeñas por correo: una hoja de roble tallada y colgada de una cuerda, una piedra veteada que encontró a orillas del mar o un libro, a veces con una nota y casi siempre sin nada. Miró a Thierry y declaró—: Tengo que irme.

Sí, eso es, como si tuviese que acudir a otro sitio; precisamente Roux, que siempre hace lo que le viene en gana, que no permite que nadie le diga lo que tiene que hacer.

—Volveré —acotó Roux.

Ay, mentiroso.

De pronto me enfurecí tanto que estuve en un tris de hablar en voz alta: *Roux, ¿por qué volviste? ¿Por qué te tomaste la molestia de regresar?*

Se lo dije mentalmente, con mi voz espectral y con todas mis fuerzas, tal como el primer día había hablado con Zozie a la puerta de la chocolatería.

Cobarde, estás huyendo, espeté.

Zozie lo oyó y me miró, pero Roux se limitó a hundir un poco más las manos en los bolsillos del tejano y ni siquiera se despidió con un ademán antes de abrir la puerta y largarse sin volver la vista atrás. Thierry le pisó los talones, como un perro que va en pos de un intruso. No es que Thierry estuviera dispuesto a liarse a puñetazos con Roux, pero la mera idea me causó ganas de llorar.

Mamá estaba a punto de salir tras ellos, pero Zozie se lo impidió y aseguró:

—Iré yo. No pasará nada. Quédate aquí con Annie y Rosette.

Zozie se perdió en la oscuridad.

—Anouk, subid —ordenó mamá—. Enseguida me reuniré con vosotras.

Así fue como subimos y esperamos. Rosette se quedó dormida; al cabo de un rato oí subir a Zozie y unos minutos después a mamá, que subió de puntillas para no molestarnos. Al final me dormí, pero el sonido de las tablas sueltas de la habitación de mamá me arrancó del sueño un par de veces y supe que estaba despierta, de pie junto a la ventana, en medio de la oscuridad, atenta al sonido del viento y con la esperanza de que, aunque solo fuese por esta vez, nos dejara en paz.

3

Domingo, 2 de diciembre

Anoche encendieron la iluminación navideña. El barrio entero está iluminado; no han puesto luces de colores, sino blancas, como un seto de estrellas sobre la ciudad. En la place du Tertre, la de los artistas, han montado el belén tradicional, en el que el niño Jesús sonríe en medio de la paja, la madre y el padre contemplan a su hijo y los Reyes Magos ofrecen regalos. El nacimiento fascina a Rosette, que quiere verlo una y otra vez.

Bebé, expresa mediante signos. *Vayamos a ver al bebé.* De momento ha visitado el belén dos veces con Nico, una con Alice e incontables con Zozie, con Jean-Louis y Paupaul y, por descontado, con Anouk, que se muestra casi tan fascinada como la pequeña, y le cuenta la historia de que la niña (ya que en su versión ha cambiado de género) nació en un pesebre, en medio de una nevada, que los animales y los Reyes Magos fueron a visitarla y que incluso una estrella se detuvo en el firmamento…

—Porque era un bebé especial —explica Anouk para deleite de Rosette—. Era especial, como tú, que pronto también cumplirás años…

Adviento… *Aventura*… Ambas palabras apuntan a la llegada de algo extraordinario. Hasta ahora no había pensado en que se parecen; nunca celebré el calendario cristiano, ayuné, me arrepentí o confesé.

Bueno, casi nunca.

Cuando Anouk era pequeña celebrábamos Yule, el solsticio de invierno: encendíamos un fuego para ahuyentar la oscuridad, hacíamos coronas de acebo y muérdago, bebíamos sidra y cerveza con especias y frutas y comíamos castañas asadas en el brasero.

Después nació Rosette y todo volvió a cambiar. Desaparecieron las coronas de acebo, las velas y el incienso. Hoy vamos a la iglesia, compramos más regalos de los que podemos pagar, los depositamos bajo el árbol de plástico, vemos la televisión y nos angustiamos por la comida. Es posible que las luces navideñas parezcan estrellas, pero si las miras de cerca compruebas que son falsas y que pesadas guirnaldas de hilos y cables las sujetan en lo alto de las calles estrechas. La magia ha desaparecido... *Vianne, ¿no era eso lo que querías?*, pregunta una voz seca en mi imaginación, una voz que habla como mi madre, como Roux y ahora también como Zozie, que me recuerda a la Vianne que fui y cuya paciencia es casi un reproche.

Este año será distinto. A Thierry le encantan las tradiciones: la iglesia, el pavo, el pastel de chocolate..., no solo la celebración de las navidades, sino de todas las estaciones que hemos compartido y seguiremos compartiendo...

Nada de magia, desde luego. Bueno, ¿qué tiene de malo? Hay consuelo, seguridad, amistad y... y afecto. ¿Acaso no es suficiente para nosotras? ¿No hemos recorrido el otro camino? Criada toda la vida en la fascinación por los cuentos populares, ¿por qué me cuesta tanto creer en el final feliz? ¿Por qué, pese a que sé perfectamente adónde conduce, todavía sueño con seguir al flautista de Hamelín?

Envié a Anouk y a Rosette a la cama y salí a buscar a Roux y a Thierry. La tardanza fue mínima, como máximo de tres o cinco minutos, pero al salir a la calle llena de gente ya sabía que Roux no estaría y que se habría perdido por el laberinto de Montmartre. De todos modos, tenía que intentarlo. Me dirigí hacia el Sacré-Coeur… y, entre los grupos de visitantes y turistas, avisté la conocida figura de Thierry que, con las manos en los bolsillos y la cabeza echada hacia delante como un gallo de riña, descendía hacia la place Dalida.

Frené, giré a la izquierda por una calle adoquinada y me dirigí a la place du Tertre. No avisté a Roux. Se había ido. Claro que sí…, ¿para qué iba a quedarse? A pesar de todo, permanecí en la plaza, tiritando porque me había dejado el abrigo y atenta a los sonidos del Montmartre nocturno: la música de los clubes del pie de la colina, risas, pisadas, voces de niños que contemplan el belén, un músico ambulante que toca el saxofón, fragmentos de charla que el viento arrastra…

Fue su inmovilidad lo que al final llamó mi atención. Los parisinos son como bancos de peces: mueren si durante un segundo dejan de moverse. Él estaba allí, casi oculto en la luz arlequinada del letrero de neón rojo del ventanal de una cafetería. Esperaba en silencio, aguardaba algo. Me esperaba a mí…

Corrí por la plaza hacia Roux. Lo abracé y durante un instante temí que no reaccionase. Noté la tensión de su cuerpo, vi la arruga en su entrecejo… y bajo esa luz intensa me pareció un desconocido.

Entonces me abrazó, al principio con reticencia y luego con un ardor que se contradijo con sus palabras:

—Vianne, no deberías estar aquí.

Hay un hueco en la curva de su hombro izquierdo en el que mi frente encaja a la perfección. Volví a encontrarlo y apoyé la cabeza. Roux olía a noche, a aceite de motor, a cedro, a pachulí, a chocolate, a alquitrán, a lana y al perfume singular y único de su persona, algo tan esquivo y archiconocido como un sueño repetitivo.

—Lo sé —reconocí.

Por otro lado, no podía permitir que se fuese. Habría bastado una palabra, una advertencia, el ceño fruncido. *Ahora estoy con Thierry. No la líes.* Intentar dar a entender otra cosa sería inútil y doloroso y estaría condenado al fracaso. Claro que…

—Vianne, me alegro de verte.

Aunque suave, la voz de Roux fue curiosamente intensa.

Sonreí.

—Lo mismo digo. ¿Por qué ahora? ¿Por qué después de tanto tiempo?

Un encogimiento de hombros de Roux transmite muchas cosas: indiferencia, desdén, desconocimiento e incluso humor. En este caso, sacó mi frente de su hueco y, con una sacudida, me devolvió a la realidad.

—¿Saber de mí habría marcado la diferencia?

—Tal vez.

Volvió a encogerse de hombros.

—No tiene sentido. ¿Eres feliz aquí?

—Por supuesto.

Es lo que siempre he querido: la chocolatería, la casa y educación para las niñas; la vista desde mi ventana cada día y Thierry…

—Lo que ocurre es que jamás te imaginé aquí. Pensé que solo era una cuestión de tiempo, que un día te…

—¿Que un día qué? ¿Que recobraría la sensatez? ¿Que viviría a salto de mata, de día en día y de un lugar a otro como tú y las demás ratas de río?

—Prefiero ser rata a pájaro enjaulado.

Me pareció que se enfadaba. Su tono siguió siendo suave, pero su entonación sureña se tornó más pronunciada, como suele ocurrir cuando se cabrea. Pensé que tal vez yo quería cabrearlo y obligarlo a entrar en una confrontación que nos dejaría exhaustos. Pensarlo fue doloroso, pero tal vez era cierto. Es posible que Roux también lo notase porque me miró y sonrió.

—¿Y si te digo que he cambiado? —inquirió.

—No has cambiado.

—No lo sabes.

Claro que lo sé. Me duele el alma ver que es prácticamente el mismo de siempre. Soy yo la que ha cambiado. Mis hijas me han cambiado. Ya no puedo hacer lo que me da la gana y lo que quiero es...

—Roux, me alegro de verte, me alegro de que hayas venido, pero es demasiado tarde. Estoy con Thierry. Te aseguro que, cuando lo conoces, resulta encantador. Ha hecho tanto por Anouk y Rosette...

—¿Estás enamorada?

—Roux, por favor.

—Te he preguntado si estás enamorada.

—Por supuesto.

Se encogió nuevamente de hombros, con deliberado desdén, antes de declarar:

—Felicitaciones, Vianne.

Dejé que se fuera. ¿Qué más podía hacer? Pensé que volvería, tenía que volver. De momento, no ha aparecido; tampoco ha dejado absolutamente nada, ni una dirección ni un número de teléfono, aunque lo cierto es que me sorprendería que Roux tuviese teléfono. Por lo que sé, jamás ha tenido ni siquiera un televisor porque, según dice, prefiere mirar el firmamento, espectáculo que jamás lo aburre y que nunca se repite.

Me pregunto dónde se aloja. Le dijo a Anouk que vivía en un barco. Lo más probable es que se trate de una gabarra que transporta mercancías Sena arriba. También es posible que haya comprado una barcaza barata, una cáscara de nuez, un desecho que repara en su tiempo libre, lo remienda y lo adapta a sus necesidades. Con los barcos Roux tiene una paciencia infinita, mientras que con las personas...

—Mamá, ¿Roux volverá hoy? —preguntó Anouk durante el desayuno.

Había esperado toda la noche para hablar. Lo cierto es que Anouk casi nunca toma la palabra impulsivamente; cavila, reflexiona y por último se expresa con actitud solemne y bastante cautelosa, como un detective de televisión que está a punto de desentrañar la verdad.

—No lo sé. Depende de él.

—¿Quieres que vuelva?

La persistencia siempre ha sido una de las características más marcadas de Anouk.

Suspiré.

—Es difícil responder a esa pregunta.

—¿Por qué? ¿Ya no te gusta? —Percibí desafío en su tono.

—No, Anouk, no es por eso.

—En ese caso, ¿a qué se debe?

Estuve a punto de echarme a reír. Anouk se las apaña para que todo parezca sencillo, como si nuestras vidas no fueran un castillo de naipes y cada decisión y elección estuviesen minuciosamente contrastadas con una multitud de otras elecciones y decisiones, como si las cartas no estuvieran precariamente apoyadas unas sobre otras y se inclinasen, se ladearan con cada suspiro...

—Escucha, Nanou. Sé que aprecias a Roux. Yo también. Me gusta mucho, pero tienes que recordar... —Busqué las palabras adecuadas—. Roux hace lo que quiere y siempre lo ha hecho. No permanece mucho tiempo en el mismo sitio. Todo eso me parece bien porque está solo, pero nosotras tres necesitamos algo más.

—Si viviéramos con él, Roux no estaría solo —replicó Anouk con gran sensatez.

Se me partió el alma, pero tuve que reírme. Por extraño que parezca, Roux y Anouk son muy parecidos. Ambos piensan en términos absolutos y son testarudos, reservados y terroríficamente resentidos.

Intenté explicárselo:

—Le gusta estar solo. Vive todo el año en el río, duerme al raso y ni siquiera se siente cómodo en una casa. Nanou, nosotras no podemos vivir así. Roux lo sabe y tú también.

Anouk me dirigió una mirada sombría y evaluadora.

—Thierry lo odia, lo he notado.

Digamos que, después de lo ocurrido anoche, nadie puede dejar de notarlo. Me refiero a su alegría exagerada y falsa, a su descarnado desdén y a sus celos. Me digo que ese no es Thierry. Seguramente hubo algo que lo alteró. ¿Tal vez la escena en La Maison Rose?

—Nou, Thierry no lo conoce.

—Thierry no nos conoce.

Nanou subió la escalera con un cruasán en cada mano y cara que parecía decir que ya seguiríamos hablando. Fui al obrador, preparé chocolate, me senté y dejé que se enfriase. Evoqué el mes de febrero en Lansquenet, con las mimosas en flor a orillas del Tannes y los gitanos del río con sus embarcaciones alargadas y estrechas, tantas y tan juntas que casi podías caminar por ellas y llegar a la otra orilla…

Un hombre estaba allí, sentado en solitario, y contemplaba el río desde la cubierta de su embarcación. No se diferenciaba mucho de los demás pero, por alguna razón, enseguida lo supe. Algunas personas brillan. Él pertenece a ese grupo. Incluso ahora, pese a todo el tiempo que ha pasado, vuelvo a sentirme atraída por esa llama. De no ser por Anouk y Rosette, probablemente anoche lo habría seguido. Al fin y al cabo, existen cosas peores que la pobreza, pero mis hijas se merecen algo mejor. Por eso estoy aquí. No puedo volver a ser Vianne Rocher, no puedo regresar a Lansquenet…, ni siquiera por Roux, ni siquiera por mí.

Seguía en el obrador cuando Thierry entró. Eran las nueve y todavía estaba oscuro; de afuera me llegaron los sonidos lejanos y amortiguados del tráfico y las campanadas de la pequeña iglesia de la place du Tertre.

Se sentó frente a mí y su abrigo despidió olor a cigarro y a bruma parisina. Permaneció medio minuto en silencio, estiró el brazo para cogerme de la mano y dijo:

—Lamento lo de anoche.

Levanté mi taza y miré el interior. Seguramente debí de hervir la leche, ya que sobre el chocolate frío había una telilla de nata. Pensé que había sido descuidada.

—Yanne… —añadió Thierry. Lo miré—. Lo lamento. Me sentía muy estresado. Quería que todo fuese perfecto. Deseaba que saliéramos a comer y luego pensaba hablarte del apartamento y contarte que he logrado reservar fecha para la boda…, fíjate bien…, para casarnos en la misma iglesia en la que mis padres contrajeron matrimonio…

—¿Cómo?

Me apretó la mano.

—En Notre-Dame des Apôtres. Será dentro de siete semanas. Hubo una cancelación y da la casualidad de que conozco al sacerdote…, hace tiempo trabajé para él…

—¿De qué estás hablando? —lo interrumpí—. Asustas a mis hijas, eres descortés con un amigo mío, te largas sin decir palabra y ahora pretendes que me entusiasme con no sé qué de apartamentos y de la boda.

Thierry esbozó una sonrisa apenada.

—Lo lamento —se disculpó—. No es que me esté riendo de ti, pero…, pero me parece que todavía no te has acostumbrado al móvil, ¿eh?

—¿Qué dices?

—Conecta el móvil.

Le hice caso y encontré un mensaje nuevo que había enviado la noche anterior a las ocho y media: «Te quiero con locura. No más excusas. Nos vemos mañana a las 9. Besos, Thierry».

—Ah —musité.

Thierry volvió a cogerme de la mano.

—Lamento profundamente lo que sucedió anoche. Tu amigo…

—Roux —precisé.

Movió afirmativamente la cabeza.

—Sé que parece ridículo, pero al ver que Annie y tú hablabais con él como si os conocierais desde hace años…, bueno, me recordó todo lo que no sé de ti. Me refiero a las personas de tu pasado, a los hombres que has querido… —Lo miré levemente sorprendida. En lo que a mi vida anterior se refiere, Thierry ha mostrado un extraordinario desinterés. Es una de las cosas que siempre me han gustado de él. Aprecio su falta de curiosidad—. Bebe los vientos por ti. Hasta yo me di cuenta.

Suspiré. Siempre pasa lo mismo: las preguntas y las indagaciones pletóricas de buenas intenciones y cargadas de recelo. *¿De dónde eres? ¿Adónde vas? ¿Has venido a visitar a tus parientes?*

Creía que teníamos un trato: yo no menciono su divorcio y Thierry no habla de mi pasado. Da resultado…, mejor dicho, lo dio hasta ayer.

Roux, buen momento has escogido, pensé amargamente. Claro que Roux es como es. Ahora su voz resuena en mi mente como la del viento: *Vianne, no te engañes. Aquí no puedes asentarte. Te crees a salvo en tu casita pero, como el lobo del cuento, yo sé que no es posible.*

Fui al obrador a preparar chocolate. Thierry me siguió y, a causa del grueso abrigo, se movió con torpeza entre las pequeñas mesas y sillas.

—¿Quieres que te hable de Roux? —pregunté y rallé el chocolate en el cazo—. Verás, lo conocí cuando estaba en el sur. Durante una temporada tuve una chocolatería en un pueblo próximo al Garona. Roux vivía en una barcaza, navegaba de un pueblo a otro y hacía de todo un poco: trabajos de carpintería, techos, recolección de fruta. Trabajó un par de veces para mí. Hacía más de cuatro años que no lo veía. ¿Satisfecho?

Thierry se mostró avergonzado.

—Perdona, Yanne. Mi actitud ha sido ridícula. Obviamente, no pretendía interrogarte. Te prometo que no volverá a ocurrir.

—Jamás imaginé que fueras celoso —aseguré e incorporé una vaina de vainilla y una pizca de nuez moscada.

—No lo soy y, para demostrártelo... —Apoyó las manos en mis hombros y me obligó a mirarlo—. Yanne, escúchame. Es amigo tuyo y resulta evidente que necesita dinero. Dado que realmente quiero que el apartamento esté terminado para Navidad y, puesto que ya sabes lo difícil que es contratar a alguien en esta época del año, se me ocurrió ofrecerle el trabajo.

Le clavé la mirada.

—¿Se lo has dicho?

Thierry sonrió.

—Si lo prefieres, considéralo una penitencia. Es mi modo de demostrarte que mi yo verdadero no es ese hombre celoso con el que anoche te topaste. Y hay algo más... —Se llevó la mano al bolsillo del abrigo—. Te he traído una tontería. Pretendía ser un regalo de compromiso, pero...

Las tonterías de Thierry siempre son lujosas: un ramo con cuatro docenas de rosas, joyas de Bond Street, pañuelos de Hermès. Tal vez un pelín convencionales, pero Thierry es así: previsible hasta la médula.

—¿Cómo?

Me entregó un paquete delgado, poco más grueso que un sobre acolchado. Lo abrí y encontré un portadocumentos de piel con cuatro billetes de avión en primera para volar a Nueva York el 28 de diciembre.

Me quedé con la mirada fija en los billetes.

—Te encantará —aseguró Thierry—. Es el único sitio del mundo donde merece la pena recibir el Año Nuevo. He reservado habitaciones en un gran hotel..., a las niñas les gustará, habrá nieve, música, fuegos artificiales... —Me abrazó con todas sus fuerzas—. Ay, Yanne, me muero de ganas de mostrarte Nueva York...

A decir verdad, yo ya había estado en la ciudad. Allí murió mi madre, en una calle ajetreada, frente a una tienda de exquisiteces italianas, un cuatro de julio. Entonces hacía calor y brillaba el sol. En diciembre hará frío. En diciembre la gente muere de frío en Nueva York.

—Pues no tengo pasaporte —comenté lentamente—. Mejor dicho, lo tenía, pero...

—¿Está caducado? Yo lo arreglaré.

En realidad, está algo más que caducado. Está a otro nombre, el de Vianne Rocher, y me pregunté cómo explicarle que la mujer de la que se ha enamorado es otra persona.

Claro que tampoco podía ocultarlo. La escena de la víspera me ha enseñado algo: Thierry no es tan previsible como imaginaba. La mentira es como la mala hierba y, si no se corta de raíz, lo invade todo, corroe, se extiende y asfixia hasta que al final no queda más que una sarta de falsedades...

Thierry estaba muy cerca, con los ojos azules encendidos por... por la ansiedad o tal vez por otra cosa. Despedía un olor ligeramente reconfortante, como a hierba segada, libros viejos, savia de pino o pan. Acortó un poco más las distancias, me abrazó, apoyó mi cabeza en su hombro (momento en el que pregunté dónde estaba ese pequeño hueco que parecía hecho exclusivamente para mí) y me resultó tan conocido, tan seguro..., aunque esta vez también percibí cierta tensión. La sentí como cables con carga eléctrica a punto de rozarse...

Sus labios encontraron los míos. Volví a notar esa carga; fue como si entre nosotros hubiera estática, en parte placentera y otro tanto desagradable. Me di cuenta de que pensaba en Roux. *Maldito seas, ahora no.* Ese beso persistente... Me aparté.

—Escucha, Thierry, tengo algo que decirte.

Me miró.

—¿Qué tienes que decirme?

—El nombre que figura en mi pasaporte, el mismo que daré en el Registro Civil... —Respiré hondo—. No es el que uso ahora. Me lo he cambiado. Se trata de una larga historia. Tendría que habértela explicado, pero…

Thierry no me dejó continuar.

—Carece de importancia. No quiero explicaciones. Todos tenemos cosas de las que preferimos no hablar. Para mí que te hayas cambiado el nombre no tiene importancia. Eres tú quien me interesa, me da igual si te llamas Francine, Marie-Claude o, Dios no lo permita, Cunégonde.

Esbocé una sonrisa.

—¿Hablas en serio?

Thierry meneó la cabeza.

—Prometí que no te haría preguntas. El pasado es el pasado. No tengo por qué saberlo, a menos que estés a punto de decirme que antes eras hombre o algo por el estilo.

Me reí.

—En ese aspecto, no existe el menor riesgo.

—Creo que voy a comprobarlo, solamente para cerciorarme.

Thierry cruzó las manos a la altura de mi talle. Su beso fue más intenso y exigente, pese a que nunca hace demandas. Su cortesía chapada a la antigua es una de las características que siempre me han atraído, si bien hoy se muestra ligeramente distinto: intuyo un esbozo de pasiones apenas contenidas, de impaciencia, de anhelo de algo más. Durante unos segundos me dejo llevar por la situación y Thierry desliza las manos por mi cintura y mis pechos. Hay algo puerilmente voraz en la forma en la que me besa los labios y la cara, como si intentase reclamar como propia mi persona, al tiempo que no cesa de susurrar: «Te quiero, Yanne; te deseo, Yanne…».

Reí a medias e intenté respirar.

—Aquí no. Son más de las nueve y media…

Thierry dejó escapar un cómico gruñido de oso.

—¿Crees que estoy dispuesto a esperar seis semanas?

Sus extremidades también semejaron las de un oso y me estrechó con fuerza; olía a sudor almizcleño y a cigarro; de repente y por primera vez en nuestra larga amistad nos imaginé haciendo el amor, desnudos y sudados entre las sábanas, y me sorprendió el espasmo de repugnancia que la idea me provocó…

Apoyé las manos en su pecho.

—Thierry, por favor… —El constructor mostró los dientes—. Zozie llegará en cualquier momento…

—En ese caso, subamos antes de que se presente.

Yo ya me había quedado sin aliento. El olor a sudor se intensificó y se mezcló con el aroma a café, a lana virgen y a cerveza de la noche anterior. Dejó de resultarme reconfortante, pues evoca imágenes de bares llenos a rebosar, escapadas por los pelos y desconocidos ebrios en plena noche. Las manos de Thierry son impacientes, como losas, presentan manchas de pigmentación y están recubiertas de vello.

Me puse a pensar en las manos de Roux: en sus hábiles dedos de ratero y en el aceite de motor bajo las uñas.

—Yanne, subamos.

Prácticamente me empujó por el local. Tenía la mirada encendida de expectación. De pronto me habría gustado protestar, pero es demasiado tarde. Pensé que ya no había vuelta atrás y lo seguí hacia la escalera…

Estalló una bombilla que sonó como un petardo.

Sobre nuestras cabezas cayó una lluvia de vidrio pulverizado.

Arriba se produjo un sonido: Rosette estaba despierta. El alivio me llevó a temblar.

Thierry lanzó una maldición.

—Tengo que ver a Rosette —afirmé.

Thierry emitió un ruido que no fue precisamente una carcajada. Me dio un último beso… y el momento pasó. Con el rabillo del ojo vislumbré algo dorado que brillaba en la penumbra, tal vez un rayo de sol o un reflejo…

—Thierry, tengo que ver a Rosette.

—Te quiero —insistió.

Ya lo sé.

Eran las diez y Thierry acababa de marcharse cuando entró Zozie, envuelta en el abrigo, con botas de plataforma color púrpura y una gran caja de cartón. Esta parecía pesar y vi que Zozie estaba algo arrebatada cuando, con gran cuidado, la depositó en el suelo.

—Lamento haber llegado tarde —se disculpó—. Lo que traigo es pesado.

—¿Qué es? —quise saber.

Zozie sonrió, se dirigió al escaparate y retiró los zapatos rojos que durante las dos últimas semanas lo habían adornado.

—He pensado que toca un cambio. ¿Qué te parece si montamos un nuevo escaparate? Ya sabías que este no era permanente y, además, echo de menos los zapatos.

—Por supuesto —respondí y sonreí.

—Compré todo esto en el *marché aux puces*. —Señaló la caja de cartón—. Se me ha ocurrido una idea y me gustaría ponerla en práctica.

Miré la caja y enseguida a Zozie. Todavía abrumada por la visita de Thierry, la reaparición de Roux y las complicaciones que sabía que desencadenaría, la inesperada amabilidad de ese gesto sencillo me puso al borde de las lágrimas.

—Zozie, no tenías por qué hacerlo.

—No digas tonterías. Lo hago porque me gusta. —Me observó atentamente—. ¿Hay algún problema?

—Bueno, tiene que ver con Thierry. —Intenté sonreír—. Los últimos días su comportamiento ha sido muy raro.

Zozie se encogió de hombros.

—¿Qué quieres que te diga? No me sorprende. Te va bien. Las ventas han subido y por fin la situación se encarrila a tu favor.

La miré con el ceño fruncido.

—¿A qué te refieres?

—Me refiero a que Thierry todavía quiere ser Papá Noel, el Príncipe Azul y el rey generoso a la vez —replicó Zozie con toda la paciencia del mundo—. Estuvo bien mientras luchabas por salir adelante, ya que te invitó a cenar, te vistió y te colmó de regalos, pero ahora eres distinta. Ya no necesitas ahorrar. Alguien se llevó a su Cenicienta y puso en su lugar a una mujer de carne y hueso y tiene problemas para asimilarlo.

—Thierry no es así —lo defendí.

—¿Estás segura?

—Bueno, tal vez un poco —reconocí y sonreí.

Zozie rió y yo con ella, aunque me sentí un tanto avergonzada. Está claro que Zozie es muy observadora. Me pregunté si no tendría que haberlo visto con mis propios ojos.

Zozie abrió la caja de cartón.

—¿Por qué no te tomas el día de hoy con calma? Echa la siesta o juega con Rosette. No te preocupes. Si se presenta te avisaré.

Ese comentario me sobresaltó.

—Si se presenta, ¿quién?

—Vamos, Vianne, ya está bien…

—¡No me llames así!

Zozie esbozó una sonrisa de oreja a oreja.

—Roux, está clarísimo. ¿A quién crees que me refería, al Papa?

Sonreí sin ganas.

—Hoy no vendrá.

—¿Por qué estás tan segura?

Le conté lo que Thierry había dicho sobre el apartamento, sobre su decisión de que estuviéramos instaladas allí en Navidad, sobre los billetes de avión a Nueva York, sobre la oferta de trabajo que le había hecho a Roux en la rue de la Croix…

Zozie se mostró sorprendida.

—¿Qué respondió? Si la acepta, sin duda necesita dinero. No creo que lo haga por amor.

Meneé la cabeza.

—¡Qué lío! ¿Por qué no avisó que pensaba venir? Habría

manejado la situación de otra manera. Al menos me habría preparado…

Zozie tomó asiento ante la mesa del obrador.

—Es el padre de Rosette, ¿no?

No respondí y le volví la espalda para encender los hornos. Tenía pensado hacer galletas de jengibre de las que se cuelgan en el árbol de Navidad, galletas brillantes, escarchadas y atadas con cintas de colores…

—Claro que es asunto tuyo —prosiguió Zozie—. ¿Lo sabe Annie? —Con la cabeza hice un gesto negativo—. ¿Alguien lo sabe? ¿Lo sabe Roux?

De pronto me quedé sin fuerzas y tuve que sentarme; me sentí como una marioneta a la que Zozie había cortado los hilos, por lo que me convertí en un enredo sin voz, impotente e inmovilizada.

—Ahora no puedo decírselo.

—Verás, tonto no es. Lo deducirá…

Agité la cabeza en silencio. Es la primera vez que tengo motivos para agradecer que Rosette sea distinta… Con casi cuatro años todavía parece una cría de dos y medio y se comporta como tal, por lo que deseo pensar que tal vez no se dé cuenta.

—Es demasiado tarde. Tal vez hace cuatro años, pero…, pero ahora no puedo decírselo.

—¿Por qué? ¿Os peleasteis?

Se expresa como Anouk. De pronto me encontré intentando explicar también a Zozie que las cosas no son tan simples, que las casas deben ser de piedra porque, cuando aúlla el viento, solo la roca sólida impide que salgamos volando…

¿Para qué fingir?, pregunta él en mi mente. *¿Qué es lo que te lleva a tratar de encajar? ¿Qué tienen estas personas como para que quieras parecerte a ellas?*

—No, no nos peleamos. Simplemente…, simplemente cada uno siguió su camino.

En mi imaginación surge una imagen repentina e inquietante:

el flautista de Hamelín y los niños que lo siguen..., salvo el cojo, que se queda solo cuando la montaña se cierra tras el paso del músico...

—¿Qué pasa con Thierry?

Me pareció una pregunta interesante. ¿Sospecha algo? Thierry tampoco es tonto, pero tiene una especie de ceguera que podría ser arrogancia, confianza o una mezcla de ambas. Por otro lado, desconfía de Roux. Anoche lo noté en su mirada calculadora, en el rechazo instintivo que el firme urbanita siente por el trotamundos, el gitano, el viajero...

Vianne, tú eliges a tu familia, pensé.

—Supongo que ya has tomado una decisión.

—Es la correcta, estoy segura de que lo es.

Me percaté de que Zozie no me creyó, como si pudiera verlo en el aire que me rodeaba, al igual que el algodón de azúcar que se adhiere al huso. Claro que existen múltiples formas de amor, y cuando el afecto ardiente, egoísta y colérico se consume, hemos de dar las gracias a todos los dioses por los hombres como Thierry, por esos individuos seguros y poco imaginativos que consideran que la palabra «pasión» solo existe en los libros, lo mismo que «magia» y «aventura».

Zozie siguió mirándome con su paciente sonrisa a medias, como si esperase que dijera algo más. Al ver que guardaba silencio, se encogió de hombros y me ofreció el plato con bizcochitos de harina de almendras. Los prepara igual que yo; deja el chocolate lo bastante fino como para que se parta, pero lo suficientemente grueso para resultar satisfactorio; el puñado de uvas pasas gordas es generoso y añade una nuez, una almendra, una violeta o una rosa escarchada.

—Pruébalos. Quiero que me des tu opinión.

El aroma a pólvora del chocolate se elevó desde el platillo de bizcochitos de harina de almendras, con todo su olor a verano y a tiempo perdido. Él había sabido lo que era el chocolate la primera vez que lo besé, el aroma a hierba húmeda había ascendido desde el suelo en el que habíamos yacido uno al lado del otro, sus caricias habían sido inesperadamente delicadas y su pelo se pareció a las caléndulas de estío bajo la luz mortecina...

Zozie todavía sujetaba el plato con bizcochitos de harina de almendras. Es de cristal de Murano azul y a un lado tiene una florecilla dorada. No es más que una tontería, pero lo aprecio. Roux me lo regaló en Lansquenet y, cual una piedra de toque, desde entonces me ha acompañado, ya fuera en el equipaje o en el bolsillo.

Levanté la cabeza y vi que Zozie me observaba. Sus ojos habían adquirido un tinte azul, lejano y de cuento de hadas, como algo que ves en sueños.

—¿No se lo dirás a nadie?

—Por supuesto. —Cogió delicadamente un bombón y me lo ofreció: untuoso chocolate oscuro, uvas pasas remojadas en ron, vainilla, rosa y canela... —.Vianne, pruébalo —añadió sonriente—. Por casualidad sé que son tus preferidos.

4

Lunes, 3 de diciembre

Yo misma digo que hoy ha sido una buena jornada. La mayor parte de mi trabajo es un acto de juegos malabares: una serie de pelotas, cuchillos y teas encendidas que hay que mantener en el aire tanto como sea posible...

Me llevó un tiempo estar segura de Roux. Es tan afilado que corta, manejarlo requiere mucho empeño y cuidado y me costó lo mío convencerlo de que se quedase. El sábado por la noche me las apañé para retenerlo y, con la ayuda de unas pocas palabras de aliento, hasta ahora he conseguido mantenerlo a raya.

Tengo que decir que no fue nada fácil. Su primer impulso consistió en emprender el regreso al lugar del que había venido y no aparecer nunca más. No tuve necesidad de mirar sus colores para saberlo; lo noté en su rostro cuando, con el pelo en los ojos y las manos ferozmente hundidas en los bolsillos, bajó por la colina. Thierry también lo seguía y tuve que allanar el terreno con un ensalmo que lo hizo tropezar; aproveché esos segundos para alcanzar a Roux y sujetarlo del brazo.

—Roux, no puedes irte. Hay cosas que no sabes.

Sacudió el brazo hasta que aparté la mano y no aminoró el paso.

—¿Qué te hace suponer que quiero saberlas?

—Estás enamorado de ella —respondí. Roux se encogió de hombros y siguió andando—. Debes saber que ha recapacitado y no sabe cómo explicárselo a Thierry.

Entonces me prestó atención. Aflojó el paso y aproveché la oportunidad para trazar en su espalda la señal de la garra del Uno Jaguar; ese cántico tendría que haberlo matado, pero Roux lo rechazó instintivamente.

—Oye, para —le pedí, pues me sentía impotente. Me lanzó una reconcentrada mirada—. Tienes que darle tiempo.

—¿Para qué?

—Para que decida qué es lo que realmente quiere.

Roux había dejado de caminar y prestaba atención con renovada intensidad. Experimenté un escalofrío de contrariedad porque era evidente que solo tenía ojos para Vianne; me dije que más adelante ya me ocuparía de ese asunto. De momento lo necesitaba aquí. Luego se lo haría pagar como me diese la gana.

Simultáneamente, Thierry se había incorporado y avanzaba hacia nosotros.

—Ahora no hay tiempo —advertí—. Nos vemos el lunes después del trabajo.

—¿Qué trabajo? —preguntó Roux, y se echó a reír—. ¿Crees que voy a trabajar para él?

—Más te vale si quieres mi ayuda.

Tras esas palabras, apenas tuve tiempo de reunirme con Thierry. A diez metros de distancia y enorme con el abrigo de cachemira, el constructor me miró furioso y contempló a Roux, que se encontraba detrás de mí, con la ferocidad de un descomunal oso de peluche con botones negros por ojos que, de repente, se vuelve pícaro.

—La has fastidiado —dije con tono bajo—. ¿Qué te llevó a actuar así? Yanne está muy afectada.

Thierry se erizó.

—¿Qué hice? No fue más que...

—Lo que hiciste no tiene importancia. Puedo ayudarte, pero

tienes que ser amable. —A la desesperada, tracé la señal de la señora de la Luna de Sangre con la yema de los dedos. Pareció tranquilizarse porque se mostró consternado. Volví a marcarlo, en esta ocasión con el signo magistral del Uno Jaguar, y vi que sus colores se apaciguaban ligeramente. Llegué a la conclusión de que es mucho más llevadero que Roux y coopera más. Le expliqué el plan con pocas palabras—. Es muy sencillo. No puedes perder. Parecerás muy generoso. Tendrás la ayuda que necesitas para reformar el apartamento, verás más a Yanne y, por si eso fuera poco… —volví a bajar la voz—, así podrás vigilarlo…

Ese comentario resolvió la cuestión. Sabía que sería así. Esa deliciosa combinación de vanidad, recelo y absoluta confianza en sí mismo… Apenas necesito encantos, ya que él los aporta todos.

Pues sí, casi podría decir que Thierry me agrada. Es muy reconfortante y previsible y carece de bordes aguzados. Lo mejor consiste en que se deja encantar fácilmente; bastan una sonrisa o una palabra para que sea totalmente mío. Eso lo diferencia de Roux, el de la boca fruncida y la mirada de desconfianza permanente…

¡Maldición!, pensé. ¿Qué me pasa? Me parezco a Vianne, hablo como ella… Ese hombre tendría que haber sido una persona fácil de convencer, pero algunos individuos son más resistentes que otros y, de momento, mis cálculos han fracasado. Claro que puedo esperar…, al menos unos días. Si los encantos no dan resultado apelaré a la química.

Atenta al reloj, hoy aguardé impaciente la hora de cerrar. El día me pareció interminable, pero fue bastante agradable. En la calle, la lluvia se convirtió lentamente en niebla, la gente se movió como los seres que pueblan los sueños y ocasionalmente se detuvo a mirar sin ver demasiado bien el escaparate, montado a medias, que resplandece en Le Rocher de Montmartre como un espectáculo de linterna mágica.

Nunca debemos subestimar el poder de un escaparate. Solemos decir que los ojos son el espejo del alma, y los escaparates deberían ser los ojos de las tiendas y brillar prometedora y deliciosamente. El anterior era bastante bonito gracias a mis zapatos rojos llenos de bombones, pero soy consciente de que la Navidad se acerca a pasos agigantados y debemos encontrar algo más interesante que los tacones para atraer a los clientes.

De modo que nuestro escaparate se ha convertido en un calendario de Adviento, rodeado de retazos de seda e iluminado con un único fanal amarillo. El calendario propiamente dicho está fabricado con una vieja casa de muñecas que compré en el *marché aux puces*. Es demasiado antigua para llamar la atención de los niños y está demasiado decrépita para interesar a los coleccionistas; era exactamente lo que buscaba; tiene el tejado despegado y la fachada agrietada y reparada con cinta adhesiva.

Es grande, lo bastante grande como para ocupar el escaparate; el tejado está inclinado y biselado y la fachada, pintada, presenta cuatro paneles que se levantan y permiten ver el interior. De momento, los paneles están cerrados y he colocado postigos en las ventanas, detrás de los cuales vislumbramos la reconfortante luz dorada del interior.

—¡Caramba! —exclamó Vianne cuando vio mi trabajo—. ¿Qué es? ¿Un nacimiento?

Sonreí.

—No exactamente. Se trata de una sorpresa.

Por eso hoy trabajé tan rápido como pude y, con ayuda de un trozo grande de seda de sari roja y dorada, tras el cual tendría lugar la transformación, protegí el escaparate de las miradas de los curiosos.

Comencé por el paisaje. Alrededor de la casa construí un jardín en miniatura, un lago con una tira de seda azul y patitos de chocolate que flotaban encima, un río y un sendero de cristales de azúcar coloreados, bordeado de árboles y arbustos fabricados con papel de seda y limpiapipas; espolvoreé el conjunto con nieve de azúcar en polvo y ratones multicolores, también de azúcar, salían corriendo de la casa de Adviento como seres de un cuento de hadas…

Montar la escena me llevó casi toda la mañana. Poco antes de las doce, Nico se presentó con Alice; parece que se han vuelto inseparables; se detuvo a admirar el escaparate y compró una caja de macarrones mientras, con los ojos abiertos como platos, Alice me veía tapar las reparaciones y las mejoras de la fachada de la casa con una manga de boquilla fina llena de azúcar en polvo.

—¡Es maravilloso! —aseguró Alice—. Ha quedado mejor que el de Galeries Lafayette.

Debo reconocer que se trata de una creación espléndida. En parte casa y otro tanto pastel, con tiras de azúcar en las ventanas, gárgolas de azúcar en el tejado, columnas de azúcar junto a las puertas y una bonita y fina capa de nieve en cada alféizar y en los sombreros biselados de las chimeneas.

A la hora de comer pedí a Vianne que viniese a verlo.

—¿Te gusta? —pregunté—. Todavía no está terminado, pero…, pero me interesa conocer tu opinión.

Durante un rato no dijo nada, si bien sus colores me transmitieron lo que quería saber y se encendieron tanto que casi llenaron el local. ¿Hubo lágrimas en sus ojos? Sí, me pareció que sí.

—Es fabuloso —declaró—, lisa y llanamente fabuloso.

Mostré falsa modestia.

—Bueno, ya está bien…

—Zozie, hablo en serio. No te puedes imaginar lo mucho que me has ayudado.

Me dio la sensación de que estaba perturbada. No podía ser de otra manera; la señal de Ehecatl es poderosa, sobre todo si hablamos de viajes, cambios y viento; seguramente percibe que opera a su alrededor, puede que a esta altura incluso en su interior, ya que mis bizcochitos de harina de almendras son especiales en más de un sentido; las sustancias químicas del signo se mezclan con las suyas, mutan, se tornan volátiles…

—Ni siquiera recibes un sueldo decente.

—Págame en especies —propuse y sonreí—. Por ejemplo, con todos los bombones que sea capaz de comer.

Vianne meneó la cabeza, frunció el ceño y pareció prestar atención a algo del exterior, pero la niebla amortiguó los sonidos.

—Es tanto lo que te debo... —añadió finalmente—. Nunca he hecho nada por ti...

Vianne calló, como enmudecida por un ruido o una idea fantástica. Se quedó fugazmente sin habla. Sin duda, también tiene que ver con los bizcochitos de harina de almendras; son sus preferidos y deben de recordarle épocas más felices...

—¡Ya lo tengo! —gritó y su expresión se animó—. Puedes venirte a vivir aquí, con nosotras. Las habitaciones de madame Poussin están vacías. Ahora nadie las utiliza. No es nada del otro mundo, pero me parece mejor que un hostal. Vivirás con nosotras, comerás con nosotras... Las niñas estarán encantadas... No necesitamos ese espacio... y en Navidad, cuando nos vayamos...

Demudó ligeramente la expresión.

—Solo seré un estorbo —opiné y meneé la cabeza.

—Por supuesto que no, te lo garantizo. Trabajaremos a toda hora. Nos harás un favor...

—¿Qué pasa con Thierry?

—¿Qué pasa con él? —inquirió Vianne con tono desafiante—. Al fin y al cabo, haremos lo que quiere cuando nos mudemos a la rue de la Croix. ¿Por qué no puedes alojarte con nosotras hasta entonces? Cuando nos vayamos te encargarás de la tienda. Te ocuparás de que todo funcione. Además, fue prácticamente lo que aconsejó Thierry, dice que necesito una encargada...

Fingí que lo pensaba. *¿Thierry comienza a perder la paciencia?*, me pregunté. ¿Ya ha revelado a Vianne su faceta más salvaje? Debo reconocer que lo sospechaba y, como Roux ha vuelto a hacer acto de presencia, Vianne necesita mantenerlos a distancia hasta que tome una decisión...

Una carabina, eso es exactamente lo que Vianne necesita. ¿Existe mejor opción que su amiga Zozie?

—Apenas me conoces —respondí finalmente—. Yo podría ser cualquier…

Vianne rió.

—No, es imposible.

Chica, no te enteras de nada, pensé y sonreí.

—Está bien —accedí—. Trato hecho.

Volví a estar dentro.

5

Martes, 4 de diciembre

Ya está arreglado. Se mudará a vivir a la chocolatería. Jean-Loup diría que es genial. Ayer trajo sus pertenencias, mejor dicho, las cuatro cosas que tiene. Nunca había visto a nadie que viajase tan ligero de equipaje, salvo mamá y yo en los tiempos en los que surcábamos los caminos. Dos maletas: una llena de zapatos y la otra con el resto. Tardó diez minutos en deshacer el equipaje y tengo la sensación de que siempre ha estado aquí.

Su habitación sigue ocupada por los anticuados muebles de madame Poussin: mobiliario de vieja, con un armario estrecho que huele a naftalina y una cómoda llena de sábanas que rascan. Las cortinas son en marrón y crema y el estampado es de rosas; hay una cama hundida con cabecero de crin y un espejo manchado que crea la sensación de que quien se mira tiene la peste. Es un cuarto de vieja, aunque confío en que Zozie lo embellecerá en un abrir y cerrar de ojos.

Anoche la ayudé a deshacer el equipaje y le di una de las bolsitas de sándalo de mi armario para ayudar a desvanecer el olor a anciana.

—Te lo agradezco —comentó sonriente mientras colgaba la ropa en el viejo armario—. He traído cosas para alegrar la habitación.

—¿Qué cosas?

—Ya las verás.

Pusimos manos a la obra. Mientras mamá preparaba la cena y yo llevaba a Rosette a visitar el belén por enésima vez, Zozie arregló el cuarto de arriba. Tardó menos de una hora; más tarde, cuando subí a verlo, estaba irreconocible. Las cortinas de vieja, de estampado marrón, habían sido sustituidas por un par de grandes cuadrados de tela de sari, uno rojo y el otro azul. Zozie utilizó otro trozo de seda, en este caso morado y surcado de hilos plateados, para tapar la colcha peluda de vieja y sobre la repisa, en la que había alineado los zapatos como si fuesen adornos colocados encima de la chimenea, colgó una sarta doble de bombillas de colores.

También puso una alfombra de tela y una lámpara, en la parte inferior de cuya pantalla colgó todos sus pendientes; con chinchetas clavó uno de sus sombreros en la pared, en el mismo sitio en el que antes había habido un cuadro; detrás de la puerta colgó una bata de seda china y alrededor del espejo apestado enganchó una sucesión de mariposas adornadas con piedras brillantes, como las que a veces luce en el pelo.

—¡Caray! —exclamé—. Esta habitación me encanta.

También me gustó el olor, un aroma dulzón y a iglesia que, por algún motivo, me recordó Lansquenet.

—Nanou, es incienso —explicó Zozie—. Siempre lo quemo en mi habitación.

Era incienso de verdad, del que se quema sobre las brasas. Mamá y yo solíamos emplearlo, aunque ahora ya no lo hacemos. Tal vez se debe a que ensucia demasiado; de todas maneras, huele muy bien y, por si eso fuera poco, el desorden de Zozie parece tener más sentido que la idea que los demás tenemos del orden.

Zozie extrajo una botella de granadina del fondo de la maleta, bajamos y celebramos una fiesta. Hubo pastel de chocolate y helado para Rosette y cuando llegó la hora de irme a la cama era casi medianoche, Rosette se había dormido en un puf y mamá recogía los platos. En ese momento miré a Zozie, con su pelo largo, la pulsera con los pequeños dijes y los ojos encendidos como luces de colores y fue como volver a ver a mamá tal como había sido en Lansquenet, en los tiempos en los que todavía era Vianne Rocher.

—¿Qué opinas de mi casa de Adviento?

Es el nuevo escaparate, el que compensa la pérdida de los zapatos de caramelo. Se trata de una casa y al principio supuse que se convertiría en un nacimiento, como el que han montado en la place du Tertre, con el niño Jesús, los Reyes, la familia y los amigos del pequeño. En realidad, es aún mejor si cabe. Al igual que en los cuentos, se trata de una casa mágica situada en un bosque encantado. Cada día habrá una escena distinta que se verá al abrir una de las puertas. Hoy le tocó el turno al flautista de Hamelín, y la historia discurre básicamente en el exterior de la casa, con ratones de azúcar rosados, blancos, verdes y azules en lugar de ratas, el flautista construido con una pinza de madera de las que se usan para tender la ropa, el pelo pintado de rojo y en la mano una cerilla que cumple la función de flauta; con la música conduce a los ratones de azúcar hacia un río de seda...

En el interior de la casa, asomado a la ventana de un dormitorio, se encuentra el alcalde de Hamelín, el mismo que no quiso pagar al flautista. También está hecho con una pinza; luce una camisa de dormir fabricada con un pañuelo y un gorro de dormir de papel, la cara está dibujada con rotulador y, a causa de la sorpresa, tiene la boca totalmente abierta.

No sé por qué pero, con el pelo rojo y la ropa raída, el flautista de Hamelín me recuerda a Roux, mientras que el alcalde avaro me hace pensar en Thierry. Llegué a la conclusión de que, al igual que el belén de la place du Tertre, no solo era un escaparate, sino que tenía otro significado...

—Me chifla.

—Deseaba que te gustase.

Rosette emitió un ligero resoplido desde el puf e intentó

coger su manta, que se había caído al suelo. Zozie la recuperó, la tapó y dedicó unos instantes a acariciar su cabellera.

En ese momento se me ocurrió una idea extraña; mejor dicho, una inspiración. Supongo que tuvo que ver con la casa de Adviento, aunque yo pensé en el belén y en la forma en la que todos (los animales, los Reyes Magos, los pastores, los ángeles y la estrella) acuden simultáneamente al pesebre, sin que nadie los invite ni nada que se le parezca, como si hubieran sido convocados por medios mágicos...

Estuve en un tris de contárselo a Zozie, pero necesitaba tiempo para aclararme y comprobar que no había cometido una tontería. Veréis, también recordé otra cosa, algo que sucedió hace mucho tiempo, en la época en la que todavía éramos distintas. Tal vez tiene que ver con Rosette. Pobre Rosette, la que lloraba como un gato, que no mamaba y que a veces dejaba de respirar sin motivo durante varios segundos e incluso minutos...

El bebé, el pesebre, los animales...

Los ángeles y los Reyes Magos...

Hablando de todo un poco, ¿qué es un mago? ¿Por qué tengo la sensación de que ya conozco a un mago?

6

Martes, 4 de diciembre

Todavía tenía que lidiar con Roux. Los planes que he elaborado para él no incluyen el contacto con Vianne, pero lo necesito cerca. Tal como estaba previsto, a las cinco y media caminé por la rue de la Croix y esperé a que saliese del trabajo.

Eran casi las seis cuando abandonó la casa. El taxi de Thierry ya había llegado. El constructor se hospeda en un buen hotel mientras reforma el apartamento. Thierry todavía no había salido del piso, por lo que pude observar desde la discreta posición ventajosa de la esquina mientras Roux esperaba con las manos en los bolsillos y el cuello levantado para protegerse de la lluvia.

Thierry siempre se ha jactado de ser un hombre sin pretensiones, un hombre al que no le asusta ensuciarse las manos y al que no se le ocurriría hacer que otro se sienta inferior por la falta de dinero o por su posición social. Obviamente, se trata de una mentira cochina. Aunque no lo sepa, Thierry es un esnob de la peor calaña. Aflora constantemente en sus actitudes y en la forma en la que siempre llama *mon pote* a Laurent; lo detecté en el modo descuidado en el que se tomó su tiempo para cerrar el apartamento, comprobar que todo estaba correcto, conectar la alarma y volverse hacia Roux con expresión de sorpresa, como si estuviera a punto de decir que lo había olvidado…

—¿Cuánto habíamos dicho? ¿Cien? —preguntó.

Supuse que se refería a cien euros diarios. No se trata de una cifra excesivamente generosa. Roux se limitó a encogerse de hombros, gesto que enfurece a Thierry hasta límites indecibles y desata sus ganas de provocar una reacción. Por su parte, Roux mantiene la frialdad, como la llama de un mechero al mínimo. Me fijé en que mantenía la mirada baja, como si temiera lo que podía revelar.

—¿Te va bien un cheque? —quiso saber Thierry. Me pareció una cabronada. Sin duda sabe que Roux no tiene cuenta bancaria, que no paga impuestos y que hasta es posible que ni siquiera se llame Roux—. ¿Prefieres que te pague en efectivo?

Roux volvió a encogerse de hombros.

—Tanto me da.

Prefería perder el pago de una jornada a ceder un punto.

Thierry sonrió de oreja a oreja.

—Está bien, te pagaré con un cheque. Hoy voy justo de efectivo. ¿Seguro que no te molesta? —Aunque sus colores resplandecieron, Roux se mantuvo tercamente en silencio—. ¿A nombre de quién lo hago?

—Déjalo en blanco.

Sin dejar de sonreír, Thierry se tomó su tiempo para redactar el cheque, se lo entregó a Roux y guiñó alegremente el ojo—. Nos vemos mañana a la misma hora, a no ser que ya hayas tenido suficiente. —Roux negó con la cabeza—. Entonces nos vemos mañana a las ocho y media. No te retrases.

Se fue en el taxi y Roux se quedó con un cheque inútil en la mano, evidentemente demasiado ensimismado como para reparar en mi llegada.

—Roux —musité.

—¿Vianne? —Se volvió y me dirigió esa sonrisa luminosa como un árbol de Navidad—. Ah, eres tú.

A Roux le cambió la cara.

—Me llamo Zozie. —Lo miré significativamente—. No te vendría mal ser un poco más simpático.

—¿Cómo dices?

—Digo que al menos podrías fingir que te alegras de verme.

—Perdona, lo siento. —Roux se mostró avergonzado.

—¿Qué tal el trabajo?

—No está mal.

Sonreí al oír esas palabras y apostillé:

—Vamos, busquemos un lugar resguardado en el que hablar. ¿Dónde te hospedas? —Roux mencionó un tugurio en una callejuela cercana a la rue de Clichy, justo la clase de alojamiento que me esperaba—. Vayamos. No dispongo de mucho tiempo.

Conocía el lugar; aunque barato y de aspecto sucio, aceptaba dinero contante y sonante, lo que es muy importante para alguien como Roux. En la puerta de entrada no había llave, sino un teclado electrónico en el que se introducía un código. Me fijé en el número que marcaba (825436) y su perfil quedó intensamente iluminado por la descarnada luz naranja de la farola. Archivé el número por si más adelante tenía que usarlo. Me dije que los códigos siempre son útiles.

Entramos. Paseé la mirada por su habitación: interior oscuro, moqueta que al contacto con mis zapatos resultó ligeramente pegajosa; era una celda cuadrada del color del chicle muy mascado, con una cama individual y poco más; no disponía de ventana ni de silla; solo había un lavamanos, un radiador y un cuadro espantoso colgado en la pared.

—Te escucho —dijo Roux.

—Ten, prueba —propuse. Saqué del abrigo una cajita envuelta para regalo y se la entregué—. Los he hecho con mis propias manos. Invita la casa.

—Gracias —respondió con hosquedad y, sin mirarla dos veces, dejó la caja sobre la cama.

Volví a experimentar un aguijonazo de contrariedad.

Solo se trata de una trufa. ¿Es demasiado pedir?, pensé. Los signos de la caja eran potentes (había empleado el círculo rojo de la señora de la Luna de Sangre, la seductora, la devoradora de corazones), pero un bocado del contenido haría que fuese mucho más fácil persuadirlo...

—Dime, ¿cuándo puedo ir de visita? —preguntó Roux con impaciencia.

Me senté a los pies de la cama.

—Es complicado. Entiéndelo, la cogiste por sorpresa al presentarte como si hubieras salido de la nada, sobre todo si tenemos en cuenta que ya no está sola...

Roux rió amargamente al oír esas palabras.

—Sí, claro, está con Le Tresset, con el señor importante.

—No te preocupes, ingresaré el cheque y te daré el dinero.

Me miró.

—¿Cómo lo sabes?

—Conozco a Thierry. Es la clase de hombre incapaz de estrechar la mano de otro sin averiguar cuántos huesos puede romper. Está celoso de ti...

—¿Celoso?

—Por supuesto.

Roux esbozó una sonrisa y durante unos instantes pareció divertirse realmente.

—Claro, está celoso porque yo lo tengo todo, ¿no? Poseo dinero, soy guapo, tengo una casa de campo...

—Tienes más que todo eso —puntualicé.

—¿A qué te refieres?

—Roux, ella te quiere.

Durante unos segundos guardó silencio. Ni siquiera me miró, pero detecté tensión en su cuerpo y el destello correspondiente de sus colores, pues pasó del azul mechero de gas al rojo neón, por lo que supe que lo había tocado.

—¿Te lo ha dicho? —preguntó Roux por último.

—No, no con tanta claridad, pero sé que es cierto.

Junto al lavamanos había un vaso de vidrio. Lo llenó de agua, la bebió de un trago, respiró hondo y volvió a llenarlo.

—Si esos son sus sentimientos, ¿por qué se casa con Le Tresset?

Sonreí y le ofrecí la cajita, desde la cual el círculo rojo de la señora de la Luna de Sangre iluminó su rostro con resplandor festivo.

—¿Seguro que no quieres un bombón? —Impaciente, Roux meneó la cabeza—. Está bien, espero que me expliques una cosa. La primera vez que me viste me llamaste Vianne. ¿Por qué?

—Ya te lo he dicho. Te pareces a ella..., bueno, mejor dicho, a como era antes.

—¿Antes?

—Ahora es distinta. Su pelo, su ropa...

—Tienes toda la razón —lo interrumpí—. Se debe a la influencia de Thierry. Es un maniático del control, desaforadamente celoso y siempre quiere salirse con la suya. Al principio fue fantástico. La ayudó con las niñas y le hizo regalos caros. Luego comenzó a presionarla y ahora hasta le dice lo que tiene que ponerse, cómo debe comportarse e incluso la forma de educar a sus hijas. Tampoco ayuda que sea su casero y en cualquier momento podría tirarla a la calle...

Roux frunció el ceño y me percaté de que por fin le había llegado al alma. Detecté dudas en sus colores y, lo que es todavía más prometedor, el primer afloramiento de la cólera.

—¿Por qué no me lo dijo? ¿Por qué no me escribió?

—Tal vez porque estaba asustada.

—¿Asustada? ¿Le tiene miedo a ese hombre?

—Es posible —repuse.

Me di cuenta de que, cabizbajo y con el ceño fruncido por la concentración, Roux se devanaba los sesos. Por una extraña razón no confía en mí, aunque sé que morderá el anzuelo. Lo hará por ella, por Vianne Rocher.

—Iré a verla y hablaré con ella...

—Sería un craso error.

—¿Por qué?

—Porque todavía no quiere verte. Tienes que darle tiempo. No puedes presentarte inesperadamente y pretender que tome una decisión. —Con la mirada me indicó que eso era exactamente lo que deseaba. Le apoyé la mano en el brazo y proseguí—: Escucha, hablaré con ella. Intentaré que comprenda las cosas desde tu perspectiva, pero nada de visitas, cartas o llamadas. En este asunto confía en mí...

—¿Por qué tengo que confiar en ti?

Sabía que convencerlo no sería fácil, pero la situación se había vuelto absurda. Mi tono de voz reveló cierto malestar:

—¿Por qué? Porque soy su amiga y me importa lo que le ocurre tanto a ella como a las niñas. Si durante unos segundos dejases de pensar en tus sentimientos heridos entenderías los motivos por los que necesita tiempo para pensar. Seré clara, ¿dónde has estado los últimos cuatro años? ¿Cómo puede estar segura de que no volverás a largarte? Está claro que Thierry no es perfecto, pero está cuando hay que estar y es de fiar, que es más que lo que puede decirse de ti...

Algunas personas reaccionan mejor a las sacudidas que a los encantos. Es evidente que Roux pertenece a ese grupo, ya que se mostró más cortés que el resto de las veces que se había dirigido a mí.

—Me ha quedado claro. Zozie, lo lamento.

—¿Harás lo que yo diga? De lo contrario, no tiene sentido que intente ayudarte... —Roux movió afirmativamente la cabeza—. ¿Lo dices de verdad?

—Sí.

Dejé escapar un suspiro. Lo más difícil estaba resuelto.

Me dije que, hasta cierto punto, era una pena. A pesar de todo, Roux me resulta muy atractivo. Claro que por cada favor que los dioses conceden tiene lugar un sacrificio. Es evidente que a finales de mes pediré un enorme favor...

7

Miércoles, 5 de diciembre

Suze ha vuelto al liceo. Llevaba gorro en lugar del consabido pañuelo e intentó compensar el tiempo perdido. Durante el almuerzo se reunió con Chantal y luego empezó con los penosos comentarios del estilo de «¿dónde está tu novio?» y con juegos estúpidos como «Annie es un bicho raro».

Esas actitudes ya no son ni remotamente divertidas. Han dejado de ser un poco ruines para volverse del todo viles; Sandrine y Chantal hablaron de la visita de la semana pasada a la chocolatería, que describieron como un cruce entre guarida hippie y chatarrería, y rieron como locas de todo.

Para empeorar un poco más la situación, Jean-Loup está enfermo y de nuevo me ha tocado ser el bicho raro en solitario. Me importa un bledo, pero no es justo; mamá, Zozie, Rosette y yo hemos trabajado muchísimo... y ahora Chantal y compañía nos describen como un hato de perdedoras.

En otro momento me habría dado igual, pero nuestra situación ha mejorado mucho, Zozie se ha mudado a vivir con nosotras, el negocio va viento en popa, cada día el local se llena de clientes y Roux se presentó como caído del cielo...

Han transcurrido cuatro días y Roux todavía no se ha presentado. En la escuela no pude dejar de pensar en él y me pregunté dónde ha atracado el barco o si nos ha mentido y duerme bajo un puente o en una casa abandonada, tal como hizo en Lansquenet después de que monsieur Muscat quemase su embarcación.

En las clases me fue imposible concentrarme y monsieur Gestin me gritó por soñar despierta; Chantal y compañía se rieron y ni siquiera pude comentarlo con Jean-Loup.

Hoy todo fue de mal en peor porque, al terminar las clases, mientras hacía cola detrás de Claude Meunier y Mathilde Chagrin, Danielle se acercó con esa expresión de falsa preocupación que adopta tan a menudo y preguntó:

—¿Es cierto que tu hermana pequeña es retardada?

Chantal y Suze estaban cerca y habían puesto cara de póquer. De todos modos, detecté en sus colores que intentaban fastidiarme y me di cuenta de que tenían tantas ganas de reír que estaban a punto de reventar...

—No sé de qué hablas —repliqué sin inmutarme.

Nadie sabe lo de Rosette... o, al menos, hasta hoy supuse que nadie lo sabía. De pronto recordé que un día Suze y yo habíamos jugado con Rosette en la chocolatería...

—Pues es lo que me han dicho —insistió Danielle—. Todos saben que tu hermana es retardada.

¡Vaya con el perrillo que dice *Mejor amigo,* con el colgante esmaltado en rosa y la promesa de no contárselo a nadie, cruza las manos sobre le corazón y hazte la ilusión de que...!

Miré con furia el gorro rosa intenso de Suze y pensé que las pelirrojas jamás deberían usar rosa intenso.

—Algunas personas harían mejor ocupándose de sus asuntos —declaré con voz lo bastante alta como para que todos me oyesen.

Danielle sonrió presuntuosamente.

—En ese caso, es verdad —concluyó y sus colores se iluminaron como las brasas con una repentina corriente de aire.

En mi interior también se encendió algo. Me dirigí a ella con ferocidad: *Ni se te ocurra. Si alguien se atreve a pronunciar otra palabra…*

—Claro que es verdad —confirmó Suze—. Basta verla, tiene casi cuatro años y todavía no habla ni sabe comer como corresponde. Mi mamá dice que es mongólica. Además, lo parece.

—No, no lo parece —precisé quedamente.

—Por supuesto que sí. Es retardada y fea, como tú.

Suze se limitó a reír. Chantal la acompañó. No tardaron en canturrear «retardada, retardada». Me percaté de que Mathilde Chagrin me contemplaba con expresión ansiosa y de repente…

¡Bam!

No sé exactamente qué sucedió. Ocurrió muy rápido, como un gato que en un segundo deja de ronronear soñoliento y se pone a bufar y a arañar. Sé que la señalé haciendo la señal de los cuernos con los dedos, como Zozie en el salón de té. No sé muy bien qué me proponía, pero el signo voló de mi mano como si hubiese lanzado algo, un guijarro o un disco candente.

Sea como fuere, surtió efecto en el acto; oí que Suzanne gritaba. De pronto aferró su gorro de color rosa intenso y se lo arrancó.

—¡Ay, ay, ay!

—¿Qué te pasa? —preguntó Chantal.

—¡Me pica! —se lamentó Suze. Se rascó enérgicamente la cabeza y vi trozos de piel irritada bajo lo que le quedaba de su melena—. ¡Por Dios, cómo pica!

Repentinamente me sentí mal, débil y mareada, igual que la otra noche con Zozie. Lo peor es que no me arrepentí, sino que experimenté una especie de estremecimiento, lo mismo que notas cuando ocurre algo malo y tienes la culpa, pero nadie lo sabe.

—¿Qué te pasa? —repitió Chantal.

—¡No lo sé! —replicó Suzanne.

Danielle puso la misma cara de falsa preocupación que adoptó antes de preguntarme si Rosette era retrasada y Sandrine emitió ligeros chillidos, no sé si de solidaridad o de regodeo.

En ese momento Chantal empezó a rascarse la cabeza.

—Chantal, ¿tienes piojos? —preguntó Claude Meunier.

El final de la cola se partió de risa.

Danielle también comenzó a rascarse.

Fue como si de pronto cayese sobre las cuatro una nube de polvos de picapica o algo peor. Chantal se mosqueó y enseguida se alarmó. Suzanne estaba al borde de la histeria y durante un momento me sentí tan satisfecha...

Súbitamente recordé algo de los tiempos en los que era muy pequeña: un día en el mar, yo chapoteaba en traje de baño mientras mamá se tumbaba en la playa y leía. Un niño me tiró agua de mar en la cara y me picaron los ojos. Cuando pasó a mi lado le arrojé una piedra pequeña, nada más que un guijarro, convencida de que erraría.

Solo fue un accidente...

El crío lloró y se cogió la cabeza con las manos. Mamá corrió hacia mí con expresión de consternación. Esa enfermiza sensación de sobresalto... *fue un accidente...*

Imágenes de fragmentos de cristal, una rodilla herida, un perro callejero que aúlla bajo un autobús.

Nanou, esos sí que son accidentes.

Retrocedí lentamente. No supe si reír o llorar. Fue gracioso..., gracioso en el sentido en el que puede serlo algo horrible. Además, me hizo sentir bien de un modo retorcido...

—¿Qué demonios es esto? —chilló Chantal.

Pensé que, fuera lo que fuese, resultó potente. Ni siquiera los polvos de picapica podían ejercer un efecto tan espectacular. No vi qué ocurría exactamente. Se interpusieron demasiadas personas, la cola se convirtió en un especie de multitud y todos quisieron ver qué pasaba.

Ni siquiera lo intenté porque ya lo sabía.

De sopetón sentí la necesidad de ver a Zozie. Pensé que sabría lo que había que hacer y que no me sometería a un interrogatorio severo. No quise esperar el autobús, por lo que cogí el metro y corrí a casa desde la place de Clichy. Llegué sin aliento. Mamá estaba en el obrador, preparando la merienda de Rosette, y juraría que Zozie lo supo antes de que yo pronunciase una palabra…

—Nanou, ¿qué pasa?

La miré. Iba de tejano y se había puesto los zapatos de caramelo, por lo que estaba más roja, alta y brillante que nunca gracias a los chispeantes tacones de aguja. Al verlos me sentí mejor, dejé escapar un enorme suspiro de alivio y me desplomé en uno de los butacones de leopardo rosa.

—¿Quieres chocolate?

—No, gracias.

Me sirvió una Coca-Cola.

—¿Es tan grave? —insistió al ver que me la bebía de un trago y a tal velocidad que las burbujas escaparon por mi nariz—. Ten, bebe otra y cuéntame lo que pasa.

Se lo expliqué en tono lo bastante bajo como para que mamá no lo oyese. Tuve que callar dos veces, la primera cuando Nico entró con Alice y la segunda cuando Laurent se presentó a tomar café y estuvo cerca de media hora quejándose de todo lo que había que hacer en Le P'tit Pinson, de lo imposible que era contratar un fontanero en esta época del año, del problema de los inmigrantes y de todas las cosas por las que Laurent suele refunfuñar.

Cuando se marchó era hora de cerrar y mamá preparaba la cena. Zozie apagó las luces de la chocolatería para que yo viese la casa de Adviento. El flautista de Hamelín fue sustituido por un coro de ángeles de chocolate que cantaban en medio de la nieve de azúcar. Me pareció hermosa, aunque sigue siendo un misterio: las puertas cerradas, las cortinas echadas y una única bombilla de color que brilla en una habitación del desván.

—¿Puedo ver el interior? —pregunté.

—Tal vez mañana —repuso Zozie—. ¿Por qué no subes a mi habitación y concluimos la charla?

La seguí lentamente escaleras arriba. En cada escalón estrecho, los zapatos de caramelo hicieron clac, clac, clac gracias a los fabulosos tacones, como quien llama a una puerta y pide y suplica que lo dejen entrar.

8

Jueves, 6 de diciembre

Por tercer día consecutivo, esta mañana la niebla pende de Montmartre como una vela. Prevén nevadas dentro de uno o dos días, pero hoy el silencio resulta sobrecogedor, ya que la bruma absorbe los habituales sonidos de los coches y las pisadas de los peatones en los adoquines. Es como si hubiéramos retrocedido un siglo y los fantasmas de levita asomasen en medio de la niebla...

También podría ser la mañana de mi último día en la escuela, el día de mi emancipación de Saint Michael's-on-the-Green, el día en el que comprendí por primera vez que la vida, mejor dicho, que las vidas no son más que cartas al viento, cartas que se recogen, se coleccionan, se queman o se descartan siempre que se presenta la oportunidad.

Anouk, no tardarás en descubrirlo. Te conozco mejor que tú misma; tras la fachada de niña buena acecha un complejo potencial de ira y odio, como también lo había en la chica que era el bicho raro, la que yo fui hace tantos años.

Todo requiere un catalizador. En ocasiones se trata de algo de poca entidad, una tontería, un chasquido de los dedos. Algunas piñatas son más resistentes que otras. Cada persona tiene su punto de presión y, una vez abierta la caja, cerrarla resulta imposible.

En mi caso fue un muchacho. Se llamaba Scott McKenzie.

Tenía diecisiete años y era rubio, deportista y sin tacha. Era novato en Saint Michael's-on-the-Green; de lo contrario, desde el principio habría sabido lo que le convenía y evitado a la chica que era el bicho raro a cambio de una candidata más digna de su afecto.

Pero me eligió a mí, al menos durante una temporada, y así empezó todo. No se trata del principio más original y, como suele suceder, acabó en llamas. Yo tenía dieciséis años y, con ayuda de mi sistema, había sacado el máximo partido de mí misma. Tal vez era un poco tímida, consecuencia de tantos años de ser la rara. Incluso entonces tenía potencial. Era ambiciosa, resentida y afablemente socarrona. Mis métodos eran prácticos más que ocultistas. Poseía un conocimiento básico de venenos y plantas; sabía causar terribles dolores de estómago a los que provocaban mi desagrado y enseguida aprendí que una pizca de polvos de picapica en los calcetines de un compañero o un chorrito de aceite de guindilla en el rímel produce efectos más instantáneos y dramáticos que los conjuros.

En lo que a Scott se refiere, atraparlo fue fácil. Los adolescentes, incluidos los más inteligentes, tienen un tercio de cerebro y dos tercios de testosterona; gracias a mi receta, una mezcla de halagos, glamur, sexo, pulque y pequeñísimas dosis de una seta en polvo a la que solo tenían acceso un puñado de clientes escogidos de mi madre, rápidamente lo convertí en mi esclavo.

No os confundáis. Nunca quise a Scott. Estuve a punto..., pero no. Claro que Anouk no tiene por qué enterarse, como tampoco necesita saber los detalles más sórdidos de lo que sucedió en Saint Michael's-on-the-Green. Le di la versión depurada, la hice reír, describí a Scott McKenzie como un muchacho que habría hecho sombra al David de Miguel Ángel y por último le conté el resto con un lenguaje que comprende: las pintadas, los cotilleos, la ojeriza y las putadas.

Putaditas..., al menos al principio: ropa robada, libros rotos, el armario saqueado, murmuraciones. Ya estaba acostumbrada a esas cosas. Se trataba de molestias menores que no estaba dispuesta a vengar. Además, estaba casi enamorada y existe un vicioso placer en la certeza de que, por primera vez, las demás me envidiaban, me miraban y se preguntaban qué diablos había encontrado de admirable un tío como Scott McKenzie en una chica que era el bicho raro.

Desgrané un relato precioso para Anouk. Mencioné una lista de pequeñas venganzas: lo bastante traviesas como para asemejarnos, pero inofensivas a fin de no herir sus tiernos sentimientos. Como suele ocurrir, la verdad es menos atractiva.

—Se lo buscaron —dije a Anouk—. Solo les diste su merecido, no fue culpa tuya.

La niña continuó pálida.

—Si mamá se entera…

—No digas ni mu. Además, no pasa nada, no has hecho daño a nadie. —Me puse pensativa y añadí—: Claro que si no aprendes a utilizar tus dotes, es posible que un día, por accidente…

—Mamá dice que se trata de un juego, que no es real, que simplemente mi imaginación me juega malas pasadas.

La miré.

—¿Crees que lo que acabas de decir es cierto? —Mascculló algo sin mirarme a los ojos y clavó la mirada en mis zapatos—. Nanou…

—Mamá no miente.

—Todos mienten.

—¿Tú también?

Sonreí.

—Nanou, yo no soy todos. —Acomodé el pie en ángulo y el tacón rojo enjoyado despidió luz. Imaginé el reflejo en sus ojos, un minúsculo destello rubí y dorado—. Nanou, no te preocupes. Sé lo que sientes. Simplemente necesitas un sistema.

—¿Un sistema? —inquirió.

Entonces me lo contó, al principio con actitud vacilante y enseguida con una impaciencia creciente que me conmovió.

Me di cuenta de que en el pasado habían tenido un sistema propio: un variopinto conjunto de relatos, trucos y encantos; bolsitas medicinales para espantar los espíritus y cantos para aplacar el viento invernal y evitar que las hiciese volar por los aires.

—¿Por qué os volaría el viento?

Anouk se encogió de hombros.

—Sencillamente ocurre.

—¿Qué cantabais?

Entonó para mí una vieja canción, creo que de amor, melancólica y un tanto triste. Vianne todavía la canta; a veces la oigo cuando habla con Rosette o cuando se ocupa de templar el chocolate en el obrador:

V'là l'bon vent, v'là l'joli vent
V'là l'bon vent, ma mie m'appelle...

—Comprendo —añadí—. Ahora tienes miedo de despertar al viento.

Nanou asintió lentamente.

—Ya lo sé, es una tontería.

—No, no lo es. Durante siglos la gente ha creído que es así. En el folclore inglés, las brujas despiertan el viento cuando peinan sus cabellos. Los aborígenes creen que durante seis meses el buen viento Bara es apresado por el mal viento Mamariga y cada año cantan para liberarlo. En cuanto a los aztecas... —Sonreí—. Conocían perfectamente el poder del viento, cuyo aliento mueve el sol y ahuyenta la lluvia. Respondía al nombre de Ehecatl y lo veneraron con chocolate.

—Dime..., ¿no es cierto que también hicieron sacrificios humanos?

—¿Acaso no los hacemos todos, a nuestra manera?

Sacrificios humanos..., ¡vaya frase cargada de sentido! ¿No es exactamente lo que Vianne Rocher ha hecho, no ha sacrificado a sus hijas en el altar de los gordos dioses de la satisfacción?

El deseo requiere sacrificios… Los aztecas lo sabían y los mayas también. Conocieron la codicia terrible de las divinidades, su sed insaciable de sangre y muerte. Cabría añadir que comprendieron el mundo mucho más que los que adoran en el Sacré-Coeur, el gran globo aerostático blanco de lo alto de la colina. Basta con rascar el glaseado del pastel para ver que debajo hay el mismo centro oscuro y amargo.

¿Acaso cada piedra del Sacré-Coeur no se colocó sobre la base del miedo a la muerte? Las representaciones de Cristo mostrando el corazón, ¿son tan distintas a las imágenes de los corazones arrancados a las víctimas de los sacrificios? El ritual de la comunión, en el que se comparten el cuerpo y la sangre de Cristo, ¿es menos cruel o espantoso que los demás?

Anouk me miró con los ojos como platos.

—Fue Ehecatl quien concedió a la humanidad la capacidad de amar. También fue quien instiló vida en el mundo. El viento fue importante para los aztecas, más que la lluvia e incluso más que el sol. Lo fue porque significa cambio y, sin cambios, el mundo morirá.

La niña asintió como la discípula brillante que es y experimenté un sorprendente arrebato de afecto por ella, algo casi tierno y peligrosamente maternal…

Vamos, no corro el peligro de perder la cabeza, pero estar con Anouk, enseñarle y referirle las viejas historias produce un placer innegable. Recuerdo mi propio entusiasmo durante el primer viaje a México; entusiasmo ante los colores, el sol, las máscaras, los cánticos, la sensación de que por fin estaba en casa…

—¿Alguna vez has oído la frase «vientos de cambio»? —Nanou volvió a asentir—. Bien, pues eso es lo que somos. Me refiero a la gente como nosotras, capaces de despertar al viento…

—¿Y eso no está mal?

—No siempre —precisé—. Hay buenos y malos vientos. Simplemente tienes que elegir lo que quieres, eso es todo. *Haz tu voluntad.* Es así de simple. Puedes amilanarte o plantar cara. Nanou, puedes volar con el viento como un águila... o dejar que te arrastre.

Permaneció largo rato en silencio, muy quieta, con la mirada fija en mi zapato. Finalmente levantó la cabeza y preguntó:

—¿Cómo sabes todo eso?

Sonreí.

—Nací en una librería y me crió una bruja.

—¿Me enseñarás a volar con el viento?

—Por supuesto, siempre y cuando sea lo que quieres.

Permaneció en silencio mientras miraba mi zapato. Del tacón salió un haz de luz y formó prismas que se dispersaron por la pared, formando una especie de escalera.

—¿Quieres probártelos?

Al oír esa pregunta Anouk me miró.

—¿Crees que me irán?

Reprimí una sonrisa.

—Pruébatelos y lo sabrás.

—¡Por favor! ¡Por favor! ¡Sería genial!

Una vez puestos los tacones, se tambaleó como una jirafa recién nacida; tenía la mirada encendida, daba manotazos de ciego y sonreía, sin saber que la señal de la señora de la Luna de Sangre estaba dibujada a lápiz en la suela...

—¿Te gustan?

Asintió, sonrió y de repente se mostró cohibida.

—Los adoro —repuso—. Son zapatos de caramelo.

Zapatos de caramelo... Esa descripción me hizo sonreír aunque, de todas maneras, debo reconocer que es correcta.

—Dime, ¿son tus preferidos? —Nanou volvió a asentir con los ojos como estrellas—. Si quieres, quédatelos.

—¿Puedo quedármelos, conservarlos?

—¿Hay algo que lo impida?

Durante unos segundos se quedó sin habla. Levantó un pie de una forma que fue torpemente adolescente y conmovedoramente bella a la vez y me dedicó una sonrisa que a punto estuvo de pararme el corazón.

De pronto Nanou se puso seria.

—Mamá no permitirá que me los ponga…

—Mamá no tiene por qué enterarse.

Anouk todavía se miraba el pie y contemplaba el modo en que la luz de los tacones rojos con lentejuelas se reflejaba en el suelo. Creo que en ese momento ya sabía cuál era mi precio, pero el atractivo de los zapatos le resultó irresistible. Esos zapatos podían llevarla a cualquier parte, hacer que se enamorara, convertirla en otra…

—¿No ocurrirá nada malo? —quiso saber Anouk.

—Nanou, solo se trata de un par de zapatos —repuse y sonreí.

9

Jueves, 6 de diciembre

Esta semana Thierry ha trabajado mucho, tanto que apenas he hablado con él; entre nuestras labores en la chocolatería y las reformas en el apartamento, da la sensación de que no hemos tenido tiempo. Hoy telefoneó para hacerme una consulta sobre el parquet (¿lo prefiero de roble oscuro o claro?), pero me ha dicho que ni se me ocurra aparecer por allí. Insiste en que la vivienda está patas arriba. Hay polvo de yeso por todas partes y la mitad del suelo está levantada. Además, reitera que quiere que quede perfecto antes de que yo vuelva a verlo.

Como es obvio, no me atrevo a preguntar por Roux, aunque sé por Zozie que está allí. Han transcurrido cinco días desde su inesperada llegada y, de momento, no ha vuelto, lo cual me sorprende, aunque tal vez no debería ser así. Intento convencerme de que es mejor, de que volver a verlo solo empeorará la situación, pero el daño ya está hecho. He visto su expresión y oigo el tintineo de las campanillas a medida que el viento comienza a encresparse…

—Quizá podría pasar por el apartamento —dije en un tono indiferente con el que no engañé a nadie—. Después de todo, me parece lamentable no volver a verlo y…

Zozie se encogió de hombros.

—Claro…, siempre y cuando quieras que lo pongan de patitas en la calle.

—¿De patitas en la calle?

—Exactamente —contestó con impaciencia—. Yanne, no se si te has dado cuenta, pero me parece que Thierry está un poquitín mosqueado con la presencia de Roux; si te dejas caer por el apartamento provocarás una escena y enseguida… —Pensé que, como de costumbre, Zozie tenía razón y era la persona indicada para expresarla. Debí de mostrarme decepcionada, ya que sonrió y me rodeó los hombros con un brazo—. Escucha, si te apetece echaré un vistazo a Roux. Le diré que aquí es bienvenido siempre que quiera. Caray, si lo prefieres hasta le llevaré bocadillos…

Reí ante tanta generosidad.

—No creo que sea necesario.

—Deja de preocuparte, todo se resolverá.

Comienzo a pensar que es posible que haya solución.

Hoy apareció madame Luzeron, que iba de camino al cementerio con su perrillo peludo de color melocotón. Como de costumbre, compró tres trufas de ron; últimamente se muestra menos distante, más dispuesta a quedarse y a degustar una taza de café moca y una ración de mi pastel de chocolate de tres capas. Se queda, si bien casi nunca habla, aunque le gusta mirar a Rosette mientras dibuja detrás del mostrador u hojea sus libros de cuentos.

Se puso a estudiar la casa de Adviento, que está abierta a fin de ver la escena del interior. La de hoy tiene lugar en la entrada: los invitados llegan a la puerta de la casa y, vestida de fiesta, la anfitriona los recibe.

—El escaparate es de lo más original —aseguró madame Luzeron y acercó la cara empolvada al cristal—. Está lleno de ratones de chocolate y los muñequitos…

—Están muy bien hechas, ¿no? Las creó Annie.

Madame bebió un sorbo de chocolate.

—Tal vez es un acierto —reconoció por último—. No hay nada más triste que una casa vacía.

Los muñecos están fabricados con pinzas de madera, coloreados con sumo cuidado y primorosamente vestidos. Su confección ha requerido mucho tiempo y esfuerzo y me reconozco en la dueña de casa. Mejor dicho, reconozco a Vianne Rocher, cuyo vestido está fabricado con un trozo de seda roja; por petición de Anouk, su larga melena negra, constituida por un mechón de mis cabellos, ha sido pegada y recogida por un lazo.

—¿Dónde está tu muñeco? —pregunté más tarde a Anouk.

—Todavía no lo he terminado, pero ya lo acabaré —repuso, y se mostró tan aplicada que sonreí—. Haré un muñeco de cada uno y en Nochebuena estarán terminados, las puertas de la casa se abrirán y habrá fiesta para todos…

Vaya, comienza a aflorar la punta, pensé.

El veinte es el cumpleaños de Rosette. Nunca hemos celebrado una fiesta en su honor. Siempre ha sido un mal momento, demasiado próximo al solsticio de invierno y no lo suficientemente alejado de Les Laveuses. Anouk lo menciona cada año, pero a Rosette no parece molestarle. Para ella todos los días son mágicos y un puñado de botones o un trozo de papel de aluminio arrugado pueden ser tan maravillosos como el más apetecible de los juguetes.

—Mamá, ¿podemos organizar una fiesta?

—Venga ya, Anouk, sabes que no es posible.

—¿Por qué? —insistió erre que erre.

—Como ya te he dicho, es una época muy ajetreada. Además, en el caso de que nos mudemos a la rue de la Croix…

—Uf —farfulló Anouk—. Eso es exactamente lo que quería decir. No deberíamos mudarnos sin despedirnos. Deberíamos celebrar una fiesta en Nochebuena, una fiesta por el cumpleaños de Rosette y por nuestros amigos. Sabes que en cuanto nos mudemos al apartamento de Thierry todo será distinto, tendremos que hacer las cosas a su manera y…

—Anouk, no es justo.

—Pero es verdad, ¿no?

—Tal vez.

Una fiesta en Nochebuena, pensé. Como si no tuviese bastante trabajo en la chocolatería durante la época más movida del año…

—Por supuesto, ayudaré —añadió Anouk—. Redactaré las invitaciones, planificaré el menú, me ocuparé de los adornos y también puedo preparar un pastel para Rosette. Como sabes, el de naranja con chocolate es el que más le gusta. Podemos preparar un pastel con forma de mono, aunque también podríamos dar una fiesta de disfraces y que los invitados se vistan de animales. Beberemos granadina, Coca-Cola y, por supuesto, chocolate…

Me eché a reír.

—Lo tienes todo pensado, ¿eh?

Anouk hizo un mohín.

—Bueno…, puede que un poco.

Suspiré.

¿Por qué no? Tal vez ha llegado el momento, pensé.

—Está bien —accedí—. Celebrarás tu fiesta.

Anouk rió feliz.

—¡Genial, genial! ¿Crees que nevará?

—Es posible.

—¿Los invitados pueden venir disfrazados?

—Nanou, solo si les apetece.

—¿Podemos invitar a quien queramos?

—Por supuesto.

—¿También a Roux?

Tendría que haberlo sabido. Me obligué a sonreír.

—¿Hay algo que lo impida? —pregunté—. Tendrás que averiguar si sigue aquí.

No he hablado a fondo de Roux con Anouk. No le he comentado que trabaja para Thierry a un par de manzanas de la chocolatería. Omitir no es mentir, pero estoy segura de que, si lo supiese...

Anoche volví a echar las cartas. No sé por qué, pero las saqué de la caja; todavía huelen a mi madre. Lo hago con tan poca frecuencia..., ya casi no creo...

Pero aquí estoy, barajando los naipes con la experiencia de muchos años; los coloco según el árbol de la vida, el preferido de mi madre, y veo pasar las imágenes...

Las campanillas permanecen inmóviles en la tienda, pero aun así la oigo: es una resonancia como la del diapasón, que me provoca dolor de cabeza y pone de punta el vello de mis brazos.

Doy vuelta las cartas de una en una.

Sus rostros me resultan archiconocidos.

La Muerte, los Enamorados, el Colgado, la Rueda de la Fortuna.

El Loco, el Ermitaño, la Torre.

Mezclo las cartas y vuelvo a intentarlo.

Los Enamorados. El Colgado. La Rueda de la Fortuna. La Muerte.

Nuevamente las mismas cartas, pero en otro orden, como si lo que me persigue se hubiese alterado sutilmente.

El Ermitaño, la Torre, el Loco.

El loco es pelirrojo y toca la flauta. Hasta cierto punto, con el gorro emplumado y el abrigo de remiendos me recuerda al flautista de Hamelín; dirige la mirada al cielo, sin tomar en consideración el peligroso terreno. ¿Acaso ha abierto el abismo a sus pies, convirtiéndolo en una trampa para quien se atreva a seguirlo, o saltará temerariamente al precipicio?

A partir de ese momento apenas descansé. El viento y mis sueños se pusieron de acuerdo para despertarme y, por añadidura, Rosette estaba inquieta y menos cooperadora que en los últimos seis meses, lo que me obligó a dedicar tres horas a intentar que durmiese. Nada surtió efecto: ni el chocolate caliente en su taza, sus juguetes preferidos, la lámpara de noche que representa un mono, su manta favorita (un harapo de color gachas de avena que adora), ni siquiera la nana de mi madre.

Más que alterada me pareció que estaba entusiasmada; solo gimoteaba e hipaba cuando me disponía a irme y el resto del tiempo se mostraba contenta de que ambas estuviésemos con los ojos como platos.

Bebé, dijo Rosette con la lengua de signos.

—Rosette, es de noche. Duérmete de una buena vez.

Quiero ver el bebé, insistió.

—Ahora no puede ser. Tal vez mañana.

El viento sacudió los marcos de las ventanas y, en el interior, una hilera de objetos pequeños como una ficha de dominó, un lápiz, un trozo de tiza y dos figurillas animales de plástico se deslizaron por la repisa de la chimenea y acabaron en el suelo.

—Por favor, Rosette, ahora no. Duérmete y mañana iremos a verlo.

A las dos y media por fin logré que se durmiese, cerré la puerta de su habitación y me tumbé en mi lecho destartalado. No es una cama de matrimonio ni individual, ya que resulta demasiado grande para una sola persona; ya era vieja cuando nos mudamos y la percusión azarosa de los muelles desvencijados ha sido motivo de muchas noches insomnes. Hoy se convirtió en una orquesta y, poco después de las cinco, renuncié a dormir, bajé y preparé café.

Llovía; caía una lluvia gruesa y espesa que discurría por el callejón y manaba exuberantemente de la cuneta. Cogí una manta olvidada en la escalera y, junto con el café, la llevé al local. Me repantigué en uno de los butacones de Zozie, mucho más cómodos que los del primer piso y, con la suave luz amarillenta del obrador colándose a través de la puerta entornada, me hice un ovillo y aguardé la llegada de la mañana.

Debí de dormitar… hasta que un sonido me despertó. Era Anouk, descalza, con el pijama de cuadros rojos y azules y un titilar difuso en los talones, que solo podía corresponder a Pantoufle.

En los últimos años he notado que, aunque de día puede desaparecer durante semanas y en ocasiones varios meses seguidos, por la noche la presencia de Pantoufle es más intensa y persistente. Me imagino que es como tiene que ser, ya que todos los niños temen a la oscuridad. Anouk se acercó, se metió bajo la manta y se pegó a mí con la melena en mi cara y los pies fríos apoyados en mis corvas, como solía hacer cuando era pequeña, en los tiempos en los que las cosas eran simples.

—No podía dormir. El techo gotea.

Ah, sí, lo había olvidado. En el tejado hay una gotera que, hasta ahora, nadie ha logrado reparar. Es el problema de los edificios viejos; por mucho que te preocupes, siempre surge una pega que resolver: el marco podrido de una ventana, un canalón suelto, carcoma en la vigueta, una teja rota. Aunque Thierry siempre ha sido generoso, no quiero pedirle ayuda demasiado a menudo. Ya sé que es una tontería, pero me desagrada pedir favores.

—Estuve pensando en la fiesta. ¿Thierry tiene que asistir? Sabes que lo echará todo a perder.

Dejé escapar un suspiro.

—Por favor, no empieces ahora.

Por regla general, los ataques de entusiasmo de Anouk me divierten, pero no a las seis de la mañana.

—Venga ya, mamá. ¿No podemos dejar de invitarlo aunque solo sea por esta vez?

—Todo saldrá bien, ya lo verás —aseguré.

Fui muy consciente de que no era una respuesta y Anouk se movió inquieta y se tapó la cabeza con la manta. Olía a vainilla, a lavanda y a ese tenue aroma a oveja de su pelo enredado que, a lo largo de los cuatro últimos años, se ha vuelto más grueso, como la lana virgen sin cardar.

El cabello de Rosette todavía es de bebé, una mezcla de algodoncillo y caléndula, más fino en la nuca, donde por la noche apoya la cabeza en la almohada. En menos de dos semanas cumplirá cuatro años y todavía parece bastante más pequeña, con las extremidades como tubos delgados y los ojos demasiado grandes para su rostro menudo. Mi bebé gato, como solía llamarla en los tiempos en los que todavía era una broma.

Mi bebé gato, mi pequeña cambiada por otra.

Bajo la manta, Anouk volvió a moverse, encajó la cara en mi hombro y las manos en mi axila.

—Estás helada —afirmé. Anouk meneó la cabeza—. ¿Te vendría bien una taza de chocolate caliente?

Movió la cabeza con más energía. Me maravillé por el modo en el que los pequeños detalles te llegan al corazón: el beso olvidado, el juguete abandonado, el cuento que no interesa, la mirada de contrariedad cuando antaño habrías recibido una sonrisa...

Los niños son como cuchillos, aseguró mi madre en cierta ocasión. *Aunque no se lo propongan, cortan.* Sin embargo, nos aferramos a ellos y los abrazamos hasta que la sangre mana. Mi niña del estío, que se ha vuelto más desconocida a medida que el año toca a su fin; me sorprendió que hubiese pasado tanto tiempo desde la última vez que me permitió estrecharla de esa forma y ojalá hubiese podido prolongar el momento, pero el reloj marcaba las seis y cuarto...

—Nanou, métete en mi cama. Estarás más calentita y no hay goteras en el techo.

—¿Qué me dices de Thierry? —insistió.

—Nanou, ya hablaremos.

—Rosette no lo quiere.

—¿Cómo demonios lo sabes?

Anouk se encogió de hombros.

—Lo sé.

Suspiré y le besé la coronilla. De nuevo me llegó el aroma a vainilla y a oveja... y también el olor de algo más intenso y adulto que finalmente identifiqué: incienso. Zozie lo quema en su cuarto. Sé que Anouk pasa mucho tiempo con ella, charlan y se prueba su ropa. Es bueno que cuente con alguien como Zozie, con una adulta en la que puede confiar y que no soy yo.

—Deberías dar una oportunidad a Thierry. Reconozco que no es perfecto, pero te aprecia realmente…

—En el fondo, tú tampoco lo quieres. Ni siquiera lo echas de menos cuando no está. No estás enamorada…

—No empecemos con eso —la interrumpí exasperada—. Existen muchas maneras distintas de amar. A Rosette y a ti os quiero y el mero hecho de que no sienta exactamente lo mismo por Thierry no significa que…

Anouk ya no escuchaba. Salió de debajo de la manta y se liberó de mi abrazo. Pensé que sabía qué había pasado. Thierry le caía bastante bien hasta que apareció Roux, y en cuanto se vaya…

—Sé qué es lo mejor para todos. Nanou, lo hago por vosotras. —Anouk se encogió de hombros y adoptó una postura típica de Roux—. Confía en mí. Todo saldrá bien.

—Lo que tú digas —replicó, y subió la escalera.

10

Viernes, 7 de diciembre

¡Cielos! ¡Qué triste es cuando se rompe la comunicación entre una madre y su hija! Sobre todo en personas tan unidas como esas dos. Hoy Vianne estaba cansada, lo noté en su rostro. Me parece que anoche apenas pegó ojo. Sea como fuere, estaba demasiado cansada para reparar en el resentimiento creciente que revela la mirada de su hija o en el modo en el que apela a mí en busca de aprobación.

La pérdida de Vianne puede ser mi ganancia y como ahora he entrado en escena, por decirlo de alguna manera, puedo ejercer influencia en un centenar de maneras novedosas y poco llamativas. Comencemos por los dones que Vianne ha subvertido tan inteligentemente: las maravillosas armas que son la voluntad y el deseo...

De momento no he averiguado por qué a Anouk le da miedo emplearlas. Es indudable que ocurrió algo de lo que se siente responsable. Claro que, Nanou, las armas están destinadas a ser utilizadas..., para bien o para mal, la elección depende de ti.

Todavía le falta confianza, aunque le he asegurado que un par de operaciones no causarán daño alguno. Incluso es posible que las utilice en defensa de los demás (lo cual genera rencor, desde luego, pero ya la curaremos de tal exceso de generosidad), por lo que no tardará en dejar de ser una novedad y podremos ocuparnos de lo esencial.

Anouk, ¿qué es lo que quieres?

¿Qué quieres realmente?

Está claro que busca todo aquello que ansían los niños buenos: progresar en la escuela, ser popular, desquitarse de sus enemigos. Resolveremos fácilmente esos asuntos y luego nos ocuparemos de tratar con la gente.

Está madame Luzeron, igual que una triste y vieja muñeca de porcelana debido a su rostro pálido y empolvado y a sus movimientos precisos y frágiles. Tendría que comprar más bombones; tres trufas de ron por semana son apenas suficientes para justificar nuestra atención.

También está Laurent, que se presenta cada día, se queda horas y solo bebe una taza de chocolate. Más que nada, es un incordio. Su presencia puede desalentar a los demás (sobre todo a Richard y a Mathurin que, de lo contrario, se presentarían cada día), roba terrones del azucarero y se llena los bolsillos con la actitud de alguien empeñado en obtener el máximo beneficio de lo que paga.

Para no hablar de Nico el Gordo, un cliente excelente que compra hasta seis cajas por semana. Anouk está preocupada por su salud, lo ha visto caminar por la colina y se ha alarmado ante el esfuerzo que tiene que hacer para subir un tramo de escaleras. Anouk insiste en que no debería estar tan pasado de peso. ¿Existe una forma de ayudarlo?

Veamos, todos sabemos que concediendo deseos no se llega muy lejos, pero la manera de llegar a su corazón es tortuosa y, si no me equivoco, los resultados serán más que valiosos. En el ínterin, dejo que se divierta como un minino que afila las uñas con un ovillo de lana mientras se prepara para atrapar el primer ratón.

Así es como se inicia nuestro plan de estudios. Lección primera: magia por simpatía.

Dicho de otra manera, muñecos.

Hacemos los muñecos con pinzas de madera de las que se emplean para tender la ropa, ya que es menos engorroso que usar barro; Anouk los lleva encima, dos en cada bolsillo, a la espera del momento de ponerlos a prueba.

El muñeco de pinza uno representa a madame Luzeron. Alta y tiesa, con un vestido hecho con un retal de tafetán y sujeto con una cinta amarillenta. Confeccionamos el pelo con algodón; calza zapatitos negros y se abriga con un chal oscuro. Dibujamos las facciones con un rotulador y Nanou adopta una expresión horrible cuando se concentra para ser fiel al original; incluso hay la réplica en algodón de su perrillo peludo, que está sujeto al cinturón de madame con un trozo de limpiapipas. Será suficiente, y un mechón de su pelo, cuidadosamente recogido de la espalda de su abrigo, permitirá terminar enseguida la figura.

El muñeco de pinza dos corresponde a la propia Anouk. La exactitud de las diminutas figuras que crea resulta sobrecogedora; esta tiene su pelo rizado, viste un trozo de tela amarilla y Pantoufle, realizado con lana gris, está sentado en su hombro.

El muñeco de pinza tres es Thierry le Tresset, móvil incluido.

El muñeco de pinza cuatro corresponde a Vianne Rocher y lleva un vestido de fiesta, de color rojo intenso en vez del negro habitual. A decir verdad, solo la he visto de rojo en una ocasión. En la imaginación de Anouk, su madre viste de rojo, el color de la vida, el amor y la magia. ¡Qué interesante! Puedo aprovecharlo; es posible que lo haga más adelante, cuando llegue el momento oportuno.

Mientras tanto, me espera más trabajo, sobre todo en la chocolatería. Como las navidades se acercan a pasos agigantados, es hora de aumentar la clientela, averiguar quién ha sido desagradable o simpático; probar, saborear y examinar nuestro surtido de invierno… y, tal vez, añadir unos pocos especiales de cosecha propia.

El chocolate sirve de instrumento de muchas cosas. Nuestras

trufas artesanas, siempre favoritas, ruedan por una mezcla de cacao y azúcar en polvo y diversas sustancias adicionales que mi madre no habría aprobado y que no solo garantizan que nuestros clientes quedan satisfechos, sino restaurados, activados y con ganas de seguir consumiéndolas. Hoy vendimos ni más ni menos que treinta y seis cajas de trufas y nos han encargado una docena. A ese ritmo podríamos llegar al centenar diario para Navidad.

Thierry se presentó a eso de las cinco para comunicar los avances en el apartamento. Quedó algo desconcertado ante el extraordinario nivel de actividad del local y yo diría que no le gustó demasiado.

—Esto parece una fábrica —comentó señalando con la cabeza la puerta del obrador, donde Vianne preparaba *mendiants du roi* (rodajas gruesas de naranja escarchada, sumergidas en chocolate oscuro y espolvoreadas con pan de oro comestible), tan bonitos que da pena comérselos y, por añadidura, perfectos para estas fiestas—. ¿No se toma un rato de descanso?

Sonreí.

—Ya sabes lo que es la locura navideña.

Thierry soltó un gruñido.

—No sabes lo mucho que me alegraré cuando todo esto termine. Nunca me había sentido tan presionado por un trabajo. De todos modos, valdrá la pena, siempre y cuando lo termine a tiempo… —Vi que Anouk le dirigía una mirada significativa mientras se sentaba a la mesa con Rosette—. No sufras. Una promesa es una promesa. Será la mejor Navidad de tu vida. Estaremos los cuatro solos en la rue de la Croix. Podremos ir a la misa del gallo en el Sacré-Coeur. ¿No te parece fantástico?

—Tal vez —repuso Anouk con tono monótono.

Me percaté de que Thierry reprimió un suspiro de impaciencia. Anouk puede resultar muy difícil y su resistencia hacia él es palpable. Quizá tiene que ver con Roux, todavía ausente pero siempre presente en sus pensamientos. Yo lo he visto regularmente, un par de veces en la colina, otra cruzando la place du Tertre, en otra ocasión bajando la escalera contigua al funicular... Se movía deprisa y se cubría con una gorra de punto, como si temiese que lo reconocieran.

También me he reunido con él en la pensión en la que se hospeda, pues quiero estar al tanto de su progreso, transmitirle mentiras, hacer efectivos los cheques y cerciorarme de que continúa dócil y obediente. Como es comprensible, comienza a estar impaciente y le duele que todavía Vianne no haya preguntado por él. Además, trabaja infinidad de horas para Thierry; empieza a las ocho de la mañana, suele terminar a las tantas de la noche y cuando deja la rue de la Croix suele estar tan cansado que ni siquiera cena, por lo que se limita a regresar a la pensión y dormir como un tronco.

En cuanto a Vianne, percibo su preocupación... y también su desilusión. No ha visitado la rue de la Croix. Anouk también ha recibido instrucciones estrictas de mantenerse al margen. Vianne insiste en que, si quiere verlas, Roux ya irá. En caso contrario..., bueno, es su decisión.

Thierry estaba más impaciente que nunca. Entró en el obrador, donde Vianne colocaba cuidadosamente los bizcochitos de harina de almendras en una hoja de papel de hornear. Creí percibir algo furtivo en la forma en la que el constructor entrecerró la puerta y reparé en que sus colores eran más vivos que de costumbre y estaban bordeados de rojos y púrpuras intermitentes.

—Esta semana apenas te he visto. —Su voz resuena y la oí claramente en el local. Vianne no se percibe con claridad, aunque me llegó un murmullo parecido a una protesta, los sonidos de una disputa y la risa descomunal de Thierry—. Venga ya, un beso. Yanne, te he echado mucho de menos.

De nuevo un murmullo y la voz de Vianne que sube de tono:

—Thierry, ten cuidado, los bombones...

Reprimí una sonrisa. El viejo cabrón se pone cachondo, ¿no? La verdad es que no me sorprende. Es posible que esa fachada de caballero haya engañado a Vianne pero, al igual que los perros, los hombres son previsibles... y Thierry le Tresset más que la mayoría. Bajo la aparente seguridad en sí mismo, Thierry se siente muy inseguro y la llegada de Roux ha agudizado esa sensación. Se ha vuelto territorial, tanto en la rue de la Croix, donde su autoridad sobre Roux le proporciona una emoción extraña y no reconocida, como aquí, en Le Rocher de Montmartre.

Oí débilmente la voz de Vianne al otro lado de la puerta:

—Por favor, Thierry, no es el momento.

Mientras tanto, Anouk estaba atenta a todo. Su cara no reveló la menor expresión, pero sus colores resplandecieron. Le sonreí y no respondió. Se limitó a mirar hacia la puerta e hizo una ligera señal con los dedos. Al resto de los mortales se les habría escapado. Tal vez ni siquiera se dio cuenta de lo que hacía pero, en ese mismo instante, una corriente de aire pareció afectar la puerta del obrador, que se abrió bruscamente y chocó con la pared pintada.

La interrupción fue discreta, pero suficiente. Detecté una llamarada de contrariedad en los colores de Thierry y una especie de alivio en Vianne. Es evidente que esa impaciencia le resulta nueva, pues está muy acostumbrada a considerar a Thierry una especie de tío mayor, fiable y seguro aunque un pelín aburrido. La posesividad del constructor le resulta abrumadora y por primera vez empieza a reparar en un sentimiento que no solo es de alarma, sino de desagrado.

Piensa que se debe a Roux y que las dudas la abandonarán cuando él se vaya. De momento, la incertidumbre la pone nerviosa y la vuelve irracional. Besa a Thierry en la boca (en el lenguaje de los colores, la culpa es verde mar) y le dedica una sonrisa forzadamente entusiasta.

—Te lo compensaré —asegura Vianne.

Anouk hace un diminuto gesto de rechazo con dos dedos de la mano derecha.

Frente a ella, en la sillita, Rosette la observa con la mirada encendida. Copia la señal, que significa «¡Fuera, fuera, lárgate!», y Thierry se palmea la nuca como si acabara de picarlo un insecto. Las campanillas tintinean…

—Tengo que irme.

¡Vaya si tiene que irse! Torpe a causa del abrigo grueso, está a punto de tropezar cuando abre la puerta. Anouk se ha metido la mano en el bolsillo, donde mantiene a salvo el muñeco de pinza. Lo saca, se dirige al escaparate y, con gran cuidado, lo coloca en el exterior de la casa.

—Adiós, Thierry —lo despide Anouk.

Adiós, indica Rosette con los dedos.

La puerta se cierra de un portazo. Las niñas sonríen.

Francamente, hoy soplan muchas corrientes de aire.

11

Sábado, 8 de diciembre

Bueno, para empezar no está mal. El equilibrio de fuerzas comienza a cambiar. Es posible que Nanou no lo vea, pero yo sí. Son cosillas, al principio benignas, que la volverán mía en un abrir y cerrar de ojos.

Hoy se quedó casi todo el día en el local, jugó con Rosette, ayudó... y aguardó la oportunidad de usar sus nuevos muñecos de pinza. Se presentó con madame Luzeron que, pese a que no era el día habitual, hizo acto de presencia a media mañana, con el perrillo peludo a rastras.

—¿De nuevo por aquí? —pregunté y sonreí—. Por lo visto, estamos haciendo las cosas bien.

Vi que el rostro de madame estaba tenso y que vestía el abrigo de ir al cementerio, lo que significaba que seguramente lo había visitado. Supuse que se trataba de una fecha señalada, el nacimiento o el aniversario de la muerte; sea como fuere, parecía cansada y frágil y sus manos enguantadas temblaban de frío.

—Siéntese —propuse—. Le traeré una taza de chocolate caliente.

Madame titubeó y musitó:

—No debería.

Anouk me dirigió una mirada furtiva y la vi sacar el muñeco de pinza de madame, marcado con el signo seductor de la señora de la Luna de Sangre. Un trozo de arcilla de modelar sirve de base y en un santiamén madame Luzeron o mejor dicho, su doble, se encuentra en el interior de la casa de Adviento y contempla el lago, en el que están los patinadores y los patitos de chocolate.

Durante unos segundos madame no se percató de nada y enseguida desvió la mirada, tal vez hacia la niña de cara alegre y sonrosada, quizá hacia el objeto colocado en el escaparate, que brillaba con una luz peculiar.

Su boca desaprobadora se suavizó.

—Ahora que me acuerdo, de niña tuve una casa de muñecas —comentó, y estudió el escaparate.

—¿De verdad? —pregunté y sonreí a Anouk.

Es muy poco habitual que madame ofrezca espontáneamente información.

Madame Luzeron bebió un sorbo de chocolate.

—Así es. Perteneció a mi abuela y, aunque supuestamente pasó a ser mía cuando murió, nunca me permitieron jugar con ella.

—¿Por qué? —intervino Anouk, sujetando firmemente el perrillo de algodón al vestido del muñeco de pinza.

—Bueno, porque era demasiado valiosa... Cierta vez un anticuario me ofreció cien mil francos por la casa... Además, se trataba de una herencia, no era un juguete.

—De modo que nunca pudo jugar con esa casa. Me parece injusto —opinó Anouk y, con gran cuidado, depositó un ratón de azúcar verde bajo el árbol de papel de seda.

—Era pequeña —prosiguió madame Luzeron—. Podría haberla roto o... —Calló, levantó la cabeza y vi que estaba paralizada—. ¡Qué curioso! Hacía años que no pensaba en esa casa. Cuando Robert quiso jugar con ella... —Dejó la taza con un movimiento súbito, brusco y mecánico—. Claro que fue injusto, ¿no?

—Madame, ¿se encuentra bien? —pregunté.

Su rostro delgado había adquirido el color del azúcar en polvo y formaba arruguillas, como el glaseado de un pastel.

—Estoy bien, gracias por preguntar. —Su voz sonó fría.

—¿Quiere un trozo de pastel de chocolate? —terció Anouk, con cara de preocupación y siempre dispuesta a ofrecer un regalo.

—Gracias, querida, encantada.

Anouk cortó un trozo generoso de pastel.

—¿Robert era su hijo? —quiso saber. Madame asintió en silencio—. ¿Cuántos años tenía cuando falleció?

—Trece —respondió madame—. Seguramente era un poco mayor que tú. Nunca averiguaron qué ocurrió. Fue un niño tan sano..., nunca le permití comer golosinas... y de pronto falleció. Parece imposible, ¿no? —Anouk meneó la cabeza con los ojos desmesuradamente abiertos—. Perdió la vida tal día como hoy, el ocho de diciembre de 1979. Sucedió mucho antes de que nacieras. En aquellos tiempos todavía podías comprar una parcela en el cementerio grande, siempre y cuando estuvieses dispuesta a pagar lo que pedían. He vivido siempre aquí y mi familia tiene dinero. Si hubiese querido, lo habría dejado jugar con la casa de muñecas. Dime, ¿alguna vez has tenido una casa de muñecas? —Anouk volvió a negar con la cabeza—. Aún la conservo, está en el desván. Incluso tengo las muñecas originales y los pequeños muebles. Todo está hecho a mano con materiales auténticos: espejos venecianos en las paredes, realizados antes de la Revolución. Me gustaría saber si algún niño jugó alguna vez con la condenada casa. —Madame Luzeron se ruborizó ligeramente, como si el empleo de una palabra malsonante hubiese dotado su rostro exangüe de algo parecido a la animación—. ¿Te gustaría jugar con ella?

La mirada de Anouk se iluminó en el acto.

—¡Genial!

—Cuando quieras, pequeña. —Madame frunció el ceño—. ¿Sabéis una cosa? No conozco vuestros nombres. Yo soy Isabelle...

y mi perrita se llama Salambó. Si te apetece puedes acariciarla, no muerde.

Anouk se agachó para mimarla y la perra saltó y le lamió las manos con entusiasmo.

—Es una delicia, me encantan los perros.

—Me parece increíble que, después de tantos años, jamás haya preguntado vuestros nombres.

Anouk sonrió y repuso:

—Yo soy Anouk y esta es mi buena amiga Zozie.

La niña se concentró tanto en la perra que no se percató de que había dado a madame el nombre que no correspondía ni de que el signo de la señora de la Luna de Sangre brillaba desde la casa de Adviento con una intensidad que se transmitió a toda la chocolatería.

12

Domingo, 9 de diciembre

El hombre del tiempo mintió. Dijo que nevaría e insistió en que se produciría una ola de frío pero, de momento, solo hemos tenido lluvia y niebla. En la casa de Adviento las cosas van mejor, allí es Navidad propiamente dicha, y el exterior está cubierto de hielo y escarcha, como en un cuento, a la vez que los carámbanos penden del tejado y una nueva espolvoreada de nieve de azúcar cubre el lago. Protegidos por gorros y abrigos, algunos muñecos de pinza patinan en el lago y varios niños (se supone que somos Rosette, Jean-Loup y yo) construyen un iglú con terrones de azúcar, mientras alguien (vamos, Nico) transporta el árbol de Navidad a la casa con ayuda de un trineo construido con una caja de cerillas.

Esta semana he hecho muchos muñecos de pinza. Los pongo alrededor de la casa de Adviento, donde cualquiera puede verlos sin saber realmente para qué sirven. Fabricarlos es genial, dibujo las caras con rotulador y Zozie me ha traído una caja con restos de cintas y retales para confeccionar la ropa y otras prendas. Por ahora tengo a Nico, a Alice, a madame Luzeron, a Rosette, a Roux, a Thierry, a Jean-Loup, a mamá y a mí.

Algunos no están acabados. Hay que rematarlos con algo que les pertenezca: un mechón de pelo, una uña o algo que hayan tocado o se hayan puesto. No siempre es fácil conseguirlo. Finalmente tienes que atribuirles un nombre y un signo y musitarles un secreto al oído.

En algunos casos resulta sencillo. Es fácil deducir ciertos secretos, como el de madame Luzeron, que sigue apenada por la muerte de su hijo pese a que hace muchísimo que falleció; como el de Nico, que quiere adelgazar pero no puede, o el de Alice, que puede aunque en realidad no debería.

En lo que se refiere a los nombres y los símbolos que empleamos, Zozie dice que son mexicanos. Supongo que podrían proceder de cualquier parte, pero los utilizamos porque son interesantes y no es muy difícil recordar los signos.

Claro que hay muchas señales y aprenderlas todas puede llevar bastante tiempo. Por si eso fuera poco, debido a que son muy largos y complicados no siempre recuerdo los nombres que hay que emplear y, por añadidura, no conozco el idioma. Zozie dice que no hay problemas siempre y cuando recuerde el significado de los símbolos.

Está la Mazorca de Maíz, para la buena suerte; el Dos Conejo, que preparó aguardiente a partir del maguey; la Serpiente del Águila, que concede poder; el Siete Ara, para el éxito; el Uno Mono, el timador; el Espejo Humeante, que te muestra aquello que la gente corriente no siempre ve; la señora de la Falda de Verde Jade, que cuida de las madres y los hijos; el Uno Jaguar, para tener valor y protegerte de las cosas malas, y la señora de la Luna del Conejo, que es mi signo, para el amor.

Zozie dice que cada uno tiene su signo específico. El suyo es el Uno Jaguar. A mamá le corresponde Ehecatl, el Viento del Cambio. Supongo que son como los tótems que teníamos en la época anterior al nacimiento de Rosette. Según Zozie, el signo de Rosette es Tezcatlipoca Rojo, el Mono. Se trata de un dios travieso y poderoso, que puede cambiar su forma por la de cualquier animal.

Me gustan las viejas historias que Zozie narra, aunque a veces me ponen nerviosa. Ya sé que dice que no le hacemos daño a nadie, pero… ¿y si se equivoca? ¿Y si se produce un Accidente? ¿Y si utilizo la señal errónea y, sin proponérmelo, provoco algún mal?

El río, el viento, las Benévolas…

Esas palabras se repiten constantemente en mi mente. De alguna manera se relacionan con el belén de la place du Tertre (con los ángeles, los animales y los Reyes Magos), pese a que todavía no sé qué hacen allí. A veces pienso que casi puedo verlo, aunque nunca lo suficiente como para estar segura, como uno de esos sueños que tiene todo el sentido del mundo hasta el instante en el que despiertas y se disuelve en la nada.

El río, el viento, las Benévolas…

¿Qué significa? Son palabras de un sueño. Sigo muy asustada, aunque no sé por qué. ¿A qué he que temerle? Tal vez las Benévolas son como los Reyes Magos: sabios que portan regalos. La sensación es buena, pero no dejo de estar asustada, de sentir que está a punto de suceder algo malo, de que por alguna razón es culpa mía…

Zozie dice que no debería preocuparme y que no haremos daño a nadie a menos que nos lo propongamos. Yo nunca querré hacer daño a nadie, ni siquiera a Chantal y a Suze.

La otra noche preparé el muñeco de Nico. Tuve que rellenarlo para que se pareciese al original y confeccioné la melena con el relleno marrón ensortijado del viejo sillón de Zozie, el que está en su cuarto, con el resto de sus cosas. A continuación hay que adjudicarle una señal (escogí el Uno Jaguar para que tenga valor) y susurrarle un secreto al oído (por lo que dije: «Nico, tienes que controlarte», lo cual debería ser suficiente, ¿no?); después lo coloqué detrás de una de las puertas de la casa de Adviento y me dispuse a esperar su visita.

También hice a Alice, que es todo lo contrario. Tuve que crearla algo más rellena de lo que realmente es porque los muñecos de pinza solo son delgados hasta cierto punto. Intenté afinar la madera de los laterales de la pinza y todo fue bien hasta que me corté con la navaja y Zozie tuvo que vendarme el dedo.

Luego le fabriqué un bonito vestido con un trozo de encaje viejo, le musité que no era fea y que debía de comer más, le atribuí el símbolo de pez de Cantico, la que Rompe el Ayuno, y la dejé junto a Nico en la casa de Adviento.

También está Thierry, vestido de franela gris y con un terrón de azúcar ensobrado y pintado para que parezca el móvil. No conseguí hacerme con un mechón de sus cabellos, así que, con la esperanza de que también funcione, cogí un pétalo de una de las rosas que le regaló a mamá. Por supuesto que no quiero que le pase nada malo, solo pretendo que se mantenga alejado.

Por eso le asigné el signo del Uno Mono y lo situé fuera de la casa de Adviento, con el abrigo y la bufanda puestos (que fabriqué con fieltro marrón) para que no coja frío.

Obviamente, también está Roux. Su muñeco no está terminado porque necesito algo suyo y no tengo nada, ni siquiera un hilo. Creo que he conseguido respetar su aspecto, ya que va de negro, y como melena he pegado un trozo de material naranja. Le asigné la Luna del Conejo y el Viento del Cambio y musité: «Roux, no te vayas», a pesar de que hasta ahora no le hemos visto el pelo.

No tiene la menor importancia. Sé dónde está: trabaja para Thierry en la rue de la Croix. Desconozco por qué no ha vuelto, las razones por las cuales mamá no quiere verlo o los motivos por los que Thierry lo detesta tanto.

Cuando subí a su cuarto, hablé del tema con Zozie. Rosette estaba allí y habíamos jugado a un juego ruidoso y absurdo. Rosette estaba muy entusiasmada y reía como loca; Zozie hacía de caballo salvaje, Rosette cabalgaba sobre ella y de repente, sin motivo, se me erizó el pelo de la nuca y cuando levanté la cabeza vi un mono amarillo sentado en la repisa de la chimenea, lo vi tan claramente como a veces a Pantoufle.

—Zozie —murmuré.

Zozie alzó la mirada. No se mostró nada sorprendida porque ya había visto a Bam.

—Tienes una hermana pequeña muy inteligente —afirmó, y sonrió a Rosette, que se había apeado de su espalda y jugaba con las lentejuelas de un almohadón—. No os parecéis, pero supongo que las semejanzas físicas no lo son todo.

Abracé a Rosette y la besé. Es tan tierna que en ocasiones me recuerda una muñeca de trapo o un conejo con las orejas caídas.

—Verás, no tenemos el mismo padre —expliqué.

Zozie sonrió y reconoció:

—Me lo figuraba.

—Claro que no tiene la menor importancia. Mamá dice que elegimos a nuestra familia.

—¿Eso dice?

Moví afirmativamente la cabeza.

—De esa forma es mejor. Cualquiera puede formar parte de nuestra familia. Según mamá, no tiene que ver con el nacimiento, sino con lo que sientes por los demás.

—Entonces..., ¿entonces yo también podría ser de la familia?

Sonreí a Zozie.

—Ya lo eres.

Se desternilló de risa.

—Soy tu tía perversa y te corrompo con la magia y los zapatos.

Ese comentario me disparó. Rosette se sumó a la juerga. Por encima de nosotras, el mono amarillo se puso a bailar y logró que danzase todo lo que había sobre la repisa; es decir, los zapatos de Zozie, alineados como adornos pero mucho más interesantes que las figurillas de cerámica. Me pareció muy natural que las tres estuviéramos allí, pero de pronto experimenté remordimientos porque mamá seguía abajo y cuando estamos en ese cuarto a veces resulta muy fácil olvidar que existe.

—¿Nunca te preguntaste quién es su padre? —preguntó Zozie de sopetón y me miró. Me encogí de hombros. Ese tema nunca me ha preocupado. Siempre nos hemos tenido a nosotras mismas y no necesitamos a nadie...—. Lo más probable es que lo conozcas. Cuando nació tenías seis o siete años y me pregunté si... —Observó su pulsera, jugueteó con los dijes y tuve la sensación de que intentaba transmitir algo que no quería expresar con palabras.

—¿A qué te refieres?

—Bueno... Mírale el pelo. —Apoyó la mano en la cabeza de Rosette, que tiene los cabellos del color de las rodajas de mango, muy rizado y sedoso—. Mírale los ojos. —Son de un tono gris verdoso muy pálido, como los de los gatos, y redondos como monedas—. ¿No te recuerda a alguien? —Me devané los sesos durante varios segundos—. Piensa, Nanou: pelo rojo, ojos verdes, a veces es una lata...

—¿Te refieres a Roux? —inquirí y me eché a reír, pero de pronto me sentí interiormente nerviosa y deseé que Zozie callase.

—¿Por qué no? —insistió.

—Me habría dado cuenta.

Si he de ser sincera, nunca he pensado demasiado en el padre de Rosette. Supongo que en el fondo sigo creyendo que nunca tuvo padre y que la trajeron las hadas, tal como siempre sostuvo la anciana.

Un bebé mágico, un bebé especial...

A lo que me refiero es a que no es justo lo que opina la gente: que es estúpida, retardada o tonta. Solíamos considerarla un bebé especial, especial en el sentido de diferente. Mamá no quiere que seamos diferentes, pero Rosette lo es y me gustaría saber qué tiene de malo.

Thierry insiste en que hay que buscar ayuda para ella, ya sea terapia, logopedia o todo tipo de especialistas, como si existiese una cura por ser especial que un especialista está obligado a conocer.

No existe cura del hecho de ser diferente. Zozie ya me lo ha enseñado. Es imposible que Roux sea el padre de Rosette. Me refiero a que hasta ahora nunca la había visto, ni siquiera conocía su nombre.

—No puede ser el padre de Rosette —declaré, aunque para entonces ya no estaba tan segura.

—En ese caso, ¿quién es el padre de tu hermana?

—No lo sé, pero es imposible que Roux lo sea.

—¿Por qué?

—Porque en ese caso se habría quedado con nosotras, por ese motivo. No habría permitido que nos fuéramos.

—Quizá no lo sabe. Tal vez tu madre nunca se lo dijo. Al fin y al cabo, jamás te contó que…

Me puse a llorar. Reconozco que es una estupidez. Detesto ponerme a llorar y, por alguna razón, no podía parar. Fue como una explosión interior y no supe si odiaba a Roux o si lo quería más que antes…

—Cálmate, Nanou. —Zozie me abrazó—. No pasa nada.

Apoyé la cara en su hombro. Llevaba un jersey grueso, grande y viejo y las trenzas se hundieron lo bastante en mi mejilla como para dejar huella. Me habría gustado decirle que sí pasaba algo, que decir que no pasa nada es la frase a la que apelan los adultos cuando no quieren que los niños sepan la verdad y que la mayoría de las veces encubre una mentira.

Tengo la impresión de que los adultos siempre mienten.

Dejé escapar un hondo y estremecido sollozo. ¿Es posible que Roux sea el papá de Rosette? Rosette ni siquiera lo conoce; no sabe que le gusta el chocolate caliente negro, con ron y azúcar moreno; no lo ha visto crear una nasa con ramas de sauce o una flauta con un trozo de bambú; tampoco está al tanto de que Roux oye el reclamo de los pájaros del río y los imita tan bien que las aves no notan la diferencia…

Es su padre y Rosette ni siquiera lo sabe.

Me parece injusto. Tendría que haber sido yo…

En ese momento evoqué algo más: un recuerdo, un sonido conocido, el aroma de algo lejano. Se aproximaba y entraba como la estrella puntiaguda del belén. Casi casi lo recordé, pero no quería. Cerré los ojos. Permanecí casi inmóvil. De pronto tuve la certeza de que, por muy poco que me moviese, todo saldría disparado, como la gaseosa cuando alguien agita la botella y que, cuando se abre, ya no hay vuelta atrás…

Me puse a temblar.

—¿Qué te pasa? —quiso saber Zozie. No pude moverme ni articular palabra—. Nanou, ¿de qué tienes miedo?

Oí el tintineo de los dijes de su pulsera y el sonido fue casi igual al de las campanillas que cuelgan encima de la puerta.

—De las Benévolas —susurré.

—¿De qué hablas? ¿Qué son las Benévolas? —Percibí apremio en su tono. Apoyó las manos en mis hombros y sentí lo mucho que ansiaba saberlo, estremeció todo su cuerpo como un rayo en una vasija—. Nanou, no tengas miedo —insistió—. Solo quiero que me digas lo que significa, ¿vale?

Las Benévolas.

Los Reyes Magos.

Los sabios que portan regalos.

Emití la clase de ruido que haces cuando intentas despertar de un sueño y no puedes. En mí se apiñaron demasiados recuerdos y me presionaron, pues todos querían ser vistos a la vez.

La casita a orillas del Loira.

Parecían tan amables, tan interesados.

Incluso habían llevado regalos.

En ese instante abrí los ojos súbita y desaforadamente. Dejé de sentir miedo. Por fin recordé y comprendí. Sabía qué había ocurrido y nos había cambiado, nos había obligado a huir, incluso de Roux; nos había obligado a fingir que éramos seres corrientes cuando en el fondo sabíamos que jamás lo seríamos.

—Nanou, ¿de qué se trata? —preguntó Zozie—. ¿Estás en condiciones de explicármelo?

—Creo que sí.

—En ese caso, habla —acotó esbozando una sonrisa—. Cuéntamelo todo.

SEXTA PARTE

Las Benévolas

1

Lunes, 10 de diciembre

Ahora por fin llega el viento de diciembre, gime por las callejuelas y arranca de los árboles los restos del final del año. *Diciembre, atención; diciembre, desesperación,* solía decir mi madre. Una vez más, a medida que el año se aproxima a su fin, tengo la sensación de volver página.

Una página, una tarjeta, tal vez el viento. Diciembre siempre ha sido malo para nosotras. Es el último mes, el poso del año, y se arrastra hacia las navidades hundiendo en el barro su falda de hojalata. Ante nosotras se cierne el callejón sin salida del año, los árboles están prácticamente desnudos, la luz adquiere el tinte del papel de periódico quemado y mis fantasmas salen a jugar como luciérnagas en el cielo espectral…

Llegamos con el viento del Carnaval. Se trata de un viento de cambio, de promesas. El viento alegre, el viento mágico, que convierte a todos en liebres de marzo, que alborota capullos, faldones y tocados, que corre hacia el verano en medio de un frenesí de exuberancia.

Anouk fue hija de ese viento, niña del estío, y su tótem, el conejo…, el conejo impaciente, travieso y de mirada despierta.

Mi madre creía a pies juntillas en los tótems. Mucho más que el amigo invisible, el tótem revela nuestro corazón secreto, el espíritu, el alma íntima. El mío fue un gato o, al menos, eso dijo, probablemente porque pensó en la pulsera de bebé con el pequeño dije de plata. Los gatos son sigilosos por naturaleza. Los gatos presentan desdoblamiento de la personalidad. Los gatos huyen asustados ante un soplo de aire. Los gatos ven el mundo espiritual y cruzan la línea entre la luz y la oscuridad.

El viento arreció y huimos. Entre otros motivos, por Rosette. Supe desde el principio que estaba preñada y, como las gatas, la alumbré en secreto, lejos de Lansquenet...

En diciembre el viento había cambiado y trasladó el año de la luz a la oscuridad. El embarazo de Anouk no generó dificultades. Mi niña del estío llegó con el sol, a las cuatro y cuarto de una deliciosa madrugada de junio, y desde el instante en el que la vi supe que era mía y solo mía.

Desde el principio con Rosette todo fue diferente. Me encontré con una recién nacida menuda, fofa, irritable, que no quiso mamar y que me miraba como si fuese una desconocida. El hospital se encontraba en las afueras de Rennes y, mientras esperaba junto a Rosette, recibí la visita de un sacerdote, que se presentó para asesorarme y porque estaba sorprendido de que no bautizase a mi hija en el hospital.

Pese a su actitud tranquila y bondadosa, el cura se parecía demasiado a los de su calaña; repitió trilladas palabras de consuelo y centró la mirada en el otro mundo sin ver lo que hay en este. Le solté la perorata de costumbre: era viuda, me llamaba madame Rocher y viajaba para reunirme con unos parientes, con los que viviría. Evidentemente, no se lo tragó; miró a Anouk con recelo y a Rosette con creciente preocupación. Me explicó claramente que la pequeña tal vez no viviría y me preguntó si soportaría que muriese sin recibir las aguas bautismales.

Envié a Anouk a un hostal cercano mientras me recuperaba y cuidaba a Rosette. Estaba en un pueblo muy pequeño, llamado Les Laveuses, a orillas del Loira. Hacia allí huí del amable y viejo cura mientras las fuerzas de Rosette mermaban y las exigencias del sacerdote se tornaban más apremiantes.

La amabilidad mata con la misma facilidad que la crueldad, y el cura, llamado padre Leblanc, comenzó a hacer averiguaciones sobre mis parientes en la región, incluidas cuestiones como quién cuidaría de mi hija mayor, en qué escuela había estudiado y el destino del imaginario señor Rocher. Llegué a la conclusión de que, a la larga, la curiosidad lo conduciría a la verdad.

Una mañana cogí a Rosette y escapé en taxi a Les Laveuses. El hostal era barato e impersonal: una habitación individual con estufa de gas y una cama de matrimonio cuyo colchón se hundía casi hasta el suelo. Rosette seguía sin querer mamar y su voz era un maullido lastimero y quejumbroso que parecía hacerse eco del gemido del viento. Por si eso fuera poco, a veces le fallaba la respiración, que se detenía durante cinco o diez segundos, para reanudarse con un hipo y un resuello, como si mi pequeña hubiese decidido, aunque transitoriamente, reincorporarse al mundo de los vivos.

Pasamos dos noches más en el hostal. A medida que se acercaba el Año Nuevo, llegaron las nieves, que cubrieron de azúcar amargo los árboles negros y los bancos de arena del Loira. Busqué un alojamiento y me ofrecieron un piso situado sobre una pequeña crepería regentada por un matrimonio de ancianos, que respondía a los nombres de Paul y Framboise.

—No es muy grande, pero se caldea enseguida —aseguró Framboise, una dama impetuosa y de ojos oscuros como arándanos—. Me hará un favor si vigila el local. En invierno está cerrado porque no hay turistas, de modo que no estorbará. —Me observó atentamente y añadió—: Ese bebé llora como un gato. —Asentí—. Hummm... —Se sorbió los mocos—. Debería visitarla un médico.

Más tarde, mientras nos mostraba el pisito de dos habitaciones, pregunté a Paul a qué se había referido su esposa.

Paul, un delicado caballero que apenas hablaba, me miró, se

encogió de hombros y finalmente reconoció que su mujer era supersticiosa, como la mayoría de los viejos del pueblo. Me pidió que no me lo tomase a pecho, ya que las intenciones de Framboise eran las mejores.

Estaba demasiado cansada como para seguir haciendo preguntas. En cuanto nos instalamos y Rosette empezó a mamar, aunque continuó muy inquieta y apenas dormía, pregunté a Framboise qué había querido decir.

—Dicen que los bebés gato traen mala suerte —explicó Framboise, que había venido a limpiar el impoluto obrador.

Sonreí. Acababa de hablar como Armande, mi queridísima y anciana amiga de Lansquenet.

—¿Ha dicho bebé gato?

—Hummm... —masculló Framboise—. He oído hablar de ellos, pero jamás los he visto. Mi padre solía contarme que a veces las hadas se presentan por la noche y dejan un gato en el lugar del bebé. El bebé gato no come. El bebé gato llora constantemente y si alguien lo altera las hadas le ajustan las cuentas... —Entornó los ojos con actitud amenazadora y de pronto sonrió—. Claro que no es más que un cuento. De todos modos, deberías consultar al médico. En mi opinión, el bebé gato no está bien.

El último comentario era cierto, pero nunca me he sentido cómoda con los médicos y los curas, por lo que titubeé a la hora de seguir los consejos de la anciana. Transcurrieron tres días en los que Rosette no cesó de maullar y jadear, así que me tragué la reticencia y pedí hora con el médico de la cercana Angers.

El doctor examinó minuciosamente a Rosette. Al final dijo que había que hacerle pruebas, si bien el grito de mi hija pareció confirmar sus sospechas. Añadió que se trataba de un trastorno genético, más conocido como «grito del gato», así denominado por ese llanto extraño y tan semejante a un maullido. No era una enfermedad fatal, sino incurable, y se mostró reacio a dar un diagnóstico dada la presencia de los síntomas en una fase tan temprana.

—De modo que es un bebé gato —declaró Anouk.

Pareció estar encantada de que Rosette fuese diferente. Durante mucho tiempo había sido hija única y ahora, con siete años, por momentos parecía peculiarmente adulta y se ocupaba de Rosette, la engatusaba para que tomase el biberón, le cantaba y la acunaba en la mecedora que Paul había traído de su vieja granja.

—El bebé gato —tarareaba y movía la mecedora—. Mece al bebé gato en la copa del árbol.

Dio la sensación de que Rosette reaccionaba. El llanto cesó, al menos a ratos. Ganó peso. Por la noche dormía de tres a cuatro horas. Anouk insistió en que se debía al aire de Les Laveuses y dejó platillos con leche y azúcar para las hadas, por si venían a ver cómo estaba el bebé gato.

No volví a la consulta del médico de Angers. Los análisis no mejorarían el estado de Rosette. Anouk y yo la vigilamos, la bañamos con hierbas, le cantamos, masajeamos sus extremidades delgadas como tubos con lavanda y bálsamo del tigre y le dimos leche con un gotero porque no quiso saber nada de la tetina del biberón.

Un bebé de las hadas, decretó Anouk. A decir verdad, era muy bonita y delicada, con la cabeza pequeña pero bien formada, los ojos muy separados y la barbilla puntiaguda.

—Incluso parece un gato —continuó Anouk—. Es lo que dice Pantoufle. ¿No es cierto, Pantoufle?

Ah, sí, Pantoufle. Al principio supuse que Pantoufle desaparecería en cuanto Anouk tuviese una hermana pequeña de la que ocuparse. El viento todavía soplaba sobre el Loira y el solsticio de invierno, lo mismo que el de verano, es una época de cambio, un período incómodo para los viajeros.

Con la llegada de Rosette dio la sensación de que, en todo caso, Pantoufle se fortalecía. Me di cuenta de que lo veía cada vez con más claridad: sentado junto a la cuna de la pequeña, la contemplaba con sus ojos de botones negros mientras Anouk la acunaba, le hablaba y cantaba para tranquilizarla.

V'là l'bon vent, v'là l'joli vent...

—¡Pobre Rosette, no tiene un animal! —se lamentó Anouk mientras permanecíamos junto a la estufa—. Tal vez por eso llora sin cesar. Quizá deberíamos pedir a alguno que venga a cuidarla del mismo modo que Pantoufle se ocupa de mí.

Sonreí al oír ese comentario, pero Anouk hablaba en serio y tendría que haber sabido que, si no me ocupaba de resolver el problema, ella lo solventaría. Por eso le prometí intentarlo. Por una vez le seguiría el juego. Nos habían ido muy bien los últimos seis meses sin barajas, hechizos y rituales, pero los añoraba, lo mismo que Anouk. ¿Qué daños podía causar un sencillo juego?

Hacía casi una semana que vivíamos en Les Laveuses y nuestra situación mejoraba. Habíamos hecho varios amigos en el pueblo y me había encariñado con Framboise y Paul. Estábamos cómodas en el piso de arriba de la crepería. A causa del nacimiento de Rosette nos habíamos saltado la Navidad, pero se acercaba el Año Nuevo, cargado con la promesa de nuevos inicios. El aire era frío, pero despejado y escarchado, y el cielo había adquirido un vibrante e intenso tono azul. Aunque Rosette no dejó de preocuparme, lentamente aprendimos sus hábitos y, con la ayuda de un gotero, le proporcionamos el alimento que necesitaba.

Fue entonces cuando nos pilló el padre Leblanc. Se presentó con una mujer que, según dijo, era enfermera, si bien sus preguntas, que Anouk me repitió, me llevaron a suponer que se trataba de una trabajadora social. No estaba en casa cuando vinieron, ya que Paul me había llevado a Angers en coche para comprar pañales y leche para Rosette, pero Anouk sí que estaba y Rosette se encontraba en su cuna, en el primer piso. Se presentaron con una cesta de alimentos y se mostraron tan bondadosos e interesados (preguntaron por mí y dieron a entender que éramos amigos) que, en su inocencia, mi confiada Anouk reveló mucho más de lo que era aconsejable.

Les habló de Lansquenet-sous-Tannes y de nuestros viajes por el Garona con los gitanos del río. Les habló de la chocolatería y de la fiesta que habíamos organizado. Les habló de Yule, de los saturnales, de las divinidades neopaganas de los solsticios de invierno y de verano (el rey del acebo y el del roble) y de los dos grandes vientos que dividen el año. Cuando mostraron interés por las bolsitas rojas de la buena suerte que colgaban de la puerta y los platillos con pan y sal del umbral, Anouk mencionó las hadas, las divinidades menores, los tótems animales, los rituales a la luz de las velas, la salida la luna, el canto al viento, la baraja del tarot, los bebés gato...

¿Los bebés gato?

—Claro que sí —respondió mi hija del estío—. Rosette es un bebé gato, razón por la cual le gusta la leche. También por eso maúlla toda la noche como un gato. No pasa nada. Solo necesita un tótem. Todavía esperamos que llegue.

Me imagino cómo interpretaron esas palabras: secretos, ritos, bebés sin bautizar, niños que quedan a cargo de desconocidos y cosas aún peores...

El cura le preguntó si le apetecía acompañarlo. Está claro que no tenía autoridad para proponérselo. Le dijo que con él estaría a salvo, que la mantendría a salvo mientras durase la investigación. Hasta es posible que se la hubiese llevado si Framboise no hubiera ido a ver cómo estaba Rosette y los hubiese encontrado en el obrador, Anouk al borde de las lágrimas y el sacerdote y la mujer hablando severamente, diciendo que sabían que estaba asustada pero no estaba sola, que cientos de niños se encontraban en su misma situación y que se salvaría si confiaba en ellos...

Framboise los mandó con la música a otra parte y preparó té para Anouk y leche para Rosette. Seguía allí cuando Paul y yo regresamos y me refirió la visita de la mujer y el cura.

—Esa gente no sabe ocuparse de sus asuntos —comentó desdeñosamente mientras bebía una taza de té—. Buscan demonios hasta debajo de la cama. Les dije que bastaba mirar el rostro de la niña… —Ladeó la cabeza hacia Anouk, que jugaba con Pantoufle—. «¿Es el rostro de una menor en peligro? ¿Les parece que tiene miedo?»

Está claro que se lo agradecí, pero en el fondo supe que regresarían, quizá con una autorización legal, una especie de orden de registro o para interrogarme. Sabía que el padre Leblanc no cejaría en su empeño y que, si se le presentaba la oportunidad, ese hombre bondadoso, bienintencionado y peligroso (u otro como él, alguien de su calaña) me perseguiría hasta los confines de la tierra.

—Mañana nos vamos —decidí finalmente.

Anouk lanzó un chillido de protesta:

—¡No! ¡No, otra vez no!

—Nanou, tenemos que irnos. Esa gente…

—¿Por qué nosotras? ¿Por qué siempre nos toca? ¿Por qué, para variar, no se los lleva el viento?

Miré a Rosette, que dormía en la cuna; a Framboise, con su cara arrugada como una vieja manzana de invierno, y a Paul, que había escuchado en medio de un silencio que expresaba más que todo lo que podría haber dicho con palabras. En ese momento un brillo llamó mi atención, algo que podría haber sido un juego de luces, una chispa de electricidad estática o un ascua que escapó de la chimenea.

—El viento arrecia —aseguró Paul, y escuchó por el cañón de la chimenea—. No me sorprendería que estallase una tormenta.

Ciertamente, en ese momento oí el último ataque del viento de diciembre. *Diciembre, desesperación.* Su voz quejumbrosa, gimiente y riente me llegó a lo largo de la noche, que Rosette pasó inquieta, por lo que permanecí junto a su cuna y dormí a trancas y barrancas mientras el viento berreaba y sacudía las tejas y los marcos de las ventanas.

A las cuatro percibí que algo se movía en la habitación de Anouk. Rosette estaba despierta. Fui a ver qué pasaba. La encontré sentada en el suelo, en medio de un círculo irregularmente trazado con tiza amarilla. Junto a su cama había una vela encendida, así como otra sobre la cuna de Rosette, y en medio de esa cálida luz amarilla estaba sonrosada y encendida.

—Mamá, lo hemos solucionado —me comunicó con los ojos brillantes—. Lo hemos arreglado para quedarnos.

Me senté en el suelo, junto a ella y pregunté:

—¿Cómo?

—Dije al viento que nos quedamos aquí y le pedí que se llevase a otros.

—Nanou, no es tan sencillo.

—Sí que lo es —aseguró Anouk—. Hay algo más —Me dirigió una sonrisa de conmovedora ternura—. ¿Lo ves? —quiso saber, y señaló algo que había en un rincón.

Arrugué el entrecejo. No había nada, mejor dicho casi nada, salvo un brillo fugaz, el parpadeo de la luz de la vela en la pared, una sombra, algo que parecían ojos, una cola…

—Nanou, no veo nada.

—Pertenece a Rosette. Llegó con el viento.

—Ah, ya lo veo.

Sonreí. A veces la imaginación de Anouk es tan contagiosa que me dejo llevar y veo cosas que es imposible que existan.

Rosette estiró los brazos y maulló.

—Es un mono —acotó Anouk—. Se llama Bamboozle, «el engatusador».

Me eché a reír.

—No entiendo cómo sabes todo eso. —Incluso entonces me sentí incómoda—. Ya sabes que solo es un juego, ¿no?

—Claro que no, es real —insistió Anouk sonriente—. Mira, mamá, Rosette también lo ve.

Por la mañana el viento amainó. Los lugareños aseguraron que fue un viento maligno que derribó árboles y arrasó graneros. Los periódicos lo consideraron una tragedia y explicaron que, la tarde de la víspera de la Nochevieja, la rama de un árbol cayó sobre un coche que cruzaba el pueblo y mató tanto al conductor como a su acompañante; uno de los dos era el cura de Rennes.

Un acto de Dios, aseguraron los periódicos.

Anouk y yo sabíamos que no era así.

Solo fue un Accidente, repetí cuando noche tras noche despertó llorando en nuestro piso diminuto del boulevard de la Chapelle. *Anouk, esas situaciones no son reales. A veces se producen accidentes. No ha sido más que un accidente.*

Con el cambio de año Anouk empezó a creérselo. Dejó de tener pesadillas y experimenté la sensación de que volvía a ser feliz, pero en su mirada había algo, un giro de la niña de estío que había sido, algo mayor, más sabio, más extraño. Rosette, mi niña de invierno, cada día se pareció más a Anouk; continuó encarcelada en su reducido mundo, se negó a crecer como los demás niños, no habló, no caminó, simplemente miró con esos ojos salvajes…

¿Fuimos responsables? La lógica indica que no. Claro que la lógica tiene sus límites. Ahora aquel viento vuelve a estar presente. Si no hacemos caso de su llamada, ¿a quién elegirá para que ocupe nuestro lugar?

En la colina de Montmartre no hay árboles. Es una de las cosas que agradezco, pero el viento de diciembre sigue oliendo a muerte y no hay incienso que consiga endulzar su sombría seducción. Diciembre siempre ha sido época de penumbras, de espíritus santos e impíos, de hogueras encendidas para desafiar la agonía de la luz. Los dioses del solsticio de invierno son severos y fríos; Perséfone está atrapada en el mundo de los muertos y la primavera es un sueño que se encuentra a una vida de distancia.

V'là l'bon vent, v'là l'joli vent
V'là l'bon vent, ma mie m'appelle…

En las calles desnudas de Montmartre siguen campando las Benévolas, que gritan su desafío a la época de la buena voluntad.

2

Martes, 11 de diciembre

A partir de ahí todo fue fácil. Me contó la historia de cabo a rabo: la chocolatería de Lansquenet, el escándalo que se desató, la mujer que murió, Les Laveuses, el nacimiento de Rosette y el fracasado intento de las Benévolas por llevársela.

De modo que eso es lo que tanto teme. ¡Pobre chiquilla! No creáis que soy totalmente despiadada debido a que en esto hay algo ventajoso para mí. Escuché su relato inconexo, la abracé cuando se sintió abrumada, le acaricié los cabellos y le sequé las lágrimas, que es más de lo que alguien hizo por mí cuando tenía dieciséis años y mi mundo se desplomó.

La tranquilicé tanto como pude. Le expliqué que la magia es uno de los instrumentos del cambio, de las mareas que mantienen vivo el mundo. Todo está vinculado: el daño que se hace a un lado del mundo queda equilibrado por su contrario en el otro. No hay luz sin oscuridad, mal sin bien ni ultraje sin venganza.

En lo que a mi propia experiencia se refiere…

Veamos, le dije cuanto necesitaba saber, lo suficiente como para convertirnos en conspiradoras y unirnos en el remordimiento y la culpa, como para separarla del mundo de la luz y atraerla delicadamente hacia las tinieblas…

Comenté que en mi caso todo comenzó con un chico. Tal

como suele ocurrir, también acabó con un muchacho; si en el infierno no hay mayor furia que la de la mujer desdeñada, en la tierra no hay nada peor que una bruja engañada.

Durante una o dos semanas todo fue bien. Me di aires ante las otras, disfruté de mi conquista reciente y de la repentina categoría que alcancé. Scott y yo nos hicimos inseparables. La pega fue que Scott era débil y muy vanidoso, características que me permitieron esclavizarlo con facilidad, por lo que enseguida cayó en la tentación de hacer confidencias a los compañeros de vestuario, jactarse, pavonearse y, por último, mofarse.

Detecté en el acto el cambio de equilibrios. Scott se había ido de la lengua y, como hojas secas, los rumores se desperdigaron de una a otra punta de la escuela. En las paredes de las duchas aparecieron pintadas y los compañeros se codeaban cuando se cruzaban conmigo. Mi peor enemiga fue una tal Jasmine, una chica intrigante, popular, recatada y guapísima, que lanzó la primera andanada de rumores. Los combatí con todos los trucos sucios de los que disponía pero, una vez que te has convertido en víctima, ya no dejas de serlo, por lo que no tardé en volver a representar mi papel de costumbre: el blanco de todos los comentarios sarcásticos y los chistes. A continuación Scott McKenzie se cambió de bando. Tras una sucesión de excusas cada vez menos entusiastas, al final lo vieron paseándose con Jasmine y sus amigas; por último lo presionaron, lo engatusaron, lo avergonzaron y lo azuzaron para que me lanzase un ataque directo. Lo hizo ni más ni menos que en la tienda de mi madre; desde siempre el blanco del ridículo por su exposición de cristales y libros sobre la magia sexual, la tienda se convirtió una vez más en la diana de sus ataques.

Llegaron de noche, en grupo, y estaban medio borrachos, reían, pedían silencio y se empujaban. Era demasiado temprano para la noche de las travesuras, si bien las tiendas ya estaban atiborradas de fuegos artificiales y la víspera de Todos los Santos los llamaba con dedos largos y delgados que olían a humo. Mi habitación daba a la calle. Los oí, hasta mí llegaron los sonidos de las risas y los nervios tensos; oí voces de aliento, una respuesta murmurada, otra voz que apremiaba y un silencio agorero.

Duró casi un minuto, lo comprobé. Entonces resonó un estallido muy próximo y en un espacio cerrado. En un primer momento supuse que habían metido petardos en el contenedor, pero percibí olor a humo. Me asomé por la ventana y vi que se dispersaban. Eran seis y parecían palomas asustadas; se trataba de cinco chicos y una tía cuyos andares reconocí...

Lo mismo que a Scott, por supuesto. Corría delante de todos, con el pelo rubio muy claro a la luz de la farola. Mientras lo observaba se fijó en mí... y durante un instante nuestras miradas se habrían encontrado...

Pero el resplandor del escaparate lo imposibilitó. Hubo una llamarada entre roja y anaranjada cuando el fuego se propagó, saltó, dio volteretas y realizó saltos mortales como un acróbata maligno que va del alambre de pañuelos de seda al trapecio de atrapasueños y finalmente llega a una pila de libros...

¡Mierda! Vi que Scott movía los labios. Se detuvo... y la chica que estaba a su lado lo obligó a continuar. Los amigos lo alcanzaron, por lo que Scott se dio la vuelta y huyeron. Antes de que desaparecieran los identifiqué: esos empalagosos y estúpidos rostros de adolescentes, encendidos por el fuego y sonrientes en medio de la luz anaranjada...

A la hora de la verdad, no fue un gran incendio y lo apagamos antes de que llegasen los bomberos. Incluso conseguimos salvar casi todas las existencias, pese a que el techo quedó negro y el local apestaba a humo. Según los bomberos, se debió a un cohete, a un cohete estándar que pasaron por el buzón y encendieron. La policía me preguntó si había visto algo y respondí que no.

Al día siguiente elaboré mi venganza. Anuncié que me sentía mal, me quedé en casa, lo planifiqué todo y puse manos a la obra. Fabriqué seis muñequitos con pinzas de madera. Los hice tan realistas como pude, con la ropa cosida a mano, las caras recortadas de la fotografía anual de la clase y pegadas debajo del pelo. Les puse nombre y, a medida que se acercaba el Día de los Muertos, me esforcé por tenerlos a punto.

Recogí pelo suelto de los abrigos colgados de los percheros. Robé ropa de los vestuarios. Arranqué hojas de los cuadernos de ejercicios y etiquetas de las mochilas, investigué las papeleras en busca de pañuelos de papel usados y, aprovechando que nadie me veía, cogí tapones de bolis mordisqueados. Al acabar la semana tenía material suficiente para una docena de muñecos de pinzas y decidí cobrarme la deuda la víspera de Todos los Santos.

Era la noche del baile de mitad de curso. Oficialmente no me habían dicho nada, pero se sabía que Scott llevaría a Jasmine y, si yo acudía, surgirían problemas. No tenía la menor intención de ir al baile, pero estaba deseosa de causar problemas y si Scott o alguien se atrevía a interponerse en mi camino, ya podían estar seguros de que los tendrían.

Tenéis que recordar que era muy joven. Por si eso fuera poco, también era ingenua en muchos aspectos, aunque no tanto como Anouk ni tan dada a la culpa. Se me ocurrió una venganza a dos bandas, una venganza que cumplía los requisitos de mi sistema al tiempo que proporcionaba una sólida base de química práctica que añadiría autoridad a mi experimentación ocultista.

A los dieciséis años, mi conocimiento de los venenos no era tan profundo como cabía esperar. Conocía los más obvios, como es lógico, pero hasta entonces apenas había tenido ocasión de verlos en acción. Estaba decidida a cambiar esa situación, por lo que elaboré un compuesto con las sustancias más virulentas que conseguí: mandrágora, ipomea y tejo. Se vendían en la tienda de mi madre y, disueltas o infundidas con vodka, resultan bastante difíciles de detectar. Compré el vodka en la tienda de la esquina, utilicé la mitad para preparar la tintura y luego añadí varios extras, incluido el jugo de un hongo agárico que tuve la suerte de encontrar bajo un seto del recinto escolar. Colé minuciosamente la tintura, la reintroduje en la botella marcada con el signo de Huracán el Destructor y la metí en mi mochila, que dejé abierta, pues estaba segura de que el karma haría el resto del trabajo.

Como era de prever, desapareció durante el recreo y Scott y sus amigos mostraron una sonrisa colectiva de mofa y actitud furtiva. Aquel día, cuando volví a casa era casi feliz y completé los seis muñecos de pinza atravesándoles el corazón con una aguja larga y afilada al tiempo que les susurraba un secreto.

Jasmine..., Adam..., Luke..., Danny..., Michael..., Scott...

Obviamente, no podía estar segura, del mismo modo que era imposible que supiese que, en lugar de beberse el vodka, la pandilla lo vaciaría en la ponchera del baile, con lo cual repartieron el regalo del karma con más generosidad de la que yo podía desear.

Por lo que me contaron, los efectos fueron espectaculares. Mi brebaje provocó vómitos violentos, alucinaciones, retortijones, parálisis, disfunción renal e incontinencia y afectó a más de cuarenta estudiantes, incluidos los seis a los que iba destinado.

Podría haber sido peor. Nadie murió. Mejor dicho, nadie murió como consecuencia directa. Sin embargo, un envenenamiento a gran escala, como aquel, casi nunca pasa desapercibido. Hubo una investigación, alguien se fue de la lengua y, por último, los responsables confesaron, se autoinculparon y me acusaron en un intento de eludir su responsabilidad. Reconocieron que habían introducido el cohete en nuestro buzón, que habían robado la botella de mi mochila e incluso que mezclaron las bebidas, pero negaron conocer el contenido de la botella de vodka.

Como era previsible, la policía se presentó en casa. Mostró un gran interés por las hierbas de mi madre y me interrogó a fondo, pero sin éxito. Para entonces me había convertido en experta en ponerme a la defensiva y nada, ni su amabilidad ni sus amenazas, me llevó a modificar la declaración.

Dije que había habido una botella de vodka y que la había comprado, a regañadientes y siguiendo instrucciones claras de

Scott McKenzie. Scott tenía grandes planes para el baile de esa noche y propuso, según sus propias palabras, llevar «unos pocos extras para animar la juerga». Supuse que había querido decir drogas y alcohol, razón por la cual opté por no ir en vez de revelar mi falta de entusiasmo por su plan.

Reconocí que sabía que no estaba bien. Tendría que haber hablado en ese momento pero, después del incidente con el cohete, me había asustado y, temerosa de nuevas represalias, había seguido tácitamente el plan.

Tal como se desencadenaron los acontecimientos, algo debió de salir mal. Scott no sabía mucho de drogas y supuse que se había excedido. Ante esa posibilidad derramé lágrimas de cocodrilo, escuché atentamente la perorata del agente, me mostré aliviada de haberme salvado por los pelos y prometí que nunca más volvería a enredarme en algo parecido.

Fue una buena representación y convencí a la policía, pero en todo momento mi madre mantuvo sus dudas. El hallazgo de los muñecos de pinza contribuyó a confirmar sus sospechas y sabía lo suficiente sobre las propiedades de las sustancias que vendía como para tener una idea clara de quién había sido y qué había empleado.

Es evidente que lo negué, pero por supuesto no me creyó. *Podría haber habido muertos*, repitió al infinito. ¡Como si ese no hubiese sido mi plan! Como si me importara, después de lo que habían hecho. Mi madre mencionó la posibilidad de buscar ayuda, asesoramiento, tratamiento de la ira, tal vez un psiquiatra infantil…

Insistió en que jamás tendría que haberme llevado a México, que hasta entonces había sido una niña buena…

Ya lo sabéis, estaba como una regadera. Se tragaba cada idea trasnochada que se cruzaba en su camino y se apoderó de ella el creciente delirio de que, por alguna razón, la cría obediente que había llegado a México para celebrar el Día de los Muertos estaba dominada por una fuerza maligna, por algo que la cambió y la volvió capaz de cometer atrocidades.

No cesó de repetir: «¿Qué contenía la piñata negra? ¿Qué contenía?».

Para entonces mi madre estaba tan histérica que apenas entendí lo que intentaba decir.

Ni siquiera recuerdo la piñata negra; sucedió hace mucho tiempo y, además, en la fiesta había montones de piñatas. En lo que se refiere al contenido..., bueno, supongo que golosinas, pequeños juguetes, dijes, calaveras de azúcar y todo lo que habitualmente alberga una piñata del Día de los Muertos.

Dar a entender que pudo ocurrir otra cosa, que tal vez un espíritu o una divinidad menor (puede que hasta la Santa Muerte, la codiciosa y vieja Mictecacihuatl) entró en mí durante aquel viaje a México...

Dije que, en el caso de que alguien necesitase ayuda, tenía que tratarse de la persona que había inventado ese cuento de hadas. Pero mi madre insistió, se atrevió a tildarme de «inestable», citó sus creencias y por último me advirtió que, si yo no confesaba lo que había hecho, no le quedaría otra opción que...

Fue entonces cuando tomé la decisión. Esa noche preparé el equipaje para un viaje sin retorno. Cogí su pasaporte y el mío, un poco de ropa, algo de dinero, así como las tarjetas de crédito, el talonario y las llaves de la tienda. Si queréis, podéis llamarme sentimental: también me llevé uno de sus pendientes, con forma de zapatitos, que incorporé como dije a mi pulsera. Desde entonces he añadido unos cuantos más; cada dije es una especie de trofeo, el recordatorio de las numerosas vidas que he coleccionado y utilizado para enriquecer mi existencia. Allí es donde todo empezó realmente: con un par de zapatitos de plata.

Bajé sigilosamente la escalera, encendí dos petardos que había comprado ese mismo día, los dejé caer entre las pilas de libros y salí sin hacer ruido.

No volví la vista atrás, no era necesario. Mi madre siempre dormía como un tronco y estoy convencida de que la dosis de valeriana y de lechuga montés que incorporé a su infusión habría relajado al más inquieto de los durmientes. Scott y sus amigos serían los primeros sospechosos, al menos hasta que se confirmase mi desaparición, pero para entonces yo me proponía estar allende los mares, muy lejos.

Comprenderéis que lo suavicé al explicárselo a Anouk y me abstuve de mencionar la pulsera, la piñata negra y mi fogoso adiós. Tracé una imagen conmovedora de mí misma: sola, incomprendida y sin amigos por las calles de París; me sentí desesperada de culpa, dormí donde pude y solo viví de la magia y el ingenio.

—Tuve que ser fuerte y valiente. Es duro estar sola a los dieciséis pero, de alguna manera, me defendí por mí misma y con el tiempo aprendí que existen dos fuerzas que nos impulsan. Si lo prefieres, dos vientos que soplan en direcciones contrarias. Un viento te acerca a lo que quieres y el otro te aleja de lo que temes. Las personas como nosotras tenemos que elegir entre volar con el viento o dejar que te vuele.

Por fin, a medida que la piñata se parte y deja caer su botín sobre los fieles, aparece el premio que tanto he esperado, el billete que no solo conduce a una vida, sino a dos…

—Nanou, ¿cuál eliges? —inquiero—. ¿El miedo o el deseo? ¿Huracán o Ehecatl? ¿El Destructor o el Viento del Cambio?

Me clava la mirada de sus ojos entre grises y azules, el mismo tono que el del borde de una nube de tormenta cuando comienza a deshacerse. A través del Espejo Humeante veo que sus colores mudan hacia los púrpuras y los azules más turbulentos.

También atisbo algo más: una imagen, un icono, que aquí se presenta con más claridad que la que puede manifestar una niña de once años. La veo menos de un segundo, pero es suficiente: se trata de la escena del belén de la place du Tertre, de la madre, el padre y el pesebre.

Claro que en esta versión de la escena la madre viste de rojo y el pelo del padre tiene el mismo color que…

Por fin empiezo a entender. Por eso le interesa tanto que se celebre la fiesta; por eso dedica tantas atenciones a los muñecos de la casa de Adviento y los agrupa, los acomoda con el mismo cuidado y mimo que prodigaría a la situación real.

Mirad a Thierry en el exterior de la casa. No desempeña papel alguno en esta peculiar representación. También están los visitantes: los Reyes Magos, los pastores y los ángeles; en nuestro caso, Nico, Alice, madame Luzeron, Jean-Louis, Paupaul, madame Pinot... Desempeñan la función de coro griego y proporcionan aliento y apoyo. Luego está el grupo central: Anouk, Rosette, Roux, Vianne...

¿Qué fue lo primero que me dijo?

¿Quién ha muerto? Vianne Rocher.

Lo consideré una broma, un intento infantil de provocar, pero ahora que conozco un poco más a Anouk me doy cuenta de lo serias que podrían ser esas palabras aparentemente frívolas. El viejo sacerdote y la trabajadora social no fueron las únicas víctimas del viento de diciembre de hace cuatro años. Vianne Rocher y su hija Anouk también murieron aquel día y ahora le gustaría resucitarlas...

Nanou, cuánto nos parecemos.

Verás, yo también necesito otra vida. Françoise Lavery todavía me persigue. Esta noche volvió a aparecer en la prensa local, entre otros alias también conocida como Mercedes Desmoines y Emma Windsor; publicaron dos fotos borrosas tomadas del circuito cerrado de televisión. Verás, Annie, tengo mis propias Benévolas y, por lentas que parezcan, son constantes y su persecución ha dejado de resultarme fastidiosa y se ha convertido en algo casi amenazador.

¿Cómo se enteraron de la existencia de Mercedes? ¿Cómo descubrieron tan pronto a Françoise? ¿Cuánto tiempo supones que pasará hasta que también Zozie sea víctima de su impiedad?

Me digo que tal vez ha llegado el momento. Quizá ya he agotado París. Al margen de los encantos, es posible que haya llegado la hora de emprender otros caminos, pero no como Zozie, ya no.

Si alguien te ofreciese una vida totalmente nueva, ¿la aceptarías?

Por supuesto que sí.

Y si esa vida te ofreciese aventuras, riquezas y una cría, no cualquiera, sino esta niña bella, prometedora, talentosa, que todavía no ha sido tocada por la mano del karma y que te devuelve hasta el último mal pensamiento y cada acto cuestionable con la fuerza triplicada…, algo que arrojar a las Benévolas cuando al final no quede nada más…

Si se presentara esa oportunidad, ¿la aprovecharías?

¿La aprovecharías?

Por supuesto que sí.

3

Miércoles, 12 de diciembre

De momento llevamos poco más de una semana de clases y dice que ha comenzado a notar cambios. He aprendido más cosas mexicanas: nombres, historias, símbolos y signos. Ahora sé despertar el viento con Ehecatl, el Cambiante; invocar a Tlaloc para que llueva e incluso apelar a Huracán para que desate la venganza sobre mis enemigos.

Tampoco se trata de que esté pensando en la venganza. Desde aquel día en la cola del autobús, Chantal y compañía no han asistido al liceo. Al parecer, todas tienen lo mismo. Según monsieur Gestin, han contraído algo parecido a la tiña y tienen que quedarse en casa hasta que mejoren para no contagiar a los compañeros. Es sorprendente lo que cambian las cosas en una clase de treinta alumnos cuando las cuatro personas más desagradables no están. En ausencia de Suzanne, Chantal, Sandrine y Danielle, ir a clase es un placer. Nadie se convierte en el bicho raro, nadie se ríe de Mathilde por estar gorda y hoy Claude respondió sin tartamudear a una pregunta de matemáticas.

A decir verdad, hoy me he ocupado de Claude. Cuando lo conoces resulta encantador, pero la mayor parte del tiempo tartamudea tanto que casi no habla con nadie. Me las ingenié para meterle en el bolsillo un trozo de papel con un símbolo, el del

Uno Jaguar, para darle valor, y quizá se deba a que el cuarteto no está, pero lo cierto es que me parece que he notado mejorías.

Está más relajado, permanece erguido en lugar de hundir los hombros y, aunque no ha desaparecido, hoy su tartamudez no fue tan marcada. A veces va tan mal que se atasca, se pone rojo y está a punto de echarse a llorar; todos nos sentimos incómodos, incluso los profesores, y lo miramos, salvo Chantal y compañía; hoy habló más que nunca y no se atragantó ni siquiera una vez.

También he hablado con Mathilde. Es muy tímida y apenas toma la palabra, se pone enormes jerséis negros para disimular su figura e intenta volverse invisible con la esperanza de que la dejen en paz. Siempre se meten con ella y camina cabizbaja, como si temiese mirar a alguien a los ojos, lo que le da un aspecto rechoncho, torpe y penoso, por lo que nadie se da cuenta de que tiene un cutis fantástico (nada que ver con el de Chantal, que se ha llenado de acné) y que su melena es tupida y hermosa y con la actitud adecuada también podría...

—Deberías probarlo —aseguré—. Te llevarías una sorpresa.

—¿Qué quieres que pruebe? —preguntó Mathilde con un tono que daba a entender que se preguntaba por qué yo perdía el tiempo con ella.

Le expliqué parte de lo que Zozie me había dicho. Prestó atención y se olvidó de mirar al suelo.

—Sería incapaz —reconoció al final, pero detecté su mirada esperanzada.

Esta mañana, en la parada del autobús, la encontré distinta: más recta, más segura de sí misma y, por primera vez desde que la conozco, no iba de negro. Llevaba un jersey corriente, rojo oscuro, que no le quedaba excesivamente holgado. Comenté que le sentaba bien y Mathilde se mostró confundida pero satisfecha y, también por primera vez, entró sonriendo en el liceo.

Hay que reconocer que me resulta un punto extraño eso de

ser repentinamente..., bueno, no digamos que popular, sino algo parecido, que la gente te vea con otros ojos, que puedas cambiar su manera de pensar...

¿Cómo es posible que mamá renunciase a todo eso? Me gustaría preguntárselo, pero sé que no puedo. Tendría que hablarle de Chantal y compañía, de los muñecos de pinzas, de Claude y Mathilde, de Roux, de Jean-Loup...

Jean-Loup ha vuelto al liceo; estaba algo pálido pero animado. Sucede que solo tuvo un resfriado, pero el trastorno cardíaco es delicado y hasta un resfriado puede convertirse en algo grave. De todos modos, hoy ha vuelto y nuevamente toma fotos y observa el mundo a través de la cámara. Hace fotos de todo: de los profesores, del portero, de los estudiantes, hasta de mí. Las dispara tan rápido que nadie tiene tiempo de interrumpir lo que está haciendo, por lo que a veces se mete en líos, sobre todo con las chicas, a las que les gustaría acicalarse y posar...

—Y echar a perder la foto —concluyó Jean-Loup.

—¿Por qué? —quise saber.

—Porque con la cámara se ve más que a simple vista.

—¿Incluso fantasmas?

—También.

Me pareció divertido, pero Jean-Loup tiene razón. Está hablando del Espejo Humeante y de que puede mostrarte cosas que normalmente no verías. Está claro que no conoce los antiguos símbolos, aunque tal vez hace tanto tiempo que toma fotos que aprendió el truco de enfocar de Zozie, de ver las cosas tal como realmente son en lugar de como la gente quiere verlas. Por eso le gusta el cementerio, busca lo que el ojo no ve. Busca luces espectrales, la verdad o algo por el estilo.

—Según tú, ¿qué aspecto tengo?

Recorrió su galería de fotos y me mostró la instantánea tomada esa misma mañana, durante el recreo, en el preciso momento en el que corría hacia el patio.

—Está un poco borrosa —opiné.

Mis piernas y mis brazos estaban por todas partes, pero mi cara había quedado bien y me reía.

—Eres tú —aseguró Jean-Loup—. Es hermosa.

No supe si fanfarroneaba o si acababa de echarme un piropo, así que no me di por aludida y miré las demás.

Vi a Mathilde, con aspecto triste y gorda pero, en el fondo, realmente bonita; vi a Claude, que hablaba conmigo sin tartamudear, y a monsieur Gestin con expresión divertida y sorprendente, como si intentase mostrarse serio a pesar de que interiormente se partía de risa; también vislumbré fotos de la chocolatería, que Jean-Loup todavía no había descargado, pero las pasó tan rápido que apenas las vislumbré.

—Ve más despacio —pedí—. ¿Esa no es mi madre?

Era mamá con Rosette. Pensé que parecía vieja y, como Rosette se había movido, no se veía claramente su cara. También avisté a Zozie a su lado; no se parecía en nada a sí misma, pues tenía las comisuras de los labios hacia abajo y algo en la mirada...

—¡Vamos! ¡Llegaremos tarde! —espetó Jean-Loup.

Echamos a correr hacia el autobús y, como de costumbre, fuimos al cementerio a dar de comer a los gatos y a caminar por los senderos, bajo los árboles de los que caían las hojas secas y estaban rodeados de fantasmas.

Cuando llegamos oscurecía y los sepulcros no eran más que formas perfiladas contra el cielo. No va bien para hacer fotos a no ser que utilices el flash, algo que Jean-Loup considera «imperfecto», aunque de todas maneras es extraño y maravilloso debido a las luces navideñas colgadas colina arriba y extendidas cual una telaraña de estrellas.

—Casi nadie llega a ver todo esto. —Jean-Loup hizo fotos del cielo amarillo y gris, con las tumbas como cascos en un astillero abandonado—. Por eso me gusta a esta hora, cuando la noche está a punto de caer, la gente ha vuelto a casa y ves realmente que se trata de un cementerio más que de un parque lleno de famosos.

—No tardarán en cerrar —añadí.

Cierran para evitar que los vagabundos duerman en el recinto. De todos modos, algunos lo hacen. Trepan el muro o se esconden para que el guarda no detecte su presencia.

Al principio pensé que se trataba de un mendigo que se aprestaba a pasar la noche; solo fue una sombra detrás de una de las tumbas, cubierta con un abrigo enorme y con un gorro de lana que le tapaba la cabeza. Toqué el brazo de Jean-Loup, que asintió y murmuró:

—Prepárate para correr.

En realidad, yo no estaba asustada ni nada que se le parezca. Creo que corres el mismo peligro con una persona sin techo que con alguien que tiene casa. Por otro lado, nadie sabía que estábamos allí, estaba oscuro y era consciente de que a la madre de Jean-Loup le daría un ataque si se enteraba adónde iba casi todos los días al salir de la escuela.

Está convencida de que acude al club de ajedrez.

Me parece que no conoce a su hijo.

Sea como fuere, allí estábamos, dispuestos a salir volando si el hombre intentaba acercarse a nosotros. En ese momento se volvió y vi su rostro…

¿Roux?

Desapareció sin darme tiempo a pronunciar su nombre; se desplazó entre las tumbas rápido como un gato de cementerio y sigiloso como un fantasma.

4

Jueves, 13 de diciembre

Hoy vino madame Luzeron y trajo varias cosas para el escaparate de Adviento: muebles de juguete de su antigua casa de muñecas, cuidadosamente embalados y guardados en cajas de zapatos rellenas con papel de seda. Hay una cama de cuatro columnas con dosel, una mesa de comedor y seis sillas. También trajo lámparas, alfombras, un diminuto espejo dorado y varias muñequitas con cabeza de porcelana.

—No puedo permitir que se desprenda de esos objetos —aseguré cuando los dejó sobre el mostrador—. Se trata de antigüedades...

—No son más que juguetes, quédeselos todo el tiempo que quiera.

Los puse en la casa, en la que hoy hemos abierto otra puerta. Se trata de una escena encantadora, en la que una cría pelirroja (uno de los muñecos de pinza de Anouk) admira una enorme pila de cajas de cerillas, cada una primorosamente envuelta con papel de colores y con un lacito.

Falta poco para el cumpleaños de Rosette. La fiesta que Anouk ha organizado con tanto cuidado es, en parte, celebración de ese aniversario e intuyo que también el intento de recrear una época (probablemente imaginaria) en la que Yule significaba algo más que papel metalizado y regalos y la vida real estaba más próxima a las escenas íntimas e imaginarias que rodean la casa de Adviento que a la verdad más de relumbrón de las calles parisinas.

Los niños son muy sentimentales. He intentado contener sus expectativas, explicarle que una fiesta no es más que una fiesta y que, por muy amorosamente que se prepare, no puede recuperar el pasado, cambiar el presente ni garantizar una mínima nevada.

Mis comentarios no han ejercido el menor efecto en Anouk, si exceptuamos que ahora habla de todas las cuestiones de la fiesta con Zozie en lugar de conmigo. Me he percatado de que, desde que Zozie se ha mudado a la chocolatería, Anouk pasa casi todo el tiempo libre con ella, en su cuarto, se pone sus zapatos (he oído el taconeo sobre la madera), comparten bromas que solo ellas entienden y hablan al infinito..., me gustaría saber de qué.

Creo que, en cierta manera, resulta conmovedor. Sin embargo, una parte de mí, esa faceta envidiosa y desagradecida, sigue sintiéndose ligeramente excluida. Desde luego que es maravilloso que Zozie esté aquí, se ha portado como una verdadera amiga, ha cuidado de las niñas, nos ha ayudado a reinventar el local para que por fin empecemos a ganarnos la vida...

De todos modos, no creo estar ciega ante lo que ocurre. Si observo veo entre bambalinas: el sutil dorado, el montón de campanillas en el escaparate, el dije que cuelga encima del umbral y que confundí con un adorno navideño, las señales, los símbolos, las figuras de la casa de Adviento, la magia cotidiana que supuse abandonada hacía tanto tiempo y que cobra vida en cada rincón...

¿Qué daño hacemos?, me pregunto. Prácticamente no se le puede llamar magia, solo se trata de unos pocos encantos, de una o dos señales de la buena suerte, de la clase de cosas en las que mi madre no habría pensado dos veces...

No dejo de estar perturbada. Nada es totalmente gratuito;

como sabe el muchacho del cuento, el que vendió su sombra por una promesa, no es posible hacer oídos sordos ante las condiciones del trato; si compro a crédito en el mundo, no tardaré en tener que pagar el precio de...

Zozie, ¿a cuánto asciende?

¿Cuál es tu precio?

Por la tarde me sentí cada vez más alterada. Tal vez había algo en la atmósfera o en la luz invernal. Descubrí que deseaba ver a alguien, aunque no supe a quién, quizá a mi madre, a Armande o a Framboise. Era alguien simple, alguien en quien confiar.

Thierry telefoneó dos veces y eludí sus llamadas. Habría sido incapaz de comprender lo que me pasaba. Intenté concentrarme en el trabajo pero, por algún motivo, todo se torció. Calenté demasiado o muy poco el chocolate, dejé que la leche hirviese y puse pimienta en lugar de canela a un lote de rollitos de avellana. A media tarde me dolía la cabeza y finalmente dejé a Zozie a cargo de todo y salí a tomar el aire.

Caminé al azar, sin pensar adónde iba. Ciertamente no me dirigí a la rue de la Croix, si bien allí me encontré menos de veinte minutos después. El cielo estaba quebradizo y de tono azul porcelana y el sol se encontraba demasiado bajo como para dar calor. Me alegré de haberme puesto el abrigo, marrón como las botas, y lo ceñí alrededor de mi cuerpo cuando me interné entre las sombras de la parte baja de la colina.

Fue una coincidencia, eso es todo. A lo largo del día no había pensado en Roux, pero allí estaba, en la entrada del edificio, con botas, mono de trabajo y una gorra negra tejida que le tapaba la cabeza. Aunque se encontraba de espaldas a mí lo reconocí de inmediato; tiene que ver con su modo de moverse, sin prisa pero sin pausa, flexionando los músculos delgados y fibrosos de la espalda y de los brazos cuando arroja cajas y cajones con escombros en el contenedor colocado junto al bordillo.

Me oculté instintivamente detrás de una furgoneta aparcada. La sorpresa de ver a Roux y de encontrarme en el lugar del que Zozie me había aconsejado que me mantuviese alejada me llevaron a ser cautelosa, por lo que lo observé desde detrás de la furgoneta, invisible con mi abrigo de color casi indefinido y con el corazón que me golpeaba como la bola de la máquina del millón. Me pregunté si debía hablar con él. ¿Me apetecía dirigirle la palabra? Además, ¿qué hacía allí? Se trata de un hombre que detesta la ciudad y el ruido, que desprecia la riqueza y prefiere el cielo a un techo... En ese preciso momento Thierry salió del edificio. En el acto percibí tensión entre ambos. Thierry parecía contrariado, estaba rojo como un tomate, se dirigió a Roux con tono tajante y le hizo señas de que entrase.

Roux no se dio por enterado.

—¿Estás sordo o tonto? —preguntó Thierry—. Por si lo has olvidado, debemos cumplir con el maldito plan de trabajo. Comprueba los niveles antes de empezar, los tablones no son de madera de pino de un centímetro de grosor, sino de roble.

—¿A Vianne también le hablas así?

El acento de Roux varía según su estado de ánimo. Hoy era prácticamente exótico y estaba cargado de sonidos guturales. Con su deje parisino, Thierry casi no lo entiende.

—¿Qué has dicho?

Roux repitió con tono insolentemente bajo:

—Te he preguntado si a Vianne también le hablas así.

La expresión de Thierry se demudó.

—*Yanne* es la persona por la que hago todo esto.

—Ahora comprendo qué ve en ti.

Thierry soltó una carcajada desagradable.

—Se lo preguntaré esta noche, ¿vale? Da la casualidad de que la veré. Pienso invitarla a cenar a un restaurante donde no venden pizza por raciones.

Pronunció esas palabras y echó a andar calle arriba, por lo que Roux hizo un gesto obsceno a sus espaldas. Me agaché rápidamente junto a la furgoneta y me sentí como una tonta, pero no quería que supieran que estaba allí. Thierry pasó a dos metros y su mueca fue una mezcla de cólera, disgusto y malévola satisfacción. Le dio aspecto de hombre mayor y, hasta cierto punto, de desconocido; durante unos segundos me sentí como una niña a la que pillan mirando por la cerradura de una puerta vedada. Finalmente Thierry se alejó y Roux se quedó solo.

Lo observé durante varios minutos. Cuando no saben que las miras, las personas suelen mostrar aspectos inesperados de sí misma, como ya había notado en Thierry cuando pasó a mi lado. Roux se sentó en el bordillo y permaneció inmóvil, con la vista clavada en el suelo y aspecto, más que nada, de cansado, aunque en su caso es difícil saberlo.

Me dije que debía regresar a la chocolatería. Anouk tardaría menos de una hora en llegar a casa, tenía que preparar la merienda de Rosette y si Thierry decidía presentarse...

Salí de detrás de la furgoneta.

—Roux...

Indefenso, Roux se incorporó de un salto y quedó iluminado por su radiante sonrisa, aunque la cautela no tardó en volver a dominarlo.

—Thierry no está aquí, si es a quien buscas.

—Ya lo sé —respondí y Roux recuperó la sonrisa—. Roux...

Abrió los brazos y me cobijé en ellos como antes, con la cabeza apoyada en su hombro e impregnada por el aroma cálido y delicado de su persona, muy distinto al olor de la madera serruchada, la cera o el sudor. Fue como si quedásemos cubiertos por un edredón.

—Entra, estás tiritando.

Lo seguí y subimos. El piso estaba irreconocible: cubierto de sábanas blancas, quietas como la nieve, con los muebles apilados en los rincones y el suelo convertido en una nube de polvo oloroso. Libre del apiñamiento al que lo había sometido Thierry, me di cuenta de las amplias dimensiones del apartamento, los techos altos con molduras de yeso, los anchos marcos de las puertas y las trabajadas barandillas de los balcones que dan a la calle.

Roux se percató de que yo me había fijado en eso.

—En lo que a las jaulas se refiere, está bastante bien. El gran señor no repara en gastos.

Lo miré a los ojos.

—¿Thierry no te gusta?

—¿Y a ti?

No hice caso de su sarcasmo.

—No suele ser tan brusco. Te aseguro que generalmente es muy amable. Sin duda está sometido a estrés o tal vez lo has puesto nervioso...

—O quizá es agradable con la gente importante y dice lo que le da la gana a los que no cuentan.

Dejé escapar un suspiro.

—Abrigaba la esperanza de que os entendieseis.

—¿Por qué crees que no me he largado ni le he partido la cara? —Desvié la mirada y no respondí. La carga entre nosotros se acrecentó. Fui muy consciente de que Roux estaba a mi lado, muy cerca, y de las manchas de pintura de su mono. Debajo llevaba una camiseta y de su cuello colgaba un cordón con un pequeño cristal de río de color verde—. ¿Qué haces aquí? ¿Has venido a haraganear con la mano de obra?

Ay, Roux, pensé. ¿Qué quieres que te diga? ¿Que estoy aquí por ese punto secreto que tienes justo encima de la clavícula, en el que mi frente encaja a la perfección? ¿Que no solo conozco tus predilecciones, sino cada uno de tus giros y recovecos? ¿Que en el omóplato izquierdo tienes tatuada una rata que siempre he fingido que no me gusta? ¿Que tu pelo tiene el color del pimentón y las caléndulas y que los rápidos dibujos de animales que hace Rosette me recuerdan tanto tus trabajos en madera y piedra que a menudo me duele mirarla y pensar que no te conoce...?

Besarlo empeoraría las cosas. Por eso lo besé, cubrí su cara de pequeños besos suaves, le quité la gorra, me saqué el abrigo, busqué su boca con quemante alivio...

Los primeros minutos me quedé ciega, más allá de todo pensamiento. Solo existió mi boca y lo único real fueron mis manos sobre su piel. El resto de mi persona fue imaginario y cobró vida al tocarlo, poco a poco, como la nieve que se derrite. Volvimos a besarnos en medio del vértigo, de pie en la estancia vacía que olía a aceite y a serrín y en la que las sábanas blancas se desplegaban como las velas de un barco…

Desde algún rincón de la mente fui consciente de que no era ese el plan, de que todo se complicaría hasta límites incalculables, pero no pude refrenarme. Había esperado demasiado y ahora…

Me quedé petrificada. *Y ahora, ¿qué?,* pensé. ¿Volveríamos a estar juntos? ¿Qué sucedería luego? ¿Así ayudaría a Anouk y a Rosette? ¿Así desterraría a las Benévolas? ¿Nuestro amor permitiría llevar comida a la mesa o aquietar el viento aunque solo fuese un día?

Vianne, habría sido mejor que hubieses continuado dormida, declaró la voz de mi madre en mi cabeza. *Si este hombre te interesa, lo más aconsejable es que…*

—Roux, no he venido por esto. —Hice un gran esfuerzo y lo aparté. En lugar de tratar de retenerme, Roux me observó mientras me ponía el abrigo y me acomodaba el pelo con manos temblorosas—. ¿Qué haces aquí? —pregunté impetuosamente—. ¿Por qué te quedaste en París?

—No me pediste que me fuese —repuso—. Además, quería conocer a Thierry, cerciorarme de que estás bien.

—No necesito tu ayuda. Estoy bien. Ya lo has visto en la chocolatería.

A Roux se le escapó una sonrisa.

—En ese caso, ¿qué haces aquí?

Con el paso de los años he aprendido a mentir. He mentido a Anouk y a Thierry y ahora debo mentir a Roux. Si no lo hago por él, debo hacerlo por mí misma…, pues sabía que si se despertaba otra parte de mi zona dormida, los abrazos de Thierry no solo me resultarían molestos, sino totalmente intolerables y los planes realizados durante los últimos cuatro años saldrían volando como hojitas al viento.

Lo miré.

—Te pido que te vayas. Quiero que te vayas. Esta historia no es justa contigo. Esperas algo que es imposible y no quiero volver a hacerte daño.

—No necesito ayuda —se mofó Roux—. Estoy bien.

—Roux, por favor.

—Dijiste que lo querías, pero tus palabras demuestran que no es así.

—No es tan sencillo…

—¿Por qué? —quiso saber Roux—. ¿Por el local? ¿Te casarás con él por la chocolatería?

—Hablas como si fuera una tontería. Dime, ¿dónde estabas hace cuatro años? ¿Qué te hace pensar que puedes regresar con la expectativa de que nada ha cambiado?

—Vianne, no has cambiado tanto. —Roux estiró la mano y me acarició la cara. La electricidad estática había desaparecido y fue sustituida por un dolor sordo y enternecedor—. Si crees que ahora voy a irme…

—Roux, tengo que pensar en mis hijas, no se trata solo de mí. —Le cogí la mano y la apreté con todas mis fuerzas—. Lo de hoy solo demuestra una cosa: no puedo volver a estar a solas contigo, no confío en mí misma y no me siento segura.

—¿La seguridad es tan importante?

—Si tuvieras hijos sabrías que sí.

Esa fue la mayor de las mentiras, pero tenía que pronunciarla. Roux debe marcharse. Si no lo hace por la suya, al menos que se vaya por mi tranquilidad de espíritu y por el bien de Anouk y de Rosette. Cuando regresé a la chocolatería, las niñas estaban arriba y Anouk ya se había metido en la habitación de Zozie y le contaba entusiasmada algo que había ocurrido en la escuela.

Para variar, me alegré de estar sola, pasé media hora en mi habitación, volví a echar las cartas de mi madre y aplaqué mis nervios agitados.

El Mago, la Torre, el Colgado, el Loco.

La Muerte. Los Enamorados. La Rueda de la Fortuna.

La Rueda de la Fortuna o el cambio. La carta muestra una rueda que gira implacablemente. Papas y pobres, plebeyos y reyes se aferran desesperadamente a los rayos y, a través del dibujo primitivo, distingo sus expresiones, las bocas abiertas, las sonrisas complacientes que se trocan en gemidos de terror cuando la rueda sigue su curso…

Miro a los Enamorados: Adán y Eva están desnudos y van de la mano. El pelo de Eva es negro y el de Adán, rojo. Aquí no hay grandes misterios. Las cartas están impresas en tres colores: amarillo, rojo y negro que, sumados al fondo blanco, componen los colores de los cuatro vientos…

¿Por qué he vuelto a tirar las cartas?

¿Qué mensaje me reservan?

Thierry telefoneó a las seis y me invitó a salir. Le dije que tenía migraña y para entonces era casi cierto; la cabeza me latía como un flemón y la idea de comer empeoró la situación. Prometí que lo vería mañana y procuré olvidarme de Roux, pero cada vez que intenté conciliar el sueño noté la caricia de sus labios en mi cara y cuando Rosette despertó y se puso a llorar, oí la dicción de Roux en el tono de mi niña y vi sombras de él en sus ojos entre grises y verdes…

5

Viernes, 14 de diciembre

Faltan diez días para Nochebuena. Quedan diez días para la gran sorpresa y lo que supuse que sería bastante simple se ha vuelto complicado.

En primer lugar, está Thierry y también Roux.

¡Anda ya, tío! ¡Qué follón!

Desde la charla del domingo con Zozie he intentado pensar qué puedo hacer. Mi primer impulso consistió en acudir directamente a Roux y contárselo todo, pero Zozie insiste en que sería un error.

En un cuento no plantearía dificultades. Bastaría con comunicar a Roux que es padre, deshacerse de Thierry, ocuparse de que todo vuelva a ser como antes y que en Nochebuena nos reunamos para celebrarlo a lo grande. Fin de la historia y trozo de pastel.

En la vida real no es tan sencillo. Zozie asegura que, en la vida real, hay hombres incapaces de afrontar la paternidad, sobre todo de una hija como Rosette… ¿Y si él no puede resistirlo? ¿Y si se avergüenza de Rosette?

Anoche apenas pegué ojo. Ver a Roux en el cementerio me llevó a preguntarme si Zozie tiene razón y Roux no quiere visitarnos. En ese caso, ¿por qué sigue trabajando para Thierry? ¿Lo sabe o no? Cavilé y reflexioné y para mí seguía sin tener sentido, razón por la cual hoy tomé una decisión y fui a visitarlo a la rue de la Croix.

Llegué a eso de las tres y media e interiormente estaba nerviosa y temblorosa. Me salté la última clase, que era de estudio, y si alguien me pregunta diré que fui a la biblioteca. De haber estado presente, Jean-Loup lo habría sabido, pero hoy también faltó por enfermedad. Tracé en mi mano la señal Uno Mono y me largué sin que se dieran cuenta.

Cogí el autobús a la place de Clichy y de allí caminé hasta la rue de la Croix, una calle ancha y tranquila que da al cementerio, con viejas casonas de estuco a un lado, semejantes a una fila de pasteles de boda, y del otro la elevada tapia de ladrillo.

El apartamento de Thierry está en el último piso. En realidad, es el propietario de todo el edificio: dos plantas y el apartamento del sótano. Es el piso más grande que he visto en mi vida, a pesar de lo cual a Thierry no le parece espacioso y se queja del tamaño de las habitaciones.

Cuando llegué estaba vacío. A un lado del edificio se alzaba el andamio y láminas de celofán cubrían las puertas. En la entrada un hombre con casco fumaba y me di cuenta de que no era Roux.

Entré y subí por la escalera. Desde el primer rellano percibí el ruido de las máquinas y olí el aroma dulzón y a caballo de la madera recién cortada. También oí voces..., mejor dicho, una voz, la de Thierry, por encima de los demás sonidos. Subí los últimos peldaños cubiertos de serrín y de virutas. Una lámina de celofán hacía las veces de puerta. La moví y miré hacia dentro.

Roux se había puesto mascarilla y pasaba la lijadora a las tablas del suelo. El olor a madera lo impregnaba todo. Thierry se cernía sobre él con el traje gris, un casco amarillo y esa expresión que adopta cuando Rosette se niega a usar la cuchara o escupe la comida en la mesa. Mientras miraba, Roux desconectó la lijadora y se quitó la mascarilla. Parecía cansado y no muy contento.

Thierry echó un vistazo a las tablas del suelo y ordenó:

—Aspira el polvo y pasa la pulidora. Quiero que antes de irte des, como mínimo, una mano de barniz.

—Es una broma, ¿no? Tendré que quedarme hasta la medianoche.

—Me importa un bledo —puntualizó Thierry—. No estoy dispuesto a perder un día más. Tiene que estar terminado para Nochevieja.

Franqueó la puerta, pasó a mi lado y bajó la escalera hasta el primer piso. Como me encontraba detrás de la lámina contra el polvo, no me detectó, pero yo lo vi de cerca y su expresión no me gustó nada. Era una especie de mueca de suficiencia, que no llegó a ser una sonrisa, aunque mostró demasiado los dientes. Fue como si, en lugar de repartir regalos entre los niños, este año Papá Noel hubiera decidido quedárselos. En ese instante odié a Thierry..., no solo porque le había gritado a Roux, sino porque se creía mejor que él. Se notó en la manera en que lo miró y en el modo en que se cernió sobre Roux, como alguien que se hace limpiar los zapatos; sus colores permitieron vislumbrar algo más..., algo que podría haber sido envidia o un sentimiento todavía más negativo...

Roux estaba sentado en el suelo, con las piernas cruzadas, la mascarilla colgada del cuello y la botella de agua en la mano.

—¡Anouk! —Roux sonrió de oreja a oreja—. ¿Vianne está aquí?

Negué con la cabeza y se le cayó el alma a los pies.

—¿Por qué no has venido? Dijiste que nos visitarías.

—He estado ocupado, eso es todo. —Levantó la cabeza y con la barbilla señaló la estancia, envuelta en celofán de construcción—. ¿Te gusta?

—Bah... —mascullé.

—Se acabaron las mudanzas. Tendrás una habitación para ti sola y estarás cerca de la escuela y de todo.

A veces me pregunto por qué los adultos dan tanta importancia a la educación cuando es evidente que los niños saben mucho más que ellos acerca de la vida. ¿Por qué complican tanto las cosas? ¿Por qué, para variar, no permiten que sean simples?

—He oído lo que Thierry te dijo. No debería hablarte así. Se considera mucho mejor que tú. ¿Por qué no lo mandas a freír espárragos?

Roux se encogió de hombros.

—Cobro un salario. Además... —Percibí el brillo de su mirada—. Además, es posible que pronto pueda desquitarme.

Me senté en el suelo, a su lado. Olía a sudor y a serrín, que le cubría los brazos y el pelo. Noté algo distinto en Roux, pero no llegué a deducir de qué se trataba. Fue una especie de expresión divertida, alegre y esperanzada que en la chocolatería no había mostrado.

—Anouk, ¿qué puedo hacer por ti?

Dile a Roux que es padre. Es lo más adecuado. Como tantas cosas, parece fácil, pero a la hora de abordar la parte práctica...

Me humedecí la yema del dedo y tracé el signo de la señora del Conejo de la Luna en el polvo depositado en el suelo. Zozie dice que es mi signo: un círculo con un conejo en el interior. Supuestamente se parece a la luna nueva; como es el signo del amor y los nuevos comienzos pensé que, puesto que se trata de mi signo, tal vez daría más resultado con Roux.

—¿Qué te pasa? —Roux sonrió— ¿El gato se te ha comido la lengua?

Tal vez fue porque pronunció la palabra «gato» o quizá se debió a que nunca se me ha dado bien mentir, sobre todo a los que quiero. Sea como fuere, lo cierto es que solté de sopetón la pregunta que desde la charla con Zozie me ha quemado el paladar:

—¿Sabes que eres el papá de Rosette?

Roux me traspasó con la mirada.

—¿Qué has dicho?

Su mirada de estupefacción fue inconfundible. Por lo tanto,

no lo sabía. Su expresión demostró que tampoco podía decirse que estuviera contento.

Miré la señal de la señora del Conejo de la Luna y dibujé a su lado, en el suelo harinoso, la cruz rota de Tezcatlipoca Rojo, el Mono.

—Sé lo que estás pensando. Es pequeña para tener cuatro años, se babea, se despierta por la noche y siempre ha sido lenta para ciertas cosas, como aprender a hablar y a usar la cuchara, pero es realmente divertida y tierna y si le das la oportunidad…

El rostro de Roux adquirió el color del serrín. Meneó la cabeza como si se tratase de una pesadilla de la que podía deshacerse de una sacudida.

—¿Cuatro? —preguntó.

—Los cumple la semana que viene. —Sonreí—. Estaba segura de que no lo sabías. —Pensé que Roux jamás nos habría dejado como lo hizo si hubiese conocido la existencia de Rosette.

Le hablé de la época en la que Rosette había nacido, de la pequeña crepería de Les Laveuses, de lo grave que había estado los primeros días, de que la habíamos alimentado con un gotero, de nuestro traslado a París y de todo lo ocurrido…

—Espera un poco —pidió Roux—. ¿Vianne sabe que estás aquí? ¿Sabe que me estás contando todo esto?

Negué con la cabeza.

—Nadie lo sabe.

Roux caviló y sus colores pasaron lentamente de los azules y los verdes serenos a los rojos y los naranjas chillones; adoptó una mueca de contrariedad que no tenía nada que ver con el Roux que yo conozco.

—O sea que…, ¿en todo este tiempo Vianne no me dijo nada? ¿Tengo una hija y hasta ahora no lo supe?

Cuando se enfada se agudiza su acento del Midi y en ese momento estaba tan cabreado que parecía que hablaba en un idioma extranjero.

—Tal vez no tuvo ocasión de decírtelo.

Roux emitió una especie de gruñido colérico.

—Quizá piensa que no estoy preparado para ser padre.

Me habría gustado abrazarlo para que se sintiese mejor y decirle que lo queríamos, que todas lo queríamos, pero en ese momento estaba demasiado alterado como para hacerme caso, lo vi sin necesidad de apelar al Espejo Humeante, y de pronto pensé que tal vez había cometido un error, que tendría que haber hecho caso de los consejos de Zozie...

Súbitamente Roux se puso en pie, como si hubiese tomado una decisión, y con la bota borró la señal de Tezcatlipoca Rojo, el Mono, trazada en el polvo.

—Espero que el chiste os haya hecho gracia. Es una lástima que no durase un poco más..., al menos hasta que terminara mi trabajo en el apartamento... —Se arrancó la mascarilla que colgaba de su cuello y la arrojó contra la pared—. Dile a tu madre que se acabó y que está a salvo. Ha tomado una decisión y más le vale respetarla. Ya que estamos, dile a Le Tresset que a partir de ahora se ocupe personalmente de las reformas. Me largo.

—¿Adónde vas?

—A casa —repuso Roux.

—¿Qué dices? ¿Vuelves a tu barco?

—¿Qué barco?

—Dijiste que tenías una embarcación —le recordé.

—Sí, claro.

Roux se miró las manos.

—¿Estás dando a entender que no tienes barco?

—Claro que lo tengo. Es impresionante.

Roux miró hacia otro lado y su voz sonó monótona. Formé el Espejo Humeante con los dedos y vi sus colores, una mezcla de rojos coléricos y verdes cínicos, por lo que pensé: *Venga ya, Roux, por favor, solo por esta vez.*

—¿Dónde está?

—En el port de l'Arsenal.

—¿Por qué estás allí?

—Porque solamente pasaba por aquí.

Pensé que estaba mintiendo. Se necesita mucho tiempo para navegar aguas arriba desde el Tannes, es posible que meses. Además, nadie pasa solamente por París. Tienes que registrarte en el port de Plaisance y pagar el amarre, lo que me llevó a preguntarme por qué, si tenía barco, Roux trabajaba para Thierry.

Me dije que, si mentía, me sería imposible hablar con él. Mi plan (o lo que fuese) se había basado en el supuesto de que Roux se alegraría realmente de verme, diría lo mucho que nos había añorado y hasta qué punto le había dolido saber que mamá se casaría con Thierry. Después yo le hablaría de Rosette y entonces Roux comprendería que no podía marcharse, por lo que viviría con nosotras en la chocolatería, de modo que mamá no tendría que casarse con Thierry y podríamos formar una familia…

Ahora que lo pienso, suena muy poco convincente.

—¿Qué pasará con Rosette y conmigo? En Nochebuena damos una fiesta. —Saqué su invitación de mi mochila y se la entregué—. Tienes que venir —acoté a la desesperada—. Aquí está tu invitación.

Rió de forma desagradable.

—¿A quién te refieres? ¿A mí? Seguramente estás pensando en el padre de otra persona.

¡Anda ya, tío!, pensé. ¡Qué lío! Tuve la sensación de que, cuanto más intentaba hablar con él, mayor era su furia y de que mi nuevo sistema, que ya ha obrado maravillas con Nico, Mathilde y madame Luzeron, no surte efecto con Roux.

Si hubiese terminado su muñeco…

La inspiración me asaltó:

—Vaya, tienes polvo en el pelo —comenté, y me puse de puntillas para quitárselo.

—¡Ay! —se quejó Roux.

—Perdona. Por favor, ¿puedo verte mañana, aunque solo sea para despedirme?

Hizo una pausa tan larga que tuve la certeza de que se negaría.

Finalmente Roux suspiró y replicó:

—Nos veremos en el cementerio, junto a la tumba de Dalida, a las tres en punto.

—De acuerdo —accedí sonriendo para mis adentros.

Roux vio la sonrisa y puntualizó:

—No pienso quedarme.

Bueno, Roux, eso es lo que crees, reflexioné.

Abrí la mano y vi tres pelos rojos enredados en mis dedos.

Esta vez, para variar, Roux, que tanto se precia de hacer lo que le viene en gana, tendrá que hacer lo que yo quiero. Esta vez me toca a mí. Yo decido. Cueste lo que cueste, asistirá a nuestra fiesta en Nochebuena. He dicho cueste lo que cueste. Tal vez no quiera venir, pero acudirá..., aunque para ello tenga que convocar a Huracán a fin de que lo arrastre.

6

Viernes, 14 de diciembre

Invocación al viento.

En primer lugar, enciende las velas. Las rojas son buenas para la suerte y otras cuestiones, aunque las blancas también dan resultado. Si de verdad quieres hacerlo bien, enciende velas negras, ya que es el color del final del año, el período lento y oscuro entre el Día de los Muertos y la Luna Llena del diciembre, fecha en la que el año fenecido vuelve a comenzar.

Traza en el suelo un círculo de tiza amarilla. Desplaza la cama y la alfombra de tiras de tela azul para usar el suelo de madera. Cuando termines vuelve a colocarlas en su sitio para que mamá no vea las marcas. Mamá no lo comprendería, aunque...

Mamá no tiene por qué enterarse.

Como ves, me he puesto los zapatos rojos. No sé por qué, pero tengo la sensación de que me dan suerte, de que cuando los llevo no puede ocurrir nada malo. Trae un poco de pintura en polvo o de arena de colores (como verás, yo utilizo cristales de azúcar) a fin de marcar los puntos en el círculo: el negro para el norte, el blanco para el sur, el amarillo para el este y el rojo para el oeste. Esparce la arena por todo el círculo y pacificarás a los dioses menores del viento.

Ocupémonos del sacrificio: incienso y mirra. Por si no lo

sabes, es lo que los Reyes Magos ofrecieron al niño Jesús en el pesebre. Creo que, si fue lo bastante bueno para el niño Jesús, también tiene que serlo para nosotras. Y oro; veamos, he cogido varios cuadrados de chocolate envueltos en papel dorado y supongo que será suficiente, ¿no? Zozie dice que los aztecas siempre ofrecían chocolate a los dioses... y sangre, por descontado, aunque espero que no quieran mucha. Un pinchazo... ¡ay! Bueno, eso es todo..., enciende el incienso y estaremos a punto.

Siéntate en el círculo, con las piernas cruzadas, y aferra con cada mano uno de tus muñecos de pinza. Necesitarás una bolsa de cristales de azúcar rojos, que esparcirás por el suelo para entrar.

En primer lugar marcamos el signo de la señora del Conejo de la Luna. Pantoufle puede sostenerlo por mí en el borde del círculo de tiza. A continuación dibujamos Tezcatlipoca Azul, el Colibrí, que representa el cielo a mi izquierda, y Tezcatlipoca Rojo, el Mono, que representa la tierra a tu izquierda. Bam monta guardia de ese lado, junto al signo de Uno Mono.

Ya está, listo. ¿No es divertido? Lo habíamos hecho con anterioridad, ¿te acuerdas? Entonces algo salió mal, pero ahora no sucederá lo mismo. Esta vez invocaremos al viento adecuado. No llamaremos al Huracán, sino al Viento del Cambio porque aquí hay algo que necesitamos modificar.

¿De acuerdo? Ahora trazamos la espiral en el azúcar rojo del suelo.

Ahora nos ocupamos de la invocación. Estoy al tanto de que no conoces la letra pero, si te apetece, puedes unirte a la canción. Canta...

Vl'à l'bon vent, v'là l'joli vent...

Eso es, eso es, suavemente.

Muy bien, ahora a por los muñecos de pinza. Este es Roux. Todavía no lo conoces, pero falta poco. Y esta es mamá, ¿te das cuenta? Mamá con su bonito vestido rojo. En realidad se llama Vianne Rocher. Es lo que le susurré al oído. ¿Quién es la del pelo color mango y los ojazos verdes? Eres tú, Rosette, eres tú. Los reuniremos en el círculo, con las velas encendidas y el signo de Ehecatl en el centro. Los pondremos así porque tienen que estar juntos, como las figuras del nacimiento. Pronto volverán a reunirse y seremos una familia…

Y este…, ¿quién es este, el que está situado fuera del círculo amarillo? Es Thierry con su móvil. No queremos que el viento haga daño a Thierry, pero ya no puede estar con nosotros porque, Rosette, solo puedes tener un padre y él no lo es. Por eso tiene que irse. Lo siento, Thierry.

¿Oyes cómo sopla el viento? Es el Viento del Cambio que viene de camino. Zozie dice que puedes volar con el viento, que es como un caballo salvaje que es posible domar y adiestrar para que haga lo que tú quieres. Puedes convertirte en una cometa o un ave, puedes conceder deseos, puedes descubrir tu deseo más íntimo…

Si los deseos fueran caballos, los mendigos cabalgarían y volarían.

Vamos, Rosette, volemos y cabalguemos.

7

Sábado, 15 de diciembre

Resulta sorprendente lo mentirosos que llegan a ser los niños. Al igual que una gata doméstica, durante el día ronronea en el sofá y por la noche se convierte en una reina que se pavonea, en una asesina nata que desdeña su otra vida.

Anouk no es una asesina, al menos de momento, pero posee esa faceta feroz. Me encanta saberlo, por supuesto, ya que no he salido al mercado a buscar una mascota complaciente, pero no podré quitarle ojo de encima si decide actuar a mis espaldas.

En primer lugar, invocó a Ehecatl sin mí. No me molesta; en realidad, estoy muy orgullosa de que lo hiciese. Es imaginativa, ingeniosa e inventa rituales si los existentes no la satisfacen; en síntesis, es una caótica muy suya.

En segundo lugar, pero mucho más importante, ayer fue a visitar a Roux en secreto y en contra de mis advertencias. Afortunadamente, anotó todo en su diario, que leo de forma periódica. Es fácil; al igual que su madre, guarda los secretos en una caja de zapatos que coloca en el fondo del armario, algo previsible y conveniente. Desde mi llegada he revisado los secretos de ambas.

Me alegro de haber leído el diario de Anouk, ya que dice que hoy, a las tres en punto, se verá con Roux en el cementerio. Hasta cierto punto, no podía ser mejor; mis planes con relación a Vianne se acercan a su conclusión y casi ha llegado el momento de iniciar la próxima etapa. Claro que robar una vida es mucho más sencillo en teoría que en la práctica. Un puñado de facturas abandonadas, un pasaporte extraído de un bolso en el aeropuerto e incluso el nombre que figura en una lápida reciente y para mí el trabajo está prácticamente terminado. En esta ocasión quiero más que un nombre, más que detalles bancarios, mucho más que dinero.

Está claro que se trata de un juego de estrategia y, como tantos, consiste en colocar las piezas en su sitio sin que el adversario se entere de lo que ocurre y, a renglón seguido, decidir cuáles sacrificas a fin de ganar. A partir de ahí, se trata de un cuerpo a cuerpo, de una batalla de voluntades entre Yanne y yo, y debo reconocer que deseo librarla incluso más de lo que imaginaba. Por fin la enfrentaré en el último asalto, sabiendo lo que ambas nos jugamos...

A ese juego sí que valdrá la pena jugar.

Recapitulemos las jugadas que hemos realizado hasta ahora. Entre otros asuntos, me he ocupado a fondo del contenido de la piñata de Yanne y he descubierto varias cosas.

Para empezar, no es Yanne Charbonneau.

Bueno, por descontado que ya lo sabíamos. Lo más interesante es que tampoco es Vianne Rocher... o, al menos, a eso apunta el contenido de su caja. Sabía que se me había escapado algo importante y el otro día, cuando salió, por fin encontré lo que buscaba.

De hecho, ya lo había visto, pero pasé por alto su significación porque me centré en Vianne Rocher. Está en la caja, sujeto con un trozo de cinta roja descolorida: un dije de plata que podría proceder de una pulsera barata o de una sorpresa navideña, un dije con forma de gato y ennegrecido por el paso del tiempo. Está en la caja de zapatos de Vianne, con uno de los dientes de leche de Anouk y una baraja de tarot que ha visto tiempos mejores.

Al igual que yo, Vianne viaja ligera de equipaje. Nada de lo que tiene es trivial. Conserva cada objeto de la caja por un motivo y lo mismo puede decirse del dije de plata. Se menciona en el recorte de periódico, tan reseco y amarilleado que no me atreví a desdoblarlo del todo: refiere la desaparición de Sylviane Caillou, de dieciocho meses, ocurrida en la puerta de una farmacia hace más de treinta años.

¿Alguna vez intentó regresar? La intuición me dice que no. Como suele afirmar, «tú eliges a tu familia», y para esa niña, su madre, cuyo nombre ni siquiera aparece en el recorte, no representa más que ADN. Sin embargo, para mí...

Podéis considerarme curiosa. La busqué en internet. Me llevó un buen rato; cada día desaparecen niños y se trataba de un caso antiguo, cerrado hace mucho y que no despertó demasiado interés, pero por fin lo encontré e incluí el nombre de la madre de Sylviane, que tenía veintiún años cuando se llevaron a la pequeña y ahora cuarenta y nueve según la web de exalumnas; está divorciada, no tiene hijos, todavía vive en París, cerca del Père Lachaise, y regenta un hotelito.

Se llama Le Stendhal y se encuentra en la esquina de la avenue Gambetta y la rue Matisse. En total no hay más de doce habitaciones; incluye un árbol navideño de hojalata, pelado, y un interior exageradamente decorado. Junto a la chimenea se encuentra una pequeña mesa redonda sobre la cual un muñeca de porcelana con vestido de seda rosa permanece tiesamente bajo una campana de cristal. Otra muñeca, en este caso vestida de novia, monta guardia al pie de la escalera. La tercera, de ojos azules y con abrigo y sombrero bordeados de piel roja, permanece sobre el mostrador de la recepción.

Detrás del mostrador se encuentra madame en persona: una mujer fornida, con el rostro tenso y el pelo raleante de los que hacen dieta habitualmente y la forma de mirar de su hija...

—Madame...

—¿En qué puedo ayudarla?

—Vengo de Le Rocher de Montmartre. Estamos haciendo una promoción especial de bombones artesanales y me gustaría saber si puedo entregarle unas muestras para que las pruebe…

En el acto la expresión de madame se volvió de contrariedad.

—No me interesa —espetó.

—No está obligada a comprar. Pruebe y luego…

—Se lo agradezco, pero no quiero nada.

Era lo que me esperaba. Los parisinos son muy desconfiados y mi propuesta parecía demasiado buena como para ser cierta. De todas maneras, cogí una caja de nuestros bombones especiales y la abrí sobre el mostrador: una docena de trufas recubiertas de cacao en polvo, cada una colocada en su molde de papel dorado y rizado, con una rosa amarilla en una esquina de la caja y el símbolo de la señora de la Luna de Sangre trazado a un lado de la tapa.

—Dentro hay una tarjeta de visita —añadí—. Si le gustan, puede encargarlos directamente. Si no la convencen… —Me encogí de hombros—. Invita la casa. Vamos, pruebe un bombón. Me gustaría saber qué opina.

Madame tuvo sus dudas. Noté que su recelo espontáneo estaba en colisión con el aroma que escapaba de la caja: el olor ahumado y a café del cacao; atisbos de clavo, cardamomo y vainilla; el perfume fugaz del Armagnac, una fragancia semejante a la del tiempo perdido, el olor agridulce del fin de la infancia.

—¿Los reparte por todos los hoteles de París? En ese caso no obtendrá muchos beneficios.

Sonreí.

—Siempre digo que hay que especular para acumular.

Madame cogió una trufa del molde de papel y le hincó los dientes.

—Hummm… No está mal.

En realidad, creo que su opinión es más favorable. Entorna los ojos y su boca de labios delgados se humedece.

—¿Le gusta?

Debería encantarle. La seductora señal de la señora de la Luna de Sangre ilumina su rostro con un brillo sonrosado. Ahora veo más claramente a Vianne en ella, si bien se trata de una Vianne envejecida, cansada y amargada por la búsqueda de riquezas; una Vianne sin hijos que no tiene más salida para su afecto que el hotel y las muñecas de porcelana.

—Ciertamente, no está nada mal —declaró madame.

—La tarjeta está en la caja. Venga a visitarnos. —Madame había cerrado los ojos y asintió soñadoramente—. Feliz Navidad.

Madame no respondió.

Bajo la campana de cristal, la muñeca de ojos azules con abrigo y sombrero bordeados en piel me sonrió serenamente, como una niña congelada en una burbuja de hielo.

8

Sábado, 15 de diciembre

Estaba deseosa de ver a Roux. Quería comprobar si la situación era distinta, si había conseguido cambiar el viento. Esperaba alguna señal, como una nevada, la aurora boreal o un caprichoso cambio de tiempo, pero por la mañana, cuando me levanté, vi el mismo cielo amarillo y la misma calzada húmeda de siempre; aunque estuve atenta a mamá, no la noté distinta, la vi trabajar en el obrador como siempre, con el pelo recogido y un delantal sobre el vestido negro.

Hace falta tiempo para que estas cosas funcionen. Nada cambia tan rápido y supongo que fue insensato pretender que en una sola noche ocurriese todo: que Roux regresara, que mamá comprendiese la verdad sobre Thierry y que nevara. Por eso mantuve la calma, salí con Jean-Loup y esperé a que diesen las tres.

A las tres en punto junto a la tumba de Dalida... Es imposible equivocarse, ya que hay una escultura de tamaño natural; en realidad no sé muy bien quién es Dalida, aunque supongo que se trata de una actriz. Me retrasé unos minutos y Roux me estaba esperando. A las tres y diez ya había oscurecido, y cuando subí corriendo los escalones hacia el sepulcro lo vi, apoyado en una lápida, como si fuese una escultura, inmóvil y arropado por el abrigo gris largo.

—Pensé que no vendrías.

—Lamento haberme retrasado. —Lo abracé—. Verás, tenía que quitarme de encima a Jean-Loup.

Roux sonrió.

—Lo dices como si fuera siniestro. ¿Quién es?

Se lo expliqué y me sentí algo incómoda al responder:

—Un amigo del liceo. Adora este sitio. Le encanta hacer fotos y cree que algún día verá un fantasma.

—Bueno, es el lugar adecuado —opinó Roux y me miró—. Dime, ¿qué hay de nuevo?

¡Anda ya, tío! La verdad es que ni siquiera sabía por dónde empezar. En las últimas semanas han ocurrido tantas cosas que...

—En realidad, nos peleamos.

Sé que es una tontería, pero se me llenaron los ojos de lágrimas. Está claro que no tiene nada que ver con Roux y que no me proponía mencionar a Jean-Loup, pero una vez abierta la boca...

—¿Por qué discutisteis?

—Por una chorrada, por nada.

Roux me dirigió la sonrisa que a veces muestran las estatuas religiosas. Obviamente, no guarda el menor parecido con un ángel, pero..., pero fue una sonrisa paciente, supongo que queda claro, una sonrisa que parece decir «si es necesario puedo esperar todo el día a que me lo cuentes».

—Verás, no quiere venir a la chocolatería —añadí, me sentí contrariada y llorosa y muy arrepentida de habérselo contado—. Según dice, no se siente cómodo.

A decir verdad, no es lo único que dijo, pero lo demás es tan absurdo y negativo que soy incapaz de repetirlo. Francamente, Jean-Loup me cae bien, pero Zozie es mi mejor amiga, exceptuando a Roux y a mamá, por lo que me molesta que sea tan injusto.

—¿Zozie no le cae bien? —quiso saber Roux.

Me encogí de hombros.

—No la conoce realmente. Se debe a que una vez le chilló. En general Zozie no se pone tan nerviosa, pero detesta que le tomen fotos.

No era solo eso. Hoy Jean-Loup me mostró dos docenas de fotos que sacó el día que estuvo en la chocolatería y que imprimió con el ordenador. Se trata de fotos de la casa de Adviento, de mamá, de mí, de Rosette y, por último, cuatro de Zozie, tomadas en ángulos estrafalarios, como si intentase pillarla sin que se diera cuenta…

«No es justo. Te pidió que no le hicieses fotos.»

Jean-Loup se mantuvo en sus trece.

«Quiero que las observes.»

Las contemplé. Eran espantosas. Habían salido borrosas y guardaban muy poco parecido con Zozie: solo un óvalo pálido a modo de cara y la boca retorcida como alambre de espino. Todas presentaban el mismo error de impresión: una mancha oscura alrededor de la cabeza, rodeada por un círculo amarillo…

«Seguramente fastidiaste las copias impresas», opiné.

Jean-Loup negó con la cabeza.

«Así salieron de la impresora.»

«Entonces tiene que ver con la luz o con otra cosa.»

«Tal vez. Puede que tengan que ver con otra cosa.»

Lo miré a los ojos y pregunté:

«¿A qué te refieres?».

«Tú ya me entiendes. Me refiero a las luces espectrales…»

¡Anda ya, tío! ¡Luces espectrales! Me figuro que hace tanto que Jean-Loup sueña con ver ese fenómeno extraño que en esta ocasión ha flipado. Se ha metido precisamente con Zozie. ¿Cómo es posible equivocarse tanto?

Roux me observaba con cara de ángel tallado.

—Háblame de Zozie —pidió—. Por lo que cuentas, sois muy amigas.

Le hablé del funeral, de los zapatos de caramelo, de la víspera de Todos los Santos y de la forma en la que Zozie había entrado súbitamente en nuestras vidas, como una aparición de un cuento de hadas, y logrado que todo fuese fabuloso…

—Tu madre parece cansada.

Sabes hablar, pensé. Roux parecía agotado, estaba más pálido que de costumbre y necesitaba lavarse urgentemente la cabeza. Me pregunté si tenía para comer y si debería haberle llevado alimentos.

—Verás, con la Navidad y todo lo demás, es una época de mucho trajín para nosotras… —*Un momento,* pensé e inquirí—: ¿Nos has espiado?

Roux se encogió de hombros.

—He estado por allí.

—¿Para qué?

Volvió a encogerse de hombros.

—Digamos que por curiosidad.

—¿Por eso te quedaste? ¿Simplemente por curiosidad?

—Por curiosidad y porque me pareció que tu madre tenía problemas.

Salté como leche hervida.

—Ya lo creo. Todos los tenemos.

Volví a hablar de Thierry, de sus planes, de que ya nada era como entonces y de lo mucho que añoraba los viejos tiempos, en los que todo resultaba sencillo…

Roux sonrió.

—Nunca hubo nada sencillo.

—Al menos sabíamos quiénes éramos —insistí.

Roux se encogió de hombros por enésima vez y guardó silencio. Me metí la mano en el bolsillo y me topé con su muñeco de pinza, el de anoche. Tres pelos rojos, el secreto susurrado al oído y el signo en espiral de Ehecatl, el Viento del Cambio, dibujado con rotulador sobre el corazón.

Apreté con fuerza el muñeco, como si así pudiera lograr que Roux se quedase.

Roux se estremeció y se ciñó el abrigo.

—Dime, no te irás realmente, ¿eh? —pregunté.

—Pensaba hacerlo y creo que debería, pero todavía hay algo que me inquieta. Anouk, ¿alguna vez has tenido la sensación de que pasa algo, de que alguien te utiliza, te manipula y de que, si supieras quién y por qué...? —Me miró y me alegró comprobar que sus colores no eran de cólera, sino azules reflexivos. Prosiguió con voz queda y creo que fue la primera vez que lo oí hablar tanto de un tirón, ya que Roux no es hombre de muchas palabras—: Ayer estaba cabreado, tan enfadado debido a que Vianne me había ocultado algo tan importante que no vi lo que tenía delante, no escuché ni pensé. Desde entonces me he dedicado a reflexionar. Me he preguntado si es posible que la Vianne Rocher que yo conocí se haya convertido en una persona tan diferente. Al principio supuse que se debía a su relación con Thierry, pero conozco a los de su especie y también a Vianne. Sé que es una mujer fuerte. También sé que es imposible que permita que alguien como Le Tresset domine su vida, sobre todo si tenemos en cuenta lo mucho que ha sufrido... —Meneó la cabeza—. No, si Vianne tiene problemas, no proceden de él.

—En ese caso, ¿de quién?

Roux me miró.

—Hay algo en tu amiga Zozie, algo que no logro precisar, pero no dejo de sentirlo cuando está cerca. Hay algo demasiado perfecto, que no está bien, algo que es..., que casi es peligroso.

—¿A qué te refieres?

Roux se limitó a encogerse de hombros.

Fui yo quien comenzó a molestarse. Primero Jean-Loup y ahora Roux; intenté encontrar una explicación:

—Roux, nos ha ayudado... Trabaja en la chocolatería, cuida a Rosette, me enseña cosas...

—¿Qué clase de cosas?

No pensaba decírselo porque, para empezar, Zozie no le caía bien. Volví a meter la mano en el bolsillo y el muñeco de pinza pareció un huesecillo envuelto en lana.

—No la conoces, eso es todo. Deberías darle una oportunidad.

Roux adoptó cara de testarudez. Cuando toma una decisión cuesta mucho que cambie de idea. Me parece muy injusto, mis dos mejores amigos...

—Te caería bien. Estoy segura de que acabarías por apreciarla. Cuida de nosotras...

—Si creyera que es así ya me habría ido. Tal como están las cosas...

—¿Te quedarás? —Olvidé que estaba furiosa con él y me colgué de su cuello—. ¿Vendrás a nuestra fiesta de Nochebuena?

—Bueno... —Dejó escapar un suspiro.

—¡Fantástico! Así conocerás realmente a Zozie y te presentaremos a Rosette... Ay, Roux, no sabes cuánto me alegro de que te quedes...

—Lo sé. Yo también me alegro.

No estaba muy contento que digamos; mejor dicho, parecía muy preocupado. Sea como fuere, el plan dio resultado, que es lo que importa. Rosette y yo conseguimos cambiar el viento y...

—¿Tienes dinero? —pregunté—. Llevo... —Conté lo que tenía en el bolsillo—. Si te sirve de algo, tengo dieciséis euros y monedas. Pensaba comprar un regalo de cumpleaños para Rosette, pero...

—No —me interrumpió, en mi opinión bruscamente. Nunca le ha gustado que le dejen dinero, por lo que es posible que mi comentario fuese inoportuno—. Anouk, estoy bien.

A mí no me lo pareció. En ese momento lo vi claro. Además, si no le pagaban...

Hice la señal de la Mazorca de Maíz y apoyé la palma de mi mano sobre la suya. Es un signo de buena suerte que me enseñó Zozie y que se utiliza para obtener riquezas, alimentos y cosas. No sé cómo opera, pero da resultado; Zozie lo empleó en la chocolatería para que más clientes compren las trufas de mamá y, aunque está claro que eso no ayudará a Roux, lo que espero es que funcione de otra manera, para conseguir otro trabajo, ganar la lotería o encontrar dinero en la calle. Hice resplandecer la señal en mi imaginación, por lo que brilló contra la piel de Roux como si fuese polvo centelleante. *Roux, con eso bastará*, pensé. Así no será caridad.

—¿Nos visitarás antes de Nochebuena?

—No lo sé. Tengo…, tengo varias cosas que resolver antes de esa fecha.

—¿Vendrás a la fiesta? ¿Me lo prometes?

—Te lo prometo —confirmó Roux.

—¿Cruzarás los dedos sobre el corazón y estarás dispuesto a morir si no cumples?

—Cruzaré los dedos sobre el corazón y estaré dispuesto a morir.

9

Domingo, 16 de diciembre

Hoy Roux no fue a trabajar. En realidad, no ha hecho acto de presencia en todo el fin de semana. Resulta que el viernes se marchó temprano, dejó la pensión en la que se hospedaba y desde entonces nadie lo ha visto.

Sospecho que era lo que cabía esperar. Al fin y al cabo, le pedí que se fuese. En ese caso, ¿por qué me siento terriblemente desconsolada? Y, por si eso fuera poco, ¿por qué espero que aparezca?

Thierry está que arde de furia. En su mundo, dejar un trabajo es vergonzoso y poco íntegro y quedó claro que no está dispuesto a aceptar la más mínima excusa. También ha pasado algo con un cheque, con un talón que Roux cobró o no hizo efectivo...

Este fin de semana apenas he visto a Thierry. El sábado por la noche pasó un momento y comentó que tenía un problema en el apartamento. Solo comentó al pasar la ausencia de Roux y no me atreví a preguntar nada.

Hoy ha venido al final del día y me ha contado la historia completa.

Zozie estaba a punto de cerrar el local; Rosette jugaba con un rompecabezas, cuyas piezas no intenta encajar, sino que se limita a trazar complicadas espirales en el suelo, y yo me disponía a preparar el último lote de trufas de cereza cuando Thierry irrumpió en la chocolatería furioso a rabiar, rojo como un pimiento y a punto de estallar.

—¡Ya sabía yo que pasaba algo! —despotricó—. Esos son jodidamente iguales: vagos, ladrones…, ¡viajeros! —Adjudicó a la última palabra la inflexión más asquerosa que quepa imaginar y logró que sonase como un insulto exótico—. Ya sé que se supone que es amigo tuyo, pero ni siquiera tú puedes hacer la vista gorda. Abandonó el trabajo sin decir ni mu y fastidió mis planes. Lo demandaré, aunque puede que tal vez me limite a dar su merecido a ese cabrón pelirrojo…

—Thierry, por favor. —Le serví una taza de café—. Intenta tranquilizarte.

En lo que a Roux se refiere, por lo visto le resulta imposible. Está claro que son muy distintos. Thierry es sólido, poco imaginativo, jamás ha vivido fuera de París y su desaprobación de las madres solteras, los «estilos de vida alternativos» y la comida exótica me ha causado gracia… hasta ahora.

—Dime, ¿qué significa para ti? —quiso saber Thierry—. ¿A qué se debe que sea tan amigo tuyo?

Le volví la espalda.

—Ya lo hemos hablado.

Thierry se puso de todos los colores.

—¿Fuisteis amantes? —inquirió—. ¿De eso se trata? ¿Te acostaste con ese cabrón?

—Thierry, por favor…

—¡Dime la verdad! *¿Te lo tiraste?* —chilló.

Me temblaron las manos. La ira, más violenta si cabe por haber estado contenida, salió a borbotones cuando espeté:

—¿Y qué si me lo tiré?

Esas palabras fueron muy simples y peligrosas.

Repentinamente pálido, Thierry me miró y me percaté de que, pese a su intensidad, la acusación no era más que otro de sus gestos vacíos de sentido: dramáticos, previsibles y, en última instancia, carentes de significado. Thierry necesitaba dar salida a sus celos, su necesidad de controlar, su angustia sin expresar por la rapidez con la que han progresado nuestras ventas…

El constructor volvió a tomar la palabra con tono tembloroso:

—Yanne, me debes la verdad. He permitido que esto durase demasiado tiempo. Por Dios, ni siquiera sé quién eres. Te acepté con los ojos cerrados, confié en ti y en tus hijas…, ¿me has oído quejarme alguna vez? Una mocosa malcriada y una retardada…

Calló de sopetón.

Lo miré impávida y me dije que, finalmente, se había pasado de la raya.

Rosette dejó de mirar el rompecabezas con el que jugaba en el suelo. Por encima de su cabeza parpadeó una luz. Las formas de plástico que utilizo para cortar galletas tamborilearon sobre la encimera, como si pasase un tren exprés.

—Yanne, lo siento, lo siento muchísimo.

Thierry intentó recuperar el terreno perdido como un vendedor que va de puerta en puerta y que cree que todavía tiene la posibilidad de conseguir una venta esquiva…

El daño ya estaba hecho. El castillo de naipes primorosamente levantado se desplomó con una sola palabra. Ahora veo lo que antes se me escapó. Por primera vez veo realmente a Thierry. Ya había reparado en su mezquindad, su regocijado desdén por los subordinados, su esnobismo y su arrogancia. Ahora también veo sus colores, sus flaquezas encubiertas, la incertidumbre que acecha tras su sonrisa, la tensión de sus hombros, la peculiar rigidez de su postura cada vez que tiene que mirar a Rosette.

Esa palabra horrorosa…

Por descontado que siempre he sido consciente de que Rosette lo lleva a sentirse incómodo. Como de costumbre, intenta compensarlo, pero su alegría es forzada, como la de alguien que acaricia un perro peligroso.

Ahora veo que no solo se trata de Rosette. Este lugar, este local que construimos sin su ayuda también lo incomoda. Cada lote de bombones, cada venta, cada cliente al que saludamos por su nombre, incluso la silla en la que está sentado le recuerdan que nosotras tres somos independientes, que tenemos una vida al margen de su persona, que poseemos un pasado en el que Thierry le Tresset no desempeñó el más mínimo papel…

Thierry también tiene un pasado propio, algo que lo lleva a ser como es. Sus miedos arraigan en ese pasado; no solo sus miedos, sino sus esperanzas, sus secretos…

Dirijo la mirada a la conocida plancha de granito en la que templo el chocolate. Es muy vieja y está ennegrecida por el paso del tiempo; ya estaba gastada cuando la compré y muestra las cicatrices del uso continuado. En el granito hay partículas de cuarzo que inesperadamente reflejan la luz y las veo brillar mientras el chocolate se enfría y queda a punto para ser nuevamente calentado y templado.

No quiero saber tus secretos, pienso.

La plancha de granito sabe la verdad. Salpicada de mica, brilla, hace guiños, llama mi atención y retiene mi mirada. Prácticamente veo las imágenes reflejadas en la piedra. Adquieren forma mientras las observo y comienzan a adquirir sentido; son vislumbres de una vida, de un pasado que hace de Thierry el hombre que es.

Aquel es Thierry en el hospital. Hace veinte o más años y espera junto a una puerta cerrada. Lleva dos cajas de cigarros para regalar, cada una atada con una cinta, en un caso rosa y en el otro azul. Ha cubierto todas las bases.

Ahora hay otra sala de espera. En las paredes se observan murales con personajes de dibujos animados. A poca distancia una mujer está sentada con un niño en brazos. El crío ronda los seis años. Mira el techo sin verlo y nada (ni Pooh, Tigger ni Mickey Mouse) provoca el menor destello en su mirada.

Un edificio que no es exactamente un hospital y un niño…, no, un joven que va del bracete de una guapa enfermera. El joven tiene alrededor de veinticinco años. Fornido como su padre, tiene los hombros hundidos, la cabeza demasiado pesada con relación al cuello y la sonrisa hueca.

Finalmente entiendo: es el secreto que Thierry ha intentado ocultar por todos los medios. Comprendo esa sonrisa amplia y brillante, como la del hombre que vende supercherías puerta a puerta; el modo en el que jamás menciona a su hijo; su profundo perfeccionismo; la forma en la que a veces mira a Rosette o, mejor dicho, la manera en la que no la mira...

Dejo escapar un suspiro.

—Thierry, está bien, ya no tienes que mentirme.

—¿Mentirte?

—Mentirme sobre tu hijo.

Se tensó y, sin la ayuda de la plancha de granito, percibí la agitación que creció en su interior. Se puso pálido, empezó a sudar y la cólera desplazada por el miedo regresó como un viento maligno. Se irguió en toda su estatura, repentinamente se convirtió en un oso, derramó la taza de café y desparramó los bombones envueltos con papeles de vivos colores.

—No hay ningún problema con mi hijo —declaró con voz demasiado estentórea—. Alan se dedica a la construcción. De tal palo, tal astilla. No nos vemos mucho, pero eso no significa que no me respete o que no esté orgulloso de él... —A esa altura hablaba a gritos, por lo que Rosette se tapó las orejas—. ¿Alguien ha dicho lo contrario? ¿Ha sido Roux? ¿Ese cabrón ha metido las narices donde no lo llaman?

—No tiene nada que ver con Roux. Si te avergüenzas de tu hijo, ¿cómo llegarás a preocuparte por Rosette?

—Yanne, por favor, no es así. No me avergüenzo, pero se trata de mi hijo, Sarah no podía tener más descendencia y yo solo quería que fuese...

—Que fuese perfecto, ya lo sé.

Thierry me cogió las manos.

—Yanne, puedo vivir con esto, te lo prometo. Buscaremos un especialista. Rosette tendrá todo lo que necesita, niñeras, juguetes...

Más regalos, pensé, como si así fuera posible cambiar lo que siente. Negué con la cabeza. El corazón no cambia. Puedes mentir, hacerte ilusiones y engañarte pero, al final, ¿es posible escapar del elemento con el que naces?

Thierry debió de detectarlo en mi expresión porque se demudó y hundió los hombros.

—Pero si está todo organizado —afirmó.

No dijo «te quiero», sino «está todo organizado».

A pesar del mal sabor de boca, experimenté una súbita y arrebatadora andanada de alegría, como si algo ponzoñoso que tenía alojado en la garganta se hubiese soltado por su cuenta y riesgo…

En el local las campanillas resonaron una vez y, sin pensar en lo que hacía, tracé la señal de los cuernos contra la mala suerte. Los hábitos arraigados tardan en desaparecer. Hacía años que no la practicaba. También me sentí incómoda, como si un gesto tan nimio pudiese despertar nuevamente al viento cambiante. Cuando Thierry se fue, me quedé sola y creo que oí voces en el viento, las voces de las Benévolas, y carcajadas distantes.

10

Lunes, 17 de diciembre

De modo que ya está. Se acabó. ¡Hurra! Me parece que se debió a una pelea por Roux y me moría de ganas de contárselo al salir de la escuela, pero no lo encontré.

Fui a la pensión de la avenue de Clichy, donde Thierry dice que hasta ahora se ha hospedado, pero cuando llamé nadie abrió la puerta y había un viejo con una botella de vino que me gritó por hacer ruido. Tampoco estaba en el cementerio y en la rue de la Croix nadie lo ha visto, por lo que al final me di por vencida, aunque en la pensión le dejé una nota en la que escribí «urgente» y supongo que la leerá cuando regrese…, en el supuesto de que regrese. Para entonces había llegado la policía y nadie iba a ningún lado.

Al principio creí que venían a por mí. Hacía rato que había anochecido, eran más de las siete, y Rosette y yo cenábamos en el obrador. Zozie había salido, mamá se había puesto el vestido rojo y, para variar, estábamos las tres solas…

Se presentaron dos agentes y mi primera y ridícula idea fue que a Thierry le había pasado algo horrible y, de alguna manera, era culpa mía por lo que hicimos el viernes por la noche. Thierry los acompañaba y tenía buen aspecto, salvo que se mostró más gritón, alegre y campechano que nunca, pero sus colores me llevaron a pensar que solo fingía alegría y se mostraba animado para embaucar a las personas a las que acompañaba, lo que me volvió a poner nerviosa.

Resulta que buscaban a Roux. Permanecieron media hora en el local y mamá me mandó arriba con Rosette, pero me las apañé para oír casi todo lo que decían, aunque no estoy segura de los detalles.

Por lo visto, tiene que ver con un cheque. Thierry dice que se lo entregó a Roux, que ha conservado el resguardo y que Roux intentó modificarlo antes de ingresarlo en su cuenta para obtener mucho más dinero del que figuraba en el cheque.

Los policías hablaron de mil euros. Según Thierry, se llama «fraude» y por cometerlo puedes ir a la cárcel, sobre todo si abres una cuenta bancaria con otro nombre, retiras el dinero antes de que se enteren y te esfumas sin dejar rastro, ni siquiera una dirección a la que remitir el correo.

Eso es lo que dicen de Roux. Es una soberana estupidez, ya que todo el mundo sabe que Roux no tiene cuenta bancaria y que jamás se le ocurriría robar, ni siquiera a Thierry. Por otro lado, ha desaparecido sin dejar huellas. Al parecer, desde el viernes no le ven el pelo en la pensión y, como es obvio, no ha ido a trabajar. Eso significa que es posible que yo sea la última persona que lo ha visto. También quiere decir que no puede volver a la chocolatería porque, si se presenta, lo detendrán. ¡Qué estúpido es Thierry! Lo odio. No me sorprendería que se hubiera inventado todo con tal de fastidiar a Roux.

Cuando los policías se fueron, mamá y Thierry discutieron por esa cuestión. A él lo oí gritar desde arriba. Mamá intentó mostrarse sensata, insistió en que seguramente se había producido un error y Thierry se mostró cada vez más agitado, se quejó de que no entendía por qué mamá se ponía de parte de Roux y lo llamó delincuente y degenerado, que quiere decir holgazán y alguien en quien no se puede confiar; repitió «Yanne, no es demasiado tarde» hasta que mamá le pidió que se fuese; se marchó y, como si de mal olor se tratara, dejó en la entrada del local una nube de sus colores mezclados.

Cuando bajé, mamá lloraba. Dijo que no estaba llorando, pero me di cuenta. Además, sus colores eran oscuros y confusos, estaba blanca de no ser por las dos manchas rojas bajo los párpados inferiores y dijo que no me preocupase, que todo se aclararía, pero supe que mentía. Siempre sé cuándo miente.

Es gracioso lo que los adultos le dicen a los niños. *No hay ningún problema. Todo se resolverá. No te responsabilizo, fue un Accidente…*, pero mientras Thierry estuvo aquí pensé que cuando me había reunido con Roux en la tumba de Dalida estaba muy malcarado y que lo había señalado con la Mazorca de Maíz para proporcionarle riqueza y buena suerte…

Ahora me pregunto qué he hecho. Prácticamente lo veo con la imaginación: el último cheque que Thierry le extendió, Roux diciendo «tengo varias cosas que resolver» y añadiendo un cero a la cifra…

Es absurdo, por supuesto. Roux no es un ladrón. Tal vez un puñado de patatas del borde de un sembrado, algunas manzanas de un huerto, maíz a la vera de un camino, un pez de un estanque privado…, pero jamás cogería dinero y, menos aún, así.

Vuelvo a hacerme preguntas. ¿Y si se trata de una venganza? ¿Y si intentó desquitarse de Thierry? Por si eso fuera poco, *¿y si lo hizo por Rosette y por mí?*

Para una persona como Roux, mil euros es un dineral. Tal vez con esa cifra se puede comprar un barco. También puedes asentarte, abrir una cuenta bancaria, ahorrar dinero para la familia…

En ese instante recordé lo que mamá había dicho: *Roux hace lo que le da la gana, siempre lo ha hecho. Vive todo el año en el río, duerme al raso y ni siquiera se siente cómodo en una casa. Nosotras no podemos vivir así.*

Entonces lo supe. Es culpa mía. Con los muñecos de pinza, los deseos, los símbolos y las señales he convertido a Roux en un delincuente. ¿Y si lo detienen? ¿Y si lo encierran en la cárcel?

Mamá solía contar un cuento sobre tres seres fantásticos llamados Pic Azul, Pic Rojo y Colégram. Pic Azul se ocupa del cielo, las estrellas, la lluvia, el sol y las aves del aire. Pic Rojo cuida la tierra y todo lo que en ella crece: plantas, árboles y animales. Colégram, el más joven, está presuntamente a cargo del corazón humano, pero siempre la pifia; cada vez que intenta que alguien satisfaga el deseo de su corazón, lo único que consigue es que esa persona se haga daño. En cierta ocasión intenta ayudar a un pobre viejo y convierte las hojas otoñales en oro; el anciano se entusiasma tanto al ver el dinero que intenta meterlo en su mochila y muere aplastado por el peso. No recuerdo el final de la historia; solo sé que me apené por Colégram, que hace muchos esfuerzos y siempre mete la pata. Tal vez yo también soy así; quizá no puedo alegrar a nadie.

¡Anda ya, tío! ¡Todo iba tan bien…! De todas maneras, en seis días pueden ocurrir muchas cosas y el viento aún no ha dejado de cambiar. Sea como fuere, es demasiado tarde. Ya no podemos detenernos. Hemos llegado demasiado lejos como para dar media vuelta y huir. Creo que será suficiente con una invocación más, con otra apelación al Viento del Cambio. Tal vez la última vez confundimos algún elemento: un color, una vela, un trazo en la arena. Esta vez Rosette y yo lo enderezaremos definitivamente.

11

Martes, 18 de diciembre

Thierry se presentó a primera hora de la mañana y volvió a preguntar por Roux. Por lo visto, cree que este asunto cambiará las cosas entre nosotros y que, al desacreditar a Roux, de alguna manera recuperaré mi confianza en él.

Está claro que las cosas no son tan fáciles. He intentado explicarle que no tiene nada que ver con Roux, pero Thierry no ceja en su empeño. Tiene varios amigos en la policía y ha utilizado su influencia para llamar la atención más de lo necesario sobre este caso de fraude, en realidad poco importante. Al igual que el flautista de Hamelín en la ladera de la colina, para no perder la costumbre Roux se ha esfumado.

Antes de irse, Thierry me lanzó una última y ponzoñosa información, probablemente obtenida a través de su amigo de la gendarmería:

—La cuenta que utilizó para cobrar el cheque está a nombre de una mujer —declaró, y me dirigió una sonrisa ladina y triunfal—. Por lo visto, tu amiguito no actúa solo.

Hoy volví a ponerme el vestido rojo. Ya sé que no es lo habitual, pero la escena con Thierry, la desaparición de Roux y el día gris y presagioso de nieve me llevaron a anhelar algo estimulante.

Tal vez tuvo que ver con el vestido o con un vestigio salvaje del viento pero, a pesar de mi ansiedad y a pesar de todo (las palabras de Thierry, el dolor de corazón cada vez que pienso en Roux, mis noches sin pegar ojo y mis temores), me percaté de que canturreaba mientras trabajaba.

Es como si hubiese pasado página. Creo que, por primera vez en años, me siento libre: libre de Thierry e incluso de Roux; libre para ser quien quiera..., aunque en realidad no sé quién quiero ser.

Zozie había salido y pasaría la mañana fuera. Me encontré sola por primera vez en semanas, si exceptuamos a Rosette, totalmente entregada a su caja de botones y a su cuaderno de dibujo. Casi había olvidado lo que significa estar detrás del mostrador de una chocolatería llena a rebosar, charlar con los clientes, averiguar cuáles son sus preferencias...

Hasta cierto punto, me sorprendió ver tantos habituales. Estoy al tanto de entradas y salidas mientras trabajo en el obrador de la trastienda pero, en realidad, no había reparado en que ahora vienen muchas personas: madame Luzeron, pese a que no es su día; Jean-Louis y Paupaul, atraídos por la promesa de un lugar caldeado en el que dibujar y por su creciente interés por mi pastel de café moca de varias capas; Nico, que ahora está a dieta, si bien su régimen parece incluir la ingesta de montones de macarrones; Alice, con una rama de acebo para el local y la petición de su favorito, el *fudge* de chocolate; madame Pinot, que pregunta por Zozie...

No fue la única. Todos nuestros clientes preguntaron por Zozie y Laurent Pinson, que se presentó limpito y brillante y me saludó con una reverencia desmedida, pareció marchitarse al reconocerme, como si el vestido rojo lo hubiese llevado a suponer que tras las caja registradora había otra persona.

—Me han dicho que celebrarán una fiesta —comentó Laurent.

Sonreí.

—Solo será una pequeña fiesta en Nochebuena.

Me dedicó su aduladora sonrisa, la misma que emplea cuando Zozie se encuentra cerca. Por ella sé que Laurent Pinson está solo, no tiene familia ni hijos con los que celebrar la Nochebuena. Aunque no me cae demasiado bien, lo compadezco y siento pena de su cuello amarillo almidonado y su sonrisa de perro famélico.

—Por supuesto, si le apetece puede reunirse con nosotras en Nochebuena, a no ser que tenga otros planes.

Pinson frunció ligeramente el ceño, como si intentase recordar los pormenores de sus cuantiosos compromisos sociales.

—Tal vez pueda asistir. Tengo mucho que hacer, pero...

Me tapé la boca con la mano para disimular la sonrisa. Laurent es la clase de hombre que necesita creer que te hace un gran favor cuando acepta que le eches una mano.

—Monsieur Pinson, nos encantaría que viniera.

Se encogió magnánimamente de hombros.

—Bueno, si insiste...

Sonreí.

—Así me gusta.

—Madame Charbonneau, si me lo permite, le diré que ese vestido le queda muy bien.

—Llámeme Yanne.

Volvió a hacer una reverencia. Percibí el aroma a gomina y a sudor. Me pregunté si eso es lo que Zozie hace cada día mientras yo confecciono bombones y si por ese motivo tenemos tantos clientes.

Entra una señora de abrigo esmeralda y compra regalos para Navidad. Sus preferidos son los bombones con capas de caramelo y se lo digo sin titubeos. Su marido disfrutará con mis corazones de albaricoque y a su hija le encantarán mis cuadrados de chocolate dorado con guindilla...

¿Qué está pasando? ¿Qué ha cambiado en mí? Tengo la sensación de que me ha invadido una renovada sensación de temeridad, un sentimiento de esperanza y de confianza. He dejado de ser yo misma para convertirme en alguien más próximo a Vianne Rocher, la mujer que llegó a Lasquenet con la estela del viento festivo...

Las campanillas están totalmente quietas y el cielo se ha oscurecido a causa de la nieve que sigue sin caer. La bonanza atípica de esta semana se ha esfumado y hace bastante frío como para que el aliento forme vaho mientras, en la plaza, los transeúntes cruzan difusos como columnas grises. En la esquina hay un músico y oigo las notas de un saxofón que interpreta «Petite fleur» con voz persistente y casi humana.

Pienso para mis adentros: *Debe de tener frío.*

En el caso de Yanne Charbonneau, se trata de un pensamiento peculiar. Los parisinos de verdad no pueden permitirse semejantes reflexiones. En esta ciudad hay demasiados pobres, personas sin techo y viejos arropados como paquetes del Ejército de Salvación en las entradas de las tiendas y los callejones traseros. Todos tienen frío y hambre. A los parisinos de verdad no les importa. Yo quiero ser una parisina de verdad...

La música sigue sonando y me recuerda otro lugar y otra época. Entonces yo era otra y las casas flotantes del Tannes estaban tan juntas que prácticamente podrías haber cruzado de una a otra orilla del río. Entonces también había música: tambores metálicos, violines, pitos y flautas. Por lo visto, la gente del río vivía de la música y, pese a que algunos aldeanos los tildaban de mendigos, jamás los vi pedir. En aquellos tiempos no habría tenido la menor vacilación.

Posees un don, solía decir mi madre, *y los dones tienen que regalarse...*

Preparo chocolate caliente. Lleno una taza y se la llevo al saxofonista, que es sorprendentemente joven, no supera los dieciocho; también añado un trozo de pastel de chocolate. Es una decisión que Vianne Rocher habría tomado sin pensar...

—Invita la casa.

—¡Qué bien! ¡Gracias! —La expresión del saxofonista se ilumina—. Supongo que vienes de la chocolatería. He oído hablar de ti. Eres Zozie, ¿no?

Me echo a reír, reconozco que desaforadamente. Las carcajadas me resultan tan agridulces y extrañas como todo lo que ocurre en este extraño día, pero el saxofonista no se entera.

—¿Qué te gustaría oír? —me pregunta—. Tocaré lo que me pidas. Invita la casa… —apostilla y sonríe de oreja a oreja.

—Veamos… —Vacilé—. ¿Conoces *V'là l'bon vent*?

—Sí, por supuesto. —Coge el saxofón y añade—: Zozie, va por ti.

Cuando el saxo comienza a sonar, me estremezco a causa de algo más que el frío mientras regreso a Le Rocher de Montmartre, donde Rosette todavía juega tranquilamente en el suelo, en medio de cien mil botones desparramados.

12

Martes, 18 de diciembre

El resto del día trabajé en el obrador mientras Zozie se encargaba de los clientes. Ahora tenemos más clientes que nunca, más de los que puedo atender sola, y me alegro de que siga contenta de echar una mano porque, a medida que se acercan las navidades, tengo la sensación de que medio París ha desarrollado un repentino interés por los bombones artesanales.

Las existencias de chocolate cobertura que supuse que durarían hasta Año Nuevo se agotaron en un par de semanas y recibimos envíos cada diez días a fin de satisfacer la demanda creciente. Los beneficios superan con creces mis expectativas y Zozie se limita a decir «Sabía que el negocio se animaría antes de Navidad», como si todos los días hubiera milagros...

Por enésima vez me sorprendo de la rapidez con la que la situación ha cambiado. Hace tres meses nadie nos conocía y éramos náufragas en el peñón de Montmartre. Ahora formamos parte de la escena, lo mismo que Chez Eugène o Le P'tit Pinson, y los lugareños que jamás habrían puesto el pie en una tienda turística entran en la chocolatería una o dos veces por semana (y, en algunos casos, prácticamente cada día) para tomar café, pastel o chocolate.

¿Qué nos ha cambiado? Los bombones, no hay duda; sé que

mis trufas artesanales son mucho mejores que todo lo que sale de una fábrica. La decoración también es más acogedora y, con la ayuda de Zozie, hay tiempo de sentarse y charlar un rato.

Montmartre es un pueblo en el seno de la ciudad, y sigue siendo profunda aunque dudosamente nostálgico de sus callejuelas estrechas, las viejas cafeterías y las casitas de estilo campestre con el encalado estival, los postigos falsos y los geranios de vivos colores en las jardineras de barro. Aislados en lo alto de un París rebosante de cambios, los habitantes de Montmartre tienen la sensación de que se trata del último pueblo que existe, el fragmento fugaz de una época en la que las cosas eran más dulces y simples, en la que las puertas quedaban abiertas y cualquier dolor y herida se curaba con un trozo de chocolate...

Sospecho que solo es una ilusión. Para la mayoría de los que viven aquí, esa época nunca existió. Habitan en un mundo parcialmente fantástico, en el cual el pasado está tan profundamente enterrado bajo la expresión de deseos y el pesar, que prácticamente se han tragado su propia ficción.

Pensemos en Laurent, que despotrica contra los inmigrantes pese a que su padre era un judío polaco que huyó a París durante la guerra, se cambió el nombre, contrajo matrimonio con una lugareña y se convirtió en Gustave Jean-Marie Pinson, más francés que los franceses y sólido como las piedras del Sacré-Coeur.

Obviamente, Laurent ni lo menciona, pero Zozie lo sabe..., seguramente porque se lo ha contado. Para no hablar de madame Pinot, con su crucifijo de plata, su desaprobadora sonrisa de labios fruncidos y el escaparate lleno de santos de yeso...

Jamás fue madame. En sus mocedades (al menos es lo que dice Laurent, que está al tanto de estas cosas) fue cabaretera en el Moulin Rouge y a veces actuaba con griñón, tacones de aguja y un corsé de raso negro que despertaba pasiones... No es exactamente lo que cabe esperar de una vendedora de objetos religiosos...

Y también nuestros apuestos Jean-Louis y Paupaul, que trabajan con gran habilidad en la place du Tertre y, para que se desprendan de su dinero, seducen a las señoras con cumplidos bravucones e insinuaciones descaradas. Cabría pensar que, al menos, son lo que parecen, pero ninguno de los dos ha pisado jamás una galería ni estudiado en una escuela de arte y, pese a su atractivo masculino, son apacible y sinceramente gays y planean una ceremonia civil, tal vez en San Francisco, donde esas prácticas son más corrientes y se juzgan con menos severidad.

Eso dice Zozie, que parece saberlo todo. Anouk también sabe más de lo que me cuenta y estoy cada vez más preocupada. Antes me lo contaba todo, pero en los últimos tiempos se ha vuelto inquieta y recelosa; pasa horas en su habitación, casi todos los fines de semana va al cementerio con Jean-Loup y por las noches habla con Zozie.

Es lógico que una niña de su edad quiera más independencia que la que hasta ahora ha tenido. De todos modos, en Anouk hay una especie de desvelo, una frialdad de la que tal vez no sea consciente, que me inquieta. Es como si entre nosotras se hubiese movido un eje, un mecanismo implacable que lentamente ha comenzado a separarnos. Solía contármelo todo y ahora lo que dice parece extrañamente cauteloso, al tiempo que sus sonrisas son demasiado intensas y forzadas como para resultar reconfortantes.

¿Se debe a Jean-Loup Rimbault? Me he fijado en que ahora apenas lo menciona, en que se pone en guardia cuando me refiero a él, en el cuidado con el que se viste para ir al liceo cuando antes costaba que se cepillase el pelo...

¿Tiene que ver con Thierry? ¿Está angustiada por Roux?

He intentado preguntarle directamente si pasa algo, si en la escuela tiene un problema del que no estoy enterada. Siempre responde «no, mamá» con esa vocecilla cortante de niña buena y sube corriendo la escalera para hacer los deberes.

Por la noche, desde el obrador oigo risas procedentes del cuarto de Zozie, me acerco sigilosamente al pie de la escalera para escuchar y, como si fuese un recuerdo, percibo la voz de Anouk.

Sé que si abro la puerta para preguntarle qué le apetece beber, las risas cesarán, su mirada se tornará fría y la Anouk que oigo de lejos se esfumará como ocurre en los cuentos de hadas…

Hoy Zozie reacomodó el escaparate de la casa de Adviento y ha abierto otra puerta. En el pasillo de la casita se alza un árbol de Navidad hábilmente creado con ramitas de pino. La madre está en la puerta de la casa y mira hacia el jardín, mientras un semicírculo de cantantes de villancicos (ha utilizado ratones de azúcar) mira hacia el interior.

Tal como sucedieron las cosas, hoy montamos nuestro árbol. Es pequeño, de la floristería que está calle abajo, pero huele maravillosamente a agujas y a savia, como el cuento de los niños perdidos en el bosque, y tenemos estrellas plateadas para colgar de las ramas y lucecitas blancas con las que envolverlo. A Anouk le encanta adornar el árbol, por lo que lo he dejado tal como entró a fin de que, cuando vuelva de la escuela, lo decoremos juntas.

—Dime, ¿a qué se dedica Anouk últimamente? —La ligereza de mi tono es forzada—. Por lo que parece, no hace más que correr de aquí para allá.

Zozie sonrió y replicó:

—Casi estamos en Navidad. En estas fechas los niños están muy entusiasmados.

—¿No te ha comentado nada? ¿Está afectada por lo que ocurrió entre Thierry y yo?

—Que yo sepa, no —repuso Zozie—. En todo caso, parece aliviada.

—¿No hay nada que la preocupe?

—Solo la fiesta.

¡Vaya con la fiesta! Sigo sin saber qué se propone. Desde la primera vez que la mencionó, mi pequeña Anouk se ha mostrado obstinada y extraña, hace planes, propone platos, invita a todos sin tener en cuenta cuestiones prácticas como el espacio y la colocación de los invitados.

«¿Podemos invitar a madame Luzeron?»

«Por supuesto, Nanou, si crees que vendrá.»

«¿Y a Nico?»

«De acuerdo.»

«Y a Alice, por descontado. Y también a Jean-Louis y a Paupaul…»

«Nanou, esas personas tienen su propio hogar y sus familias… ¿Qué te lleva a pensar que…?»

«Vendrán», asegura, como si lo hubiese dispuesto personalmente.

«¿Cómo lo sabes?»

«Lo sé y basta.»

Me digo que tal vez lo sabe. Da la impresión de saber muchas cosas, pero hay algo más, un secreto en su mirada, el indicio de algo de lo que estoy excluida.

Miro la chocolatería. El local es un espacio cálido, casi íntimo. Hay velas encendidas en las mesas y el escaparate de Adviento está iluminado por un brillo rosa. Huele a naranja y a clavo de olor gracias a la almohadilla perfumada que cuelga sobre la puerta, a pino del árbol navideño y a vino calentado con especias, que servimos con el chocolate caliente, también especiado, y con el pan de jengibre recién salido del horno. Atrae tanto a los habituales como a los forasteros y los turistas, que entran de tres en tres o de cuatro en cuatro. Se detienen a mirar el escaparate, perciben los aromas, entran y tal vez quedan algo atolondrados por los olores múltiples, los colores y sus preferidos en las cajitas de cristal: galletas de naranja amarga, *mendiants du roi,* cuadrados de guindilla, trufas al aguardiente de melocotón, monedas de chocolate blanco, delicadezas de lavanda…, bombones que susurran imperceptiblemente…

Pruébame, saboréame, examíname…

Zozie se encuentra en el centro de todo. Incluso en los momentos más frenéticos ríe, sonríe, bromea, reparte bombones por invitación de la casa, habla con Rosette, con su presencia consigue animarlo todo…

Tengo la sensación de que me observo a mí misma, a la Vianne que fui en otra vida.

¿Quién soy ahora?

Incapaz de apartar la mirada, acecho desde detrás de la puerta del obrador. Recuerdos de otra época: un hombre está de pie junto a una puerta parecida y mira recelosamente hacia el interior. Es el rostro de Reynaud, su mirada ávida, la expresión odiosa y atormentada de un hombre asqueado por lo que ve pero que, de todas maneras, debe mirar.

¿Es posible que me haya convertido en eso, en otra versión del Hombre Negro, en una Reynaud atormentada por el placer e incapaz de soportar la alegría de los demás, en una mujer abrumada por la envidia y la culpa?

¡Qué absurdo! ¿Es posible que sienta envidia de Zozie?

Por si con eso no bastase, ¿a qué se debe que todavía tengo miedo?

A las cuatro y media Anouk entra desde las calles brumosas, con la mirada encendida y un brillo revelador a la altura de sus pies, que podría ser Pantoufle en el caso de que existiese. Saluda a Zozie con un abrazo descomunal. Rosette se suma. Hacen girar a la pequeña y gritan «¡Bam, bam, bam!». Se convierte en un juego, en una suerte de danza desaforada que termina cuando las tres, risueñas y sin aliento, se desploman en los butacones rosados y peludos.

Mientras observo desde la puerta de la cocina, súbitamente se me ocurre una idea. Está claro que en este sitio hay demasiados fantasmas. Se trata de fantasmas peligrosos y risueños, de fantasmas de un pasado cuyo renacimiento no podemos permitirnos. Lo sorprendente es que parecen extrañamente vivos, como si yo, Vianne Rocher, fuese el fantasma y el trío de la tienda la realidad, el número mágico, el círculo que es imposible romper…

¡Vaya tontería! Sé perfectamente que soy real. Vianne Rocher no es más que un nombre que utilicé, quizá ni siquiera se trata de mi verdadero nombre. Vianne Rocher no tiene propósito ni futuro al margen de mí.

Me resulta imposible dejar de pensar en ella, como en un abrigo favorito o en un par de zapatos que impulsivamente se regalan a una institución benéfica para que otra persona los aprecie y los use…

Ya no puedo dejar de preguntarme…

¿Cuánto he revelado de mí misma? Si he dejado de ser Vianne…, ¿quién lo es ahora?

SÉPTIMA PARTE

La Torre

1

Miércoles, 19 de diciembre

Vaya, madame, hola. ¿Su preferido? Veamos..., trufas de chocolate, preparadas según mi receta especial, marcadas con el signo de la señora de la Luna de Sangre y cubiertas de algo que atormenta la lengua. ¿Una docena o mejor dos? Colocadas en una caja con papel de seda negro y atada con una cinta del rojo más vivo...

Sabía que, a la larga, se presentaría. Mis trufas especiales suelen ejercer ese efecto. Llegó justo antes de la hora de cerrar; Anouk estaba arriba, haciendo los deberes, y Vianne en el obrador, preparando las provisiones de mañana.

Ante todo veo que repara en el aroma. Se trata de una combinación de muchas cosas: el árbol de Navidad en el rincón, el olor a cerrado y a humedad de la casa vieja, el perfume de la naranja, el clavo, el café molido, la leche caliente, el pachulí, la canela y, por supuesto, el chocolate, que es embriagador, rico como Creso y oscuro como la muerte.

Madame mira a su alrededor y ve las cortinas, los cuadros, las campanillas, los adornos, la casa de muñecas del escaparate, las alfombras que cubren el suelo, en colores como el amarillo cromo, el rosa fucsia, el escarlata, el dorado y el verde. *Es como un fumadero de opio,* está a punto de decir y se sorprende de ser tan fantasiosa. En realidad, jamás ha visto un fumadero de opio, salvo en las páginas de *Las mil y una noches*, pero tiene la sensación de que en el local hay algo, algo…, algo casi mágico.

En el exterior, el cielo gris amarillento está luminoso por la promesa de la nieve. Hace varios días que los meteorólogos anuncian su llegada pero, para desilusión de Anouk, de momento el tiempo es demasiado benigno como para que haya algo más que aguanieve y una bruma incesante.

—El tiempo es espantoso —comenta madame.

No cabía esperar que pensase otra cosa, ya que no ve magia en las nubes, sino contaminación; no ve estrellas, sino bombillas en las luces navideñas; no ve consuelo ni alegría, sino el incesante y ansioso trajín de las personas que se rozan sin calor en busca de regalos de último momento que serán abiertos sin placer, con prisa por asistir a una comida de la que no disfrutarán, con seres que hace un año que no ven y que si pudiesen elegir jamás se les ocurriría visitar…

Miró su cara a través del Espejo Humeante. En muchos sentidos es un rostro aguerrido, el de una mujer cuyo cuento de hadas personal nunca tuvo la posibilidad de alcanzar un final feliz. Ha perdido a los padres, al marido y a la hija; ha prosperado gracias al trabajo duro; hace años que ha llorado hasta quedarse sin lágrimas y ya no siente compasión por sí misma ni por nadie. Odia la Navidad y desprecia el Año Nuevo…

Veo todo eso a través del Ojo de Tezcatlipoca Negro. Hago un esfuerzo y vislumbro lo que hay detrás del Espejo Humeante: la gorda sentada delante del televisor come lionesas, que saca de una caja blanca de pastelería, mientras su marido trabaja hasta tarde por tercera noche consecutiva; el escaparate de una tienda de antigüedades y una muñeca con cara de porcelana guardada bajo una campana de cristal; la farmacia en la que una vez entró a comprar pañales y leche para su pequeña; la cara redonda, rígida y para nada sorprendida de su madre cuando acudió a darle la terrible noticia.

Desde entonces ha llegado lejos, muy lejos, pero hay algo

en su interior, un vacío que aún gime por algo que vuelva a llenarlo…

—Doce trufas. No, que sean veinte —se corrige.

Como si las trufas marcasen la diferencia. Piensa que, de alguna manera, estas trufas son distintas y que la mujer que se encuentra detrás del mostrador, con el pelo largo y oscuro adornado con cristales y tacones de color esmeralda altísimos y brillantes (zapatos ideales para bailar toda la noche, para saltar, para volar, para lo que sea menos para caminar), también es diferente, no como el resto de los que están en el local, sino curiosamente más viva y real…

Sobre el cristal del mostrador hay una mancha oscura porque de las trufas ha caído cacao. Con la yema del dedo es fácil trazar la señal del Uno Jaguar, el aspecto felino de Tezcatlipoca Negro, en el chocolate en polvo. Medio hipnotizada por los colores y el aroma, madame contempla esa mancha mientras envuelvo la caja y me tomo mi tiempo con el papel y las cintas.

Entonces entra Anouk, en el momento justo, con el pelo alborotado y muerta de risa por algo que Rosette ha hecho; madame levanta la cabeza y de pronto su rostro se queda flácido.

¿Es posible que reconozca algo? ¿Acaso la vena de talento tan rica en Vianne y en Anouk ha dejado vestigios aquí, en el origen? Anouk le dedica su sonrisa más radiante. Madame hace lo propio, al principio con dudas, pero a medida que la conjunción de la Luna de Sangre con la Luna del Conejo se suma al influjo del Uno Jaguar, su rostro pastoso se vuelve casi bello ante tanta ansia.

—Y esta, ¿quién es?

—Es mi pequeña Nanou.

No necesito decir nada más. No se sabe si madame ve o no algo familiar en la niña o si, simplemente, lo que la fascina es la propia Anouk, con su cara de muñeca holandesa y su melena bizantina. La mirada de madame se ha iluminado de repente y cuando le propongo que se quede a beber una taza de chocolate (y tal vez a probar una de mis trufas especiales, invitación de la casa) acepta sin rechistar, se sienta ante una de las mesas decoradas con impresiones de las manos y mira con una intensidad que supera con creces el mero anhelo mientras Anouk entra y sale del obrador, saluda a Nico cuando pasa por la puerta y le dice que entre a tomar una taza de té, juega con Rosette y la caja de botones, menciona el cumpleaños de mañana, sale corriendo a ver si nieva, entra a la carrera, estudia los cambios en la casa de Adviento, reacomoda una o dos figuras decisivas, vuelve a ver si nieva…, nevará, debe nevar al menos en Nochebuena, ya que la nieve es casi lo que más le gusta…

Es hora de cerrar la chocolatería. En realidad, han pasado veinte minutos desde la hora habitual de cierre cuando madame parece librarse de su embotamiento.

—Tiene una cría encantadora —comenta mientras se pone en pie, se quita los restos de chocolate del regazo y mira con nostalgia la puerta del obrador, que Anouk ya ha atravesado llevándose consigo a Rosette—. Juega con la otra como si fuese su hermana.

Ese comentario me lleva a sonreír, pero no aclaro la situación.

—¿Tiene hijos? —inquiero.

Madame parece titubear, pero finalmente asiente y responde:

—Una hija.

—¿La verá esta Navidad?

Vaya con la angustia que semejante pregunta desencadena involuntariamente. La detecto en sus colores: una franja de blanco brillante y puro que, como si fuera un rayo, atraviesa los demás.

Niega con la cabeza, pues no sabe si será capaz de hablar. Incluso ahora, después de tantos años, la emoción tiene la capacidad de sorprenderla por su inmediatez. ¿Cuándo se suavizará, como tantas personas dicen que ocurrirá? De momento no ha amainado…, no se ha calmado ese dolor que supera todo los demás y que logra que esposo, amante, madre y amigos se vuelvan insignificantes ante el abismo desolador que representa la desaparición de un hijo.

—La perdí —admite con voz queda.

—Lo siento muchísimo.

Apoyo mi mano en su brazo. Llevo manga corta y mi pulsera, cargada de pequeños dijes, tintinea pesadamente. El brillo de la plata llama su atención…

El dije del gato se ha oscurecido con el paso del tiempo y se parece al Uno Jaguar de Tezcatlipoca Negro más que a la baratija que antaño fue.

Madame lo ve, se pone rígida y casi en el acto piensa que es absurdo, que semejantes coincidencias no existen, que solo se trata de una barata pulsera de dijes y que no puede tener nada que ver con aquel brazalete de bebé perdido hace muchos años ni con el minino de plata…

Bueno, ¿y si tuviera que ver?, se pregunta. A veces te enteras de este tipo de cosas, no siempre a través del cine, sino en la vida real…

—Lle-lleva una pul-pulsera in-interesante. —Le tiembla tanto la voz que le cuesta pronunciar las palabras.

—Gracias, hace años que la tengo.

—¿De verdad?

Muevo afirmativamente la cabeza.

—Cada uno de los dijes me recuerda algo. Este lo tengo desde que murió mi madre…

Señalo un dije con forma de ataúd. De hecho, procede de México, debió de tocarme en alguna piñata, y sobre la tapa de la caja hay una crucecita negra.

—¿Ha dicho su madre?

—Así la llamaba, aunque lo cierto es que no conocí a mis padres biológicos. Esta llave corresponde a mis veintiún años… Y este gato es mi dije más antiguo y el que me ha traído más suerte. Me parece que lo he tenido toda la vida, incluso antes de que me adoptasen.

Casi paralizada, madame me clava la mirada. Es imposible, sabe que lo es, pero una faceta menos racional de su persona insiste en que los milagros y la magia existen. Es la voz de la mujer que antaño fue, la misma que, con solo diecisiete años, se enamoró de un hombre de treinta y dos que le dijo que la quería y le creyó.

¿Qué hay de la niña? ¿Reconoció algo en ella, algo que tironea su corazón y lo desgarra como un gatito que juguetea con un ovillo de hilo?

Algunas personas, como yo, son cínicas de nacimiento. Claro que si eres creyente nunca dejarás de serlo. Percibo que madame pertenece a esta última categoría; mejor dicho, lo he sabido desde que vi las muñecas con cara de porcelana en el vestíbulo de Le Stendhal. Es una romántica envejecida, amargada, desilusionada y, por consiguiente, más vulnerable; basta una sola palabra mía para que su piñata se abra como una flor.

¿He dicho palabra? Quería decir un nombre, por supuesto.

—Madame, tengo que cerrar. —La conduzco delicadamente hacia la puerta—. Si quiere volver, en Nochebuena damos una fiesta. Si no tiene otros planes, tal vez le apetezca venir una hora.

Me mira con los ojos como estrellas.

—Desde luego que sí —musita—. Muchas gracias. Asistiré.

2

Miércoles, 19 de diciembre

Esta mañana Anouk se fue a la escuela sin despedirse. No debería sorprenderme; es lo que ha hecho a lo largo de esta semana; baja tarde a desayunar, hace un saludo general, coge su cruasán y sale corriendo cuando todavía es de noche.

Anouk es así, la misma que solía lamerme la cara con exuberancia y gritar que me quería en medio de la calle atiborrada de gente, aunque ahora permanece en silencio y está tan ensimismada que me siento desconsolada y helada de miedo; las dudas que me han perseguido desde que nació aumentan a medida que pasan las semanas.

Debo reconocer que está creciendo y que le interesan otras cosas: las amistades de la escuela, los deberes, los profesores, tal vez un amigo especial (¿Jean-Loup Rimbault?) o el dulce delirio del primer enamoramiento. Es posible que también haya otras cosas: secretos susurrados, grandes planes elaborados y cuestiones que tal vez les cuente a sus amigas y que, si su madre las supiese, la llevarían a retorcerse de incomodidad.

Me digo que es normal y, por otro lado, la sensación de exclusión es casi insoportable. Creo que no somos como las demás, me parece que Anouk y yo somos diferentes. Por muy molesto que resulte, ya no puedo pasarlo por alto…

A partir de esa certeza me doy cuenta de que cambio, me vuelvo irritable y crítica ante cualquier nimiedad. ¿Cómo transmitir a mi niña de estío que el tono de mi voz no es de cólera, sino de temor?

¿Mi madre sintió lo mismo? ¿Experimentó esa sensación de pérdida, ese temor incluso mayor que el miedo a la muerte mientras, inútilmente, como todas las madres intentaba paralizar el implacable paso del tiempo? ¿Me siguió como yo sigo a Anouk y se fijó en los hitos abandonados en el camino? Me refiero a los juguetes que ya no usa, a la ropa abandonada, a los cuentos de antes de dormir que no han sido narrados, a todo aquello descartado a su paso, a medida que la niña corre cada vez con más impaciencia hacia el futuro y se aleja de la infancia, se aleja de mí...

Mi madre solía contar un cuento en el que una mujer se desesperaba por tener un hijo pero, como no podía concebir, cierto día de invierno creó una criatura de nieve. La hizo con sumo cuidado, la vistió, la quiso y le cantó hasta que la Reina del Invierno se compadeció y la dotó de vida.

La mujer, mejor dicho, la madre, estaba que no cabía en sí de alegría. Con los ojos embargados por el llanto de la felicidad, dio las gracias a la Reina del Invierno y juró que a su hija jamás le faltaría nada y que, mientras ella viviese, no conocería la pena.

«Mujer, ten cuidado», advirtió la Reina del Invierno. «Los afines se atraen del mismo modo que el cambio llama al cambio y, para bien o para mal, el mundo gira. Mantén a tu criatura lejos del sol y, mientras puedas, haz que te obedezca. Los hijos del deseo nunca se dan por satisfechos, ni siquiera con el amor de madre.»

La madre apenas la escuchó. Se llevó la niña a casa, la quiso y la cuidó tal como había prometido a la Reina del Invierno. Transcurrió el tiempo y, blanca como la nieve, negra como el azabache y hermosa como un diáfano día invernal, la niña creció con velocidad mágica.

Se acercó la primavera, la nieve empezó a derretirse y la

Criatura de Nieve se mostró cada vez más insatisfecha. Dijo que quería salir, estar con otros niños y jugar. Como era previsible, al principio la madre se negó, pero no hubo manera de convencerla. Lloró, se entristeció, se negó a comer y, finalmente, la madre accedió a regañadientes.

«No te pongas al sol y jamás te quites el abrigo y el sombrero», advirtió la madre a la pequeña.

«De acuerdo», respondió la niña y se alejó a saltos.

La Criatura de Nieve jugó todo el día. Fue la primera vez que vio a otros niños. Jugó al escondite por primera vez y aprendió juegos de cantar, de batir palmas, de correr y otros. Volvió a casa extraordinariamente cansada, pero más feliz de lo que su madre la había visto hasta entonces.

«¿Mañana puedo salir de nuevo?»

La madre accedió con el corazón en un puño, siempre y cuando se dejara puestos el abrigo y el sombrero, y nuevamente la Criatura de Nieve pasó fuera todo el día. Estableció amistades secretas y pactos solemnes; por primera vez se despellejó las rodillas y también regresó a casa con los ojos brillantes y con la pretensión de salir nuevamente al otro día.

La madre protestó porque la niña estaba agotada pero, al final, claudicó. Durante el tercer día la Criatura de Nieve descubrió el gozo embriagador de la desobediencia. Por primera vez en su corta vida faltó a una promesa, rompió una ventana, besó a un chico y se quitó el abrigo y el sombrero al sol.

Transcurrieron las horas. Cayó la noche y, como la Criatura de Nieve no regresaba, la madre salió a buscarla. Encontró el abrigo y el sombrero, pero ni vio ni volvió a ver una sola señal de la Criatura de Nieve, sino un mudo charco de agua que antes no existía.

Debo reconocer que ese cuento nunca fue de mi agrado. De los que narraba mi madre, era el que más me aterraba, no por el cuento propiamente dicho, sino por su expresión, el temblor de su voz y la forma en que me estrechaba dolorosamente en sus brazos mientras el viento arreciaba desaforadamente en la oscuridad invernal.

Está claro que entonces no sabía por qué se asustaba tanto. Con los años lo he descubierto. Dicen que el mayor temor de la infancia es que los padres te abandonen. Infinidad de cuentos infantiles lo reflejan: Hansel y Gretel, los niños abandonados en el bosque, Blancanieves perseguida por la madrastra…

Soy yo la que ahora está perdida en el bosque. Pese al calor del obrador, tirito y me rodeo los hombros con el jersey grueso de trenzas. Hoy noto el frío, mientras que Zozie sigue vistiendo de verano, con alegre falda estampada, zapatillas de ballet y el pelo recogido con una cinta amarilla.

—Saldré una hora. ¿Te parece bien?

—Por supuesto.

¿Cómo voy a negarme si sigue sin aceptar que le pague un salario?

Por enésima vez me lo pregunto en silencio…

¿Cuál es tu precio?

¿Qué quieres?

El viento de diciembre sopla en la calle, pero no ejerce el menor poder sobre Zozie. La observo mientras apaga las luces del local y tararea al tiempo que cierra los postigos que ocultan el escaparate, en el que los muñecos de pinza de la casa de estuco se han reunido en torno a la escena del cumpleaños mientras fuera, bajo el farol del porche y la nieve de azúcar glaseada, un coro de ratones de chocolate con minúsculas partituras clavadas en las patas canta sin emitir sonido alguno.

3

Jueves, 20 de diciembre

Hoy Thierry volvió a hacer acto de presencia, pero Zozie lo despachó, no sé muy bien cómo. Le debo mucho y es lo que más me perturba. No he olvidado lo que vi el otro día en la chocolatería ni la desagradable sensación de verme a mí misma, la Vianne Rocher que fui, renacida en la persona de Zozie de l'Alba, que emplea mis métodos, pronuncia mis frases y me reta a desafiarla…

Durante el día de hoy la observé furtivamente, tal como he hecho ayer y anteayer. Rosette jugaba tranquila; los aromas mezclados del clavo, la melcocha, la canela y el ron impregnaban el obrador calentito; mis manos estaban cubiertas de azúcar y cacao en polvo, el cazo de cobre resplandecía y el hervidor gorjeaba. Todo me resultó conocido y disparatadamente cómodo a pesar de que una parte de mi ser no estaba tranquila. Cada vez que sonó el timbre, miré hacia el local para comprobar qué pasaba.

Nico se presentó junto a Alice y ambos parecían absurdamente felices. Nico comenta que, pese a su adicción a los macarrones de coco, ha adelgazado. Tal vez un observador casual no notaría la diferencia, ya que está tan orondo y alegre como siempre, pero Alice confirma que ha perdido cinco kilos y que ha tenido que hacer tres agujeros más en el cinturón.

—Es como estar enamorado —comentó con Zozie—. Así se queman calorías o algo por el estilo. Vaya, el árbol es grandioso, de fábula. Alice, ¿quieres un árbol como ese?

No resulta tan fácil oír la voz de Alice pero, al menos, habla y da la sensación de que hoy su rostro menudo y puntiagudo tiene color. Junto a Nico parece una niña, pero una niña feliz, que ya no está perdida y su mirada no se aparta del rostro del grandullón.

Pensé en la casa de Adviento y en las figurillas que, bajo el árbol de Navidad, unen sus manos formadas con limpiapipas.

Luego apareció madame Luzeron, que ahora viene con más frecuencia y que juega con Rosette mientras bebe su café moca. Se la ve más relajada y, bajo el abrigo negro, llevaba un conjunto de jersey y chaqueta de color rojo y acabó arrodillada mientras Rosette y ella hacían rodar solemnemente por el suelo un perro de madera.

A continuación Jean-Louis y Paupaul se sumaron al juego, lo mismo que Richard y Mathurin, que se iban de camino a jugar a la petanca; luego llegó madame Pinot, a la que hace seis meses ni se le habría ocurrido entrar, a quien Zozie llama por su nombre de pila (Hermine) y que, como quien no quiere la cosa, pide «lo de siempre».

A medida que la ajetreada tarde transcurría, me conmovió ver que tantos clientes traían regalos para Rosette. Había olvidado que la ven con Zozie mientras yo estoy en el obrador, preparando bombones, pero aun así fue inesperado y me recordó todas las amistades que hemos hecho desde que, hace un mes, Zozie se unió a nosotras.

Madame Luzeron le regaló un perro de madera; Alice, una huevera pintada de verde; Nico se presentó con un conejo de peluche; Richard y Mathurin, un rompecabezas, y Jean-Louis y Paupaul, el dibujo de un mono. Hasta madame Pinot, la de la tienda de la esquina, hizo acto de presencia con una diadema amarilla para Rosette… y para encargar cremitas de violeta, por las que muestra un entusiasmo rayano en la gula. Laurent Pinson apareció como de costumbre, robó azucarillos y, con regocijado desaliento, me informó que la actividad comercial era mínima en todas partes y que acababa de ver a una musulmana con chador caminando por la rue des Trois Frères. Al salir dejó un paquete sobre la mesa y, una vez abierto, descubrimos que contenía una pulsera de dijes de plástico rosa, que probablemente regalan con una revista juvenil, pero a Rosette le encanta incondicionalmente y se niega a quitársela, incluso a la hora del baño.

Cuando estábamos a punto de cerrar, apareció la mujer extraña que estuvo ayer, compró otra caja de trufas y dejó un regalo para Rosette. Fue lo primero que me llamó la atención, ya que no es cliente habitual y ni siquiera Zozie conoce su nombre, pero cuando quitamos el papel de regalo, nuestra sorpresa fue todavía mayor. Contenía una caja con un bebé, una muñeca no muy grande, indiscutiblemente antigua, con cuerpo blando y cara de porcelana, enmarcada por un gorro bordeado de piel. A Rosette le encanta, pero no puedo aceptar un regalo tan generoso de una desconocida, por lo que guardé el bebé en la caja, decidida a devolvérselo cuando regrese, en el caso de que vuelva.

—No te preocupes —dijo Zozie—. Probablemente perteneció a sus hijos o algo por el estilo. Piensa en madame Luzeron y en los muebles de la casa de muñecas...

—Esos objetos solo están en préstamo —puntualicé.

—Yanne, no te pases —continuó Zozie—. No puedes desconfiar de todo. Tienes que dar a los demás la posibilidad de...

Rosette señaló la caja y dijo con el lenguaje de signos:

Bebé.

—Está bien, pero solo por esta noche.

Rosette cacareó quedamente.

Zozie sonrió.

—¿Te das cuenta? No es tan difícil.

De todos modos, me sentí incómoda. Casi nunca algo es gratis; a la larga, un regalo o un acto bondadoso han de pagarse con la misma moneda. Es lo que me ha enseñado la vida. Por ese motivo ahora soy más cautelosa. También por eso tengo las campanillas colgadas encima de la puerta, para que me adviertan de la llegada de las Benévolas, las mensajeras del crédito pendiente de pago.

Anouk volvió de la escuela, como de costumbre, sin dar indicios de su presencia de no ser por el correteo en la escalera de madera mientras se dirigía a su habitación. Intenté recordar la última vez que me había saludado como antaño: venía a buscarme al obrador, me abrazaba, me besaba y soltaba una andanada de comentarios. Me digo que me he vuelto demasiado quisquillosa, pero hubo una época en la que le habría resultado tan imposible olvidarse de besarme como no acordarse de Pantoufle.

Pues sí, en este momento hasta me alegraría vislumbrar a Pantoufle u oír un comentario, alguna señal de que la niña de estío que conocí no ha desaparecido del todo. Hace días que no lo veo y ella apenas habla conmigo, ya sea de Jean-Loup Rimbault, de sus compañeras, de Roux, de Thierry e incluso de la fiesta, aunque sé lo mucho que ha trabajado para que salga bien: ha redactado invitaciones en trozos de cartón adornados con una ramita de acebo y el dibujo de un mono, copiado menús y planificado juegos.

La observo al otro lado de la mesa y me sorprendo de lo adulta que parece y de lo súbita y perturbadoramente bonita que está con el pelo oscuro, la mirada tempestuosa y el atisbo de los pómulos en el rostro intenso.

La contemplo cuando está con Rosette y veo la manera elegante y solícita en que inclina la cabeza sobre el pastel de cumpleaños bañado con azúcar en polvo amarillo y la pequeñez peculiarmente conmovedora de las manitas de Rosette entre las suyas. *Sopla las velas, Rosette,* dice. *No, no babees. Se hace así.*

Me percato de que la miro cuando está con Zozie…

Ay, Anouk, que rápido ocurre ese paso súbito de la luz a la oscuridad, de ser el centro del mundo de alguien a convertirse en nada más que un detalle en los márgenes, una figura entre las sombras, casi nunca estudiada y apenas vista…

A última hora de la noche regresé al obrador y puse a lavar las prendas con las que Anouk había ido a la escuela. Durante unos instantes las acerqué a mi cara, como si conservasen una parte de su persona que yo he perdido. Huelen al exterior, al incienso que Zozie quema en su habitación y al aroma a galletas y a malta del sudor de Anouk. Me siento como una mujer que registra la ropa de su amado en busca de indicios de infidelidad...

En el bolsillo del tejano encuentro algo que se le ha olvidado quitar. Es un muñeco construido con una pinza de madera para tender la ropa, la misma clase de muñeco que ha confeccionado para el escaparate. Lo miro con atención y reconozco a quién representa; veo las marcas trazadas con rotulador, los tres pelos rojos atados alrededor de la cintura y, si entorno los ojos, el brillo que lo rodea, tan tenue pero tan conocido que, de lo contrario, se me habría escapado.

Una vez más me dirijo a la casa de Adviento, donde ya está preparada la escena de mañana. La puerta abierta da al comedor y todos se han reunido alrededor de la mesa, donde están a punto de servir el pastel de chocolate. También hay minúsculas velas y platos y vasos diminutos; estudio la escena con más atención y reconozco a casi todos los presentes: Nico el Gordo, Zozie, la pequeña Alice con las grandes botas, madame Pinot con su crucifijo, madame Luzeron con su abrigo fúnebre, Rosette, yo e incluso Laurent... y Thierry, que no ha sido invitado, permanece de pie bajo los árboles cubiertos de nieve.

Todos están tocados por ese brillo dorado...

Algo tan pequeño...

Algo tan descomunal.

Pienso que un juego no hace daño a nadie. Los juegos sirven para que los niños den sentido al mundo y los cuentos, incluso los más terroríficos, son los medios a través de los cuales aprenden a afrontar la pérdida, la crueldad, la muerte...

En este pequeño cuadro hay algo más: la familia y los amigos de la escena alrededor de la mesa, las velas, el árbol y el tronco de chocolate se encuentran en el interior de la casa. La escena del exterior es distinta. En el suelo y en los árboles se ha acumulado una tupida nevada con forma de azúcar en polvo. El lago de los patos está congelado, los ratones de azúcar con las partituras han desaparecido y de las ramas de los árboles cuelgan carámbanos largos y asesinos, realizados con azúcar y afilados como astillas de cristal.

Thierry está de pie bajo esas ramas y un muñeco de nieve de chocolate oscuro y grande como un oso lo observa amenazadoramente desde la cercana arboleda.

Estudio con más atención el pequeño muñeco de pinza. Por extraño que parezca, guarda una gran semejanza con Thierry: la ropa, el pelo, el móvil y hasta su expresión, representada por un trazo ambivalente y un par de puntos a modo de ojos.

También hay algo más: una espiral dibujada con la yema de un dedo pequeño en la nieve de azúcar. La he visto antes en la habitación de Anouk: trazada en su tablón, dibujada a lápiz en un cuaderno y reproducida cien veces con botones y piezas de rompecabezas en este suelo, ahora lustroso gracias a ese encanto innegable...

Comienzo a entender: las señales marcadas bajo el mostrador, las bolsitas medicinales colgadas sobre la puerta, la reciente afluencia de clientes, las amistades que hemos hecho, todos los cambios que se han producido durante las últimas semanas. Esto es mucho más que un juego infantil, se parece a una campaña secreta por un territorio que yo ni siquiera sabía que estaba en disputa.

¿Quién es el general que lidera esta campaña?

¿Hace falta que lo pregunte?

4

Viernes, 21 de diciembre.
Solsticio de invierno

El último día de clase siempre es una locura. En lugar de estudiar nos dedicamos a jugar y a poner orden; hay fiestas, pasteles y felicitaciones navideñas; los profesores que durante el curso no han sonreído recorren las aulas con pendientes navideños de fantasía y gorros de Papá Noel y a veces hasta reparten caramelos.

Chantal y compañía guardan las distancias. Desde su regreso, que se produjo la semana pasada, no han sido ni la mitad de populares que antes. Tal vez tiene que ver con la tiña. A Suze vuelve a crecerle el pelo, aunque todavía no se quita el gorro para nada. Supongo que Chantal está bien, pero Danielle, que soltó esos insultos sobre Rosette, ha perdido casi todo el pelo y también las cejas. Es imposible que sepan que fui yo pero, de todos modos, ni se me acercan, como las ovejas ante una valla electrificada. Se acabaron los juegos del «bicho feo», las trastadas, los chistes sobre mi melena y las visitas a la chocolatería. Mathilde oyó que Chantal le comentaba a Suze que soy «espeluznante». Jean-Loup y yo reímos mogollón: «espeluznante». Venga ya, ¿cuán imperfecta puedes ser?

Solo faltan tres días y aún no hay señales de Roux. Lo he buscado toda la semana, pero nadie lo ha visto. Hoy incluso fui a la pensión en la que se hospedaba y no hallé indicios de que hubiera nadie; la rue de Clichy no es un lugar en el que apetezca quedarse, sobre todo cuando oscurece y los enfermos acaban tirados en las aceras y los borrachos duermen en los portales cerrados con persianas metálicas.

Di por supuesto que anoche vendría, aunque solo fuese por el cumpleaños de Rosette, pero no ha sido así. Lo echo muchísimo de menos. No dejo de pensar que algo está mal. ¿Mintió cuando dijo que tenía un barco? ¿Falsificó el cheque? ¿Se ha ido para siempre? Thierry dice que más le vale largarse si sabe lo que le conviene. Zozie dice que tal vez sigue en París, escondido en algún lugar cercano. Mamá no dice nada.

Le conté a Jean-Loup todo el lío de Roux y Rosette. Le expliqué que Roux es mi mejor amigo y que tengo miedo de que se vaya para no volver, así que me besó y declaró que era mi amigo.

Solo fue un beso, nada del otro mundo, pero ahora estoy temblorosa y picajosa, como si alguien tocara el triángulo o algo por el estilo en mi estómago, y me parece que tal vez...

¡Anda ya, tío!

Jean-Loup dice que debería hablar con mamá y aclarar la situación, pero últimamente está muy ocupada, a veces durante la cena permanece muda y me mira con tristeza y desilusionada, como si yo hubiese tenido que hacer algo y lo cierto es que no sé cómo mejorar la situación...

Tal vez por eso hoy me escapé. Había pensado en Roux, en la fiesta y en si puedo confiar en que asista. Saltarse el cumpleaños de Rosette ya es bastante malo, pero si en Nochebuena no viene nada funcionará como lo planificamos, como si él fuera el ingrediente esencial y secreto de una receta que de otra forma es imposible preparar. Si las cosas no ocurren como deben, nada volverá a ser como antes y es necesario, es imprescindible que lo sean, sobre todo ahora...

Esta noche Zozie tuvo que salir y a mamá no le quedó más remedio que trabajar hasta tarde. Le han hecho tantos encargos que apenas puede con todo, así que para cenar calenté una lata de espaguetis y subí el plato a mi habitación para que mamá dispusiese del espacio para trabajar.

Eran las diez cuando me acosté, pero no podía dormir y bajé al obrador a beber un vaso de leche. Zozie no había vuelto y mamá preparaba trufas de chocolate. Todo olía a chocolate: el vestido de mamá, su pelo y hasta Rosette, que jugaba en el suelo de la cocina con un trozo de pasta y varios cortapastas.

Todo parecía muy seguro y archiconocido. Tendría que haber sabido que se trataba de un error. Tuve la sensación de que mamá estaba cansada y agobiada; golpeaba la pasta de las trufas como si fuera masa de pan y cuando bajé apenas me miró.

—Anouk, date prisa —aconsejó—. No quiero que estés despierta hasta tan tarde.

Me dije que Rosette solo tiene cuatro años y que a ella la deja quedarse hasta las tantas...

—Estamos en vacaciones —me defendí.

—No quiero que enfermes —precisó mamá.

Rosette tironeó de la pernera de mi pijama pues quería mostrarme las figuras de pasta.

—Rosette, han quedado muy bien. ¿Quieres que las cocinemos?

Rosette sonrió y con señas expresó que sí.

Pensé que podía considerarme afortunada de contar con Rosette, que siempre está feliz y sonriente, lo que la diferencia de los demás. Cuando crezca viviré con ella; podríamos alojarnos en una casa flotante, como Roux, comer salchichas directamente sacadas del envase, preparar hogueras a la vera del río y Jean-Loup viviría cerca...

Encendí el horno y cogí una asadera. Las figuras de Rosette estaban muy sobadas pero, una vez cocinadas, no tendría la menor importancia.

—Las asaremos dos veces, como los bizcochos —propuse—, y las colgaremos del árbol de Navidad.

Rosette rió, ululó a las figuras a través de la puerta de cristal del horno y les indicó por señas que se cocieran rápido. Esa actitud me hizo reír y durante un minuto pensé que estaba todo bien, como si una nube se hubiese deshecho. En ese instante mamá tomó la palabra y la nube se recompuso.

—He encontrado algo tuyo —afirmó sin dejar de aporrear la pasta para trufas.

Me pregunté qué había encontrado y dónde; seguramente fue en mi habitación y en mis bolsillos. A veces sospecho que me espía. Siempre sé si ha registrado mis cosas porque hay libros cambiados de sitio, papeles desplazados y juguetes guardados. No sé qué busca; de momento, no ha dado con mi escondite especial y secreto. Se trata de una caja de zapatos metida en el fondo del armario y contiene mi diario, varias fotos y otras cosillas que no quiero que nadie vea.

—Esto es tuyo, ¿no? —Abrió uno de los cajones del obrador y retiró el muñeco de pinza de Roux, que yo había olvidado en el bolsillo del tejano—. ¿Lo has hecho tú? —Asentí—. ¿Para qué?

Permanecí unos segundos en silencio. ¿Qué podía contestar? Por mucho que hubiese querido, no sé si habría sido capaz de explicarlo. Lo había hecho para que todo volviese a su sitio, para recuperar a Roux, mejor dicho, no solo a Roux…

—¿Lo has visto? —quiso saber mamá. No respondí porque ella ya conocía la respuesta—. Anouk, ¿por qué no me lo dijiste?

—Veamos, ¿por qué no me dijiste que es el padre de Rosette?

Mamá quedó petrificada.

—¿Quién te lo ha dicho?

—Nadie.

—¿Fue Zozie? —Negué con la cabeza—. ¿Quién te lo ha contado?

—Lo deduje.

Mamá dejó la cuchara a un lado del cuenco y se sentó lentamente. Permaneció tanto rato en silencio que por el olor me di cuenta de que las figuras empezaban a quemarse en el horno. Rosette seguía jugando con los cortapastas y los apilaba. Son de plástico y en total hay seis, cada uno de un color: un gato morado, una estrella amarilla, un corazón rojo, una luna azul, un mono naranja y un diamante verde. De pequeña yo también jugaba con ellos, preparaba galletas de chocolate y figuras de pan de jengibre y las decoraba con azúcar blanco y amarillo, que espolvoreaba con ayuda de una manga.

—Mamá, ¿te pasa algo?

Permaneció en silencio unos segundos más, me miró con esos ojos oscuros como la eternidad y finalmente inquirió:

—¿Se lo has dicho?

No respondí..., ni falta que hacía. Lo vio en mis colores tal como yo en los suyos. Quería decirle que se tranquilizase, que no era necesario que me mintiera, que ahora yo estaba al tanto de todo y podía ayudarla.

—Veamos, ahora al menos sabemos por qué se ha ido.

—¿Supones que se ha ido? —pregunté, y mamá se limitó a encogerse de hombros—. ¡No es posible que se haya ido por eso!

Mamá esbozó una sonrisa cansina y levantó el muñeco de pinza, que resplandeció con la señal del Viento del Cambio.

—Mamá, solo es un muñeco.

—Nanou, di por hecho que confiabas en mí.

En ese momento vi sus colores: grises tristes y amarillos ansiosos, como los viejos periódicos que alguien amontona antes de tirarlos. También vi en qué pensaba mamá; mejor dicho, detecté ráfagas, como si hojeara un álbum de pensamientos: una foto mía a los seis años, sentada a su lado en una encimera de cromo, ambas sonriendo como locas y con un vaso alto de chocolate caliente y cremoso y dos cucharillas en el medio; un libro de cuentos ilustrados sobre una silla; un dibujo mío con dos personas de líneas inciertas que podríamos ser mamá y yo, ambas sonrientes de oreja a oreja, de pie bajo un árbol de caramelo rojo; yo pescando desde el barco de Roux; yo en el presente corriendo con Pantoufle, corriendo hacia algo que jamás alcanzaré...

Y algo, acaso una sombra, sobre nosotras.

Me aterrorizó verla tan asustada. Quise confiar en ella, decirle que no se preocupase, que en realidad nada se había perdido porque Zozie y yo lo recuperaríamos...

—¿Qué recuperaréis?

—Mamá, no te preocupes. Sé lo que hago. Esta vez no se producirá un Accidente.

Aunque sus colores llamearon, mantuvo la expresión serena. Me sonrió y se dirigió a mí lenta y pacientemente, como si hablase con Rosette:

—Nanou, presta atención. Esto es muy importante. Tengo que saberlo todo.

Tuve mis dudas. Había prometido a Zozie que...

—Anouk, confía en mí, tengo que saberlo —insistió.

Intenté explicarle el sistema de Zozie, los colores, los nombres, los símbolos mexicanos, el Viento del Cambio, las lecciones en el cuarto de Zozie; la forma en la que yo había ayudado a Mathilde y a Claude y el modo en el que habíamos logrado que por fin la chocolatería saliese adelante; lo de Roux, los muñecos de pinza y lo que Zozie había dicho acerca de que los Accidentes no existen, que solo hay gente corriente y gente como nosotras.

—Dijiste que no era magia de verdad —añadí—, pero Zozie aseguró que debemos utilizar lo que tenemos. No podemos fingir que somos como las demás. Ya no tendremos que escondernos...

—A veces esconderse es la única salida.

—No, a veces puedes luchar.

—¿Luchar? —preguntó mamá.

Le conté lo que había hecho en el liceo y lo que Zozie dijo sobre volar con el viento, aprovecharlo y no tener miedo. Finalmente le hablé de Rosette y de mí, de que habíamos invocado el Viento del Cambio a fin de recuperar a Roux y volver a ser una familia.

Al oír ese comentario mamá pegó un respingo, como si se hubiese quemado.

—¿Y Thierry? —preguntó.

Bueno, había que prescindir de Thierry. Seguramente mamá lo sabía.

—¿Ha pasado algo malo? —quise saber.

Me inquieté. *Tal vez hice que ocurriera algo malo*, pensé. Si Roux falsificó el famoso cheque, tal vez ese fue el Accidente. Quizá tiene que ver con lo que afirma mamá: todo tiene su precio y hasta la magia ha de poseer una reacción igual y opuesta, como explica monsieur Gestin en las clases de física...

Mamá se acercó a la cocina.

—Haré chocolate caliente. ¿Quieres?

Negué con la cabeza.

Preparó el chocolate: lo ralló sobre la leche caliente e incorporó nuez moscada, vainilla y una vaina de cardamomo. Era muy tarde, casi las once, y Rosette prácticamente se había quedado dormida en el suelo.

Pensé fugazmente que todo estaba resuelto y me alegré de haber aclarado las cosas con mamá porque detesto tener que ocultarle información. Pensé que ahora que sabía la verdad dejaría de tener miedo, podría volver a ser Vianne Rocher y solucionaría la situación para que todo saliese rodado...

Mamá se volvió y supe que me había equivocado.

—Nanou, por favor, acuesta a Rosette. Mañana nos ocuparemos de este asunto.

La miré y pregunté:

—¿No estás enfadada?

Negó con la cabeza, pero me di cuenta de que lo estaba. Había palidecido, estaba muy quieta y vi sus colores: una mezcla de rojos, naranjas coléricos y aterrados zigzags en gris y negro.

—Zozie no tiene la culpa —añadí. Su expresión me demostró que no estaba de acuerdo—. No se lo dirás, ¿eh?

—Nou, vete a la cama.

Me acosté y permanecí despierta largo rato, atenta al viento y a la lluvia en los aleros; contemplé las nubes, las estrellas y las luces navideñas blancas mezcladas al otro lado del cristal empapado, por lo que, al cabo de un rato, fue imposible distinguir las estrellas verdaderas de las falsas.

5

Viernes, 21 de diciembre

Ha pasado mucho tiempo desde la última vez que practiqué la adivinación. Valga con una vislumbre accidental o una chispa, como la descarga de electricidad estática al estrechar la mano de un desconocido, pero no hago nada deliberado. Solo veo sus preferidos, eso es todo. Sean cuales sean sus secretos, no quiero conocerlos.

Por otro lado, esta noche debo volver a intentarlo. Aunque incompleto, el relato de Anouk ha bastado para que me diese cuenta de que es necesario. Logré mantener la calma y la apariencia de que controlaba la situación hasta que se acostó, pero ahora oigo el viento de diciembre y las Benévolas están en la puerta…

La baraja del tarot no me sirve. Por mucho que la mezcle, muestra lo mismo, las mismas cartas en otro orden.

El Loco, los Enamorados, el Mago, la Rueda de la Fortuna.

La Muerte, el Colgado, la Torre.

Por eso en esta ocasión utilizo chocolate, técnica que hace años que no aplico. Necesito mantener las manos ocupadas y preparar trufas es tan sencillo que puedo hacerlas a ciegas, por el tacto, calculando la temperatura simplemente por el olor y el sonido del chocolate cobertura fundido.

A su manera es una especie de magia. Mi madre lo despreciaba por considerarlo trivial y una pérdida de tiempo, pero se trata de mi propia magia y mis instrumentos siempre me han dado mejores resultados que los suyos. Está claro que cualquier magia tiene consecuencias, pero me parece que hemos llegado demasiado lejos como para preocuparnos por esto. Me equivoqué al tratar de mentirle a Anouk... y mucho más al intentar engañarme a mí misma.

Trabajo muy despacio y con los ojos entrecerrados. Percibo el olor a cobre caliente; el agua bulle y transmite el aroma del paso del tiempo y del metal. Estos cazos me acompañan desde hace muchos años y conozco sus contornos, las abolladuras que han ganado con el curso de los años y los lugares donde muestran las huellas bruñidas de mis manos en comparación con la pátina más oscura.

Tengo la impresión de que a mi alrededor todo se vuelve más definido. Mi mente está libre, el viento arrecia y, afuera, a la luna del solsticio le faltan pocos días para llegar a llena y monta las nubes cual una boya en plena tormenta.

El agua burbujea, pero no debe hervir. Rallo el bloque de chocolate cobertura en el pequeño cuenco de cerámica. El olor asciende casi de inmediato: el aroma oscuro y arcilloso del chocolate amargo. A esta concentración tarda en fundirse; es un chocolate muy bajo en grasas y, con el propósito de que adquiera consistencia de trufa, a la mezcla tendré que añadir mantequilla y nata. Ahora huele a historia, a las montañas y los bosques de Latinoamérica, a madera talada, a savia derramada y a humo de la fogata del campamento. Huele a incienso y a pachulí, al oro negro de los mayas y al oro rojo de los aztecas; a piedra, a polvo y a una muchacha con flores en el pelo y un vaso de pulque en la mano.

Es embriagador; al fundirse el chocolate adquiere lustre; del cazo de cobre sube vapor y el aroma se densifica y florece con canela, pimienta de Jamaica y nuez moscada; oscuros matices de anís y café expreso y notas más sutiles de vainilla y jengibre. Está prácticamente fundido. Del cazo se eleva un delicado vapor. Estamos ante el verdadero *Teobroma*: el elixir de los dioses en forma volátil, en cuyo vapor casi veo…

Una niña baila con la luna y un conejo le pisa los talones. Tras ella se encuentra una mujer con la cabeza en sombras, por lo que durante unos segundos parece mirar en tres direcciones…

El vapor se ha vuelto demasiado espeso. El chocolate no debe superar los cuarenta y seis grados. Si se calienta demasiado, se quema y forma vetas. Si está demasiado frío, se blanquea y queda opaco. Después de tantos años no necesito el termómetro para el azúcar; por el aroma y el nivel de vapor sé que nos aproximamos al punto de peligro. Retiro del fuego el cazo de cobre y remojo el cuenco de cerámica con agua fría hasta que la temperatura desciende.

Al enfriarse despide un aroma floral, como de antiguos polvos para la cara a la violeta y a la lavanda. Huele como mi abuela, en el caso de que la tuviera; a trajes de novia cuidadosamente guardados en el desván y a ramos de flores colocados bajo cristal. Ahora prácticamente veo el cristal, una campana redonda bajo la cual se encuentra una muñeca, una muñeca de pelo negro y abrigo rojo rebordeado de piel que, por extraño que parezca, me recuerda a alguien que conozco…

Una mujer de rostro cansado contempla con ansia la muñeca de pelo negro. Me parece que alguna vez la he visto. Tras ella se encuentra otra fémina, con la cabeza casi oculta por el cristal curvo. Tengo la sensación de que la conozco, pero su rostro queda distorsionado por la campana de cristal, de modo que podría ser cualquiera…

Vuelvo a colocar el cuenco de cerámica sobre el agua que burbujea. Ahora debe llegar a los treinta y un grados. Es mi última oportunidad de dar sentido a lo que hago y me tiemblan las manos cuando contemplo el chocolate cobertura fundido. Huele a mis hijas: a Rosette con el pastel de cumpleaños y a

Anouk, que a los seis años está sentada en la chocolatería, habla, ríe y organiza…, ¿qué organiza?

Una celebración, el Grand Festival du Chocolat, *con huevos de Pascua, gallinas de chocolate y el Papa en chocolate blanco…*

Es un recuerdo maravilloso. Aquel año le plantamos cara al Hombre Negro y ganamos…, cabalgamos con el viento, al menos durante una temporada…

No es momento para la nostalgia. Aparto el vapor de la superficie oscura y vuelvo a intentarlo.

Ahora nos encontramos en Le Rocher de Montmartre. La mesa está puesta y nuestros amigos se encuentran presentes. Se trata de otra clase de celebración. Veo a Roux a la mesa; sonríe y ríe con una corona de acebo sobre el cabello rojo, ha cogido a Rosette en brazos, bebe una copa de champán…

Por supuesto no es más que una expresión de deseos. A menudo solo vemos lo que queremos. Durante unos instantes quedo conmovida casi hasta las lágrimas…

Vuelvo a pasar la mano de un lado a otro del vapor.

La celebración ha cambiado. Suenan petardos y bandas que desfilan y todos van vestidos de esqueletos; es el Día de los Muertos, los niños bailan por las calles con farolillos de papel en los que han pintado rostros demoníacos, hay calaveras de azúcar sujetas a palotes y la Santa Muerte desfila con sus tres caras mirando en todas direcciones…

¿Qué tiene que ver conmigo? Aunque mi madre soñaba con ir, nunca llegamos a Latinoamérica, ni siquiera a Florida…

Extiendo la mano para dispersar el vapor y entonces la veo: una cría de ocho o nueve años, con el pelo pajizo, camina de la mano de su madre entre el gentío. Percibo que son distintas a los demás, hay algo en su piel y en sus cabellos, y lo miran todo con asombro casi olvidado: los bailarines, los diablos, las piñatas pintadas que cuelgan de palos largos y puntiagudos, de cuyas colas salen petardos…

Paso nuevamente la mano por encima de la superficie del

chocolate. Ascienden zarcillos de vapor y huelo a pólvora; es un aroma peligroso, cargado de humo, fuego y turbulencias...

Veo otra vez a la cría, que juega con un grupo de niños en un callejón, frente a la fachada de una tienda a oscuras. De la puerta pende una piñata: un fabuloso tigre de rayas rojas, amarillas y negras. Los niños gritan que hay que golpearla y le dan con palos y piedras, pero la niña se contiene. Cree que dentro de la tienda hay algo, algo..., algo más atractivo.

¿Quién es la cría? Francamente, no lo sé, pero me apetece seguirla al interior de la tienda. Del marco de la puerta cuelga una cortina de tiras multicolores de plástico. La niña extiende la mano, en cuya muñeca luce una delgada pulsera de plata; vuelve la vista hacia el sitio donde los niños intentan romper la piñata del tigre, atraviesa la cortina y entra en la tienda.

«¿Te gusta mi piñata?»

La voz procede de un rincón de la tienda. Pertenece a una anciana, a una abuela; no, a una bisabuela, a una mujer tan vieja que, para la pequeña, podría tener cien o mil años. Semeja una bruja de libro de cuentos a causa de las arrugas, la mirada y las manos nudosas. Sujeta un vaso y de su interior llega hasta la cría un olor extraño, fuerte y embriagador.

A su alrededor, en los estantes de la tienda hay frascos, botes, botellas y calabazas; del techo cuelgan raíces secas, que despiden olor a sótano, y por todas partes hay velas encendidas, de modo que las sombras hacen muecas y bailotean.

Desde un estante alto una calavera observa lo que tiene a sus pies.

Al principio la niña supone que se trata de una calavera de azúcar, como las demás, pero ya no está tan segura. Delante de ella, en el mostrador, hay un objeto negro de aproximadamente un metro de largo..., más o menos del tamaño del ataúd de un niño.

Parece una caja de cartón piedra, pintada de negro mate salvo la señal, que casi parece una cruz pero no lo es, trazada en rojo sobre la tapa.

Vaya, es como una piñata, piensa la pequeña.

La bisabuela sonríe y le entrega un cuchillo. Es muy viejo, está romo y parece de piedra. La niña lo contempla con curiosidad y vuelve a mirar a la anciana y la extraña piñata.

«¡Ábrela!», la apremia la bisabuela. «Ábrela, es para ti.»

El olor a chocolate se acrecienta. En ese momento se aproxima a la temperatura ideal, el límite de treinta y un grados que el chocolate cobertura no debe sobrepasar. El vapor se espesa, la visión se desdibuja, retiro rápidamente el chocolate del fuego e intento regresar a lo que he visto…

Ábrela.

Huele a eternidad. Desde el interior algo la llama; no es exactamente una voz, sino una zalamería, una promesa…

Es para ti.

¿De qué se trata?

Primer golpe. Se resquebraja y a lo largo aparece una grieta. La niña sonríe al entrever el tesoro que contiene: papel de aluminio, dijes y bombones.

Casi estoy dentro. Un golpe más y…

Por fin aparece la madre de la niña, que aparta la cortina de plástico y, con los ojos cada vez más abiertos, mira hacia el interior. Pronuncia un nombre, su voz suena aguda. La cría no gira la cabeza, ya que está demasiado pendiente de la piñata negra, a la que solo le falta un golpe para liberar secretos…

La madre vuelve a llamarla, pero es demasiado tarde. La cría está absorta en la tarea. La abuela se inclina con impaciencia y cree que casi lo saborea, rico como la sangre y el chocolate.

El cuchillo de piedra cae y produce un ruido sordo. La grieta se ensancha…

Estoy dentro, piensa ella.

El vapor que quedaba ha desaparecido. El chocolate se asentará correctamente y adquirirá un buen brillo y un chasquido placentero. Ya sé dónde he visto con anterioridad a la cría con el cuchillo en la mano…

Supongo que la conozco de toda la vida. Durante años, mi madre y yo huimos de ella, escapamos como gitanos de pueblo en pueblo. Con anterioridad la hemos encontrado en los cuentos de hadas, es la bruja mala de la casa de pan de jengibre, es el flautista, es la Reina del Invierno. Durante un tiempo también la conocimos como el Hombre Negro…, pero las Benévolas tienen infinidad de disfraces y sus bondades se extienden como reguero de pólvora, entonan la canción, hacen resonar los cambios, nos encantan para salir de Hamelín, consiguen que nuestros problemas correteen y tropiecen en pos de esos tentadores zapatos rojos…

Ahora, por fin, veo su rostro. Me refiero a su verdadero rostro, oculto tras toda una vida de encantos, mudable como la luna y voraz, tan voraz… cuando franquea la puerta con sus tacones de bayoneta, se detiene y me mira con esa sonrisa radiante…

6

Viernes, 21 de diciembre

Cuando entré me estaba esperando. Debo reconocer que no me llevé una sorpresa. Hacía días que esperaba una reacción y, si he de ser sincera, ya tocaba.

Por fin ha llegado la hora de poner las cartas sobre la mesa. Hace demasiado que interpreto el papel de gata mimosa. Ha llegado el momento de mostrar mi aspecto más feroz, de hacer frente a mi adversaria en su terreno.

La encontré en la cocina, arropada con un chal y con una taza de chocolate que hacía mucho que se había enfriado. Era más de medianoche; todavía llovía e imperaba el olor persistente a algo quemado.

—Hola, Vianne.

—Hola, Zozie.

Ella me mira.

Una vez más estoy dentro.

El único pesar que tengo con relación a las vidas que he robado es el siguiente: actué sigilosamente y mis adversarias no llegaron a conocer ni apreciaron la belleza de su perdición.

Aunque no puedo decir que tuviera demasiadas luces, tal vez

mi madre estuvo en un tris de saberlo una o dos veces, aunque en realidad dudo de que lo creyera. Pese a su interés por el ocultismo, no era tan imaginativa, ya que prefirió los rituales carentes de significado a cualquier cosa que se aproximase más a la esencia.

Françoise Lavery que, gracias a su formación, debió de vislumbrar la verdad al final, fue incapaz de captar la elegancia de la situación, la forma en que su vida fue limpiamente recuperada y vuelta a embalar…

Siempre había sido un pelín inestable y, como mi madre, algo tímida, presa natural de una persona como yo. Era profesora de historia antigua, vivía en un piso próximo a la place de la Sorbonne y, como la mayoría de la gente, simpatizó conmigo desde el día en el que, no por puro azar, nos conocimos durante una conferencia celebrada en el Institut Catholique.

Tenía treinta años, unos cuantos kilos de más, era depresiva *borderline*, carecía de amigos en París, acababa de romper con su novio y buscaba una compañera de piso.

Parecía perfecto: conseguí el trabajo. Me di a conocer como Mercedes Desmoines y me convertí en su protectora y confidente. Compartí su debilidad por Sylvia Plath. Me solidaricé con ella ante la estupidez de los hombres y me mostré interesada en su aburridísima tesis sobre la función que las mujeres desempeñaron en el misticismo precristiano. Al fin y al cabo, es lo que se me da mejor; poco a poco conocí sus secretos, fomenté su tendencia a la melancolía y, llegado el momento, me cobré su vida.

Está claro que no fue un gran desafío. Hay medio millón de mujeres como ella: chicas de cara pálida, pelo pardusco, con buena letra y pésimo gusto en el vestir, que se dedican a ocultar sus decepciones tras el velo de las actividades académicas y el sentido común. Hasta podríamos decir que le hice un favor y, cuando estuvo a punto, incorporé una dosis de algo relativamente indoloro para facilitarle el recorrido.

A partir de ahí bastó con atar un puñado de cabos sueltos,

como la nota sobre el suicidio, la identificación, la incineración y otras cuestiones por el estilo, antes de que me desprendiera de Mercedes, recogiese lo que quedaba de Françoise (extractos bancarios, pasaporte, partida de nacimiento) y emprendiera uno de esos viajes al extranjero, de los que siempre hablaba pero nunca materializaba, mientras en París la gente se preguntaba cómo era posible que una mujer se esfumara tan total y eficazmente, sin dejar rastros: ni familia, ni papeles, ni siquiera una tumba.

Meses después reapareció como profesora de inglés en el liceo Rousseau. Para entonces estaba prácticamente olvidada, enterrada bajo una montaña de papeleo. Lo cierto es que a la mayoría de las personas no les importa. El ritmo de la vida es tan vertiginoso que resulta más fácil olvidar a los muertos.

Cuando el final estaba próximo intenté que lo comprendiera. La cicuta es una planta muy útil, fácil de recolectar en verano y vuelve muy manejable a la víctima. La parálisis se produce en cuestión de minutos y luego todo va bien, ya que hay tiempo suficiente para la discusión y el intercambio de pareceres..., en mi caso, debería decir de parecer, ya que Françoise fue incapaz de articular palabra.

Si he de ser sincera, me decepcionó. Deseaba ver su reacción cuando se lo contase y, aunque no puedo decir que esperaba su aprobación, confiaba en que obtendría algo más de una persona con su capacidad intelectual.

Solo recibí incredulidad y el rictus de su cara de mirada fija, que ni siquiera en los mejores momentos había sido bonita, por lo que, de haber sido yo un ser sensible, tal vez habría vuelto a verla en sueños y a oír los estertores que produjo mientras luchaba inútilmente contra el brebaje que se cargó a Sócrates.

Me pareció un buen detalle, pero a la pobre Françoise no le sirvió porque, lamentablemente, descubrió su amor por la vida pocos minutos antes de que tocase a su fin. Una vez más me quedé sin sensación de pesar. Nuevamente había sido demasiado fácil para mí. Françoise no representó un desafío, solo fue un dije de plata de un ratón colgado de mi pulsera, la presa natural de alguien como yo.

Todo lo cual me retrotrae a Vianne Rocher.

Esa sí que es una adversaria digna de mí: ni más ni menos que una bruja y, pese a sus absurdos escrúpulos y a su sentimiento de culpa, poderosa. Tal vez es la única contrincante de las que hasta ahora he encontrado que merece la pena. Aquí está, me aguarda con esa serena certeza en la mirada, y sé que por fin me ve claramente, se percata de mis verdaderos colores, y no existe sensación más agradable que la del primer instante de verdadera intimidad...

—Hola, Vianne.

—Hola, Zozie.

Me siento frente a ella. Da la impresión de que tiene frío, se arropa con el jersey oscuro e informe y los labios le han quedado blancos de tanto apretarlos con palabras sin pronunciar. Sonrío y sus colores se iluminan; me sorprende el afecto que siento ahora que, finalmente, hemos desenfundado las espadas.

En la calle el viento arrecia. Se trata de un viento asesino, cargado de nieve. Esta noche morirán los que duermen en los portales. Los perros aullarán y las puertas se cerrarán de golpe. Los enamorados se mirarán a los ojos y, por primera vez, pondrán mudamente en cuestión sus promesas. La eternidad es mucho tiempo... y aquí, en el callejón sin salida del año, súbitamente parece que la Muerte está muy próxima.

¿No es en eso en lo que consiste la fiesta de las luces invernales, el discreto desafío a la oscuridad? Llamadlo Navidad si queréis, pero todos sabemos que es más antiguo y que debajo de los oropeles, los villancicos, las buenas nuevas y los regalos yace una verdad más lóbrega y visceral.

Se trata de una época de pérdidas esenciales, del sacrificio de los inocentes, de miedo, oscuridad, esterilidad y muerte. Tanto los aztecas como los mayas sabían que, lejos de querer salvar el mundo, sus dioses estaban empeñados en su destrucción y que solo el sacrificio sanguinario los aplacaba durante una temporada…

Permanecimos en silencio, como viejas amigas. Acaricié los dijes de mi pulsera y Vianne clavó la mirada en la taza de chocolate. Finalmente me miró y preguntó:

—Zozie, ¿qué haces aquí?

No fue muy original, pero…, pero para empezar no estuvo mal.

Sonreí y repuse:

—Soy…, soy coleccionista.

—¿Así lo llamas?

—A falta de un nombre mejor.

—¿Qué coleccionas?

—Deudas pendientes y promesas debidas.

Tal como imaginaba, se sobresaltó al oír esa respuesta.

—¿Qué te debo?

—Veamos… —Sonreí—. Por diversas invocaciones, encantos, dijes, trucos, protección, convertir la paja en oro, evitar la mala suerte, llevarme las ratas de Hamelín y, en un sentido amplio, devolverte a tu vida… —Noté que intentaba protestar, pero seguí hablando—. Creo que acordamos que me pagarías en especie.

—¿En especie? —repitió—. No te entiendo.

Me había entendido perfectamente. Se trata de un asunto muy antiguo y lo conoce bien: el precio del deseo de tu corazón es tu corazón, una vida por otra, el mundo en equilibrio. Si estiras mucho una goma, al final recupera la forma y te golpea la cara.

Podemos llamarlo karma, física o teoría del caos, pero la cuestión es que, si no existe, los postes se inclinan, el suelo tiembla, los pájaros caen del cielo, los mares se convierten en sangre y, sin que te des cuenta, el mundo se acaba.

Como ya sabéis, tengo derecho a cobrarme su vida, pero hoy estoy generosa. Vianne Rocher posee dos vidas y yo solo necesito una. Las existencias son intercambiables y, en este mundo, las identidades pasan de mano en mano como la baraja; las cartas se mezclan, se vuelven a mezclar y se reparten nuevamente. Es lo único que pido: el juego que te ha tocado. Tienes una deuda conmigo. Tú misma lo dijiste.

—Dime, ¿cuál es tu nombre? —preguntó Vianne Rocher.

¿Mi verdadero nombre?

Así es, dioses, ha pasado tanto tiempo que casi lo he olvidado. ¿Qué contiene un nombre? Se usa como una chaqueta. Le das la vuelta, lo quemas, lo tiras y robas otro. El nombre no tiene importancia, lo único que cuenta es la deuda y quiero cobrarla aquí y ahora.

Solo queda un pequeño obstáculo, que responde al nombre de Françoise Lavery. Está claro que cometí un error de cálculo; en la limpieza a fondo se me escapó algo, ya que ese fantasma sigue sin dejarme en paz. Aparece cada semana en los periódicos; afortunadamente, no figura en primera plana, aunque prescindiría encantada de tanta publicidad; esta semana, por primera vez, el artículo no solo habla de fraude, sino de juego sucio. En las vallas y los postes de las farolas de la ciudad han colgado carteles con su foto. Es evidente que, actualmente, no me parezco en nada a ella, pero la combinación de las filmaciones del banco con las de las cámaras de vigilancia podrían acercarlos demasiado y entonces bastaría con incorporar a la mezcla un elemento azaroso para que mis rebuscados planes se fuesen al garete.

Tengo que esfumarme muy pronto y la mejor manera consiste en irme para siempre de París. Vianne, aquí es donde intervienes.

El problema radica en mi desaparición. Verás, Vianne, me gusta estar aquí. Jamás imaginé que me divertiría tanto y obtendría tanto beneficio de una modesta chocolatería. Me gusta en qué se ha convertido este local y le veo un potencial en el que tú nunca creíste.

Tú lo consideraste un escondite y yo lo veo como el ojo de la tormenta. Desde aquí podemos ser el Huracán: podemos causar estragos, moldear vidas y ostentar el poder (que, si lo piensas a fondo, es el verdadero nombre del juego de pelota), para no hablar de ganar dinero, que siempre es un aliciente en el mundo venal de nuestros días.

Cuando hablo de nosotros, obviamente me refiero a mí.

—¿Por qué Anouk? —preguntó Vianne con tono tajante—. ¿Por qué has incluido a mi hija en esto?

—Porque me gusta.

Al oír esas palabras adoptó expresión desdeñosa.

—¿Te gusta? La has usado, la has corrompido, le hiciste pensar que eres su amiga...

—Al menos siempre he sido sincera con ella.

—¿Estás diciendo que yo no lo he sido? Soy su madre.

—Tú eliges a tu familia. —Sonreí—. Más te vale tener cuidado, no sea que me elija.

Vianne pensó unos segundos. Parecía estar tranquila, pero detecté turbulencia en sus colores; vi angustia, confusión y algo más, una suerte de conocimiento que no me gustó nada.

Finalmente Vianne declaró:

—Podría pedirte que te fueras.

Volví a sonreír.

—¿Por qué no lo intentas? También puedes llamar a la policía o, mejor aún, a los servicios sociales. Estoy segura de que te prestarán todo tipo de apoyo. Probablemente conservan el expediente de tu estancia en Rennes..., ¿o fue en Les Laveuses?

Me cortó de plano:

—¿Qué es exactamente lo que quieres?

Solo le dije lo que era necesario que supiese. Dispongo de poco tiempo, pero no tiene por qué enterarse. Es imposible que sepa algo de la pobre Françoise, que no tardará en reaparecer convertida en otra. De todos modos, ahora sabe que soy el enemigo. Su mirada fue fría e intensa, estaba pendiente de todo y rió con desdén, aunque un tanto histérica, cuando lancé mi ultimátum.

—¿Estás diciendo que soy yo la que debe irse? —preguntó.

—Veamos, ¿crees que Montmartre es lo bastante grande como para acoger a dos brujas? —inquirí con gran sensatez.

Su risa sonó a cristal roto y en la calle la voz del viento entonó sus sobrecogedoras armonías.

—Te llevarás un chasco si crees que prepararé el equipaje y huiré solo porque has llevado a cabo unas cuantas invocaciones furtivas a mis espaldas. Debes saber que no eres la primera que lo intenta. Hubo un sacerdote…

—Lo sé.

—¿Y qué?

Así me gusta. Me agrada ese desafío. Es lo que esperaba. Es tan fácil apoderarse de identidades. En mi época me he apropiado de unas cuantas, si bien la oportunidad de enfrentarme a otra bruja en su terreno, con armas escogidas, y coleccionar su vida, añadirla a mi pulsera con los dijes del ataúd negro y los zapatos de plata…

¿Cuántas veces se tiene una oportunidad semejante?

Me concedo tres días, ni uno más, tres días para ganar o perder. Después será adiós muy buenas, que te vaya bonito, me largaré a pastos nuevos y verdes. El espíritu libre y toda la pesca. Iré donde el viento me lleve. El mundo es grande y está lleno de oportunidades. Estoy convencida de que encontraré algo para poner a prueba mis dones.

Sin embargo, de momento…

—Escucha, Vianne, te concedo tres días, hasta después de la fiesta. Si entonces lías el petate y te llevas lo que puedas, no intentaré detenerte, pero si te quedas no respondo de las consecuencias.

—¿Por qué? ¿Qué puedes hacer?

—Puedo quedarme con todo, trozo tras trozo. Me refiero a tu vida, a tus amigos, a tus hijas…

Se tensó. Está claro que las niñas son su punto débil. Esas crías, sobre todo nuestra pequeña Anouk, tan llena de talento…

—No pienso irme.

Muy bien, es lo que supuse que dirías. Nadie entrega su vida sin batallar. Hasta la tímida Françoise luchó al final y lo cierto es que de ti espero mucho más. Tienes tres días para resistir, tres días para aplacar al Huracán, tres días para convertirte en Vianne Rocher…, a no ser que yo llegue antes…

7

Sábado, 22 de diciembre

Hasta después de la fiesta. ¿A qué se refiere? No creo que haya fiesta ahora que esa extraña amenaza pende sobre nuestras cabezas. Esa fue la reacción que tuve cuando Zozie subió a acostarse y permanecí en el gélido obrador dispuesta a elaborar mi plan de defensa.

La intuición me dice que tengo que echarla. Sé que podría, pero el efecto que surtiría en mis clientes, para no hablar de Anouk, lo imposibilita.

En cuanto a la fiesta..., bueno, bueno... Soy consciente de que durante las dos últimas semanas la fiesta ha adquirido una importancia mucho mayor de lo que podíamos imaginar. Para Anouk se trata de una celebración de nosotras y una manifestación de expectativas; tal vez seguimos compartiendo la fantasía eterna de que Roux volverá y todo renacerá milagrosamente...

En cuanto a nuestros clientes..., no, me refiero a nuestros amigos...

En los últimos días casi todos han colaborado y traído comida, bebida y adornos para la casa de Adviento: el árbol de Navidad fue donado por la floristería en la que trabaja Alice, madame Luzeron ofreció champán, el restaurante de Nico ha proporcionado cristalería y vajilla y Jean-Louis y Paupaul han traído carne de crianza ecológica; sospecho que la han pagado con lisonjas y con el retrato de la esposa del carnicero.

Hasta Laurent aportó algo (debo reconocer que, básicamente, azucarillos) y es muy positivo volver a ser una comunidad, sentirme incluida, formar parte de algo más amplio que el reducido círculo de la hoguera que creamos para nosotras. Siempre pensé que Montmartre era un lugar frío y sus habitantes, descorteses y desdeñosos, con su esnobismo del *Vieux Paris* y su recelo hacia los desconocidos, pero ahora percibo que, debajo de los adoquines, late un corazón. Al menos es lo que me enseñó Zozie. Zozie, la que representa mi papel casi mejor que yo.

Mi madre solía contar un cuento que, como todos sus relatos, trata de sí misma, algo que comprendí demasiado tarde, cuando las dudas que albergué durante los largos meses que desembocaron en su muerte se tornaron demasiado significativas como para pasarlas por alto y me dediqué a buscar a Sylviane Caillou.

Lo que encontré confirmó lo que mi madre había dicho en medio del delirio de sus últimos días. *Tú eliges a tu familia,* aseveró... y a mí me eligió, con dieciocho meses y de alguna manera suya, como un paquete que se entrega en la dirección equivocada y que reclamó legítimamente como suyo.

Ella no te habría cuidado, había dicho. *Fue imprudente. Te dejó marchar.*

La culpa la acompañó por los cinco continentes y, con el paso del tiempo, se trocó en miedo. Esa fue la verdadera debilidad de mi madre, ese miedo que toda la vida la hizo correr de aquí para allá. Tuvo miedo de que alguien me cogiera, miedo de que algún día yo conociera la verdad, miedo de haberse equivocado tantos años antes, de haber engañado a una desconocida para arrebatarle la vida y de que, al final, le tocaría pagar...

El relato dice así: Una viuda tenía una hija a la que quería por encima de todo. Vivían en una casita del bosque y, pese a que eran muy pobres, estando juntas se sentían tan felices como nadie en este mundo lo ha sido ni lo será.

Eran tan dichosas que la Reina de Corazones, que vivía cerca, se enteró de su existencia, sintió envidia y se preparó para cobrarse el corazón de la hija porque, pese a que tenía mil pretendientes y más de cien mil esclavos, siempre quería más y sabía que no estaría tranquila si existía un solo corazón entregado a otro ser.

De modo que la Reina de Corazones se dirigió sigilosamente a la casita de la viuda, se escondió entre los árboles y vio que la hija jugaba sola, ya que la vivienda se encontraba a gran distancia de la aldea más próxima y la niña no tenía con quién compartir sus juegos.

La Reina, que de soberana no tenía nada, ya que era una bruja poderosa, cambió su forma por la de un minino negro y, con la cola en alto, salió de entre los árboles.

La niña jugó todo el día con el gato, que brincó, persiguió trozos de cuerda, trepó a los árboles, se acercó a la llamada de la niña, comió de su mano y fue, sin duda, el más juguetón y perfecto de los gatitos.

Pese a los ronroneos y los pavoneos, el gato no pudo robar el corazón de la hija; cuando cayó la noche, la niña entró en casa, donde la madre tenía la cena a punto en la mesa, y la Reina de Corazones aulló su disgusto a la noche, arrancó el corazón a muchas criaturas nocturnas y no se dio por satisfecha, ya que ansió más que nunca el corazón de la niña.

Al segundo día se convirtió en un joven apuesto y acechó a la hija de la viuda, que buscó al gatito entre los árboles. La hija nunca había visto un muchacho, salvo desde lejos, los días de mercado. Este era espléndido en todos los sentidos: pelo negro, ojos azules, fresco como una chica pero totalmente masculino. La niña se olvidó del gatito y, en compañía del joven, caminaron, charlaron, rieron y corretearon por el bosque como gamos en celo.

Al llegar la noche el joven se atrevió a robarle un beso, pero el corazón de la hija siguió perteneciendo a la madre; la Reina cazó gamos, les arrebató el corazón y los comió crudos, pero continuó insatisfecha y anheló más que nunca a la niña.

La mañana del tercer día, en lugar de cambiar de forma, la bruja permaneció cerca de la casa y observó lo que ocurría. Mientras la niña buscaba inútilmente a su amigo del día anterior, la Reina de Corazones no quitó ojo de encima a la madre. La observó mientras lavaba ropa en el río y se dijo que ella lo hacía mejor. La contempló mientras limpiaba la casa y se dijo que ella lo hacía mejor. Cuando anocheció, la Reina de Corazones adquirió la forma de la madre, con su rostro sonriente y sus manos delicadas. Cuando la niña regresó, se encontró con que la recibieron dos progenitoras.

¿Qué podía hacer la verdadera madre? La Reina de Corazones la había estudiado, había copiado cada uno de sus gestos y peculiaridades impecablemente bien. Hiciera lo que hiciese, la bruja lo hacía mejor, más rápido y de una forma más perfecta.

La madre puso otro plato en la mesa para la visitante.

«Yo prepararé la cena», propuso la Reina. «Sé cuáles son tus preferencias.»

«Ambas prepararemos la cena y luego mi hija decidirá...», puntualizó la madre.

«Querrás decir mi hija», aclaró la bruja. «Creo que sé cómo llegar a su corazón.»

La madre era buena cocinera y jamás se esforzó tanto a la hora de preparar la cena, ni en Pascua ni en Yule. La bruja tenía la magia de su parte y sus encantos eran muy poderosos. La madre conocía las comidas que más gustaban a la niña, pero la Reina sabía cuáles eran las que aún no había descubierto y, una tras otra, las sirvió sin esfuerzo a lo largo de la cena.

La madre comenzó por una sopa de invierno, cariñosamente cocinada en una cacerola de cobre con el hueso que había sobrado de la comida del domingo.

La bruja presentó un caldo ligero, preparado con las chalotas tiernas más dulces que quepa imaginar, aromatizado con jengibre y limonaria y acompañado de trocitos de pan frito tan pequeños y curruscantes que parecieron deshacerse en la boca de la niña.

La madre sirvió un segundo plato: salchichas con puré de patatas; una vianda reconfortante por la que la niña se chiflaba, acompañada de pegajosa confitura de cebollas.

La bruja presentó un par de codornices que toda su vida se habían alimentado de higos; las rellenó con castañas y *foie gras,* las asó y las sirvió con jugo de granada.

La madre estaba al borde de la desesperación. Sirvió el postre: un sustancioso pastel de manzana preparado según la receta de su madre.

La bruja había hecho un montaje: una fantasía de peladillas en tono pastel, frutas de verano y pastelillos de hojaldre, aromatizada con agua de rosas y crema de melcocha y acompañada de una copa de Château d'Yquem.

«Está bien, has ganado», reconoció la madre y el corazón se le partió con el mismo sonido que el maíz hace en la sartén cuando preparas palomitas.

La bruja sonrió y se acercó a su presa...

La hija no respondió a su abrazo y se desplomó de rodillas en el suelo.

«Madre, no te mueras. Sé que eres tú.»

La Reina de Corazones lanzó un chillido de furia al percatarse de que, en su momento de triunfo, el corazón de la niña todavía no le pertenecía. Gritó tanto y con tanta cólera que la cabeza le estalló como un globo en un día de feria. En su ira definitiva, la Reina de Corazones se convirtió en la Reina de Nada.

En cuanto al final del relato...

Bueno, dependía del estado de ánimo de mi madre. En una versión, la madre sobrevive y la niña y ella viven para siempre en la casita del bosque. En días más sombríos, la madre muere y la niña queda sola con su dolor. Existe una tercera versión en la que, en un último giro de la trama, la impostora prevé el corazón roto de la madre y se desploma, con lo que provoca el juramento de afecto eterno de la niña, mientras la verdadera madre asiste a la situación, sin poder hablar, desechada e impotente mientras la bruja alimenta a la pequeña.

Nunca le conté este cuento a Anouk. Antes me asustaba tanto como ahora. En los relatos hallamos la verdad y, pese a que al margen de los cuentos de hadas a nadie se le ha roto el corazón, la Reina de Corazones es muy real, aunque a veces no se da a conocer con ese nombre.

Anouk y yo ya la hemos enfrentado. Es el viento que sopla cuando el año cambia. Es el sonido que se produce al aplaudir con una sola mano. Es el bulto en el pecho de tu madre. Es la expresión ausente en la mirada de tu hija. Es el grito del gato. Está en el confesionario. Se esconde en la piñata negra. Es, sobre todo, la Muerte: la voraz y vieja Mictecacihuatl en persona, la Santa Muerte, la Comedora de Corazones, la más terrible de las Benévolas.

Ha llegado la hora de volver a enfrentarla. Cogeré mis armas, las que sean, le plantaré cara y lucharé por la vida que tenemos. Claro que para eso necesito ser Vianne Rocher, si es que consigo encontrarla. Me refiero a la Vianne Rocher que se enfrentó con el Hombre Negro en el *Grand Festival du Chocolat*, la Vianne Rocher que conoce los preferidos de cada persona; la buhonera de dulces sueños, pequeñas tentaciones, delicias, chucherías, trucos, indulgencias menores y magia cotidiana…

Espero encontrarla a tiempo.

8

Sábado, 22 de diciembre

Durante la noche debió de nevar. Tuvo que caer muy poco porque casi en el acto se convirtió en aguanieve gris. De todos modos, por algo se empieza. No tardará en volver a nevar. Se nota en las nubes, tan densas y oscuras por debajo de la colina que prácticamente rozan las agujas de las iglesias. Jean-Loup dice que, aunque parecen más ligeras que el aire, el agua que contiene una de esas nubes llega a pesar millones de toneladas, lo que equivale a un aparcamiento de muchas plantas; se encuentra sobre nuestras cabezas y hoy o mañana caerá con forma de pequeños copos de nieve.

En la colina las navidades se celebran a lo grande. Un Papá Noel gordo se ha sentado en la terraza de Chez Eugène, bebe café a la crema y asusta a los críos. Los artistas también han salido en masa y a la puerta de la iglesia hay una orquestina de universitarios que interpretan himnos y canciones navideñas. He quedado con Jean-Loup y por enésima vez Rosette quería ver el belén, así que la llevé a dar un paseo mientras mamá trabajaba y Zozie se iba de compras.

Aunque ninguna mencionó lo que sucedió anoche, esta mañana ambas tenían buena cara, por lo que deduzco que Zozie debió de ponerle los puntos sobre las íes. Mamá se había puesto el vestido rojo que la hace sentir bien, hablaba de recetas y todo parecía muy alegre y correcto.

Cuando por fin llegué a la place du Tertre con Rosette, vi que Jean-Loup me estaba esperando. Con Rosette todo requiere tiempo, ya sea ponerse el anorak, las botas, el gorro o los guantes, y cuando nos presentamos eran casi las once. Jean-Loup llevaba la cámara, la más grande, la del objetivo especial, y tomaba fotos de las personas que pasaban: turistas extranjeros, niños que miraban el nacimiento, el Papá Noel gordo que fumaba un puro...

—¡Vaya, pero si eres tú! —exclamó Jean-Louis que, cuaderno de dibujo en ristre, intentaba atraer a una turista.

Por si no lo sabes, las escoge por sus bolsos; tiene una escala móvil de tarifas, basada exclusivamente en el estilo del bolso, y distingue a la perfección las falsificaciones.

«Las que llevan falsificaciones nunca sueltan la mosca», suele decir. «Muéstrame un bonito Louis Vuitton y voy a por todas.»

Cuando se lo conté, Jean-Loup rió. Rosette también rió, aunque creo que en realidad no lo entendió. Jean-Loup y la cámara le agradan. Ahora, cuando lo ve, hace el signo que significa «foto». Se refiere a la cámara digital; le encanta posar y ver inmediatamente el resultado en la pantallita.

Jean-Loup propuso que fuéramos al cementerio a ver lo que quedaba de la nevada de anoche, de modo que bajamos los escalones contiguos al funicular y caminamos hasta la rue Caulaincourt.

—Rosette, ¿ves los gatos? —pregunté mientras, desde el puente metálico, mirábamos hacia el cementerio.

Alguien debió de darles de comer porque había más de veinte mininos alrededor de la entrada, donde el nivel inferior del cementerio desemboca en un gran arriate redondo, a partir del cual las largas y rectas avenidas de sepulturas se extienden como los puntos de la brújula.

Bajamos los escalones hasta la avenue Rachel. Con el puente y las pesadas nubes en lo alto, allí estaba oscuro. Jean-Loup aseguró que en esa zona encontraríamos más nieve y tenía razón, ya que cada sepulcro mostraba una boina blanca, pero estaba mojada, acribillada de agujeros y era evidente que no duraría. Rosette adora la nieve, por lo que la cogió con los dedos y rió sin hacer ruido cuando se deshizo.

Entonces me di cuenta de que nos estaba esperando. En realidad, no me sorprendí. Permanecía muy quieto junto a la tumba de Dalida, semejaba una figura tallada en gris y solo el pálido penacho de su aliento demostraba que estaba vivo.

—¡Roux! —grité, y sonrió de oreja a oreja—. ¿Qué demonios haces aquí?

—Vaya, gracias por las palabras de bienvenida. —Roux sonrió a Rosette, sacó algo del bolsillo y acotó—: Feliz cumpleaños, Rosette.

Era un silbato construido con un trozo de madera y lustrado hasta brillar como la seda.

Rosette lo cogió y se lo llevó a la boca.

—No, así no. Se hace así. —Roux le enseñó y sopló a través de la abertura. Emitió un sonido agudo, mucho más intenso de lo que cabía esperar, y Rosette le dedicó una enorme sonrisa de felicidad—. Le ha gustado —opinó Roux, y miró a Jean-Loup—. Supongo que tú eres el fotógrafo.

—¿Dónde te habías metido? —quise saber—. Te están buscando…

—Ya lo sé —replicó—. Por eso dejé mi alojamiento.

Roux cogió en brazos a Rosette y le hizo cosquillas. Ella levantó la mano y le acarició el pelo.

—Por favor, Roux, ponte serio. —Lo miré con el ceño fruncido—. La policía ha estado en la chocolatería y dice que falsificaste un cheque. Respondí que se trataba de un error, que tú jamás harías algo semejante…

Tal vez fue por la luz, pero lo cierto es que no logré captar su reacción. La luz de diciembre, las farolas que encendían temprano y las manchas de nieve sobre las lápidas lograron que todo pareciese más oscuro de lo que realmente era. Sea como fuere, no reparé en su expresión. Sus colores eran muy tenues y no supe si estaba asustado, cabreado o sorprendido.

—¿Vianne piensa lo mismo?

—No lo sé.

—Hay que reconocer que la confianza que me muestra es impresionante, ¿no? —Meneó la cabeza con pesar y noté que sonreía—. Por lo que dicen, la boda se ha suspendido. Debo reconocer que esa noticia no me ha roto el corazón.

—Tendrías que haber sido espía —opiné—. ¿Cómo lo averiguaste tan rápido?

Roux se encogió de hombros.

—La gente habla y yo escucho.

—¿Dónde estás viviendo? —quise saber.

Estaba enterada de que ya no se alojaba en la pensión y, en todo caso, lo vi más desastrado que la última vez que nos habíamos encontrado, con mal color, sin afeitar y muy cansado. Y ahora volvía a toparme con él en el cementerio...

Hay gente que duerme en el cementerio. El guarda hace la vista gorda mientras no haya problemas, pero a veces ves una pila de mantas, un viejo hervidor, un cubo de basura lleno de madera para la fogata nocturna o una pila de latas oculta en un panteón familiar que ya nadie utiliza; Jean-Loup dice que, por la noche, en ocasiones se ven hasta seis hogueras en diversos puntos del interior del cementerio.

—¿Duermes aquí? —pregunté.

—Duermo en mi barco —repuso Roux.

En el acto me percaté de que mentía. Tampoco creí que tuviese una embarcación. En ese caso, no estaría aquí ni se habría quedado en la rue de Clichy. No abrió la boca; siguió jugando con Rosette, le hizo cosquillas y provocó su risa mientras la niña emitía sonidos con el nuevo silbato y reía de esa forma silenciosa, tan típicamente suya, con la boca abierta como una rana.

—¿Qué harás ahora? —quise saber.

—Primero y principal, en Nochebuena tengo que asistir a una fiesta. ¿Lo habías olvidado? —Hizo muecas a Rosette, que rió y escondió la cara detrás de las manos.

Empecé a sospechar que Roux no se tomaba lo suficientemente en serio esa cuestión.

—¿Vendrás? ¿No será demasiado peligroso?

—Prometí que iría, ¿no? Además, tengo una sorpresa para ti.

—¿Un regalo?

Roux sonrió.

—Ya lo verás.

Me moría de ganas de contar a mamá que había visto a Roux pero, después de lo de anoche, sabía que debía ser cautelosa. Ahora hay cosas que no me atrevo a decirle por si se enfada o no las entiende.

Desde luego que con Zozie todo es distinto. Hablamos de todo lo habido y por haber. En su cuarto me pongo mis zapatos rojos y nos sentamos en su cama, nos tapamos con la manta peluda y me cuenta historias de Quetzalcóatl, de Jesús, de Osiris, de Mitra y del Siete Ara..., las historias que mamá solía referir y para las que ahora no tiene tiempo. Supongo que me considera demasiado mayor para los relatos, aunque siempre me dice que debería crecer.

Zozie dice que se le da demasiada importancia a crecer. Dice que nunca se asentará, ya que hay demasiados lugares que todavía no ha visto y no está dispuesta a renunciar a ellos por nadie.

—¿Ni siquiera por mí? —pregunté esta noche.

Aunque sonrió, tuve la sensación de que la idea la entristeció.

—Ni siquiera por ti, pequeña Nanou.

—Pero no te irás.

Se encogió de hombros.

—Depende.

—¿De qué depende?

—Para empezar, de tu madre.

—¿De qué hablas?

Zozie suspiró y replicó:

—No pensaba decirte nada, pero tu madre y yo…, estuvimos hablando y hemos decidido…, mejor dicho, tu madre ha decidido que tal vez ha llegado el momento de que me mude.

—¿De que te mudes? —repetí.

—Nanou, los vientos cambian.

Esa respuesta fue tan parecida a lo que podría haber dicho mamá que me devolvió a Les Laveuses, a aquel viento y a las Benévolas. Esta vez no recordé, sino que pensé en Ehecatl y en el Viento del Cambio y vi cómo sería todo si Zozie nos dejaba: su cuarto vacío, el polvo en el suelo, todo volvería a ser corriente, simplemente una chocolatería sin nada de particular…

—No puedes irte —aseguré a la desesperada—. Te necesitamos.

Zozie meneó la cabeza.

—Me necesitabais, pero fíjate cómo está todo ahora: el negocio prospera y tenéis muchos amigos. Ya no me necesitáis. En lo que a mí se refiere, debo seguir mi camino y volar con el viento dondequiera que me lleve.

Se me ocurrió una idea espantosa.

—Tiene que ver conmigo, ¿no? Tiene que ver con lo que hemos hecho en tu cuarto. Me refiero a las clases, a los muñecos de pinza y a todo lo demás. Mamá tiene miedo de que, si te quedas, haya otro Accidente.

Zozie se encogió de hombros.

—No te mentiré, pero lo cierto es que no imaginé que se pondría tan celosa… —Me pregunté cómo era posible que mamá sintiese celos de Zozie—. Ya lo sabes. Recuerda que antes era como nosotras, libre de ir donde le venía en gana, pero ahora tiene otras responsabilidades. Ya no puede hacer lo que quiere. Nanou, cada vez que te mira…, bueno, supongo que le recuerdas demasiado a todo aquello a lo que ha tenido que renunciar.

—¡Pero no es justo!

Zozie sonrió.

—Nadie ha dicho que lo fuera. Tiene que ver con el control. Estás creciendo, desarrollando habilidades y estás a punto de superar la autoridad de tu madre. Por eso se pone ansiosa y se asusta. Cree que te alejo de ella, que te doy cosas que no puede ofrecerte. Nanou, por eso tengo que irme, antes de que ocurra algo que ambas lamentaremos.

—¿Y la fiesta?

—Si me lo pides, me quedaré hasta entonces. —Me rodeó con los brazos y me estrechó con fuerza—. Escucha, Nanou, sé que es difícil, pero quiero que tengas lo que yo nunca tuve. Me refiero a una familia, un hogar, un lugar propio. Si el viento exige un sacrificio, dejemos que sea yo. No tengo nada que perder. Además… —Dejó escapar un ligero suspiro—. Además, yo no quiero asentarme, no quiero dedicar la vida a preguntarme qué hay al otro lado de la colina. Tarde o temprano me habría marchado y este momento es tan oportuno como cualquier otro…

Nos cubrió con la manta. Cerré los ojos con fuerza porque no quería llorar, pero noté un nudo en la garganta, como si me hubiese tragado una patata entera.

—Zozie, yo te quiero…

No le vi la cara porque todavía tenía los ojos cerrados, pero noté que lanzaba un largo y profundo suspiro, como aire atrapado mucho tiempo en una caja cerrada a cal y canto o bajo tierra.

—Nanou, yo también te quiero.

Permanecimos largo rato en esa posición, sentadas en la cama y cubiertas por la manta. El viento volvió a arreciar y me alegré de que en la colina no hubiera árboles porque, tal como me sentía, creo que habría permitido que se desplomasen estrepitosamente si así hubiera logrado convencer a Zozie de que se quedase y al viento de que se cobrara a otra persona.

9

Domingo, 23 de diciembre

¡Qué interpretación! Ya lo decía yo, en otra vida habría ganado una fortuna en la industria cinematográfica. Sin lugar a dudas, convencí a Anouk y las semillas de la duda se desarrollan paulatinamente, lo que en Nochebuena me será de gran utilidad.

No creo que comente con Vianne nuestra charla. Mi pequeña Nanou es reservada y no comparte fácilmente lo que piensa. Por añadidura, su madre le ha fallado, le ha mentido en varias cuestiones y, por si eso fuera poco, ahora desaloja a su amiga...

También es capaz de disimular si la ocasión lo requiere. Hoy estaba algo retraída y dudo mucho de que Vianne se haya dado cuenta. Está demasiado ocupada planificando la celebración de mañana como para preguntarse a qué responde la repentina falta de entusiasmo de su hija o dónde se ha metido mientras ella preparaba los pasteles y el vino especiado.

Yo también tengo planes que cumplir, pero los míos no son culinarios. La magia de Vianne, ya que eso es, resulta demasiado hogareña para mi gusto. Vianne, no creas que no veo lo que haces. El lugar está plagado de seducciones insignificantes: delicias perfumadas a la rosa, milagros y macarrones. Por no hablar de la propia Vianne, con el vestido rojo y una flor de seda carmesí en el pelo.

Vianne, ¿a quién crees que engañas? ¿Para qué te tomas tantas molestias si yo lo hago mucho mejor?

Pasé fuera casi todo el día. Tenía que ver a varias personas y hacer algunos recados. Me desprendí de cuanto quedaba de mis identidades, incluidas Mercedes Desmoines, Emma Windsor y Noëlle Marcellin. Debo reconocer que me causó remordimientos. Todo hay que decirlo y un exceso de lastre te frena; además, ya no las necesito.

Luego llegó la hora de la visita a madame de Le Stendhal, que progresa como yo quiero; a Thierry le Tresset, que ha vigilado la chocolatería de cerca con la vana esperanza de pillar a Roux, y al propio Roux, que ha dejado su guarida frente al cementerio para mudarse al cementerio propiamente dicho, donde tiene como hogar un pequeño panteón familiar.

Me parece que está bastante cómodo. Esos sepulcros se construyeron en una época en la que los difuntos acaudalados reposaban en medio de un lujo inimaginable por los vivos pobres. Con la ayuda de dosis habituales de desinformación, solidaridad, rumores y halagos, para no hablar de dinero contante y sonante y de una variedad constante de mis especialidades, si no he conseguido su confianza y su afecto, al menos he garantizado su presencia en Nochebuena.

Lo encontré en el fondo del cementerio, cerca del muro que lo separa de la rue Jean Le Maistre. Es la zona más alejada de la casa del guarda y allí las tumbas rotas y abandonadas reposan en medio del compost y los cubos de basura; también es el lugar donde los marginados se reúnen alrededor del fuego encendido en un bidón metálico.

Hoy había media docena, arropados con abrigos demasiado grandes y botas tan arañadas y agrietadas como sus manos. Casi todos eran viejos, ya que los muchachos se dedican a ganar dinero en Pigalle, donde siempre hay demanda de jóvenes; uno de los presentes tenía una tos cavernosa que impresionaba.

Me miraron sin interés mientras caminé entre las tumbas

abandonadas hacia el corrillo. Roux me recibió con su falta de entusiasmo habitual.

—Tú otra vez.

—Estoy contenta de que te alegres de verme. —Le entregué una bolsa con alimentos: café, azúcar, queso, salchichas del carnicero que hay a la vuelta de la esquina y crepes de alforfón para acompañarlas—. Espero que esta vez no compartas los alimentos con los gatos.

—Gracias. —Finalmente se dignó sonreír—. ¿Cómo está Vianne?

—Está bien y te echa de menos. —Se trata de un modesto halago que nunca falla.

—¿Y el señor importante?

—Acabará pasando por el aro.

Me las ingenié para convencer a Roux de que Thierry había llamado a la policía como estratagema para recuperar a Vianne. No he ahondado en los detalles de la acusación, aunque le he hecho creer que había retirado la denuncia por falta de pruebas. Le he explicado que, ahora, el único peligro consiste en que, en un ataque de resentimiento, Thierry eche a Vianne de la vivienda de la chocolatería si muestra demasiado rápido su lealtad hacia Roux, por lo que debe tener un poco más de paciencia, esperar a que las aguas vuelvan a su cauce y confiar en que yo consiga que Thierry se atenga a razones.

Entretanto, finjo que creo en la existencia de su barco que, según dice, está amarrado en el port de l'Arsenal. Por muy ficticia que sea, su existencia lo convierte en propietario, en un hombre orgulloso que, lejos de aceptar mi caridad bajo la forma de bolsas de alimentos y monedas, en realidad nos hace un favor a todos al quedarse y vigilar a Vianne.

—¿Hoy has ido a ver la embarcación?

Roux negó con la cabeza.

—Tal vez más tarde.

Se trata de otra trola que simulo creer. Se supone que va cada día al port de l'Arsenal a echar un vistazo a su barco. Está claro que sé que no es verdad, pero prefiero ver cómo se retuerce.

—Es un consuelo saber que Vianne y las niñas podrán pasar una temporada en tu barco en el caso de que Thierry no atienda a razones. Allí estarán hasta encontrar alojamiento, algo que en esta época del año es bastante difícil...

Roux me miró y echó chispas por los ojos.

—No es eso lo que quiero.

Le dediqué mi mejor sonrisa.

—Por supuesto, pero reconforta saber que la opción existe. Roux, ¿tienes todo listo para mañana? ¿Quieres que te lave la ropa?

Volvió a negar con la cabeza y me pregunté cómo se las había apañado hasta ahora. A la vuelta de la esquina hay una lavandería y duchas públicas cerca de la rue Ganeron. Probablemente es allí adonde va, pensé. Debe pensar que soy tonta.

De todos modos, lo necesito..., aunque no por mucho más. A partir de mañana perderá importancia. Después puede tomar el camino de la perdición como más le plazca.

—Zozie, ¿por qué lo haces?

No es la primera vez que plantea esa pregunta, con un recelo creciente que no hace más que aumentar cada vez que intento seducirlo. Diría que algunos hombres son así, insensibles a mis encantos. De todos modos, ofende. Es tanto lo que me debe y de sus labios ni siquiera ha brotado una palabra de agradecimiento.

—Roux, ya sabes por qué lo hago —repuse, y permití que un toque de aspereza se colara en mi tono—. Lo hago por Vianne y por las niñas. Por Rosette, que se merece un padre. Por Vianne, que no se ha sobrepuesto a vuestra ruptura. Debo reconocer que también lo hago por mí porque, si Vianne se va, yo tendré que hacer lo mismo, pero la chocolatería me gusta, no veo por qué tendría que largarme...

Ese último comentario lo convenció. No podía ser de otra manera. Alguien receloso como Roux desconfía de todo lo que suene a altruismo. Más le vale. Roux solo actúa por egoísmo y está aquí porque cree que puede obtener beneficios, tal vez participación en el lucrativo negocio de Vianne ahora que sabe que Rosette es su hija…

A las tres regresé a la chocolatería y ya había empezado a oscurecer. Vianne atendía a un cliente y cuando entré me miró de arriba abajo, aunque su saludo fue bastante cortés.

Sé qué piensa: ¡gente como Zozie! Si ahora diese a conocer su hostilidad solo se haría daño a sí misma. Ya se ha planteado si mis amenazas de la otra noche se proponían arrastrarla a un ataque irreflexivo o a mostrar prematuramente sus colores y, de esa forma, perder terreno seguro.

La batalla comienza mañana, piensa Vianne. Canapés y frivolidades tan dulces como para tentar a los santos, esas serán sus armas. Es muy ingenua si imagina que responderé de la misma manera. La magia hogareña es un tostón. Preguntad a los niños y comprobaréis que prefieren los malos a los héroes de los libros, las brujas perversas y los lobos famélicos a los príncipes y las princesas edulcorados.

Me juego la cabeza a que Anouk no es una excepción. Ya lo veremos. Adelante, Vianne, ocúpate de tus cacharros y comprueba lo que se consigue con magia hogareña mientras yo elaboro mi propia receta. Según la tradición popular, se llega al corazón a través del estómago.

Personalmente prefiero un ataque más directo.

OCTAVA PARTE

Yule

1

Lunes, 24 de diciembre.
Nochebuena, once y media de la mañana

Por fin nieva. Ha nevado todo el día. Del cielo invernal caen copos de nieve grandes y gordos, como los de los cuentos de hadas. *La nieve lo cambia todo,* dice Zozie; la magia comienza a funcionar y, a medida que nieva, cambia las tiendas y las casas, convirtiendo los parquímetros en centinelas blancos. La nieve se ve gris en contraste con el cielo luminoso y, poco a poco, París desaparece: cada acumulación de hollín, cada botella abandonada, bolsa de chips, caca de perro y envoltura de caramelo es reclamada y se renueva bajo la nieve.

Está claro que no es cierto. De todas maneras, lo parece, como si esta noche las cosas pudiesen cambiar realmente y todo se enderezara en lugar de quedar tapado, lo mismo que la cobertura de un pastel barato.

Hoy abrimos la última puerta de la casa de Adviento. Al otro lado se despliega la escena del nacimiento: la madre, el padre y el niño en el pesebre..., bueno, ya no es precisamente un niño, sino una cría sentada, sonriente y con un mono amarillo al lado. A Rosette le encanta (a mí también), pero me compadezco de mi muñeco de pinza, que no está en la habitación, mientras los tres celebran en solitario.

Reconozco que es una tontería y que no debería sentirme mal. Tú eliges a tu familia, suele decir mamá, y da igual que Roux no sea mi verdadero padre y que Rosette solo sea mi hermanastra o tal vez ni siquiera eso...

Hoy me he ocupado de mi disfraz. Me vestiré de Caperucita Roja, ya que lo único que necesito es una capa roja... con capucha, por supuesto. Zozie me ayudó a prepararlo con un retal de una tienda benéfica y la vieja máquina de coser de madame Poussin. Está bastante bien a pesar de que lo hemos cosido en casa; también tengo una cesta adornada con cintas rojas. Rosette se disfrazará de simio con el peto marrón, al que hemos añadido una cola.

—Zozie, ¿de qué te disfrazarás? —pregunté por enésima vez.

Zozie sonrió.

—Ya lo verás. De lo contrario, fastidiarás la sorpresa.

2

Lunes, 24 de diciembre.
Nochebuena, tres de la tarde

La calma antes de la tormenta, en este caso, antes del Huracán. Es lo que siento ahora. Rosette está arriba, durmiendo la siesta, y en la calle la nieve lo cubre todo con su soterrada voracidad. Nieva implacablemente y los sonidos se amortiguan, los olores quedan anulados, el cielo pierde luminosidad…

La nieve comienza a cuajar en la colina. Está claro que no hay coches que frenen su avance. Los transeúntes aferran sus sombreros y bufandas para protegerse de la copiosa nevada y las campanas de Saint-Pierre-de-Montmartre suenan asordinadas y muy lejanas, como si estuviesen bajo el influjo de un maleficio.

Prácticamente no he visto a Zozie en todo el día. Inmersa en los planes para la fiesta de esta noche, entre el obrador, los disfraces y los clientes apenas he tenido tiempo de medir a mi adversaria, que continúa en su cuarto y no revela el menor detalle. Me pregunto cuándo llevará a cabo su jugada.

La voz de mi madre, la narradora, dice que será esta noche durante la cena, como en el relato de la hija de la viuda. Estoy desconcertada porque, hasta ahora, no la he visto hacer preparativos ni cocinar. ¿Es posible que me haya equivocado? ¿Zozie intenta engañarme y obligarme a mostrar un juego que, como bien sabe, afectará mi reputación? ¿Cabe la posibilidad de que haya decidido no hacer nada mientras yo, confiada, hago caer sobre mi cabeza a las Benévolas?

Desde el viernes por la noche no ha habido conflicto abierto entre nosotras, aunque ahora percibo sus miradas burlonas y los guiños disimulados que me dirige cuando nadie la ve. Sigue tan alegre y hermosa como de costumbre y no ha dejado de pavonearse con sus zapatos extravagantes, pero la verdad es que ahora me parece una parodia de sí misma: demasiado astuta más allá de ese encanto llamativo, disfruta de la partida como si estuviese harta, igual que una puta vieja disfrazada de monja. Tal vez es ese disfrute lo que más me ofende, esa interpretación ante un palco con una sola espectadora. Está claro que ella no se juega nada, pero yo arriesgo la vida.

Echo las cartas por última vez.

El Loco, los Enamorados, el Mago, la Rueda de la Fortuna.

El Colgado, la Torre…

La Torre se desploma. Las piedras ruedan desde el remate y caen hacia la oscuridad. Desde el parapeto diminutas figuras se arrojan al vacío sin dejar de gesticular. Una luce un vestido rojo…, ¿o se trata de una capa con una pequeña caperuza?

No miro la última carta. La he visto demasiadas veces. Mi madre, siempre optimista, le atribuyó diversas interpretaciones, pero para mí solamente tiene un significado.

La Muerte sonríe desde el dibujo grabado en madera: celosa, envidiosa, con los ojos huecos y hambrienta; la insaciable Muerte, la implacable Muerte, la Muerte, la deuda que tenemos con los dioses. En la plaza se ha formado una gruesa capa de nieve y, pese a que comienza a oscurecer, el suelo está peculiarmente luminoso, como si calle y cielo hubiesen cambiado de sitio. No se parece en nada a la bonita nieve de libro ilustrado de la casa de Adviento, aunque a Anouk le encanta y constantemente busca excusas para controlar lo que ocurre fuera. En este momento ha salido y veo su figura luminosa, que contrasta con la blancura funesta. Desde donde estoy parece muy pequeña: una niñita perdida en el bosque. Por supuesto que se trata de algo absurdo, aquí no hay bosque. Es uno de los motivos por los que elegí este sitio. Claro que todo cambia cuando nieva y la magia reaparece por su cuenta. Entonces los lobos invernales descienden furtivamente por las calles y los callejones de la colina de Montmartre...

3

Lunes, 24 de diciembre.
Nochebuena, cuatro y media de la tarde

Jean-Loup vino esta tarde. Por la mañana telefoneó para decir que traería algunas fotos que tomó el otro día. Las revela en su casa, al menos las de blanco y negro, y tiene cientos de copias clasificadas, etiquetadas y encarpetadas. Habló con tono entusiasmado y jadeante, como si hubiese algo especial que desea mostrarme.

Pensé que quizá había ido al cementerio y finalmente había conseguido una imagen de las luces espectrales de las que siempre habla.

Las fotos que trajo no eran del cementerio, la colina, el nacimiento, las luces navideñas ni del Papá Noel con el puro. Se trataba de imágenes de Zozie: las digitales que había tomado en la chocolatería y varias nuevas, en blanco y negro, algunas hechas fuera del local y otras de Zozie en medio del gentío mientras cruzaba la plaza rumbo al funicular o hacía cola a la puerta de la panadería de la rue de Trois Frères.

—¿Qué es esto? —pregunté—. Ya sabes que no le gusta…

—Annie, mira las fotos —me interrumpió.

Yo no quería verlas. La única vez que discutimos fue por sus ridículas fotos. No estaba dispuesta a que volviéramos a pelearnos. Además, ¿por qué las había tomado? Pensé que sin duda había tenido algún motivo.

—Por favor —insistió Jean-Loup—. Solo quiero que las veas. Te prometo que las tiraré si decides que no tienen nada de extraño.

Al mirar esa treintena de fotos me sentí muy incómoda. La idea de que Jean-Loup hubiese espiado y acechado a Zozie ya era bastante mala pero, por si eso fuera poco, en las fotos había algo, algo que empeoraba más la situación.

Todas correspondían a Zozie. Se veía la falda con las campanillas en el bajo y las impresionantes botas con ocho centímetros de plataforma. Su pelo era el de siempre, lo mismo que la bisutería y la bolsa de rafia con la que hace la compra.

Sin embargo, su cara…

—Has manipulado las fotos —declaré y, por encima de la mesa, las empujé hacia Jean-Loup.

—Annie, te prometo que no. Te aseguro que el resto del carrete salió bien. Es algo que hace ella. ¿Tienes otra explicación?

Yo tampoco sabía cómo interpretarlo. Algunas personas salen bien en las fotos; se las llama «fotogénicas» y resulta evidente que Zozie no lo era. Otras se defienden y la verdad es que no sé si existe una palabra que las defina, pero Zozie tampoco correspondía a esta categoría. La totalidad de las fotos eran espantosas, su boca había adquirido una forma extraña, su mirada ponía los pelos de punta y una especie de mancha, como un halo deforme, rodeaba su cabeza.

—Por lo visto no es fotogénica. ¿Qué tiene de malo? No todo el mundo sale favorecido.

—Hay algo más —aseguró Jean-Loup—. Mira esto.

Sacó un recorte de periódico doblado, el artículo de uno de los diarios parisinos en los que aparecía la foto borrosa de una cara de mujer. Según el artículo, respondía al nombre de Françoise Lavery. Esa foto era igual a las de Zozie, con los ojos diminutos, la boca retorcida y hasta la mancha extraña.

—¿Qué pretendes demostrar? —pregunté. Al fin y al cabo, no era más que una imagen ampliada y con mucho grano, como casi todas las que publica la prensa. Se trataba de una mujer de edad indefinible, con peinado sencillo y gafitas bajo el flequillo largo. No tenía nada que ver con Zozie, si exceptuamos la mancha y la boca torcida. Me encogí de hombros—. Podría ser cualquiera.

—Pero es ella —puntualizó Jean-Loup—. Por mucho que cueste creerlo, es así.

Me pareció una ridiculez. El recorte de prensa tampoco tenía mucho sentido. Se refería a una profesora de París que había desaparecido el año anterior. Lo que pretendo es afirmar que Zozie jamás fue profesora, ¿no? ¿Jean-Loup intenta decir que Zozie es un fantasma?

Ni siquiera él estaba seguro.

—Aparecen noticias sobre estas cosas —comentó mi amigo y, con gran cuidado, guardó el recorte en el sobre—. Creo que lo llaman «suplantación de identidad».

—Lo que tú digas.

—Ríete si quieres, pero pasa algo raro. Lo noto cuando está cerca. Esta noche traeré la cámara. Quiero hacer primeros planos y ver si así consigo alguna prueba...

—Tú y tus fantasmas.

Empecé a mosquearme. Jean-Loup solo tiene un año más que yo. ¿Quién se piensa que es? Si supiera la mitad de lo que yo sé sobre Ehecatl, el Uno Jaguar y el Huracán, probablemente le daría un ataque o algo parecido. Si conociera la existencia de Pantoufle, supiese que Rosette y yo invocamos al Viento del Cambio o se enterara de lo que ocurrió en Les Laveuses, probablemente se volvería loco.

Por eso hice algo que tal vez no debía. No quería volver a discutir con Jean-Loup y sabía que ocurriría si seguíamos hablando. Sigilosamente tracé con los dedos la señal del Uno Mono, el timador, y desde mi espalda se la lancé como si de un guijarro se tratase.

Jean-Loup frunció el ceño y se llevó la mano a la cabeza.

—¿Qué te pasa? —pregunté.

—No lo sé. Acabo de sentir…, tengo la sensación de haberme quedado en blanco. ¿De qué hablábamos?

Jean-Loup me gusta, me gusta mucho y no quiero que le pase nada malo, pero es lo que Zozie denomina «gente corriente» en oposición a la «gente como nosotras». La gente corriente cumple las normas y la gente como nosotras las crea. Hay demasiadas cosas que no puedo contarle a Jean-Loup, cosas que no entendería. En cambio, a Zozie se lo digo todo y me conoce mejor que nadie.

En cuanto Jean-Loup se fue, quemé en la chimenea de mi habitación el recorte y las fotos que se había olvidado y vi que los copos de ceniza se volvían blancos y se posaban como la nieve.

Listo, ya no queda nada. Ahora me siento mejor. No es que sospeche de Zozie pero, con la boca torcida y los ojillos de mirada malvada, ese rostro me causó inquietud. No es posible que la haya visto antes, ¿verdad? ¿Nos hemos cruzado en la chocolatería, en la calle o tal vez en el autobús? Para no hablar del nombre de Françoise Lavery. ¿Lo he oído en otra parte? Es un nombre bastante corriente, pero me gustaría saber por qué me recuerda a…

¿Un ratón?

4

Lunes, 24 de diciembre.
Nochebuena, cinco y veinte de la tarde

Debo reconocer que ese niño nunca me gustó. Solo fue un instrumento útil para apartarla de la influencia de su madre y volverla más receptiva a la mía. Ahora ese chico ha traspasado los límites, ha intentado socavarme, por lo que temo que habrá que prescindir de él.

Lo vi en sus colores cuando estaba a punto de abandonar el local. Había estado arriba con Anouk, escuchando música, jugando o a lo que sea que se dedican estos días, y me saludó amablemente mientras recogía el anorak del perchero colgado detrás de la puerta.

Algunas personas son más fáciles de interpretar que otras y, pese a toda su astucia, Jean-Loup Rimbault solo tiene doce años. Noté algo demasiado ingenuo en su sonrisa, algo que había detectado en más de una ocasión en mi época de profesora Françoise. Me refiero a la sonrisa de un niño que sabe demasiado y que cree que puede salirse con la suya. ¿Qué contenía la carpeta de papel que acababa de dejar en el dormitorio de Anouk? ¿Tal vez..., tal vez fotografías?

—¿Vendrás esta noche a la fiesta?

Jean-Loup movió afirmativamente la cabeza.

—Por supuesto. El local está de fábula.

No hay duda de que hoy Vianne no ha parado. Del techo penden constelaciones de estrellas plateadas y ramas con velas a punto para ser encendidas. Como aquí no hay mesa de comedor, ha juntado las pequeñas para hacer una larga y las ha tapado con los tres manteles que corresponde: el verde, el blanco y el rojo. De la puerta cuelga una guirnalda de acebo y el aroma a cedro y a pino recién talado impregna el aire como si de un bosque se tratase.

Los trece postres navideños tradicionales están repartidos por la chocolatería en platos de cristal, semejan un tesoro pirata y se los ve brillantes y lustrosos con tonos topacio y dorado: turrón negro para el diablo, turrón blanco para los ángeles, clementinas, uvas, higos, almendras, miel, dátiles, manzanas, peras, carne de membrillo, bizcochitos de harina de almendras salpicados de uvas pasas y piel confitada y una hogaza preparada con aceite de oliva y dividida en doce trozos, como una rueda…

Para no hablar del chocolate: el tronco de Yule que se enfría en la cocina, los bombones de turrón, los de piña y las trufas de chocolate apiladas sobre el mostrador en medio de una aromática espolvoreada de cacao en polvo.

—Prueba —propongo, y le ofrezco una trufa.

Jean-Loup acepta el bombón con actitud soñadora. El aroma es intenso y terroso, como el de los hongos que se recogen con la luna llena. A decir verdad, es posible que contengan algún hongo, ya que mis especialidades están cargadas de cosas misteriosas, pero en este caso es el cacao en polvo el que ha sido hábilmente manipulado para quitar del medio a ese crío molesto y, por añadidura, el signo del Huracán dibujado con cacao en la parte de abajo del mostrador será más que suficiente para resolver el problema.

—Nos veremos en la fiesta —asegura Jean-Loup.

No creo que nos veamos. Es indudable que mi pequeña Nanou te echará de menos, aunque no por mucho tiempo. Muy pronto el Huracán descenderá sobre Le Rocher de Montmartre y, cuando suceda…

Bueno, ¿quién sabe? ¿Acaso saberlo no desvelaría la sorpresa y la echaría a perder?

5

Lunes, 24 de diciembre.
Nochebuena, seis de la tarde

Finalmente la chocolatería ha cerrado y, salvo el letrero que cuelga en la puerta, nada indica que en su interior hay actividad.

¡ESTA NOCHE, A LAS SIETE Y MEDIA, FIESTA DE NAVIDAD!, reza el letrero en medio de un dibujo de estrellas y monos.

SE RECOMIENDA ASISTIR CON TRAJE DE DISFRAZ.

Todavía no he visto el disfraz de Zozie. Me figuro que es fabuloso, pero no me ha contado de qué se trata. Después de contemplar la nieve durante casi una hora, la impaciencia me dominó y fui a su cuarto a ver qué hacía.

Cuando entré me llevé una sorpresa mayúscula: ya no era su cuarto. Había quitado cuanto colgaba de las paredes, la bata china no estaba en la parte de atrás de la puerta y los adornos de la pantalla de la lámpara habían desaparecido. Hasta sus zapatos se habían esfumado de la repisa de la chimenea, y supongo que fue entonces cuando caí realmente en la cuenta de lo que pasaba.

Me percaté al ver que sus fabulosos zapatos ya no estaban.

Sobre la cama había una pequeña maleta de piel que, a juzgar por su aspecto, estaba muy viajada. Zozie se disponía a cerrarla y cuando entré me miró. Supe lo que diría sin necesidad de preguntárselo.

—Ay, cariño, pensaba decírtelo, de verdad que iba a decírtelo, pero no quería arruinarte la fiesta.

Fui incapaz de creerle.

—¿Te vas esta noche?

—En algún momento tenía que hacerlo —repuso con gran sensatez—. Además, a partir de esta noche ya no tendrá demasiada importancia.

—¿Por qué?

Zozie se encogió de hombros.

—¿No invocaste al Viento del Cambio? ¿No querías que tú, Roux, Yanne y Rosette formaseis una familia?

—¡Eso no significa que tengas que irte!

Lanzó un zapato hacia la maleta.

—Ya sabes que las cosas no funcionan así. Nanou, siempre hay un desenlace, no puede ser de otra manera.

—¡Pero si tú también eres de la familia!

Negó con la cabeza.

—No saldría bien por Yanne. Está totalmente en contra de mí y quizá tiene razón. Cuando estoy presente nada rueda con facilidad.

—¡No es justo! ¿Adónde irás?

Zozie apartó la mirada de la maleta y sonrió.

—Dondequiera que el viento me lleve —repuso.

6

Lunes, 24 de diciembre.
Nochebuena, siete de la tarde

La madre de Jean-Loup acaba de telefonear para decir que, de repente, su hijo ha enfermado y no vendrá. Como es lógico, Anouk se ha llevado un chasco y está preocupada por su amigo, pero el entusiasmo de la fiesta es demasiado intenso como para que la decepción dure.

Con la capa y la caperuza rojas se parece más que nunca a una chuchería navideña mientras salta de aquí para allá en pleno frenesí de actividad.

—¿Ya han llegado? —pregunta incesantemente, a pesar de que en las invitaciones dice a las siete y media y de que el reloj de la iglesia acaba de dar la hora—. ¿Ves a alguien fuera?

A decir verdad, la nieve es tan espesa que apenas veo la farola al otro lado de la plaza. Anouk no deja de aplastar la cara contra el escaparate y se convierte en un fantasma de sí misma en el cristal.

—¡Zozie! —grita—. ¿Estás lista? —Se produce la respuesta asordinada de Zozie, que ha pasado arriba las dos últimas horas. Anouk pregunta—: ¿Puedo subir?

—Todavía no. Ya te dije que se trata de una sorpresa.

Esta noche hay algo alocado en Anouk: cierta animación

formada por una cuarta parte de alegría y tres de delirio. Ora parece una cría de nueve años, ora es casi adulta, perturbadora y está preciosa con la capa roja y el pelo como nubes de tormenta alrededor de la cara.

—Tómatelo con calma —aconsejo—. Terminarás agotada.

Me abraza impulsivamente, tal como hacía de pequeña y, antes de que pueda hacer lo mismo, se ha ido, salta inquieta de un plato a otro, de una copa a otra, reacomoda las hojas de acebo, la hiedra, los posavelas, las servilletas atadas con cuerda roja, los almohadones multicolores de las sillas y el cuenco de cristal tallado, comprado en una tienda benéfica y lleno de ponche de vino tinto color granate, especiado con nuez moscada y canela, aderezado con limón y un chorro de coñac y decorado con una naranja traspasada de clavos de olor que flota sobre las profundidades carmesíes.

Por contraposición, Rosette está extraordinariamente serena. Con su traje de mono, lo observa todo con los ojos muy abiertos y está fascinada por la casa de Adviento, con el belén en el que está representada, con la nieve que cae iluminada por un halo y con el grupo de monos (insiste en que el mono es un animal navideño) que sustituye al buey y al asno de siempre.

—¿Crees que vendrá?

Evidentemente, Anouk se refiere a Roux. Me lo ha preguntado infinidad de veces y me duele pensar en la desilusión que sufrirá si no hace acto de presencia. Al fin y al cabo, ¿por qué vendría? ¿Hay algo que justifique que siga en París? Anouk está segura de que continúa aquí, lo que me lleva a preguntarme si lo ha visto; esa idea me hace sentir peligrosamente delirante, como si el hecho de ser Anouk fuese contagioso y la nevada en Yule no fuera un fenómeno meteorológico casual, sino un acontecimiento mágico, capaz de borrar el pasado…

—¿Quieres que venga? —pregunta Anouk.

Pienso en el rostro de Roux, en su olor a aceite de motor y a pachulí, en el modo en el que inclina la cabeza cuando se concentra, en el tatuaje de la rata, en su lenta sonrisa. Hace demasiado tiempo que lo deseo. También he luchado con él..., he luchado por su retraimiento, su desprecio hacia las convenciones, su terca negativa a conformarse...

Pienso en los años transcurridos desde que huimos de Lansquenet, pasando por Les Laveuses, París y el boulevard de la Chapelle, con el letrero de neón y la mezquita cercana, para llegar a la place de Faux-Monnayeurs y la chocolatería, buscando inútilmente una parada en la que encajar, cambiar y ser como los demás.

Durante esos viajes, en las habitaciones de los hoteles y de las pensiones, en los pueblos y las ciudades, a lo largo de esos años de anhelo y miedo, ¿de quién huí realmente? ¿Del Hombre Negro, de las Benévolas, de mi madre, de mí misma?

—Sí, Nou, quiero que venga.

Pronunciar esas palabras produce un gran alivio. Pese a todas las racionalizaciones, por fin lo reconozco. Tras haber intentado encontrar, si no el amor, al menos una mínima satisfacción con Thierry, y haber fracasado, reconozco para mis adentros que existen cuestiones imposibles de racionalizar, que en el amor no se trata de elegir, que a veces no puedes escapar del viento...

Está claro que Roux jamás creyó que me asentaría. Siempre sostuvo que me engañaba a mí misma y en su serena arrogancia esperaba que algún día yo reconocería mi derrota. Quiero que venga. De todos modos, no huiré..., no me iré aunque Zozie derribe el local y la vivienda sobre mi cabeza. Esta vez, cueste lo que cueste, nos quedamos.

—¡Ha llegado alguien!

Resuenan las campanillas, pero la figura que atraviesa la puerta con peluca rizada resulta excesivamente voluminosa como para ser Roux.

—¡Cuidado a todos! ¡Transporto una gran carga!

—¡Nico! —chilla Anouk y se echa en brazos de la figura corpulenta que viste levita, botas hasta la rodilla y joyas que avergonzarían a un rey. Nico tiene los brazos llenos de regalos, que deposita a los pies del árbol de Navidad y, aunque sé que el local no es muy grande, lo cierto es que parece llenarlo con su descomunal alegría—. ¿Quién eres?

—Enrique IV, está clarísimo —replica Nico con aires de grandeza—. Soy el monarca culinario de Francia. Un momento... —Calla y olisquea el aire—. Algo huele bien, mejor dicho, realmente bien. Annie, ¿qué se cuece?

—Bueno, muchas cosas.

Tras él, Alice franquea la puerta vestida de hada, incluidos el tutú y las alas centelleantes, aunque hay que reconocer que las hadas tradicionales no suelen ponerse botas tan grandes. Está sonrosada, ríe satisfecha y, pese a que todavía está delgada, da la sensación de que su rostro ha perdido parte de su dureza, lo que la vuelve más bonita y menos frágil.

—¿Dónde está la dama de los zapatos? —pregunta Nico.

—No ha terminado de arreglarse —responde Anouk, coge a Nico de la mano y lo arrastra hasta la mesa cargada de manjares—. Ven, sírvete algo de beber, hay de todo. —Sumerge el cucharón en el ponche—. No te vuelvas loco con los macarrones, hemos preparado suficientes como para alimentar a un ejército.

A continuación se presenta madame Luzeron. Demasiado solemne como para disfrazarse, pero festiva con un conjunto de jersey y chaqueta de color azul claro, deposita sus regalos bajo el árbol y acepta un vaso de ponche de manos de Anouk y una sonrisa de Rosette, que juega en el suelo con el perro de madera que le regaló para su cumpleaños.

Las campanillas vuelven a tintinear y allí está Laurent Pinson, con los zapatos brillantes y heriditas del afeitado en la cara; luego llegan Richard y Mathurin; Jean-Louis y Paupaul, el primero con el chaleco amarillo más llamativo que he visto en mi vida; madame Pinot, que se ha disfrazado de monja y la señora de aspecto ansioso que regaló una muñeca a Rosette (supongo que la invitó Zozie). De pronto somos un montón de gente, bebidas, risas, canapés y dulces. Vigilo el obrador con un ojo mientras Anouk me sustituye como anfitriona, Alice mordisquea un bizcochito de harina de almendras, Laurent coge un puñado de almendras y se las guarda en el bolsillo, Nico vuelve a preguntar por Zozie y yo me pregunto cuándo llevará a cabo su jugada.

Tac, tac, tac, resuenan sus tacones escaleras abajo.

—Lamento haberme retrasado —se disculpa y sonríe.

Durante unos segundos se produce el reflujo; se impone el silencio cuando entra fresca como una rosa y radiante con su vestido rojo: todos vemos que se ha cortado el pelo a la altura de los hombros, exactamente como lo llevo yo; se lo ha puesto detrás de las orejas, igual que yo, lleva el mismo flequillo recto que yo y ese pequeño remolino en la nuca, imposible de dominar…

Madame abraza a Zozie cuando llega al final de la escalera. Pienso que tengo que averiguar su nombre, pero de momento no puedo apartar la mirada de Zozie, que camina hasta el centro del local en medio de las risas y los aplausos de los invitados.

—¿De qué te has disfrazado? —pregunta Anouk.

Es a mí a quien Zozie se dirige con esa sonrisa sagaz que solo yo detecto:

—Vamos, Yanne, ¿no te causa gracia? ¿No te has dado cuenta? He venido de ti.

7

Lunes, 24 de diciembre.
Nochebuena, ocho y media de la noche

Ya sabéis que hay personas imposibles de satisfacer. De todos modos, valió la pena por su expresión; por esa palidez repentina, compungida y afligida, por el escalofrío que recorre su cuerpo al verse a sí misma bajando la escalera.

Debo reconocer que se trata de un buen trabajo. El vestido, el peinado, las joyas; todo, salvo los zapatos, reproducido con sobrecogedora perfección y lucido con un atisbo de sonrisa.

—Vaya, parecéis mellizas o gemelas —comenta Nico el Gordo con pueril deleite sirviéndose más macarrones.

Laurent se contorsiona con nerviosismo, como si lo hubiesen pillado en medio de una fantasía particular. Está claro que nos distinguen; con los encantos puedes hacer muchas cosas, pero la transformación total solo es materia de los cuentos de hadas; por otro lado, sorprende la facilidad con la que adopto el papel.

Anouk no pasa por alto lo paradójico de la situación. Su entusiasmo ha alcanzado proporciones casi maníacas mientras entra y sale de la chocolatería, según dice para ver la nieve, pero ella y yo sabemos que está pendiente de Roux; supongo que las súbitas llamaradas iridiscentes de sus colores no nacen del placer, sino de una energía frenética que debe descargar porque, de lo contrario, corre el riesgo de consumirse como un farolillo de papel.

Roux no está. Mejor dicho, todavía no se ha presentado, aunque sí que ha llegado el momento de que Vianne sirva la cena.

Comienza a hacerlo a regañadientes. Todavía es temprano y aún cabe la posibilidad de que Roux venga. Su lugar se encuentra en la cabecera de la mesa y, si alguien pregunta, Vianne dirá que es el sitio reservado para honrar a los que ya no están, tradición secular que se hace eco del Día de los Muertos, algo muy adecuado para la celebración de la velada.

De primero tomamos una sopa de cebolla tan ahumada y olorosa como las hojas en otoño, con trocitos de pan frito, gruyère rallado y una espolvoreada de pimentón por encima. Mientras sirve, Vianne me observa y tal vez espera que de la nada saque un plato todavía más perfecto que hará sombra a sus esfuerzos.

Me limito a comer, a charlar y a sonreír; felicito a la cocinera y el tintineo de la vajilla se le sube a la cabeza, por lo que se siente ligeramente embotada, como si no las tuviera todas consigo. El pulque es un brebaje misterioso y el ponche contiene generosas cantidades, cortesía de la casa, en honor de la gozosa ocasión. Si acaso como consuelo, Vianne sirve más ponche y el perfume de los clavos la hace sentir como si la enterrasen viva, el sabor se semeja al de las guindillas aderezadas con fuego y se pregunta: *¿terminará alguna vez?*

El segundo plato se compone de delicadísimo *foie gras,* untado sobre tostadas finas y acompañado de carne de membrillo e higos. El contraste es lo que da encanto al plato, lo mismo que el chasquido del chocolate bien templado; el *foie gras* se deshace lentamente en la boca, suave como una trufa de praliné, y se sirve con una copa de Sauternes muy frío que Anouk rechaza y que Rosette bebe en un vaso minúsculo, del tamaño de un dedal, lo que le provoca una rara y radiante sonrisa a la vez que, con impaciencia, expresa mediante signos que quiere más.

El tercer plato consta de salmón cocido *en papillotte,* servido entero y con salsa bearnesa. Alice se lamenta de que está casi llena, pero Nico le da bocaditos escogidos de su plato y se burla de su escaso apetito.

Por fin llega el plato principal: la oca, asada lentamente al horno para que la grasa se derrita y se separe de la piel, lo que la deja crujiente y casi caramelizada, mientras que la carne acaba tan tierna que se separa de los huesos como una media de seda de la pierna de una mujer. La acompaña con patatas y castañas asadas en la grasa dorada.

Nico emite un sonido que es mitad lujuria y otro tanto risa.

—Creo que acabo de morir y he ido al cielo de las calorías —comenta y ataca con deleite una pierna de oca—. Debo reconocer que no he probado nada tan delicioso desde la muerte de mi madre. ¡Felicitaciones a la cocinera! Si no estuviera perdidamente enamorado de este insecto palo, te garantizo que me casaría contigo sin pensármelo dos veces... —Menea el tenedor alegremente y con tanta exuberancia que está a punto de clavárselo en el ojo a madame Luzeron, que aparta la cara justo a tiempo.

Vianne sonríe. Seguramente el ponche comienza a surtir efecto y se ha ruborizado por el éxito obtenido.

—Gracias —responde poniéndose en pie—. Me siento muy contenta de que hoy estéis aquí y quiero agradeceros la ayuda que nos habéis prestado.

Pienso que es una reacción encantadora y me pregunto qué han hecho exactamente.

—Quiero agradecer vuestra fidelidad, apoyo y amistad en el momento en el que más los necesitábamos. —Vuelve a sonreír y tal vez comienza a hacerse cargo de las sustancias químicas que circulan libremente por sus venas, que la han vuelto locuaz, extrañamente imprudente y casi temeraria, como una Vianne mucho más joven de otra vida casi olvidada—. Tuve lo que suele definirse como una infancia inestable. Eso significa que nunca me asenté. Fuera donde fuese, no me sentía aceptada. Siempre tuve la sensación de ser forastera. He logrado estar cuatro años aquí y se lo debo a personas como vosotros.

¡Qué aburrimiento, qué aburrimiento! Se aproxima un discurso interminable.

Me sirvo un vaso de ponche y busco la mirada de mi pequeña Anouk. Noto que está un pelín inquieta, tal vez por la ausencia de Jean-Loup. El pobre debe de estar muy enfermo. Suponen que se debió a algo que comió. Con un corazón tan delicado como el suyo todo resulta peligroso: un resfriado, una ráfaga de viento, un ensalmo, incluso…

¿Es posible que Anouk se sienta culpable?

Por favor, Anouk, descarta esa idea. ¿Por qué te sientes responsable? Como si no estuvieras lo bastante atenta a cada negativa. Querida, debo decir que veo tus colores y la forma en la que contemplaste mi pequeño belén, con el círculo mágico del trío que se encuentra bajo la luz de las estrellas eléctricas.

Hablando de todo un poco, falta alguien. Llega tarde, como era de esperar, pero se acerca deprisa, serpentea por las callejuelas de la colina sigiloso como un zorro alrededor del gallinero. Su lugar en la cabecera de la mesa permanece vacío y allí continúan los platos y las copas.

Vianne se tacha de tonta. Anouk empieza a sospechar que tantos planes e invocaciones no han servido, que la nieve no cambiará nada y que aquí no hay nada que la retenga.

A medida que la cena toca a su fin, todavía queda tiempo para los tintos del Gers, los *p'tits cendrés* recubiertos de ceniza de roble, los quesos frescos sin pasteurizar, los secos y los maduros, el Buzet añejo, la carne de membrillo, las nueces, las almendras frescas y la miel.

En ese momento Vianne presenta los trece postres y el tronco de Yule, grueso como el brazo de un forzudo y blindado con una capa de dos centímetros y medio de chocolate. Todos los que pensaron que ya no podían más, Alice incluida, encuentran un hueco para un trozo de tronco (en el caso de Nico, son dos o tres huecos) y, como el ponche se ha terminado, Vianne descorcha una botella de champán y brindamos.

¡Por los ausentes!

8

Lunes, 24 de diciembre.
Nochebuena, diez y media de la noche

Rosette está casi dormida. Se ha portado muy bien durante la cena; ha comido con los dedos, pero limpiamente, sin babear demasiado, y ha hablado mucho (por signos, claro) con Alice, que está sentada junto a su trona.

Adora las alas de hada de Alice, lo que es bueno porque esta le ha traído un par de regalos, que ha dejado al pie del árbol de Navidad. Rosette es demasiado pequeña para esperar a la medianoche, en realidad ya debería estar en la cama, por lo que decidimos que abra los regalos. Desenvolvió el paquete con las alas de hada, que son moradas, plateadas y geniales, y se olvidó del resto de los regalos; si he de ser sincera, espero que Alice me haya hecho el mismo obsequio, lo cual parece probable dada la forma del paquete. Rosette se ha convertido en mono volador, algo que le parece muy gracioso; gatea por el suelo con las alas moradas y el disfraz de mono y, con una galleta de chocolate en la mano, sonríe a Nico desde debajo de la mesa.

Se ha hecho tarde y empiezo a estar cansada. ¿Dónde está Roux? ¿Por qué no ha venido? Soy incapaz de pensar en otro asunto, ni siquiera en la comida o en los regalos. Me siento demasiado nerviosa. Tengo la sensación de que mi corazón se ha convertido en un juguete de cuerda y da vueltas descontrolado. Cierro los ojos unos instantes y percibo el aroma del café y del chocolate caliente con especias, que tanto le gusta a mamá, y el sonido de los platos que retiran de la mesa.

Vendrá, pienso. *Tiene que venir.*

Ya es muy tarde y no está aquí. ¿He hecho algo mal? ¿Me equivoqué con las velas, el azúcar, el círculo y la sangre? ¿Con el oro y el incienso? ¿Con la nieve?

Veamos, ¿por qué no ha llegado todavía?

No quiero llorar. Es Nochebuena, pero no tendría que discurrir así. ¿Se trata del desenlace del que habló Zozie? Había que deshacerse de Thierry pero… ¿a qué precio?

Oigo las campanillas y abro los ojos. Hay alguien en el umbral. Durante unos segundos lo veo con toda claridad, vestido de negro de la cabeza a los pies y con la melena pelirroja suelta…

Vuelvo a mirarlo y no es Roux. El que está en la puerta es Jean-Loup y supongo que la mujer pelirroja que se encuentra a su lado es su madre. Su expresión es arisca e incómoda, pero Jean-Loup parece encontrarse bien, tal vez un poco pálido, como de costumbre.

Abandono la silla de un salto.

—¡Has logrado venir! ¡Hurra! ¿Te sientes bien?

—Nunca me he sentido mejor —replica sonriente—. ¿No crees que sería la persona más imperfecta del mundo si, después de todo lo que has trabajado, me perdiera tu fiesta?

La madre de Jean-Loup intenta esbozar una sonrisa y toma la palabra:

—No quiero molestar, pero Jean-Loup insistió en que…

—Le damos la bienvenida —la interrumpo.

Mientras mamá y yo vamos al obrador en busca de un par de sillas, Jean-Loup se mete la mano en el bolsillo y saca algo. Parece un regalo envuelto en papel dorado y es pequeño, más o menos del tamaño de un praliné. Se lo entrega a Zozie y explica:

—Parece que, después de todo, no son mis preferidos.

Zozie está de espaldas a mí, por lo que no veo su expresión ni el contenido del paquete. Seguramente Jean-Loup decidió dar una oportunidad a Zozie y siento un alivio tan grande que estoy a punto de echarme a llorar. Todo empieza a rodar. Solo falta que Roux vuelva y que Zozie decida quedarse...

En ese momento se da la vuelta y le veo la cara, que no tiene nada que ver con la de Zozie. Debe de ser una mala pasada de la luz, ya que durante un instante parecía enfadada... ¿He dicho enfadada? Pues no, *estaba furiosa...*, con los ojos como rendijas, la boca llena de dientes y los dedos apretando con tanta fuerza el paquete entreabierto que el chocolate gotea como la sangre...

Bien, como ya he dicho, se hace tarde. Deben de ser mis ojos los que me juegan una mala pasada, ya que una fracción de segundo después vuelve a ser la de siempre, sonríe de oreja a oreja, está estupenda con el vestido rojo y los tacones de terciopelo del mismo color y estoy en un tris de preguntar a Jean-Loup qué contenía el pequeño paquete cuando las campanillas vuelven a tintinear y entra alguien, una figura alta, que viste de rojo y blanco, con gorro de piel y una enorme barba postiza.

—¡Roux! —grito y doy un brinco.

Roux se quita la barba postiza y veo que sonríe.

Rosette está casi a sus pies. Roux la coge y la balancea en el aire.

—¡Un monito! —exclama Roux—. Es mi preferido. ¡Y, por si eso fuera poco, un mono volador!

Lo abrazo y comento:

—Creí que ya no venías.

—Pues aquí estoy.

Se impone el silencio. Roux sigue de pie, con Rosette en brazos. El local está lleno, aunque daría igual que no hubiese nadie y, pese a que parece bastante tranquilo, por la forma en la que mira a mamá sospecho que...

Observo a mamá a través del Espejo Humeante. Se lo toma

con calma, pero sus colores son intensos. Mamá avanza un paso y dice:

—Te guardamos el sitio.

Roux la mira.

—¿Estás segura?

Mamá asiente.

Todos lo observan y durante unos segundos sospecho que está a punto de decir algo, ya que a Roux no le gusta ser el centro de atención; en realidad, se siente incómodo cuando está rodeado de gente...

Mamá da otro paso y lo besa tiernamente en los labios. Roux deposita a Rosette en el suelo y abre los brazos.

No hace falta el Espejo Humeante para darse cuenta. Es imposible pasar por alto ese beso, la forma en que encajan como piezas de un rompecabezas o la luz que enciende la mirada de mamá cuando coge a Roux de la mano y se vuelve para sonreír a todos.

Vamos, la apremio con mi voz espectral. *Comunícalo. Dilo, dilo de una vez.*

Mamá me mira fugazmente y sé que, de alguna manera, ha captado mi mensaje. Pasea la vista por nuestro círculo de amigos, ve que la madre de Jean-Loup sigue de pie, con cara de limón exprimido, y titubea. Todos están pendientes de mamá... Sé qué piensa, es evidente. Aguarda la mirada fulminante, la misma que hemos visto tantas veces, la que parece decir «tú no tienes nada que hacer aquí, no eres de los nuestros, eres distinta...».

Alrededor de la mesa nadie habla. Arrebolados y bien alimentados, todos la contemplan en silencio, salvo Jean-Loup y su madre, que nos ha clavado la mirada como si fuésemos una guarida de lobos. Nico el Gordo coge de la mano a Alice, con sus alas de hada; madame Luzeron está ridícula con el conjunto de jersey y chaqueta y el collar de perlas; madame Pinot luce su disfraz de monja y, con el pelo suelto, parece veinte años más joven; a Laurent le brillan los ojos; Richard, Mathurin, Jean-Louis y Paupaul fuman y nadie, absolutamente nadie, la fulmina con la mirada.

Entonces es su rostro el que cambia. Se suaviza como si se hubiese quitado un peso de encima. Por primera vez desde que nació Rosette se parece realmente a Vianne Rocher, a la misma Vianne que voló hasta Lansquenet y jamás se preocupó por la opinión de los demás.

Zozie esboza una ligera sonrisa.

Jean-Loup aferra la mano de su madre y la obliga a sentarse.

Laurent entreabre los labios.

Madame Pinot se pone como una fresa.

Mamá declara:

—Queridos, quiero que conozcáis a alguien. Se trata de Roux, el padre de Rosette.

9

Lunes, 24 de diciembre.
Nochebuena, once menos veinte de la noche

Oigo el suspiro colectivo; algo que, en otras circunstancias, habría sido de desaprobación, pero en este caso, tras los alimentos y el vino, suavizado por la celebración y por el desacostumbrado encanto de la nieve, parece la exclamación que acompaña una muestra espectacular de fuegos artificiales.

Roux se muestra cauteloso, aunque finalmente sonríe, acepta la copa de champán que le ofrece madame Luzeron y la levanta para brindar con todos.

Me siguió al obrador cuando la charla se reanudó. Rosette lo persiguió a gatas, con su disfraz de mono, y ahora recuerdo lo fascinada que quedó la primera vez que Roux entró en la chocolatería, como si hasta ella lo hubiese reconocido.

Roux se agachó y le acarició los cabellos. El parecido entre ambos es tiernamente conmovedor, como los recuerdos y el tiempo perdido. Hay tantas cosas que no ha visto: la primera vez que Rosette levantó la cabeza, su primera sonrisa, los dibujos de animales, el baile de la cuchara que tanto encolerizó a Thierry. Por su expresión ya sé que jamás le recriminará que sea distinta, que Rosette nunca lo avergonzará, que ni se le ocurrirá compararla con nadie ni pedirle que sea más que ella misma.

—¿Por qué no me lo dijiste? —quiso saber Roux.

Dudé antes de responder. ¿Qué verdad debía contarle? ¿Que tuve demasiado miedo, que fui demasiado orgullosa o demasiado terca para cambiar? ¿Que, al igual que Thierry, me enamoré de una fantasía que, cuando por fin estuvo a mi alcance, demostró que no era oro sino, lisa y llanamente, un manojo de paja?

—Quería que nos asentáramos y que nos convirtiésemos en gente corriente.

—¿Has dicho corriente?

Le conté el resto. Le hablé de nuestra huida de pueblo en pueblo, de la alianza falsa, del cambio de nombre, del fin de la magia y de Thierry; también de la búsqueda de la aceptación al precio que fuera, incluso el de mi sombra, incluso el de mi alma.

Roux permaneció un rato en silencio y luego rió suave y guturalmente.

—¿Lo has hecho a cambio de una chocolatería?

Negué con la cabeza.

—Ya no, se acabó.

Roux siempre insistió en que me esforzaba en exceso y me preocupaba demasiado..., pero ahora veo que no me preocupé lo suficiente por las cosas que de verdad me importan. Al fin y al cabo, una chocolatería no es más que arena y mortero, piedra y cristal. No tiene corazón ni más vida que la que nos arrebata. Y una vez que se la hemos dado...

Roux cogió en brazos a Rosette, que no se retorció como suele hacer cuando un desconocido se acerca a ella, sino que lanzó un silencioso cacareo de deleite e hizo signos con ambas manos.

—¿Qué ha dicho?

—Dice que pareces un mono —respondí y reí—. Te aseguro que, viniendo de Rosette, es todo un cumplido.

Roux sonrió y nos abrazó. Permanecimos entrelazados unos segundos, con Rosette colgada de su cuello, el suave murmullo de las risas en el local y el aroma a chocolate.

En ese momento el silencio se impone en la chocolatería,

resuenan las campanillas, la puerta se abre de par en par y a través de la abertura diviso otra figura de rojo y con la cabeza cubierta; una figura más alta, más corpulenta y tan conocida pese a la barba postiza que no me hace falta ver que en la mano lleva un puro.

Thierry entra en medio del silencio y tropieza al caminar, lo que apunta a que ha bebido.

Traspasa a Roux con una mirada malévola y pregunta:

—¿Quién es ella?

—¿Quién? —repite Roux.

Thierry cruza el local de tres zancadas; a su paso golpea el árbol de Navidad, por lo que los regalos se desparraman por el suelo, y con su rostro de barba blanca apunta a Roux.

—Lo sabes perfectamente. Me refiero a tu cómplice, a la que te ayudó a cobrar el cheque con el que te pagué, la misma que el banco grabó a través del circuito de televisión y que, al decir de todos, este año ha desplumado a más de un mamón en París.

—Ni tengo cómplices ni jamás cobré tu cheque —puntualiza Roux.

En ese instante noto algo en su expresión, veo que cae en la cuenta de algo, pero ya es demasiado tarde.

Thierry lo sujeta del brazo. Están muy cerca, semejan imágenes de un espejo distorsionado, Thierry con la mirada desaforada y Roux muy pálido.

—La policía lo sabe todo sobre ella —afirma Thierry—. Nunca había estado tan cerca de pillarla. Cambia de nombre, ¿no? Trabaja sola, pero esta vez ha cometido un error porque se lió con un perdedor como tú. ¿Quién es? —Habla a gritos y está tan rojo como Papá Noel. Clava en Roux su mirada ebria e insiste—: ¿Quién demonios es Vianne Rocher?

10

Lunes, 24 de diciembre.
Nochebuena, once menos cinco de la noche

Vaya, ¿acaso no se trata de la pregunta del millón?

Thierry está borracho. Lo noto en el acto. Apesta a cerveza y a puro, olores que se adhieren a su disfraz de Papá Noel y a esa barba de algodón ridículamente festiva. Debajo del disfraz sus colores son lúgubres y amenazadores, pero me doy cuenta de que se halla en un estado lamentable.

Frente a él, Vianne se ha puesto blanca como una estatua de hielo, con los labios entreabiertos y la mirada llameante. Menea la cabeza con impotente negación. Sabe que Roux no la delatará. Anouk se ha quedado sin habla y ha sufrido dos golpes: el primero, la conmovedora escena familiar que ha vislumbrado al otro lado de la puerta del obrador y, el segundo, esa desagradable intervención cuando por fin todo parecía perfecto.

—¿Vianne Rocher? —pregunta Vianne y su voz suena hueca.

—Ni más ni menos —confirma Thierry—. También se la conoce como Françoise Lavery, Mercedes Desmoines o Emma Windsor, por mencionar unos pocos nombres.

Veo que, detrás de su madre, Anouk se horroriza. Alguno de esos nombres ha evocado algo. ¿Tiene importancia? Lo dudo mucho. En realidad, creo que he ganado la partida.

Thierry le clava su típica mirada calculadora.

—Él te llama Vianne. —Es evidente que se refiere a Roux. Vianne niega con la cabeza en silencio—. ¿Quieres decir que nunca has oído ese nombre?

Vuelve a negar con la cabeza y a continuación…

Su expresión demuestra que ha reparado en la trampa, ve lo limpiamente que ha sido manipulada para llegar a este punto y comprende que su única posibilidad radica en negarse a sí misma por tercera vez.

Nadie se fija en madame, que está tras ellos. Reservada durante la cena festiva, básicamente solo ha hablado con Anouk, pero ahora contempla a Thierry con una expresión de descarnado y simple pavor. Veamos, está claro que he preparado a madame, que mediante delicadas indirectas, encantos sutiles y química de la de toda la vida la he conducido hasta ese instante de revelación y ahora solo es necesario un único nombre para que la piñata se abra como una castaña sobre las llamas.

Vianne Rocher.

Bien, ese es el pie para mi entrada. Sonrío, me incorporo y tengo tiempo para un último y festivo trago de champán antes de que las miradas esperanzadas, temerosas, furiosas y adoradoras converjan sobre mí cuando por fin reclamo el premio.

Sin dejar de sonreír, pregunto:

—¿Vianne Rocher? Soy yo.

11

Lunes, 24 de diciembre.
Nochebuena, once de la noche

Debió de encontrar los papeles que guardo en la caja de mi madre. A partir de ahí es sencillo abrir una cuenta a mi nombre, solicitar un pasaporte y un carnet de conducir nuevos, todo lo que necesita para convertirse en Vianne Rocher. Ahora incluso se parece a mí; con Roux como cebo, también le resultó fácil utilizar mi identidad robada de tal manera que en algún momento nos incriminará…

Ah, ahora sí que veo la trampa. Como siempre sucede con esta clase de historias, comprendo demasiado tarde lo que de verdad quiere: obligarme a descubrir las cartas, tenderme una trampa para que revele mi juego, hacerme volar como una hojita al viento mientras un nuevo grupo de Furias me pisa los talones.

¿Y qué es un nombre?, me pregunto. ¿Acaso no puedo elegir otro? ¿No puedo cambiarlo, como ya he hecho tantas veces, poner al descubierto el farol de Zozie y obligarla a irse?

Thierry la mira azorado.

—¿Tú?

Zozie se encoge de hombros.

—¿Te sorprende?

Los demás la miran pasmados.

—¿Fuiste tú la que robó el dinero, la que cobró los cheques?

Muy pálida, Anouk permanece tras ella.

—No me lo puedo creer —declara Nico.

Madame Luzeron menea la cabeza.

—Pero si Zozie es amiga nuestra —interviene la pequeña Alice, y se ruboriza mucho tras pronunciar el corto discurso—. Le debemos tanto...

Jean-Louis la interrumpe:

—Reconozco una impostora nada más verlo y puedo jurar que Zozie no lo es.

Jean-Loup toma la palabra:

—Pues es cierto. La prensa publicó su foto. Es muy hábil para cambiar de cara, pero yo sabía que era ella. Mis fotos...

Zozie le dirige una mirada mordaz.

—Claro que es cierto, todo es cierto. He tenido más nombres que los que soy capaz de enumerar. Siempre he vivido al día. Nunca he tenido un hogar como debe ser, una familia, un negocio o cualquiera de las cosas con las que cuenta Yanne.

Me lanza una sonrisa que semeja una estrella fugaz y no puedo hablar ni moverme, he quedado tan cautivada como los demás. La fascinación es tan intensa que casi tengo el convencimiento de que me han drogado; mi cabeza parece un avispero y los colores se desplazan por la chocolatería y la hacen girar como un tiovivo.

Roux extiende el brazo y me sujeta. Aparentemente es el único que no comparte el sentimiento generalizado de consternación. Apenas reparo en que madame Rimbault, la madre de Jean-Loup, me ha clavado la mirada. Por debajo del pelo teñido, su rostro se ha demudado de desaprobación. Es evidente que desea irse, pero también está hipnotizada, atrapada por la explicación de Zozie.

Zozie sonríe y prosigue:

—Digamos que soy una aventurera. Siempre he vivido de mi

ingenio, de las apuestas, de robar, de mendigar y del fraude. No conozco nada más. Nunca tuve amigos ni un lugar que me gustase lo suficiente como para quedarme. —Hace una pausa y percibo el encanto en el aire, puro incienso y polvo centelleante, y sé que los convencerá y los hará girar sobre la punta de su dedo meñique—. Aquí he encontrado un hogar. He descubierto personas a las que les caigo bien, que me quieren por ser quien soy. Supuse que podría reinventarme, pero las viejas costumbres tardan en desaparecer. Thierry, lo lamento y me comprometo a devolverte el dinero.

A medida que las voces suben de tono confundidas, afligidas y titubeantes, la discreta madame se encara con Thierry. Madame, cuyo nombre no conozco, ha palidecido a causa de algo que apenas es capaz de expresar y en su rostro rígido sus ojos semejan ágatas.

—Monsieur, ¿cuánto le debe? —pregunta madame—. Me ocuparé personalmente de pagarlo, incluidos los intereses.

Incrédulo, Thierry le clava la mirada e inquiere:

—¿Por qué?

Madame se yergue en toda su altura, que no es mucha, ya que al lado de Thierry parece una codorniz frente a un oso.

—No me cabe la menor duda de que tiene derecho a protestar —responde con su tono nasal típicamente parisino—, pero tengo sobradas razones para suponer que, quienquiera que sea, Vianne Rocher es asunto mío mucho más que suyo.

—¿Por qué? —repite Thierry.

—Porque soy su madre.

12

Lunes, 24 de diciembre.
Nochebuena, once y cinco de la noche

El silencio que la ha contenido en su gélido capullo se quiebra con un grito. Vianne, que ya no está pálida sino enrojecida por el pulque y la confusión, se dispone a afrontar a madame en el pequeño semicírculo que se ha formado a su alrededor.

Sobre sus cabezas cuelga una rama de muérdago y experimento el deseo desaforado, salvaje e incontenible de correr hasta donde está y besarla en la boca. Al igual que los demás, es muy fácil de manipular y ahora casi saboreo el premio, lo noto en el ritmo de mi sangre, lo oigo como la rompiente en una playa lejana y su sabor es tan dulce, como el del chocolate…

La señal del Uno Jaguar posee muchas propiedades. Como es obvio, la verdadera invisibilidad es imposible, salvo en los cuentos de hadas, pero podemos timar al ojo y al cerebro como no es posible engañar a las cámaras y a la película. Mientras centran su atención en madame, es bastante fácil alejarme de puntillas, sin pasar desapercibida del todo, y recoger la maleta que con tanto esmero he preparado.

Como sabía que ocurriría, Anouk me siguió.

—¿Por qué lo has dicho? —espetó—. ¿Por qué dijiste que eres Vianne Rocher?

Me encogí de hombros.

—¿Acaso tengo algo que perder? Anouk, me cambio de nombre como de chaqueta. Nunca permanezco mucho tiempo en el mismo sitio. Eso es lo que nos diferencia. Yo jamás podría vivir así. No podría ser respetable. Me da igual lo que piensen de mí, pero tu madre tiene mucho que perder. Me refiero a Roux, a Rosette y a la chocolatería, por supuesto...

—¿Y qué pasa con esa mujer?

La puse al corriente de la triste historia: la niña en el coche y el dije del gatito. Resulta que Vianne jamás se lo contó. No puedo decir que me sorprenda.

—Si sabía quién era, ¿por qué no se ocupó de buscarla y encontrarla? —preguntó Anouk.

—Tal vez tuvo miedo o quizá se sintió más unida a su madre adoptiva. Nanou, *tú eliges a tu familia.* ¿No es lo que tu madre dice siempre? También es probable que... —Me inventé una pausa.

—¿Qué? Sigue.

—Las personas como nosotras somos distintas. Nanou, tenemos que estar juntas, tenemos que elegir a nuestra familia. —Acoté maliciosamente—: Al fin y al cabo, si es capaz de mentirte sobre ese tema, ¿estás segura de que tú no fuiste robada?

Dejé que Anouk reflexionase. En el local, madame hablaba y su voz subía y bajaba con los ritmos de la narradora innata. Es algo que comparte con su hija, pero no es el momento de divagar. Tengo la maleta, el abrigo y los documentos. Como siempre, viajo ligera de equipaje. Saco del bolsillo el regalo para Anouk: un paquetito envuelto en papel rojo.

—Zozie, no quiero que te vayas.

—Nanou, te aseguro que no tengo elección.

El regalo brilla entre los dobleces del papel de seda rojo. Se trata de una pulsera: una delgada tira de plata, lustrosa y nueva. Contrasta con el único dije que de ella cuelga: un minúsculo gato de plata ennegrecida.

Anouk sabe qué significa y se le escapa un sollozo.

—Zozie, no…

—Lo siento mucho, Anouk.

Cruzo velozmente el obrador vacío. Los platos y las copas están ordenadamente apilados junto a los restos de la comilona. Sobre el hornillo está a punto de hervir un cazo con chocolate caliente y el vapor que despide es la única señal de vida.

Pruébame, saboréame, implora.

Se trata de un encanto modesto, de un hechizo cotidiano al que Anouk se ha opuesto durante los últimos cuatro años pero, de todas maneras, más vale jugar sobre seguro, así que apago el fuego mientras me dirijo hacia la puerta trasera.

En una mano llevo la maleta y con la otra, como si arrojara al aire un puñado de telarañas, trazo la señal de Mictecacihuatl. La Muerte y un regalo, la seducción esencial, mucho más poderosa que el chocolate.

Me vuelvo y sonrío. Una vez fuera la oscuridad me tragará. El viento nocturno coquetea con mi vestido rojo. Mis zapatos escarlatas parecen sangre sobre la nieve.

—Nanou, todos elegimos —afirmo—. Yanne o Vianne. Annie o Anouk. El Viento del Cambio o el Huracán. No siempre resulta fácil ser como nosotras. Si prefieres el camino fácil, será mejor que te quedes aquí, pero si lo que te apetece es volar con el viento…

Parece dudar unos instantes, pero yo ya sé que he ganado.

Gané en el momento en el que adopté tu nombre y, a la vez, la invocación del Viento del Cambio. Verás, Vianne, nunca tuve la intención de quedarme. Nunca quise tu chocolatería. Ni se me pasó por la cabeza tener arte y parte en la penosa vida que has creado.

Gracias a sus dotes, Anouk es de un valor incalculable. Tan joven, con tanto talento y, sobre todo, tan fácil de manipular. Nanou, mañana podríamos estar en Nueva York, Londres, Moscú, Venecia e incluso en México. Allí hay muchas conquistas que esperan a Vianne Rocher y a su hija Anouk y seremos fabulosas, las recorreremos como el viento de diciembre.

Anouk me mira hipnotizada. Todo tiene tanto sentido que se pregunta por qué no lo vio antes. Se trata de un intercambio justo: una vida por otra.

¿Acaso ahora no soy tu madre? ¿No soy mejor que la de la vida real y el doble de divertida? ¿Para qué necesitas a Yanne Charbonneau? ¿A quién necesitas?

—¿Y Rosette? —protesta Anouk.

—Rosette ya tiene una familia.

Tarda unos segundos en elaborarlo. Pues sí, Rosette tendrá una familia. Rosette no necesita elegir. Rosette tiene a Yanne. Rosette tiene a Roux.

Otro sollozo escapa del pecho de Anouk.

—*Por favor...*

—Vamos, Nanou, es lo que quieres: magia, aventuras, la vida al límite...

Avanza un paso y vuelve a dudar.

—¿Prometes que nunca me mentirás?

—Nunca te he mentido ni te mentiré.

Otra pausa y el persistente aroma del chocolate caliente de Vianne tironea de mí y con su voz humeante, quejumbrosa y agonizante dice *pruébame, saboréame.*

Vianne, ¿es lo único que puedes hacer?

Tengo la impresión de que Anouk sigue dudando.

Mira mi pulsera y los dijes de plata: el ataúd, los zapatos, la mazorca, el colibrí, la serpiente, la calavera, el mono, el ratón...

Anouk frunce el ceño como si intentase recordar algo que tiene en la punta de la lengua. Se le llenan los ojos de lágrimas al mirar el cazo de cobre que se enfría sobre el hornillo.

Pruébame, saboréame. La última y triste bocanada de perfume se desvanece como un fantasma de la infancia en el aire.

Pruébame, saboréame. Una rodilla despellejada, la palma de una mano pequeña y húmeda con chocolate en polvo adherido a la línea de la vida y la del corazón.

Pruébame, saboréame. El recuerdo de ambas tumbadas en la cama, con un libro ilustrado en el medio y Anouk riendo desaforadamente de algo que le ha dicho…

Una vez más hago la señal de Mictecacihuatl, la anciana Señora de la Muerte, la Devoradora de Corazones, que es como fuegos artificiales negros en su camino. Se hace tarde; madame no tardará en concluir su narración y nos echarán en falta.

Anouk parece desconcertada y observa el hornillo como si estuviera en plena ensoñación. Ahora detecto la causa a través del Espejo Humeante: una pequeña figura gris que se encuentra junto al cazo, un manchón que podría corresponder a los bigotes, una cola…

—Ya está bien —digo—. ¿Vienes o no?

13

Lunes, 24 de diciembre.
Nochebuena, once y cinco de la noche

—Vivía en la misma escalera que Jeanne Rocher. —Su voz denotó las típicas vocales tajantes de los parisinos nativos; fueron como tacones de aguja que golpearon las palabras—. Tenía pocos años más que yo y se ganaba la vida tirando el tarot y ayudando a dejar de fumar. Una vez, poco antes de que secuestraran a mi hija, la consulté. Me dijo que yo había pensado en dar a la pequeña en adopción. La acusé de mentirosa. De todas maneras, era cierto... —Continuó con expresión desolada—: Yo vivía en un estudio de Neuilly-Plaisance, a media hora del centro de París. Tenía un Dos caballos destartalado, un par de trabajos de camarera en cafeterías del barrio y alguna que otra limosna del padre de Sylviane; ya había comprendido que ese hombre nunca dejaría a su esposa. Tenía veintiún años y mi vida era un desastre. La niña consumía lo poco que ganaba y ya no sabía qué hacer. No se trataba de que no la quisiera...

La imagen del dije del gato pasa fugazmente por mi mente. Hay algo conmovedor en el dije de plata con la cinta roja de la suerte. ¿Zozie también lo robó? Es posible. Quizá así engañó a madame Caillou, cuyo rostro rígido se ha suavizado con la evocación de la pérdida.

—Quince días después desapareció. La dejé dos minutos, eso fue todo... Seguramente Jeanne Rocher me vigilaba y aguardaba el momento oportuno. Cuando se me ocurrió buscarla ya había liado el petate y se había largado; además, no tenía pruebas. De todas maneras, siempre me pregunté... —Se volvió hacia mí con expresión entusiasmada—. Finalmente conocí a tu amiga Zozie, con su pequeña, y entonces supe..., supe que...

Miré a la desconocida que se encontraba frente a mí. Era una mujer corriente que rondaba los cincuenta años, aunque parecía mayor a causa de los labios gruesos y las cejas perfiladas; una mujer con la que tal vez me había cruzado miles de veces en la calle sin que se me ocurriese que existía parentesco alguno entre nosotras y que ahora mostraba una expresión terriblemente esperanzada. Me dije que esa era la trampa, que lo sabía como también sabía que mi nombre no es mi alma.

Pero no puedo, no puedo permitir que crea que...

—Por favor, madame —la interrumpí y sonreí—. Alguien le ha hecho una broma cruel. Zozie no es su hija. Da igual lo que haya dicho, no es su hija. En cuanto a Vianne Rocher... —Hice una pausa. Roux continuó impertérrito, pero su mano estrechó la mía y la apretó con fuerza. Thierry no me quitaba ojo de encima. En ese instante supe que no tenía elección. Sé que un hombre que no tiene sombra no es un hombre de verdad y que la mujer que renuncia a su nombre...—. Recuerdo un elefante de felpa roja y una manta con flores. Creo que era rosa. Y un oso cuyos ojos eran botones negros. También un pequeño dije de plata de un gato, atado con cinta roja. —Madame me observaba y sus ojos brillaron bajo las cejas perfiladas—. Durante años viajaron conmigo. El elefante acabó siendo rosa. Lo desgasté hasta el relleno y no permití que lo tirasen. Fueron los únicos juguetes que realmente tuve y los llevaba en la mochila, con la cabeza afuera, para que respirasen. —Guardé silencio y la respiración de madame chirrió en su garganta—. Me enseñó a leer la palma de la mano... y también el tarot, las hojas de té y las runas. Arriba tengo su baraja, guardada en una caja. No la uso mucho y sé que no es una prueba, pero es lo único que me queda de ella. —Madame me había clavado la mirada y entreabierto los labios, con la boca convertida en una mueca a causa de una emoción demasiado compleja como para identificarla—. Dijo que usted no se habría ocupado de mí ni sabido lo que había que hacer. De todas maneras, guardó el dije con su baraja del tarot y los recortes de periódico. Creo que pensaba decírmelo antes de morir, pero entonces no le habría creído…, entonces no quería creerle.

—Yo cantaba siempre una canción, mejor dicho, una nana. ¿La recuerdas?

Hice una pausa. Entonces tenía dieciocho meses. ¿Era posible que recordase semejante detalle?

Súbitamente lo supe: se trataba de la nana que siempre entonábamos para alejar el viento cambiante, de la canción que aplaca a las Benévolas:

—*V'là l'bon vent, v'là l'joli vent, v'là l'bon vent, ma mie m'appelle. V'là l'bon vent, v'là l'joli vent, v'là l'bon vent, ma mie m'attend…*

Madame abrió la boca y gimió, dejó escapar un grito desgarrado y esperanzador que cortó el aire como el batir de alas.

—Era esa, ya lo creo que era esa… —La voz le falló sin poderlo evitar y cayó hacia mí, con los brazos abiertos como un crío a punto de ahogarse.

La sujeté, ya que de lo contrario habría caído, y noté que olía a violetas secas, a ropa que hace demasiado que no se usa, a naftalina, a dentífrico, a maquillaje y a polvo; ese aroma era tan distinto al archiconocido sándalo de mi madre que me costó contener el llanto.

—'Viane —musitó—. Mi 'Viane.

La estreché de la misma forma que había abrazado a mi madre en los días y las semanas que precedieron a su muerte; pronuncié palabras tranquilizadoras que no oyó pero que la serenaron y al final se echó a llorar, dejó escapar los sollozos largos y agotados de alguien que ha visto más de lo que sus ojos son capaces de soportar, que ha sufrido más de lo que su corazón puede resistir.

Esperé pacientemente a que las lágrimas cesaran. Un minuto después los sonidos desgarradores que brotaron de su pecho se convirtieron en una sucesión de temblores y su rostro, arrasado por el llanto, se volvió para mirar a los invitados. Durante largo rato nadie se movió. Algunas cosas son excesivas y, en su descarnada pena, esa mujer los llevó a apartarse como los niños se alejan de un animal salvaje que agoniza en la carretera.

Nadie le ofreció un pañuelo.

Nadie la miró a los ojos.

Nadie habló.

Me llevé una sorpresa mayúscula cuando madame Luzeron se puso en pie y habló con su tono como cristal tallado:

—Pobrecita, sé perfectamente cómo se siente.

—¿Lo sabe? —Los ojos de madame se habían convertido en un mosaico de lágrimas.

—Desde luego, perdí a mi hijo. —Apoyó la mano en el hombro de madame y la condujo hacia uno de los butacones—. Ha sufrido una conmoción. Tómese una copa de champán. Mi difunto marido solía decir que el champán es básicamente medicinal.

Madame esbozó una trémula sonrisa.

—Es usted muy amable, madame…

—Llámame Héloïse. ¿Y usted es…?

—Michèle.

De modo que ese es el nombre de mi madre: Michèle.

Al menos seguiré siendo 'Viane, pensé y comencé a temblar tanto que estuve a punto de desplomarme.

—¿Estás bien? —preguntó un preocupado Nico. Asentí e intenté esbozar una sonrisa—. Me parece que un poco de medicina no te vendría nada mal —añadió, y me sirvió una copa de coñac.

Nico parecía sinceramente preocupado y tan incongruente

con la peluca y la levita de seda de Enrique IV que me puse a llorar. Reconozco que fue absurdo y durante un rato olvidé la escena que el relato de Michèle había interrumpido.

Thierry no la había olvidado. Seguramente estaba bebido, pero no tanto como para olvidar los motivos por los que había seguido a Roux hasta la chocolatería. Se había presentado en pos de Vianne Rocher y finalmente la había encontrado, tal vez no como la imaginaba, sino aquí y en compañía del enemigo.

—De modo que tú eres Vianne Rocher. —Su tono fue categórico y sus ojos parecieron alfileres en medio del traje rojo.

Moví afirmativamente la cabeza.

—Lo fui, pero no soy la persona que cobró los cheques...

Thierry me interrumpió.

—Eso me da igual. Lo que importa es que me mentiste. Te has atrevido a mentirme. —Meneó la cabeza colérico, pero en su ademán hubo algo lastimero, como si le costase creer que, por enésima vez, la vida no había estado a la altura de sus rigurosos niveles de perfección—. Estaba dispuesto a casarme contigo. —Arrastró la voz a causa de la lástima que experimentó por sí mismo—. Te habría dado un hogar, os habría proporcionado un hogar a tus hijas y a ti. Son hijas de otro hombre. Una de tus niñas..., bueno, basta mirarla. —Echó un vistazo a Rosette, disfrazada de mono, y el rictus de siempre demudó sus facciones—. Mírala —insistió—. Es prácticamente un animal. Gatea y no sabe hablar. A pesar de todo, me habría ocupado de ella..., habría puesto a trabajar en su caso a los mejores especialistas de Europa. Yanne, lo habría hecho por ti, porque te quiero.

—¿La quieres? —intervino Roux.

Todos se volvieron para mirarlo.

Estaba apoyado en el marco de la puerta del obrador, con las manos en los bolsillos y la mirada encendida. Se había bajado la cremallera del disfraz de Papá Noel e iba de negro; sus colores me recordaron tanto al flautista del tarot que de repente me costó respirar. Tomó la palabra con tono impetuoso y áspero; Roux, que detesta la congregación de gente, que evita las escenas siempre que puede y que jamás, absolutamente nunca pronuncia un discurso, se lanzó a hablar:

—¿Has dicho que la quieres? —insistió—. Ni siquiera la conoces. Sus bombones preferidos son los de harina de almendras y su color favorito es el rojo vivo. Su aroma predilecto es el de la mimosa. Nada como un pez, le disgustan los zapatos negros y adora el mar. Tiene una cicatriz en la cadera izquierda, de los tiempos en los que se cayó de un tren de mercancías polaco. Detesta su pelo rizado, a pesar de que es una maravilla. Le gustan los Beatles y no los Stones. En el pasado robaba las cartas de los restaurantes porque no podía darse el lujo de comer en ellos. Es la mejor madre que conozco... —Roux hizo una pausa—. No necesita tu caridad. En cuanto a Rosette... —La cogió en brazos y la abrazó de modo que sus caras casi se tocaron—. Rosette no es un caso, sino una niña perfecta.

Thierry quedó momentáneamente desconcertado, pero no tardó en comprender. Su rostro se ensombreció y paseó la mirada de Roux a Rosette y de Rosette a Roux. La verdad es innegable: es posible que la cara de Rosette sea menos angulosa y su pelo unos tonos más claro, pero tiene los ojos de Roux, su boca irónica y en ese instante no existió la menor confusión...

Thierry se dio media vuelta, movimiento armónico que quedó ligeramente fastidiado porque golpeó la mesa con la cadera, a raíz de lo cual una copa de champán cayó al suelo, se rompió y se dispersó por las baldosas cual una explosión de diamantes de mentira. Cuando madame Luzeron la recogió...

—¡Vaya, qué suerte! —exclamó Nico—. Habría jurado que oí cómo estallaba.

Madame me miró sorprendida.

—Supongo que ha sido un golpe de suerte.

Ha ocurrido lo mismo que con el platillo azul, el de cristal de Murano que se me cayó aquel día, pero ahora he dejado de tener miedo. Contemplé a Rosette en brazos de su padre y no sentí consternación, miedo o angustia, sino un orgullo abrumador.

—Bueno, Yanne, será mejor que disfrutes mientras puedas. —Thierry se había detenido junto a la puerta y con el disfraz rojo resultaba imponente—. A partir de ahora te aviso que tienes que irte. Tal como está pactado, dispones de un trimestre, después de lo cual clausuraré el local. —Me miró con malicioso regocijo—. ¿Qué pasa? ¿Supusiste que, después de todo lo que ha ocurrido, te quedarías? Por si no lo recuerdas, soy el dueño del local y tengo planes que no te incluyen. Diviértete con tu chocolatería. En Pascua no quedará nada.

Bueno, no es la primera vez que alguien dice algo así. Cuando salió y dio un portazo, no sentí miedo, sino un nuevo y asombroso arrebato de orgullo. Había ocurrido lo peor y habíamos sobrevivido. El viento cambiante había ganado otra vez, pero en esta ocasión no experimenté sensación de derrota. Sentí que deliraba y que estaba en condiciones de enfrentarme personalmente a las Furias.

De pronto se me ocurrió algo terrible. Me puse bruscamente de pie y paseé la mirada por la chocolatería. La conversación se había reanudado, al principio despacio, pero poco a poco cobró impulso. Madame Luzeron sirvió champán, Nico se puso a charlar con Michèle y Paupaul coqueteó con madame Pinot. Por lo que entendí, había consenso en que Thierry estaba borracho, sus amenazas no eran más que pura cháchara y a la semana siguiente todo estaría olvidado, ya que la chocolatería formaba parte de Montmartre y no podía desaparecer, de la misma forma que Le P'tit Pinson…

Faltaba alguien: Zozie se había ido.

Tampoco había huellas de Anouk.

14

Lunes, 24 de diciembre.
Nochebuena, once y cuarto de la noche

Ha pasado demasiado tiempo desde la última vez que vi a Pantoufle. Casi había olvidado lo que representa tenerlo cerca, que me mire con sus ojos como arándanos, que se siente en mi regazo o en mi almohada a última hora de la noche, por si me asusto con el Hombre Negro. Claro que Zozie ya está en la puerta y tenemos que alcanzar el Viento del Cambio.

Llamo a Pantoufle con mi voz espectral. No puedo irme sin él. Pero no se mueve, sigue sentado junto a la cocina, mueve los bigotes y pone su cara más graciosa; por lo que recuerdo, nunca lo había visto con tanta claridad, ya que hasta el último pelo de su bigote queda perfilado por la luz. También percibo el olor que procede del pequeño cazo...

Solo es chocolate, me digo.

Por alguna razón huele distinto, como el chocolate que bebía de pequeña: cremoso, caliente, con virutas de chocolate, canela y una cucharilla de azúcar que servía para revolverlo.

—Ya está bien, ¿vienes o no? —pregunta Zozie.

Llamo nuevamente a Pantoufle, pero no me hace caso. Claro que quiero ir, ver esos lugares de los que habló, cabalgar con el viento y ser fabulosa, pero Pantoufle sigue sentado junto al cazo de cobre y no sé por qué, pero no le puedo volver la espalda.

Sé que solo se trata de un amigo imaginario y que aquí está Zozie, real y viva, pero hay algo que debo recordar, una historia que mamá solía contar sobre un chico que renunció a su sombra.

—Vamos, Anouk.

Su voz suena tajante. El viento que entra en el obrador es frío y hay nieve en el umbral y en sus zapatos. En el local suena un ruido repentino, huelo a chocolate y oigo que mamá me llama.

Zozie me coge de la mano e intenta arrastrarme a través de la puerta abierta. Noto que mis zapatos se deslizan por la nieve y el frío de la noche se cuela por debajo de la capa.

¡Pantoufle!, lo llamo por última vez.

Al final viene a mí, oscuro en medio de la nieve. Durante un segundo no contemplo el rostro de Zozie a través del Espejo Humeante, sino a través de la sombra de Pantoufle, y es la cara de una desconocida que nada tiene que ver con Zozie, ya que está retorcida y doblada como un trozo de chatarra y es vieja, viejísima, como la tatarabuela más vieja del mundo; en lugar del vestido rojo, como el de mamá, viste una falda de corazones humanos y sus zapatos son de pura sangre en la nieve amontonada.

Grito e intento apartarme.

Me agarra con la señal del Uno Jaguar y oigo que me dice que todo saldrá bien, que no tenga miedo, que me ha elegido, que me quiere, que me necesita, que nadie lo comprende…

Sé que no puedo detenerla. Tengo que ir. He llegado demasiado lejos; comparada con la suya, mi magia no sirve de nada, pero el olor del chocolate sigue siendo intenso, como el del bosque después de la lluvia; de sopetón veo algo más y en mi mente se forma una imagen imprecisa. Veo una chiquilla de pocos años, más pequeña que yo. Está en una tienda y delante tiene una caja negra, como el dije del ataúd que cuelga de la pulsera de Zozie.

—*¡Anouk!*

Detecto la voz de mamá, pero ahora no puedo verla porque está demasiado lejos. Zozie me arrastra hacia la oscuridad y mis pies la siguen en medio de la nieve. La cría está a punto de abrir la caja, que contiene algo terrible, y si supiera cómo tal vez se lo impediría…

Estamos enfrente de la chocolatería. Nos encontramos en la esquina de la place de Faux-Monnayeurs y miramos la calle adoquinada. Hay una farola que ilumina la nieve y nuestras sombras se extienden hasta los umbrales. Con el rabillo del ojo diviso a mamá, que mira hacia la plaza. Da la impresión de que se encuentra a cien kilómetros, pero la verdad es que no está muy lejos. También avisto a Roux, a Rosette, a Jean-Loup y a Nico; de alguna manera sus caras están muy lejanas, como si las viera con un telescopio…

Se abre la puerta y mamá sale.

Oigo muy lejos la voz de Nico, que pregunta: «¿Qué demonios ha sido eso?».

Tras ellos, el murmullo de voces se funde con una maraña de estática.

El viento arrecia. Se trata del Huracán… y es imposible que mamá luche con ese viento, aunque veo que lo intenta. Parece muy tranquila. Casi sonríe. Me pregunto cómo es posible que hayamos pensado que se parece a Zozie…

Zozie dirige a mamá su sonrisa caníbal y pregunta:

—¿Por fin has tenido una ráfaga de inspiración? Vianne, es demasiado tarde. He ganado la partida.

—No has ganado nada —puntualiza mamá—. Los de tu calaña nunca ganan. Podéis pensar que triunfáis, pero vuestra victoria siempre es pírrica.

Zozie esboza una mueca de contrariedad.

—¿Por qué estás tan segura? La niña me siguió por decisión propia.

Mamá no le hace el más mínimo caso.

—Anouk, ven aquí.

Estoy anclada en el suelo, bajo la luz helada. Quiero ir, pero hay algo más, una voz susurrante que, como un anzuelo gélido clavado en mi corazón, me empuja en dirección contraria.

Es demasiado tarde. Ya has elegido. El Huracán no se irá…

—Por favor, Zozie, quiero ir a casa.

¿A casa? ¿A qué casa te refieres? Nanou, los asesinos no tienen casa. Los asesinos cabalgan con el Huracán…

—Yo no soy una asesina.

¿Estás segura? ¿Estás segura de que no lo eres?

Su risa suena como la tiza en la pizarra.

—¡Suéltame! —grito.

Zozie vuelve a reír. Sus ojos parecen ascuas, su boca semeja un alambre y me sorprendo de haber pensado que era fabulosa. Huele a cangrejo muerto y a gasolina. Sus manos son como racimos de huesos y su pelo parece algas en vías de putrefacción. Su voz es la noche, su voz es el viento y percibo lo hambrienta que está y lo mucho que desea tragarme entera.

En ese momento mamá toma la palabra. Parece muy tranquila, pero sus colores se asemejan a los de la aurora boreal, son más intensos que los Champs Elysées y chasquea los dedos ante Zozie con un ademán que conozco perfectamente.

¡Fuera, fuera, lárgate!

Zozie esboza una sonrisa compasiva. La sarta de corazones que rodea su cintura se agita y se mueve como la falda de una animadora deportiva.

¡Fuera, fuera, lárgate! Mamá vuelve a hacer la señal de los cuernos y esta vez vislumbro una diminuta luz que cruza la plaza en dirección a Zozie y que parece una chispa escapada de una hoguera.

Zozie vuelve a sonreír.

—¿Es todo lo que puedes hacer? ¿Solo recuerdas la magia hogareña y los ensalmos que hasta un niño es capaz de aprender? Vianne, cómo has desperdiciado tus habilidades. ¡Y pensar que podrías haber cabalgado con el viento, como nosotras! Claro que algunas personas son demasiado viejas para cambiar y tienen miedo de ser libres. —Zozie da un paso hacia mamá y cambia nuevamente. Se trata de un encanto, está claro, pero se la ve hermosa y no puedo dejar de contemplarla. El collar de corazones ha desaparecido y solo luce una falda con eslabones de algo que parece jade y un montón de joyas de oro. Su piel tiene el tono de la crema del café moca, su boca semeja una granada abierta, sonríe a mamá y añade—: Vianne, ¿qué tal si nos acompañas? Todavía no es demasiado tarde. Las tres juntas... seríamos imparables, más fuertes que las Benévolas, incluso que el Huracán. Vianne, seremos fabulosas e irresistibles. Venderemos seducciones y dulces sueños, no solo aquí, sino en todas partes. Con tus bombones montaremos un negocio internacional y sucursales por todo el mundo. Vianne, todos te querrían, cambiarías la vida de millones...

Mamá vacila. *¡Fuera, fuera, lárgate!* Ya no pone empeño en lo que hace y la chispilla se apaga antes de llegar a la mitad de la plaza. Da un paso hacia Zozie... Solo está a cuatro metros, sus colores se han embotado y da la sensación de que se ha sumido en una especie de trance...

Quiero decirle que es un engaño, que la magia de Zozie se parece a un huevo de Pascua barato, puro papel brillante por fuera, pero cuando lo abres no hay nada; entonces recuerdo lo que me mostró Pantoufle: la cría, la tienda, la caja negra, la bisabuela sonriente como un lobo disfrazado...

De pronto recupero la voz y grito con todas mis fuerzas, sin saber qué significan las palabras, pero consciente de que son poderosas, de que se trata de palabras con las que elaborar un conjuro y detener el viento invernal.

—¡Zozie! —chillo. Cuando me mira pregunto—: ¿Qué había en la piñata negra?

15

Lunes, 24 de diciembre.
Nochebuena, once y veinticinco de la noche

El hechizo se rompió. Zozie se detuvo y me clavó la mirada. Se acercó a mí y pegó su cara a la mía. Percibí el olor a cangrejo muerto, pero no parpadeé ni aparté la cabeza.

—¿Te atreves a preguntármelo? —espetó.

Mirarla resultó casi insoportable. Había cambiado su rostro y volvía a ser temible: una giganta con la boca como una caverna llena de dientes cubiertos de musgo. La pulsera de plata que llevaba en la muñeca parecía un brazalete de calaveras y su falda de corazones chorreaba sangre, dejaba caer una lluvia de sangre sobre la nieve. Era espantosa, pero estaba asustada y, tras ella, mamá era testigo de lo que ocurría y esbozaba una sonrisa peculiar, como si, de alguna manera, comprendiese mucho más que yo.

Me dirigió una levísima inclinación de cabeza.

Repetí las palabras mágicas:

—¿Qué había en la piñata negra?

Zozie lanzó una especie de gruñido ronco.

—Nanou, creía que éramos amigas. —Repentinamente volvió a ser Zozie, la Zozie de siempre con los zapatos de caramelo, la falda escarlata, el pelo con la mecha rosa y los collares multicolores y tintineantes. Me pareció tan real y conocida que se me estrujó el corazón al verla tan triste. Le temblaba la mano que había apoyado en mi hombro y se le llenaron los ojos de lágrimas cuando susurró—: Por favor..., ay, Nanou, te lo ruego, no me obligues a decirlo.

Mi madre se encontraba a menos de dos metros. Tras ella, en la plaza, estaban Jean-Loup, Roux, Nico, madame Luzeron y Alice; sus colores parecían los fuegos artificiales del catorce de julio: dorados, verdes, plateados y rojos.

A través de la puerta abierta noté un súbito olor a chocolate y pensé en el cazo de cobre al fuego, en la forma en la que el vapor se había deslizado hacia mí como dedos espectralmente suplicantes y en la voz que casi había creído oír, la de mi madre, que decía: *Pruébame, saboréame...*

Pensé en todas las veces que me había ofrecido chocolate caliente y lo había rechazado. No lo rechacé porque me disgusta, sino debido a que estaba enfadada porque había cambiado, a que la responsabilizaba de lo que nos había ocurrido y a que quería desquitarme, demostrarle que soy distinta...

Zozie no tiene la culpa, pensé. Zozie no es más que el espejo que nos muestra lo que queremos ver: nuestras esperanzas, nuestros odios, nuestras vanidades. Cuando lo miras de verdad, el espejo no es más que un trozo de cristal...

Por tercera vez pregunté con mi voz más diáfana:

—¿Qué había en la piñata negra?

16

Lunes, 24 de diciembre.
Nochebuena, once y media de la noche

Ahora lo veo perfectamente, como las ilustraciones de la baraja del tarot: la tienda en penumbras, las calaveras en los estantes, la cría, la tatarabuela con expresión de horrorosa voracidad en su rostro antiguo.

Sé que Anouk también lo ve. Ahora hasta Zozie lo percibe y su cara no cesa de cambiar, va de vieja a joven, de Zozie a la Reina de Corazones, con la boca retorcida de desdén, pasando por la indecisión, hasta llegar al miedo descarnado. Ahora solo tiene nueve años, es una chiquilla con vestido de fiesta y una pulsera de plata en la muñeca.

—¿Quieres saberlo? ¿De verdad quieres saber qué contenía? —pregunta.

17

Lunes, 24 de diciembre.
Nochebuena, once y media de la noche

Anouk, ¿de verdad quieres saber qué contenía?

¿Quieres que te diga lo que vi?

En realidad, lo que quieres preguntar es qué esperaba. ¿Caramelos o tal vez piruletas, calaveras de chocolate o collares de dientes de azúcar, la mercancía de relumbrón del Día de los Muertos, a punto de salir de la piñata negra como una lluvia de papelillos oscuros?

¿O quizá otra cosa, una revelación oculta, una vislumbre de Dios, el indicio del más allá o la seguridad, tal vez, de que los muertos siguen aquí y están invitados a nuestra mesa, durmientes inquietos o custodios de un misterio fundamental que un día nos será transmitido?

¿Acaso no es lo que todos queremos? ¿No nos gusta pensar que Jesucristo resucitó entre los muertos, que los ángeles nos protegen, que el pescado en viernes a veces es sagrado y en otros casos pecado mortal? ¿Qué importa que caiga un gorrión o una o dos torres e incluso toda una raza, aniquilada en nombre de alguna deidad engañosa, apenas distinguible de toda la serie de Dioses Monoteístas Verdaderos? Señor, ¡qué tontos son estos mortales!, lo más gracioso es que todos somos tontos, incluso para los dioses propiamente dichos, ya que, pese a los millones de personas exterminadas en su nombre, pese a los rezos, los sacrificios, las guerras y las revelaciones, prácticamente nadie se acuerda de los antiguos (Tlaloc, Coatlicue, Quetzacóatl y hasta la voraz y vieja Mictecacihuatl), cuyos templos se han convertido en «patrimonio de la humanidad». Han derribado sus piedras, sus pirámides están cubiertas de maleza y se han perdido en el tiempo como la sangre en la tierra.

Anouk, ¿qué nos importa si dentro de un siglo el Sacré-Coeur es una mezquita, una sinagoga o cualquier otra cosa? Para entonces todos seremos polvo, salvo Aquel que siempre ha sido, el que construye pirámides, erige templos, crea mártires, compone música sublime, rechaza la lógica, alaba a los humildes, recibe las almas en el paraíso, dicta cómo hay que vestir, aplasta a los infieles, pinta la Capilla Sixtina, impulsa a los jóvenes a morir por la causa, mediante mando a distancia hace volar por los aires a los miembros de las bandas, promete mucho y da poco, no teme a nadie y nunca muere, dado que el miedo a la Muerte es mucho mayor que el honor, la bondad, la fidelidad o el amor.

Bueno, volvamos a tu pregunta. ¿Qué era lo que querías saber?

Ah, sí, la piñata negra.

¿Crees que en ella encontré la respuesta?

Lo siento, cariño. Replantéatelo.

Anouk, ¿quieres saber qué vi?

Nada, eso vi, una nada grande y gorda.

Ni respuestas, certidumbres, desenlaces ni verdades. Solo aire, una única bocanada de aire maloliente que emanó de la piñata negra como el aliento matinal después de un sueño de mil años.

—Anouk, lo peor de todo es *la nada.* No hay significado ni mensaje, demonios ni dioses. Morimos y no hay nada, absolutamente nada.

Me observa con sus ojos oscuros y dice:

—Te equivocas. Hay algo.

—¿Qué? ¿Realmente crees que hay algo? Replantéatelo. ¿La

chocolatería? Para Pascua, Thierry os habrá echado. Como todos los engreídos, es vengativo. Dentro de cuatro meses vosotras tres estaréis como al principio, sin un céntimo y en la calle. ¿Crees que tendrás a Vianne? No la tendrás y lo sabes. Le falta valor para ser ella misma y, más aún, para ser tu madre. ¿Crees que tendrás a Roux? No te fíes. Es el más mentiroso de todos. Anouk, pídele que te muestre el barco. Dile que quieres ver su precioso barco...

La estoy perdiendo y ahora lo sé. Me contempla sin temor en la mirada, en la que hay algo que no consigo descifrar.

¿Compasión? Claro que no, no se atrevería.

—Zozie, tiene que ser muy solitario.

—¿Qué es lo solitario? —espeté.

—Ser tú misma.

Lancé un mudo aullido de cólera. Es el grito de caza del Uno Jaguar, de Tezcatlipoca Negro en su aspecto más terrible. La niña ni se inmutó, simplemente sonrió y me cogió de la mano.

—Has coleccionado todos esos corazones, pero no tienes el tuyo. ¿Para eso me quieres, para dejar de estar sola?

La miré y enmudecí de indignación. ¿El flautista se lleva a los niños por cariño? ¿El Lobo Feroz seduce a Caperucita por una equivocada necesidad de compañía? Niña tonta, soy la Comedora de Corazones, el Miedo a la Muerte y la Bruja Mala; soy el más tétrico de los cuentos de hadas y no te atrevas a compadecerte de mí.

La empujé. No quiso irse. Volvió a coger mi mano y de repente, no me preguntéis por qué, comencé a sentir miedo.

Si os apetece, consideradlo una advertencia o un ataque desencadenado por el entusiasmo, el champán y el exceso de pulque. De pronto me cubrí de sudor frío, se me cerró el pecho y mi respiración se tornó jadeante. El pulque es una bebida imprevisible; en algunas personas produce un conciencia agudizada y visiones que pueden ser intensas, aunque también suele derivar hacia el delirio, lo que arrastra al bebedor a cometer actos irreflexivos y a revelar de sí mismo más de lo que es seguro en el caso de alguien como yo.

En ese momento comprendí la verdad: en mi impaciencia por conseguir a la niña me equivoqué, mostré mi verdadero rostro y esa súbita intimidad fue inquietante, inexpresable y me desgarró como si fuera un perro famélico.

—¡Suéltame!

Anouk se limitó a sonreír.

El verdadero pánico se apoderó de mí y la empujé con todas mis fuerzas. Trastabilló, cayó de espaldas en la nieve e incluso entonces sentí que intentaba acercarse a mí con esa mirada de compasión…

Hay momentos en los que hasta los mejores tenemos que tomar la decisión de que se acabó y largarnos. Me digo que aparecerán otros y nuevas ciudades, nuevos desafíos, nuevos dones, pero hoy no conseguiré a nadie.

Menos aún a mí misma.

Corro casi ciegamente en medio de la nieve, resbalo en los adoquines, me vuelvo temeraria en mi desesperación por huir, me pierdo con el viento de la colina que se eleva sobre París como un suspiro de humo negro y se dirige quién sabe dónde.

18

Lunes, 24 de diciembre.
Nochebuena, doce menos veinticinco de la noche

Preparé chocolate caliente. Es lo que suelo hacer en momentos de tensión y la extraña escena que tuvo lugar en el exterior del local nos afectó prácticamente a todos. Debió de ser la luz, apuntó Nico, la extraña luz que crea la nieve, un exceso de alcohol o algo que comimos…

Dejé que creyera que era por eso y los demás también se lo tragaron mientras yo acompañaba a una temblorosa Anouk hasta el calor del local y llenaba su taza de chocolate caliente.

—Ten cuidado, Nanou, está muy caliente —advertí.

Han pasado cuatro años desde la última vez que probó mi chocolate, pero esta vez lo bebió sin rechistar. Arropada con una manta, estaba medio dormida y no supo explicar lo que había visto durante los pocos minutos que pasó en la nieve, la desaparición de Zozie ni la extraña sensación que al final experimenté de que sus voces llegaban desde muy lejos.

Nico encontró algo en la calle.

—Mirad, amigos, ha perdido un zapato. —Se sacudió la nieve de las botas y dejó el zapato sobre la mesa.

—¡Caramba! ¡Chocolate! ¡Excelente! —exclamó, y se llenó la taza.

Anouk cogió el zapato, de exquisito terciopelo rojo, tacón finísimo, puntera abierta y lleno de encantos y dijes cosidos, digno de una aventurera que se ha fugado.

Pruébame, dice.

Pruébame, saboréame.

Anouk frunce el ceño un instante y deja caer el zapato al suelo antes de preguntar:

—Nico, ¿no sabes que poner los zapatos sobre la mesa trae mala suerte?

Me cubro la boca con la mano para disimular la sonrisa.

—Es casi medianoche —preciso—. ¿Estás preparada para abrir los regalos?

Me llevo una gran sorpresa porque Roux niega con la cabeza.

—Casi lo había olvidado. Se hace tarde, pero si nos damos prisa llegaremos a tiempo.

—¿A tiempo para qué?

—Es una sorpresa —responde Roux.

—¿Mejor que los regalos? —quiere saber Anouk.

Roux sonríe.

—Tendrás que verla con tus propios ojos.

19

Lunes, 24 de diciembre.
Nochebuena, medianoche

El port de l'Arsenal está a diez minutos andando desde la place de la Bastille. Cogimos el último metro que salía de Pigalle y llegamos poco antes de las doce. Las nubes prácticamente habían desaparecido y vi fragmentos de cielo estrellado entre paréntesis de tonos naranja y dorado. Un tenue olor a humo impregnaba el aire y en medio de la sobrecogedora luminiscencia de la nieve caída, las pálidas agujas de Notre-Dame resultaban apenas visibles a media distancia.

—¿Qué hacemos aquí? —pregunté.

Roux sonrió y se llevó el dedo a los labios. Llevaba en brazos a Rosette, que estaba muy despejada y lo miraba todo con el desmesurado interés de una cría cuya hora de acostarse ha pasado hace rato y disfruta de cada instante. Anouk también parecía despierta, si bien su rostro denotaba cierta tensión que me llevó a suponer que lo sucedido en la place des Faux-Monnayeurs no estaba del todo superado. Casi todos nuestros invitados se habían quedado en Montmartre y Michèle nos acompañaba, casi temerosa de seguirnos, como si alguien pudiese pensar que no tenía derecho a estar allí. De vez en cuando me tocaba el brazo como por casualidad o acariciaba los cabellos de Rosette y se miraba las manos, como si esperase ver algo (tal vez una marca o una mancha) que le demostrara que lo que ocurría era real.

—¿Quieres coger a Rosette?

Michèle permaneció en silencio y negó con la cabeza. No la había oído hablar desde el momento en el que le dije quién era. Treinta años de pena y anhelo han dado a su rostro el aspecto de algo que ha sido doblado y arrugado con demasiada frecuencia; sonreír le resulta raro y prueba a hacerlo como si se tratase de una prenda que está casi segura de que no le quedará bien.

—Intentan prepararte para una pérdida, pero no se les ocurre hacerlo para lo contrario.

Asentí.

—Tienes razón, pero nos arreglaremos.

Sonrió. Su sonrisa fue mejor que la anterior y dio un brillo fugaz a su mirada.

—Me parece que tienes razón —afirmó cogiéndome del bracete—. Sospecho que es hereditario.

En ese momento estallaron los primeros fuegos artificiales organizados por el ayuntamiento y un crisantemo se abrió encima del río. Hubo otro más lejos… y otro… y otro más, que trazaron un gracioso arco de orilla a orilla del Sena y formaron arabescos verdes y dorados.

—Es medianoche. Feliz Navidad —dijo Roux.

Los fuegos artificiales apenas se oyeron, ya que quedaron amortiguados por la distancia y la nieve. Duraron casi diez minutos más: telarañas, ramos de cohetes, estrellas fugaces y bucles de fuego azules, plateados, rojos y rosados, que se llamaron y se hicieron señas desde Notre-Dame hasta la place de la Concorde.

Michèle los contempló con expresión tranquila e iluminada por algo más que esos fuegos. Rosette se expresó desesperadamente por señas y cacareó de alegría mientras Anouk los miraba con solemne deleite.

—Es el mejor regalo que he recibido en mi vida —afirmó Anouk.

—Y eso no es todo —aseguró Roux—. Seguidme.

Caminamos por el boulevard de la Bastille hacia el port de l'Arsenal, donde embarcaciones de todos los tamaños y medidas están amarradas a salvo del oleaje y las turbulencias del Sena.

—*Ella* dijo que no tienes barco. —Fue la primera vez que Anouk mencionó a Zozie desde lo ocurrido en Le Rocher de Montmartre.

Roux sonrió.

—Ahora lo verás con tus propios ojos —acotó, y señaló el pont Morland.

Anouk se puso de puntillas, abrió desorbitadamente los ojos y preguntó con impaciencia:

—¿Cuál es?

—¿Cuál dirías tú? —replicó Roux.

En el Arsenal entran barcos impresionantes, atracan naves de hasta veinticinco metros y esta solo tiene la mitad. Desde aquí veo que es vieja, armada para ser cómoda más que veloz, de forma chapada a la antigua, menos aerodinámica que sus vecinas y con el casco de madera maciza en lugar de moderna fibra de vidrio.

También hay que decir que el barco de Roux destaca en el acto. Incluso desde cierta distancia hay algo en su forma, en el casco pintado de vivos colores, en las macetas apiñadas en la popa, en el techo de cristal a través del cual se contemplan las estrellas…

—¿Ese es tu barco? —pregunta Anouk.

—¿Te gusta? Todavía hay algo más. Esperad aquí —pide Roux y vemos que baja corriendo la escalera en dirección al barco amarrado junto al puente.

Desaparece unos segundos. Se ve el parpadeo de la llama de una cerilla. Se divisa una luz. Se enciende una vela. La llama se mueve y el barco cobra vida a medida que enciende las velas repartidas por la cubierta, el techo, las bordas y los antepechos de proa a popa. Docenas, tal vez centenares de velas brillan en frascos de mermelada, platillos, botes y tiestos hasta que el barco de Roux acaba iluminado como un pastel de cumpleaños y por fin vemos lo que hasta entonces se nos escapó: la toldilla, la ventana, el letrero en el techo…

Roux hace señas desaforadamente para que nos acerquemos. En lugar de echar a correr, Anouk me coge de la mano y noto que tiembla. No me sorprende ver a Pantoufle en medio de las sombras, a nuestros pies, y me parece detectar algo más, una cosa rabilarga y que imita con picardía cada uno de sus pasos.

—¿Os gusta? —quiere saber Roux.

Durante unos segundos, por sí mismas las velas son suficientes: un pequeño milagro reflejado en mil puntitos de luz de una orilla a otra de la apacible vía navegable. Los ojos de Rosette no ven otra cosa y Anouk, que las mira cogida de mi mano, deja escapar un suspiro prolongado y lánguido.

—Es hermoso —declara Michèle.

¡Vaya si lo es! Claro que también hay algo más…

—Se trata de una chocolatería, ¿no?

Obviamente, veo que lo es. Desde el letrero (todavía vacío) que cuelga encima de la puerta hasta el ventanuco bordeado de lamparillas veo lo que pretende ser. Soy incapaz de imaginar el tiempo que le llevó crear ese pequeño milagro: el tiempo, el esfuerzo y el cariño que semejante proyecto exige.

Roux me observa con las manos en los bolsillos y su mirada denota cierta ansiedad.

—Cuando lo compré era una ruina —explica—. Lo reparé y lo arreglé. Desde entonces no hago más que trabajar en él. Lo compré hace casi cuatro años y siempre pensé que un día…

Mis labios lo obligan a callar en mitad de la frase. Roux huele a pintura y a humo de pólvora. A nuestro alrededor arden las velas, bajo la nieve París es una ciudad luminosa, los últimos fuegos artificiales oficiosos se apagan más allá de la place de la Bastille y…

—¡Caray! Vosotros dos, buscaos un camarote —dice Anouk.

Nos hemos quedado sin aliento para responder.

Está tranquilo bajo el pont Morland y, tumbados, contemplamos cómo se consumen las velas. Michèle duerme en una litera y Rosette y Anouk comparten otra; las niñas están tapadas con la capa roja de Anouk y Pantoufle y Bam montan guardia por si tienen pesadillas.

Por encima de nuestras cabezas, el techo de cristal de nuestro camarote nos permite contemplar el amplio cielo salpicado de estrellas. A lo lejos, el sonido del tráfico en la place de la Bastille casi se parece al de la rompiente en una playa solitaria.

Sé que no es más que magia barata. Jeanne Rocher no habría estado de acuerdo, pero se trata de nuestra magia, la mía y la de Roux, que sabe a chocolate y a champán; por último nos desnudamos y yacemos entrelazados bajo un manto de estrellas.

Sobre el agua suena la música y se trata de una canción que casi reconozco.

V'là l'bon vent, v'là l'joli vent…

No hay ni un soplo de viento.

Epílogo

Martes, 25 de diciembre.
Navidad

Otro día, otro regalo. Otra ciudad abre sus brazos. Bueno, ya sabéis, París dejó de interesarme y adoro Nueva York en esta época del año. Supongo que lo de Anouk es una pena, aunque lo podemos considerar una experiencia más.

En cuanto a su madre…, bueno, tuvo su oportunidad. Es posible que a corto plazo se produzcan situaciones desagradables. En concreto, Thierry intentará mantener su acusación de fraude, aunque yo no me fío de que tenga éxito. En nuestros días el robo de identidad es demasiado corriente…, como supongo que no tardará en saber cuando consulte su cuenta de ahorros. En cuanto a Françoise Lavery…, demasiadas personas pueden jurar que, en su momento, Vianne Rocher se encontraba en Montmartre.

Mientras tanto, me largo a nuevos pastos. Como ya sabéis, la correspondencia abunda en Nueva York y no hace falta decir que una parte se extravía. Nombres, direcciones y tarjetas de crédito, para no hablar de extractos bancarios, reclamaciones, cuotas del gimnasio, currículos, todas las tonterías que componen tu vida, a la espera de ser recogidas por alguien con iniciativa…

¿Quién soy ahora? ¿Quién puedo ser? Puedo ser la próxima persona con la que te cruces por la calle. Puedo estar detrás de ti en la cola del supermercado. Puedo ser tu nueva amiga más reciente. Puedo ser cualquiera. Puedo ser tú…

No olvidéis que soy un espíritu libre…

… y que voy dondequiera que el viento me lleva.